Britta Strauss

Schnee und Orchideen

DRACHENMOND VERLAG

Copyright © 2016 by

Drachenmond Verlag GmbH
Auf der Weide 6
50354 Hürth
http: www.drachenmond.de
E-Mail: info@drachenmond.de

Satz: Marlena Anders
Layout: Astrid Behrendt
Korrektorat: Michaela Retetzki
Umschlaggestaltung und Illustrationen:
John Akhen unter Verwendung von Bildmaterial
von shutterstock.com
Druck: Booksfactory

ISBN 978-3-931989-94-1

Für alle Leser.

Lasst die Realität hinter euch.
Fliegt mit den Drachen.
Reist in die Tiefen des Himmels.
Entdeckt Geheimnisse im Herzen des Waldes.
Tanzt am Feuer.
Küsst einen Magier.

Und hört niemals mit dem Träumen auf.

N

AMADOR

Sgulgi-Wal…

KORESH

Scharzad

KNOCHENWÜSTE

Nebelwal-Gebirge

CRUSCH

meshar

Haus am Meer

UFERLOSES MEER

Diomeden-Klippen

Newara

Vorwort

Insgesamt zehn Monate lang habe ich Indigo, Jade, Timotheus, Palili, Ischme und Zilp auf ihrer langen Reise begleitet. In dieser Zeit habe ich die Figuren derart lieb gewonnen, dass ich das Wörtchen »Ende« schweren Herzens geschrieben habe. Es war, als hätte sich die Tür zu einem phantastischen Reich hinter mir geschlossen und mich in die Wirklichkeit ausgesperrt. Ihr, liebe Leser, steht noch am Beginn der Reise, auf die euch Teil II Schnee und Orchideen entführen wird. Ich wünsche euch abenteuerliche, sinnliche und spannende Lesestunden, die euch hoffentlich so wirkungsvoll aus der Realität entführen, wie sie es bei mir während des Schreibens getan haben. Viele von euch haben sich mehr romantische Szenen zwischen Indigo und Jade gewünscht. An dieser Stelle kann ich euch versichern, dass ihr auf eure Kosten kommen werdet. Der Romantik-Anteil ist diesmal – ich sehe euch schon zufrieden grinsen – sehr viel höher als im ersten Teil. Großer Dank gebührt meinen Testlesern Christina, Ceylan, Stephanie und Susanne, die mir sehr dabei geholfen haben, das Beste aus dem Manuskript zu holen. Drei meiner Facebook-Leser wurden übrigens für etwas ganz Besonderes ausgelost. Ihr Gewinn bestand darin, mir eine Wunschszene zu nennen, die ich anschlie-ßend in die Geschichte hineingeschrieben habe. Der lieben Linnea Mühl verdankt ihr den Auftritt des Eisdrachens und den Flug auf seinem Rücken, ebenso wünschte sie sich die romantische Stern-schnuppennacht, die ihr in Scharzad genießen könnt. Gewinner Nummer 2, Nicole Ramge, wollte auf einem Nebelwal durch den Himmel schweben und bekommt, wie ihr sehen werdet, eine recht ausführliche Szene. Gewinner Nummer 3 äußerte schließlich einen solch rührenden Wunsch, dass ich gar nicht anders konnte, als ihn zu verwirklichen. Daniela Marksfeld bat mich um Folgendes: »Ich wünsche mir, dass Zilp sein Glück findet und sich verliebt.« Liebe

Daniela, dein Wunsch hat mich bezuckert. Ich hoffe, die Umsetzung gefällt dir. Und nun zieht die Decke bis zur Nase hoch, macht euch eine Tasse Kaffee oder Tee und lasst die Wirklichkeit hinter euch.

Gute Reise!
   Eure Britta

1

Im Nebelwal-Gebirge

Jade

Der Sturm heult mit tausend zornigen Stimmen. Er peitscht mir die sandkorngroßen, scharfkantigen Flocken so heftig ins Gesicht, dass es sich anfühlt, als würde mir die Haut vom Fleisch geschmirgelt werden. Es gibt keinen Übergang zwischen Esnunnas Hitze und der tödlichen Kälte des Gebirges. Gerade noch bin ich durch undurchdringliche, schwüle Finsternis geritten, jetzt umringen mich glitzerndes Eis, himmelhohe Berggipfel und Schneewehen, die so hoch sind wie die Tempel in Jemeshar.

Innerhalb kürzester Zeit brennt jeder freiliegende Zoll meiner Haut. Frost verklebt meine Wimpern und Augenbrauen, meine Finger werden taub. Nur dort, wo der Eislöwenmantel mich bedeckt, kann mir die Kälte nichts anhaben.

Zitternd wische ich mir den Schnee aus den Augen und blinzele in die gleißende Helligkeit des Gebirges hinaus. Niemals habe ich etwas Vergleichbares erblickt, doch Begeisterung oder gar Freude kann ich nicht empfinden. Gewaltige Gipfel stechen in einen azurblauen Himmel, der vom Glitzern aufgewirbelter Eiskristalle erfüllt ist. So lange habe ich davon geträumt, diesen Ort mit eigenen Augen zu sehen, doch jetzt, wo ich von einem Felsvorsprung aus darauf hinunterblicke, fühle ich nichts als Verwirrung und Angst.

Was ist in Esnunnas Dschungel geschehen? Trägt das, was wir getan haben, die Schuld an Indigos Verwandlung? Haben wir in einem einzigen, unbedachten Moment alles zerstört?

Als meine Stute in die Knie geht, gleite ich von ihrem Rücken, schlinge die Arme um meinen Brustkorb und versuche, flach zu atmen. Beißender Frost sticht in meine Lungen und frisst sich bis in die

9

Knochen vor. Innerhalb weniger Augenblicke kann ich meine Finger vor Schmerzen kaum noch bewegen. Wie lange wird es wohl dauern, bis sie erfrieren?

Zähneklappernd beobachte ich, wie Indigo von seinem Pferd steigt, beide Hände zu einer Schale wölbt und den Kopf senkt. Durch das Heulen des Windes kann ich seine Worte nicht hören, doch ich sehe, wie sich seine Lippen bewegen und einen Zauber weben. Blaue Lichter flimmern auf, tanzen wie Glühwürmchen um seine Finger und wirbeln in den Himmel hinauf, wo sie sich mit den Schneeflocken vermischen.

Ein Hauch von Erleichterung glimmt in mir auf. Hätte der Fluch über Indigos Seele gesiegt, wären wir jetzt tot. Oder Schlimmeres. Doch sein Zauber verbrennt uns weder zu Asche noch verwandelt er unsere Körper in hilflose Würmer. Stattdessen spinnt er einen Kokon aus zartem, blauem Licht um uns herum, der die beißende Kälte abhält und das Heulen des Sturmes dämpft. Ein Seufzen kommt über meine Lippen, als wohltuende Wärme meine gefrorenen Finger auftaut. Kaum eine Armlänge von mir entfernt tanzt der magische Wall als hauchfeines Flimmern durch die Luft, so faszinierend und schön, dass ich nicht widerstehen kann, ihn zu berühren. Beinahe zwingt mich der Schmerz in die Knie, als der vertraute Zauber über meine Haut knistert. Zärtlich und wundersam. Strahlend und machtvoll. Es darf nicht sein, dass diese Reinheit beschmutzt und missbraucht wird! Scylla darf nicht gewinnen. Niemals!

Als ich zu Indigo hinübersehe, dreht er mir wortlos den Rücken zu. Seine Hände ballen sich zu Fäusten und pressen sich so fest zusammen, dass die Knöchel fast durch seine Haut stechen. Ich will zu ihm gehen, aber eine lähmende Angst macht jeden Schritt unmöglich. Stocksteif stehe ich da, während blaue Flämmchen über meine Hände tanzen, und wünsche mir mit aller Kraft, die Zeit zurückdrehen zu können. Noch vor wenigen Stunden haben wir uns in Esnunnas weichem Gras gerekelt. Nackt und sorglos wie Tiere, für kostbare Momente von allen Lasten befreit. Unsere Körper und Seelen hatten sich vereint und waren in einem endlosen Fall zur Erde gestürzt, glühend wie sterbende Sonnen.

Doch dann war etwas geschehen.

Etwas Furchtbares.

Ich sehe es in Timotheus' und Palilis Blicken. Ich spüre es wie einen kalten Griff in meinem Nacken. Das, was wir in Esnunna getan haben, hätte niemals passieren dürfen. Etwas ist in Indigo zu Bruch gegangen, und das nur, weil wir zu schwach gewesen waren, dem Rausch duftender Blumen zu widerstehen.

Palili rutscht vom Rücken seines Pferdes, hilft Timotheus herunter und schüttelt sich den Schnee aus den Haaren. Die Tiere schnauben noch einmal wie zum Abschiedsgruß, dann machen sie kehrt und trotten in ihre Welt zurück. Eine Träne rinnt über meine Wange, als sich die wogende Schwärze des Portals um ihre Körper schließt, sie verschluckt und einen Wimpernschlag später wieder so makellos und glatt ist, als wären die Pferde niemals hindurchgegangen.

Ein Teil von mir will ihnen folgen und sich in das rauschhafte Vergessen flüchten, in dem alles Leben von einem Herzschlag bis zum nächsten reicht. Doch meine Vernunft begreift, dass nichts so gefährlich ist wie das Vergessen.

»Stinkende Kotkröte«, knurrt der Zwerg. »Diesmal ist es übel. Richtig übel. Ich habe keine Ahnung, was wir machen sollen.«

»Was ist geschehen?«, wendet sich Palili an mich. »Was habt ihr angestellt?«

Die Männer fixieren mich. Ich sehe Verwirrung in ihren Augen, panische Angst und … Zorn. Ja, sie sind wütend. Etwa auf mich? Wie viel wissen sie? Haben die beiden gesehen, was wir getan haben, oder ahnen sie nur, weshalb Indigo und ich im Dschungel verloren gegangen sind?

Bei den Göttern, wir haben beieinandergelegen! Wir haben uns schwitzend und seufzend im Gras gewälzt, uns ineinander vergraben, uns gespürt und geschmeckt mit einer Intensität, die an Wahnsinn grenzte.

Ja, genau das ist im Dschungel geschehen.

Wir sind wahnsinnig geworden.

Ich kneife die Augen zusammen und wünsche mir mit der Naivität eines Kindes, nur in einem Traum umherzuirren. Doch alles, was ich damit bewirke, sind Erinnerungen. Der Schleier des Rausches ist zusammen mit der Dunkelheit Esnunnas von mir abgefallen, und plötzlich sehe ich Indigos Gesicht vor mir. In aller Deutlichkeit und so klar, dass ich es kaum ertrage. Ich sehe seine Entrücktheit in jenen

11

Momenten, in denen wir uns geliebt haben. *Schweiß glänzt auf seiner Haut, feuchte Haarsträhnen kleben ihm im Gesicht. Seine Lippen sind leicht geöffnet und seine Augen geschlossen. Ich betrinke mich an seinem Anblick und koste seinen Körper mit jedem meiner Sinne. Doch dann kommen der Zorn und die Kälte. Seine Augen, zuvor voller Liebe, starren mich plötzlich an, als wäre ich die furchtbarste aller Kreaturen.*

»Jade!«

Ein wilder Schmerz zuckt durch meinen Arm. Dort, wo Indigo mich gepackt und hinter sich her gezerrt hat, brennt mein Handgelenk wie Feuer. Er hat mir wehgetan. Mit voller Absicht.

»Jade!« Timotheus starrt mich aus zornfunkelnden Augen an. »Hörst du mir überhaupt zu? Was ist zwischen euch passiert?«

»Ich weiß es nicht«, würge ich hervor.

»Du weißt es nicht?« Der Zwerg ringt die Hände gen Himmel. »Das darf doch wohl nicht wahr sein. Natürlich weißt du es.«

»Nein«, krächze ich. »Ich habe keine Ahnung.«

Doch, die hast du!, wispert eine böse Stimme in mir. *Was ist, wenn wir den Fluch geweckt haben? Was ist, wenn wir mit unserer Unbeherrschtheit alles zerstört haben?*

Ich habe Indigo zu mir gelockt, doch er hat die Entscheidung getroffen, mich zu küssen. Lüstern wie eine Dirne bin ich auf seinen Schoß gekrochen und habe mich an ihn geworfen, als gäbe es kein Morgen mehr. Als wäre diese eine Nacht unsere letzte Nacht. Ich bin schwach gewesen, und er nicht weniger. Was, wenn wir damit das Schicksal der Welt besiegelt haben?

Schnee knirscht. Wind faucht. Eiskristalle klirren. Hinter der Wand aus flimmerndem Zauber scheinen die Elemente ihren Zorn immer lauter hinauszubrüllen, als wüssten selbst sie um unseren Fehler.

»Was ist passiert?«, fiept Palilis Stimme noch höher und brüchiger als sonst. »Sag es uns, Jade, sonst können wir ihm nicht helfen.«

Ich blicke in die sanften braunen Augen des Sosuke. Der Himmel spiegelt sich in ihnen und lässt die Holzperlen in seinen Haarsträhnen schimmern. Ein paar Mal öffne ich den Mund und will erzählen, was geschehen ist, doch ich bekomme kein einziges Wort hervor. Ein Schwarm aus Gefühlen wirbelt in meinem Kopf umher, immer lauter und panischer, bis ich glaube, den Verstand zu verlieren.

»Tut mir leid«, ist alles, was ich hervorbringe.

»Jade!« Die Sanftheit des Hünen schwindet. Als er mich mit seinen riesigen Händen packt und mehrmals schüttelt, weiß ich kaum, wie mir geschieht. Zilp kreischt ohrenbetäubend, flattert von meiner Schulter auf und attackiert Palilis Kopf, ohne ihm die kleinste Reaktion zu entlocken.

»Irgendetwas hat dem Fluch neue Kraft verliehen.« Trotz seiner piepsigen Stimme schafft es der Sosuke, bedrohlich zu klingen. »Verflucht noch mal, Jade! Ist dir eigentlich klar, wie ernst es um ihn steht? Er ist dabei, den Kampf zu verlieren! Wenn das geschieht, sind wir alle tot. Nein, schlimmer als das. Er wird Scyllas Wort gehorchen, und was das bedeutet, kannst du dir …«

Wie aus dem Nichts taucht Indigo neben uns auf, bringt den Hünen mit einem scharfen Blick zum Verstummen und lässt Zilp mitten in der Luft gefrieren. Sein Gesicht ist von einer tödlichen, eiskalten Schönheit, die mir das Blut in den Adern gefrieren lässt. Etwas Furchtbares wird geschehen. Etwas, das niemand von uns aufhalten kann. Plötzlich fühle ich mich winzig klein. Es gibt nichts, was wir tun können. Nichts, das Indigos Magie aufhält. Ebenso gut könnten wir versuchen, einen Orkan mit bloßen Händen zu fangen.

Palilis Augen weiten sich. Er greift mit beiden Händen nach seinem Mund, doch da ist kein Mund mehr. Wo eben noch Lippen gewesen sind, wölbt sich nur noch narbige Haut.

»Noch ein Wort«, zischt Indigo mit einer Stimme, die so schneidend klingt wie das Klirren des Eissturms, »und du läufst den Rest deines Lebens so herum. Hast du das verstanden?«

Der Sosuke nickt hastig. Panik verzerrt sein Gesicht, die Augen quellen ihm fast aus den Höhlen. Eine flüchtige Handbewegung, und der Mund taucht wieder auf, als wäre er niemals verschwunden gewesen. Keuchend ringt der Hüne nach Luft, Zilp fällt wie ein Stein in den Schnee. Verwirrt bleibt der Vogel auf dem Rücken liegen. Ich hebe ihn auf, wölbe meine Hände um seinen zitternden Leib und strafe Indigo mit einem wütenden Blick. Ja, ich habe immer noch Angst. Aber jetzt, nachdem er Palili und Zilp wehgetan hat, überwiegt mein Zorn. Wenigstens so lange, bis er das Wort an mich richtet und seine Eisaugen mich durchbohren.

»Für jeden von euch gilt dasselbe«, zischt er gefährlich leise. »Redet noch einmal über mich und den Fluch, und ich lasse euch allesamt verstummen. Für immer.«

Ich weiche seinem Blick aus und starre stattdessen auf den Vogel, der aus ängstlichen Knopfaugen zurückstarrt. Wer immer dort vor mir steht, Indigo ist es nicht. Eine furchtbare Kälte strömt von ihm aus, als wäre das sanfte Wesen, das ich kennen- und lieben gelernt habe, gänzlich ausgelöscht. Wie viel trennt ihn noch von dem völligen Kontrollverlust? Wie nahe sind wir alle dem Tod? Als ich es noch einmal wage, Indigo anzusehen, erkenne ich einen Wimpernschlag lang Verzweiflung hinter dem Spiegel seiner Augen. Doch kaum glaube ich, nach diesem Gefühl greifen zu können, überzieht es der Fluch mit einer Schicht aus undurchdringlichem Frost.

Wie sollen wir ihm auf einem Schlachtfeld zur Seite stehen, das niemand von uns sieht? Was soll ich tun? Was kann ich tun? Oh, bei allen Göttern!

Langsam wie ein Schlafwandler wendet sich Indigo ab, verlässt den schützenden Kreis seines Zauberbannes und sinkt am Rand des Abgrunds auf die Knie. Timotheus, Palili und ich starren auf seinen gebeugten Rücken, tauschen Blicke aus und schütteln unsere Köpfe, weil es nichts gibt, das wir gegen den Jasmah-Isdar ausrichten können.

Wäre Indigo ein Mensch, hätten wir ihn überwältigen und dazu zwingen können, uns zuzuhören. Doch was sollen wir gegen einen Magier ausrichten? Palili und Zilp haben gespürt, was es bedeutet, Indigos Zorn zu wecken, und jetzt, da der schwarze Zauber ihn zerfrisst, mag ein unbedachtes Wort unser aller Tod besiegeln.

In meinen Fingern regt sich der Vogel, schüttelt sich ein paar Mal, hüpft wieder auf seine Füße und breitet vorsichtig die Flügel aus. Als er sich davon überzeugt hat, dass jeder Knochen an seinem Platz und jede Feder unversehrt ist, klettert er zurück auf meine Schulter und schmiegt sich an meine Wange, so furchtbar winzig und verletzlich, dass ich ihn Tag und Nacht in meinen Händen halten und vor allem Leid beschützen will. Ischme beobachtet uns eine Weile, schließlich kommt sie herbei, drückt sich gegen mein Bein und tätschelt mir mit dem Schweif den Rücken, als wollte sie sagen: *Alles wird gut. Auch wenn ich keine Ahnung habe, wie.*

Gemeinsam blicken wir auf die zusammengesunkene Gestalt, die einen unsichtbaren und unhörbaren Krieg gegen den furchtbarsten alle Flüche führt. Hat Indigo überhaupt eine Chance? Kann er etwas besiegen, das so alt ist wie die Zeit, und so mächtig, dass nicht einmal die Götter etwas dagegen ausrichten können?

An jenem fernen Tag, an dem wir mit dem Pferdekarren durch die öde Staubwüste gezogen sind, hat das Land meine Gefühle widergespiegelt. Heute ist es genauso. Schneeschleier wirbeln wie Derwische um messerscharfe Felsgrate, Eiszapfen formen Vorhänge aus glitzernden Speeren, und unter uns erstreckt sich in schwindelerregender Tiefe ein zugefrorener See. Ich lasse meinen Blick über das Gebirge schweifen, kraule Ischmes Nacken und neige hin und wieder den Kopf, um mit der Wange Zilps kleinen Leib zu streicheln. Trotz des schützenden Zaubers gefrieren die Tränen auf meiner Haut, kaum dass ich sie geweint habe. Als ich mit den Fingern darüberstreiche, zerbrechen sie wie hauchdünnes Glas. Ich hätte Esnunnas Rausch niemals nachgeben dürfen. Ich hätte stärker sein müssen. Vielleicht war es meine Liebe, die Indigos Fluch geweckt hat. Dieses überwältigende, vor Glück überschäumende Gefühl, das mich wie eine tosende Flut einfach mit sich gerissen hat.

Verzweiflung schnürt mir die Kehle zu. Ich gehe in die Knie und umarme Ischme, als wäre sie mein rettender Fels in der Brandung. Jetzt, da wir von Eis und Schnee umgeben sind, leuchtet ihr Fell in strahlendem Weiß.

»Was soll ich nur tun?«, weine ich in den dicken Pelz. »Ich muss doch irgendwas tun! Irgendwas!«

Ischme windet sich aus meiner Umarmung, winselt und leckt mir die Tränen vom Gesicht. Eine ganze Weile tut sie nichts anderes, während ich haltlos schluchze und von einer Traurigkeit überwältigt werde, die mich mit dem Gewicht eines Felsens zu Boden drückt. Irgendwann dringt ein fernes, klagendes Seufzen durch das Heulen des Windes. Seine Melodie ist herzzerreißend. Sie klingt nach uralten Geschichten, Vergänglichkeit und dem tiefen, zeitlosen Herzschlag der Erde.

»Nebelwale«, flüstert Timotheus.

Ischme spitzt die Ohren und vergisst, mein Gesicht abzulecken. Der gespenstische Gesang kommt näher und näher, schleppt sich wie im

Todeskampf dahin und lässt das Gebirge erzittern. Jede Faser meines Körpers vibriert unter dem dunklen Timbre der Rufe, deren Traurigkeit tief in meine Seele schneidet.

Und dann wälzen sich vier Schatten aus dem frostigen Nebel.

Schatten so groß wie die Berge selbst.

Wie ihre Verwandten das Wasser der Ozeane durchschwimmen, gleiten die Tiere mit trägen, wellenförmigen Bewegungen durch den Himmel. Ihre Schwanzflossen verwirbeln die Wolken über den Gipfeln, berühren jedoch niemals den Schnee auf den Hängen oder einen der vorstehenden Felsen. Mit äußerster Vorsicht bewegen sich die Wale durch das Tal, und je näher sie kommen, umso gewaltigere Ausmaße nehmen sie an. An der Spitze der Gruppe fliegt das stattlichste Tier, dreht seinen Kopf gen Himmel und fasst einen Schwarm großer Vögel ins Auge. Zwei kräftige Atemzüge blähen seinen Leib und lassen ihn wie einen Ballon nach oben steigen, dann öffnet er sein Maul und pflügt mitten durch den Schwarm hindurch.

Dröhnend rollt ein Schmatzen durch das Tal, begleitet von einer Wolke aufstiebender Federn. Zwei Vögel sind seinem Schlund entkommen, trudeln einen Moment lang orientierungslos durch die Luft und fliehen, als sie wieder zu Sinnen gekommen sind, mit schrillem Gekreische über den nächsten Berggipfel.

Inzwischen sind die Wale so nahe, dass ich die fein verästelten Furchen auf ihrer steingrauen, silbern gesprenkelten Haut erkennen kann. Abgesehen von diesen Malen sind ihre Leiber völlig makellos. Die Seepocken und Saugmuscheln, die ihre Verwandten im Meer oft von Kopf bis Fuß bedecken, fehlen diesen Tieren gänzlich. Verglichen mit den Bildern, die ich in Großvaters Büchern gesehen habe, sind die Köpfe der Nebelwale anmutiger als die ihrer plumpen Artgenossen aus dem Wasser, ihre Rückenflossen größer und ihre Körperform schlanker. Aus irgendeinem Grund muss ich bei ihrem Anblick an die Nacht unseres Drachenrittes denken, in der für ein paar wundersame Stunden alles vollkommen gewesen war. Der Himmel, die mondbeschienene Prärie, Indigos Nähe und die zarten Bande, die sich zwischen uns gebildet und miteinander verflochten haben.

»Warum werden sie langsamer?«, piepst Palili. »Sie müssten doch längst hier sein.«

»Ich kann mir denken, warum«, grollt Timotheus mit finsterer Miene. »Hoffen wir mal lieber, dass ich falschliege.«

»Du denkst, dass …«

»Schschsch!« Furchtsam legt der Zwerg seinen Zeigefinger auf die Lippen und nickt zu Indigo hinüber. »Ist besser, du hältst die Klappe. Sonst zaubert er uns noch den Arsch ins Gesicht.«

Die Wale sind gänzlich zum Stillstand gekommen. Zischend stößt jeder von ihnen eine Dampffontäne aus, sinkt in die Tiefe, bläht unter viel Getöse seinen Leib auf und steigt wieder empor. Es scheint, als wären sie ebenso schwerelos wie die Schneeschleier, die um ihre Leiber tanzen und sich in trägen Wirbeln um ihre Brustflossen winden.

»Kommt schon«, knurrt Timotheus. »Na los doch. Worauf wartet ihr noch? Oh, verdammt! Nicht doch! Nein!«

Gemächlich kippt das Leittier zur Seite, lässt die Brustflossen kreisen und vollführt eine anmutige Drehung. Seine drei Gefährten tun es ihm gleich, schweben über die Gipfel davon und tauchen durch den aufgewirbelten Schnee, als wäre er funkelndes Wasser.

»Sie verschwinden!« Palili schlägt eine Hand vor seinen Mund. »Timotheus, sie verschwinden!«

»Ich seh's selber«, faucht der Zwerg. »Trollscheiße noch mal, das ist nicht gut. Das ist gar nicht gut.«

»Warum?«, frage ich flüsternd.

»Nebelwale werden von weißer Magie angezogen«, raunt er mir zu. »Wenn sie fliehen, dann bedeutet das … nun ja … äh … du kannst es dir denken.«

»Ich verstehe.«

Die Angst in Palilis und Timotheus' Augen lässt meine Verzweiflung noch tiefer gehen. Vor Kurzem waren ihre Blicke noch von Zuneigung erfüllt gewesen, wenn sie sich auf Indigo richteten. Jetzt erkenne ich darin nichts als Misstrauen. Erreicht der schwarze Zauber nun auch unsere Seelen? Opfern wir unsere Freundschaft und unsere Liebe endgültig der Furcht?

Ich sinke neben Ischme in den Schnee und drücke meine Stirn in den Nacken der Füchsin. Hemmungslos benetzen meine Tränen ihr Fell, während der Gesang der Wale in der Ferne verklingt. Alles scheint mir zu entgleiten. Alles, was mir lieb und teuer ist, verschwindet. In meiner Tasche steckt noch immer die verzauberte Scherbe, doch ich wage es nicht, sie hervorzuholen. Aaron und die Mädchen zu sehen, würde alles nur noch schlimmer machen.

»Was machen wir jetzt, vergammelter Aaswurmdreck?«, brummt Timotheus. »Bleiben wir hier oder sollen wir weitergehen?«

»Die Araschnun wissen, dass wir hier sind«, erwidert Palili. »Sie wissen alles, was in ihrem Gebirge geschieht.«

»Bist du dir sicher?«

»Ich bin mir sicher. Wahrscheinlich sind sie schon unterwegs zu uns. Machen wir es uns doch einfach gemütlich, ja?«

»Gemütlich!« Timotheus schnaubt. »Gemütlich sagt er! Dass ich nicht lache! Hier ist es so gemütlich wie im Maul eines Gmork-Wurmes. Oder wie im frisch geschissenen Misthaufen eines Neschnims.«

Während der Zwerg seine Wut in lauten Flüchen entlädt, schlinge ich meine Arme um Ischmes Hals und suche nach einem Trost, den es nirgendwo gibt. Um uns herum tobt der Wind, zerrt an dem magischen Wall und lässt ihn manchmal, wenn er besonders heftig an dem Zauber reißt, für die Dauer eines Wimpernschlags wie ein Gewebe aus blauen Sternen funkeln. Noch schützt uns die Magie, aber eine flüchtige Bewegung und ein geraunes Wort würde genügen, um uns innerhalb weniger Herzschläge zu töten. Es wäre so einfach.

Ich hebe den Blick und sehe, wie Indigo mit gesenktem Kopf und geschlossenen Augen im Schnee kauert. Der beißende Sturm zerrt an seinen Haaren und an seinem Mantel, überzieht seine Haut mit Eis und verwandelt ihn in einen Teil des Felsens. Selbst seine Wimpern sind mit Schnee verklebt. Es ist, als wäre er kein lebendes Wesen mehr, sondern eine Statue aus eisüberkrustetem Gestein.

Verflucht, ich halte es nicht mehr aus! Ich muss wissen, was geschehen ist. Krank vor Sorge stehe ich auf und will zu ihm gehen, doch Palili greift nach meiner Hand.

»Nein«, flüstert er mir zu. »Lass ihn in Ruhe.«

»Aber …«

»Lass ihn in Ruhe«, wiederholt er sanft, aber bestimmt. »Vertraue mir. Hier und jetzt kannst du nichts tun. Er muss es allein schaffen. Wenn du ihn wütend machst, wird es nur schlimmer.«

»Er hätte das nicht tun dürfen.« Palili weiß sofort, was ich meine, und berührt furchtsam seine Lippen. »Indigo hätte dir niemals wehgetan. Er ist nicht mehr er selbst. Was, wenn es schon zu spät ist?«

»Daran darfst du nicht mal denken! Und jetzt sei still. Du hast gehört, was er gesagt hat.«

Ich lache bitter auf. So weit sind wir also schon. Wir haben Angst vor einem Freund, der vor Kurzem noch sein Leben für uns gegeben hätte. Alle Kraft weicht aus meinen Gliedern. Die Beine geben unter mir nach, im nächsten Augenblick presse ich mein Gesicht wieder in das Fell der Füchsin und wünsche mir, weinen zu können. Aber es gibt keine Tränen mehr. Meine Seele fühlt sich wund und leer an. Wie ein zerbrochenes Gefäß.

»Zilp!«, piepst der Perlenvogel in mein Ohr, doch ich ignoriere ihn. Selbst als er leise zu zwitschern beginnt, fühle ich keine Hoffnung. Nicht einmal einen Hauch davon. Ich habe einen Fehler gemacht. Einen furchtbaren, vielleicht unverzeihlichen Fehler, der uns allen das Leben kosten könnte.

Sanfte Wärme entströmt dem Leib der Füchsin. Ich zwinge mich, nichts anderes zu spüren als das gleichmäßige Auf und Ab ihres Atems. Irgendwann gelingt es mir, meine Gedanken zu betäuben. Ich lasse mich von Ischmes daunenweichem Pelz auffangen, lausche dem Heulen des Sturmes, dem hauchfeinen Klirren der Eiskristalle und dem leisen Herzschlag der Füchsin.

»Sieh mal«, durchdringt Palilis Stimme meine Benommenheit. Nach Minuten? Nach Stunden? Ich weiß es nicht. »Sie sind gekommen.«

Blinzelnd starre ich in das Schneefunkeln hinaus und glaube ein zweites Mal, meinen Augen nicht zu trauen. Drei große Silhouetten stapfen auf uns zu, gemächlich und mit gesenkten, von üppigen Mähnen umkränzten Köpfen.

Eislöwen!

Flüchtige Momente lang vergesse ich meine Verzweiflung. Das dicke Fell der Katzen ist ebenso weiß wie der Schnee ihrer Heimat und scheint zu funkeln, als wären unzählige Eissplitter darin gefangen. Viele Kreaturen, die mir auf unserer Reise begegnet sind, haben sich grundlegend von meiner Fantasievorstellung unterschieden, doch die Eislöwen gleichen dem Bild in meinem Kopf bis ins Detail. Sie besitzen

19

geschmeidige Körper von der Größe eines Braunhorn-Büffels, ihr Fell schimmert wie kostbarer Samt und lockt sich an Hals und Nacken zu einer zottigen Mähne. Sieht man einmal von ihrer Größe und ihrer Pelzfarbe ab, gleicht ihre Gestalt der einer gewöhnlichen Raubkatze.

Ein Blinzeln später erkenne ich zwei gedrungene Gestalten auf dem Rücken des vorderen Löwen. Sie sind über und über mit weißen Pelzen behangen, um ihre Köpfe schlingen sich mehrere Lagen aus grauem und weißem Stoff. Waffen scheinen sie keine bei sich zu haben, zumindest keine sichtbaren, doch die Fellmäntel der beiden sind weit und groß genug, um darunter ein ganzes Sammelsurium an Klingen zu verstecken.

Noch ehe der Eislöwe zum Stillstand kommt, schwingen sich die Reiter von seinem Rücken, federn ihren gut drei Meter tiefen Fall geschmeidig ab und rennen auf mich zu. Sie sind überraschend klein, der Größere der beiden reicht mir gerade bis zum Kinn. Ich rechne mit zwei Kindern, doch als sie den Stoff von ihren Gesichtern wickeln, erblicke ich zu meiner Verblüffung einen verschrumpelten, haarlosen Greis und eine ebenso alte Frau. Beide sind verwittert wie das Gebirge, doch nichts an ihren Bewegungen und schon gar nicht ihr beherzter Sprung vom Rücken des Eislöwen hat auf Gebrechlichkeit hingedeutet. Auf seltsame Weise scheinen sie jung und zugleich uralt zu sein, als hätte der Lauf der Zeit nur ihre Haut in die schrundige Borke einer Eiche verwandelt, nicht aber ihr Inneres.

Forsch greift die Alte nach meiner Hand, während ihr Blick zu Indigo hinübergeht. Inzwischen völlig vom Schnee bedeckt, kniet er unverändert still am Rand des Abgrunds und bewegt sich nicht.

»Da bist du ja endlich.« Der Kopf der Greisin zuckt wieder zu mir herum. Inmitten der dunklen Haut ihres Gesichts funkeln zwei kohlschwarze Augen, die ebenso gut einem jungen Mädchen hätten gehören können. »Sag mir, Kind, liebst du ihn?«

Ich blinzele überrascht. Die Finger der Frau schließen sich so fest um meine Hand, dass ich vor Schmerz aufkeuche. Sie fühlen sich glitschig an, als wären sie mit Talg eingerieben, und als eine Wolke ranzigen Geruches in meine Nase steigt, bin ich mir sicher, dass es sich genau darum handelt.

»Liebst du ihn?«, wiederholt sie scharf.

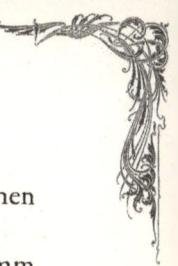

»Keine … ähm … Ahnung«, stammele ich. »Wir … wir kennen uns doch kaum.«

»Aber du solltest es wissen!«, faucht die Greisin. »Es steht schlimm um ihn. Sehr schlimm. Hast du auch nur die geringste Ahnung, was er für dich empfindet?«

Ich weiß nicht, was ich darauf antworten soll. Tränen brennen in meinen Augen, rinnen über meine Wangen und gefrieren. Als ich zitternd nach Luft ringe, huscht ein Lächeln über die Lippen der Alten.

»Schon gut«, raunt sie versöhnlich. »Es tut mir leid. Mein Name ist Jinni.« Unsanft klopft sie ihrem Gefährten auf die schneebestäubte Schulter. »Das ist mein Ehemann Nobbe. Der Weg in unser Dorf ist nicht weit. Jedenfalls nicht, wenn man auf einem Eislöwen reitet.« Wieder schweift ihr Blick zur Seite und betrachtet Indigos reglose Gestalt. »Beten wir dafür, dass es noch nicht zu spät ist. Denn wenn es das ist, gibt es für unsere Welt keine Hoffnung mehr.«

Jinni wendet sich ab, lässt meine Hand los und geht zu Indigo hinüber. Jeder ihrer zaghaften Schritte drückt Vorsicht und Angst aus. Vermutlich fürchtet sie wie wir seine Macht und seine ungezügelte Magie, die jetzt, so kurz nach den Vollmonden, einer Naturgewalt gleichen muss. Ich wage nicht zu atmen, als Jinni ihre Hand auf Indigos Schulter legt. Wird er sie wegstoßen? Wird er ihr wehtun? Sie vielleicht gar zu Staub verbrennen? Geflüsterte Worte dringen an mein Ohr, doch ich kann sie nicht verstehen. Nach einer Weile, in der rein gar nichts geschieht, geht Jinni neben ihm in die Knie und legt eine Hand auf seine Wange. Hat der Frost ihm das Leben ausgesaugt? Hat er sich am Ende gar selbst ausgelöscht, um Scyllas Fängen zu entgehen?

Angst krampft meinen Magen zusammen, doch dann sehe ich, wie Indigos Finger zucken. Sie krümmen sich ein paar Mal und erstarren wieder, geformt zu einer Klaue, die sich wütend in den Schnee gräbt. Ganz langsam dreht er den Kopf zu der Greisin, die ihn aus großen Augen anstarrt.

Und dann kippt er zur Seite.

Jinni fängt ihn auf, drückt ihr Gesicht in sein schneebestäubtes Haar und hält ihn so liebevoll in ihren Armen, dass eine seltsame Hitze in meinem Bauch aufglimmt und etwas in mir weckt, das ich nie zuvor empfunden habe.

Schnee knirscht unter schweren Schritten. Einer der Eislöwen schüttelt sich, stößt ein grollendes Seufzen aus und trottet auf die beiden zu.

»Bitte«, murmelt Palili neben mir. Seine Stimme klingt wie zerbrochenes Glas. »Lasst es nicht zu spät sein. Ich flehe euch an, ihr Götter. Lasst es nicht zu spät sein.«

Jinni sieht mich an und lächelt traurig. Dann lässt sie Indigo sanft in den Schnee sinken, streicht über die Mähne des Löwen und steht auf. Ungläubig sehe ich zu, wie das Raubtier sein Haupt senkt, das Maul öffnet und Indigos leblosen Körper mit seinen gewaltigen Kiefern umschließt. Ganz sanft hebt er ihn hoch, dreht sich herum und trottet in die Richtung zurück, aus der er gekommen ist.

Solange mein Leben währt, werde ich diesen Anblick niemals vergessen: das einst so übermächtige Wesen zwischen den Fängen eines Eislöwen, der es mit einem einzigen Biss zerteilen könnte. Menschlicher als je zuvor. Verwundbarer als je zuvor.

»Kommt.« Ich schrecke zusammen, als Jinni plötzlich vor mir steht. Diese Frau bewegt sich schneller als ein Schatten. »Wir müssen uns beeilen. Der Wall zerbricht jeden Moment. Ihr reitet auf dem großen Löwen. Wir nehmen den kleinen.«

Besagter kleiner Löwe, der immer noch die Größe eines Waldelefanten besitzt, schreitet wie ein gehorsamer Hund herbei und kauert sich vor uns in den Schnee. Ein strenger Raubtiergeruch geht von ihm aus, der sich mit Jinnis ranzigem Talgaroma vermischt und in meiner Nase beißt.

»Benutze das hier zum Hochklettern.« Die Greisin deutet auf die Vorderpfote des Tieres. »Du kannst ihm nicht wehtun. Dafür ist sein Fell zu dick.«

Ich nicke, kratze Mut zusammen und stelle einen Fuß auf das Bein. Sofort versinkt die Stiefelsohle in samtigem Pelz.

»Mach schon«, drängelt Jinni. »Hier wird es gleich ungemütlich.«

Ich spanne mich an und werfe einen Blick in die eisblauen Augen des Löwen. Gelangweilt senkt er die Lider, grollt leise und zuckt mit der Pfote, als wollte er sagen: *Nun mach schon. Hör auf, herumzutrödeln.*

Kurzerhand husche ich an dem Leib des Tieres empor, kralle meine Finger in sein Fell und schwinge mich hinter der buschigen Mähne auf seinen Rücken. Jinni klettert mit erstaunlicher Gewandtheit hinterher.

»Die Kälte kommt zurück«, höre ich sie sagen, während sie ihren Platz hinter mir einnimmt. »Indigo kann den Schutzwall nicht mehr halten. Drücke dich am besten ganz dicht an den Löwen, sonst ist es aus mit dir.«

Kaum ist die Katze aufgestanden, kriecht der Frost über meine Haut und schlägt seine scharfen Zähne in meine Finger. Schneeflocken tanzen über uns, trudeln in spielerischen Pirouetten auf mich hinab und landen auf meiner Stirn.

»Drückt euch an den Löwenkörper«, schreit Jinni mit ohrenbetäubender Lautstärke durch das Heulen des Windes. »Sonst erfriert ihr, ehe wir im Dorf sind.«

Timotheus und Palili nicken, klammern sich aneinander fest und schmiegen sich so eng wie möglich an den Leib ihres Reittieres. Hastig greife ich nach Zilp, stecke den Vogel unter meinen Mantel und werfe Ischme einen Blick zu. Die Füchsin bellt heiser, wedelt einmal mit ihrem Schweif und stürmt in die funkelnden Schneeschleier hinaus, als wäre das Gebirge ganz nach ihrem Geschmack.

In dem Moment, in dem ich meine Wange an den Pelz des Löwen schmiege, setzt er sich in Bewegung. Steinharte Muskeln zucken unter meinen Beinen, Schnee knirscht unter mächtigen Pranken. Um mich herum sehe ich nichts als Weiß. Weiß im Himmel. Weiß unter mir und neben mir. Der Sturm bohrt Klingen aus Eis in meine Haut und übertönt jeden Gedanken mit seinem zornigen Heulen.

Die ersten Galoppsprünge sind noch träge, doch dann fühlt es sich an, als würden wir auf einem Drachen durch den Himmel jagen. Meine Brust presst sich zusammen, und dann, mit dem Brüllen des Schneesturmes in den Ohren und einer flatternden Löwenmähne im Gesicht, fliege ich erneut.

Indigo

Jamashree lächelt. Ihr Gesicht im Licht des Vollmondes ist berückend schön, durchscheinend wie Alabaster und umrahmt von blonden Locken, die wie seidiges Wasser über ihren Rücken fließen. Wir alle tragen weiße Uniformen aus gebleichtem Leder, selbst unsere Waffen und unsere Pferde sind weiß. Jamashrees Armee strahlt in der Nacht wie ein flammendes Meer aus Licht, und doch bringen wir die Dunkelheit, die alles verschlingen wird.

Etwa eine Meile vor uns haben sich zehntausend Menschen vor Scharzads Toren versammelt. Zehntausend Soldaten, Krieger, Jäger und Ahnungslose, die ihre Seelen verkauft haben, um als Helden in die Geschichte einzugehen. Selbst die Nomaden vom Rande der Knochenwüste, die sich sonst niemals in Kriege eingemischt haben, stehen mit ihren Bögen und Lanzen, Säbeln und Wurfklingen bereit. Unsere Gegner sind eine wütende, finstere Masse aus Schwarz und Aschegrau, während unser Strahlen heller ist als der Mond.

So tötet also das Licht die Dunkelheit.

Dumpf hallt der Schlag meines Herzens durch die Stille. Ich will, dass es stehen bleibt, aber es gehorcht mir nicht. Ich lebe weiter, gehorche und töte, vernichte und erobere. Über uns kreisen die Harpyien der Scharzadianer, gespenstische Mischungen aus Frau und Raubvogel, deren schrilles Kreischen selbst Jamashrees grausame Krieger das Fürchten lehrt. Immer wieder stürzen ein paar der Kreaturen auf uns nieder, doch mein magischer Wall lässt ihre Federn lichterloh brennen, sobald sie ihn berühren. Eine Harpyie nach der anderen trudelt qualmend zu Boden, schlägt auf der Erde auf und verreckt unter schaurigem Geheul.

»Tu es«, flüstert Jamashree zärtlich. »Erlöse sie von ihrem Elend.«

Der Fluch erlaubt mir kein Zögern. Mein Körper wölbt seine Hände und sammelt Energie, bis sie als glühender, knisternder Ball in der Luft schwebt. Es fällt mir so leicht wie das Atmen. Hell strahlt der Vollmond auf mich nieder, bündelt die wilde Macht der Schöpfung und lässt sie durch meine Adern fließen. Es ist die Magie des Lebens, nicht des Todes. Und doch ist es ihr Schicksal, all diese Menschen ins Nichts zu schleudern.

Angst schwängert den Wind. Zehntausend Seelen spüren, dass es zu Ende geht. Ein Ruck durchläuft Scharzads mächtige Armee, dann setzt sie sich wie eine Sturmflut in Bewegung und strömt vorwärts. Zehntausend Kehlen fluchen, brüllen und heulen um ihr Leben. Die Erde bebt unter dem Hufschlag der Pferde und den Schritten der heranstürmenden Krieger. Ganze Harpyienschwärme stürzen brennend zu Boden. Ihre Todesschreie lassen den Himmel zersplittern.

Klingen funkeln, Pfeile sirren. Gesichter sind zu verzweifelten Fratzen verzerrt. Jeder einzelne unserer Gegner weiß, dass der Kampf keinen Sinn hat. Und doch wollen sie nicht aufgeben. Sie kämpfen, sie sterben und gehen mit einem zornigen Lächeln auf den Lippen zugrunde.

Ganz sanft, fast zärtlich, hüllt die Magie jeden Mann und jedes Tier in einen leuchtenden Mantel und verbrennt alles Lebendige zu Asche. Der Lärm verstummt. Es wird still. Zehntausend Menschen, die eben noch mit der Wut der Verzweiflung auf uns zugestürmt sind, zerfallen lautlos zu Staub.

Von dieser Nacht an gehört Scharzad zu Jamashrees Reich. Die letzte freie Stadt ist innerhalb eines Wimpernschlags gefallen. Ich schließe die Augen, doch Jamashree gönnt mir keinen Augenblick des Vergessens.

»Endlich ist alles so, wie es sein soll.« Triumph glüht in ihrem Blick, als sie ihr Pferd dicht neben meines lenkt, sich zu mir hinüberbeugt und mich küsst. Ihre Lippen schmecken nach Asche und tausendfachem Tod. »Die Welt liegt uns zu Füßen, mein Liebster. Von heute an will ich mich wunschlos glücklich nennen.«

»Wach auf!«

Ich spüre kalten, nassen Stein an meiner Wange. Rieche Fäulnis und Moder, höre das Geräusch fallender Tropfen, das von kahlen Steinwänden widerhallt. Übelkeit krampft meinen Magen zusammen. Ich kenne diesen Geruch. Ich kenne diese Geräusche. Beides hat mich jahrhundertelang begleitet und mich in einen endlosen Kreislauf der Wiederholung einge-sperrt. Wieder und wieder und wieder.

Panisch fahre ich auf.

Gitterstäbe! Kaltes Eisen! Dreckiger Steinboden!

Unermessliche Leere hinter dem Käfig.

Mein Körper reagiert, noch ehe mein Kopf begriffen hat, wo ich bin. Tausende Male habe ich das getan, was ich jetzt tue: mich zitternd gegen die Steinwände gepresst, die Arme um meine Knie geschlungen und mit weit geöffneten Augen ins Dunkel gestarrt. Klauen kratzen und schaben in meinem Schädel, sie graben sich tiefer und tiefer in mich hinein, bis ich das Gefühl habe, nur noch aus rohem Fleisch zu bestehen. Und doch bleibt mein Körper unversehrt. Alles geschieht nur in meinem Kopf, doch das macht es nicht weniger schlimm. Im Gegenteil. Es ist, als wäre ich ein

Felsen im Uferlosen Meer, der Jahrmillionen innerhalb von Augenblicken an sich vorbeiziehen spürt. Wellen und Salz fressen mich auf, lassen mich zerbröckeln, zermahlen mich zu Staub und Schlamm, bis nichts mehr von mir übrig ist.

Wie bin ich hierhergekommen? War ich jemals frei? Habe ich nur geträumt, diesem Kerker entkommen zu sein? Ich kämpfe um einen klaren Gedanken, aber alles verbirgt sich in giftigem Nebel. Das Gestern, das Morgen und das Jetzt. Kein einziger Tropfen Magie glüht in meinem Blut. Da ist nichts. Gar nichts.

»Wach auf, Indigo!«

Lieblich hallt eine Stimme durch die Leere meines Gefängnisses. Schwerelos und warm wie eine Sommerbrise.

»Du musst aufwachen!«

Ein hauchfeines Flimmern bewegt sich in der Luft, verdichtet sich zu einem Körper und erschafft eine Gestalt, die mir seltsam vertraut erscheint. Es ist ein Mädchen von etwa achtzehn Jahren. Ihr langes, kupferbraunes Haar fällt in sanften Wellen bis zu ihrer Hüfte hinab, ihr Körper ist zierlich wie der einer Schwalbe und steckt in einem schwarzen, hochgeschlossenen Kleid, das nicht zu dem lebensfrohen Glanz in ihren Augen passen will. Dann, als ich ihr Lächeln sehe, erinnere ich mich an ihren Namen.

»Eomara?«

Das Mädchen nickt, geht neben mir in die Knie und legt eine Hand auf meine Schulter. »Ich kann nicht lange bleiben, Indigo. Meine Kraft geht zu Ende.«

»Aber ich habe dich sterben sehen.«

»Ja. Ich bin gestorben.«

»Dann bist du ein Geist?«

Eomaras Lächeln verwandelt sich in eine Grimasse des Schmerzes. Sie ist so lebendig, so wirklich, und zugleich nichts weiter als ein sterbendes Echo.

»Es geht jetzt nicht um mich«, flüstert sie mit gesenktem Kopf. »Du musst aufwachen. Scylla spürt bereits, dass du hier gefangen bist. Wenn sie dich findet, ist alles zu spät.«

Ihre Worte sind wie Nebel. Bleischwere Erschöpfung zwingt mich zu Boden. Ich kann mich kaum noch aufrecht halten, selbst das Sprechen wird zur Qual.

»Aufwachen?«, bringe ich hervor. »Wozu? Es ist zu spät.«

»Nein, das ist es nicht.« Eomara hebt den Blick und sieht mich an. Zorn blitzt in ihren Augen, doch selbst dieses Gefühl wirkt bei ihr auf sonderbare Weise zärtlich. »Noch nicht. Aber du musst dich beeilen. Das hier ist nur eine Illusion. Ein Käfig aus Erinnerungen, in den du dich selbst gesperrt hast. Zerbrich die Stäbe, Indigo. Kehr zurück. Du musst dein Schicksal erfüllen.«

»Mein Schicksal?«

»Hör auf ihre Stimme.« Eomara beugt sich vor, haucht einen Kuss auf meine Stirn und beginnt, zu verblassen. »Hör einfach nur auf ihre Stimme. Sie wird dich zurückführen.«

Und dann verschwindet ihre Gestalt. Alles, was ich noch wahrnehme, ist ein Hauch ihres Duftes. Leinöl, Farbe und reine, unschuldige Weiblichkeit. Wie lange ist es her, dass ich sie verloren habe? Jahrhunderte? Jahrtausende? Ich habe Eomara im Stich gelassen. Ich habe ihren Körper Scyllas Grausamkeit überlassen, und nun kommt zu der Leere und Ödnis meines Kerkers auch noch das Bewusstsein, dass ihre Seele niemals Ruhe finden wird.

»Wach auf«, flüstert es im Dämmerlicht meines Gefängnisses. »Hör auf meine Stimme. Lass dich von ihr führen. Wach auf!«

Ich schließe die Augen und lausche dem lieblichen Wispern. Es streicht sanft durch meine Seele, betäubt das Schaben und Kratzen des Fluches und nimmt die Schwere von meinem Körper. Wieder und wieder flüstert Eomaras Geist die beiden Worte: »Wach auf, wach auf … wach auf … … «

»Wach auf, verdammter Dreck noch mal!«

Kein liebliches Flüstern, sondern ein Knurren. Feuerrauch und ranziger Talg beißen in meine Nase. Ich liege nicht mehr auf kaltem Stein, sondern spüre Felle unter mir. Dicke, samtige Pelze, die streng nach Raubtier riechen.

»Eisteufelei! Jetzt wach doch endlich auf!«

Hände packen meine Schultern und schütteln mich so heftig, dass mir Hören und Sehen vergeht. Ein Blitz nach dem anderen zuckt durch meinen Schädel, dann knallt es ohrenbetäubend. War das etwa eine Ohrfeige? Meine Wange brennt lichterloh, mein Kopf fühlt sich an, als wäre er zwischen den Kiefern eines Eislöwen zermalmt worden.

»Das wurde aber auch Zeit!«, keift die zornige Stimme. »Nein! Nicht wieder einschlafen! Grimmhornmist, du bleibst gefälligst bei mir!«

Wieder ernte ich eine schallende Ohrfeige. Was fällt diesem elenden Wurm ein? Ich fahre hoch, fletsche die Zähne und hätte das Wesen vor mir um ein Haar zu Asche verbrannt, wenn ich nicht im letzten Moment die Augen erkannt hätte, die mich panisch anstarren. Sie sind schwarz und riesengroß. Zwei Kohlenstücke inmitten verschrumpelter, kupferbrauner Haut.

»Jinni?«

»Allerdings, du aufbrausender Trottel.«

»Was war das gerade?«

»Eisdreck noch mal, ich wäre fast gestorben.« Geräuschvoll atmet sie aus, schüttelt meinen Griff ab und stiert mich herausfordernd an. »Hast du auch nur den Hauch einer Ahnung, wie knapp du davongekommen bist? Wie knapp wir alle davongekommen sind? Verflucht noch mal, tu so etwas nie wieder! Nie, nie, nie wieder!«

Was habe ich denn getan? Was ist geschehen? Ich will mich erinnern, doch in meinem Kopf tobt ein heilloses Chaos. Nur eines tritt deutlich hervor: Eomaras Duft, der immer noch an mir haftet. Ihr ruheloser Geist hat mich im Kerker meines Unterbewusstseins gefunden und mich in die Wirklichkeit zurückgeführt. Wie kann das sein? Wie konnte ihr das gelingen? Und warum habe ich sie in all den Jahren nicht ein einziges Mal gesehen, wenn ihre Seele noch immer in dieser Welt umherirrt?

Erschöpft kippe ich nach hinten und werde von Eislöwenpelzen aufgefangen. Einen Moment lang genieße ich ihre Wärme und Weichheit, ehe ich es wage, in mich hineinzuhorchen. Weder höre ich Scyllas Flüstern in meinem Kopf noch spüre ich das Schaben und Kratzen des Fluches. Meine Gedanken gehören immer noch mir selbst, meine Magie ist unangetastet. Heißt das, dass ich gewonnen habe? Was ist mit Jade? Habe ich ihr wehgetan? Sind sie und die Männer wohlauf? Ich will Jinni gerade danach fragen, als sie meine Sorgen von selbst errät: »Denen geht es gut. Alle sind wohlauf, nur der Vogel ist nachtragend.«

»Der Vogel?«

»Jades kleiner Freund. Anscheinend hast du irgendetwas mit ihm angestellt, das er dir nicht so schnell verzeihen wird.«

»Was?«

»Das fragst du mich? Ich habe keine Ahnung.«

Krampfhaft versuche ich, mich zu erinnern. Das letzte klare Bild ist Jade, wie sie am Ufer eines Teiches sitzt, umgeben vom Glimmen und Leuchten des Dschungels. Danach gibt es nur Schwärze, die mit dem Kerker und Eomaras Lächeln endet.

Etwas ist in Esnunna geschehen. Etwas, das noch im Dunkeln liegt, aber nicht mehr lange dort bleiben wird.

»Habe ich jemandem wehgetan?« Mit Schrecken erkenne ich, wie alt Jinni innerhalb weniger Monde geworden ist. Ihre Gestalt ist nur noch ein schlotternder Sack aus Haut und Knochen, der nach Vergänglichkeit riecht. Wie viele Jahre bleiben ihr noch? Hat sie überhaupt noch Jahre, oder sind es nur noch Mondläufe, die sie von dem langen Schlaf trennen?

»Nein«, besänftigt sie mich. »Du hast dich selbst ausgeschaltet, bevor Schlimmeres passieren konnte.«

Mich selbst ausgeschaltet? Ja, ein paar Bildfragmente zucken durch meinen Kopf: beißender Sturm und Frost, der meinem Körper das Leben aussaugt. Fast kann ich nach der Erinnerung greifen, doch dann wird sie von etwas anderem überlagert. Ich spüre nassen Steinboden und kaltes Eisen. Greife nach Stäben, hinter denen nichts als Hoffnungslosigkeit liegt.

Nein! Nicht schon wieder!

Dunkelheit schließt sich wie ein Schlund um mich. Zuerst ist es still. Dann kommen die Bilder. Unzählige Geister, unzählige Leichen. Schreiende Fratzen, bittere Tränen. Sie winseln um Gnade, die ich ihnen nicht gewähre. Jamashree befiehlt. Ich gehorche. Überall stinkt es nach Tod. Mein Körper ist in Blut gebadet. Und sie lacht nur. Sie lacht und belohnt mich mit einem Kuss.

Unzählige Male versuche ich, mir das Herz herauszureißen und mein verfluchtes Leben zu beenden, aber der Wille der Königin ist übermächtig. Alles, was mir bleibt, ist das Warten. Nur warten und warten. Niemals etwas anderes als warten, während ich Hunderte Seelen vernichte. Tausende. Hunderttausende.

»Indigo!«

Die Kälte frisst sich in mein Fleisch. Überall ist Fäulnis. Schmerz. Verderbtheit. Ein klirrendes Lachen dringt durch die Stille und kommt

näher. Scyllas Lachen. Der schrille Triumph darin klingt nach Wahnsinn und unstillbarem Hunger. Sie hat mich gefunden. Sie weiß, dass ich hier bin.

»Nein!«

Jinnis Schrei ist wie ein Schlag, der mich zurück in die Wirklichkeit reißt. Mit aller Kraft schlingt sie ihre Arme um meinen Hals. »Wehr dich dagegen! Hör ihr nicht zu! Höre ihr bloß nicht zu!«

Endlose Momente lang tue ich nichts anderes, als meinem eigenen Herzschlag zu lauschen. Es ist, als hätte ich jahrhundertelang geträumt, und doch sind nur Sekunden vergangen. Irgendwann lege ich meine Arme um Jinnis bebenden Körper, starre hinauf in den Rauchfang und suche nach einem Anker, der mich im Hier und Jetzt festhält. Das Feuer ist fast erloschen, nur noch eine dünne Spirale schlängelt sich durch das Loch in der obersten Spitze des Zeltdaches. Ich beobachte den Weg des Rauches, sehe dabei zu, wie er sich in den Himmel hinaufwindet, im sternengesprenkelten Blau verblasst und schließlich verweht.

Wärme sickert in meinen Körper. Unter den Fellen bin ich nackt, die Weichheit fühlt sich wie ein Kokon an, der mich vollständig umschließt. Vermutlich hat Jinni mir die Kleidung ausgezogen. Ich stelle mir ihr nervöses Gesicht vor, wie es rot und röter wird, sehe ihre zitternden Finger, die hastig den Stoff von meinem Leib zerren, während Nobbe mit griesgrämiger Miene zuschaut.

Weiß Scylla, wo ich bin? Hat sie unsere Spur aufgenommen? Vorsichtig forsche ich nach ihrer Nähe, finde aber nichts. Nur heiße, ungezügelte Magie, die mein Fleisch bis in die kleinste Faser durchdringt und im Rhythmus meines Herzens pulsiert. Niemals zuvor ist sie so stark gewesen. Vermutlich könnte ich mit so viel Energie das gesamte Menschenreich in Brand setzen.

»Weiß Scylla, dass du hier bist?« Jinni kuschelt sich wie ein kleines Kind in meine Umarmung. »Müssen wir fliehen?«

Ich schüttele matt den Kopf, ohne den Blick von der Rauchspirale abzuwenden. »Nein. Sie hat es nicht geschafft.«

»Liebst du das Mädchen?«, fragt sie als Nächstes.

»Ja«, kommt es ohne das kleinste Zögern über meine Lippen. Denn es ist die Wahrheit. Die reine, erschreckende und wunderbare Wahrheit. »Ja, ich liebe sie.«

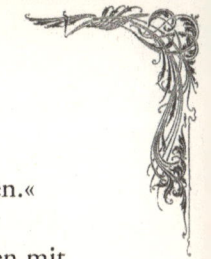

»Dann gehe zu ihr. Sie wird dir dabei helfen, dich zu befreien.«

»Nein. Sie wird mich vernichten.«

»Du hast Angst«, erkennt Jinni treffsicher. Ihre Finger spielen mit etwas, das um meinen Hals liegt. Ich sehe es nur aus dem Augenwinkel und glaube, die silberne Schuppe eines Eisdrachens zu erkennen, befestigt an einem geflochtenen Lederband.

»Was ist das?«

»Seltsame Kräfte wachen auf«, nuschelt Jinni. »Die Vollmonde sind stärker als je zuvor. Sie haben eines der alten Wesen aufgeweckt.«

»Einen Eisdrachen?«

»Ja. Er flog in der Nacht des zweiten Vollmondes über unser Dorf. Am Morgen danach fand ich diese Schuppe. Jeder Bewohner unseres Dorfes hat sich auf ihr verewigt. Wir alle haben das Symbol unseres Namens eingeritzt. Ohne dich wäre unser Volk längst tot. Wir leben nur durch dich.«

Ich bringe kein Wort hervor. Ein gewaltiger Schmerz schnürt mir die Kehle zu, zugleich überwältigt mich fassungsloses Glück.

»Jinni …«, flüstere ich irgendwann.

»Ja?«

»Ich … weiß nicht, wie …«

»Trage die Schuppe«, kommt sie mir zuvor. »Denke an uns und vergiss uns nicht. Das ist alles, was wir wollen.«

»Ich werde sie niemals ablegen. Nicht, solange ich lebe.«

»Dann ist alles gut. Und jetzt beantworte meine Frage.«

»Welche Frage?«

»Hast du Angst?« Sie weicht vor mir zurück und bohrt ihren Blick in meinen. »Sag mir die Wahrheit.«

»Die habe ich. Mehr, als du dir vorstellen kannst.«

Jinni wirft den Kopf zurück und lacht. Dann lässt sie die Schuppe zurück auf meinen Hals gleiten, richtet sich auf und stößt einen tiefen Seufzer aus.

»Ach, mein Lieber. Ich weiß genau, wie du dich fühlst. Tag und Nacht sterbe ich fast vor Angst um meinen Mann. Der Gedanke, ihn eines nahen Tages sterben zu sehen, schnürt mir die Luft zum Atmen ab. Aber so ist die Liebe, nicht wahr? Sie ist ein Messer, das wir uns mit Freuden selbst in den Leib stoßen. Denn nur die Liebe ist stark genug, um die Dunkelheit zu vertreiben. Nur sie kann dich retten. Deine Liebe zu Jade ist mächtiger als jeder Fluch. Mächtiger als Scylla. Mächtiger als der Jasmah-Isdar. Greife nach dieser Liebe und schöpfe Kraft daraus. Dann wird alles gut werden.«

Ich lächele müde. Ein Messer, das wir uns mit Freuden selbst in den Leib rammen. Schmerz und Glückseligkeit, vereint in einem einzigen, übermächtigen Gefühl, das ich aus mir herausreißen will und von dem ich doch weiß, dass ich ohne es zugrunde gehen werde.

»Jinni?«, frage ich noch einmal.

»Ja?«, antwortet sie sanft.

»Denkst du, es bedeutet etwas? Die Monde, meine ich. Ihre wachsende Kraft. Es ist, als würde …«

»… etwas Großes dort draußen geschehen?«, beendet sie meinen Satz. »Als würde eine Macht jenseits unserer Vorstellungskraft aufwachen?«

»Ich weiß es nicht. Ich weiß nur, dass die Monde niemals so stark waren. Die Kräfte des Universums scheinen zu wachsen. Wenn sie noch stärker werden, weiß ich nicht, was geschieht.«

»Oh, das kann ich dir beantworten. Du wirst stärker sein als jemals zuvor. Meine Verbindung zu den Gestirnen mag nicht so innig sein wie deine, aber ich glaube, dass die Macht der Schöpfung dir helfen will.«

Ich seufze und schüttele den Kopf. »Mein Körper ist an Magie gewöhnt, aber wenn die Kräfte zu gewaltig werden, werden sie mich umbringen.«

Jinnis Augen weiten sich. Ich erkenne Angst darin, doch ein anderes Gefühl gewinnt schnell die Oberhand: Zuversicht.

»Nein!«, sagt sie mit Nachdruck. »Die Große Mutter ist auf unserer Seite. Sie schmiedet mit der Kraft der Sterne eine Waffe, gegen die der Jasmah-Isdar machtlos ist. Du wirst die böse Saat vernichten. Ein für alle Mal.«

»Ich hoffe, es ist so.«

»Und ich weiß, dass es so ist«, knurrt Jinni. »Jetzt suhle dich nicht länger in deinen Befürchtungen, sondern gehe zu Jade. Sie streift gerade irgendwo da draußen herum und findet keine Ruhe.«

»Wo sind meine Sachen?«

»Ach was! Dein Mädchen hat sicher nichts dagegen, wenn du splitterfasernackt zu ihr gehst.«

»Jinni!«

»Wo sollen deine Sachen schon sein? Auf der Leine natürlich. Sie waren nicht nur klatschnass, sondern starrten auch noch vor Dreck. Du hättest sie ruhig mal sauber zaubern können.«

»Jinni, bitte gib mir etwas zum Anziehen.«

»Magier sind auch nur Männer, was?« Sie stöhnt und rollt mit den Augen. »Schau mal, was neben dir liegt, du mit Blindheit gestrafter Höhlenschwalm.«

Ich drehe den Kopf und sehe einen Stapel aus weichem, weißem Eislöwenleder. Daneben stehen bequem aussehende Mokassins. »Dir ist hoffentlich klar, dass du der einzige Mensch bist, der jemals derart respektlos mit mir geredet hat und trotzdem noch die Luft dieser Welt atmen darf.«

»Natürlich.« Jinni grinst. »Ich bin der einzige. Neben Jade und Timotheus. Ach ja, und natürlich neben der Füchsin. Aber die ist ja kein Mensch.«

»Ihr vertraut blindlings auf meine Gutmütigkeit.«

»Das tun wir.« Als Jinni sich reckt und streckt, knacken ihre morschen Knochen. »Hörst du das, mein Lieber? Nein, ich meine nicht den Protest meines nichtsnutzigen Körpers, sondern die Feier. Heute Nacht sollten wir alle das Leben ehren.«

Draußen in der Nacht tropft fernes liebliches Flötenspiel durch die Stille. Dunkle Stimmen begleiten es, schwellen hypnotisch auf und ab und vermischen auf unvergleichliche Weise Traurigkeit und Lebensfreude. Es ist ein uraltes Lied, das ich schon unzählige Male gehört habe. Eine Sage aus ferner Zeit, als die Araschnun noch frei und in großer Zahl über die Ebenen von Koresh gezogen sind.

»Heute Nacht ehren wir die Große Mutter.« Jinnis verschmitztes Lächeln erinnert mich an das Mädchen, das mich vor zweihundert Jahren halb tot im Schnee gefunden hat. Ihr nahendes Ende erscheint mir unerträglich. Wäre sie doch nur wie Ischme. Wäre sie doch nur ein magisches Wesen, das von starken Zaubern nicht verbrannt, sondern verjüngt wird.

»Nutzt die Zeit, ihr beiden.« Jinni zwinkert mir verschwörerisch zu. »Es wird eine wunderschöne Nacht.«

Wir beide.

33

Jade und ich.

Indigo und Jade.

Unsere Namen klingen, als hätte das Universum schon vor unserer Geburt beschlossen, dass wir zusammengehören. Und doch wird es genau dieses Universum sein, das Jades Lebenszeit ebenso schnell aufzehren wird wie die der Frau, die gerade vor mir sitzt. Ob wir uns wohl wiederfinden werden, wenn ihre Seele eine neue Hülle bezogen hat? Ich kann es nur hoffen, denn unser Verlust ist unausweichlich. Ganz gleich, was geschieht.

Verdammt, wenn ich nur wüsste, was zwischen uns vorgefallen ist. Irgendetwas in Esnunnas Dschungel hat dem Fluch neue Macht verliehen, doch die Erinnerung an jene Momente bleibt in undurchdringlichen Nebel gehüllt. Ganz gleich, wie tief ich in meinen Gedanken wühle.

»Was feiert ihr eigentlich?«, frage ich Jinni, stehe auf und streife mir das Hemd über den Kopf. »Es ist keine Sonnenwende, und es findet auch keine Nebelwal-Jagd statt.«

»Na, was wohl?«, antwortet sie. »Dass wir noch leben.«

Jade

Wie ein Trugbild tanzen die Schneeflocken hinter der flimmernden Haut des Schutzwalls. Jenseits des Zaubers recken sich die schneebedeckten Gipfel in einen sternenübersäten Himmel und grenzen das Tal vom Rest der Welt ab. Immer wieder treibt der Wind glitzernde Schleier aus Frost gegen die magische Mauer und türmt die Schneewehen davor zu bizarren Gestalten auf. Doch während nur wenige Schritte vor mir die Elemente toben, graben sich meine Füße in weiches, warmes Gras, das nach Sommer und fruchtbarer Erde duftet. Überall wuchern Blumen in den absonderlichsten Formen und Farben, die Büsche hängen voller Beeren und die Bäume voller Früchte. Wasserfälle aus hellblauen Blüten ergießen sich von Felsgraten, die wie spitze Zähne aus dem Boden stechen, und am Rande kleiner Tümpel wuchern üppige Rohrkolben- und Schilfhaine.

Ich erinnere mich an einen Text in Großvaters Büchern, in dem davon die Rede gewesen war, dass die Welt einem ständigen Wandel

unterworfen sei. Dort, wo heute das Uferlose Meer rauscht, hat es einst Wälder und Prärien gegeben, und unter der Knochenwüste schlafen die Überreste eines untergegangenen Dschungels. Vielleicht ruhten auch die Samen dieser Pflanzen unter einer Decke aus Schnee und Eis, wurden durch Indigos Zauber befreit und haben ein Paradies zum Leben erweckt, das vor undenklicher Zeit schon einmal existiert hat. Kaum eine Blüte kommt mir vertraut vor, auch die Früchte sind mir – bis auf die Birnen und Pflaumen – gänzlich unbekannt. Die meisten sind essbar, andere haben, wie ich inzwischen herausgefunden habe, weniger angenehme Auswirkungen auf den Körper. Was jedoch fehlt, sind Insekten und Vögel. Nirgendwo summt eine Biene, nirgendwo flattert ein Schmetterling oder zwitschert eine Ammer. Die Wüste des Gebirges ist undurchdringlich, kein Tier findet seinen Weg hierher, es sei denn, es ist für Eis und Frost geschaffen. Schon mehrmals habe ich beobachtet, wie die Araschnun mithilfe von Pinseln die Aufgabe der Bienen übernehmen, sobald ein Busch oder ein Baum seine Blüten öffnet. Ihr merkwürdiges Tun scheint von Erfolg gekrönt zu sein. Das Tal ist ein riesiger, wuchernder Garten und erinnert an manchen Stellen, an denen nachtleuchtende Blumen und glühendes Moos wächst, an den Dschungel von Esnunna.

Langsam schreite ich durch eine Wiese aus hohem Gras und genieße das Streicheln der fedrigen Ähren an meinen Beinen. Kein Stoff hat sich jemals so angenehm angefühlt wie das samtige weiße Leder, aus dem mein Kleid besteht. Laut Jinni stammt es von einem Eislöwen, ebenso wie die Felle in meinem Zelt und die Mäntel, mit denen sich die Araschnun vor der Kälte schützen. Jedes Stück wird mit äußerster Sorgfalt behandelt und in Ehren gehalten, denn es kommt nicht oft vor, dass eine der mächtigen Raubkatzen stirbt. Umso dankbarer bin ich für das Kleid, das Jinni mir überlassen hat. Es ist einfach geschnitten, reicht mir bis zu den Knien und besitzt keine Ärmel, sondern lange Fransen an den Schultern, die meine nackten Arme kitzeln.

Immer wieder streichele ich über das meisterhaft gegerbte Leder, während ich am Rand des Schutzwalls entlangspaziere und schließlich zu einem mit Lichtern geschmückten Baum komme, der auf den ersten Blick kahl erscheint. Erst beim Näherkommen erkenne ich das spinnwebenzarte Laub, das in blau schimmernden Fäden von den Zweigen hängt und in der Abendbrise hin- und herschwingt. Unzählige glimmende Kugeln baumeln in der Krone des Baumes, kunstvoll geflochten und gefüllt mit einem goldenen Licht, das zu leben scheint. Es tanzt und flimmert, als wären Hunderte Glühwürmchen in den Gefäßen eingeschlossen, doch dann erkenne ich, dass es keine Tiere sind, die das Leuchten verströmen.

Es ist Indigos Magie.

Inzwischen ist mir das unvergleichliche Prickeln, das mich in ihrer Nähe überkommt, so vertraut wie das Licht der Sonne und der Monde. Seit zwei Tagen sind wir nun schon hier, aber die Laternen und diesen Baum sehe ich zum ersten Mal. Offenbar hat ihr Licht nicht nur mich magisch angezogen, sondern auch Ischme und Zilp. Müde blinzelt die Füchsin vom dicksten Ast des Baumes auf mich herunter, lässt ihren Schweif baumeln und gähnt herzhaft, sodass ich ihre Fänge in ganzer Pracht bewundern kann. Diesmal ist ihr Pelz rot wie der eines gewöhnlichen Fuchses, vermutlich, weil sie eine Tarnung für unnötig hält oder in ihrer Schläfrigkeit einfach vergessen hat, die Farbe ihres Felles anzupassen. Auf Ischmes gekreuzten Vorderpfoten hockt der Vogel, stellt sein Häubchen auf und zwitschert zur Begrüßung.

»Na, ihr beiden? Geht es euch gut?« Ich kraule zuerst Zilp, dann Ischme, während der Klumpen in meinem Magen größer und größer wird. Jinni hat mir einen Teil meiner Angst genommen, aber ich schaffe es nicht, ihre Zuversicht zu teilen. Kann sie Indigo wirklich helfen? Oder will sie mich nur mit sinnlosen Hoffnungen beruhigen? Und warum bei allen Göttern hat sich das ganze Dorf auf dem Festplatz versammelt, spielt Musik und feiert so ausgelassen, als gäbe es weder Ängste noch Sorgen? Wissen sie denn nicht, wie nahe wir alle am Abgrund stehen? Ist ihnen nicht klar, wie schnell es für uns alle vorbei sein kann, wenn Indigo den Kampf gegen den Jasmah-Isdar verliert?

Kurzerhand klettere ich auf den Baum, schwinge mich hinter Ischme auf den Ast und blicke auf das Dorf hinab. Von hier aus sehe ich es in seiner gesamten Größe. Es sind mehrere Dutzend Zelte, gebaut aus Walhaut und Knochen, die von den wuchernden Pflanzen fast verschlungen werden. Eine erkennbare Ordnung gibt es nicht, jedes Zelt steht schlicht und einfach dort, wo es seinem Besitzer gefällt. Eines thront sogar in der breit gefächerten Krone einer

Akazie, ein anderes klebt wie ein Schwalbennest an einem besonders großen Felszahn.

Etwa in der Mitte des Tales befindet sich eine kreisrunde, gerodete Fläche, auf der drei große Feuer prasseln. Übermütig springen Männer, Frauen und Kinder um die Flammen herum, fassen sich bei den Händen, drehen sich im Kreis und gehen wieder auseinander. So ungeordnet und wild das Leben in diesem Tal auch sein mag, beim Tanzen folgen die Araschnun einem faszinierenden Muster. Immer wieder verstummen die Trommeln und weichen melancholischem Flötenspiel. Wenn das geschieht, kehrt Ruhe in die umherwirbelnde Menge ein. Man umarmt sich, tauscht Küsse und Liebkosungen aus oder steht einfach nur da und starrt in den Himmel hinauf, bis die Musik wieder lebensfroher wird und der Kreislauf von vorne beginnt.

Der Tanz ist das Leben, hat Jinni mir erklärt. Und genau so ist es. Was dort unten geschieht, ist wie ein immerwährender Wechsel aus Licht und Dunkelheit, Liebe und Schmerz, Trauer und Hoffnung.

Unwillkürlich taste ich nach der kleinen Tasche, die seitlich im Kleid eingenäht ist, ziehe Palilis Scherbe heraus und blicke in ihren gläsernen Spiegel. Sobald Aaron, Metena und Aja befreit sind, wird hier unser neues Leben beginnen. Inmitten von schiefen Zelten aus Nebelwalhaut, wuchernden Pflanzen und fremdartigen Blumen. Einerseits kann ich den Moment unserer Wiedervereinigung kaum erwarten und bete unablässig dafür, dass wir unser Ziel erreichen. Andererseits wird der Gedanke, Indigo zu verlieren, mit jedem Tag grausamer. Falls wir die Orchidee finden, wird er sterben. Er wird diese Welt für immer verlassen, und ich bleibe zurück. Möglicherweise verbrennt er heute Nacht auch das ganze Dorf und beendet den Weg unseres Schicksals. Wie groß ist die Chance, dass wir unseren Weg bis zum Ende gehen können? Wie groß die Wahrscheinlichkeit, dass wir es schaffen, Aaron, Metena und Aja zu befreien?

Als sich die Oberfläche der Scherbe zu verändern beginnt, stopfe ich sie hastig zurück in meine Tasche. Nein, ich will nicht sehen, was sie mir zeigt. Nicht diesmal.

Frustriert greife ich nach meinem Zopf, ziehe die Federn heraus und beginne, ihn aufzulösen. Ich will die Nacht in Esnunna vergessen. Ich will den berauschenden Geruch seiner Haut vergessen, das Gefühl

seines Körpers, der sich verführerisch gegen meinen presst, und den süchtig machenden Geschmack unserer Küsse.

Wütend schüttele ich die Perlen aus meinem Haar, lasse sie ins Gras fallen und kämme mit den Fingern durch die Strähnen. Warum bei tausend heulenden Dämonen hängt noch immer der Duft des Dschungels darin fest? Und, was noch viel schlimmer ist, Indigos Geruch?

Mit einem Mal wird mir alles zu viel. Ich gleite vom Ast, balle die Hände zu Fäusten und atme tief durch. Nein, ich muss standhaft bleiben. Ich muss das hier irgendwie durchstehen, auch wenn ich das Gefühl habe, jeden Moment durchzudrehen.

»Wagt es ja nicht, ihn mir wegzunehmen«, flüstere ich in die sternengesprenkelte Nacht. »Wenn ihr auch nur einen Funken Mitgefühl besitzt, dann steht uns bei. Erhört meine Gebete. Ich flehe euch an.«

»Betest du für mich, Menschenmädchen?«, raunt eine Stimme in der Dunkelheit. Weich. Dunkel. Wie streichelnder Samt auf meiner Haut. Indigo steht hinter mir. Ganz nahe. Wie lange schon? Warum habe ich ihn nicht kommen hören? »Es ist eine Ewigkeit her, dass jemand für mich gebetet hat.«

Es ist, als spräche ein Geist aus ferner Zeit durch seine Zunge. Angst rieselt über meinen Rücken und quetscht mit kalter Faust meinen Magen zusammen. Ich wage es nicht, mich umzudrehen. Kann ich ihm verzeihen? Kann er mir verzeihen? Ist es wirklich Indigo, der zu mir spricht, oder sind seine zärtlichen Worte eine Falle, die der Jasmah-Isdar für mich webt?

Oh, gütige Götter, ich spüre ihn in der warmen Luft. Ich atme seinen Duft und seine Hitze, erinnere mich an unsere verhängnisvolle Nacht im Dschungel und beiße mir die Lippe blutig, um nicht vor Qual zu wimmern. So sehr sehne ich mich danach, ihn anzusehen, doch ich kann mich nicht bewegen. Vielleicht ist dies der Moment, in dem ich sterben werde. Der Moment, in dem wir alle sterben werden. Tränen brennen in meinen Augen, beim nächsten Blinzeln spüre ich, wie sie heiß und salzig über meine Wangen laufen.

»Jade«, raunt Indigo in meinen Nacken. »Bitte erfülle mir heute Nacht einen Wunsch.«

»Was?« Meine Kehle ist ausgedörrt, meine Zunge ein brüchiges Stück Leder. Sein Atem kitzelt über mein Haar, streicht warm über

meinen Hals und duftet nach dem Geschmack seiner Küsse. Wird er mich gleich berühren? Wird er mich vielleicht sogar in seine Arme schließen? Zilps Federn stehen wie Stacheln von seinem Leib ab, während Ischme ihre Ohren spitzt. Sie mustert Indigo mit großen, schwarzen Fuchsaugen, in denen sich das Licht der Laternen spiegelt. Ich erkenne keine Furcht in ihrem Blick, aber eine tiefe Traurigkeit, die mir das Blut in den Adern gefrieren lässt.

»Einen Wunsch?«, stammele ich. »Was für einen Wunsch?«

»Ich sage ihn dir, wenn du dich umdrehst.«

Einen Wimpernschlag lang scheint alles zu verschwimmen. Mein Körper, mein Atem, selbst die Welt um mich herum. Losgelöst von mir selbst drehe ich mich um, beiße mir auf die Lippe und starre auf Indigos Füße. Sie sind nackt, zarte Grashalme streichen über seine Haut. Ich fühle mich federleicht und schwer zugleich, als würde mein Körper jeden Augenblick fliegen, nur um nach einem Moment der Ekstase wie ein Stein zurück gen Boden zu fallen.

Langsam gleitet mein Blick höher, bis er schließlich bei seinem Gesicht ankommt. Oh, ihr Götter! Indigos Haar ist offen und zerzaust, als wäre er ein paar Mal notdürftig mit den Fingern hindurchgefahren. So wie ich trägt er Kleidung aus Eislöwenleder, die sich weich um seinen Körper schmiegt. Das ärmellose Hemd reicht ihm bis zu den Oberschenkeln und ist so schlicht wie mein Kleid, der einzige Schmuck besteht aus zwei Reihen ovaler Elfenbeinknöpfe. Dann entdecke ich an seinem Hals eine merkwürdige Kette, die ich nie zuvor gesehen habe.

»Das ist eine Drachenschuppe«, beantwortet Indigo meine unausgesprochene Frage. »Jinni hat sie mir geschenkt.«

»Eine weiße Drachenschuppe?«

»Sie stammt von einem Eisdrachen.«

»Gibt es noch welche?«

»Letztens ist wohl einer aufgetaucht.«

Wir reden miteinander. So, als wäre niemals etwas geschehen. Was bedeutet das? Soll ich nach der Hoffnung greifen, oder ist all das nur ein Trugbild?

»Jinni konnte dir also helfen.« Als wären sie der Mittelpunkt der Welt, betrachte ich die winzigen eingeritzten Zeichen auf der

Schuppe. »Sie hat mir erzählt, wie ihr euch kennengelernt habt. Vor zweihundert Jahren.«

»Ich kann ein Stück weit das Leben eines Menschen verlängern«, sagt er leise. »Aber wie du siehst, bin ich machtlos gegen das Altern.«

»Jinni ist zweihundertvierunddreißig Jahre alt.«

»Und doch wird sie bald sterben.«

»Du kannst nichts dagegen tun?«

»Nein. Ich konnte Ischme verjüngen, weil sie ein magisches Wesen ist. Derselbe Zauber würde einen Menschen in Asche verwandeln. Die Magie ist zu stark für eure Körper. Sie verbrennt euch. Ich kann nur verzögern. Den Verfall verlangsamen. Aber den Tod aufhalten … nein, das kann ich nicht.«

Seine Stimme klingt so sanft wie eh und je. Nichts deutet darauf hin, dass seine Worte nur eine Täuschung sind. Trunken wie ein liebeskranker Glotzfisch starre ich auf seine Brust und male mir aus, meine Hand darauf zu legen. Ich könnte seine Wärme durch das dünne Leder spüren. Seinen Atem, seinen Herzschlag. Die Wölbung der Muskeln.

Das Licht der drei Monde fließt über seine Haut und die weiße Kleidung. Er sieht so unfassbar rein aus. So wundersam und strahlend, als könnte das Böse ihn niemals beschmutzen. Nein, ich ertrage seinen Anblick nicht länger. Doch als ich mich abwenden will, legt Indigo seinen Zeigefinger unter mein Kinn und zwingt mich, ihn weiterhin anzusehen.

»Ich werde dir nicht wehtun.« Die Weichheit seiner Stimme schmerzt wie eine zustoßende Klinge. »Bitte verzeih mir, Jade. Der Fluch hat mich einmal besiegt, aber er wird es kein zweites Mal schaffen.«

Ein kläglicher Laut dringt aus meiner Kehle. Oh, ihr Götter, warum seid ihr nur so grausam? Warum bin ich so schwach? Warum stürze ich haltlos in das Grün seiner Augen und schaffe es nicht, mich dagegen zu wehren? Erschöpfung umgibt ihn wie eine fiebrige Aura, und doch spüre ich das Vibrieren unvorstellbarer Macht. Es ist, als hätte jemand eine Naturgewalt in einen Käfig aus Fleisch und Blut eingesperrt. Magie knistert über meine Haut und dringt in meinen Körper ein, bis ich in einer Explosion aus Licht bade. Was geschieht mit mir? Was geschieht mit uns?

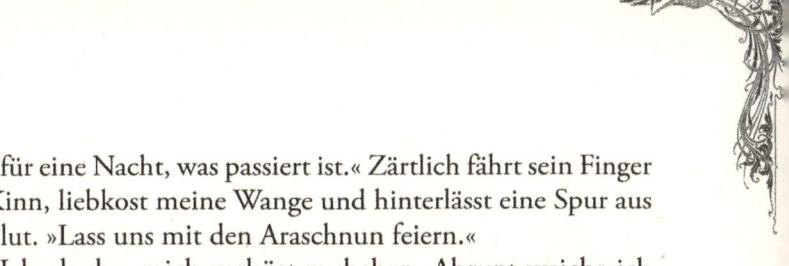

»Vergiss für eine Nacht, was passiert ist.« Zärtlich fährt sein Finger über mein Kinn, liebkost meine Wange und hinterlässt eine Spur aus Frost und Glut. »Lass uns mit den Araschnun feiern.«

»Was?« Ich glaube, mich verhört zu haben. Abrupt weiche ich einen Schritt zurück und spüre, wie die Magie von mir abfällt. Innerlich schreie ich vor Sehnsucht, doch mein Verstand bleibt wachsam. Hier gibt es keinen Rausch, der meine Gedanken vernebelt. Keinen Blütenduft, der alle Hemmungen fortspült. »Du willst feiern?«

»Ich will eine Nacht lang vergessen.« Seine Hand ist noch immer nach mir ausgestreckt, erstarrt in einer flehenden Geste. Oh, ihr heiligen Mütter aller Götter, ich halte seinen Blick nicht länger aus. Ich halte es nicht mehr aus, ihm fern zu sein. »Bitte, Jade.«

Mein Kopf ist gähnend leer und zugleich übervoll. Ich stammele irgendetwas, verknote meine Finger miteinander und weiß nicht, was ich tun soll. Was ich sagen soll. Was ich denken soll. Ich weiß überhaupt nichts.

»Bitte.« Seine Stimme ist unwiderstehlich. Sie ist pure, vertonte Sehnsucht. »Nach allem, was geschehen ist, will ich dir wenigstens eine Nacht ohne Sorgen schenken.«

»Wie soll das gehen?«, krächze ich. »Wie soll ich mich nicht sorgen? Das ist unmöglich. Unmöglich, verstehst du?«

»Komm.« Indigo vollführt mit seiner dargebotenen Hand eine einladende Geste. »Vertraue mir.«

Gerade gehe ich einen willenlosen Schritt auf ihn zu, als ein wütendes Kreischen ertönt. Zilp flattert an meinem Kopf vorbei, bleibt vor Indigo in der Luft stehen und bespritzt ihn mit einer Ladung Vogelmist. Mit einem durchdringenden »Sriii!« gräbt er die Krallen in sein Haar, hackt einmal mit dem Schnabel zu und verschwindet wie ein kleiner Kugelblitz in der Nacht.

»Was war das denn?« Indigo blinzelt verwirrt – und ich tue etwas, das mich grenzenlos überrascht. Ich lache. Nein, ich gackere und pruste wie ein wild gewordenes Huhn, als wäre das die Befreiung, auf die ich viel zu lange gewartet habe. Sein Gesichtsausdruck ist einfach zu herrlich. Während er den Fleck mit einem flüchtigen Aufleuchten seiner Magie verschwinden lässt und durch sein zerzaustes Haar fährt, halte ich mir vor Lachen den Bauch.

»Ist dein Freund verrückt geworden?«

»Nein«, japse ich. »Er ist nur sauer auf dich. Ziemlich sauer.«

»Warum?«

»Nun ja, du hast ihn … « Wieder muss ich mich vor Lachen krümmen, schlage mir auf die Schenkel und ringe keuchend nach Luft. Indigos Miene trägt nicht im Geringsten dazu bei, mich wieder unter Kontrolle zu bringen.

»Du hast ihn …«, ich keuche atemlos, »gewissermaßen schockgefrostet. Mitten in der Luft.«

»Warum?«

»Wahrscheinlich ging dir sein Geflatter auf den Geist.«

»Und deswegen habe ich ihn schockgefrostet?«

»Ja.«

Bestürzt blickt er mich an. Und plötzlich zweifele ich nicht länger daran, dass Indigo zurückgekehrt ist. Sein unübersehbarer Schmerz erstickt mein Lachen, wischt meine Angst beiseite und lässt mich auf ihn zutreten. Als ich meine Finger mit seinen verschlinge, wird sein Blick weich und sehnsüchtig.

»Es tut mir leid, Jade. So furchtbar leid.«

»Ich weiß«, flüstere ich.

»Aber Zilp scheint es nicht zu wissen.«

»Er ist einfach nur nachtragend.« Seine Nähe berauscht mich. Ich werde zu einem Echo seiner Magie und leuchte gemeinsam mit ihm, so, wie an manchen Tagen der erste Mond zusammen mit der Sonne am Himmel steht. Gierig verschlinge ich seine Hitze und gebe sie ihm durch die Berührung unserer Finger wieder zurück, während wir Hand in Hand zum Festplatz gehen.

»Ich kann nicht tanzen«, warne ich ihn vor. »Ich habe noch nie getanzt.«

»Ich werde es dir zeigen.« Indigos Lächeln lässt mein Herz vor Freude zerspringen. Doch was ist, wenn wir erneut stürzen? Was ist, wenn diese Nacht nur ein flüchtiges Aufatmen ist, ehe das Schicksal uns zwischen seinen Zähnen zermalmt?

Ich bekomme keine Gelegenheit, darüber nachzudenken. Das Flackern der Feuer rückt näher, die Musik beginnt, uns einzuspinnen. Vielleicht ist der Moment, in dem Indigo meine Hand hält und mir

so nahe ist wie mein eigener Herzschlag, nur flüchtig. Vielleicht ist all das ein Trugbild, das nur dazu dient, die kommende Dunkelheit noch finsterer zu machen. Es ist mir egal. Ich will das Hier und Jetzt mit allen Sinnen verschlingen.

Ich will seinen Wunsch erfüllen.

Der Schlag der Trommeln reißt uns mit sich, die Hitze der Feuer kocht auf unserer Haut. Indigo zieht mich durch Gruppen von schwitzenden Menschen, mitten hinein in eine wilde Strömung. Ich keuche überrascht, als wir in die Menge der wirbelnden Leiber eintauchen und gegeneinandergedrückt werden. Es gibt keine Gedanken und keine Zweifel mehr. Alles geschieht, als hätte ich niemals in meinem Leben etwas anderes getan. Wir drehen uns im Kreis, strecken unsere Arme in die Höhe, schmiegen uns aneinander und weichen wieder zurück, immer im Gleichtakt mit den Trommeln und mit den Menschen, die uns umringen. Wir sind wie Wellen in einem Sturm. Wie Vögel auf den Strömungen des Windes.

Wir fliegen und fallen, verschmelzen miteinander und fließen wieder auseinander. Meine Hände gleiten über Indigos nass geschwitzten Körper und spüren die Hitze seiner Haut. Ich werde hungrig. So hungrig, dass ich glaube, den Verstand zu verlieren. Feuerschein spiegelt sich in seinen Augen, während er mich mit Blicken verschlingt und zu einem Spiegelbild meiner eigenen Gier wird. Ich will, dass es niemals aufhört. Ich will in dieser Nacht untergehen und nicht wieder auftauchen.

Bei der nächsten Drehung erfasst mich ein heftiger Schwindel. Ich werfe den Kopf zurück, werde von Indigos Armen aufgefangen und lache aus vollem Hals. Die Trommeln verstummen, sanftes Flötenspiel erfüllt die Nacht. Wie gebannt betrachte ich die Schweißtropfen auf seiner Stirn. Bei allen Göttern, nie hat er schöner ausgesehen als in dieser Nacht. Ich lege meine Hände um sein Gesicht und küsse ihn, als wäre dies mein letztes Lebewohl. Als würde jetzt und hier der Lauf aller Dinge enden. Sein Geschmack brennt auf meiner Zunge. Er erfüllt mich, bis ich vor Wonne und Glück sterben will, weil mir in einem fernen Winkel meines Verstandes immer noch klar ist, dass dieser Augenblick enden wird.

Und dann ist dieses Ende plötzlich da.

Einfach so.

Indigo stößt mich zurück, hält mich an den Schultern fest und starrt mich an. Ich stöhne auf vor Enttäuschung. Die Welt dreht sich weiter. Immer weiter. In einem wilden, ekstatischen Strudel. Flammen zucken durch den Himmel, Funken sprühen, Menschen lachen.

»Nicht schon wieder«, flehe ich ihn an. »Bitte nicht.«

Seine Augen weiten sich in ungläubigem Staunen. Da ist keine Bosheit in seinem Blick, auch keine Kälte. Nur grenzenlose Verblüffung.

»Was ist los?« Das Flötenspiel verstummt, die Trommeln schlagen wieder ihren treibenden Rhythmus. Tänzer rempeln uns an. Ihr Gelächter und Gejuchze tost um uns herum wie ein Orkan. »Indigo! Rede mit mir!«

»Komm mit.« Ohne Vorwarnung zerrt er mich hinter sich her. Nicht brutal wie in Esnunna, sondern ungeduldig. Wir rennen aus dem Strom der Feiernden hinaus und tauchen in die Nacht ein, hasten durch eine Wiese aus mannshohem Gras, kriechen durch raschelndes Schilf und kämpfen uns durch ein Dickicht aus meterhohen Lilien, deren Kelche wie frisch gefallener Schnee leuchten. Als mich eine der Pflanzen zu Fall bringt, fängt Indigo mich auf und trägt mich auf seinen Armen weiter. Ich presse meine Nase in sein Haar, küsse seinen Hals und lecke den Schweiß von seiner Haut. Mein Leib prickelt und glüht, brennt und pulsiert. Ich seufze vor Hunger, lasse meine Hände über seinen Rücken gleiten und kämme mit zitternden Fingern durch sein Haar.

Im nächsten Moment schlüpfen wir durch den Eingang eines Zeltes. Meines Zeltes, wie ich schnell begreife. Vorsichtig setzt er mich auf dem Boden ab und weicht zwei Schritte von mir zurück. Mit einer flüchtigen Handbewegung lässt er das erloschene Feuer wieder aufflackern und beschert mir eine weitere Welle aus Magie, die prickelnd und heiß über meine Haut kriecht.

»Das Böse hasst die Liebe«, höre ich ihn flüstern. »Das war also der Grund.«

»Hä?«, nuschele ich.

»Was in Esnunna geschehen ist. Ich hatte es vergessen, aber gerade …« Er ringt nach Luft, fährt sich durch die Haare und lacht. Bei allen Göttern, sein Anblick ist pure Qual. Ich will ihn berühren. Jetzt! Sofort! »Gerade ist es mir wieder eingefallen. Der Fluch kämpfte

um sein Leben. Er spürte seine Auslöschung, also hat er seine letzten Kräfte zusammengekratzt.«

Ich blinzele verwirrt. Seine Worte wehen wie Nebel durch meinen Kopf. Alles, was ich wahrnehme, ist das Schimmern des Feuers auf seinen nackten Armen. Und seine Lippen, die ich mit meinen verschlingen will. Was ist los mit mir? In Esnunna war es der Rausch der Dschungelblüten, der mich überwältigt hat. Aber hier? Hier gibt es nur ihn und mich.

»Jedes Geschöpf entwickelt ungeheure Kräfte, wenn es um sein Leben kämpft.« Während er spricht, versuche ich krampfhaft, mich auf seine Worte zu konzentrieren. »Wir vollbringen Dinge, die bei klarem Verstand unmöglich sind. Dem Fluch erging es nicht anders. Esnunnas Rausch setzte ihm zu, und als wir dann auch noch ... als du mich ... als wir ...«

Indigo verliert den Faden. Sein mühsames Atemholen ist pure Verführung, und doch spüre ich, wie ein vertrautes Gefühl zurückkehrt: der Dorn der Angst. Kalt und scharf drückt er sich in meinen Nacken.

»Es war falsch«, presse ich hervor. »Wir hätten niemals nachgeben dürfen.«

»Es war nicht falsch. Es war das einzig Richtige.« Er schließt einen Moment lang die Augen, schlägt sie wieder auf und nimmt einen tiefen Atemzug. »Verzeihst du mir, Jade?«

»Ich ...« Meine Kehle wird eng. »Ich ... ähm ...«

»Ein Wort«, sagt er leise, »und ich rühre dich nie wieder an. Es ist deine Entscheidung. Ich werde dich niemals zu etwas drängen. Niemals, das schwöre ich dir.«

»Aber es ist schlimm geendet.« Ungläubig starre ich auf seine Finger, die nach dem ersten Knopf seines Hemdes greifen. »Wir hätten dich fast verloren.«

»Weil ich nicht vorbereitet war.« Er öffnet den zweiten Knopf. Dann den dritten und letzten. Mir bleibt fast das Herz stehen. »Diesmal werde ich es sein. Willst du es, Jade? Nimmst du mich noch einmal an, obwohl ich dir wehgetan habe?«

Fassungslos starre ich auf seine nackte Haut, als er das Hemd auszieht und es zu Boden fallen lässt. Feuerschein tanzt auf seinem Oberkörper und überhaucht ihn mit einem sinnlichen Spiel aus Licht und

Schatten. Draußen dröhnen die Trommeln im Rhythmus meines Herzens. Sie rasen wie von Sinnen, reißen mich mit sich und fluten mich mit einem verzweifelten Hunger nach Leben. Indigos Haut ist nicht mehr weiß wie das Mondlicht, sondern schimmert golden. Menschlich und magisch zugleich.

Ich weiß jetzt, was Jamashree gefühlt haben muss, und was Scylla bis zu ihrem letzten Atemzug dazu treiben wird, ihn an sich zu binden. Kurz verspüre ich Abscheu gegen mich selbst, weil es ist, als wollte ein Stück von mir das Treiben der wahnsinnigen Frauen rechtfertigen. Doch dann kehren meine Gedanken ins Hier und Jetzt zurück.

»Ja«, flüstere ich. »Ich will es.«

Indigo kommt auf mich zu, legt eine Hand auf meinen Oberarm und lässt einen Strom warmer Magie in meine Haut sickern. Staunen liegt in seinem Blick, während er mich streichelt. Ganz sanft und vorsichtig, als befürchte er, ich könnte vor ihm zurückweichen. Doch für mich gibt es kein Zurück mehr. Es gibt keine Welt mehr dort draußen, sondern nur noch dieses Zelt, den Geruch nach Rauch und nackter Haut, das Gefühl von weichem Fell unter meinen Füßen und Indigos Nähe, die mein Herz in den Wahnsinn treibt.

Als er die Knöpfe am Rücken meines Kleides löst, schließen sich seine Augen. Jeden Moment zelebriert er wie etwas Heiliges, während ich ihn mit Blicken verschlinge und nicht begreifen kann, dass ich, das kleine, kratzbürstige Straßenmädchen, von einem Magier geliebt werde. Blaue Lichter tanzen in seinem Haar, Wimpern werfen zarte Schatten auf seine Wangenknochen. Ich ziehe jede Linie seines Gesichts mit Blicken nach, streichle sie in Gedanken bereits mit meinen Fingern und hauche Küsse darauf. In Esnunna hat uns der Rausch in besinnungslose Raserei gestürzt, jetzt wirkt jedes Detail klar und unerträglich intensiv. Das Schweigen zwischen uns, das mein Blut zum Kochen bringt. Die flüchtigen Berührungen seiner Finger, während er quälend langsam einen Knopf nach dem anderen öffnet. Die Geräusche unseres Atems, das Knistern des Feuers, die Bewegungen seiner Muskeln.

Wir sind in Sicherheit, versteckt in einem Gebirge, das jeder Mensch, jeder Hexer und jedes Ungeheuer für tödlich hält. Eine Mauer aus Eisstürmen und schneebedeckten Gipfeln schneidet uns von der Welt ab, die so lange jeden unserer Schritte verfolgt hat. In dieser Nacht

sind wir sicher. In dieser einen kostbaren Nacht gibt es nur uns und den Hunger nach süßem Vergessen.

Das Kleid gleitet über meine Haut. Indigo zieht es mir über den Kopf, tritt einen Schritt zurück und starrt mich an, als wäre ich das größte aller Rätsel. Jede Sekunde unseres Zögerns steigert meinen Hunger, bis ich es nicht mehr ertrage. Ich überwinde die Kluft zwischen uns mit einem Schritt, lege meine Hand auf seine Brust und lasse sie langsam nach unten gleiten. Glänzend wie ein Stück Eis liegt die Drachenschuppe über seinem Herzen, aufgeheizt von der Haut, auf der sie ruht.

Es ist, als würde ich ihn zum ersten Mal berühren. Unsere gemeinsame Nacht in Esnunnas Dschungel erscheint mir wie ein Trugbild. Wie ein unwirklicher Fiebertraum. Diesmal spüre ich Indigo mit wachen Sinnen. Ich nehme die Weichheit seiner Haut wahr, streiche über die Wölbung seiner Muskeln und rieche den warmen Moschusduft, der ihm entströmt.

Es raschelt leise, als er mein Kleid zu Boden fallen lässt. Langsam lasse ich meine Hand wieder höher wandern, schmiege sie um seinen Hals, streiche an seinem Kiefer entlang und grabe sie schließlich in sein Haar. Als ich mich vorbeuge, um Indigos Stirn zu küssen, berühren ihn die Spitzen meiner Brüste. Sein scharfer Atemzug ist das Verführerischste, das ich jemals gehört habe. Doch dann fängt er an zu lachen. Es klingt so überwältigt, so losgelöst und frei, dass ich darin einstimme, mich an ihn presse und meine Arme um seinen Hals schlinge. Zitternd klammern wir uns aneinander fest, dann hebt er mich plötzlich empor und dreht sich mit mir im Kreis, während wir wie Kinder die Köpfe zurückwerfen und haltlos kichern.

»Jade«, flüstert er, als wäre mein Name eine unfassbare Kostbarkeit. »Ich wünschte, meine Macht wäre groß genug, um die Zeit anzuhalten.«

»Heute Nacht gibt es keine Zeit.« Ich küsse ihn sanft, obwohl die Gier mich fast um den Verstand bringt. Seine Lippen fühlen sich wunderbar an, warm und weich und viel zu gut, um sie jemals wieder freizugeben.

Jede Berührung kosten wir bis zur Schmerzgrenze aus, jede Sekunde dehnen wir ins Unendliche. Unsere Zungen spielen träge miteinander, unsere Finger kämmen behutsam durch schweißfeuchtes Haar. Wir blicken einander in die Augen, forschen nach Gefühlen und unausgesprochenen Worten und versuchen, uns so nahe wie möglich zu sein. Habe ich ihn irgendwann einmal verabscheut? Habe ich ihm boshafte Dinge an den Kopf geworfen, ihn verflucht und gehasst? Ja, vor langer Zeit war es so gewesen. Aber jetzt sind diese Gefühle so blass, dass ich sie nicht mehr begreifen kann.

»Menschenmädchen«, haucht er mir zärtlich ins Ohr, während seine Hände über meinen Rücken streicheln, »hast du eine Ahnung, wie lange ich nach dir gesucht habe?«

Ich lege den Kopf in den Nacken und seufze, als seine Lippen meine Kehle liebkosen. »Ja«, flüstere ich. »Du hast es mir gesagt. Es waren fast zweihundert Jahre.«

»Nein. Viel länger.«

»Wie viel länger?«

»Mein ganzes Leben lang.«

Indigo

»Lass mich das machen.«

Sanft zieht sie mich auf die Felle, klettert auf mich und beugt sich über die Knöpfe meiner Hose. Mit geschlossenen Augen konzentriere ich mich auf Jades hektisches Nesteln und Ziehen, dem das sanfte Streichen zweier Hände folgt, die das Leder über meine Hüften schieben. Wieder lachen wir, als sie ungeduldig an dem widerspenstigen Kleidungsstück zerrt, es schließlich über meine Füße bekommt und mit einem derben Fluch beiseite schleudert.

Die Überreste meiner Beherrschung hängen am seidenen Faden. Als Jade sich auch noch quälend langsam an meinem Körper emporschiebt und immer wieder innehält, um mich mit Küssen zu bedecken, fühlt es sich an, als müsste ich sterben. Den Göttern sei Dank lässt sie meinen Schoß außer Acht, nur ihr Haar streicht wie ein seidiges Tuch darüber, als ihre Lippen über meine Hüfte und schließlich hinauf zum Rippenbogen wandern. Für ein so junges und reines Geschöpf reizt Jade die Grenze zwischen Erlösung und Qual geradezu meisterhaft aus. Unter

ihr fühle ich mich schwach, beinahe hilflos. Aber es ist ein herrliches Gefühl. Ich will verwundbar sein. Ich will schwach und nichts weiter sein als ein Mensch, der in einer Nacht tausend kleine Tode stirbt.

Endlich schmiegt sich Jades nackter Körper ganz an meinen. Wie eine verführerische Nymphe blickt sie auf mich hinab, streicht mir das nasse Haar aus der Stirn und ist einfach nur sagenhaft schön. Als sie auch noch lächelt, durchströmt mich ein nie gekanntes Glücksgefühl. Mein Leben war eine einzige, endlose Suche, an deren Ende plötzlich dieses kleine, störrische Menschenmädchen auftaucht, mir den Verstand wegküsst und mich in ein zitterndes Bündel verwandelt. Ungläubig liege ich da, während sich der Fluch unter Qualen windet. Verzweifelt hackt er seine Klauen in meine Eingeweide und versucht, mich mit Schmerz zu kontrollieren. Doch jede Wunde, die das Ungeheuer mir zufügt, überlagere ich mit dem Geschmack und dem Duft der Frau, die sich an mich schmiegt, als wären unsere Körper seit Anbeginn der Zeit dafür bestimmt, eine Einheit zu bilden. Jedes Mal, wenn ich in Jades Augen blicke, durchläuft mich eine Welle aus tiefer Zuneigung. Und wenn das geschieht, schreit der Fluch vor Qual und verkriecht sich noch ein Stück tiefer in meinem Bewusstsein.

Neue Hoffnung überkommt mich. Ja, wir können siegen.

Das Licht ist immer noch stärker als die Dunkelheit.

Zärtlich wandern Jades Küsse über meine Wange, über meinen Hals und hinunter zu den Schultern. Jede Berührung ihrer Lippen entzieht dem Fluch einen Tropfen seiner Kraft und gibt sie mir zurück. Jedes Streicheln ist ein Lichtstrahl, der das finstere Versteck des Ungeheuers erhellt und ihm Schmerzen zufügt.

»Ich will dich nicht noch einmal verlieren«, flüstert Jade und zieht mit ihrer Zunge einen heißen, feuchten Streifen über meine Brust. »Sag mir, dass ich aufhören soll.«

»Nein.« Meine Finger krallen sich in das Fell, auf dem ich liege. Es ist, als würde ich sterben und im gleichen Augenblick neu geboren werden. »Das werde ich nicht.«

Bei allen Göttern und Geistern, diese Frau ist pure Qual. Immer wieder berührt ihr Leib wie zufällig meinen Schoß, bis ich glaube, es keinen Augenblick länger ertragen zu können. Ich will mich in ihr verlieren! Ich will sie endlich ganz spüren! Doch Jade genießt ihre beherr-

schende Rolle. Sobald ich nach ihr greifen will, fängt sie meine Hände ein und drückt sie sanft in das Fell. Grausam kostet sie jeden Augenblick aus, senkt sich nur quälend langsam auf mich hinab und hält immer wieder inne, um mich aus fieberglänzenden Augen anzusehen.

»Bekämpfen wir gerade das Böse?«, flüstert sie und berührt mit ihrem Unterleib ganz sacht jene Stelle meines Körpers, die mich längst in den Wahnsinn treibt. »Haben wir die wunde Stelle deines Fluches gefunden?«

Meine Antwort ist ein heiseres Seufzen. Zu mehr bin ich nicht mehr in der Lage. Von diesem Augenblick an gehöre ich allein ihr. Mit allem, was ich war, bin und jemals sein werde. Es braucht keinen Fluch, um meinen Willen zu bannen. Keinen schwarzen Zauber. Hier und jetzt besitzt Jade das, was Jamashree niemals erreicht hat und Scylla niemals erreichen wird.

»Wenn das so ist, dann will ich ihn töten«, knurrt sie mich an. »Wieder und wieder und wieder.«

Beim nächsten Herzschlag gibt es nur noch unsere Körper, die zu einem werden. Ich verliere mich in Jades Hitze, in ihrem heißen Fleisch und den trägen Bewegungen ihres Beckens, die den letzten Rest Verstand aus mir herausfoltern. Zitternd klammern wir uns aneinander fest, fallen gemeinsam und wiegen uns ganz behutsam, während in mir ein Kampf tobt, von dem Jade nichts spürt. Mit jedem Kuss, jedem Zucken und jedem Stoß, der unsere Körper vereint, stirbt der Fluch ein wenig mehr. Irgendwo in weiter Ferne spüre ich Scyllas Verzweiflung. Sie ahnt, dass sie mich verliert. Aber sie weiß nicht weshalb, denn Liebe ist ihr fremd.

Mit beiden Händen packe ich Jades Taille, werfe sie zur Seite und drücke sie mit dem Gewicht meines Körpers in dicke, weiche Eislöwenfelle. Verführerisch windet sich ihr Leib unter mir, während ich erneut in sie eindringe, immer noch langsam, immer noch sanft, auch wenn die Lust meinen Körper verbrennt. Ich will nie wieder etwas anderes spüren als diese Frau. Nie wieder etwas anderes wahrnehmen als die Hitze ihres Schoßes und nie wieder etwas anderes schmecken als ihre Küsse.

Als ich innehalte, so tief mit ihr vereint, wie es ihr Körper zulässt, taucht Jades Blick in meinen ein. Wir starren uns an, staunend und

ungläubig. Dann heben sich ihre vom Küssen geschwollenen Lippen zu einem Lächeln.

»Hör nicht auf«, bittet sie mich leise.

Und ich gehorche.

Scylla

Ein weißer Käfer landete surrend auf dem Fenstersims. Scylla richtete sich auf, kniff die Augen zusammen und musterte das Tierchen. War das nicht einer der Eiskäfer aus dem Nebelwal-Gebirge?

Keuchend stemmte sie sich auf die Füße, schlurfte zum Fenster und ließ den Käfer auf ihre Hand krabbeln. Er fühlte sich so kalt an wie die Welt, aus der er stammte. Und er hatte eine Nachricht für sie.

Scylla schnaubte verbittert. Was konnte es schon Wichtiges sein? Indigo war ihr ferner denn je, die Macht in ihrem Inneren verreckte langsam und das letzte bisschen Kontrolle, das sie noch über sich selbst besaß, schmolz dahin wie Eis in der Sonne. Zu viele Enttäuschungen und Rückschläge pflasterten ihren Weg. Noch immer glaubten die Dummköpfe dort draußen, dass der Jasmah-Isdar an Macht gewann. Auf den ersten Blick sah es auch danach aus, aber sein Wachstum war nichts weiter als Verzweiflung. Es war das letzte Aufbäumen einer sterbenden Kreatur, die nun auch das Nebelwal-Gebirge erreicht hatte. Scylla war es gleich. In diesem scheußlichen Landstrich gab es nichts Interessantes. Er war unwirtlich und ausgestorben, nur bevölkert von fliegenden Walen und stinkenden Eislöwen. Hin und wieder warf ein Hexer einen Blick hinein, fand aber niemals mehr als Eis, Schnee und Tod. Kein Mensch überlebte in diesem Gebirge, nicht einmal die Zähesten ihrer Gattung.

Was wollte der Käfer ihr also berichten?

Gelangweilt tastete sich Scylla in die Seele des Geschöpfes vor, empfing seine Botschaft und riss die Augen auf. Nein! Das konnte unmöglich sein. Ein Dorf? Im Nebelwal-Gebirge?

Doch die Bilder waren klar und deutlich: Da stand eine kleine Siedlung aus schiefen Zelten, gebaut aus Knochen und Walleder, die von absonderlichen Gewächsen schier überwuchert wurde. Es gab farbenprächtige Blumen, die im Mondlicht leuchteten, Bäume mit fedrigem Laub und golden leuchtenden Laternen in ihren Zweigen, schilfumsäumte Tümpel und rauschendes Gras. Menschen tanzten um prasselnde Feuer, Trommeln dröhnten in der Nacht. Und jenseits des Tales erhoben sich hinter einer hauchfeinen, flimmernden Membran die gigantischen Gipfel des Nebelwal-Gebirges. Stürme trieben den Schnee vor sich her, ohne dass auch nur eine Flocke das Dorf erreichte.

»Magie«, hauchte Scylla ungläubig. »Atlantische Magie!«

Ihr wurde kalt und heiß zugleich. Kein Wunder, dass niemals ein Hexer dieses verdammte Dorf entdeckt hatte. Nichts Geringeres als ein Wall aus mächtigem Zauber schnitt es vom Rest der Welt ab.

»Gib mir mehr!«, fauchte Scylla. »Na los doch.«

Die Fühler des Käfers zitterten. Sie spürte seine aufkeimende Angst, doch er gehorchte. Und schickte ihr Bilder, die sie vor Schmerz in die Knie sinken ließen.

Zwei nackte Körper pressten sich schweißnass und seufzend vor Lust aneinander. Sie liebten sich mit zärtlicher Behutsamkeit, so versunken in ihrem Spiel, dass sie den winzigen Käfer neben ihrem Lager nicht bemerkten.

Unbändiger Zorn verbrannte Scyllas Verstand. Mit tränenverschleiertem Blick sah sie dabei zu, wie sich das Paar im Schein eines flackernden Feuers mit Küssen verschlang, wie es sich stöhnend hin und her wiegte und sich den Schweiß von der Haut leckte. Dieses verfluchte Mädchen war dabei, Jamashrees Werk restlos zu zerstören! Fassungslos sah Scylla die Hingabe in Indigos Blick. Diese tiefe, selbstlose Liebe, die er einem dahergelaufenen Straßenbalg so bereitwillig schenkte, während er für sie und ihre Mutter nur Verachtung übrig gehabt hatte. Wie zärtlich er seine Gespielin berührte. Wie liebevoll er sie küsste, während er sich mit ihr vereinte.

Ein qualvoller Schrei entrang sich ihrer Kehle. Der Schmerz war überwältigend. Er kam wie aus dem Nichts und verwandelte sie in ein winselndes, zitterndes Wrack.

»Niemals«, schrie sie wie von Sinnen. »Niemals, niemals, niemals! Du bekommst ihn nicht. Nein, du wirst tausend Tode sterben! Bald schon! Bald!«

Knackend zerbarst der Käfer in ihrer Faust. Ein Wächter huschte zur Tür hinein, gefolgt von einem zweiten und dritten. Ehrfürchtig verneigten sie sich vor ihr und warteten auf Befehle.

»Jeder Einzelne von euch«, würgte Scylla hervor, »wird ins Nebel-wal-Gebirge fliegen. Jeder! Ohne Ausnahme. Nehmt die Stymphalen und Harpyien mit und versucht, auch den Drachen aufzuwecken.«

»Den Drachen?«, schnarrte der Schatten. »Es sind nur noch zwei Hexer im Palast, der dritte ist irgendwo auf der Halbinsel Aschkan unterwegs.«

»Und?«

»Um den Drachen aufzuwecken, werden beide anwesende Hexer ihre Kräfte aufbrauchen müssen.«

»Dann sollen sie das tun«, brüllte Scylla. »Eine bessere Chance werden wir nicht bekommen. Komm her, verflucht.«

Der Wächter gehorche, kniete vor ihr nieder und empfing die Bilder, die sie ihm vermittelte. Ein Beben ging durch seinen toten Leib, als befände sich noch immer ein Echo alter Gefühle in diesem Sack aus vergammeltem Fleisch und morschen Knochen.

»Vernichtet das Dorf«, befahl Scylla. »Tötet jeden Einzelnen. Nur den Atlanter bringt ihr mir lebendig und unversehrt. Denkt daran, dass das Mädchen ihn verwundbar macht. Sorgt dafür, dass er sich verausgabt, um sie zu schützen. Und greift erst an, wenn seine Magie aufgebraucht ist. Habt ihr das verstanden? Die Vollmonde mögen ihm viel Macht geschenkt haben, aber diese Macht könnt ihr aufzehren.«

Der Schatten nickte.

»Gut. Dann macht euch auf den Weg. Und wagt es nicht, zu versagen. Solltet ihr mit leeren Händen kommen, seid ihr alle nur noch Asche.«

Der Wächter nickte ergeben und wollte sich gerade zum Gehen wenden, als Scylla ihm eine Hand auf die Schulter legte. »Warte! Bringt mir auch das Mädchen. Und zwar lebend. Ich will dabei zusehen, wie Indigo ihr die Haut vom Körper schneidet.«

2

Brennender Himmel

Jade

Diesmal ergreifen die Wale nicht die Flucht. Friedlich schweben sie im Tal des Blauen Schnees und blicken zu uns auf, als wir über den Felsgrat klettern.

Bei den Göttern, wie tief es vor meinen Füßen hinuntergeht! Mein Blick verliert sich förmlich in dem klaffenden Abgrund, ich klammere mich an Indigo fest und kämpfe gegen den Drang, die Augen zusammenzukneifen.

»Gleich ist es so weit.« Behutsam hält er mich umfangen und nickt gen Norden. »Beobachte den Schnee zwischen den beiden sichelförmigen Gipfeln.«

Ich richte meinen Blick darauf und sehe zugleich im Augenwinkel, wie die Leitkuh schnaufend Luft in ihren Körper pumpt, gemächlich in die Höhe steigt und auf uns zukommt. Ihre drei Gefährten folgen dichtauf.

»Wenn die Sonne hinter den Berg sinkt, kannst du es sehen.« Indigos Stimme ist ein zärtliches, warmes Streicheln. Meine Furcht vor dem Abgrund ist vergessen, als ich meine Wange an seine schmiege und in das Licht blinzele. »Und zwar … genau jetzt.«

Der glühende Ball verschwindet hinter den Gipfeln und überlässt die Welt den Schatten. Zunächst geschieht nichts, doch dann erkenne ich ein tiefblaues Leuchten, das den Schnee zwischen den beiden Bergsicheln zum Glühen bringt. Es wird heller und strahlender, taucht das gesamte Tal in ein azurnes Licht und überzieht selbst die Gipfel mit einem Schleier aus tanzenden Farben.

»Das ist …«, mir stockt der Atem, »wunderschön!«

»Es ist eine Wand aus Eis«, sagt Indigo. »Sie spannt sich zwischen den beiden Bergspitzen und ist auf der windzugewandten Seite vom

Schnee befreit. Sobald die Sonne in einem bestimmten Winkel hindurchscheint, fängt sich ihr Licht darin und wird hundertfach verstärkt. Niemand weiß, warum die Eiswand dort steht. Und warum sie nicht wandert, so wie die Gletscher.«

Überwältigt verfolge ich das Farbenspiel, das wie eine gewaltige Welle durch das Tal strömt und sich unaufhörlich verändert. Doch es ist nicht von Dauer. Kaum hat das Licht den Schnee in flammendes blaues Feuer verwandelt, beginnt es schon wieder zu verblassen. So flüchtig wie ein Nordlicht am Winterhimmel verlöscht das Glühen, bis nur noch ein mattes Schimmern zwischen den Gipfeln übrig bleibt.

Erst als dunkle Schatten auf uns fallen, reiße ich meinen Blick von der Eiswand los. Inzwischen haben uns die Wale fast erreicht. Ihre gewaltigen Körper tauchen uns in Finsternis.

»Keine Angst.« Indigo haucht mir einen Kuss auf die Augenbraue. Nichts hat mir je so viel Hoffnung geschenkt wie das Gefühl seiner Nähe. Jene Momente, in denen ich seine Wärme und seine Stärke spüre, sind Momente ungetrübten Glücks.

»Ich weiß«, flüstere ich. »Sie sind nur so unfassbar groß.«

»Das sind sie. Aber ein Nebelwal hat noch niemals versehentlich eine Kreatur getötet. Es sei denn, er wollte sie fressen.« Indigo lacht, als meine Augen sich weiten. »Sie mögen Frosttrosse. Du siehst nicht wie einer aus.«

»Hm.« Ich kuschele mich an seine Brust und atme den Duft des frisch gewaschenen Reisemantels ein. Anscheinend hat Jinni jene hellblauen Blüten in das Wasser gegeben, die überall im Tal wuchern und so herrlich nach Zitronen und Kräutern duften, dass ich stundenlang meinen Kopf in das Gestrüpp stecken könnte. »Ich bin immer noch blass und dürr. Vielleicht verwechseln sie mich ja doch mit Futter.«

»Du bist wunderschön, Menschenmädchen. Es wird Zeit, dass du mir das endlich glaubst.«

»Hm«, mache ich ein zweites Mal und beobachte, wie die Leitkuh die letzten hundert Meter zwischen uns überbrückt. Sie bewegt sich mit äußerster Vorsicht, wie ein mächtiges Luftschiff, das von einem begnadeten Kapitän in einen engen Hafen manövriert wird. Als sie uns fast erreicht hat, senkt sie den Kopf, stößt eine zischende Fontäne aus und berührt den Felsvorsprung, auf dem wir stehen, mit ihrer Schnauze.

»Das ist ja unglaublich.« Ich löse mich aus Indigos Umarmung, ignoriere meine Furcht und gehe auf das Tier zu. Als ich meine Hand auf seine Haut lege, ist es, als würde ich einen atmenden Berg berühren, der nicht aus Fels gemacht ist, sondern aus grauer, warmer Haut. Schneeflocken berühren mein Gesicht – der gefrorene Dampf des Walatems, der auf mich herabrieselt.

»Sie mag dich«, höre ich Indigo sagen. »Alles andere hätte mich auch gewundert. Nebelwale haben eine Schwäche für Reinheit.«

Ich und rein? Wie kann ich nach allem, was ich erlebt und getan habe, noch rein sein? Ich verkneife mir einen Kommentar, denn inzwischen ist mir klar, wie überzeugt Indigo von der Unberührtheit meiner Seele ist. Bewundernd lasse ich meine Hand über die gewaltige Schnauze gleiten und kann kaum begreifen, was ich hier tue. Ich streichele einen Nebelwal. Bei den Göttern, einen echten Nebelwal! Wenn Aaron jetzt nur bei mir sein könnte. Was er wohl sagen wird, wenn ich ihm eines Tages davon erzähle? Ob er mir all diese unglaublichen Geschichten überhaupt abnehmen wird?

»Na, meine Schöne?« Ein tiefes Grollen geht durch den Walkörper. Es klingt, als würde das Gebirge seufzen. Versunken fahre ich einen der silbernen Sprenkel mit dem Zeigefinger nach, die von Weitem so winzig wie Nadelstiche wirken, in Wirklichkeit aber größer sind als meine Handfläche.

»Mögen die Götter es einrichten, dass mein Bruder dich eines Tages sehen darf. Er träumt schon ewig davon. Als Kind hat er mal unseren Küchenfußboden mit Nebelwalen vollgemalt. Meine Mutter war kurz davor, ihm den Hintern zu versohlen.«

Indigo huscht an mir vorbei, erklimmt die Schnauze des Wales und dreht sich nach ein paar Schritten zu mir um. »Komm, Jade. Drehen wir eine Runde.«

»Eine Runde drehen?« Ich lache unwillkürlich auf. »Meinst du das ernst?«

»Natürlich.« Einladend streckt er mir eine Hand entgegen. »Warum nicht?«

»Nach einem Dornennacken, einem Wüstendrachen, einem nachtleuchtenden Pferd und einem Eislöwen jetzt auch noch ein Nebelwal.« Ich schüttele den Kopf und lache. »Ja, warum nicht?«

Ein wohliger Schauer durchläuft meinen Körper, als Indigos Finger sich mit meinen verschlingen. Niemals hätte ich für möglich gehalten, dass ich mich irgendwann derart verzweifelt nach Berührungen verzehren würde. Meine gesamte Existenz scheint nur noch aus Hunger zu bestehen. Hunger nach seinem Geschmack, nach dem Duft seiner Haut, nach seinem Atem. Hunger danach, nichts anderes zu spüren als ihn. Überall an mir. Tief in meinem Schoß. Auf jedem Zoll meines Leibes.

Einmal mehr wird mir bewusst, dass mein Leben nichts anderes ist als ein wahr gewordenes Märchen. Mit all seinen wundersamen, phantastischen und Furcht einflößenden Seiten, mit seinen Höhen und Tiefen. Vielleicht werden eines fernen Tages Kinder von unseren Abenteuern träumen, durch Esnunnas Dschungel reiten und auf dem Rücken eines Nebelwales fliegen. Vielleicht werden einsame Mädchen mit einem Buch auf ihrer Brust einschlafen und sich wünschen, von einem Magier geliebt zu werden.

Jeder Muskel meines Körpers schmerzt. Meine Haare sind zerzaust und meine Haut getränkt von dem Geruch nach jenen endlosen Stunden, die wir nackt und schwitzend inmitten weicher Felle verbracht haben. So oft haben wir uns geliebt, aber nie ist es genug gewesen. Er lässt mich Höllenqualen leiden, aber wenn ich hier und jetzt einen Wunsch frei hätte, würde ich die Götter darum anflehen, diese süße Qual niemals enden zu lassen. Mein Herz hat vergessen, wie es ist, langsam zu schlagen. Mein Körper weiß nicht mehr, wie es ist, nicht in Flammen zu stehen. Selbst die zarte Berührung unserer Hände lässt mich schwitzen. Daran ändert auch der Wind nichts, der an unseren Haaren und an unserer Kleidung zerrt. Vorsichtig klettern wir an der Schnauze des Wales empor und lachen wie abenteuerlustige Kinder. Es ist nicht viel anders, als einen Berg zu besteigen. Einen Berg, der kein Ende zu nehmen scheint. Höher und höher steigen wir empor, ohne dass die Rückenflosse näher kommt. Unsere anstrengende Reise mag mich abgehärtet haben, doch nach einer gewissen Zeit des Kletterns und Kicherns hängt mir förmlich die Lunge aus dem Hals.

»Könntest du uns …«

Ich schaffe es nicht einmal, den Satz zu vollenden. Schwindel überfällt mich, einen Augenblick lang wirbele ich herum wie ein Blatt im

Sturm und komme schließlich in einer sanften Umarmung wieder zu mir. Vor uns ragt die Rückenflosse wie ein ledriges Segel in den Himmel hinauf.

»Tief durchatmen.« Indigo grinst wie ein zu Streichen aufgelegter Junge. »Geht es wieder?«

»Nein.« Ich stehle mir einen Kuss. Und noch einen. Und noch einen. »Es wird schlimmer. Viel schlimmer. Genau genommen halte ich es nicht mehr aus.«

»Geht mir genauso.« Während wir Arm in Arm auf den Walrücken niedersinken, krallen sich meine Finger in Indigos Reisemantel. Die Sehnsucht bringt mich fast um, als ich spüre, wie sich die Muskeln unter dem weichen Stoff bewegen. »Willst du, dass es aufhört?«

»Nein«, gurre ich verlangend. »Willst du?«

»Niemals.«

Die Wirklichkeit verschwindet hinter atemlosen Küssen. Wir geben unserem Hunger nach, lassen unsere Hände über den Körper des anderen wandern und fachen unsere Sehnsucht an, bis wir in Flammen stehen.

»Du wolltest doch zaubern lernen«, flüstert Indigo atemlos an meinen Lippen. »Dafür musst du dich konzentrieren. Allerdings nicht auf mich.«

»Konzentrieren? Ich würde ja gerne, aber … was soll ich sagen? Du lenkst mich die ganze Zeit ab.«

»Seit Tagen bekommst du keinen klaren Gedanken zusammen.«

»Stimmt«, krächze ich. »Aber ich kann nichts dagegen tun. Mein Kopf ist so voll. So unglaublich voll mit allem Möglichen.«

»Du bist hungrig nach allem Guten und Schönen. Du greifst wie eine Süchtige nach den Gefühlen, die dir … die uns geschenkt wurden.«

»Ja«, wispere ich.

»Mir geht es genauso.«

»Ich weiß.«

»Aber du musst zaubern lernen, Menschenmädchen.«

»Ich weiß«, hauche ich ein zweites Mal. Er macht mich verrückt. Wahnsinnig. Überglücklich. Verzweifelt. Alles auf einmal.

Indigo seufzt und zaust mir das Haar. »Jade, hör mir zu. Ich habe dich nicht umsonst hierher gebracht. All das hier«, mit einer ausholenden

Geste umschreibt er den Himmel und das Gebirge, »soll deine Gedanken klären. Versuche es. Je eher du die Magie beherrschst, umso eher kannst du die retten, die du liebst.«

Ich nicke, lasse meine Zunge über seinen Hals gleiten und fühle mich wie eine Sternschnuppe. Brennend stürze ich in einem Feuerschweif zu Boden und kann nichts dagegen tun. Mir wird unerträglich heiß, ich winde mich aus Indigos Armen, zerre mir den Eislöwenmantel vom Leib und werfe ihn beiseite. Kühler Wind streicht über meinen Körper, unmittelbar neben uns flimmert der Schutzwall. Ich habe nicht einmal mitbekommen, wie Indigo ihn erschaffen hat. Seit sich unsere Körper vereint haben, spüre ich seine Magie praktisch ununterbrochen. Sie ist ein Teil von mir geworden, und ich ein Teil von ihr.

»Na bitte. Deine Gedanken sind schon um einiges klarer als vorhin.« Auch ihm scheint warm zu sein, umständlich schält er sich aus dem Reisemantel und entblößt darunter jene Kleidung aus Eislöwenleder, die er heute Morgen vor meinen Augen so ungeniert angezogen hat, als wären wir seit Langem ein Paar. Ich male mir aus, wie ich die Knöpfe seines Hemdes öffne, es über seine Schultern streife und … Trollmist! Er hat recht. Ich muss verdammt noch mal zaubern lernen.

»Na, na!« Tadelnd hebt Indigo eine Augenbraue. »Nicht rückfällig werden! Du weißt, wie wichtig dein Unterricht ist. Immerhin willst du deinen Bruder und die Mädchen befreien.«

Ich nicke, versuche seinen nackten Körper zu vergessen und straffe die Schultern. Ja, wir haben eine Aufgabe zu erfüllen. Eine überaus wichtige Aufgabe. Doch dass an ihrem Ende sein Verlust steht, schiebe ich so weit wie möglich von mir fort. Ich kann nicht einmal darüber nachdenken. Es muss einen anderen Weg geben. Irgendeine Alternative. Es gibt immer eine.

»Also gut.« Entschlossen ignoriere ich den Abgrund aus Angst, der in mir aufzuklaffen droht. »Von mir aus können wir loslegen.«

Ein titanisches Grollen erschüttert den Walkörper. Gemächlich bläht er sich auf, Meter für Meter verschwindet der Felsgrat in der Tiefe und mit ihm das ferne, nebelverhangene Tal der Araschnun. Von hier aus wirkt es leer und tot, nicht mehr als eine Wüste aus Schnee, doch hinter dem Zauber verbirgt sich ein wuchernder Garten aus tausend Farben und Formen. Welch ein perfektes Trugbild. Ich starre auf das

Nichts, das keines ist, und während ich versuche, das Unbegreifliche zu verstehen, steigt die Walkuh höher und höher in den Himmel hinauf. Rechts und links von uns gleiten ihre Gefährten dahin, das vierte Tier hat hinter uns seinen Platz bezogen. Sie alle bewegen sich gemächlich, und doch ziehen wir mit erstaunlicher Geschwindigkeit über das Gebirge hinweg.

Jetzt, da wir in großer Höhe schweben, wärmt das Licht der untergehenden Sonne wieder mein Gesicht. Ich sehe ein Meer aus spitzen Gipfeln, gefrorene Seen in schwindelerregender Tiefe und türkisblau leuchtende Gletscher, die sich wie kolossale Zungen in die Täler wälzen. Wie ein Ozean aus Eis erstreckt sich die Bergkette von einem Horizont bis zum anderen und verschwimmt in dunstiger Ferne. Gerade berührt der Sonnenball die Gipfel, nicht mehr gleißend hell wie zuvor, sondern ausgeblichen wie eine Scheibe aus vergilbtem Elfenbein. Während seine Farbe schwindet, wird das Blau des Himmels mit jedem Augenblick tiefer.

»Es ist schön, dich glücklich zu sehen.« Schulter an Schulter sitzen wir nebeneinander, während Indigo meinen Handrücken streichelt. »Ich wünschte, jeder Tag wäre ein guter Tag.«

»Nun, die letzten waren mehr als gut.« So, wie er meine Gefühle in sich aufsaugt, genieße ich die Freude in seinem Blick. Nein, ich darf ihn nicht verlieren. Niemals! »Ach was, sie waren wunderbar.«

»Vermisst du deinen Bruder nicht?«

»Doch, aber … es ist in Ordnung.«

»Du siehst gar nicht mehr in die Scherbe.«

Ich räuspere mich. Ja, ich habe Palilis Geschenk vernachlässigt, weil es mir seit geraumer Zeit nicht mehr Aaron zeigt, sondern jemanden, mit dem ich atemberaubende Tage und noch weit atemberaubendere Nächte verbringe.

»Du siehst nicht mehr deinen Bruder«, erkennt Indigo treffsicher. »Du siehst mich.«

»Ja«, gebe ich zu.

»Und seit wann?«

»Seit wir im Dorf sind. Als ich Angst hatte, dich verloren zu haben, wollte ich mich in die Scherbe flüchten, aber sie hat mir nicht mehr Aaron und die Schwestern gezeigt, sondern dich.«

Indigos Blick zeigt grenzenlose Verblüffung. Weshalb erstaunt es ihn so sehr, dass ich ihn liebe? »Was hast du gesehen?«, fragt er leise. »Bitte sei ehrlich zu mir.«

»Du hast geschlafen«, antworte ich. »Jinni hat seltsame Dinge gemurmelt, qualmende Kräuterbündel über dir geschwenkt, sich mit Nobbe gestritten und alle möglichen Lieder gesungen. Außerdem war da noch diese Sache mit dem Vogelschädel.«

»Was für eine Sache?«

»Deine Freundin hat sich einen Schädel auf den Kopf gebunden und tanzte um dich herum. Auf sehr merkwürdige Weise. Es war, als würde sie den Verstand verlieren.«

Indigos Mundwinkel zucken. Eine Weile tut er nichts anderes, als mich ungläubig anzustarren. Hin und wieder legt sich seine Stirn in Falten, als würden mehr Gedanken durch seinen Kopf wirbeln, als er zu fassen bekommt.

»Warum schaust du mich so an?«, platzt es aus mir heraus, als das Schweigen zwischen uns so dick wie eine Mauer wird. »Findest du es so erstaunlich?«

»Ehrlich gesagt, ja.«

»Warum?«

»Als wir damals mithilfe der Spiegel die Seelen der Menschen prüften, sahen die meisten irgendetwas, das mit Reichtum und Macht zu tun hatte. Andere sahen Familienangehörige, die sie verloren hatten. Aber wahre Liebe hat die Scherbe nur selten gezeigt. Sehr selten.«

»Warum? Menschen verlieben sich oft.«

»Das tun sie. Aber in den wenigsten Fällen ist wahre Liebe im Spiel. Dass du mich in der Scherbe siehst, bedeutet, dass du nicht nur meine Macht oder mein Äußeres liebst. Es bedeutet, dass du tiefer blickst. Dass du mich selbst dann noch lieben würdest, wenn ich all meine Magie verlieren und mein Gesicht wie die Fratze eines Wulstschnaufers aussehen würde.«

»Was?«, glucke ich. »Ein Wulstschnaufer? Was um alles in der Welt ist ein Wulstschnaufer?«

»Eines Tage zeige ich dir einen.«

»Und dass ich dich so liebe, wie ich es tue, ist etwas Seltenes?«

»Das ist es.« Er seufzt, wendet sich ab und lässt seinen Blick in die dämmerige Tiefe gleiten. »Du ahnst nicht, wie sehr. Ich weiß, wie meinesgleichen auf euch wirkt. Ihr werdet von uns angezogen und lasst euch von unserer Magie blenden.«

»Du dachtest, das wäre das Einzige, das mich an dich bindet? Dass ich mich von deiner Andersartigkeit angezogen fühle?«

»In meiner Welt wäre ich nur einer unter vielen und nichts Besonderes. Aber in eurer Welt sehen mich alle auf eine Weise an, die …« Ich spüre, wie Indigo sich versteift. »Sagen wir mal so: Auch ohne Scyllas Verfolgung würde ich mein Gesicht verhüllen.«

»Du magst die Verblendung der Menschen nicht«, versuche ich mich im Lesen seiner Seele. »Du magst die Art nicht, wie sie von deinem Äußeren beeinflusst werden.«

»Ja. Als du in der Schlucht meinen Schal abgewickelt hast, war ich überzeugt davon, dass die Geschichte ihre übliche Wendung nehmen würde. Aber von wegen. Du hast eine Schimpfsalve über mich ausgeschüttet und mir ein paar blaue Flecke verpasst.«

»Entsch …«

»Nein, entschuldige dich nicht«, unterbricht er mich. »Es war wunderbar, Jade. Du hättest nichts Besseres tun können.«

»Nichts Besseres, als auf dich einzuschlagen?«

»Ja. Es war erfrischend.«

»Erfrischend! Oh Mann, das werde ich mir merken.«

Wir lachen, kuscheln uns aneinander und nehmen den atemberaubenden Anblick des Gebirges in uns auf. Nein, Aaron wird mir nicht glauben. Keine Menschenseele wird mir glauben. Wie viele von den Geschichten, die wir Märchen nennen, mögen wahr sein? Wie viel halten wir für unmöglich, obwohl es doch geschehen ist?

»Was siehst du in der Scherbe?«, frage ich irgendwann.

Indigo lächelt schief. »Was glaubst du, wie ich dich gefunden habe?«

»Was? Etwa durch die Scherbe?«

»Ja«, antwortet er. »Ich habe lange nach einer reinen Seele gesucht. Sehr lange. Als ich dich in dem Splitter sah, wusste ich vom ersten Augenblick an, dass du der Mensch bist, den ich finden muss.«

»Dann hat uns Palilis magische Scherbe zusammengeführt? Weil sie dir das zeigte, wonach du dich am meisten gesehnt hast?«

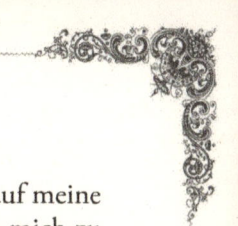

»Ja«, flüstert er. »Zuerst habe ich dich gesehen, weil ich auf meine Erlösung hoffte. Aber daraus wurde bald mehr. Ich fing an, mich zu verlieben. Jeden Tag ein wenig mehr. Bis es unerträglich wurde. Deswegen habe ich alle Gefahren in den Wind geschlagen und bin in die Stadt gekommen, um euch rauszuholen.«

»Die Stymphalen hätten dich um ein Haar erwischt.«

»Ja, es war knapp. Aber ich bereue nichts.«

»Wann hast du mich das erste Mal gesehen?«

»Leider erst, als ihr die Stadttore erreicht habt. Ich wollte euch helfen, aber es war zu spät.«

»Deine Stimme«, erinnere ich mich. »Das war der Moment, in dem ich sie zum ersten Mal gehört habe.«

Indigo seufzt. »Ich hätte euch eher finden müssen. Wir waren nicht weit weg von euch. Es wäre ein Leichtes gewesen, wenn wir nur genug Zeit gehabt hätten.«

»Aber du hast mich gerettet.«

»Ja. Nachdem dir schlimme Dinge widerfahren sind.«

»Es ist, wie es ist.« Lange Zeit sehen wir uns einfach nur an, bis es mir vorkommt, als würden wir seit einer Ewigkeit hier sitzen. Als gäbe es kein Vorher und kein Nachher. Als würden wir für immer in diesem Moment verharren.

»Indigo?«, stelle ich schließlich die Frage, vor der ich mich so sehr fürchte. »Geht es meinem Bruder und den Schwestern gut?«

»Warum fragst du mich das erst jetzt? Wurmt dich das nicht schon eine ganze Weile?«

»Weil …«, verlegen kaue ich auf meiner Unterlippe herum. »Weil ich mich vor deiner Ehrlichkeit gefürchtet habe. Seit ich dich in der Scherbe sehe, habe ich jede Verbindung zu Aaron, Metena und Aja verloren. Ich kann nichts für sie tun. Gar nichts. Wenn du mir gesagt hättest, dass es ihnen schlecht geht … dass sie krank sind … dass irgendetwas … was ich sagen will, ist … so konnte ich mich in die Illusion flüchten, dass alles gut ist. Verstehst du?«

»Sie sind wohlauf, Jade.« Indigo streicht mir mit dem gekrümmten Zeigefinger über die Wange und sieht aus, als würde ihn meine Angst zutiefst rühren. »Sie sind alle wohlauf.«

»Wirklich?«

»Ja. Dein Bruder wird mit jedem Tag besser. Er besitzt genau die richtige Mischung aus Mut und Vorsicht. Du hast allen Grund, stolz auf ihn zu sein.«

Eine weitere Last fällt von meinen Schultern. Warum habe ich die Frage so lange hinausgezögert? Warum habe ich lieber die Last der Angst ertragen, als ein Wagnis einzugehen?

»Hilfst du ihnen noch hier und da?«, hake ich nach.

»Natürlich.«

»Sind sie sehr traurig über mein Verschwinden?«

»Ja, aber sie haben auch Hoffnung. Mach dir keine Sorgen, alles wird gut. Das schwöre ich dir.«

Wieder schmiegen wir uns aneinander und hängen schweigend unseren Gedanken nach. Nach einer Weile richtet sich Indigo auf, zieht etwas unter seinem Hemd hervor und reicht es mir. Es ist ein weißer Stein an einem geflochtenen Lederband. So glaube ich wenigstens, doch als er mir das Kleinod in die Hand legt, erkenne ich, dass es sich um ein kugelrundes Stück Bergkristall handelt.

»Das hier wird dein Gefäß«, erklärt er feierlich. »Lege es dir um den Hals und trage es am besten ununterbrochen.«

Ich folge Indigos Aufforderung, stecke den Kristall unter mein Hemd und warte darauf, dass etwas geschieht. Der Anhänger fühlt sich warm an, aber ich fühle keine Energie von ihm ausgehen. Noch nicht.

»Fürs Erste genügt ein Funken.« Sanft legt er eine Hand auf meine Brust, genau dort, wo der Kristall auf meiner Haut ruht. Ein blau-weißes Licht schimmert auf, lässt einen Strom Magie durch meinen Leib fließen und erfüllt mich mit Freude und Glück.

»Halte den Anhänger fest.« Nach viel zu kurzen Augenblicken zieht Indigo seine Hand wieder zurück, greift in die Hosentasche und holt eine Blüte hervor. Sie ist von einem blassen Violett, zart wie ein Windhauch und völlig zerknittert. »Wir beginnen mit einem einfachen Schutzzauber. Du wirst lernen, verletzliche Dinge vor äußeren Einflüssen zu schützen.«

Erschrocken starre ich auf die Blüte. Alles Glück zerspringt zu Scherben. »Es geht um die weiße Orchidee, nicht wahr?«

»Nein.« Indigos Lächeln ist so sanft, dass es mir das Herz zerreißt. »Es geht nur um eine Blume.«

»Du wirst mich verlassen.« Ich weiß nicht, warum die Worte ausgerechnet jetzt über meine Lippen kommen. Ich will sie zurückhalten, aber es ist zu spät. »Du wirst für immer aus meiner Welt verschwinden und mich zurücklassen. Mit all diesen Erinnerungen.«

Er weicht meinem Blick aus und sieht zu, wie der letzte Lichtstrahl über den Gipfeln erlischt. Der Tag stirbt und gebiert die Nacht. Im flüchtigen Augenblick des Übergangs, der beide Welten miteinander vereint, glüht das herrlichste Licht auf. Ein strahlendes Gold und Violett, das sich wie ein Schleier über das Gebirge legt, viel zu schnell ausbrennt und dem kalten Blau und Grün der Dämmerung weicht.

Alles, was mich umgibt, ist Magie. Das sanfte Dahingleiten des Wales, die ersten aufleuchtenden Sterne auf dem klaren Grund des Himmels. Und Indigo, auf dessen wundervollem Gesicht die verblassenden Farben des Abends schimmern. Doch all das wird enden. Unwiderruflich. Nur Erinnerungen werden übrig bleiben. Nichts als Splitter, die ich immer wieder aufsammeln und an mein Herz drücken werde, obwohl sie mein Fleisch zerschneiden. Vielleicht erzähle ich eines fernen Tages meinen Enkeln von diesem Augenblick. Vielleicht werde ich dann weinen, weil die Sehnsucht meine Seele zerreißt. Ganz sicher werde ich das.

»Ich zweifele daran«, sagt Indigo schließlich, »dass der Weg meines Schicksals wirklich zu der Orchidee führt.«

»Wohin soll er denn sonst führen?« Ich starre auf eine Ansammlung bauschiger Wolken, die wie dickbäuchige Schiffe über den Horizont segeln. Als hätten sie nicht begriffen, dass die Sonne längst untergegangen ist, leuchten sie noch immer in sattem Gold und Violett. »Scylla wird niemals aufgeben.«

»Vertraue mir.« Indigo deutet auf meine Brust. »Nimm den Kristall in deine Hand und konzentriere dich auf seine Magie. Lerne, sie zu beherrschen. Dann kommt vielleicht der Tag, an dem wir diese Welt gemeinsam befreien.«

»Wie?«, flüstere ich. »Wie sollen wir sie denn befreien?«

»Indem wir die Aufgabe erfüllen, die das Schicksal uns aufgebürdet hat. Ich bin unzähligen Menschen begegnet, Jade. Aber niemand hat jemals so auf meine Magie reagiert wie du.«

»Wie reagiere ich denn?«

»Viele Menschen verbrennen sich an ihr. So wie Alsara.« Traurigkeit verdunkelt seine Augen, aber er weicht meinem Blick nicht aus, sondern zeigt mir offen und ehrlich seinen Schmerz. »Das war der Grund, weshalb ich ihr nicht dasselbe Geschenk machen konnte wie Jinni. Sie ertrug nur einen Hauch meiner Magie. Sobald ich versuchte, ihren Körper zu heilen, fügte ich ihr mehr Schaden als Nutzen zu. Ich musste dabei zusehen, wie sie innerhalb eines Wimpernschlags verwelkte. Sie war so verletzlich. So zart wie eine Glasblüte. Ihr Leben rann durch meine Finger und ich konnte nicht einmal ein Körnchen davon bewahren.« Indigo starrt ins Leere. Ich spüre förmlich, wie ihn die Erinnerungen überwältigen und mit ihrer Last zu Boden drücken. Doch dann schüttelt er den Kopf, wirft den Schatten der Vergangenheit ab und schenkt mir ein Lächeln.

»Die meisten Menschen sind unausgereift«, fährt er fort. »Ich will sie nicht schwach nennen, denn sie gehören einer jungen Spezies an, die gerade erst das Laufen gelernt hat. Ihre Körper sind zu schwach für das Feuer atlantischer Magie. Andere vertragen die Energien besser. So wie Jinni und Nobbe. Ich kann ihre Krankheiten heilen, sofern sie nicht allzu schwer sind, und ihnen ein längeres Leben schenken. Aber mehr auch nicht. Du hingegen, Jade, nimmst die Magie in dich auf. Du bist ihr Echo. Sie fließt durch dich hindurch, als hätte sie nur darauf gewartet, dass wir beide zusammenfinden. Obwohl du durch und durch ein Mensch bist, trägst du die Stärke eines magischen Wesens in dir.«

Ich starre ihn ungläubig an. Meine Kehle wird eng und enger, heraus kommt nur ein Flüstern: »Wie meinst du das?«

»Du weißt, wie ich es meine.« Sein Lächeln ist eine Liebkosung, die meinen Körper brennen lässt. Ich verzehre mich vor Hunger, Sehnsucht und Furcht. »Du spürst es, wenn wir uns berühren. Du spürst es bei jedem Kuss und in jedem Augenblick, in dem wir uns nahe sind.«

»Aber was bedeutet es? Warum bin ich einerseits ein Mensch und besitze andererseits die Eigenschaft eines magischen Wesens?«

»Ich weiß es nicht«, gibt er zu. »Ich weiß nur, dass wir zusammengehören. Dass wir zusammen sein müssen. Wir suchen nicht mehr nach der Orchidee, Jade.«

»Was?« Ich reiße die Augen auf. »Wie meinst du das? Was suchen wir denn dann?«

»Du wirst es erfahren. Bald.«

»Nein!« Ich drücke ihm meinen Zeigefinger in die Brust. »Du sagst es mir jetzt! Hier! Sofort!«

Indigo schüttelt matt den Kopf. »Ich will dir keine falschen Hoffnungen machen. Es ist ein Instinkt, weiter nichts. Nur ein Versuch, von dem ich hoffe, dass er gelingt.«

»Sag es mir!«

»Jade, bitte. Du siehst aus wie Zilp, wenn er versucht, böse dreinzuschauen.«

»Was?«

»Es tut mir leid, aber ihr seid beide zu niedlich, um bedrohlich auszusehen. Das funktioniert bei euch einfach nicht.«

»Sag es mir! Sofort!« Ich drücke meinen Finger noch fester in seine Brust, bis er meine Hand einfängt und zur Seite biegt.

»Also gut, elender Dickschädel. Ich sage es dir. Wir gehen zum Portal.«

Ich blinzele überrumpelt. »Das Portal in deine Welt?«

»So ist es.«

»Warte! Du glaubst doch nicht etwa, dass ich es öffnen kann?«

Indigo nickt. Er nickt tatsächlich. »Das glaube ich. Oder sagen wir besser: Ich hoffe es.«

»Wie kommst du bloß darauf?«

»Wie ich dir schon erzählt habe, besaßen damals nur die Hüterinnen und deren Töchter die Fähigkeit, beide Welten zu verbinden. Es war eine Laune der Natur, die von Generation zu Generation weitergegeben wurde. Aber woher kam die erste Hüterin? Wo begann das alles?«

»Keine Ahnung. Das weiß keiner.«

»Die Antwort ist einfach. Es war ein Wunder im Lauf der Gestirne. Eine Fügung des Schicksals.«

»Und du denkst, dass dieses Wunder sich wiederholt hat?«

»Vielleicht.« Er schließt die Augen und sagt eine Zeit lang nichts. Ungläubig beobachte ich ihn, sehe dabei zu, wie der Wind sein Haar zerzaust und wie hinter ihm am Himmel ein Meer aus Sternen aufglimmt. Die Nacht kommt schnell im Gebirge. Ehe Indigo wieder das Wort ergreift, spannt sich der funkelnde Bogen der Milchstraße von einem Horizont bis zum anderen und findet seinen Widerschein in den schneebedeckten Gipfeln.

»Es ist möglich, dass du die Kraft in dir trägst«, sagt er leise. »Die Kraft, zwei Welten zu überbrücken. Eine andere Erklärung für deine Verbindung zu meiner Magie habe ich nicht.«

Gerade erst hat sich die Schlinge um mein Herz gelockert, jetzt schneidet sie erneut in mein Fleisch. »Du willst, dass ich das Portal öffne, damit du zurückkehren kannst.«

»Ja.« Sanft streicht sein Daumen über meine Finger. »Gemeinsam mit dir.«

»Was?«

»Ich will dich nicht verlieren, Jade. Um keinen Preis.«

»Dann willst du, dass ich mitkomme? Nach Atlantis?«

»Ja, das will ich.«

Tränen brennen in meinen Augen. Ich will ihm in die Arme fallen, ich will ihn küssen und vor Freude weinen, aber mein Körper ist zu Stein erstarrt. »Ist der Übergang für Menschen nicht tödlich?«

»Für gewöhnliche Menschen ist er das.« Das Streicheln seines Daumens, obwohl sanft wie eine Feder, brennt sich bis in meine Knochen. »Aber die Hüterinnen konnten zwischen den Welten wechseln. Als damals die Erste ihrer Art heranwuchs, fand sie aus purem Zufall das Portal zu unserer Welt. Sie ging hindurch, betrat Atlantis' Boden und veränderte alles.«

Hoffnung durchströmt mich und weckt zugleich eine abgrundtiefe Angst. Ich zittere von Kopf bis Fuß, vor Freude und Erregung, vielleicht auch aus Verzweiflung. Denn ich wage es nicht, mich fallen zu lassen. Nicht, solange ich nicht sicher weiß, dass dieser Ausweg existiert.

»Jade!« Zärtlich legt Indigo einen Zeigefinger auf meine Lippen, während er zugleich meine Hand streichelt. »Das sind alles nur Vermutungen. Ich weiß nicht mit Sicherheit, ob du wirklich die Fähigkeit besitzt, das Portal zu öffnen. Wir werden es erst wissen, wenn du es berührt hast.«

»Ja.« Ich küsse seine Fingerspitze und nicke. »Ich weiß. Aber wenn es wahr ist ... wenn ich das Portal öffnen kann ... was geschieht dann mit meinem Bruder? Mit Metena und Aja?«

»Sie werden mit uns kommen«, spricht Indigo das aus, was ich mir sehnlichst erhofft habe. »Wenn du die Kraft besitzt, kannst du sie davor bewahren, verbrannt zu werden. Jeder, der dich berührt, ist vor den Kräften der Weltenhaut geschützt. Aber die Wahrscheinlichkeit, dass

das Portal verschlossen bleibt, ist groß. Sehr groß, genau genommen. Bitte verrenne dich nicht in diese Hoffnung.«

»Das werde ich nicht.«

»Ach, Jade …«

»Was ist?«

Er senkt den Kopf. »Ich wünschte, du müsstest all das nicht ausstehen. Du hast ein sorgloses Leben verdient. Ein Leben voller Liebe, nicht voller Angst.«

»Aber ich habe ein Leben voller Liebe. Jetzt. In diesem Augenblick.« Ich nehme sein Gesicht zwischen meine Hände und küsse ihn, als läge uns die Ewigkeit zu Füßen.

»Wir werden es schaffen«, hauche ich in seinen Atem, ohne dass unsere Lippen sich trennen. »Auf irgendeine Weise. Irgendwo. Irgendwann. Egal wie.«

Ich spüre, dass er nickt. Nach endlosen Momenten, als unsere Lippen bereits wund geküsst sind und tiefste Nacht herrscht, lösen wir uns voneinander und besinnen uns wieder auf unsere Aufgabe.

»Es wird Zeit, dass du das Zaubern lernst.« Während Indigo die Blüte aufhebt und in meinen Schoß legt, ziehe ich den Kristall hervor. »Nur so kannst du deinen Bruder und deine Freundinnen retten.«

»Was muss ich tun?«, frage ich pflichtbewusst.

»Nimm die Blüte in deine freie Hand und summe ein Lied.«

Ich blinzele überrascht. »Ich soll ein Lied summen?«

»Der Zauber wirkt durch eine bestimmte Schwingung. Du musst den richtigen Ton finden, um die Energien zu lenken.«

»Woher weiß ich, welcher der richtige Ton ist?«

»Du wirst es spüren. Probiere alle Melodien aus, die du kennst. Sobald du den richtigen Ton gefunden hast, wird sich die Magie deinem Willen beugen.«

Ratlos starre ich auf die zerknüllte Blüte in meiner Hand. »Aber du zauberst meistens lautlos.«

»Weil ich mit der Magie geboren wurde. Bei kleineren Zaubern kann ich sie mit meinen Gedanken lenken, bei größeren ist es ein Zusammenwirken aus Gedanken und Stimme.«

Ich atme tief ein, presse meine Finger um den Kristall zusammen und blicke in die Sterne hinauf. Inzwischen haben wir die Wolken

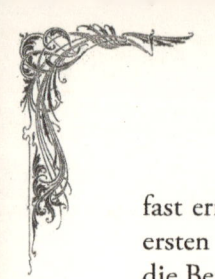

fast erreicht. Ihre Berge und Täler spiegeln das blassblaue Licht des ersten Mondes wider, dessen Sichel sich in diesem Augenblick über die Berge schiebt.

»Also gut. Ich versuche es.«

Ich nehme das erstbeste Lied, das mir einfällt. Es ist ein einfaches Schlaflied, das meine Mutter Aaron und mir manchmal vorgesungen hat. Genau genommen ist es nicht mehr als eine Melodie ohne Worte und so einschläfernd, dass mich schon nach den ersten Tönen eine wohlige Entspannung durchläuft. Leise summe ich vor mich hin, mit geschlossenen Augen und gesenktem Kopf, kaum lauter als der Wind, der über den Schutzwall streicht.

Nichts geschieht.

Fünfmal wiederhole ich die Melodie, ohne dass ich mehr spüre als diese selige, immer tiefer werdende Müdigkeit. Enttäuschung über-kommt mich, doch als ich die Augen öffne, verwandelt sich mein Frust in Staunen. Lautlos schweben wir über das watteweiche Wolkengebirge, tauchen unter den Sternen hindurch und treiben auf den Wellen der Nacht. Bei den Göttern, wie wunderschön diese Welt ist! Gebannt starre ich auf den blau-silbern schimmernden Nebel, auf die sich auftürmenden Säulen und Hügel, Bögen und Kathedralen. Gemächlich bewegen sich die Brustflossen des Wales auf und ab, streifen manchmal die Wolken und pflügen hindurch, wie der Kiel eines Schiffes das Wasser zerschneidet.

Es ist still. So vollkommen ruhig wie die Leere des Universums.

Kein Wind geht, kein Lüftchen regt sich. Es ist, als wären wir aus der Wirklichkeit hinaus und in einen Traum getreten.

»Konzentration, Jade«, reißt Indigo mich aus meinen Gedanken. »Ein bisschen musst du dich schon anstrengen.«

»Ach ja?«, schnaube ich zurück. »Wie soll ich meine Gedanken beisammenhalten, wenn wir auf dem Rücken eines Nebelwales durch solch einen Nachthimmel fliegen?«

»Du darfst dich nicht ablenken lassen.«

Ich knuffe ihn mit der Faust in den Oberarm. »Dann hätten wir im Dorf bleiben müssen. Ich meine, sieh dir das an!« Wie eine Betrunkene wedele ich mit den Armen. »Sieh dir das bloß mal an!«

Die Wolkenlandschaft türmt sich vor uns zu einer Stadt aus gewaltigen Zinnen und Schlössern auf, darüber glitzern die Sterne, als hätte jemand

den Himmel auf Hochglanz poliert. Ich lache aus vollem Hals, breite meine Arme aus und gebe es gänzlich auf, mich konzentrieren zu wollen.

»Du hast recht, Menschenmädchen.« Inzwischen hat sich Indigo der Länge nach neben mir ausgestreckt und blinzelt in die Nacht hinauf. Kurz spiele ich mit dem Gedanken, mich auf ihn zu setzen, doch dann beschließe ich, meinen Hunger noch ein wenig zu schüren. »Trotzdem musst du weiter üben. Meistens entdeckt man das Geheimnis, wenn man nicht damit rechnet.«

Ich lasse meine Arme sinken und nehme den Kristall wieder auf. Mit aller Kraft halte ich den Moment fest. Jede seiner Facetten, und sei sie auch noch so klein, verschließe ich wie einen Schatz in meiner Erinnerung. Denn falls ich mein Abenteuer überlebe, wird es eines Tages jemanden geben, dem ich ein Märchen erzähle.

Einst gab es eine Nacht, in der ich auf dem Rücken eines Nebelwales durch den Himmel geflogen bin. Eine Nacht, ich der ich versucht habe, das Zaubern zu lernen.

Diesmal schließe ich meine Augen nicht. Den Kristall in der einen Hand, die Blüte in der anderen, lasse ich meinen Blick durch den Himmel schweifen und summe eine zweite Melodie. Es ist Aarons Lieblingslied, eine zotige Seemannsballade über die Geheimnisse hinter dem Horizont, deren Melodie anmutiger ist als ihr Text. Verträumt blickt Indigo zu mir auf, als wären die Töne, die ich von mir gebe, weitaus faszinierender als der Sternenhimmel oder das Wolkengebirge.

»Hab Geduld«, muntert er mich auf, als auch diesmal nichts geschieht. »Vielleicht wirst du Hunderte von Liedern summen müssen, ehe es funktioniert.«

»Hunderte?« Ich rolle mit den Augen. »Na wunderbar, ich kenne gerade mal fünf.«

»Dann werde ich dir mehr beibringen. Jedes Einzelne, das ich kenne, falls das nötig ist.«

»Wie viele wären das?«

Indigo setzt eine grüblerische Miene auf, als würde er in Gedanken nachzählen, dann erwidert er: »Ungefähr sechshundertzehn.«

Mir sackt der Kiefer nach unten. »Ernsthaft?«

»Ernsthaft.«

»Na, das sollte wohl reichen, oder?«

71

»Sicher. Und jetzt mach weiter. Ich mag deine Stimme. Wärst du kein Mensch geworden, hätte dich das Schicksal zweifellos in den Körper einer Nymphe gesteckt.«

»Du findest meine Stimme schön?«

»Ich finde alles an dir schön, Menschenmädchen. Ausnahmslos alles. Sogar deinen Dickschädel.« Er grinst verschlagen und rekelt sich. Als würden der Himmel und die Wolken nicht schon genug Ablenkung bieten, erdreistet sich Indigo auch noch, unverschämt verführerisch auszusehen.

Mit einer gewaltigen Willensanstrengung reiße ich mich von seinem Anblick los und betrachte stattdessen die Tiefe unter uns. Dort, wo Löcher in den Wolken klaffen, sehe ich noch immer die Gipfel und Gletscher des Nebelwal-Gebirges. Es scheint schier grenzenlos zu sein, doch dann mache ich in der Ferne das Schimmern eines weiten, flachen Landes aus.

»Koresh«, murmelt Indigo verschlafen. »Die wahre Heimat der Araschnun.«

»Die geheimnisvollen Grasebenen, die wir leider übersprungen haben.« So magisch die Welt von Esnunna auch gewesen ist, bedauere ich es dennoch, dieses sagenumwobene Land nicht durchquert zu haben. »Sind sie so schön wie Amadors Prärien?«

»Schöner«, murmelt Indigo mit geschlossenen Augen. »Du wirst es lieben.«

»Auf unserem Rückweg?«

»Ja, auf unserem Rückweg.« Ihm entkommt ein entzückend menschliches Gähnen. Als er auch noch die Hände unter seinem Kopf verschränkt und leise seufzt, kann ich kaum noch an mich halten.

»Wann werden wir das Tal verlassen?«

»Nach den nächsten Vollmonden. Ich will den Schutzwall erneuern, dafür brauche ich möglichst viel Energie. Wer weiß, ob wir jemals wieder hierher zurückkehren.«

»Bis dahin sind es mehrere Wochen.«

»Ja, aber …«

»Schon gut. Es ist in Ordnung. Die Araschnun haben es verdient, beschützt zu werden. Bevor ich dieses Dorf kennengelernt habe, habe ich gedacht, dass es so etwas nicht mehr gibt.«

»Friedliches Beisammensein?«, fragt Indigo. »Eine Gemeinschaft, die zusammenhält, anstatt sich zu zerfleischen?«

»Ja.« Niederschmetternde Melancholie überwältigt mich. Von hier oben aus sehe ich nichts als Schönheit, und doch ist die Welt dort unten voller Leid und Schmerz. In diesem Augenblick und in jedem anderen. »Genau das meine ich.«

»Eines Tages wird es überall so sein.« Indigo öffnet die Augen. Doch er sieht nicht mich an, sondern die kalten, fernen Sterne. »Ich weiß nicht, wie. Ich weiß nicht, wann. Aber diese Welt wird gerettet werden.«

»Ich würde sie gerne mit dir zusammen retten.« Die Worte kommen ohne mein Zutun über meine Lippen. Sie fühlen sich wahr an. Als wären sie eine Erinnerung, die bereits Wirklichkeit geworden ist. »Ich wünsche mir, dass wir diejenigen sind, die alles zum Guten wenden.«

Indigo sieht mich an. »Vielleicht werden wir das«, sagt er so leise, als spräche er zu sich selbst und nicht zu mir. »Vielleicht ist das der Wille der Götter.«

Noch einmal schließe ich meine Augen, konzentriere mich auf den Kristall in meiner Hand und singe ein drittes Lied. Dann ein viertes und fünftes. Die Magie in mir schweigt, aber ich spüre Indigos Lächeln und die Hoffnung, die darin liegt. Nichts ist wertvoller als das.

Indigo

Auch in dieser Nacht brennen zu Ehren der Großen Mutter die Festfeuer. Doch jetzt, zu später Stunde, sind die meisten Feiernden zu müde, um zu tanzen. Trunken vom Schilfschnaps liegen oder sitzen sie auf Fellen und Decken herum, reden miteinander oder singen alte Lieder, während ein wackerer Flötenspieler noch immer seine Musik spielt. Einige Araschnun starren gedankenverloren in den Himmel hinauf, andere zerreißen Fleischstücke mit den Fingern und schieben sie sich in die fetttriefenden Münder. Am Rande des Festplatzes jagt sich eine Schar Kinder durch das flache Wasser des Teiches, unter der Krone eines Lilienbaumes vergnügen sich zwei Paare miteinander. Hemmungslos wälzen sie sich auf weißen, verwelkten Blütenblättern herum und stöhnen ihre Lust hinaus.

Während der ersten Feiern sind Jade angesichts solcher Szenen fast die Augen aus dem Kopf gefallen, inzwischen hat sie sich offenbar daran gewöhnt. Während wir Hand in Hand, mit nackten Füßen und unter den Arm geklemmten Mänteln und Stiefeln, an dem betörend duftenden Lilienbaum vorbeilaufen, wirft sie mir nur ein verschmitztes Grinsen zu. Taunasses Gras streift meine Haut, aus meinen Haaren tropft der geschmolzene Schnee. Ich fühle mich so lebendig, als wären dies die ersten Tage meiner Existenz. Alles ist so rein, faszinierend und wundersam. Ich fühle eine Gier nach Leben, die ich in dieser Heftigkeit nie zuvor empfunden habe, ganz zu schweigen von meinem verzehrenden Hunger nach Jades Körper, der nach jedem Liebesakt nicht weniger, sondern noch verzehrender wird.

»Lass uns noch eine Weile draußen bleiben«, bittet sie mich. »Es ist so eine schöne Nacht.«

In Wahrheit ist sie so müde, dass sie die Augen kaum offen halten kann, doch weder Jade noch ich wollen, dass der Abend zu Ende geht. Also setzen wir uns an den Rand der Feiernden, dort, wo auch Jinni und Nobbe ihren Platz eingenommen haben. Die Blicke und Finger der beiden sind miteinander verflochten, kaum eine Sekunde lassen sie sich aus den Augen. Es freut mich, sie so glücklich zu sehen, doch ihre unübersehbare Liebe ist zugleich ein Dorn in meinem Herzen. Wie gerne hätte ich den beiden mehr Zeit geschenkt. Aber das, was seit geraumer Zeit mit ihren Körpern geschieht, ist unheilbar. Es ist keine Krankheit, die ich vertreiben kann. Kein morscher Knochen und keine müden Augen. Sondern der nahende Tod.

»Wir war euer Ausflug?« Jinni lächelt mich an, offenbar glücklich darüber, dass wir uns endlich auf unsere Gefühle eingelassen haben. »Habt ihr die Wale gefunden?«

»Ja«, antwortet Jade, ehe ich das Wort ergreifen kann. »Sie sind wunderbar. Sie sind das unglaublichste Wunder in der ganzen Menschenwelt.« Ihr funkelnder Blick gleitet über meinen Körper. »Na ja, das zweitunglaublichste.«

»Wie schön.« Jinnis Grinsen wird noch breiter, was vermuten lässt, dass sie es nicht bei einem Becher Schilfschnaps belassen hat. Ungelenk beugt sie sich vor, um eine Pflaume aus der Holzschale zu angeln, die

74

vor ihr im Gras steht, was Nobbe sofort ausnutzt. Lüstern tätschelt er ihr den Hintern.

»He, du Nimmersatt!«, schmatzt Jinni mit vollem Mund. »Bist du achtzehn oder zweihundertachtundvierzig?«

»Achtzehn.« Nobbe zeigt ein zahnloses Grinsen. »Eindeutig achtzehn.«

»Sollen wir euch alleine lassen?«, frage ich dazwischen. »Ein Wort, und wir verschwinden.«

»Besser nicht.« Jinni wirft mir einen gespielt leidenden Blick zu. »Sonst vergeht sich dieser Lustkäfer noch an mir.«

»Oh ja, ich werde mich an dir vergehen, Weib.« Nobbe gräbt seine Hakennase in Jinnis schneeweiße Haarpracht. »Sobald ich dich in mein Zelt gezerrt habe. Was ich genau jetzt tun werde.«

Unter lautem Geächze und Gestöhne rappelt er sich auf die Beine, schwankt ein paar Mal hin und her, grapscht nach seiner Frau und versucht, sie hochzuzerren. Anscheinend haben beide dem Schilfschnaps reichlich zugesprochen, denn als Jinni torkelnd auf die Beine kommt, kippt Nobbe im gleichen Moment nach hinten und landet mit rudernden Armen auf dem Hosenboden.

»Oh, du elender Säufer. Habe ich dir nicht gesagt, dass zwei Becher genug sind?« Kopfschüttelnd packt Jinni ihren Ehemann bei den Schultern und hilft ihm in eine sitzende Position. »Mach dich nicht so schwer, du alter Wal. Du wiegst ja so viel wie der ganze Grimmhornrücken.«

»Wie viel hast du denn getrunken?«, brabbelt Nobbe. »Sechs Becher! Sechs! Nennst mich einen Schluckmolch und säufst selbst ein ganzes Fass leer.«

»Ach, jetzt komm schon, du klappriger Knochenkäfer.« Arm in Arm taumeln die beiden davon, murmeln unverständliche Dinge und halten immer wieder inne, um sich vor Lachen zu krümmen.

»Sind sie nicht entzückend?« Jade seufzt und schmiegt sich an mich. »Denkst du, du wirst auch mein Leben verlängern können?«

»Vermutlich besser als bei jedem anderen.« Genüsslich schnuppere ich an ihrem Haar, das noch feucht vom geschmolzenen Schnee ist. Seit sie es offen trägt, erinnert sie mich an eine Waldnymphe, die mit unschuldiger Reinheit lockt und zugleich so viel Leidenschaft in sich trägt, dass ein Mann unweigerlich darin verbrennt.

Hoffnung überwältigt mich, vermischt mit der Angst davor, dass sie sich niemals erfüllen wird. Wie können Glück und Schmerz nur so nah beieinanderliegen? Wie kann ich gleichzeitig lachen und weinen?

»Was glaubst du?« Jade küsst meine Schläfe und sorgt dafür, dass sich mein Unterleib verlangend zusammenzieht. »Wie alt könnte ich werden, wenn du an meiner Seite bleibst. So alt wie Jinni?«

»Älter.« Ich schaudere ein weiteres Mal, als ihre Lippen unerträglich zart über meine Augenbraue gleiten. Und dann noch einmal, als sie mit den Fingern durch mein Haar fährt. »Dir scheint meine Magie nichts auszumachen. Als ich den Wüstendrachen wiedererweckt habe, hast du mitten in einem starken Zauber gestanden. Du hast dich von ihm berühren lassen und keine Schmerzen gespürt.«

»Nein. Es war wunderschön.«

»Jeder andere hätte ein paar Brandblasen davongetragen.«

»Hm«, macht sie, weicht vor mir zurück und schenkt mir ein träges Lächeln. »Möglicherweise vertrage ich deine Magie so gut, dass du mich wie Ischme verjüngen kannst.«

»Ja, möglicherweise.« Verlangend ziehe ich sie an mich und genieße das Gefühl ihres anschmiegsamen, zarten Körpers, der sich gegen meinen drückt. Weiß dieses Mädchen auch nur ansatzweise, wie groß ihre Macht über mich ist? »Noch bist du jung. Ehe das erste graue Haar wächst, hast du noch viele Jahre.«

Jade grummelt etwas Unverständliches in mein Hemd. Ob sie sich wohl gerade in eine Zukunftsvision flüchtet, die vielleicht niemals in Erfüllung gehen wird? Eine altbekannte Angst umklammert meinen Nacken, aber heute Nacht will ich nicht über die Zukunft nachdenken. Heute Nacht existiert nur das Leben. Das Hier und Jetzt.

»Sieh mal.« Jade windet sich aus meinen Armen und deutet auf ein Grüppchen, das es sich unter einer Akazie gemütlich gemacht hat. »Armer Timotheus. Kannst du ihm nicht helfen?«

Ich folge ihrem Blick und muss unwillkürlich grinsen. Flankiert von vier jungen Frauen, haben Palili und der Zwerg alle Hände voll zu tun. Doch während der Sosuke die Zuneigung seiner Gespielinnen genießt, scheint Timotheus abgrundtief verzweifelt zu sein. Während eine der Frauen damit beschäftigt ist, ihn nach allen Regeln der Kunst

zu verwöhnen, rinnen ihm sogar Tränen über das Gesicht. Jade hat recht. Dieses Trauerspiel ist nicht mit anzusehen.

»Entschuldige mich einen Moment.« Ich drücke ihr einen Kuss auf die Wange, stehe auf und gehe zu der Gruppe hinüber. Als ich sie erreicht habe, wirft Timotheus gerade mit wildem Heulen den Kopf in den Nacken. Bei meinem Anblick zuckt er zusammen, stößt das Mädchen weg und springt auf die Füße.

»Was willst du?« Ohne meine Antwort abzuwarten, wirft er sich herum und stapft wutschnaubend in die Nacht hinaus.

»Warte!«, rufe ich ihm hinterher.

»Nein, Indigo!«, blafft er zurück. »Definitiv nein!«

Ich ignoriere ihn, wirke einen Zauber und versperre ihm den Weg. Timotheus, der offenbar nicht mit meinem Erscheinen gerechnet hat, läuft geradewegs in mich hinein.

»Teufel noch mal, was soll das?« Zwei wütende Zwergenfäuste hämmern gegen meine Brust. »Lass mich in Ruhe! Lasst mich einfach alle in Ruhe!«

Er will sich an mir vorbeischlängeln, doch ich halte ihn an der Schulter fest. »Jetzt warte doch mal. Ich kann dir helfen.«

»Nein!«

»Aber die Umstände haben sich geändert.«

»Ach ja? Haben sie das?«

»Die Monde waren stärker als jemals zuvor. Ich habe genug Kräfte übrig, um dir zu helfen. Also lass es einfach zu, in Ordnung?«

Timotheus starrt mich an. Nervös tritt er von einem Bein auf das andere, seufzt und stöhnt und rollt mit den Augen.

»Was sagst du?«, hake ich nach. »Willst du dich lieber weiterhin in deiner schlechten Laune ertränken oder willst du wieder der sein, der du einmal warst? Ganz nebenbei habe ich etwas wiedergutzumachen.«

»Stärker als jemals zuvor?«, wiederholt der Zwerg. »Wie meinst du das? Warum? Weshalb?«

»Keine Ahnung. Den Grund dafür kenne ich auch nicht. Ich weiß nur, dass ich diesmal nichts zurückhalten muss. Selbst wenn ich jeden einzelnen Dorfbewohner heilen müsste, würden mir immer noch genug Kräfte übrig bleiben, um uns gegen eine Schar Harpyien zu verteidigen.«

»Ist das dein Ernst?« In Timotheus' Augen glimmt Hoffnung auf. »Ich könnte es mir niemals verzeihen, wenn du wegen mir …«

»Das wird nicht passieren. Vertraue mir, in Ordnung?«

»Und was, wenn du dich irrst? Was, wenn du mich heilst, und morgen spürt uns Scylla auf? Wir leben in düsteren Zeiten. Du solltest deine Kräfte zusammenhalten, egal, wie stark die Monde sind. Du kennst doch dieses Miststück. Wenn sie uns erwischt, hetzt sie uns die gesamte Monsterwelt auf den Hals.«

»Sei still, Zwerg. So viel Energie kostet es nun auch nicht, dir ein neues Anhängsel wachsen zu lassen. Ich bin es leid, dein miesepetriges Gesicht zu ertragen.«

Timotheus' Augen weiten sich, als ich kurzerhand nach ihm greife, mit einer Hand seine Schulter umfasse und mit der anderen seinen Schritt bedecke.

»Oh!«, krächzt er, schnappt nach Luft und starrt auf das Leuchten, das über seinen Schoß kriecht. »Bei dem eitrigen Ausschlag auf Palilis Hintern, was tust du da?«

»Halt still.« Vorsichtig lasse ich die Magie neues Fleisch formen, hauche ihm Leben ein und heile zugleich die Wunden, die der Zauber in Timotheus' Haut brennt. Gemessen an den Schmerzen, die der Zwerg gerade aushalten muss, ist seine Selbstbeherrschung beeindruckend.

»Wie groß machst du es?«, presst er zwischen zusammengebissenen Zähnen hervor. »Schön stattlich, will ich hoffen?«

»Gerade hast du dir noch Sorgen um meine Kräfte gemacht, jetzt willst du es so groß wie möglich haben?«

»Ich kann dich ja sowieso nicht mehr … huuu … au, verdammt … oh ja … ich meine, du machst es ja sowieso.«

»Wie sehen deine Wünsche aus?«

»Nun ja …« Timotheus zischt gequält. Allmählich bricht ihm der Schweiß aus, doch sanfter kann ich den Zauber beim besten Willen nicht gestalten. »Du kennst doch diese … aaahhh …. gurkenförmigen Früchte, die am Purpurbaum hängen. Ich finde, sie haben genau die … autsch, verdammt … richtige Form.«

Ich beiße mir auf die Lippe, um eine ernste Miene beizubehalten. »Du bringst mich in einen Zwiespalt, Zwerg.«

»Warum?« Langsam entspannen sich Timotheus' Züge. Ein Großteil des Zaubers ist geschafft. Was jetzt noch fehlt, sind verhältnismäßig schmerzlose Kleinigkeiten. »Was für einen Zwiespalt?«

»Der zwischen deinem Wunsch und meiner Vorliebe für harmonische Proportionen.«

»Papperlapapp!«, knurrt das Kerlchen. »Ich habe was nachzuholen. Über Harmonie denke ich nach, wenn ich auf dem Sterbebett liege.«

»Wie du willst.« Ich vollende die letzten Details, trete zurück und vollführe eine aufmunternde Geste. Doch Timotheus regt sich nicht. Wie vom Donner gerührt steht er da und gafft mit offenem Mund.

»Was ist los?«

»Ich …« Dicke Tränen rollen über seine Wangen. »Ich … kann … es spüren!««

»Das will ich doch hoffen.«

»Oh, bei tausend heulenden Dämonen!« Hysterisch japst er nach Luft. »Meine Hose ist zu eng! Indigo, verdammt, sie platzt aus allen Nähten.«

»Soll ich es verkleinern?«

»Nein, auf keinen Fall! Teufel noch mal, das ist ja … was hast du bloß … gütige Göttin!« Der Zwerg greift in seine Hose und reißt den Mund noch ein Stück weiter auf. »Hol mich doch der Teufel, das ist ja ein Meisterwerk! Woran hast du gedacht? An einen Gmork-Wurm?«

»Schön, dass du zufrieden bist.« Ich nicke in Richtung Festplatz. »Dann mal los. Genieße den Rest der Nacht.«

»Das werde ich tun, bei Palilis Aasgestank. Danke, Indigo, hab tausend Dank!«

Mit wedelnden Armen stürmt der Zwerg zurück zur Gruppe, lässt ein paar Jubelschreie los und wirft sich unter dem verblüfften Blick des Sosuke auf das nächstbeste Mädchen. Ein wildes Gekicher und Gezappel entbrennt, kurz darauf stürmt der Zwerg mit seiner willigen Beute davon.

»Das wird die Nacht seines Lebens.« Jade strahlt, als ich zu ihr zurückkehre. Ihr Lächeln ist wie warmer Sonnenschein, der meine Seele erhellt. »Hoffentlich macht sein altes Herz das mit.«

»Ach was, Timotheus ist robust wie Sattelleder.« Ich ziehe sie in meine Arme und vergrabe meine Nase in ihrem Haar. Wie unsagbar gut es sich angefühlt hat, den sehnlichsten Wunsch des Zwerges zu erfüllen. Genau das sollte die Aufgabe meiner Magie sein: glücklich machen. Heilen. Neues erschaffen.

»Warum hast du ihm nicht schon früher geholfen?«, nuschelt Jade an meinem Hals. »Du hättest es jederzeit tun können, oder nicht?«

»Ja. Aber Timotheus hat mein Angebot jedes Mal abgelehnt.«

»Warum?«

»Er hat panische Angst vor Scylla. So viel Angst, dass es ihn krank macht, auch wenn er es gut versteckt. Deswegen wollte er nicht, dass ich auch nur einen Tropfen Magie an ihn verschwende. Lieber verzichtete er auf seine Heilung, als zu riskieren, dass ich im Falle eines Angriffs nicht genügend Kraft übrig habe, um uns zu retten.«

»Das kann ich gut verstehen.« Wie ein Kätzchen schnurrt und rekelt sie sich in meiner Umarmung. »Schön, dass er deine Hilfe jetzt angenommen hat. Auf seine alten Tage hat er sich ein bisschen Spaß verdient.«

Ungläubig streichele ich Jades Haar. Sie hat die Leere in mir ausgefüllt, als wäre es seit jeher ihr Schicksal gewesen, genau diesen Platz in mir einzunehmen. Ich fühle mich vollständig.

Ich fühle mich geheilt.

In diesem perfekten Moment leiste ich dem ewigen Kreis der Schöpfung einen Schwur. Ich werde Jade niemals loslassen. Niemals, solange ich existiere. Und wenn das Universum untergehen sollte, gehe ich mit ihr gemeinsam unter.

Die Stille im Tal ist gespenstisch. Es gibt keinen Nachtigallengesang, kein Fröschequaken, kein Grillenzirpen. Nur der Wind reibt die Blätter und Zweige aneinander und vermischt sein Rauschen mit dem verschlafenen Murmeln, Seufzen und Kichern, das aus manchen Zelten dringt. Von den erloschenen Festfeuern steigen Rauchspiralen in den Himmel auf, es riecht noch immer nach gebratenem Fleisch und süßem Schilfschnaps.

Mir ist nicht klar, warum ich diesmal keine Ruhe finde. In den vergangenen Nächten habe ich den tiefsten und wunderbarsten Schlaf meines Lebens genossen. Nichts könnte erfüllender sein, als nach einem langen Liebesakt an Jades Seite zu liegen, ihrem Herzschlag zu lauschen

und zu spüren, wie sich langsam die Dunkelheit über mein Bewusstsein legt. Doch heute Nacht treibt mich die Unruhe nach draußen. Ziellos wandere ich durch Wiesen und Schilfhaine, schlängele mich durch ein Labyrinth aus überwucherten Felsen und komme schließlich in ein kleines Wäldchen aus Lilienbäumen. Jedes Detail ist ein Festmahl für meine Sinne: das Gefühl des taunassen Grases unter meinen nackten Füßen, die Berührung des Windes auf meiner Haut, all die zahllosen Gerüche und die im Dunkeln glimmenden Blüten, die den Waldboden sprenkeln. Selbst das Drücken eines Kieselsteins, der sich in meine Fußsohle gräbt, entlockt mir ein Lächeln.

Durch die weiß blühenden Baumkronen sehe ich das Flimmern des Walles. Er ist immer noch stark, in den letzten Jahren hat er kaum etwas von seiner Energie eingebüßt. Dennoch beschließe ich, seine fehlenden Kräfte schon heute zu ersetzen. Während ich durch den Wald wandere, lasse ich meine Fingerspitzen über die Borke der Bäume streichen, schnuppere an der einen oder anderen Blüte und grabe meine Füße in jeden Teppich aus nachtleuchtendem Moos, der mir auf meinem Weg begegnet. Unter dem Druck meiner Zehen verströmt es seinen geheimnisvollen, blaugrünen Schimmer und erlischt, sobald ich wieder zurückweiche.

Alles um mich herum ist so friedlich, dass mich das plötzlich erklingende Schnaufen zusammenzucken lässt. Die Auswirkungen jahrhundertelanger Verfolgung stecken tief in meinen Knochen. Noch ehe ich herumgefahren bin, brennt Magie in meinen Fingerspitzen, bereit, mögliche Angreifer zu bannen, doch es ist nur Timotheus, der nackt aus seinem Zelt stolpert. Mit rudernden Armen und wippendem Gemächt rennt er zum Tümpel und hüpft in das Wasser, bis es seine Hüften bedeckt.

»Tausend heulende Dämonen! Was hat mir der Teufelskerl da angehext? Den Schweif eines Vulkandrachen?« Fasziniert tastet er an seiner Körpermitte herum, schüttelt den Kopf und kichert vor sich hin. »Hol mich doch der Teufel, du bist ja ein wahrer Nimmersatt!«

Offenbar fasziniert davon, wie sein neuer Kampfgefährte durch das Wasser gleitet, schwingt der Zwerg die Hüften hin und her. »Wie sieht's aus? Schaffst du noch eine Runde? Ach, was frage ich überhaupt. Mit dir könnte ich glatt eine Küsteneiche fällen. Also dann, auf in den Kampf, du alter Haudegen.«

Kichernd rennt der Zwerg zum Zelt zurück, schlägt das Fell vor dem Eingang beiseite und verschwindet in der Dunkelheit. Ehrfürchtiges Raunen wispert durch die Nacht.

»Bei der Großen Mutter«, höre ich eine Frauenstimme wispern. »In deinen Adern muss das Blut eines Eislöwen fließen.«

»Ach was«, erwidert eine andere. »Wohl eher das eines Eisdrachens. Seine Kraft ist unerschöpflich.«

»Überlasst ihn mir«, säuselt eine dritte. »Ihr seht mir schon reichlich erschöpft aus.«

Offenbar weiß der Zwerg mein Geschenk zu schätzen. Und das nicht zu knapp. Ich grinse in mich hinein, drehe dem Dorf den Rücken zu und gehe tiefer in den Wald. Jade liebt das Leben in diesem Tal, Timotheus und Palili nicht minder. Niemals zuvor habe ich die drei so glücklich erlebt, doch der nächste Vollmond rückt unerbittlich näher, und damit auch der Tag unserer Abreise. Wie lange mag die Menschenwelt wohl noch bestehen? Was wäre, wenn wir hier bei den Araschnun auf das Ende des letzten Kampfes warten? Während ich nach Jinnis Drachenschuppe taste, die warm auf meiner Brust ruht, krallt sich der Gedanke in meinem Kopf fest. Er ist so verlockend, dass ich mit jedem verstreichenden Augenblick neue Argumente finde, die für ihn sprechen. Natürlich, wir müssten ein letztes Wagnis eingehen und Jades Bruder samt den Schwestern aus Jemeshars Abgründen befreien. Aber wenn sich das Talent des Mädchens, was Magie anbelangt, auch nur ansatzweise bewahrheitet, wird sie mühelos in die Stadt und ebenso mühelos wieder hinausgelangen. Wir hätten genügend Ruhe und Zeit, ihre Fähigkeiten zu perfektionieren. Wir könnten uns vorbereiten, jedes Detail durchgehen und den richtigen Moment abwarten. Früher oder später wird Scylla wieder auf Wanderschaft gehen, um in ihren Reichen nach dem Rechten zu sehen und Unheil zu stiften. Mit den zurückbleibenden Wächtern dürften wir fertig werden, und wenn die Macht der Gestirne tatsächlich wächst, um mir beizustehen, kann ich mich vielleicht sogar selbst in die Stadt wagen.

Zu gerne würde ich mit Jade in meine Welt zurückkehren. Es wäre wunderbar, ihr die endlosen Strände von Atlantis und die herrlichen Städte aus Meeressilber und Korallen zu zeigen, an die ich mich kaum noch erinnere. Aber wie groß ist die Chance, dass sie tatsächlich in der

Lage ist, das Portal zu öffnen? Verschwindend gering, ohne jeden Zweifel. So gering, dass es an Unmöglichkeit grenzt. Noch dazu zweifele ich nicht daran, dass Scylla das Portal genauestens im Auge behält. Sollen wir all die Gefahren auf uns nehmen, um einer phantastischen Idee hinterherzujagen? Das Nebelwal-Gebirge war schon immer ein von der Menschheit vergessener Ort, warum sollte es nicht für alle Zeit so bleiben? Hinter den Bergen würde sich die Menschheit in ihrem uralten Spiel aus Tod und Vernichtung selbst zugrunde richten. Wir müssten nur warten.

Warten, bis das Gute stirbt. Und mit ihm auch alles Böse.

So lange habe ich gegen den Lauf der Dinge gekämpft. So lange dem Sturm die Stirn geboten. Ist es nicht Zeit, loszulassen? Sollten wir nicht aus dem Fluss des Lebens steigen, uns an sein Ufer setzen und beobachten, wie er ohne uns seinen unaufhaltsamen Weg nimmt? Die Liebe zwischen Jade und mir fügt dem Fluch mit jedem Tag neue Wunden zu, bald wird nichts mehr von ihm übrig sein. Ich kann ihr Leben verlängern, sie vielleicht sogar der Unsterblichkeit nahebringen. Es wäre so wunderbar einfach, im Frieden dieses Tales zu verharren und gemeinsam zu warten. Doch die Erfahrung meines Lebens hat mich gelehrt, dass der Weg des Schicksals niemals leicht ist. Schon gar nicht in der Welt, in der wir leben. Was, wenn es nicht besser, sondern immer schlimmer wird? Schlimmer und schlimmer, bis die ganze Welt verfault und selbst mein Schutzwall machtlos wird? Vielleicht kommt der Tag, an dem der Jasmah-Isdar auch die Kreaturen des Nebelwal-Gebirges befällt. Seit Jahrhunderten breitet sich sein giftiges Geflecht immer weiter aus. Langsam, aber beharrlich.

Finstere Gedanken durchlöchern das Glück, das sich in den letzten Tagen wie eine empfindsame, neue Haut über meine Seele gelegt hat. Wütend schüttele ich die Dunkelheit ab, ziehe mein Hemd aus und lege es über einen Ast. Der Wind ist in dieser Nacht so weich und angenehm, dass ich mehr von ihm spüren will. Sein Streicheln besänftigt zwar den Krieg in meinem Kopf, aber er schafft es nicht, die Sorglosigkeit der letzten Tage zurückzuholen.

Du musst es wenigstens versuchen, drängt eine Stimme in meinem Kopf. *Warum sonst hat euch das Schicksal zusammengeführt? Warum sonst ist Jade wie geschaffen für atlantische Magie? Wenn du es nicht tust, wirst du es bereuen. Das weißt du genau.*

Nervös taste ich über die Drachenschuppe, fühle die Schriftzeichen auf ihrer Oberfläche und die Dankbarkeit, die in ihnen ruht. Der süßlich-faulige Duft, der den verwelkenden Baumlilien entströmt, wird immer schwerer. Bald riecht es, als würde ein Berg aus Blumen etwas Totes unter sich begraben.

Meine Schritte werden schneller, der Wald endet und geht in eine Wiese aus blauschwarzen Moosteppichen über. Bis zu den Knöcheln versinken meine Füße darin, unter jedem meiner Schritte gluckst und schmatzt die Feuchtigkeit. Diesmal ist es kein nachtleuchtendes Moos, doch die Farne, die hier und da aus seinem Flor herausragen, glühen dafür umso heller. Wie Fontänen aus grünem und violettem Feuer schwanken ihre Wedel im Wind, streifen über meine Beine und durchnässen das Leder meiner Hose. Etwa zwanzig Meter vor mir erhebt sich die Kuppel des magischen Walles. Ich folge ihrer Grenze bis zum Heiligen Baum, wo die Moosteppiche in gewöhnliche Wiesen übergehen. Glimmend hängen die Laternen in den Zweigen, auf dem dicksten Ast des Baumes liegt eine schnarchende Füchsin. Jades Vogel hat es sich auf ihrem Rücken bequem gemacht. Wie ein fedriges Bällchen ruht er in einem Nest aus Fell, hat den Schnabel unter einen Flügel gesteckt und piepst im Schlaf.

Habe ich diesem kleinen Geschöpf wirklich wehgetan? Hatte mich der Jasmah-Isdar so fest in seinem Griff? Zu gerne würde ich den Vogel wecken und die Sache zwischen uns bereinigen, aber er sieht so friedlich und zufrieden aus, dass ich es nicht über mich bringe, ihn aus dem Schlaf zu reißen. Stattdessen schleiche ich zum Schutzwall hinüber, setze mich in das Gras und lege eine Hand auf das zarte Flimmern. Wind kommt auf, streicht kühl und wohltuend über meinen Oberkörper, fängt sich in meinem Haar und entlockt mir einen Seufzer. Mit geschlossenen Augen lasse ich die Magie fließen. Die Stille der Nacht ist so tief, dass sie in meinen Ohren summt. Es ist, als würde jenseits des Walles und der Berggipfel nichts als Frieden und Dunkelheit existieren.

Plötzlich streicht etwas Weiches über meinen Rücken. Ich öffne die Augen und sehe gerade noch, wie ein Fuchsschweif an meinem Gesicht vorbeiwischt.

Guten Morgen, mein Lieber, gurrt Ischme mit einem herzhaften Gähnen und rollt sich an meiner Seite zusammen. *Jagt ihr euch ausnahmsweise mal nicht durch die Felle?*

»Jade war todmüde.« Mit einer Hand kraule ich die Füchsin, durch die andere lasse ich einen steten, sanften Magiestrom fließen, der sich mit dem Flimmern des Walles vermischt. »Ich musste sie sogar ins Zelt tragen.«

Kein Wunder. Ihr habt euch in den letzten Nächten gepaart, als ginge es um Leben und Tod. Dass du überhaupt noch laufen kannst!

Ich lächele, schließe die Augen und konzentriere mich auf den Fluss der Energien. »Was ist mit Zilp? Hasst er mich immer noch?«

Er hat wohl eher Angst vor dir, grummelt Ischme. *Genauso wie vor dem Rest der Welt. Fressen sollte ich es, das dumme Flatterding.*

»He, er ist ein Perlenvogel. Du müsstest sein Misstrauen gegenüber allem und jedem am besten verstehen.«

Hm, brummt Ischme. *Er versteht nur leider nicht, dass der Platz an deiner Seite der sicherste in der ganzen Menschenwelt ist. Vor allem jetzt, da Jade den Fluch in dir erstickt. Ich kann es riechen. Das elende Ding in dir verreckt wie ein Hase in meinen Fängen.*

»Noch ist er nicht tot. Und ich wage nicht zu hoffen, dass wir das Schlimmste überstanden haben.«

Nein. Ischme seufzt, legt ihren Kopf in meinen Schoß und schließt die Augen. *Das wäre auch zu schön. Aber jetzt tu, was du tun musst. Ich schlafe derweil eine Runde. Es ist anstrengend, mit solchen Stinkern zusammenzuleben.*

»So anstrengend, dass du dich stundenlang genüsslich auf dem Rücken herumwälzt, in den Teichen plantschst wie ein Welpe und dich an Nebelwal-Fleisch fett frisst?«

Es ist hier nicht alles schlecht, nuschelt Ischme schon halb im Schlaf. *Aber stinken tun sie doch.*

Ich lache, kraule ihren Schädel und fokussiere meine Sinne wieder auf die Magie. Selbst jetzt, da die Monde nur als blasse Sicheln am Himmel stehen, sind die Energien der Gestirne überwältigend. Versuchsweise verstärke ich meine Magie, doch selbst nach einer ganzen Weile ununterbrochenen Flusses zwischen mir und dem Wall verspüre ich nicht den Hauch von Erschöpfung.

Was passiert wohl bei den nächsten Vollmonden?, meldet sich Ischme wieder zu Wort und blinzelt mit einem Auge zu mir hoch. *Wirst du so randvoll mit Macht sein, dass es dich aufbläht wie eine Elefantenzecke?*

»Gut möglich.« Das lebhafte Flimmern des Schutzwalls ist inzwischen so hell wie ein Nordlicht. Vermutlich stehen gerade einige Araschnun vor ihren Zelten und reiben sich die Augen. »Es wird mit Sicherheit unangenehm. Andererseits kann ich jeden Tropfen Kraft gebrauchen.«

Wird die Magie dich verbrennen, wenn sie zu stark ist?

»Ja«, antworte ich. »Möglich wäre es.«

Ischme schaut mich aus großen, sorgenvollen Fuchsaugen an. *Warum passiert das, Indigo? Was ist los mit den Sternen? Ich spüre, dass sich etwas verändert, aber ich weiß nicht, was es ist. Sogar die trolldummen Eislöwen sind verwirrt. Den ganzen Tag lang sitzen sie in ihren stinkenden Höhlen und orakeln herum. Zwei glauben sogar, dass uns der Himmel auf den Kopf fallen wird.*

»Das halte ich für unwahrscheinlich.«

Ganz mein Reden. Von wegen heilige Tiere. Ischme bleckt die Zähne und stößt ein verächtliches Bellen aus. *Dumm wie ein Stück Brot sind sie. Nein, noch dümmer. Es wundert mich, dass sie überhaupt Beute schlagen.*

»Gibt es eigentlich irgendein Geschöpf, das deiner Meinung nach nicht dumm ist oder stinkt?«

Ja, es gibt dich. Jade und Zilp sind auch nicht übel, auch wenn der Vogel mindestens so dumm ist wie die Eislöwen. Dafür riecht er aber gut. Er riecht sogar sehr gut. Er riecht, als würde er vorzüglich schmecken.

Schmatzend klappt sie ein paar Mal das Maul auf und zu und grinst mich provozierend an.

»Reiß dich zusammen, Ischme. Solltest du den Vogel fressen, kannst du den Rest deines Daseins als Kotkröte verbringen.«

Ach, komm schon. Die Mühe des Fressens ist so ein magerer Happen gar nicht wert.

»Du hast ihn in dein Herz geschlossen.« Inzwischen ist der Wall derart mit Magie gesättigt, dass er vermutlich tausend Jahre halten wird. Zufrieden mit meiner Arbeit, strecke ich mich im Gras aus, lege eine Hand unter meinen Kopf und blicke in die Sterne hinauf. »Immerhin baut er sich neuerdings ein Nest in deinem Fell.«

Ischme grummelt etwas, das ich nicht verstehe. Zuerst glaube ich, dass sie ihr übliches Prinzessinnen-Gehabe vollzieht und mir den Hintern zudreht, stattdessen streckt sie sich der Länge nach neben mir aus und wärmt mit ihrem Schweif meine Füße.

Etwas geschieht, mein Lieber. Vielleicht hat Jinni recht. Möglicherweise hilft dir die Große Mutter tatsächlich. Von dem, was der Jasmah-Isdar ihrer Schöpfung antut, muss sie genauso angewidert sein wie wir.

Ich seufze und schweige. Ja, vielleicht.

Vielleicht ist die Energie der nächsten Vollmonde aber auch so stark, dass sie mich zu einem Häuflein Asche verbrennt. Alles dort oben im Himmel ist wie immer und zugleich anders. Ich suche nach einer Erkenntnis, finde aber keine. Das Universum beantwortet meine Fragen mit Rätseln, und die Sterne funkeln so fern und gleichgültig, wie sie es immer tun.

Hab Vertrauen, flüstert Ischme. *Du bist auf dem richtigen Weg. Und du hast ein Mädchen mit einem Perlenvogel an deiner Seite.*

»Hm«, mache ich, denke über die Worte der Füchsin nach und versuche, die Wege meiner Zukunft zu erkennen. Während ich geistesabwesend Ischmes Fell streichele, wird unser beider Atem träger und unsere Augenlider schwerer. Ich spüre nicht einmal, wie ich einschlafe. Die Schwärze kommt unbemerkt, ich stürze in sie hinein und lande nach einem endlosen, sanften Fall in Jades Armen.

Nein, es ist nicht Jade, denn mich umgibt der Duft von Leinöl und Farben. Mein Kopf ist in Eomaras Schoß gebettet, ihre Hand streichelt zärtlich über mein Haar.

»Du bist kein Geist!«, erkenne ich plötzlich. »Du lebst!«

»Nein«, antwortet sie mit einem Lächeln in der Stimme. »Ich bin ein Geist. Ich bin ein Schatten zwischen Tag und Nacht, zwischen gestern und morgen. Und du bist dabei, die falsche Entscheidung zu treffen. Dein Bedürfnis, Jade zu beschützen, wird größer als deine Vernunft.«

»Aber sie ist glücklich.« Ich will meine Augen öffnen, doch eine bleierne Schwere hält sie geschlossen. Es ist, als würde in Eomaras sanftem Streicheln ein Zauber liegen. »Zum ersten Mal kommt sie zur Ruhe.«

»Das ist wahr«, antwortet die Malerin. »Aber der Weg eures Schicksals führt zum Portal. Ihr müsst in die Wälder von Erusch reisen.«

»Wird Jade die Welten wieder vereinen?«

»Die Schöpfung will, dass ihr eure Reise wieder aufnehmt«, antwortet Eomara ausweichend. »Spürst du nicht, dass der Geist der Natur längst auf deiner Seite ist?«

»Du meinst die wachsenden Kräfte der Gestirne?«

»Ja, die meine ich. Es ist ein Geschenk.«

»Aber warum kommt es erst jetzt?«

Ich spüre einen seltsamen Schmerz in Eomaras Seele, der so tief und dunkel ist wie die Schluchten am Grund des Uferlosen Meeres. »Weißt du es denn nicht, Atlanter? Für die Schöpfung ist unser Leben nur ein Wimpernschlag. Sie misst die Zeit in so viel größeren Maßstäben, als wir es uns vorstellen können. Nun, vielleicht kannst du es dir noch eher vorstellen als ich. Meine Lebensspanne ist endlich, deine nicht. Für die Schöpfung mag nur ein Herzschlag vergangen sein, seit der Jasmah-Isdar ihre Herrlichkeit vergiftet. Doch jetzt ist sie wütend. Sie ist angeekelt von dem Gestank, der unserer Welt entströmt. Nutze die Kräfte, die das Universum dir schenkt. Sie werden dich nicht töten, sondern dir die Fähigkeit schenken, das Böse auf ewig zu verbannen. Dorthin, wo es hergekommen ist.«

»Wo es hergekommen ist? Wie meinst du das?«

»Kein Mensch kommt böse auf die Welt.« Eomaras Stimme wird immer leiser und sanfter. Es ist, als würde sie wie ein Nebelstreif verlöschen. »Er wird geformt und gelenkt, vergiftet und vernichtet. Lange bevor dein Volk zu den Menschen kam, hat ein anderes Wesen den Weg hierher gefunden. Eine abgrundtief böse, uralte Kreatur, die ihren Körper aufgeben musste, aber nicht ihre Seele. Sie ist der Jasmah-Isdar. Sie ist es, die uns alle mit ihrem Flüstern vergiftet und beeinflusst. Wir sterben an einer Krankheit, die du heilen kannst. So mächtig das Ungeheuer auch sein mag, es ist sterblich. Es kann vernichtet werden. Und die Nacht wird kommen, in der dein Licht größer sein wird als seine Dunkelheit. Finde den Jasmah-Isdar. Verbrenne ihn.«

»Was ist das für eine Kreatur?«

»Sie ist für uns alle ein Rätsel. Ihre Geburt liegt im Dunkel der Zeit, niemand kennt ihre Gestalt oder ihren wahren Namen.«

»Wo finde ich sie?«

»In Scyllas Körper. Die Königin dient dem Ungeheuer als Hülle. Verbrenne sie, und du verbrennst den Jasmah-Isdar. Doch du musst geduldig sein. Erst wenn die Kräfte der Gestirne ihren Höhepunkt erreicht haben, bist du stark genug. Und wenn du wie der Phönix aus der Asche steigst, wenn du aus deinem eigenen Staub wieder auferstehst, dann wird der Frieden kommen. Für uns alle.«

»Ich werde verbrennen?«

»Ja«, sagt Eomara traurig. »Aber du wirst nicht sterben. Dein Leib wird neu geboren werden, mächtiger und heller als je ein Magier zuvor. So muss es sein. Und so wird es sein.«

»Dann kann Jade das Portal also nicht öffnen?«, flüstere ich mit letzter Kraft. »Wir werden nicht nach Atlantis gehen?«

»Sie muss es berühren.« Eomaras Stimme verfliegt. Ich stürze zurück in die Schwärze und nehme nur noch ihren Duft und ihre verklingende Stimme wahr, die meinen Fall begleiten. »Sorge dafür, Indigo. Sie muss es unbedingt berühren. Und jetzt wach auf. Schnell! Sonst ist es zu spät.«

Ein heftiger Ruck geht durch meinen Körper. Mein Geist wird förmlich aus dem Schlaf herauskatapultiert, gleichzeitig springt Ischme auf und bellt den Himmel an. Zuerst halte ich die Helligkeit für das Licht der aufgehenden Sonne, doch einen Augenblick später sehe ich, woher sie tatsächlich rührt. Mein Verstand gefriert zu Eis. Es muss ein Traum sein. Es kann nicht sein, dass in diesem Augenblick eine Armee aus flammenden Vögeln über die Berggipfel strömt und wie eine brechende Welle aus Feuer auf den Schutzwall hinabstürzt. Ihr Geschrei lässt den Himmel zersplittern, doch kurz vor der magischen Grenze werden sie zurückgerissen und bleiben mit kreisenden Flügeln in der Luft stehen.

Drei Dutzend Arryx versammeln sich über dem Wall. Jeder von ihnen trägt einen Sklaven der Königin auf seinem Rücken. Und hinter ihnen beginnt der Himmel zu brodeln. Etwas bewegt sich in der Dunkelheit. Unzählige Körper.

Sie hat uns gefunden!, haucht Ischme und steht da, als würde sie träumen. *Indigo, sie hat uns gefunden!*

Es ist, als müsste ich mich aus einem Sumpf befreien. Unendlich langsam kämpfen sich meine Gedanken aus der Betäubung frei, doch als sie einmal wachgerüttelt sind, beginnt die Zeit zu rasen. Beim nächsten Wimpernschlag stehen Ischme und ich bereits in Jades Zelt.

»Wir müssen fliehen!« Ich zerre das Mädchen auf die Beine, noch ehe sie ganz wach geworden ist, schultere als Nächstes den Köcher, greife nach meinem Bogen und lege einen Pfeil auf die Sehne. »Beeile dich, Jade. Zieh dir etwas an, packe das Nötigste zusammen und komm raus.«

Ich warte nicht auf ihre Reaktion. Dafür ist keine Zeit. Einen Augenblick später bin ich wieder draußen, werde von einer schreienden Menschenmenge umringt und blicke hinauf in den brennenden Himmel. Das Kreischen der Arryx übertönt selbst den Lärm der panischen Araschnun. Keiner der Feuervögel wagt es, den Wall zu berühren. Sobald sie ihm zu nahe kommen, reißen ihre Reiter brutal an den Zügeln, wohl wissend, dass mein Zauber jede vom Jasmah-Isdar erschaffene Kreatur verbrennen würde. Doch was die Schatten nicht vermögen, gelingt den Stymphalen und Harpyien. Ein riesiger Schwarm dieser Ungeheuer stürzt aus dem Inferno des Himmels herab, greift den Wall an und attackiert ihn mit Krallen, Schnäbeln und Giftfedern. Scyllas boshafter Zauber kriecht durch mein Blut. Nein, erinnere ich mich, es ist nicht Scyllas Zauber. Es ist die Macht einer fremdartigen, finsteren Kreatur, die seit undenklichen Zeiten diese Welt vergiftet. Warum haben wir niemals ihre Existenz entdeckt? Warum konnte sich dieses Ungeheuer so erfolgreich vor meinesgleichen verstecken? Sind wir so blind gewesen? Oder reicht die Macht dieses Wesens weit tiefer als atlantische Magie? Es muss so sein, denn anderenfalls hätte es uns niemals derart täuschen können.

Langsam, Tropfen für Tropfen, saugt der schwarze Zauber die Energie aus dem Wall. Mit jedem Krallenhieb und jeder vergifteten Feder verliert er an Substanz, doch noch ist er zu stark, um eines der Monster passieren zu lassen. Offenbar steht das Universum tatsächlich auf meiner Seite. Wenn ich die Magie heute Nacht nicht erneuert hätte, wären unsere Chancen schlecht gewesen.

»Was sollen wir tun, Indigo?« Jinni packt mich bei den Schultern. »Unsere Waffen werden uns nichts nützen, und du hast nicht genügend Pfeile.«

»Wir werden fliehen.« Eine Idee zuckt plötzlich durch meinen Kopf. »Alles wird gut, vertraue mir.«

»Wie denn, Indigo?« Tränen schießen in ihre Augen. »Wie soll alles gut werden? Der ganze Himmel ist voller Monster. Es sind Hunderte. Ach was, Tausende! Sie werden uns zerreißen, sobald wir den Wall verlassen.«

»Vertraue mir«, wiederhole ich, spanne den Bogen und verbinde meinen Geist mit der gequälten Seele eines Feuervogels. Ich erinnere

ihn an die Bedeutung des Wortes *Freiheit,* erwecke tote Erinnerungen zum Leben und zeige ihm jene Vergangenheit, die der Jasmah-Isdar mit Blut und Schmerz erstickt hat. Als ich ihm zuletzt die Schwäche seines Reiters verrate, geht ein Zucken durch den Leib des Vogels.

Gut so. Er hat verstanden.

Mit gewaltiger Kraft katapultiert er sich senkrecht in die Höhe und schnappt mit seinem messerscharfen Schnabel nach den Beinen des Schattens. Ein gequälter Vogelschrei erhebt sich über das Gebrülle und Gekreische, als der Arryxreiter verzweifelt an den Zügeln zerrt. Den Kopf zurückgeworfen, hält das Tier inne, verharrt schwerelos im Himmel und stürzt einen Augenblick später wie ein Stein in die Tiefe. Mitsamt seinem zappelnden Reiter durchdringt er den Wall, klappt seine Flügel an den Körper und stürzt noch schneller.

Mein Pfeil bleibt auf der Sehne, denn innerhalb eines Augenblicks geht der Schatten in Flammen auf. Flüchtige Momente lang bilden Arryx und Reiter eine Einheit, brennen gemeinsam, fallen gemeinsam und verschlingen ihr Licht miteinander. Menschen stieben auseinander, ihre angsterfüllten Blicke verfolgen das stürzende Tier. Kurz vor dem Aufprall breitet der Vogel seine Flügel aus, bremst den Fall und schlägt seine Klauen in den Boden, während die Asche seines Reiters zu Boden rieselt.

Wie zerfallende Glut sinkt der Arryx zu Boden. Ströme von Blut sickern aus seinen zerfetzten Schnabelwinkeln. An den Flanken klaffen hässliche, von Sporen gerissene Wunden.

»Jade!«, rufe ich in die ungläubig starrende Menge, die beim Anblick des Feuervogels einen Moment lang ihre Panik vergisst. »Timotheus! Palili!«

Das Mädchen taucht hinter Jinni und Nobbe auf, flankiert von Ischme. Der Zwerg und der Hüne kriechen gerade erst aus ihren Zelten, klappen ihre Münder auf und sehen aus, als wären sie vor einen Baumstamm gerannt. Verdammt noch mal, ist ihnen nicht klar, was hier gerade passiert?

»Macht schneller!«, schreie ich sie an. »Uns läuft die Zeit davon.«

Hastig stecke ich den Pfeil zurück in den Köcher, schultere den Bogen und befreie den Arryx von dem mit Dornen gespickten Zaumzeug. Erschreckend viel Blut fließt über meine Arme und tropft in das

Gras, unter den frischen Wunden wölben sich zahllose Narben. Obwohl ich den rasenden Schmerz des Vogels spüre, hält er still und zuckt mit keinem Augenlid, als ich meine Magie in seine Wunden fließen lasse. Gleichzeitig webe ich einen Verhüllungszauber, der das Tier und seine Reiter vor den Sinnen der Ungeheuer beschützen wird.

Staunen geht durch die Menge, als weitere Feuervögel wie fallende Sterne vom Himmel stürzen. Einer nach dem anderen begehrt gegen seinen Reiter auf, durchbricht den Wall und befreit sich von seinen Fesseln. Ich höre, wie sie ihre Krallen in die Erde schlagen. Wie ihre flammenden Federn rascheln und ihr Blut tropft.

»Rauf mit euch.« Jade, Timotheus und Palili starren mich mit offenen Mündern an, Zilp hockt schlotternd auf der Schulter seiner Herrin und wird vom dicken Flor des Eislöwenmantels fast verschluckt. Alle vier scheinen sich zu weigern, der Wahrheit ins Gesicht zu sehen. »Worauf wartet ihr? Der Wall wird jeden Moment zusammenbrechen.«

»Was ist mit dir?« Die Angst in Jades Augen will mir von der Wahrheit erzählen. Von dem, was geschehen wird. Nein, geschehen muss. Aber ich will nicht zuhören. Nicht jetzt, wo die Last eines ganzen Volkes auf meine Schultern drückt. »Ich werde dich nicht alleine lassen.«

»Ihr setzt euch jetzt auf diesen Vogel und verschwindet.« Mein Herz zerbricht. Oh, wie ich es hasse, ihr wehzutun. Lieber hätte ich mich selbst in den Schlund eines Jandri geworfen, als Jade einer solchen Angst auszuliefern. »Sofort!«

»Nein!« Tränen rinnen über ihre Wangen. Nach all den wunderbaren Tagen und Nächten überkommt uns das Grauen wie ein unwirklicher Fiebertraum. »Ich bleibe bei dir!«

»Das wirst du nicht.« Innerlich sterbe ich einen kleinen Tod, als ich die vier auf den Rücken des Arryx zaubere. Jades Schrei zerschneidet meine Seele. Eingekeilt zwischen Palili und Timotheus, will sie wieder aus dem Sattel gleiten, doch der Sosuke schließt seine Arme von hinten um ihren Körper und vereitelt ihre Flucht.

»Sie werden euch nicht wahrnehmen«, rufe ich ihnen über den Lärm hinweg zu, während der Arryx ungeduldig mit den Flügeln schlägt und tiefe Furchen in die Erde hackt. »Er bringt euch in Sicherheit.«

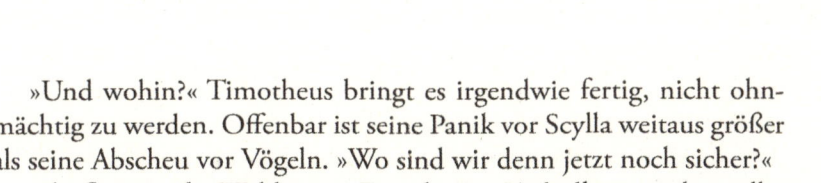

»Und wohin?« Timotheus bringt es irgendwie fertig, nicht ohnmächtig zu werden. Offenbar ist seine Panik vor Scylla weitaus größer als seine Abscheu vor Vögeln. »Wo sind wir denn jetzt noch sicher?«

»Ihr fliegt in die Wälder von Erusch. Der Verhüllungszauber sollte noch eine Weile anhalten. Ich komme so schnell nach, wie ich kann.«

Palili und Timotheus schütteln ungläubig die Köpfe, Jades Blick erstarrt in abgrundtiefer Verzweiflung. Als ich einen letzten Zauber wirke und die vier fest mit dem Körper des Arryx verbinde, fühle ich mich unsäglich elend.

Fliege so schnell du kannst, flüstere ich dem Tier zu. *Kennst du den Dämmerteich am Fuße des Lianenhügels?*

Ja, weht eine raue, krächzende Stimme durch meinen Kopf: *Aber sie werden stürzen. Sie werden fallen.*

Das werden sie nicht, beruhige ich ihn. *Ein Zauber verbindet sie mit dir. Selbst wenn du kopfüber fliegst, sind sie vollkommen sicher. Und denkt unbedingt daran, dass ihr euch nicht zu einem Schwarm zusammenfindet, hast du verstanden? So viel Angst auf einem Fleck ist für eure Verfolger wie ein Leuchtfeuer. Dann kann euch nicht einmal der Verhüllungszauber schützen.*

Das Tier stößt einen Schrei aus, in dem sich Angst und Befreiung vermischen. Wie flammende Klingen zerschneiden seine Schwingen die Dunkelheit, dann stößt er sich vom Boden ab und trägt meine treuesten Gefährten in den Himmel hinauf. Jetzt sind nur noch Ischme und die Araschnun an meiner Seite.

Kurz bevor er den Wall durchbricht, kippt der Vogel zur Seite, vollführt eine akrobatische Drehung und erwischt eine Lücke zwischen einer Gruppe Harpyien und einem Schwarm Stymphalen. Keines der Monster spürt, was geschieht. In ihrem Wahn sehen sie nur den Wall und ihre eigenen Klauen, während sie kreischend auf die Magie einhacken, sie zerbeißen und zerfetzen und sich gegenseitig attackieren.

Jade, der Vogel und die Männer sind in Sicherheit. Wenigstens vorerst. Fehlen nur noch die Araschnun, die mich umringen und aus großen, furchtsamen Augen um Hilfe anflehen. Möge das Universum mir beistehen.

Ich haste zum nächsten Arryx, mache ihm begreiflich, um was es geht, und heile seine Wunden, während ich ihm Bilder und Gefühle übermittle. Als der Vogel begreift, dass er seine Freiheit wiedererlangen wird, stößt er einen solch wilden Schrei aus, dass seine drei Dutzend Gefährten außer Rand und Band geraten. Das Lärmen der Stymphalen und Harpyien geht in einem ekstatischen Freudengeschrei unter, während sich die Feuervögel wie ungeduldige Kinder um mich scharen. Drängelnd und schubsend versuchen sie, möglichst schnell an die Reihe zu kommen, denn auch sie spüren, dass die Magie des Walles schwindet.

Ich fühle die zunehmende Schwäche des Zaubers tief in meinen Knochen, als würde Blut aus einer unsichtbaren Wunde rinnen. Jede Heilung, die ich ausführe, verstärkt den Strom, doch ich brauche die Arryx. Es gibt keinen anderen Weg aus dem Tal hinaus, und in ihrer Gier und Ungeduld haben die Schatten tiefe Wunden gerissen. Wenn ich die Tiere derart verletzt weiterfliegen lasse, werden sie den weiten Flug in die Wälder von Erusch niemals überstehen. Erst dort gibt es zumindest einen Hauch von Hoffnung. Die weiten Wüstenebenen zwischen dem Gebirge und den Wäldern bieten keinerlei Schutz, und meine Magie genügt längst nicht mehr, um uns alle tagelang zu verschleiern. Jetzt, wo Scylla Blut geleckt hat, wird sie keine Ruhe geben. Zu viert konnten wir uns problemlos verstecken, doch mit einem ganzen Völkchen unterwegs zu sein, wird unvermeidbare Spuren hinterlassen. Spuren, die ich nicht einmal mit der wachsenden Macht der Gestirne dauerhaft verwischen kann.

Nein! Hier und jetzt will ich nicht darüber nachdenken. Zuallererst müssen wir überleben. Allein das wird schwer genug werden. An einigen Stellen ist der Wall bereits zerfasert wie ein altes Fischernetz, die Zahl der Ungeheuer scheint sich bei jedem Wimpernschlag zu verdoppeln. Jetzt, da der Schutz der Membran nachlässt und Scyllas Kreaturen uns wahrnehmen können, verfallen einige von ihnen in Raserei, vergessen jede Vorsicht und brennen sich die Federn vom Leib, indem sie sich wieder und wieder in den verletzten, aber immer noch funktionierenden Wall stürzen.

Auf jeden geheilten Arryx setze ich so viele Araschnun, wie er tragen kann. Viele Familien lassen ihren Kindern den Vortritt, andere bestehen darauf, gemeinsam zu fliehen. Jedes Tier versehe ich mit einem Verhüllungs- und einem Verankerungszauber, zeige ihm den Ort, zu dem es seine Reiter bringen soll, und schicke es in den Himmel hinauf. Der

elfte Arryx blutet aus derart schrecklichen Wunden, dass er die Nacht nicht überlebt hätte, der neunzehnte stirbt mitten im Heilprozess. Seine Seele flieht so schnell hinter den Horizont, dass ich sie nicht mehr zurückbringen kann, und als ich den dreißigsten Vogel mit seinen Reitern davonfliegen sehe, geht meine Magie zur Neige.

Fünf Tiere sind noch übrig.

Verdammt, das wird knapp. Ich versuche zu entscheiden, auf welchen Arryx ich wie viele Menschen setzen kann, als mir einer der drei Alten, die noch übrig sind, die Hand auf die Schulter legt.

»Geht«, sagt er mit Blick auf die jungen Männer, die bisher allen anderen den Vortritt gelassen haben. »Wir bleiben hier.«

Ein Getümmel bricht aus. Ich höre einige Araschnun streiten und weinen, während ich die letzten Arryx heile. Über mir zersplittert der Wall. Ich spüre, wie mein Zauber in Millionen Scherben zerfällt, sich in Nebel auflöst und vom Wind zerfasert wird. Schneeflocken fangen sich in meinen Haaren und berühren meine Haut. Hätte ich doch nur nicht dieses verdammte Hemd ausgezogen. Das kostbare Eislöwenleder baumelt irgendwo an einem Ast, während ich jetzt schon spüre, wie der fauchende Wind meine Haut taub werden lässt. Ich wage es nicht, auch nur einen Tropfen Magie dafür zu verschwenden, etwas so Unbedeutendes wie ein Hemd herbeizuzaubern. Die Energie, die dafür nötig wäre, könnte ebenso gut einem Araschnun das Leben retten. Allein die Drachenschuppe auf meiner Brust verströmt noch einen Hauch von Wärme, als wäre ein Teil der Seele ihres einstigen Besitzers darin eingeschlossen.

Stymphalenfedern regnen auf uns nieder. Im letzten Augenblick fange ich sie mit einem Schutzschirm ab, doch er ist zerbrechlich und dünn. Vermutlich wird er dem Ansturm kaum länger als ein paar Herzschläge standhalten.

Verflucht!

In meiner Wut reiße ich den Bogen von meiner Schulter, verschieße sämtliche Pfeile und töte achtundzwanzig Ungeheuer. Getroffen trudeln die Leichname zu Boden, blutverkrustet und zerzaust von dem eiskalten Wind, der durch das Tal faucht. Doch es ist kaum mehr als ein Tropfen auf einem heißen Stein.

Blütenblätter tanzen im heulenden Sturmwind, Lilien erfrieren, Gras verwelkt. Der Tümpel, in dem vor wenigen Stunden noch Kinder

getobt haben, überzieht sich knackend und knisternd mit einer Schicht aus Eis.

Acht Männer fliehen auf zwei Arryx.

Auf den nächsten Vogel setze ich zwei Männer und eine beleibte alte Frau, die ihre Empörung laut hinausflucht und doch nichts gegen ihren Sohn ausrichten kann, der nicht ohne sie leben will.

Ich erschaffe gerade den Verhüllungszauber für das vorletzte Tier, als mehrere Federgeschosse den Schutzwall durchdringen. Zwei davon bohren sich in die Brust des Greises, der zuvor das Wort an mich gerichtet hat. Er stirbt, noch ehe er zu Boden stürzt. Schwarzes Blut quillt aus Augen, Nasenlöchern, Mund und Ohren.

Panik bricht aus. Kurzerhand zaubere ich die übrigen drei Männer auf den Rücken des Arryx, auch wenn mich die Anstrengung fast in die Knie gehen lässt. Das rettende Licht der Gestirne ist hinter einer Mauer aus schwarzem Zauber verborgen, und meine Magie schwindet immer schneller.

Nur noch ein Vogel steht vor mir.

»Kommt!«, rufe ich den beiden Alten zu, die als Letzte übrig geblieben sind. »Ich kann den Schutz nicht länger halten.«

»Nein!« Arm in Arm stehen sie da und schütteln ihre Köpfe. »Wir bleiben hier, du gehst. Versuche nicht, uns …«

»Unsinn«, fahre ich der Greisin über den Mund. »Wir haben alle Platz auf dem Vogel. Er ist groß und stark.«

»Vielleicht«, erwidert sie. »Aber du und dein Fuchs, ihr müsst entkommen. Um jeden Preis. Wenn die Monster dich erwischen, wird die Welt sterben.«

»Kommt mit mir!«, flehe ich sie an. »Bitte.«

»Nein.« Entschlossen weichen die beiden zurück. »So bist du schneller. Und du wirst die letzten Reste deiner Magie nicht dazu benutzen, uns auf diesen Vogel zu zaubern. Fliehe, Indigo! Schnell! Unser Leben war lang und erfüllt, wir sehnen ohnehin das Ende herbei.«

Ein Regen aus Federn geht auf uns nieder, der Schutzwall beginnt zu zerfallen. Zwei Geschosse treffen den Arryx, eins meinen Oberarm, die anderen bohren sich in die Körper der beiden Alten. Sie sterben augenblicklich, ihre Seelen werden vom Sturm erfasst und fortgeweht. Es ist zu spät. Ich kann nichts mehr für sie tun.

Kreischend attackieren die Ungeheuer den sterbenden Zauber, die Klauen ausgefahren, die Schnäbel weit aufgerissen. Hastig reiße ich die Federn aus dem Rücken des Arryx, entferne das Geschoss in meinem Arm und versuche, meine Gedanken zusammenzuhalten. Mit dem letzten Tropfen Magie wirke ich einen Heilzauber und verhülle uns mehr schlecht als recht vor den Sinnen der Ungeheuer. Das gerade noch triumphierende Kreischen der Stymphalen und Harpyien verwandelt sich in wütendes Geheul.

Aus flammend schwarzen Augen sieht mich der Arryx an. Dankbarkeit liegt in seinem Blick, Zorn und genügend Sehnsucht nach seiner Heimat, um sich gegen sämtliche Kreaturen aus Scyllas Hölle zu behaupten. Ich schwinge mich auf seinen Rücken, Ischme springt hinter mich, setzt sich auf die Hinterbacken und legt ihre Vorderpfoten rechts und links auf meine Schultern. Die Füchsin gibt keinen Gedanken von sich, doch ihre Angst ist so tief und schwarz wie ein Abgrund.

Keine Sorge, Ischme, versuche ich ihr Mut zuzusprechen. *Sie werden uns nicht bekommen. Niemals.*

Wie konnte das nur passieren?, haucht es matt wie ein Windhauch durch meinen Kopf. *Wie konnten sie uns finden?*

Ich weiß es nicht.

Wütend graben sich die Fuchskrallen in meine nackte Schulter. *Ich will nicht, dass es vorbei ist, Indigo. Warum muss immer alles sterben, sobald man denkt, sein Glück gefunden zu haben? Es ist ungerecht! Die ganze Welt ist ein Haufen aus stinkendem Aas.*

In dem Augenblick, in dem der Arryx seine Flügel ausbreitet, splittert der letzte Rest des provisorischen Schutzwalls. Uns bleibt keine Zeit mehr für Vorsicht. Mit aller Kraft stößt sich der Vogel vom Boden ab und rast mitten in einen Harpyienschwarm hinein. Die Fratzen verstümmelter Vogelfrauen huschen wie Traumbilder an uns vorbei. Ich zerre den Bogen von meinen Schultern und nutze dessen gebogene, zugespitzte Enden als Waffe. Dort, wo das in feinen Spiralen eingearbeitete Meeressilber auf die Körper der Harpyien trifft, zischen stinkende Rauchfontänen empor und werden von den flatternden Schwingen verwirbelt. Was ist nur aus diesen Wesen geworden? Der verdammte Jasmah-Isdar hat die Harpyien in widerwärtige Kreaturen ohne jede Anmut verwandelt, alles Schöne zur Hässlichkeit verflucht und die silbern und bronzen schimmernden Federn mit Finsternis und Blut verkrustet. Dort, wo nackte Menschenhaut durch das Gefieder schimmert, wölben sich Narben auf und bilden schwarze, giftige Runen. Doch die schlimmsten Wunden tragen die Harpyien in ihren Seelen. Ich kann keine Abscheu bei ihrem Anblick empfinden, denn dort, wo jetzt nur noch Bosheit schwärt, hat einst Gutes existiert. Die Harpyien sind mir weitaus lieber als die kreischenden Stymphalen, die zu Hunderten am Himmel kreisen und wahre Regenschauer aus Giftfedern verschießen. Immer mehr Vogelfrauen fallen tot zur Erde, der Puffer zwischen uns und den tödlichen Pfeilen schrumpft gefährlich.

Wie ein Neschnim pflügt der Arryx durch den Schwarm, hackt mit seinen Klauen nach allen Seiten, zerteilt ein paar Harpyien mit seinem Schnabel und kämpft sich Stück für Stück den Weg frei. Jedes Mal, wenn die Spitze meines Bogens einen der geschmeidigen Leiber durchbohrt, empfinde ich Schuld. Keine dieser Kreaturen verdient den Tod. Sie alle schreien tief in ihrem Inneren nach der Freiheit, die ich ihnen auf verdrehte Weise schenke, indem ich zumindest ihre Seelen erlöse.

Langsamer, rufe ich dem Feuervogel zu. *Lass die Stymphalen erst ihre Federn verschießen.*

Der Arryx versteht und beschränkt sich darauf, nur die vorwitzigsten Harpyien zu töten. Nach und nach bröckelt mit dem Verhüllungszauber auch unser letzter Schutz, und es gibt keinen Tropfen Energie mehr, den ich ihm zufügen könnte. Jetzt, da uns die Vogelfrauen deutlicher wahrnehmen können, werden ihre Angriffe präziser. Immer schneller muss ich den Bogen gegen sie schwingen, immer verzweifelter wird die Gegenwehr des Arryx, während uns die silbern und bronzen schimmernden Leiber als unfreiwillige Schutzschilde dienen. Wir müssen es schaffen! Es gibt keine andere Möglichkeit. Wir müssen aus diesem Mahlstrom entkommen, und wenn ich meine Lebenskraft als letzte Option opfern muss. Jade braucht mich, so wie ich sie brauche. Ein Scheitern ist ausgeschlossen. Ganz gleich wie, ich muss zu ihr gelangen.

Jetzt!, schreit mein Verstand. *Tu es!*

Doch mein Bauchgefühl wehrt sich gegen den endgültigen Kontrollverlust. Der Arryx ist mir treu ergeben, daran zweifele ich nicht. Aber bis zu den Vollmonden, die mich wieder aufwecken werden, kann so viel geschehen.

Viel zu viel!

Endlich verebbt das Kreischen der Stymphalen. Durch eine Lücke zwischen den Harpyien sehe ich, wie Dutzende Kreaturen zur Erde taumeln. In ihrem Wahn haben nicht wenige der Vögel sämtliche Schwungfedern verschossen und sind nun dazu verurteilt, hilflos flatternd aus dem Himmel zu stürzen.

Auch dem Arryx bleibt der Hoffnungsschimmer nicht verborgen. Es muss der Gedanke an die wartende Freiheit sein, der ihm die Schnelligkeit des Windes verleiht. Innerhalb eines Augenblicks durchstößt er den Harpyienschwarm und fliegt höher, immer höher, lässt sämtliche Monster hinter sich zurück und jagt wie ein flammender Blitz durch den erwachenden Morgen, während die letzten Pfeile der Stymphalen nutzlos zur Erde trudeln.

Der sanfte, rote Schimmer der Morgendämmerung strömt über den Schnee und die Gletscher, wärmt mein Gesicht und fängt sich im brennenden Gefieder des Arryx. Vor uns sehe ich bereits die fernen Wüstenebenen, die sich zwischen dem Gebirge und den Wäldern des Südens erstrecken. Sie sind nur ein schmaler, hell schimmernder Streifen am Horizont, doch mit jedem Atemzug kommen sie näher. Falls der Vogel seine Geschwindigkeit beibehält, werden wir die Wälder von Erusch schon heute Abend sehen können.

Hoffnung überkommt mich. Ja, wir können es schaffen. Zumindest vorerst. Über alles, was danach kommt, werde ich später nachdenken. Dann, wenn ich Jade endlich wieder in meine Arme schließen kann.

Der Kopf des Arryx zuckt herum. Mit weit aufgerissenen Augen fixiert er etwas hinter uns am Himmel. Ich folge seinem Blick und sehe etwas, das nicht sein kann.

Nicht sein darf.

Ein Sumpfschlinger rast mit weit geöffnetem Maul auf uns zu.

Wie in aller Welt ist Scylla an einen Sumpfschlinger gelangt?

Mir bleibt keine Zeit zum Nachdenken. Die gewaltigen Fledermausflügel tragen das Monster so schnell durch die Lüfte, dass der Schnee auf den Gipfeln trotz der großen Flughöhe des Drachens verwirbelt wird. Er scheint nur aus Maul und Zähnen zu bestehen. Zähne so spitz und so lang wie Kriegslanzen, die seinen unverhältnismäßig riesigen Schlund zu Tausenden bestücken. Schwarz wie

die Nacht und doppelt so lang wie ein Dornennacken, ist er durch nichts aufzuhalten.

Abgesehen von einem anderen Drachen.

Selbst der lautlose Ruf strengt mich derart an, dass mein Bewusstsein kränkelt. Zweimal muss ich ihn in die Weite des Gebirges hinaus senden, ehe ich eine Antwort erhalte.

Der Eisdrache ist ganz in der Nähe.

Doch der Sumpfschlinger ist es ebenfalls.

Sein stinkender Atem hat uns bereits erreicht. Gesättigt von Fäulnis und Tod bringt er die kalte Luft zum Flimmern und lässt eine widerwärtige Hitze über meine Haut kriechen. Als ich mich noch einmal umdrehe, scheint das Schlingermaul den gesamten Himmel auszufüllen. Es ist ein schleimtriefender See aus Fleischrot und Pestschwarz, durch den sich Spiralen aus Zähnen winden und in der Finsternis des Rachens verschwinden.

Schon zu jener Zeit, als wir die Menschenwelt das erste Mal betreten hatten, waren die Sumpfschlinger an den Rand der Ausrottung getrieben worden. Ihre Vorliebe für das Fleisch der eigenen Gattung hatte dafür gesorgt, dass Drachen gegen Drachen zu Felde gezogen waren, doch so, wie mein Volk beim Vernichten der Orchideen versagt hat, ist es offenbar auch den Feinden der Schlinger ergangen.

Todesangst verleiht dem Arryx gewaltige Kräfte. Wie ein Komet aus Feuer und Glut rast er über Gipfel hinweg, hin zu der Höhle, in die mich der Ruf des Eisdrachens führt. Doch der Schlinger holt auf. Viel zu schnell. Ischme winselt und hechelt mir in den Nacken, während der Gestank des Monsters schier unerträglich wird.

Wird meine Lebenskraft mächtig genug sein, um einen Drachen der Alten Zeit zu töten? Falls nicht, ist alles verloren. Soll ich es wagen? Beende ich damit alles oder ist es die einzige Hoffnung?

Verzweifelt versuche ich, eine Entscheidung treffen. Da schießt der Arryx plötzlich abwärts, schlängelt sich um eine Felsnadel und sackt noch ein Stück tiefer, um sich wie ein Fisch durch eine enge Schlucht zu winden. Über uns erklingt ein Brüllen, das den Schnee von den Hängen fegt und das Eis der gefrorenen Seen splittern lässt. Donnernd wälzt sich eine Lawine in die Tiefe, doch ehe sie uns unter sich begraben kann, steigt der Arryx aus der Schlucht empor, gleitet

über die herabstürzende Schneeflut hinweg und schießt über den Bergkamm hinaus.

Geradewegs in ein aufgesperrtes, höhlengroßes Maul hinein.

Ischme jault, der Arryx rudert mit den Schwingen, doch ehe ich dazu komme, das letzte Opfer zu bringen, drückt mir ein trudelnder Sturz die Luft aus den Lungen. Kopfüber saust der Feuervogel in die Tiefe, knapp vorbei am Sumpfschlingermaul, in dem kochend heiße Luft wabert und nach uraltem Tod stinkt.

Der Drache, überrascht von der Flinkheit seiner Beute, kommt nur schwerfällig wieder in Bewegung. Trotz seiner Größe und Hässlichkeit erinnert er an eine erschöpfte Hummel, die plumpe Flugversuche startet. Ehe er seine Verfolgung wieder aufnehmen kann, hat der Arryx bereits zwei Gipfel und ein Schneefeld zwischen uns gebracht.

Vor uns erhebt sich eine Felswand, darin klafft die Höhle des Eisdrachens. Der Vogel rast darauf zu, den Schnabel aufgesperrt, die Augen in Todesangst geweitet. Hechelnd wie ein überhitzter Hund erreicht er das Loch im Fels, schlägt seine Krallen in den Stein, schlittert in die Schwärze hinein und kommt mit rudernden Flügeln zum Stillstand.

Fast augenblicklich schießt ein weißer Blitz aus der Finsternis heraus.

Zur Seite!, warne ich den Arryx.

Keinen Moment zu früh drückt sich der Vogel gegen die Felswand. Ein mächtiger, schuppiger Leib gleitet an uns vorbei, die Flügel eng an den Körper gepresst, geschmeidig wie ein Fisch im Wasser. Schon streckt der Sumpfschlinger seine Klauen nach dem Höhlenrand aus, als ein weißer Koloss mit der Wucht eines einstürzenden Berges gegen ihn prallt.

Trudelnd stürzen die Drachen in die Tiefe.

Ich gleite vom Arryx, laufe zum Ausgang der Höhle und sehe, wie sich die Giganten ineinander verkeilen. Der Eisdrache ist kleiner als der Schlinger, doch seine drei Köpfe mit den langen, sichelförmigen Hörnern machen diesen Nachteil wieder wett. Flaumige Federn sprießen zwischen eisglitzernden Schuppen hervor, seine Flügel gleichen den Schwingen eines riesigen Schwanes. Wie eine aus Licht und Glanz gewebte Kreatur klebt der Eisdrache an dem nachtschwarzen Leib seines Gegners und kämpft, als wäre er dafür geboren worden. Seine scharfen Schnäbel, die jedem Kopf Ähnlichkeit mit einem Adler verleihen, hacken tiefe Wunden in den Rücken des Schlingers, der sich vergeblich windet und verrenkt. Zu plump ist sein aufgeblähter, ungelenker Leib, der darauf ausgelegt ist, im Sumpf auf der Lauer zu liegen und zufällig vorbeikommende Beute zu reißen.

Blut und Schleim verkleben den zuvor strahlend weißen Körper des Eisdrachens, das Gebrüll des Schlingers verwandelt sich in ein verzweifeltes Gurgeln. Flügelschlagend wirbeln die Giganten durch den Himmel, stürzen und fangen sich wieder, trudeln im Wind herum und lassen das Gebirge unter ihrem Fauchen und Geifern erzittern. Blut färbt den Schnee im Tal rot, wie Dutzende kleine Wasserfälle rauscht es aus den Wunden des Schlingers in die Tiefe. Immer mehr davon reißen die Schnäbel des Eisdrachens, bis der Rücken des Schlingers nur noch eine Masse rohen Fleisches ist.

Eng umschlungen stürzen sie in die Tiefe.

Und schlagen mit einem gewaltigen *Rumms* am Grund des Tales auf.

Pass auf!

Ischme beißt in meine Hose und zerrt mich rückwärts. Etwas Großes, Fedriges fällt wie aus dem Nichts vom Himmel. Klauen kratzen über Stein, Flügel falten sich raschelnd zusammen.

Eine silberne Harpyie steht vor mir, das schöne, vernarbte Gesicht zu einer gequälten Grimasse verzogen. Kaum hat sie einen Schritt vollführt, landen zwei weitere Vogelfrauen mit bronzenem Gefieder neben ihr. Instinktiv strecke ich eine Hand aus, um einen Feuerball zu erschaffen, doch alles, was ich hervorbringe, ist ein jämmerliches Schimmern, dem nicht die geringste Magie anhaftet. Es ist so schwach, dass es nicht einmal knistert, sondern lautlos und matt über meiner Handfläche schwebt.

»Gib auf«, krächzt die silberne Harpyie. »Warte auf unsere Herrin, dann wird deinem Fuchs nichts geschehen.«

Die schwarzen Vogelaugen des Wesens sind nicht ausschließlich kalt. Ich erkenne eine Spur jener Seele darin, die Scylla einst in den Boden gestampft hat. Wie ein kümmerlicher Funke irrt dieses Echo durch klebrige Schwärze, doch es ist längst nicht stark genug, um den Bann des Jasmah-Isdar zu sprengen.

»Gib auf«, wiederholt die zweite Harpyie.

»Es ist sinnlos«, wispert die dritte.

Der Sog eines gefrorenen Sumpfes schlingt sich um meine Glieder und beginnt, meinen Willen zu lähmen. Scyllas Zauber in den Stimmen der Harpyien ist stark, aber ich spüre Verzweiflung darin. Als wäre dieser Angriff das letzte wütende Aufbäumen vor dem Ende.

Was ist los mit dir? Ischme sträubt die Nackenhaare und knurrt. *Warum tust du nichts?*

Ich will der Füchsin antworten, doch selbst meine Gedanken liegen in Fesseln. Stück für Stück schließt sich der saugende Eispanzer um meinen Körper und um meine Seele. Es darf nicht geschehen! Niemals! Niemals!

»Gib auf!«, wiederholt eine der bronzefarbenen Harpyien und streckt ihre Krallenhände nach mir aus. »Deine Kraft ist ausgebrannt. Du kannst nichts mehr tun.«

Fast berühren ihre Krallen meine Brust. Der lächelnde Mund der Vogelfrau ist eine seltsame Symbiose aus menschlichen Lippen und Schnabel. Sie lässt ihre Zunge hervorschnellen, dann vollführt ihre Klaue einen blitzschnellen Schlag und durchtrennt den Riemen des Köchers. Ein zweiter Schlag zerschneidet die Bogensehne. Meine geliebten alten Erinnerungen fallen zu Boden, werden von gierigen Krallen aufgeklaubt und von schnüffelnden Wesen in Augenschein genommen. Die Harpyien zischen schmerzerfüllt, als das Meeressilber ihre Haut verbrennt, doch statt den Bogen und den Köcher fallen zu lassen, scheinen sie das Brennen ihrer Blasen werfenden Haut regelrecht zu genießen.

Ein Hauch von Leben.

Ein winziges Fragment Erinnerung.

Die silberne Vogelfrau hebt den Kopf und sieht mich mit einem Blick an, als wäre ihr plötzlich bewusst geworden, dass sie der falschen Macht dient. Doch kaum ist ein Hauch von Wärme in ihren Blick eingekehrt, durchläuft sie ein wildes Zucken. Der schöne Mund öffnet sich zu einem krächzenden Schrei. Zähe Schwärze fließt aus ihren Augen, trieft von ihren Lippen und quillt aus der gebogenen Nase. Ihre Gefährtinnen sterben innerhalb eines Herzschlags, gespickt von Stymphalenfedern. Nur die silberne Vogelfrau bleibt noch einen Moment lang aufrecht und greift Hilfe suchend nach mir. Ihr ausgestreckter Arm gefriert mitten in der Bewegung, die klauenbewehrten Hände erstarren. Dann sinkt auch sie wie zerfallende Asche zu Boden.

Sechs Stymphalen landen mit schlagenden Flügeln am Rand der Höhle. War in den Harpyien noch ein Echo ihrer einstigen Schönheit wahrnehmbar, bestehen diese Kreaturen nur noch aus Bosheit. Schwarz glitzernde Augen mustern mich triumphierend, während das Gift von ihren Federn tropft und zischend den Stein zerfrisst. Diesmal gibt es keinen magischen Wall zwischen uns. Alles, was ich tun kann, ist bereits getan.

Während die Stymphalen ihre Flügel ausbreiten, streiche ich über den Kopf der zitternden Füchsin und denke an Jade. An diese wunderbare, reine Seele, die beinahe alles zum Guten gewendet hätte. In der nächsten Sekunde, die sich im Angesicht des Endes zu einer kleinen Unendlichkeit dehnt, gelten meine Gedanken all den Geschöpfen, die ich töten werde. Hunderte. Tausende. Millionen. Bis Scylla über eine Wüste aus Tod und Gestank regiert.

Ischme springt vorwärts, reißt die größte Stymphale zu Boden und bricht ihr mit einem einzigen Biss das Genick. Doch die anderen schütteln ihre Schwingen und verschießen einen Schwarm aus Giftfedern. Fern am Horizont steigt die Sonne über die Gipfel des Nebelwal-Gebirges. So wie an jedem Morgen in der Vergangenheit und in der Zukunft. Sie wird auch dann noch ihre Helligkeit über diese Welt fließen lassen, wenn es nur noch Finsternis gibt.

»Es tut mir leid«, flüstere ich in das Licht.

3

Die weiße Orchidee

Indigo

Über mir funkeln Sterne. Ein Meer aus kalten, fernen Seelen. Kein Mondlicht trübt ihren Glanz, der Himmel gehört allein ihrem Licht. Leere verklebt meine Gedanken. Lange bewege ich mich nicht, verharre in diesem Zustand und nehme nur das Kreisen der Gestirne wahr. Diesen uralten, sich endlos wiederholenden Tanz aus Staub, Schwärze und Glanz. Aus Geburt und Tod.

Erst nach und nach fange ich an, andere Dinge wahrzunehmen. Lähmende Kälte. Knisterndes Eis. Weicher Pelz an meiner Wange, Fuchsgeruch, hektischer Atem, der sich gegen meine Brust drückt.

Ischme liegt mit dem Rücken zu mir, offenbar habe ich mich im Schlaf an sie geschmiegt. Was ist geschehen? Warum ist es so kalt? Und warum ist mein Körper ein einziger, bohrender Schmerz? Ich erkenne schneeweiße Schuppen, die glänzen, als wären sie mit Eis überzogen. Drei Köpfe recken sich in die Sterne, gewaltige Schwanenflügel gleiten lautlos wie die Schwingen einer Schleiereule durch die Nacht.

Wir liegen auf einem Drachen.

Erinnerungen wachen auf. Ich will mich aufrichten, aber der Schmerz ist schwer wie ein Gebirge und lähmt meine Glieder. Warum ist es so still? Warum kann ich mich kaum bewegen?

Das Tal …

Ein Schwarm aus Stymphalen und Harpyien.

Brennende Vögel.

Innerhalb eines Herzschlags ist alles wieder da. Klar und scharf und so grausam, dass der Zorn mich überwältigt. Scylla hat uns gefunden. Sie hat das letzte Refugium der Menschheit zerstört und zwischen den Klauen ihrer Monster zerrissen. Träume ich? Bin ich in einem Kerker

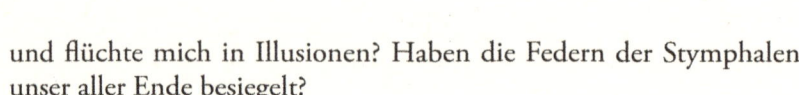

und flüchte mich in Illusionen? Haben die Federn der Stymphalen unser aller Ende besiegelt?

Wut verleiht mir die Kraft, mich hochzustemmen. Kaum spanne ich die Muskeln an, zermalmt der Schmerz meinen Brustkorb und explodiert in grellweißen Blitzen auf meinen zusammengekniffenen Lidern. Fast hätte er mein Bewusstsein wieder ausgelöscht, doch ich zwinge mich dazu, die Augen zu öffnen. Metallisch glänzende Federn ragen aus meiner Brust, sechs an der Zahl. Ihr Gift bildet abscheuliche Muster unter meiner Haut, schwarze Runen aus uralter Hexensprache, die wie Würmer vorwärtskriechen und sich ausbreiten. Was ist mit Ischme? Wie viel hat sie abbekommen? Ich lasse meine Finger durch ihren Pelz gleiten und taste nach Stymphalenpfeilen, aber alles, was ich finde, sind acht aufgewölbte Narben. Vermutlich bin ich während des Fluges schon einmal aufgewacht und habe die Füchsin von den Dingern befreit. Entfernt kann ich mich daran erinnern, aber es sind nur Bruchstücke, zu grell und zu schmerzhaft, um danach zu greifen. Dass sie noch lebt, gleicht einem Wunder. Acht Narben, acht Federn. Die Hälfte hätte genügt, um ein magisches Wesen zu töten. Ich presse eine Hand gegen ihre Brust und spüre den wilden, kämpferischen Herzschlag. Ischme geht es schlecht, aber sie hat den Schatten des Todes hinter sich gelassen. Was sie jetzt braucht, ist Magie, doch solange das Gift in mir ist, kann ich keinen einzigen Tropfen Sternenlicht umwandeln.

Meine zitternden Finger sind so kraftlos, dass ich die Kiele kaum zu fassen bekomme. Immer wieder rutsche ich ab und spüre, wie selbst die kleinste Bewegung noch mehr schwarzen Zauber aus den Federn in mein Blut presst. Jedes Geschoss, das ich entferne, will meine Sinne zurück in die gnädige Dunkelheit ziehen. Es ist, als würde ich gegen einen übermächtigen Strom anschwimmen, und nur dem Schmerz ist es zu verdanken, dass ich nicht einfach mitgerissen werde. Das Reißen und Brennen klärt meine Gedanken und stärkt meine Wut. Sie ist weit besser als Angst. Das eine verleiht Kraft, das andere lähmt. Auch wenn ich den schalen Geschmack des Zorns verabscheue, ist er momentan das Einzige, das mir weiterhilft. Nein, das hier ist kein Traum. Wir sind entkommen. Durch irgendein seltsames Wunder.

Die Große Mutter ist an deiner Seite, höre ich Jinni im Geiste sagen. *Wie viele Beweise brauchst du denn noch?*

Endlich gleitet die letzte Feder aus meinem Fleisch. Zäher schwarzer Zauber rinnt anstelle von Blut aus den Löchern. Die widerwärtige, nach Fäulnis stinkende Substanz des Jasmah-Isdar, die immer noch unter meiner Haut herumkriecht.

Instinktiv weiß der Drache, was ich brauche, steigt höher in den Himmel hinauf, fliegt bis weit über die Wolken und taucht in das wohltuende Licht der Gestirne ein. Wie bin ich ohne die Hilfe des Vollmondes in die Welt der Lebenden zurückgekehrt? Wie ist das möglich? Ich müsste tot sein, stattdessen trinkt mein Körper das Sternenlicht und verwandelt es verblüffend mühelos in Magie. Es ist keine schwache Energie, so wie die, die ich sonst in gewöhnlichen Nächten zu sammeln vermag, sondern die strahlende, machtvolle Essenz der Schöpfung.

Vollmondmagie.

Ihre heilsame Kraft schwemmt den Hexenzauber aus meinem Blut, verschließt die Wunden, lässt die Runen verschwinden und füllt meine Leere mit neuer Energie. Schnell webe ich einen Zauber, der uns und den Drachen verschleiert, denn Scylla hat ihre Verfolgung ganz sicher noch nicht aufgegeben.

Warum in aller Welt waren Ischme und ich so unaufmerksam, als die Stymphalen und Harpyien sich zu Hunderten auf das Tal gestürzt haben? Hat uns das Gefühl trügerischer Sicherheit geschwächt? Hat die Königin dazugelernt? Ist sie in gleichem Maße eine bessere Jägerin geworden, wie ich mit jeder gelungenen Flucht zu einer anspruchsvolleren Beute werde? Vermutlich, denn Scylla begeht keinen Fehler zweimal. Nach jahrhundertelanger vergeblicher Verfolgung muss sie überaus verzweifelt sein. Einer boshaften Macht als Hülle zu dienen und immer wieder zu scheitern, zerstört früher oder später jeden. Und was geschieht dann? Sucht sich die Kreatur einen neuen Wirt? Eine neue Königin? Geht es endlos so weiter, bis die gesamte Welt nur noch aus Asche besteht?

Ein Beben durchläuft den Drachenleib. Der mittlere Kopf des Tieres dreht sich herum, starrt mich aus hellblauen Adleraugen an und schickt mir einen Strom aus Bildern.

Der zerfetzte Leib des Sumpfschlingers. Knochen, die aus schleimig schwarzer Haut stechen. Ischme und ich, niedergestreckt von giftigen Federn. Blut auf weißem Fell und blasser Haut. Ein Atemstoß aus eisigem

Feuer trifft die Stymphalen, lässt sie wie zerschlagene Statuen in tausend Stücke zerspringen. Ein zweiter, sanfterer Atemhauch überzieht unsere Körper mit knisterndem Frost. Der Arryx stürmt aus der Höhle, schwingt sich kreischend in den Himmel hinauf und verschwindet im Nebel der Wolken. Vorsichtig hebt der Adlerschnabel des rechten Drachenkopfes Ischme und mich auf und bettet uns auf den schuppigen Rücken, die anderen Köpfe halten Ausschau nach Gefahren.

Der Drache wendet sich von mir ab, die Bilder verblassen. Es muss der Eisatem gewesen sein, der die Wirkung des Giftes gemildert und die Seelen in unseren Körpern gehalten hat.

Danke. Ich lasse das Tier in meine Seele blicken und bekomme ein sanftes Grollen als Antwort. *Du hast uns gerettet. Nein, du hast die ganze Welt gerettet.*

Abscheu streift meine Gedanken. Ein unbändiger Hass gegen das Böse, das die Welt wie ein Krebsgeschwür zerfrisst.

Vernichte sie, sprechen die Gefühle des Drachen. *Töte sie! Zerreiße sie! Mach sie zu Staub!*

Das werde ich. Meine Hand streicht über seine glatten Schuppen, während ich einen lautlosen Schwur leiste. Ganz gleich, was geschieht, ob Jade das Portal öffnen wird oder nicht, ich werde Scyllas Herrschaft beenden und ihre Saat vernichten. Einmal haben wir die Wurzel des Übels nicht erkannt und zugelassen, dass sie das Menschenreich verschlingt. Ein zweites Mal wird es nicht geschehen. Eomara hat recht. Es ist meine Aufgabe, diesen Krieg zu beenden, und ehe ich sie nicht erfüllt habe, gibt es weder Erlösung noch Frieden.

Der Flug des Drachens wird schneller, kerzengerade recken sich seine Hälse in den Wind. Während er uns näher und näher an die Wälder und damit zu unseren Gefährten bringt, lege ich mich wieder neben die Füchsin, schlinge einen Arm um ihren zitternden Körper und konzentriere mich auf die Heilung. Das Gift hat schrecklich gewütet, quälende Augenblicke lang verstärkt meine Magie auch noch den Schmerz. Ischme fährt aus dem Schlaf auf, stößt ein klagendes Winseln aus und zuckt mit ihren Pfoten. Ich halte sie fest, presse ihren Leib gegen meinen und flüstere ihr leise Worte zu, bis es endlich vorbei ist. Seufzend gleitet die Füchsin zurück in den Schlaf, während sich das Licht in einem immer dichter werdenden Netz unter meiner Haut

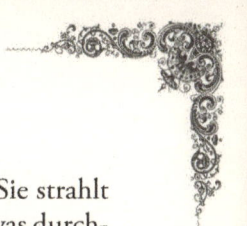

ausbreitet. So hell hat die Magie niemals zuvor geleuchtet. Sie strahlt mächtiger als in den Nächten des Vollmondes und ist von etwas durchdrungen, für das es keine Beschreibung gibt. Ihre Energie muss älter sein als die Zeit. So alt wie die entferntesten Tiefen des Universums und die ersten, aus Staub geborenen Sterne.

Ist das der Atem der Götter? Ist das die Macht, die mein Leben beenden und neu erschaffen wird? Ich spüre nicht mehr die vertraute Wärme. Nicht mehr das wohlige Gefühl, das meinen Hunger stillt und meine Leere füllt. Es ist ein Sturm. Eine Furcht einflößende Springflut aus Eis und Feuer. Das Brennen berührt die Grenze zur Qual, und das, obwohl der erste Vollmond noch viele Tage entfernt ist.

Ischme rekelt sich unter dem Zauber. Ihre Muskeln erschlaffen unter meinen Händen, eine lange rosafarbene Zunge schiebt sich aus dem Maul und sabbert auf die Drachenschuppen. Als alles Gift vernichtet und die Heilung abgeschlossen ist, rutsche ich ein Stück von ihr weg, schließe die Augen und webe einen dritten Zauber. Irgendwo dort draußen, in den Schnäbeln der Harpyien, in den Klauen der Stymphalen oder unter Scyllas gierigen Händen, lösen sich meine Pfeile, mein Mantel, der Köcher und der Bogen in Luft auf, während sie im gleichen Augenblick vor mir erscheinen. Blut haftet am Meeressilber, der Riemen des Köchers und die Sehne des Bogens sind zerrrissen. Krallen- und Zahnspuren verunstalten das Holz, dessen Wurzeln vermutlich noch immer in der Erde meiner Heimat wachsen. Am schlimmsten hat es den Mantel erwischt. Er ist zerfetzt und mit Schleim und Blut befleckt, als hätten mehrere Monster darum gekämpft. Die silberne Schließe taucht getrennt von ihm auf, wahrscheinlich hat sich eine der Stymphalen darüber hergemacht, die zwar ihre Gefühle, nicht aber ihre Vorliebe für glänzende Dinge verloren hat. Ich lasse allen Dreck verschwinden, heile die Scharten und Kratzer, füge Riemen und Sehne wieder zusammen, stopfe die Risse im Stoff mit ein wenig Magie und hülle mich in alte, geliebte Erinnerungen.

Wäre es doch nur ebenso einfach, Menschen an einem Ort aufzulösen und an einem anderen auftauchen zu lassen. Ich will Jade in meine Arme schließen, ich will ihren Geschmack auf meinen Lippen spüren und sie stundenlang festhalten. Einfach nur festhalten. Wie konnte ich nur ohne sie existieren? Wie ist es möglich, dass sie über eine solch lange Zeit hinweg nicht zu meinem Leben gehört hat? Die Ungeduld macht mich rasend, doch ich wage es nicht, die Entfernung zwischen uns mit einem Zauber zu überbrücken. Noch immer hecheln Scyllas Kreaturen auf unserer Spur. Falls sie uns erneut finden, hängt unser aller Überleben von meiner Magie ab. Nie wieder werde ich auch nur einen Tropfen davon verschwenden. Nie wieder, solange der Jasmah-Isdar das Menschenreich vergiftet. Die Wälder von Erusch wimmeln vor finsteren Kreaturen, es gibt Tausende Augen, Ohren und scharfe Nasen. Viele davon werden Scyllas Willen gehorchen. Ich werde einen stärkeren Schutzzauber über uns legen müssen. Über all die Menschen, deren Leben nun in meinen Händen liegt. Wie lange kann ich einen solch gewaltigen Zauber ertragen? Ein paar Augenblicke lang? Stunden? Im besten Fall ein paar Tage?

Mit jedem Atemzug wird die Last auf meinem Herzen schwerer. Falls die Arryx uns weiterhin helfen, wird der Weg zum Portal keine zwei Tage dauern. Solange muss ich den Schutzwall aufrechterhalten. Irgendwie. Und dann?

Dann wird alles von Jade abhängen.

All die Last, die ich trage, wird auf sie übergehen.

Wenn ich es ihr nur ersparen könnte!

Ischme beginnt lautstark zu schnarchen. Ich stecke die Pfeile in den Köcher, hänge ihn um meine Schulter und lege den Bogen in meinen Schoß. Die filigranen, ins Holz eingelassenen Spiralen aus Meeressilber glänzen im Sternenlicht. Ein Echo meiner unerreichbaren Heimat, deren Meer in diesem Augenblick wie eh und je an die Strände rauscht, und deren Himmel sich grenzenlos weit über Wiesen und Dünen wölbt. Ich schließe die Augen und suche nach Erinnerungen, aber jedes Bild, das in mir auftaucht, ist blass und rissig wie ein uraltes Gemälde. Es gibt keine Berge, dort, wo ich herkomme. Keine Klippen, keine Abgründe, nichts Scharfes, Schroffes oder Dunkles. Nur Strände, so breit, dass man inmitten ihrer Dünen glaubt, in einer Wüste zu stehen. Lichtblaues Meer. Ebenen aus hohem, fedrigem Gras. Blasse Mondbäume, die das Licht der Nacht widerspiegeln. Möwenschwärme. Städte aus Silber und Korallen, Schiffe mit weißen Segeln und Stege, die weit ins Meer hinausreichen.

Ich ertappe mich dabei, zu beten. Dafür, Jade all das zeigen zu können. Dafür, endlich von dieser Sehnsucht erlöst zu werden. Ich will

mit ihr gemeinsam das warme Holz der Stege unter meinen nackten Füßen spüren, bis zu deren Ende hinauslaufen und dort sitzen, inmitten rauschender Wellen und salziger Gischt, einen ganzen Abend und eine Nacht lang, bis die beiden Sonnen im Süden aufgehen.

Mit dem vertrauten Stoff auf meiner Haut, dem Bogen und dem Köcher auf meinem Rücken und der Drachenschuppe auf meiner Brust empfinde ich neue Hoffnung. Sie ist kalt und zornig, mehr Dunkelheit als Licht, aber ich greife danach und beschließe, sie bis ans Ende meines Weges nicht mehr loszulassen.

Eingewickelt in meinen Mantel, beobachte ich die unter uns vorbeiziehende Wüstenebene und versuche zu begreifen, dass ich noch immer mir selbst gehöre. Nichts ist vorbei. Scylla hat erneut einen Kampf verloren, und unser Weg wird weitergehen. Geht es Jade gut? Warten sie und die Araschnun am Ufer des Dämmerteiches auf uns, so wie ich es ihnen eingeschärft habe? Mein Blick schweift durch die stille Nacht, doch nirgendwo sehe ich das flammende Gefieder eines Arryx. Vermutlich haben sie die Wälder längst erreicht.

Ich will schlafen. Ausruhen. Atem schöpfen. Doch das werde ich erst können, wenn Jade wieder bei mir ist.

Lange gleiten wir über weiche Wolkenfelder hinweg, während das Licht der Gestirne in mich fließt, zu Magie wird und sich tief in mir sammelt. Meine Augenlider werden schwerer und schwerer, immer wieder sackt mir der Kopf auf die Brust. Im Halbschlaf spüre ich das Nahen der Morgendämmerung, als die Köpfe des Eisdrachens plötzlich gen Westen zucken. Kälte rieselt durch meine Adern. Etwas Dunkles, Unheilvolles klumpt sich in meinem Magen zusammen. Dort draußen lauert der Tod.

Das Tier legt die Flügel an, sinkt tiefer und gleitet durch ein Wolkenloch. Vor uns am Horizont erscheinen rote und gelbe Funken, als hätte jemand die Glut eines Feuers im Sand verstreut.

Ischmes Kopf zuckt hoch. Mit gespitzten Ohren folgt sie meinem Blick, verharrt einen Moment reglos, hält ihre Nase in den Wind und dreht sich schließlich zu mir um. Zorn blitzt in ihren Augen. Und eine tiefe, ohnmächtige Traurigkeit.

Indigo, flüstert es in meinem Kopf. *Sie haben es nicht geschafft.*

Jade

Das ist also der Dämmerteich. Ein kreisrundes Auge aus Wasser, das vor langer Zeit eine eingestürzte Höhle geflutet hat. Das Blau an seinem Rand zerfließt zu Grün, das Grün wird zu Gelb, das Gelb zu Orange. Der Übergang der Farben geschieht so sanft, dass mein Auge keine Grenzen erkennt, und über dieser flüssigen Dämmerung hängt ein Vorhang aus Sternen. Schlingpflanzen wälzen sich von einem steilen Hügel herab und sind über und über mit kleinen weißen Blüten gesprenkelt. Wie ihre Vorbilder im Himmel spiegeln sie sich in der glatten Oberfläche des Teiches und erschaffen ein Bild, dessen Schönheit mich wütend macht. Auch dieser Ort wird sterben. So wie alle anderen. Was wird noch übrig sein, wenn es irgendwann gelingt, Scyllas Herrschaft zu beenden? Ein Berg aus Tod, Staub und Verwesung? Das Tal der Araschnun ist Vergangenheit, alle Erinnerungen sind unter Eis und Schnee begraben. Die Blumen sind erfroren, die Zelte zerstört. Der Heilige Baum mit seinen magischen Laternen … das Zelt, in dem wir uns geliebt haben … die Festfeuer, die melancholischen Lieder, die Tänze und Trommeln … alles verloren.

Ich wünschte, ich könnte schreien. Oder wenigstens weinen. Stattdessen sind wir alle starr und stumm, hocken am Ufer des Teiches und versuchen, unsere Angst zu beherrschen.

Indigo wird kommen.

Er wird kommen!

Auf der Krone eines mächtigen Ahornbaumes hockt der Arryx, lässt seinen scharfen Blick über den Wald schweifen und wartet, so wie wir warten. Jedes Mal, wenn der Kopf des Vogels herumzuckt und sich seine Augen weiten, erstarren wir vor Angst, halten den Atem an und beten dafür, unentdeckt zu bleiben. Sind wir nach wie vor durch Indigos Zauber geschützt? Ich spüre Magie in der Luft, aber die kann ebenso gut von meinem Kristall stammen, der warm und schwer über meinem Herzen liegt. Die Kraft in seinem Inneren ist unangetastet, obwohl ich bereits alle Lieder, die ich kenne, dutzendfach gesummt habe. Wahrscheinlich werde ich niemals den richtigen Ton finden. Wahrscheinlich ist Indigo längst in Scyllas Fängen und nimmt Befehle entgegen, die die Überreste meiner Welt vernichten werden.

Sehnsüchtig taste ich über den Gürtel mit meinen Habseligkeiten, den ich zum ersten Mal seit Wochen wieder angelegt habe. Eine Ewigkeit scheint es her zu sein, dass ich als Diebin durch Jemeshars Straßen geschlichen bin. Wie kann ein Leben, das einst alles gewesen ist, in solche Ferne rücken? Ich erinnere mich kaum noch an Aarons Scherze und an das Lachen der Schwestern. Die Gesichter meiner Eltern sind wie Nebel zwischen Wachen und Träumen, und unser Haus am Meer eine Illusion, die immer undeutlicher wird.

Als ich mich an der Nase kratze, hüpft Zilp von meiner Schulter auf meinen Zeigefinger und zwinkert mich mit seinen niedlichen Knopfaugen an. Hoffnung strömt in mein Herz, die nach einem Moment der Erleichterung wieder in Panik umschlägt.

Der Himmel ist voller Monster gewesen. Es müssen Hunderte, vielleicht sogar Tausende gewesen sein. Wie groß ist die Chance, dass Indigo, Ischme und die Araschnun davongekommen sind?

Gering?

Praktisch nicht vorhanden?

Ich habe die Angst in seinen Augen gesehen. Die Angst davor, mich niemals wiederzusehen. Die Angst vor seinem Scheitern und vor dem, was durch seine Hände und durch Scyllas Willen geschehen wird.

Verzweifelt verkrieche ich mich in meinen Eislöwenmantel. Das weiche Fell bietet einen Hauch von Trost, auch wenn er nur eine Lüge ist. Zum hundertsten Mal ziehe ich die Scherbe aus der Hosentasche, zum hundertsten Mal zeigt sie mir dasselbe Bild: ein Mädchen mit zerzaustem, rotbraunem Haar, bleichem Gesicht und rot geweinten Augen. Warum funktioniert dieses verdammte Ding nicht? Hat es nicht genug Sehnsucht aufgesaugt? Ist sein Zauber verloren gegangen? Hat der Jasmah-Isdar es zerstört?

Wütend reibe ich mit dem Daumen über das Glas und spüre, wie heiße Tränen über meine Wangen rinnen. Ich verstecke sie nicht mehr, denn auch meine Gefährten weinen. Der Zwerg klammert sich an Palili fest wie ein Ertrinkender an einem vorbeitreibenden Baumstamm. Jinni schluchzt in Nobbes Armen. Niemand findet mehr die Kraft, aufrecht zu bleiben.

Zeige ihn mir!, flehe ich die Scherbe an. *Zeige ihn mir doch endlich!* Nichts geschieht. Verdammt!

Zilp hat offenbar keine Lust mehr, mich aufzumuntern. Er piepst enttäuscht, flattert davon und steuert auf eine der dicken Beerentrauben zu, die zu Dutzenden von den Ästen der Bäume baumeln. Kopfüber krallt er sich an einer davon fest und hackt wie ein Berserker auf die Früchte ein.

Jinni wünscht Scylla zur Hölle. Palili übernimmt Timotheus' Aufgabe und knurrt einen derben Fluch. Um uns herum liegen die Taschen, die wir in aller Hast gepackt haben. Ich starre auf jene aus dunkelbraunem, rissigem Leder, in der sich Indigos Sachen befinden. Ausgerechnet seinen geliebten Reisemantel habe ich nicht gefunden. Ob er wütend sein wird? Enttäuscht? Gleichgültig?

Ich will die Tasche an mich ziehen, seine Kleidung herausfischen und meine Nase hineingraben. Aber ich bringe es nicht über mich. Wir alle haben im Tal die vielleicht schönsten Tage und Nächte unseres Lebens verbracht. Jeder von uns hat Hass in den Augen und Zorn im Herzen. Auf Scylla. Auf den stinkenden schwarzen Zauber, der die Welt vergiftet. Auf den Lauf der Dinge, der alles, was wir mit aller Kraft festhalten wollen, aus unseren Händen reißt.

Meine zitternden Finger tasten nach der Scherbe in meiner Hosentasche. Und diesmal erwacht ihr Zauber zum Leben. Mein Gesicht verschwimmt, beginnt zu flimmern und bleicht aus. Als ich sehe, wie an meiner statt eine andere Gestalt erscheint, stehe ich mit klopfendem Herzen auf und gehe ein Stück in den Wald hinein. In meinem Nacken prickeln Blicke, doch ich muss allein sein.

Allein mit dem, was ich sehen werde.

Zuerst fühle ich Erleichterung, denn Indigo und seine Füchsin sind allein. Da sind keine Kerkerstäbe, keine Ketten und keine Ungeheuer. Reglos kniet er in staubigem Sand, gehüllt in jenen Mantel, den ich nicht gefunden habe. Darunter ist sein Oberkörper nackt und bedeckt von seltsamen, hell leuchtenden Mustern, die sich zu bewegen scheinen. Ganz so, als würde ein Unsichtbarer mit flüssigem Licht Runen auf seine Haut malen. Ist das etwa Magie? Aber der nächste Vollmond geht erst in sechs Tagen auf, und wären es Male des Jasmah-Isdar, müssten sie doch schwarz und abscheulich sein? Indigos Köcher ist voller Pfeile, der Bogen hängt über seiner Schulter. Nirgendwo sehe ich Blut oder Verletzungen, und doch scheint er Schmerzen zu leiden. Sein Rücken

ist gebeugt, sein Körper verkrampft. Neben ihm hockt Ischme auf ihrem Hinterteil und rührt sich nicht. Wo sind die beiden? Etwa in der Wüstenebene?

Meine Finger zucken vor Verlangen danach, ihn zu berühren. Ich will ihn spüren, seine Stimme hören, Trost in seinen Armen finden. Die Sehnsucht schmerzt wie eine offene Wunde, und als sie zu stark wird, um sie aufrecht zu ertragen, krümme ich mich am Fuß eines Baumes zusammen und presse meine Stirn gegen seine Rinde.

Steht Indigo unter dem Fluch und kann sich nicht rühren? Ist er verletzt? Ich kann sehen, wie sich seine Finger verzweifelt in den Sand graben und Tränen über seine Wangen rinnen.

Bitte nicht!, flehe ich stumm. *Oh, ihr Götter, bitte nehmt ihn mir nicht weg! Ich brauche dich. Ich brauche dich so sehr!*

Meine Welt schrumpft auf die Scherbe zusammen, nichts außerhalb ihres Fragmentes existiert. Als sich Indigo endlich aufrappelt, einen Moment mit gesenktem Kopf verharrt und schließlich zu laufen beginnt, weine ich vor Erleichterung. Seine Schritte sind mühsam und schwer, aber sie scheinen seinem Willen und nicht Scyllas Befehl zu gehorchen.

Ja, er ist immer noch frei.

Wenn die Königin ihn besiegt hätte, wäre er niemals allein. Ischme wäre nicht bei ihm, und auf seinem Rücken würden weder Bogen noch Pfeile liegen. Eine gewaltige Sehnsucht presst mein Herz zusammen. Unaufhörlich streichele ich die Scherbe, während das Leuchten auf Indigos Haut verblasst, so wie der Himmel über ihm bleicher wird. Als ich aufblicke, sehe ich den ersten Schimmer der Morgendämmerung über den Bäumen.

Eine kleine Gemeinsamkeit.

Wie weit mag er von mir entfernt sein? Wo sind die Araschnun und die Arryx? Vermutlich ist er getrennt von ihnen geflohen, um Scyllas Monster von ihrer Spur abzulenken.

In meiner Erinnerung gleitet sein Haar durch meine Finger, streicht sein Atem über meine Lippen und überziehen seine Berührungen meinen Körper mit Gänsehaut. Ein paar Tage und Nächte voller Glück. Mehr wollten uns die Götter nicht gönnen.

Flammen tauchen in der schwindenden Dunkelheit auf. Indigo geht darauf zu, während silbrig-blaue Magie um seine ausgestreckte

Hand tanzt. Doch es ist kein Feuer, das dort im Sand leuchtet. Es ist der schrecklich zugerichtete Kadaver eines Arryx. Blut verklebt sein Gefieder, die Augen sind nur noch blutige, klaffende Höhlen. Indigo berührt den purpurnen Knochenkamm, der den Schädel des Feuervogels ziert, lässt sein Licht auf das Tier übergehen und verwandelt es innerhalb eines Wimpernschlags in weiße Asche.

Wind kommt auf, trägt den Staub in den Himmel und vermischt ihn mit den Farben der Morgendämmerung. Als Nächstes berührt Indigo den Leichnam einer Frau, deren Gesicht aussieht, als wäre es von Klauen und Schnäbeln zerhackt worden. Auch sie wird zu Asche, die der Wind fortweht. Ihr folgt ein Mann, ein halbwüchsiger Junge und ein Greis. Eine ganze Familie hat dort im Sand ihr Ende gefunden. Mutter, Vater, Sohn und Großvater.

Als Indigo zum nächsten Feuervogel geht, ahne ich, was geschehen ist. Körper um Körper umhüllt er mit seiner Magie und vereint sie mit dem Wind der Ebene, Schleier um Schleier wird davongetragen, um wie ein Seufzer zu verblassen und zu verklingen. Da ist kein Hass in Indigos Gesicht. Keine Wut und kein Rachedurst. Nur Resignation.

Alles ist umsonst gewesen.

Die Wüstenebene ist bedeckt mit Kadavern. Wie verlöschende Flammen liegen die Arryx in der Senke verteilt, manche Reiter kauern noch immer auf ihren Rücken und klammern sich an den Federn fest. Jedes Mal, wenn ich glaube, einer von ihnen könnte noch leben, werde ich enttäuscht. Neun Mal legt Indigo seine Hand auf die Stirn eines Araschnun und lauscht bange Augenblicke lang auf einen Lebensfunken. Neun Mal weicht er mit gesenktem Kopf zurück und verrichtet sein trauriges Werk.

Schwarze Vögel liegen hier und da im Sand. Es scheinen Krähen und Raben zu sein, einige sehen unverletzt aus, andere sind zerfleischt oder gänzlich in Stücke gerissen. Haben sie die Arryx angegriffen? Falls ja, muss ihre Zahl gewaltig gewesen sein, wenn es ihnen gelungen ist, solch mächtige Kreaturen wie die Feuervögel zu überwältigen.

Hat Indigos Schutzzauber versagt?

Wie konnte das nur geschehen?

Die Sonne steht bereits am Himmel, als alle Körper aufgelöst sind. Langsam verblasst der Zauber der Scherbe, vielleicht sind es auch nur

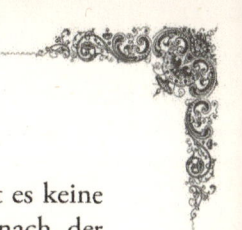

die Tränen, die meinen Blick verschleiern. Irgendwann gibt es keine Leichen mehr. Indigo blickt dem letzten Schleier aus Asche nach, der über die Ebene weht. Dann schließt er die Augen, senkt den Kopf und bleibt lange Zeit regungslos stehen. Der Wind, der gerade noch den Staub seiner Freunde fortgeweht hat, streicht sanft durch sein Haar.

In jenem Moment, in dem er vor Ischme in die Knie sinkt und zu weinen beginnt, verlöscht der Zauber der Scherbe. Ich sehe noch, wie er sich im Staub zusammenkrümmt, seine Arme um die Füchsin schlingt und das Gesicht in ihrem Fell vergräbt.

Dann ist es vorbei.

Alles, was ich noch sehe, ist mein Gesicht.

Verzweifelt greife ich nach dem Kristall, ziehe ihn aus meinem Hemd und halte mich daran fest. Doch die Magie, die mich sonst wie eine tröstende Berührung durchströmt hat, schenkt mir diesmal keine Zuversicht. Sie verwandelt meinen Schmerz in etwas, das mich in kleine Stücke reißt.

Alle Araschnun sind tot.

Nur Jinni und Nobbe haben diese Nacht überlebt.

Ich fühle mich leblos, als ich zum Teich zurückgehe und mich an das Ufer setze. Da ist kein Gedanke. Kein Gefühl. Nichts.

»Was hast du gesehen?«, fragt Palili. »Lebt Indigo?«

Ich nicke mühsam. Der Zwerg und der Hüne sinken erleichtert in sich zusammen.

»Ist er unterwegs?«, will Timotheus als Nächstes wissen. »Kommt er zu uns? Sag schon, Jade.«

Alles, was ich zustande bringe, ist ein Schulterzucken. Ich will nicht reden. Ich kann nicht reden. Vor allem ertrage ich es nicht, Jinni und Nobbe anzusehen. Ihr Volk ist tot. Die Menschen, mit denen wir vor Kurzem noch gefeiert und gelacht haben, sind zu Asche zerfallen. Ihre Überreste werden mit dem Wind über das Land getragen. Irgendwohin.

Und ihre Seelen?

Wer weiß das schon.

Jinni und Nobbe sagen kein einziges Wort. Sie halten sich aneinander fest und blicken gemeinsam in den Morgenhimmel hinauf, als wüssten sie, dass ihre Lieben nicht mehr auf irdischen Wegen wandern.

»Jade?« Palili rutscht näher an mich heran. »Was ist los?«

Ich presse die Lippen zusammen und schweige.

»Jade! Rede mit mir.«

Der verdammte Teich sieht so friedlich aus. Alles ist friedlich. Vögel zwitschern ihr Morgenlied. Libellen tanzen über das Wasser. In den Baumwipfeln rauscht der Wind.

»Raus mit der Sprache!« Palilis Pranke umklammert meine Schulter. »Ich will es wissen.«

»Indigo und Ischme sind am Leben«, würge ich hervor. »Mehr kann ich dir nicht sagen.«

»Und die anderen?« Ohne Palili anzusehen, weiß ich, dass er die Wahrheit bereits ahnt. Vielleicht hat er sie in meinem Gesicht gelesen oder sie in meiner Stimme gehört. »Warum sind wir immer noch alleine?«

Ich rühre mich nicht. Starre nur betäubt auf das Wasser. Jedes Mal, wenn eine der Libellen seine Oberfläche berührt, entstehen auseinanderlaufende Ringe, fließen auf das Ufer zu und verlöschen. Palilis Hand drückt einen Augenblick lang fester zu, dann verschwindet sie von meiner Schulter. Wind streicht über mein Gesicht.

Ich glaube, den Tod darin zu riechen.

Im hellen Sonnenschein des Mittags entdecke ich den Drachen. Schneeweiß hebt er sich vom Himmel und den rauchgrauen Wolken ab, dreht eine Runde über unseren Köpfen und setzt zur Landung an. All meine Sorgen und Befürchtungen werden auf einen Schlag unbedeutend. Denn es ist Indigo, der auf dem Rücken des Tieres sitzt. Sein Anblick vertreibt die Dunkelheit, die seit unserer Flucht meine Gedanken lähmt und meinen Blick trübt. Palili und Timotheus fallen sich in die Arme, Jinni überrumpelt Nobbe mit stürmischen Küssen.

Blätter und Zweige werden aufgewirbelt, als der Drache im Wipfel des höchsten Baumes landet. Die mächtige Eiche ächzt und knarzt erbärmlich, doch sie hält dem Gewicht stand. Mit ausgestreckten Schwingen balanciert das Tier sein Gleichgewicht aus, zermalmt mehrere dicke Äste und kommt schließlich zum Stillstand, indem es sich kurzerhand bäuchlings in die Krone wirft. Ein Regen aus Laub und Rinde prasselt zu Boden, zwei Eichhörnchen suchen panisch das Weite. Das muss der Eisdrache sein, von dem Jinni erzählt hat: ein atemberaubendes Geschöpf von solcher Helligkeit, dass sein Anblick in den Augen schmerzt. Die Schwingen des Tieres sind gefiedert wie die eines Vogels, seine drei Köpfe sitzen auf langen, elegant gebogenen Hälsen und ähneln denen eines Adlers, abgesehen davon, dass sie spitze Ohren und geschwungene Antilopenhörner besitzen. Wo das Schuppenkleid nicht blutbefleckt ist, glitzert es reinweiß wie der Schnee des Gebirges, hier und da sprießen Flaumfedern hervor, die vom Wind zerzaust werden.

Offenbar hat das Tier eine blutige Schlacht geschlagen. Vielleicht habe ich es nur ihm zu verdanken, dass Indigo und Ischme zu uns zurückgekehrt sind.

An jedem anderen Tag hätte ich diesem wunderbaren Wesen mehr Aufmerksamkeit gegönnt, doch jetzt will ich nur eines: Indigo in meine Arme schließen. Einen Moment lang zögert er noch, verharrt auf dem Rücken des Drachen und hält Ischme wie einen Schutzschild umfangen, doch als ich den ersten Schritt gehe, werden die beiden von hellem Licht umhüllt. Ich beginne zu rennen, wische mir die Tränen von den Wangen, sehe ein Flimmern in der Luft und stürme darauf zu.

Endlich!

Ich falle in seine Arme, werde aufgefangen und an seinen Körper gedrückt. Da ist Wärme. Wunderbare, erlösende Wärme, die meinen Sturz in die Leere beendet. Als Indigo mich endlich wieder festhält, über mein Haar streichelt und mich mit Küssen bedeckt, löst sich meine Angst in Luft auf. Irgendwo hinter meinem haltlosen Schluchzen höre ich Worte, doch ihre Bedeutung ist mir gleich. Ich will nur das Gefühl seines Körpers. Das Wissen, dass er lebt. Dass er bei mir ist. Dass ich ihn berühren und atmen und schmecken kann.

Irgendwann schiebt er mich von sich, ergreift meine Hand und geht mit mir zum Lager zurück. Selbst diese lächerliche Entfernung zwischen uns ist eine Qual, und so schmiege ich, kaum dass wir uns zwischen Timotheus und Palili niedergelassen haben, meinen Kopf an seine Schulter. Erst jetzt bedeutet mir Schönheit wieder etwas. Erst jetzt sehe ich den Wald so, wie er ist. Sein wucherndes, sattes Grün. Die goldenen Lichtreflexe der Sonne. Der bunte Reigen summender, flatternder und durch die Luft taumelnder Insekten, die von Blüte zu Blüte wandern.

Jetzt, da sein Schutz nicht mehr nötig ist, hält den Arryx nichts mehr bei uns. Mit lautem Flügelrauschen schwingt er in den Himmel

hinauf, wirft uns einen letzten Blick zu und verschwindet in Richtung des östlichen Horizonts. Auf ihn warten die weiten Steppen der Korin-oor-Halbinsel, doch keiner seiner Gefährten wird ihm folgen. Sie alle sind verschwunden. Erloschen wie ausgetretene Flammen.

Zusammen mit dem Feuervogel tritt auch der Eisdrache seinen Rückweg an. Krachend und polternd erhebt er sich aus der Baumkrone, doch kaum hat er sich in die Luft katapultiert, tragen ihn seine schnee-weißen Schwingen mit der Leichtigkeit eines Windhauchs zurück in die Wolken.

»Verdammt«, knurrt Indigo. »Ich hatte gehofft, sie würden bei uns bleiben. So war das nicht geplant.«

»Ist er euch zu Hilfe gekommen?« Ich schiebe meine Hand unter den Reisemantel und lege sie auf die warme Haut seiner Brust. Sanfter, gleichmäßiger Herzschlag pocht gegen meine Finger. Nichts könnte sich schöner anfühlen als dieser Beweis, dass er wieder bei mir ist.

»Ja«, antwortet er. »Ohne ihn wären wir nicht hier. Ischme wäre tot und ich in Scyllas Palast.«

»Was ist geschehen?«

Indigo starrt ins Leere, als hätte er Mühe, die richtigen Worte zu finden. Keiner von uns wagt es, einen Laut von sich zu geben. Gebannt warten wir darauf, dass er seine Stimme wiederfindet, und als er schließ-lich zu erzählen beginnt, lauschen wir mit offenen Mündern. Tränen brennen in meinen Augen, als ich von dem aussichtslosen Kampf um das Tal erfahre, von der Flucht jener Araschnun, deren Staub vom Wind fortgeweht wurde, von dem Auftauchen des Schlingers und dem Angriff der Stymphalen und Harpyien. Indigos Worte erschaffen schreckliche Bilder, doch eines lässt er aus: die Leichen, die er gefunden und in Asche verwandelt hat.

»Ein Sumpfschlinger?«, keucht Timotheus, als Indigo seinen Bericht beendet. »Aber ich dachte, die wären längst ausgerottet.«

»Irgendwo muss Scylla noch einen ausgegraben haben«, erwidert er müde. »Wahrscheinlich hat er sich damals im Sumpf verkrochen, fiel in Kältestarre und entging so dem Krieg.«

»Wo sind unsere Freunde?«, stellt Nobbe die Frage, von der sich Indigo vermutlich wünscht, sie niemals beantworten zu müssen. »Kein einziger kam hier an. Haben sie sich verflogen?«

»Nein«, flüstert Jinni. »Sie sind gegangen. Die Zeit der Araschnun ist vorbei.«

»Was?« Nobbe reißt die Augen auf. »Woher willst du das wissen, Weib? Rede keinen Unsinn!«

»Es ist wahr.« Indigo schließt die Augen und drückt meine Hand, als müsste er Kraft aus unserer Berührung schöpfen. »Sie sind jetzt im Wind.«

Jinni lächelt wehmütig und blickt zum Himmel hinauf. »Unsere Zeit ist abgelaufen. Sie hätte schon damals enden sollen, aber du hast uns zweihundert Jahre voller Glück und Freude geschenkt. Dafür werden wir dir ewig dankbar sein.«

Indigo greift mit der freien Hand nach der Drachenschuppe um seinen Hals und streicht über die eingravierten Schriftzeichen. Sein Gesicht ist eine Maske aus Schmerz und Wut.

»Die Arryx haben etwas Dummes getan«, sagt er leise. »Etwas wirklich, wirklich Dummes. Anstatt einzeln zu reisen, wie ich es ihnen gesagt habe, fanden sie sich trotz meiner Warnung zu einem Schwarm zusammen. Und mit ihnen vereinten sich die Angst, der Zorn und die Verzweiflung.«

»Scyllas Kreaturen haben es gespürt?«, flüstere ich.

»Ja.« Der Griff seiner Finger wird fester. »Ihr Instinkt befahl ihnen, zueinanderzufinden. Ich habe gehofft, dass die Gefahr sie davon abhält. Ich dachte, ich hätte ihnen deutlich genug eingeschärft, was sie zu tun haben. Aber Angst ist viel zu oft stärker als Vernunft. Es tut mir leid.«

»Du wolltest uns retten.« Nobbes Stimme klingt wie die Borke der Eichen, die uns umringen. »Du hast alles getan, was in deiner Macht stand. Das Schicksal wollte es so. Ihre Seelen sind frei. Sie werden irgendwo ein neues Leben beginnen.«

Indigo blickt auf. Der Zorn in seinem Blick ist kalt wie Eis und hart wie Stein. »Euer Volk war das Letzte, das dem Jasmah-Isdar widerstanden hat«, fährt er Nobbe an. »Mit eurem Tal ist das einzige Paradies zugrunde gegangen, das diese Welt noch besaß. Ihr wart dort glücklich. Wir alle waren glücklich.«

»Ja«, ergreift Jinni das Wort. »Aber ihr findet neues Glück. Daran musst du glauben. Gib nicht auf, Indigo. Gib niemals auf. Das musst du mir versprechen. Die Wege des Schicksals sind steinig, aber mit der Hilfe der Großen Mutter werdet ihr sie bewältigen.«

»Warum hat sie euch nicht geholfen?«, knurrt er barsch zurück. »Warum hat sie zugelassen, dass euer Volk vernichtet wird?«

»Jeder muss gehen, wenn seine Zeit gekommen ist.« Jinnis Stimme bleibt unverändert sanft. »Auch mein Mann und ich sind bereit, diese Welt hinter uns lassen. Warum schmerzt es dich so? Du solltest am besten wissen, dass der Tod nur ein Weg zu neuen Zielen ist.«

»Ja, das ist er«, faucht Indigo. »Aber nicht für die, die zurückbleiben. Nicht für die, die im Blut geliebter Menschen waten und damit leben müssen, versagt zu haben. Ich habe es satt, euch sterben zu sehen. Ich habe all diesen Tod so satt!«

Jinni schüttelt traurig den Kopf. »Du hast nicht versagt, Indigo.«

»Doch, das habe ich.«

»Oh nein.« Der Blick der Araschnun wird so scharf wie der eines Falken. »Du hast den Arryx gesagt, dass sie einzeln fliegen sollen. Sie haben nicht auf dich gehört. Es war ihre Entscheidung, nicht deine. Du hast alles getan, was du tun konntest. Und du hast all deine Kraft für uns geopfert.«

»Jinni, es war umsonst.«

»Nein, das war es nicht.« Sie schließt die Augen und seufzt wie eine Mutter, die versucht, ihrem Schützling die Grausamkeiten des Daseins zu erklären. »Ohne dich wären wir schon vor zweihundert Jahren gestorben. Denke an all die wunderbare Zeit, die du meinem Volk geschenkt hast. An all die Feste und Tänze. An die Sommer und Winter, die wir gemeinsam verbracht haben. Niemand musste Krankheiten leiden. Es gab keinen Hunger, keine Kämpfe, keine Bosheit. Dank dem, was du uns geschenkt hast, war unser Leben vollkommen.«

Indigos Blick wird noch eine Spur frostiger. Er lässt meine Hand los, steht auf und geht in den Wald hinein. »Ja«, höre ich ihn noch sagen, ehe ihn das Dickicht verschluckt. »Und jetzt ist all das vorbei. Euer Tal gibt es nicht mehr. Es ist Vergangenheit. Genauso, wie ihr bald Vergangenheit sein werdet.«

Hilflos sehen wir zu, wie er im Gebüsch verschwindet. Die Vögel zwitschern unbeeindruckt in den Wipfeln, als wüssten sie nichts von Vergänglichkeit. Schmetterlinge torkeln durch die Sonnenstrahlen und landen auf froststarren Blüten.

»Fällt das Laub denn niemals ab?«, frage ich irgendwann, nur um das Schweigen zu brechen. »Es ist eiskalt und trotzdem sieht es aus, als wären wir mitten im Frühling.«

»Die Wälder von Erusch haben ihre eigenen Gesetze.« Palili lässt den Kopf hängen und zupft an den Holzperlen in seinem Haar. »Es wird kalt und es gibt Frost, aber die Bäume bleiben grün. Selbst im tiefsten Winter blühen Blumen. Und die Schmetterlinge dort … das sind Winterfalter.«

»Aber sie sind bunt.«

»Warum sollten Winterfalter nicht bunt sein?«

Ich zucke mit den Schultern und starre auf die Stelle, an der Indigo verschwunden ist. Seine Abwesenheit fühlt sich falsch an. Gerade erst habe ich ihn zurückgewonnen, jetzt ist der Platz neben mir schon wieder leer.

»Du solltest zu ihm gehen.« Jinni legt eine Hand auf meine Schulter und sieht mich flehend an. »Bitte, Jade. Er braucht dich jetzt.«

Mehr denn je fühle ich das Bedürfnis, den Eislöwenmantel über meinen Kopf zu ziehen, sodass ich niemanden mehr sehe und mich niemand mehr sieht. »Ich glaube nicht, dass er jemanden um sich haben will.«

»Er braucht dich«, wiederholt Jinni. »Bitte vertraue dem Instinkt einer alten Frau.«

Ich lege den Kopf in den Nacken und seufze. Es ist merkwürdig, einerseits zu frieren und seinen Atem als weiße Wolke aufsteigen zu sehen, und andererseits von Blumen, lichtgrünem Wald und bunten Schmetterlingen umringt zu sein. Etwa eine Armlänge neben mir schwirren ein paar seltsame Insekten vorbei, deren fedrige Köpfe an Löwenzahnsamen erinnern. Lange, fadendünne Beinchen flattern wie Fähnchen hinter ihnen her, aber ich kann nicht erkennen, auf welche Weise sich diese flügellosen Wesen vorwärtsbewegen.

»Jade«, drängelt Jinni. »Bitte gehe zu ihm.«

»Er will allein sein.«

»Nein.« Auffordernd wedelt sie mit einer Hand. »Das will er nicht. Und jetzt hopp!«

»Warum ist er dann verschwunden, wenn er nicht allein sein will? Kannst du mir das erklären?«

»Ja, das kann ich. Leidende Männer ziehen sich zurück, um zu provozieren, dass du ihnen hinterherläufst. Sie wollen im Grunde ihres Herzens nicht allein sein, sondern bitten auf ihre komische Art und Weise um Hilfe. Glaube mir, Mädchen, diese Kreaturen sind längst nicht so undurchschaubar, wie sie es gerne wären.«

»Und du glaubst, ein Atlanter denkt genauso wie ein Menschenmann?«

»Natürlich. Indigo ist auch nur ein Kerl. Mit allem, was zu unserem Leidwesen dazugehört.«

Also gut. Unter Jinnis aufmunterndem Blick stehe ich auf, klopfe den Dreck von meiner Hose und tauche in das schillernde Grün des Waldes ein. Schon nach wenigen Schritten fühlt es sich an, als würde ich in einem weichen Bett aus Alter und Stille versinken. Sonnenstrahlen fallen wie kristallene Speere durch die Baumkronen, glitzern auf gefrorenen Blättern und Blüten und tupfen helle Flecken auf das Moos. Auf einem tief hängenden Ast ruht eine Schlange, schwarz mit bunt schillernden Streifen, doch sie würdigt mich keines Blickes. Das hier ist ein Wald, wie ich ihn von zu Hause kenne. Eine dämmerige, schweigende Kathedrale aus knorrigen Bäumen und dicken Moosteppichen, die jeden Laut verschlucken und allen Formen eine unwirkliche Weichheit verleihen. So hat mein geliebter Küsteneichenwald im Frühling ausgesehen. Meine Gedanken wollen sich in Erinnerungen flüchten, aber ich wehre mich dagegen. All das ist verloren, und ich habe es satt, Träumen aus Asche hinterherzutrauern.

Als ich Indigo vor mir entdecke, werden meine Schritte langsamer. Er scheint auf einer Art Treppe zu sitzen, aber wie kommt eine Treppe mitten in den Wald? Sein Kopf ist gesenkt, seine Augen geschlossen, doch ich zweifele nicht daran, dass er mich längst spürt.

Hat Jinni vielleicht doch unrecht? Will er allein sein? Ist er zornig, weil ich ihm gefolgt bin?

Langsam trete ich näher, während das Herz in meiner Brust schier zerspringen will. Es ist tatsächlich eine Treppe, auf der er sich niedergelassen hat, und sie ist nicht das einzige Zeugnis menschlicher Vergangenheit. Ich sehe zerschlagene Mauern, mit Reliefs verzierte Steinquader, zerbrochene Säulen und das Gerippe eines Pferdekarrens. Einige der Ruinen sind mit Moos und Schlingpflanzen überwuchert,

andere, so wie die Treppe, werden vom Wald verschmäht. Bis auf einige Scharten und abgesprungene Kanten sind die Stufen völlig unversehrt.

Bitte lass es zu, flehe ich Indigo an. *Ich brauche dich. Jetzt. Hier.*

Warum spreche ich es nicht laut aus? Warum bin ich so feige?

Als ich neben ihm stehen bleibe, zerreißt etwas in mir. Innerlich schreie ich so laut, dass ich glaube, davon taub zu werden. Doch mein Körper verharrt still, ballt die Hände zu Fäusten und starrt seine ineinander verschlungenen Finger an.

Wie lange bin ich schon hier? Einen Wimpernschlag lang? Stunden? Mein Körper ist wie festgefroren. Ich will mich bewegen und kann keinen Finger rühren. Will eine Flut aus Worten ausspucken und schweige wie ein Stein. Erst als Indigo neben sich auf die Stufe klopft, erwache ich aus meiner Lähmung.

»Setz dich zu mir, Jade.«

Seine Stimme ist ein kraftloses Flüstern. Nässe schimmert auf seinen Wangen, neue Tränen füllen seine Augen. Aber er schickt mich nicht weg. Er will, dass ich bei ihm bleibe, selbst in seinem schwächsten Moment.

Zögernd nehme ich Platz und kann dem Druck in meiner Brust noch einen Moment lang widerstehen. Doch als Indigo eine Hand auf meinen Rücken legt und sanft darüberstreicht, bricht es aus mir heraus. Ich falle in seine Arme, schluchze, wimmere und zittere, lasse diesen ganzen verdammten Schmerz heraus und weine seinen Mantel nass. Mit jener ruhigen Stärke, die ich so schmerzlich vermisst habe, gibt er mir Halt.

Ich stürze, er fängt mich auf.

Ich verfluche die Welt und alles Leben darauf, er gibt mir einen Grund, dennoch zu lieben.

Wie aus einem tiefen, dunklen Traum tauche ich aus meinem Abgrund auf. Ganz verdreht liege ich in seinen Armen, klammere mich an seinen Schultern fest und drücke mein Gesicht an seine Brust. Warm und dumpf schlägt das Herz darin. Das schönste aller Geräusche. Der Takt, der nicht nur ihn, sondern auch mich am Leben hält.

»Heute finden wir deine Melodie, Jade. Die Magie ist bereit, dir zu gehorchen. Kannst du es spüren?«

Ja, etwas fühlt sich anders an. Der Kristall scheint im Rhythmus meines Blutes zu pulsieren, verströmt eine prickelnde Hitze und liegt wie ein Bleiklumpen auf meiner Brust. Sanft zieht Indigo mich zwischen seine Beine, bis wir Rücken an Brust sitzen, schließt mich in eine unendlich tröstende Umarmung ein und beginnt, eine Melodie zu summen.

Als er verstummt, wiederhole ich sie. Die Töne fühlen sich traurig an, wie die Essenz eines schönen, aber kummervollen Liedes. Mit geschlossenen Augen überlasse ich mich ihrem Klang, atme Indigos Geruch, lausche seiner Stimme und wiederhole, was sie mir vorgibt.

Mein Herz zerspringt vor Schmerz und wird gleichzeitig geheilt. Mit jedem Ton, den wir gemeinsam summen, verschlingen sich die Fäden unserer Seelen fester miteinander. Bald muss ich seine Melodien nicht mehr wiederholen, sondern begleite sie, als wären sie schon immer in meinem Kopf gewesen. Unsere Stimmen vermischen sich mit der Stille des Waldes, ohne sie zu stören. Ich vergesse den Schmerz und die Traurigkeit, spüre nichts als seine warme Umarmung und die Vereinigung unserer Lieder.

Warme Dunkelheit in seiner Stimme.

Licht und Leichtigkeit in meiner.

Und dann geschieht es. Die Magie verlässt den Kristall, fließt in mein Blut und kriecht wie ein Schwarm summender Insekten in meine Fingerspitzen. Erschrocken reiße ich die Augen auf. Meine Hände leuchten! Sie strahlen in einem blau-silbernen Licht, das sich unter meinen Nägeln sammelt und so hell zu strahlen beginnt, dass es mich schier blendet.

Fassungslos drehe ich mich zu Indigo herum. »Ich habe es gefunden! Bei den Göttern, sieh nur! Ich habe es gefunden.«

Sein Lächeln ist voller Stolz. »Gut gemacht, Jade.«

»Was muss ich jetzt tun?«

»Es wiederholen.«

Ich brauche einen Moment, bis ich mich an die Melodie erinnere, obwohl ich sie gerade erst vor mich hin gesummt habe. Lied um Lied ist wie im Schlaf durch mich hindurchgeflossen, ohne dass ich darüber nachgedacht habe. Doch als ich die ersten Töne finde, geschieht alles wie von selbst. Ich forme die einfache, melancholische Melodie und spüre augenblicklich, wie das Glühen der Energie stärker wird. Hin und wieder stocke ich, wiederhole einen bestimmten Ton, horche auf meinen Körper und fahre fort, bis eine zweite Welle durch meine

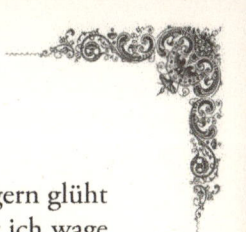

Adern brandet. Das gerade erloschene Licht in meinen Fingern glüht erneut auf, der Kristall wird so heiß, dass es schmerzt. Aber ich wage es nicht, ihn abzunehmen.

»Indigo!«, hauche ich. »Es ist wundervoll! Es ist … ooh!«

Ein überwältigendes Strahlen rauscht durch mich hindurch. Es verteilt sich bis in die kleinste Faser, züngelt von meinen Zehen bis hinauf in meine Haarspitzen und wird zu einem erregenden, machtvollen Fieber, das mir den Atem verschlägt.

»Das ist ein Tropfen deiner Magie? Ein Tropfen?!« Ich höre alles. Selbst das leiseste Geräusch. Sogar das Fließen des Lebens in den Bäumen und das Kreisen der Sterne hinter dem Licht des Tages. Die Welt stürzt über mir zusammen, eine Flut aus Sinneseindrücken überschwemmt meine Seele.

»Ein Tropfen«, wiederholt Indigo.

Ich kichere, seufze und ächze. Farben explodieren vor meinen Augen, Formen verzerren sich und pulsieren. Überall fließt das Leben. In den Pflanzen, im Boden, unter meiner Haut, durch Indigos Körper. Selbst die Ähren der Gräser sind von schillernden Strahlenkränzen umgeben. Jeder dieser Kränze besitzt eine andere Farbe. Meine Arme sind von gelbem und weißem Licht umflackert, Indigo ist in ein unbeschreiblich tiefes Blau getaucht.

»Das ist die Schwingung, mit der du die Kräfte lenken kannst.« Er greift neben sich und pflückt eine kleine orangefarbene Blume. Aber es nicht einfach nur eine Blüte. Ich sehe das Licht, das sie verströmt. Ich sehe ihre bunt schillernde, winzige Blumenseele. »Stelle dir vor, die Magie würde sich wie ein Kokon um dieses Pflänzchen legen. Male es dir ganz genau aus. Sieh, wie es geschieht, und es wird geschehen.«

Ich blinzele ein paar Mal, schließe die Augen und öffne sie wieder. Der Sinnessturm wird allmählich schwächer, die Dinge nehmen wieder ihre gewohnte Form an, und mein Herz fühlt sich nicht mehr an, als müsse es in einem Funkenregen explodieren. Vorsichtig nehme ich die Blüte, halte sie vor mein Gesicht und tue, was Indigo mir aufgetragen hat. Die Magie gehorcht augenblicklich. Sie fließt aus meinen Fingerspitzen, kriecht an dem zarten Stängel empor und webt einen feinen, schimmernden Schleier um die Blume. Ungläubig starre ich auf das erste Werk meiner eigenen Zauberei.

»Jade«, flüstert Indigo. »Du hast es geschafft. Einfach so.«

Ich blicke zu ihm auf und sehe blankes Erstaunen. Genau so muss ich ausgesehen haben, als ich zum ersten Mal Zeugin seiner Magie geworden bin. Nach und nach verlöscht das Glühen in meinen Fingern. Ich wiederhole die Melodie, der Zauber flackert noch einmal kurz auf und erlöscht schließlich endgültig. Statt Hitze fühle ich Kälte, statt machtvollem Prickeln eine frustrierende Leere.

»Du hast alle Magie aufgebraucht.« Indigo betrachtet den Kristall, der all sein Leuchten verloren hat und nur noch ein durchsichtiger Stein ist. »Aber die Blume ist immer noch geschützt. Siehst du?«

Er schließt eine Hand darum, quetscht das Pflänzchen zusammen und öffnet seine Finger wieder. Der Blüte ist nichts geschehen. Nicht einmal der kleinste Knick ist zu erkennen.

»Kannst du die Magie wieder auffüllen?« Sehnsüchtig presse ich meine Hand um den Kristall zusammen. »Bitte. Ich würde sie gerne noch einmal spüren.«

»Besser nicht«, enttäuscht mich Indigo. »Sie macht süchtig, wenn man nicht vorsichtig damit umgeht. Sehr schnell sogar. Die gutmütigsten Menschen sind schon zu Teufeln geworden, weil sie nicht genug bekamen.«

»Das glaube ich sofort.«

»Zärtlich legt er eine Hand auf meine Wange und schenkt mir ein Lächeln. »Niemand schafft es beim ersten Mal, Jade. Nicht einmal die talentiertesten Menschen. Du hast gezaubert, als hättest du dein Leben lang nichts anderes gemacht.«

»Es war so einfach.«

»Oh nein, es ist nicht einfach. Jinni brauchte Wochen, bis sie den ersten einfachen Schutz erschaffen konnte, und sie war meine bisher beste Schülerin.«

Ich muss zweimal schlucken, ehe ich die Worte herausbringe: »Was bedeutet das?«

»Es bedeutet, dass ich richtigliege. Du bist der fehlende Teil meiner Seele. Du bist die Vervollständigung meiner Magie.«

Ich lege die Blume auf die Stufe, lehne mich an Indigos Schulter und schließe die Augen. Bedeuten seine Worte, dass keine Macht der Welt uns trennen kann? Nicht einmal das Schicksal? Oder prophezeien

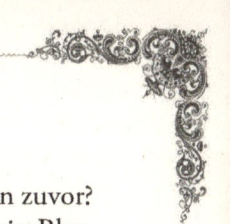

sie nur, dass wir schlimmer leiden werden als jemals ein Wesen zuvor? Noch immer strömt ein schwaches Echo der Magie durch mein Blut. Ich halte mich daran fest, fasse einen Entschluss und stelle mich gegen alle Ängste. So tief sie auch sein mögen.

»Wir werden aus der Menschenwelt verschwinden«, schwöre ich Indigo. »Wir werden diesen ganzen verfluchten Tod hinter uns lassen und in deine Heimat gehen.«

»Jade …«

»Nein! Ich werde das Portal öffnen. Ich werde es öffnen! Du wirst nach Hause gehen, und wir gehen mit dir.«

Das Gesicht des Waldes verändert sich stetig. Mal ist es freundlich und licht, mal verträumt und hin und wieder, wenn das Dickicht seine dornigen Finger ineinander verkrallt, schwarze Lianen von den Ästen hängen und das Moos eine finstergrüne Farbe annimmt, so gespenstisch wie der Schlund einer Höhle.

Je weiter wir nach Süden vordringen, umso wärmer wird die Luft und umso größer werden die Bäume. Die Namen der Gattungen kenne ich längst nicht mehr, knorrige Stämme werden von Nebel umwabert und Schleier aus vielfarbigen Flechten wiegen sich einschläfernd im Wind. Das Dämmerlicht, das den Morgen und den Abend verbindet, atmet Legenden und Geheimnisse. Es scheint, als würde der Wald mit jedem Schritt, der uns tiefer in sein Herz führt, älter werden.

Bald wird es in seinem Dickicht so warm, dass ich den Eislöwenmantel nicht länger ertrage. Obwohl ich dagegen protestiere, schnallt Indigo das schwere, zusammengerollte Ungetüm auf seine Tasche und trägt es für mich.

»Du bist die erste Frau«, bemerkt er trocken, »die sich beschwert, weil man ihr helfen will.«

»Ich bin es nun mal gewöhnt, alleine klarzukommen.«

»Ich weiß. Aber warum solltest du dich damit abschleppen? Für dich ist er schwer, für mich nicht. So einfach ist das.«

»Hm«, brumme ich. »Trotzdem.«

»Ich sehe dich deswegen nicht als schwach an, falls es dieser Gedanke ist, der dich wurmt.«

»Das will ich dir auch geraten haben.«

»Dickschädel.« Indigos Mundwinkel zucken. »Aber ich werde deinen Mantel tragen. Ob es dir nun gefällt oder nicht.«

In gespielter Dramatik ringe ich die Hände gen Himmel und lache, als er meine Geste nachahmt. Bis auf dieses kleine Geplänkel tauschen wir nur die nötigsten Worte miteinander aus, jeder zieht sich in die Welt seiner eigenen Gedanken zurück und versucht auf seine Weise weiterzumachen. Indigo hat mir eröffnet, dass im Chaos des Angriffs sowohl Aarons Haar als auch das des Mädchens verloren gegangen ist, und ihm damit jede Möglichkeit genommen wurde, auf die drei achtzugeben. Mein Bruder und die Schwestern sind auf sich allein gestellt. Alles, was mir bleibt, ist Palilis Scherbe, doch in der sehe ich seit Wochen ausschließlich Indigo.

Bitte beschützt sie, flehe ich jeden Morgen und jeden Abend die Götter an. *Gebt gut auf sie acht, weil wir es nicht können.*

Hin und wieder stecken Jinni und Indigo die Köpfe zusammen und flüstern leise miteinander, vielleicht, um alten Erinnerungen und verlorenen Träumen nachzuhängen. Trotz ihres Verlustes strahlt die Araschnun einen Frieden aus, von dem ich nicht weiß, wie sie ihn aufrechterhält. Ist es so, wenn man alt wird? Siegt man über den Schmerz, wenn jeder Atemzug der letzte sein kann und der Schleier zwischen dem Diesseits und dem Jenseits durchsichtig wird?

Ich bete dafür, dass Jinni einen Teil der Last von Indigos Schultern nehmen kann. Mir ihr teilt er eine andere Form von Liebe. Eine, die es ihm leichter macht, seine inneren Dämonen zu offenbaren. Wenn wir abends müde und erschöpft am Feuer sitzen, nimmt er mich in die Arme und schenkt mir einen Trost, den ich ihm nicht zurückgeben kann. Nicht im gleichen Maße. Da ist eine Kluft zwischen uns, die mir das Herz zerreißt. Ich weiß, dass er mir Dinge verschweigt. Ich sehe es in jedem seiner Blicke und höre es in jedem Wort, ganz gleich, wie oft er versucht, mich zu beruhigen.

Ablenkung von all den düsteren Erinnerungen und Befürchtungen schenken mir nur unsere täglichen Zauberübungen. Doch auch die hält Indigo kurz und beharrt darauf, mir lediglich einen Tropfen Magie zur Verfügung zu stellen. Den Grund für seine Entscheidung spüre ich erschreckend deutlich. Sobald der Zauber versiegt, schreit mein Körper nach mehr. Er wird gierig, hungrig und auf eine Weise wütend, die mir

vollkommen fremd ist. Manchmal ist es so schlimm, dass ich Indigo boshafte Worte an den Kopf werfe und mich im nächsten Augenblick über die Dunkelheit erschrecke, die mich überwältigt hat.

Ist es das, was Scylla auffrisst? War sie irgendwann einmal so wie ich und ist dem Bösen nur zum Opfer gefallen, weil niemand sie auf den richtigen Weg zurückgeführt hat? Weil es niemanden gegeben hat, der den Zorn aus ihr herausgestreichelt und die Leere in ihrer Seele weggeküsst hat? Der Gedanke erschreckt mich. Und er lässt mich etwas fühlen, das Scylla nicht verdient hat: Mitleid.

Tag für Tag fällt mir das Zaubern leichter. Bald umhülle ich meine Übungsobjekte so mühelos mit einem schützenden Kokon aus Licht, als wäre die Magie ebenso ein Teil von mir wie das Atmen. Ich spüre den Seelen der Bäume nach, verfolge die unveränderlichen Bahnen der Sterne und dringe mit jedem Tag tiefer in das allgegenwärtige Geflecht des Lebens ein. Selbst Steine besitzen eine Seele. Sie ist blass und schläfrig, aber zweifellos lebendig. Ebenso wie das Wesen des Wassers und das des Feuers. Meine Sinne sind wie eine Blüte, die sich weit und sehnsüchtig dem Sonnenlicht öffnet, doch mit jedem Tag wird auch etwas anderes stärker: der Hunger.

Ich versuche, ihn zu ignorieren. Ich kämpfe dagegen an und verstricke mich nur noch rettungsloser in den Begierden, die die Magie in mir weckt.

»Mach dir keine Sorgen«, beruhigt mich Indigo immer dann, wenn ich fauche und tobe und dabei das Gefühl habe, ein Dämon wäre in meinen Körper geschlüpft. »Du wirst dich daran gewöhnen. Am Anfang ist es immer so.«

Den Göttern sei Dank behält er recht. Auch wenn es lange dauert, bis ich der Dunkelheit die Stirn bieten kann. Irgendwann gelingt es mir, meinen Zorn zu beherrschen. Die Leere überwältigt mich zwar immer noch, aber ich gebe ihr keine Nahrung mehr. Mein Körper und mein Geist härten aus wie Stahl, der nur oft genug geschmolzen werden muss, um die perfekte Form zu erreichen.

Nach und nach werden meine Übungsobjekte größer, aber davon, etwas unsichtbar zu machen, bin ich noch weit entfernt.

»Zaubern ist für Menschen sehr gefährlich«, erklärt Indigo, als ich ihn wieder einmal mit süßer Zunge überreden will, mir mehr Magie

anzuvertrauen. »Wir müssen langsam vorangehen. Schritt für Schritt. Sonst wird es böse enden.«

Ich nicke, akzeptiere und schreie innerlich nach dem Vergessen, das das Zaubern mir schenkt. Wenn die Kräfte durch meinen Körper fließen und der Wald auf wundersame Weise zum Leben erwacht, wenn alles um mich herum erstrahlt und atmet, pulsiert und flüstert, dann bin ich Teil von etwas Großem. Etwas unbeschreiblich Herrlichem, das nur aus Licht und allumfassendem Frieden besteht.

Aber Indigo hat recht. Wenn ich nicht achtgebe, wird es böse enden. Ein Blick in seine Augen reicht, um mich in die Wirklichkeit zurückzuholen. Das Dunkle in seiner Seele besteht nicht nur aus der Schuld, die er sich auf die Schultern geladen hat. Nicht nur aus dem Fluch, der immer noch an ihm frisst und neue Kraft aus dem Verlust schöpft. Da ist noch mehr. Etwas Furchtbares, das er tief in sich begraben hat, um mir nicht noch mehr Sorgen aufzubürden.

»Lass ihm Zeit«, ermahnt Jinni mich an einem sommerlich warmen Abend, als wir nach einem langen Marsch am Ufer eines Flusses rasten. Indigo ist jagen gegangen, Palili und Timotheus sammeln Feuerholz und Nobbe baut ein Gestell, auf dem wir unser Abendessen braten werden. »Er liebt dich zu sehr, Kind. Viel zu sehr, um gewisse Dinge mit dir zu teilen.«

»Aber ich will, dass er alles mit mir teilt.« Wehmütig schließe ich meine Finger um den Kristall und summe den Ton, der mir inzwischen in Fleisch und Blut übergegangen ist. Kaum berühren die Fingerspitzen meiner freien Hand das aufgestapelte Holz, züngeln kleine Flammen empor.

»Unglaublich.« Jinni staunt mit offenem Mund. »Wie lange übst du schon?«

»Keine Ahnung. Seit ungefähr zwei Wochen? Ich habe jedes Zeitgefühl verloren.«

»Zwei Wochen?« Die Araschnun fällt aus allen Wolken. »Das ist nicht dein Ernst!«

»Doch. Das mit dem Feuer habe ich gestern gelernt. Vorher haben wir nur Schutzzauber geübt.«

»Unglaublich.« Jinni fährt sich mit der Hand durch das schlohweiße Haar. Sie sieht so furchtbar schwach und müde aus. Wie der Schatten

eines Schattens. »Ich habe Monate gebraucht, ehe ich den ersten kleinen Zauber hinbekommen habe. Bist du wirklich ein Mensch?«

»Ja.« Nachdenklich beobachte ich das lodernde Feuer und frage mich, warum ich keinen Stolz empfinden kann. »Indigo hofft, dass ich … dass ich …«

Ich spüre die Worte auf meiner Zunge, fühle, wie sie hervorsprudeln wollen, und schlucke sie dennoch hinunter. Ist es richtig, Jinni unser Ziel zu verraten? Was ist, wenn meine Berührung gar nichts bewirkt? Wie viel kann ich auf ominöse Instinkte geben, die mir befehlen, zum Portal zu gehen? Ich weiß, dass ich es tun muss. Ich weiß es mit unerklärlicher Gewissheit, als hätte das Schicksal die Entscheidung lange vor mir getroffen. Und doch zerfressen mich Zweifel. Je hartnäckiger sich die Hoffnung in mir festsetzt, umso stärker wird auch meine Angst vor dem Scheitern.

»Du willst das Portal öffnen«, kommt Jinni mir zuvor. »So ist es doch, nicht wahr?«

Überrumpelt starre ich sie an. »Woher weißt du das?«

»Ich habe davon geträumt.« Jinnis Blick wird weich und sehnsuchtsvoll. »Eine Stimme hat mir eingeflüstert, dass Indigo nicht mehr nach der Orchidee sucht, sondern ein anderes Ziel vor Augen hat.«

Ich würge an dem Kloß in meinem Hals. Der Drang, mich wie ein verletztes Kind in ihre Arme zu werfen, wird überwältigend. »Denkst du, ich werde es schaffen?«

»Ich weiß es nicht«, spricht sie das aus, was ich nicht hören will. »Ich weiß nur, dass wir auf dem richtigen Weg sind. Das Schicksal gibt dir Zeichen. Du musst sie nur zu deuten wissen.«

»Was sagt es denn?«

»Dass wir tun, was wir tun müssen. Es ist unsere Aufgabe, genau jetzt genau hier zu sein. Ob du das Portal öffnest oder nicht, spielt keine Rolle. Es ist dein Schicksal, es zumindest zu versuchen.«

Grübelnd starre ich in die Flammen und rolle den Kristall zwischen meinen Fingern herum. Nach unseren Übungen heute Nachmittag und dem kleinen Feuerzauber ist er leer gebrannt, nicht einmal die Wärme meiner Hand kann seine Kälte vertreiben. Langsam zieht die Dunkelheit herauf, die Bäume und der Fluss singen ihre einschläfernden Lieder und violette, bauschige Wolkenfetzen sammeln sich am Himmel, als würde der Wind sie wie Schafe zusammentreiben.

Wenn ich die Augen schließe, fühlt es sich an, als wäre ich wieder in meinem geliebten Küstenwald. Was jetzt noch fehlt, sind der salzige Geruch des Meeres und das Klagen der Möwen.

Zwei Sterne blitzen durch das Blätterdach, ein Schwarm Fledermäuse huscht pfeifend durch die dichter werdende Dunkelheit. Mit meiner freien Hand ziehe ich die Scherbe aus meiner Hosentasche, blicke hinein und sehe, wie mein Spiegelbild verschwimmt. Geduckt pirscht Indigo durch das Unterholz, anscheinend hat er eine verlockende Beute in Aussicht. Ich küsse das Glas, flüstere ihm zärtliche Worte zu und frage mich, warum er nicht einfach irgendein Tier mit seiner Magie erlegt. Gibt es ihm ein Gefühl von Ehrlichkeit, wie ein gewöhnlicher Jäger Fährten aufzuspüren, ihnen zu folgen und das Herz seiner Beute mit einem Pfeil zu durchbohren?

Schon liegt eines der Geschosse auf der Sehne seines Bogens, scharf blitzt die silberne Spitze im Dämmerlicht. Ich beobachte, wie er durch dichtes Farngestrüpp schleicht, eine Senke durchquert und geschmeidig über einen umgestürzten Baumstamm flankt, mit allen Sinnen ganz auf den Augenblick konzentriert.

Vielleicht liegt darin die Antwort. Anstatt einen Zauber zu wirken, bevorzugt er die Herausforderung. Den berauschenden Geschmack eines ehrlich errungenen Sieges.

Ischme hält sich dicht an seiner Seite, die Ohren gespitzt, den Schweif kerzengerade ausgestreckt. Hinter einem moosbewachsenen Felsen kauert sich Indigo auf den Boden, streicht sein Haar zurück und fixiert irgendetwas in der Dämmerung. Ich halte den Atem an, spüre förmlich die Spannung seiner Muskeln und lausche in einem lang gezogenen, unwirklichen Augenblick dem Singen meines Blutes und dem Wispern des Windes.

Als der Pfeil von der Sehne fliegt, bleibt es vollkommen still. Kein Schrei erfüllt die Nacht. Doch irgendwo dort draußen hört ein Herz auf zu schlagen.

Smaragdfarben glänzt der See im Wurzelgeflecht turmhoher Bäume. Ihre zerfurchten Stämme sind von Moos überwuchert, Schlingpflanzen hängen in tropfenden Vorhängen von den Ästen, die so seltsam ineinander verdreht sind, dass sie einem hölzernen Flechtwerk glei-

chen. Das Laub besteht aus fransigen Blättern, die an sechsfingrige Hände erinnern, und die Wurzeln sind so mächtig, dass sie eine verschlungene Landschaft aus Hügeln, Gräben, Senken und Bögen formen. Einige dieser Bögen sind so groß, dass man darunter einen zweistöckigen Tempel errichten könnte.

Inzwischen gleicht die Überwindung dieses Wurzelwerks dem Bezwingen einer Bergkette. Indigo trägt Jinni auf seinen Armen, Palili übernimmt den erschöpften Nobbe. Noch vor wenigen Wochen hätte ich angesichts eines solch beschwerlichen Weges kapitulieren müssen, doch die lange Reise und die endlosen Fußmärsche haben mir eine Ausdauer geschenkt, die jedem Waldläufer zur Ehre gereicht. Ich hätte es sogar genossen, wie eine Gebirgsziege durch dieses wilde Labyrinth zu klettern – wäre da nicht dieser unaufhörliche kalte Griff in meinem Nacken, der jedes Mal zupackt, wenn ich einen Anflug von Übermut verspüre.

Niemals habe ich mehr Facetten der Farbe Grün erblickt. Alles ist grün. Selbst der Himmel, der aus flüsterndem Laub, nass glänzenden Schlingpflanzen und ineinander verschlungenen Zweigen besteht. Sonnenlicht dringt allenfalls in dünnen Strahlen durch das Blätterdach, doch völlig dunkel wird es niemals. Am Tage und in der Nacht schweben Myriaden von Glühwürmchen unter den Baumkronen und bilden riesige Schwärme, die genug Licht spenden, um selbst die finsterste Nacht zu erhellen. Auch die Libellen und Falter verströmen ein freundliches gelbes Licht, indem sie mit ihren Hinterleibern oder Fühlern blinken, und an besonders alten Bäumen wachsen jene leuchtenden Pilze, die mir schon im Sgulgi-Wald aufgefallen sind.

Das hier ist kein Wald, sondern ein Irrgarten. Ein Dschungel aus Wurzeln, der nicht den kleinsten Fleck Erde freigibt. Und inmitten dieses Labyrinths leuchtet das türkisgrüne Auge des Sees so hell, als würde sich die Mittagssonne darin widerspiegeln. Mit ausgestreckten Armen balanciere ich über eine moosige Wurzel – oder ist es ein Ast? –, springe auf einen Felsen, klettere unter zwei weiteren Wurzeln hindurch und werfe einen Blick in das Wasser. Es ist so klar, dass ich den hellgrünen, mit Fischgras bedeckten Grund sehen kann, obwohl das Gewässer trotz seiner überschaubaren Größe gut und gerne zehn Meter tief ist.

»Solch einen Anblick lobe ich mir nach fünf Tagen Gewaltmarsch.« Timotheus wirft seine Tasche beiseite, zerrt sich die Kleider vom Leib, hüpft splitterfasernackt über ein paar Wurzeln und springt jauchzend in den See.

Jinni klappt der Kiefer auf, vermutlich, weil sie das erste Mal einen Blick auf das stattliche Gemächt des Zwerges geworfen hat. Nobbe wühlt in seiner Tasche herum und hat nichts mitbekommen, Palili rollt stöhnend mit den Schultern.

»Entschuldigt Jade und mich für ein Weilchen.« Indigo lässt sein Gepäck fallen und kommt zu mir herüber. Unsere Finger verschlingen sich miteinander, im gleichen Augenblick springt Palili mit wildem Geschrei von einer Wurzel, zieht Arme und Beine an den Körper und kracht wie eine gewaltige Kanonenkugel in das Wasser. Timotheus kreischt, der halbe See schwappt über.

Indigo lächelt mich an, aber es ist ein schmerzliches Lächeln. Eines, das einen bitteren Nachgeschmack auf meiner Zunge hinterlässt. Und doch labe ich mich daran wie eine Verdurstende an klarem, süßem Wasser.

»Was ist mit dir, Ischme?« Er winkt der Füchsin zu, die auf einem Ast über uns thront und in alle Richtungen schnüffelt. »Willst du mitkommen oder leistest du Zilp Gesellschaft?«

Ich taste nach meiner Schulter und finde sie verwaist vor. »Wo ist der Vogel eigentlich?«

»Da drüben.« Indigo deutet auf eine hohle Wurzel in Ufernähe, die Palilis beherzter Sprung mit Wasser geflutet hat. Vergnügt plätschert Zilp in seinem eigenen kleinen Teich, duckt sich in das kühle Nass und flattert mit den Flügeln, dass die Tropfen nur so spritzen. Ischmes Blick schweift ein paar Mal zwischen uns und dem Vogel hin und her, schließlich fasst sie ihre Entscheidung und trottet zu der Wurzel, in der Zilp sein Bad genießt.

»Ist sie immer noch eifersüchtig?«, frage ich. »Oder will sie uns nur ein bisschen Zweisamkeit gönnen?«

»Letzteres, vermute ich.« Schneller, als ich seiner Bewegung folgen kann, hat er mich auf seine Arme gehoben. »Erlaubst du, dass ich dich trage? Der Weg ist beschwerlich.«

»Hmm.« Genüsslich fahre ich mit den Fingern durch sein Haar, das sich in der feuchten Luft zu sanften Locken dreht. »Du traust mir zu wenig zu. Aber ja, trage mich ruhig.«

Ich stehle mir einen Kuss, schmiege mich an seine Schulter und beschließe, den Augenblick zu genießen. Zum ersten Mal, seit wir in das Tal der Araschnun gekommen sind, hat er sich wieder in seine alte Kleidung gehüllt, mit dem Unterschied, dass er sowohl auf die Handschuhe als auch auf den Schal verzichtet hat. Ich liebe es, ihn so zu sehen. Nichts kleidet ihn besser als dieses schwarze, weiche Leder, das sich so verführerisch um jede Wölbung seines Körpers schmiegt.

Wie viele Augen mögen jetzt auf uns gerichtet sein? Wie viele versklavte Geschöpfe hecheln auf unserer Spur? Wo sind wir noch sicher?

Nirgends, antwortet eine hässliche Gewissheit in mir. *An keinem Ort. Zu keiner Zeit. Es sei denn, wir töten die Königin.*

Mit sicheren, fast schon tänzerischen Schritten trägt mich Indigo in die Bäume hinauf, balanciert über einen rutschigen, von nassem Moos überwucherten Ast und springt kurz darauf auf einen anderen, der sich anmutig nach oben schwingt und irgendwo im grünen Dämmerlicht endet. »Morgen geht der erste Vollmond auf«, sagt er zu mir. »Er wird noch stärker sein als der letzte.«

»Stark genug, um den Jasmah-Isdar zu besiegen?« Ich nehme eine Strähne seines Haares auf, wickele sie um meinen Zeigefinger und beobachte, wie das Schwarz in einem bestimmten Blickwinkel zu Blau wird. »Wenn die Magie, die du aufnimmst, immer stärker wird, musst du doch irgendwann mächtiger sein als Scylla.«

»Ich bin mächtiger als Scylla.« Indigo vollführt einen abrupten Sprung und landet auf einem Ast, der durch einen Vorhang aus Schlingpflanzen führt. Nasse Blätter streichen über mein Gesicht, als er mich darunter hindurch trägt. »Aber nicht mächtiger als ihre Armee.«

»Eines Tages wirst du das sein!«

»Gut möglich.«

»Dann können wir sie also besiegen?«

»Ja«, antwortet Indigo einsilbig. »Vermutlich.«

»Du verschweigst mir doch etwas.«

Er nimmt einen tiefen Atemzug, bleibt stehen und drückt seine Stirn gegen meine. Es ist dunkel um uns herum, beinahe finster. Jegliches Licht wird von den wuchernden Schlingpflanzen abgeschirmt, die uns wie die Wände einer Höhle umringen. Nur hier und da entdecke ich in ihrem verschlungenen Grün ein paar leuchtende Falter, die sich an den unscheinbaren Blüten gütlich tun.

»Sag es«, flüstere ich in sein Haar. Es duftet nach Erde und Wald, nach warmen Nächten am Feuer und einem verlorenen Paradies. »Sag es einfach. Bitte.«

»Du musst mir vertrauen, Jade.«

»Das tue ich.«

»Vielleicht wird es morgen passieren, vielleicht in einer anderen Nacht. Aber es wird geschehen.«

»Was, Indigo?« Wütend starre ich ihn an. Ich werde ihn nicht verlieren. Niemals! Und wenn ich mich gegen die gesamte schwarze Hexenwelt stellen muss. »Was?«

»Also gut.« Er holt tief Luft. »Verfalle bitte nicht in Panik, wenn ich demnächst zu einem Häuflein Asche zerfalle.«

Ich blinzele ihn an. Was hat er gerade gesagt? Zerfallen? Zu Asche?

»Einer der nächsten Monde«, fügt er hinzu, »wird so stark sein, dass er mich auslöscht. Er wird mich verbrennen.«

Mein Mund klappt auf. Nein, ich muss mich verhört haben. Er führt mich in die Irre. Er bindet mir einen Jandri auf. Es kann nicht sein, dass er mich gerade darauf vorbereitet, beim nächsten oder übernächsten Vollmond vor einem Haufen Asche zu stehen.

»Hör zu, Jade. Es ist nicht so furchtbar, wie es klingt. Ich werde wieder zum Leben erwachen. Wie die Phönixvögel. Sie sind verbrannt, um ein neues Leben anzufangen. Erst das Feuer hat ihre wahre Magie hervorgebracht. Sie erschufen sich aus ihrer eigenen Asche neu und wurden stärker denn je.«

»Sie sind ausgestorben!«, blaffe ich ihn an. »Sie sind alle tot. Und falls du das witzig findest, dann lass dir gesagt sein, dass ich nicht darüber lachen kann.«

»Darüber lachen?« Indigo runzelt die Stirn. »Du sollst auch nicht darüber lachen.«

»Dann willst du mir also ernsthaft klarmachen, dass du verbrennen wirst? Das kann doch nicht … ich meine … bist du verrückt geworden?«

»Es wird Zeit, den Jasmah-Isdar zu vernichten.« Indigos Stimme ist so ruhig und sanft, dass ich ihn schlagen möchte. »Und zwar endgültig. Diese Kreatur gehört nicht hierher. Sie ist eine Krankheit, die ich auslöschen werde.«

»Kreatur? Krankheit?« Mir wird schwindelig. Meine Gedanken verwischen, als würde jemand Wasser auf frisch geschriebene Buchstaben kippen. Hört das denn niemals auf? Werde ich von einer Angst in die andere stolpern, bis ans Ende meiner Tage?

»Der Jasmah-Isdar ist eine körperlose Kreatur.« Indigo nimmt seinen Weg wieder auf und trägt mich durch die Schlingpflanzen zurück in das Licht. »Sie vergiftet euch seit Jahrtausenden und sät Bosheit in eure Seelen. Die Menschheit ist krank, Jade. Sie wird unterwandert, sie wird ausgehöhlt und aufgefressen. Wenn wir damals schon gewusst hätten, woher der schwarze Zauber rührt, hätten wir die Kreatur vernichten können. Aber wir wussten nichts von ihr. Sie konnte sich all die Zeit vor uns verstecken.«

»Was? Moment, der schwarze Zauber ist ein Wesen? Ein lebendiges Geschöpf?«

»Ja. Es stammt aus einer fernen, sehr fernen Welt. Einer schrecklichen Welt. Irgendwie muss es vor Urzeiten hierhergelangt sein. Es verlor seinen Körper, konnte aber als Seele weiterleben.«

»Woher weißt du das?«

»Nenne es eine Vision.«

»Eine Vision? Das ist nichts anderes als ein Traum. Wie kannst du dir sicher sein, dass es die Wahrheit ist?«

»Ich spüre es. Nein, ich weiß es. Eine Lüge fühlt sich anders an als die Wahrheit. Der Jasmah-Isdar lebt in einem menschlichen Körper. Er benutzt ihn als Hülle und als Nahrung.«

»Scylla«, platzt es aus mir heraus. »Es ist die Königin, nicht wahr?«

Indigo nickt. »Zuerst lebte der Jasmah-Isdar im Körper ihrer Mutter, danach ging er in ihren über.«

»Dann geht also all die Hexerei, all der schwarze Zauber und all das Böse von diesem einen Ungeheuer aus?«

»Ja. Es ist ein einzelnes, durch und durch böses Wesen. Ein Parasit, der die Menschen als Wirte und Spielzeug benutzt. Der Jasmah-Isdar nutzt das Dunkle, das in euch lebt. Er sät Lügen und Hass, Misstrauen und Zorn. Er sorgt dafür, dass ihr euch gegenseitig hasst und verachtet, anstatt zusammenzuhalten. Ein einziges Wort kann genügen, um einen

Krieg anzuzetteln. Eine einzige Lüge hat genug Kraft, um eure Welt in den Abgrund zu stürzen.«

Ungläubig schüttele ich den Kopf. »Warum tut es das? Warum sät es so viel Leid?«

»Vielleicht liebt es die Macht. Vielleicht ist es pure Langeweile. Aber mich interessiert nur eines: Man kann es töten. Es ist sterblich, Jade.«

»Und du kannst es töten?«

»Ja. Aber zuerst muss ich das tun, was die Phönixvögel getan haben.«

»Sterben«, hauche ich.

»Wiedergeboren werden«, korrigiert er mich.

»Und was, wenn du nicht zurückkehrst?« Meine Tränen tropfen in sein Haar. Ich schniefe und huste und schlage mit meiner Faust auf seine Schulter. »Was ist, wenn du zu Asche zerfällst und Asche bleibst?«

»Das wird nicht geschehen.«

»Woher weißt du das?«

»Vertraue mir, Jade.« Wieder vollführt er einen Sprung, doch diesmal geht es nach unten. Unangenehm kitzelt der Fall in meinen Eingeweiden. »Vertraue mir einfach.«

»Ich versuche es.«

»Du wirst mich nicht verlieren. Das schwöre ich dir.«

Ich presse mein Gesicht an seine Schulter und versuche, an nichts zu denken. Flüchtige Momente lang gelingt es mir. Moos schmatzt unter seinen Schritten, Farnwedel und Lianen streifen meinen Körper, überall tropft und wispert, summt und murmelt, raschelt und gurgelt es. Eidechsen und Geckos huschen über die Stämme, jedes dieser Tierchen habe ich schon einmal gesehen: getrocknet oder eingelegt in Gläsern, fein säuberlich aufgereiht in Mattis' Apotheke.

Bald wird der Wald so nass, dass unzählige Rinnsale aus den Baumkronen tröpfeln und sich in Pfützen sammeln, die wiederum überlaufen und weitere Tümpel nähren. Mücken sirren um uns herum, doch keine wagt es, uns zu stechen. Je tiefer wir in den Wald eindringen, umso sonderbarer werden die Pflanzen. Manche ähneln leuchtend blauen Trichtern, andere besitzen Blätter von der Größe einer Pferdekutsche oder sind von der Wurzel bis zur Spitze mit gelben, schleimigen Flecken übersät. Insektenschwärme machen sich darüber her, summen ohrenbetäubend und lassen sich nicht im Geringsten von uns stören.

Inzwischen ist die Luft so warm wie im Hochsommer. Nebel hängt in den Wipfeln und tränkt die Luft mit so viel Feuchtigkeit, dass es ist, als würde ich durch nasse Seide atmen.

Irgendwann verharrt Indigo auf einem Ast, der sich wie eine Brücke zwischen zwei Baumriesen spannt. Hier ist das Blätterdach nicht gänzlich undurchdringlich. Ich sehe Sterne und ein paar Wolkenfetzen, die im Licht eines unsichtbaren Mondes schimmern. Ein Schwarm Glühwürmchen, der gerade über unsere Köpfe hinweg trudelt, scheint sich sehr für den Himmel zu interessieren. Eifrig brummend steigen die Tierchen empor, malen mit ihren leuchtenden Hinterteilen kleine Spiralen in die Dunkelheit und finden ein abruptes Ende, noch ehe sie über die Bäume steigen können. Zu Dutzenden ziehen Fledermäuse genau dort ihre Kreise, wo die Blätter den Himmel freigeben, und füllen sich den Bauch mit ahnungslosen Leuchtkäfern.

Indigo fängt meinen Blick ein und runzelt die Stirn. »Woran denkst du gerade?«

»Daran, dass so ziemlich jedes Tier in diesem Wald getrocknet oder in Alkohol eingelegt wird, um irgendwelche Menschen-Wehwehchen zu heilen.«

»Ach, Jade.«

»Was? Wundert dich das? Ist noch niemand auf die Idee gekommen, ein Körperteil von dir einzulegen?«

Indigos Blick wird düster. Anscheinend habe ich einen wunden Punkt getroffen. »Tut mir leid«, nuschele ich. »Manchmal macht mich das alles nur so furchtbar wütend.«

Er küsst meine Stirn, beugt sich zur Seite und lässt mich einen Blick in die Tiefe werfen. »Lust auf ein Bad, wütende Amazone?«

Im Dämmerlicht leuchtet das grüne Auge eines Teiches. Er sieht genauso aus wie der See, dessen Ufer wir uns als Nachtlager ausgesucht haben, mit dem Unterschied, dass er kaum halb so groß ist. Ein toter, von Seegras bedeckter Baum liegt dicht unter der Oberfläche und reicht von einem Ufer bis zum anderen.

Ich versuche mich an einem Lächeln: »Willst du etwa springen?«

»Warum nicht?« Indigo setzt mich ab, zieht den Reisemantel aus und greift nach seinem Wams. Ehe ich weiß, wie mir geschieht, steht er mit nacktem Oberkörper vor mir. Kurz darauf landet auch seine Hose auf dem Ast. Feine, silberhelle Muster glimmen unter seiner Haut, ziehen sich über Brust und Arme, Bauch und Oberschenkel. Ohne dass das Licht des Mondes direkt auf ihn fällt, scheint er es aus den Tiefen des Himmels herauszusaugen und in Magie umzuwandeln. Sprachlos starre ich ihn an. Dieses unbegreifliche Wesen, das über Kräfte befiehlt, die wir Menschen nicht einmal im Ansatz verstehen.

»Hast du Höhenangst?« Sein Blick hält meinen fest, als er nach den Schnüren meines Oberteils greift, sie mit ein paar behutsamen Griffen öffnet und seine Hände tiefer gleiten lässt. Unter das Leder meines Hemdes. Haut brennt auf Haut. Unser Atem wird schwer.

Ich schüttele den Kopf und hebe meine Arme. Langsam zieht Indigo das Hemd über meinen Kopf, lässt es fallen und löst die Bänder meiner Hose. Was wird morgen geschehen? Was wird die Nacht bringen und was der nächste Tag? Werden wir noch zusammen sein, wenn die Sonne aufgeht? Wie viel Zeit bleibt uns?

Ich kann nicht aufhören zu denken. Nicht einmal, als sich unsere nackten Körper aneinanderpressen. Indigos Umarmung gibt mir das Gefühl, als wären wir eins. Als gäbe es nichts, dass uns trennen, uns jemals auseinanderreißen könnte. Doch das ist eine Lüge. In jedem Augenblick kann es vorbei sein. In jedem verdammten Augenblick.

»Was ist das?« Mit dem Zeigefinger streiche ich über die leuchtenden Male auf seiner Brust. Kühl ist seine Haut. Fest und glatt wie gespannte Seide. »So eine Art Schriftzeichen?«

»Wenn die Schöpfung eine Schrift besäße«, antwortet er, »dann wäre es wohl diese. Es sind Runen. Uralte Symbole der Macht. Sie sind viel älter als die Menschheit. Vielleicht sogar älter als Sterne.«

»Dann ist es deine Magie?«, flüstere ich. »Sie formt diese Zeichen?«

»Die Magie besteht aus diesen Zeichen. Sie sind immer auf meiner Haut. Besser gesagt, in meiner Haut.«

»Wurdest du damit geboren?«

»Ja. Die Male entscheiden schon bei unserer Geburt darüber, welchen Weg wir einschlagen. Wie groß unsere Macht wird und welche Aufgaben wir entgegennehmen. Je stärker ein Kind ist, umso verantwortungsvoller und komplexer ist die Aufgabe, für die es bestimmt wird.«

»Wie verantwortungsvoll war die Aufgabe, in die Menschenwelt zu gehen?«

»Sehr verantwortungsvoll.« Indigo zwinkert mir zu. »Zu meiner Zeit galt sie sogar als die schwierigste und ehrenvollste Mission.«

»Dann warst du also mit großer Macht gesegnet?«

»Eigentlich nicht. Man hielt mich wohl aus anderen Gründen für geeignet, euch unter die Arme zu greifen. Nachgedacht habe ich darüber kaum. Ich fühlte mich geehrt, eine solch große Aufgabe unterstützen zu dürfen, also habe ich zugesagt, ehe mir überhaupt klar war, um was es ging. Besonders mächtig war ich damals nicht, jedenfalls nicht nach atlantischen Maßstäben.«

»Dann werden deine atlantischen Freunde aber Augen machen, wenn du dich plötzlich zum größten aller Magier aufschwingst. Ich wette, schon jetzt kann dir keiner mehr das Wasser reichen.«

»Möglicherweise«, erwidert er lapidar.

»Warum sehe ich die Male erst jetzt?«

Indigo runzelt die Stirn. »Weil sie normalerweise nur spürbar, aber nicht sichtbar sind. Bei Vollmond kann es vorkommen, dass sie ein bisschen leuchten, aber wenn, dann nur schwach. Jedenfalls war das bisher so. Ich habe keine Ahnung, warum ich mich in einen Glühwurm verwandele.«

»Es sieht hübsch aus.«

»Danke.«

»Und wieso leuchten sie, wenn wir gerade gar keinen Vollmond haben?«

»Vermutlich, weil ich keinen Vollmond mehr brauche, um meine Kräfte aufzufüllen. Das Sternenlicht ist stark genug, um zu Magie zu werden.«

»Warum?«

»Keine Ahnung. Jinni glaubt, dass die Große Mutter mir helfen will. Dass sie mir nach und nach die Macht schenkt, die ich brauche, um den Jasmah-Isdar zu vernichten.«

»Jinni hat recht.« Entschlossen schiebe ich den Unterkiefer vor. Ich sage diese Worte nicht nur zu Indigo. Ich sage sie der ganzen Welt, dem abscheulichen Hexenzauber und dem Schicksal höchstpersönlich. »Du wirst ihn besiegen. Wir werden ihn gemeinsam besiegen.«

»Wenn du darauf vertraust, dann vertraue mir auch, wenn ich dir sage, dass ich nicht sterben werde.«

Meine Kehle wird eng. Wenn ich es nur könnte. Wenn ich diese Angst und all diese Zweifel doch nur aus mir herausreißen könnte.

»Sieh her, Jade.« Indigo lächelt, greift nach meinem Kristall und hebt zugleich meinen Arm hoch. Warme Magie strömt in den Anhänger, fließt über meine Haut und kitzelt selbst in den Haarspitzen. Diesmal gibt er mir mehr als sonst. Nicht einen Tropfen, sondern zwei. Licht kriecht über meinen Arm, knistert leise und formt Symbole. Silbrig glühende Zeichen, die denen auf seiner Brust ähneln, und doch gleicht keines dem anderen.

»Wir sind eins«, flüstert Indigo. »Das Schicksal beweist uns jeden Tag aufs Neue, dass wir zusammengehören. Also wird es einen Weg für uns vorgesehen haben, den wir nur gemeinsam gehen können.«

»Ich besitze Runen?« Mir wird heiß und kalt zugleich. »Ich trage Zaubermale in meiner Haut?«

»Ja. Seit du den Kristall trägst.«

»Ist das normal?«

»Was glaubst du?« Seine Lippen streifen sacht die meinen. Doch ehe ich sein Gesicht umfassen und mir einen Kuss fangen kann, wendet er sich von mir ab und ergreift meine Hand. »Nein, es ist nicht normal. Du bist etwas Besonderes, Jade. Etwas ganz Besonderes. Aber jetzt … lass uns fallen.« Er tritt an den Rand der Tiefe und wirft mir einen Blick zu, der mich alles gestern und morgen vergessen lässt. Wütend stürze ich mich in meine Angst. Sie kann mir nichts mehr anhaben, wenn ich dem Abgrund ins Gesicht lache. Als wir uns vom Ast abstoßen, schreie ich aus voller Kehle. Das Kitzeln des Falles drückt mir die Eingeweide in den Hals. Sekundenlang schweben wir zwischen Himmel und Erde, dann durchschlagen wir das Wasser, sinken wie Steine in die Tiefe, berühren mit unseren Füßen das Fischgras und kämpfen uns wieder an die Oberfläche. Indigos Hand wird aus meinen Fingern gerissen. Als ich nach ihr greifen will, ist da nur noch das sprudelnde Wasser. Mit aufgerissenen Augen starre ich in das flimmernde Grün und Blau hinaus. Nichts.

Doch dann ist da plötzlich der Griff seiner Arme. Er umfängt mich von hinten, dreht mich herum und küsst mich, während wir nach oben steigen. Das Wasser ist kalt. Gletscherkalt. Als wir seine Oberfläche durchstoßen, ringe ich nach Luft, strampele mit den Beinen

144

und zerzause Indigos Haar, während ich mich bibbernd an seinem Kopf festkralle.

»Willst du dir ein Nest bauen?«, zieht er mich auf. »Du hast Magie, Jade. Nutze sie.«

Zähneklappernd schließe ich die Augen und stelle mir einen Kokon aus Wärme vor. Die Energie fließt aus dem Kristall in meine Finger und von dort aus in das Wasser. Es wird nicht nennenswert wärmer, aber immerhin warm genug, um atmen zu können.

»Gut gemacht.« Ein Kuss verschlingt meine Lippen. Er schmeckt fieberhaft und verzweifelt. »Du bist dafür geboren, Menschenmädchen. Mehr als jeder andere, den ich jemals unterrichtet habe.«

Etwas Weiches drückt sich in meinen Rücken. Der grasüberzogene Baumstamm, den ich vom Ast aus gesehen habe. Wir bewegen uns an ihm entlang, bis ich den Grund des Teiches unter meinen Füßen spüre. Da hebt Indigo mich wieder auf seine Arme, trägt mich ein paar Schritte und bettet mich auf den Stamm, sodass ich halb im Wasser und halb über der Oberfläche liege. Verlangend gleitet sein Blick über mich und wird unverhohlen gierig, als ich meine Beine öffne und sie seitlich vom Baum herabhängen lasse. Wasserpflanzen streifen meine Füße, irgendetwas huscht um meine Zehen. Jede Berührung, selbst die der zarten Wellen, die meinen Bauch umspielen, lässt meinen Körper brennen. Tagelang haben wir uns nicht vereint, tagelang sind wir nur gelaufen und haben die Nächte ruhelos verbracht, in Gedanken bei den Dingen, die geschehen sind und die noch geschehen könnten.

»Komm endlich!«, knurre ich ihn an, packe seine Schultern und ziehe ihn über mich. Quälend sanft verschlingt Indigo meine Lippen mit einem Kuss, dann setzt er sich rittlings auf den Stamm, packt mich an den Oberschenkeln und zieht mich mit einem Ruck zu sich heran. Ungeduldig schlinge ich die Beine um seine Hüften, doch als ich mich aufsetzen und ihn umarmen will, drückt er mich wieder auf den Stamm hinab, legt eine Hand auf meine Brust und hält mich unten. Mit einem groben Stoß dringt er in mich ein, doch hier und jetzt will ich es nicht anders. Rasend vor Sehnsucht biege ich den Rücken durch, presse meinen Unterleib so fest wie möglich gegen seinen und spüre, wie er noch tiefer in mich eindringt.

Diesmal sind unsere Bewegungen nicht behutsam. Dafür ist unser Hunger nach Vergessen zu groß. Schmerzhaft fest umfassen Indigos Hände meine Hüften, während er sich über mich beugt und in mich stößt. Meine Nägel kratzen Schrammen in seinen Rücken, er gräbt seine Zähne in meine Schultern, schiebt einen Arm unter mein Becken und drückt es empor, sodass wir uns noch tiefer vereinen können.

Die Gier ist überwältigend. Mit jedem Zucken und Stoßen wird sie verzweifelter, bis heiße Tränen über meine Wangen laufen. Magie fließt aus meinem Kristall, kriecht über meinen Körper und macht ihn noch empfindsamer. Alles wird stärker, beinahe quälend. Das Gleiten und Reiben unseres miteinander vereinten Fleisches, Indigos Küsse, das Kratzen seiner Finger, die Schwere seines nassen, tropfenden Haares, das über mein Gesicht streift.

Wieder hebt er mich hoch, watet zum Ufer und wirft mich unter einen Vorhang aus Lianen. Moos schmiegt sich an meinen Rücken, überall wuchern Pflanzen und schließen uns in einen Kokon aus Blättern, Wurzeln und Blüten ein. Die Trennung unserer Körper raubt mir den Verstand. Ich winde mich vor Sehnsucht, als Indigo meine Beine auseinander drückt, sich zwischen sie kniet und Küsse auf meine Schenkel haucht. Schluchzend flehe ihn an, mich zu erlösen, doch er hört nicht auf mich. Stattdessen spreizt er meine Beine noch ein wenig weiter, beugt sich über meinen Schoß und küsst mich dort, wo seine Lippen nie zuvor gewesen sind. Ein Schrei löst sich aus meiner Kehle. Viel zu laut. Weithin hörbar. Erschrocken presse ich eine Hand auf meinen Mund.

»Keiner kann uns sehen«, murmelt seine raue Stimme. »Und keiner kann uns hören.«

»Bist du dir sicher?«

»Ja.«

So oft haben wir uns geliebt, aber diesmal ist es anders. Nicht mehr ungläubig, vorsichtig und behutsam, sondern wie ein Fall, der mir die Luft aus den Lungen presst. Mit beiden Händen umfasst er meine Oberschenkel und hält sie auseinander, während er mit der Zunge in mich gleitet. Ich höre mich wimmern, stöhnen, winseln und seufzen und bin mir sicher, sterben zu müssen. Doch mein Herz schlägt weiter, es klopft und rast und hämmert mir bis zum Hals.

146

Kaum glaube ich, den Höhepunkt der menschenmöglichen Wonnen erreicht zu haben, treiben mich seine Berührungen noch ein Stück weiter hinauf.

Ist das Magie? Es kann nur Magie sein.

Ich kralle meine Finger in sein Haar und will ihn zu mir hinaufziehen, doch Indigo ignoriert mich. Stattdessen quält er mich weiter, küsst mich mal sanft, mal fest, lässt seine Zunge kreisen und drückt seine Finger in meine Schenkel, sobald ich mich unter seinen Liebkosungen aufbäume.

Ich fliege höher. Und höher.

Dann kommt der Sturz.

In eine Explosion aus Licht.

Wie Feuer und Eis brandet die Welle durch meinen Körper. Ich kenne das Gefühl von unseren Liebesnächten, diesen Fall, der so herrlich ist, dass man alles andere vergisst. Aber diesmal ist es hundertmal stärker. Ich ringe nach Luft, grabe meine Finger in die Erde, keuche und zitterte. Doch kaum habe ich mir einen Atemzug erkämpft, bäumt sich die Flut ein zweites Mal auf, durchströmt mich von Kopf bis Fuß und erfüllt mich mit einer solchen Wonne, dass es keine Worte dafür gibt.

Da taucht Indigo zwischen meinen Beinen auf und grinst wie ein Kämpfer, der gerade einen glorreichen Sieg errungen hat. »Willst du mehr?«

»Was?« Ein irres Kichern japst aus meiner Kehle. »Ob ich mehr will? Ist das ein Scherz? Was war das gerade?«

»Dachtest du, ich hätte dir schon alles gezeigt?« Provozierend langsam gleitet er an mir empor und küsst auf seinem Weg nach oben jeden Zoll meines Leibes. »Wer weiß, vielleicht verbringen wir die Ewigkeit miteinander. Da muss ich mir die eine oder andere Überraschung aufheben, damit dir nicht langweilig wird.«

Ich will irgendetwas antworten, aber meine Gedanken verlieren sich im Nirgendwo. Hilflos winde ich mich im Moos, während das Echo der Explosion sanft durch meinen Körper pulsiert. Es läuft von den Zehenspitzen bis in die Haarspitzen, sammelt sich in meinem Schoß und strömt seinen Weg noch einmal entlang, wie eine Welle, die ein paar Mal von Ufer zu Ufer wandert, ehe sie verlöscht.

Und während ich benommen nach Luft schnappe, liebkosen Indigos Lippen meinen Hals, meine Stirn und meine Augenbrauen. Ganz langsam dringt er in mich ein, während er unaufhörlich Küsse auf mein Gesicht haucht.

Lange liegen wir so da, bewegen uns sanft, reiben uns aneinander und schöpfen Kraft. Irgendwann zieht er sich wieder zurück, legt sich neben mich und schlingt einen Arm um meinen Oberkörper. Wie die zwei Hälften einer Muschel liegen wir aneinander, Rücken an Brust, vereinen uns erneut und wiegen uns in einem langsamen Rhythmus vor und zurück.

Die Nacht wird tiefer, Grillen zirpen im Dickicht. Als unsere Körper wund und ausgelaugt sind, liegen wir schwer atmend auf dem Rücken, blinzeln in die Bäume hinauf und können uns lange nicht rühren. Meine Sinne sind hellwach, wie gebannt starre ich auf das Dach aus Blättern und erhasche dazwischen das Blitzen der Sterne.

Da glimmt plötzlich ein seltsames Licht durch die Dunkelheit. Ich hebe den Kopf, suche nach seiner Quelle und sehe, wie der Teich von unzähligen, flirrenden Funken erhellt wird.

Indigo wirft mir ein Lächeln zu, als wüsste er, um was es sich handelt. Schwankend rappelt er sich auf, greift nach meiner Hand und zieht mich auf die Füße. Wie Betrunkene waten wir in das funkelnde Wasser, in dem sich Abertausend kleine Wesen zu bewegen scheinen. Wie Luftblasen trudeln sie an die Oberfläche. Kaum durchstoßen die unförmigen Klümpchen das Wasser, entfalten sie zarte Libellenflügel, beginnen zu flattern und schwirren in den Himmel hinauf.

»Was ist das?« Ich kichere, als eine ganze Armada dieser Geschöpfe über meine Beine wuselt. Wie die Funken eines Feuers tanzen sie an meinem Körper empor, tauchen aus dem Wasser auf, klappen ihre Flügelchen aus und fliegen davon.

»Mondzirpen.« Indigo fängt eines der Tierchen aus dem Wasser, hebt es empor und hält es mir unter die Nase. Ich erkenne winzige Beinchen, einen schillernden, von Rillen durchzogenen Panzer und zarte Fühler, die aufgeregt kreiseln.

»Ja!«, brumme ich. »Damit hat Mattis auch ein paar Gläser gefüllt. Ich glaube, sie sollen gegen Hautunreinheiten helfen.«

Indigo tadelt mich mit einem vorwurfsvollen Blick und stupst das Tierchen mit dem Zeigefinger an. Es schüttelt sich, als wäre es

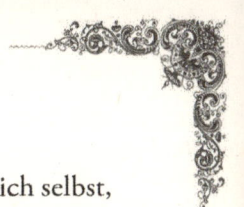

aus einem Traum aufgewacht, dreht sich ein paar Mal um sich selbst, öffnet seine Flügel und surrt davon. Bis zu den Schultern stehen wir im leuchtenden Wasser, dessen Strahlen zunehmend heller wird. Wie eine goldene Flut kreiseln die Zirpen empor, wirbeln umeinander, bilden Strudel und Strömungen. Das Schwirren unzähliger Flügel erfüllt die Luft, übertönt selbst das Rauschen der Bäume und endet so abrupt, wie es angefangen hat. Die Wesen verschwinden in der Dunkelheit, nur noch ein paar Nachzügler torkeln wie betrunkene Käfer hinterher.

Gedankenverloren blickt Indigo ihnen nach, gleitet ins tiefe Wasser und dreht sich auf den Rücken. Mit geschlossenen Augen und ausgebreiteten Armen treibt er auf der Oberfläche. »Ich habe gehofft, dass ein paar Mondzirpen in diesem Teich leben. Aber dass es gleich so viele sind …«

»Tut mir leid, dass ich schon wieder … na ja …«

»Alles in Ordnung.« Er lächelt verträumt. »Hab's schon wieder vergessen.«

Ich lächele zurück und lasse meine ausgestreckte Hand durch das Wasser gleiten. Es ist nicht mehr kalt, sondern so warm und weich wie Seide. War das meine Magie? Ist es Indigos Zauber? Oder haben die Mondzirpen die Kälte vertrieben?

Fast schlafe ich im Stehen ein, während ich meine Finger hin und her bewege. Was wäre, wenn das hier die Wirklichkeit ist, und all der Tod und der Schmerz nur ein Traum? Es ist ein unsinniger Gedanke, aber irgendetwas daran tröstet mich.

Wieder schließe ich eine Erinnerung in meiner Schatztruhe ein. Langsam wird sie voll. Übervoll.

Zum ersten Mal, seit wir aus dem Tal der Araschnun vertrieben worden sind, sehe ich Indigo schlafen. Während ich mit dem Rücken an einem Baumstamm lehne und vergeblich auf die Müdigkeit warte, liegt er neben mir auf dem Rücken, hat die Hände auf dem Bauch gefaltet und schläft so tief, dass ihn nicht einmal das lautstarke Herumgewälze von Palili aufweckt. Nach all den durchwachten Nächten holt sein Körper das nach, was er so dringend braucht, während ich seit Stunden nichts anderes tue, als ihn zu beobachten. Irgendwo im Wald rufen sich zwei

Eulen Botschaften zu. Fledermäuse pfeifen, Falter schwirren, Bäume rauschen im Mondlicht. Alles wirkt märchenhaft friedlich, doch auch dieser Wald ist vom Jasmah-Isdar verseucht. In seinem Unterholz wimmelt es vor Kreaturen, die ihre Unschuld verloren haben und Scyllas Willen folgen. Doch keines der Monster lässt sich blicken. Offenbar wacht selbst jetzt ein Teil von Indigos Bewusstsein über unsere Sicherheit. Und dann sind da auch noch Ischmes scharfe Sinne, die jede Gefahr früh genug erkennen würden. Genauso wie ich findet die Füchsin keinen Schlaf, hat ihren Kopf auf Indigos Oberschenkel gebettet und blinzelt träge in die Nacht hinaus.

Palili und Timotheus haben wie immer kein Problem mit ihrer Nachtruhe. Wie überfahrene Frösche fläzen sie am Feuer, lassen hin und wieder einen Darmwind ab und grunzen vor sich hin. Jinni und Nobbe haben sich schutzsuchend ineinander verschlungen, Zilp sucht offenbar nach Abenteuern und treibt sich schon seit Stunden im Wald herum.

Ich recke und strecke mich, genieße den Schmerz meines wunden Schoßes und das Ziehen der erschöpften Muskeln. Als ich schließlich nicht mehr an mich halten kann, streichele ich vorsichtig über Indigos Haar, beuge mich vor und hauche einen Kuss auf seine Stirn. Es stört seinen Schlaf nicht im Geringsten. Wenn der Rest meines Lebens daraus bestehen würde, hier zu sitzen und ihn anzusehen, wäre ich wunschlos glücklich. Wie ist es gewesen, ohne ihn zu sein? Wie hat es sich angefühlt, nicht von diesem wunderbaren Schmerz ausgefüllt zu sein?

Allmählich verändert sich das Dämmerlicht des Waldes, vermutlich, weil über den Baumkronen der Morgen heranbricht. Gerade beobachte ich einen vorbeischwebenden Glühwürmchenschwarm und spiele mit einer Strähne von Indigos Haar, als Zilp wie aus dem Nichts herbeigeflattert kommt. Aufgeregt tanzt er vor meinem Gesicht herum und wippt mit seinem Federhäubchen.

»Was ist los?« Alarmiert stehe ich auf, taste nach dem Messer in meinem Gürtel und ziehe es aus der Schlaufe. »Willst du uns warnen?«

Zilp fliegt wieder in das Dickicht hinein, bleibt erneut in der Luft stehen und wirbelt wie ein Derwisch um die eigene Achse. Nein, er ist nicht ängstlich. Anscheinend will er mir etwas zeigen.

»Nein!«, zische ich ihm zu. »Das ist zu gefährlich. Ich habe keine Ahnung, wie weit Indigos Schutzwall reicht.«

Immer aufgebrachter wirbelt Zilp umher, flattert vor und zurück und durchbohrt mich mit auffordernden Blicken.

»Also gut, wie weit ist es?«

Der Vogel piepst energisch. Keiner meiner Gefährten regt sich, anscheinend verlangt die Erschöpfung bei allen ihren Tribut. Nur bei Ischme und mir nicht.

»Ein paar Schritte«, beschließe ich. »Aber mehr nicht. He, Fuchs! Kommst du mit?«

Ischme erhebt sich unternehmungslustig, spitzt die Ohren und folgt mir ohne Zögern. Zwitschernd flattert Zilp voraus, während ich mich Seite an Seite mit der Füchsin durch das Dickicht kämpfe und immer wieder verharre, um nach Gefahren Ausschau zu halten. Alles bleibt ruhig, Ischme wirkt aufmerksam, aber nicht besorgt. Abgesehen davon ist unser Lager immer noch in Sichtweite.

»Wie weit ist es noch?«, zische ich dem Vogel zu. »Was, beim schleimigen Jandri-Schlund, willst du mir zeigen?«

Zilp vollführt eine Schleife, verschwindet hinter dem Stamm eines toten Baumes und zirpt ungeduldig. Was immer er gefunden hat, es scheint direkt hinter diesem verfaulten Holz zu liegen.

Mühsam erklimme ich einen umgestürzten Stamm, wate durch modriges Laub, erklimme einen Hügel aus Moos und krieche durch ein Farngestrüpp. Nervös hüpft Zilp auf einem seltsam geformten Hügel hin und her, der vermutlich einmal ein Baumstumpf gewesen und nun von den Pflanzen des Waldes überwuchert ist.

»Was jetzt?« Ich bleibe stehen und versuche herauszufinden, was ihn so in Aufregung versetzt. Ischme sieht nicht weniger ratlos aus als ich. »Hier ist doch nichts.«

Ich drehe mich hin und her, durchforste das Gehölz und mustere alles, was mich umgibt. Wie ein stiller Beschützer neigt sich der abgestorbene Baum über den Hügel, auf dem der Vogel gerade außer Rand und Band gerät. Genau auf Zilps Höhe klaffen tiefe Spalten zwischen den überwucherten Wurzeln. Alles, was ich darin sehe, besteht aus Schwärze, doch als ich einen Schritt näher herangehe, erkenne ich inmitten der Finsternis ein helles Schimmern. Es scheint die Form einer Blüte zu besitzen.

Das Blut gefriert in meinen Adern. Sind das hier die Wälder, in denen einst die magischen Orchideen wuchsen? Sind wir schon so weit südlich?

Ich halte den Atem an. Wage einen zweiten Schritt. Dann einen dritten. Schwarze Blüten schälen sich aus der Dunkelheit. Nahezu unsichtbar kauern sie sich unter die knorrigen Wurzeln. Niemand, der nicht weiß, dass sie hier sind, würde sie finden. Dumpf hallt der Schlag meines Herzens in meinen Ohren wider. Dröhnend wie eine Trommel. Unheilvoll.

Schwarze Orchideen.

Und in ihrer Mitte eine einzelne schneeweiße Blüte.

Geh fort. Vergiss sie. Tu so, als hättest du sie niemals gesehen.

Hat Indigo nicht gesagt, dass sein Weg nicht mehr zu dieser Blume führt? Hat er nicht gesagt, dass ich es sein werde, die das Portal zu seiner Heimat öffnen und uns alle befreien wird?

Nein, es ist nur ein Instinkt.

Nur eine Hoffnung, die sich vielleicht niemals erfüllen wird.

Wenn das Portal verschlossen bleibt, wird das Schicksal einen anderen Weg einschlagen. Indigo wird mir helfen, Aaron und die Mädchen zu befreien. Er wird mich verlassen und dieser Welt für alle Zeit den Rücken kehren.

Und dann? Wo gibt es noch Sicherheit für uns? Wohin können mein Bruder, die Schwestern und ich gehen, wenn Indigo uns nicht mehr beschützt? Der einzige Ort, zu dem wir hätten gehen können, ist verloren.

Die weiße Orchidee.

Seine einzige Möglichkeit, heimzukehren.

Nicht ich bin es, die die letzten drei Schritte vollführt. Nicht ich knie mich in das nasse Moos, breche die Blüte ab und umfasse den Kristall. Nicht ich spreche den Schutzzauber, der die zarten weißen Blätter und die silbrigen Pollen umhüllt.

Ich sehe nur zu, während ein anderer all diese Dinge tut.

Zitternde Finger öffnen eines der Ledersäckchen an meinem Gürtel und legen die Blüte hinein. Ischme blickt mich aus großen, traurigen Augen an. Gemeinsam gehen wir zurück zum Lager, setzen uns neben Indigo und sehen ihm beim Schlafen zu.

Nein, ich kann ihn nicht gehen lassen. Wie soll ich ohne ihn weitermachen? Ohne meinen Atem, ohne Herzschlag und ohne Seele?

Neunzehn Jahre lang hat er in meinem Leben gefehlt. Wie hat es sich angefühlt? Wie ist es gewesen, ohne diesen wunderbaren Schmerz zu sein?

Ich weiß es nicht mehr.

Bei den Göttern, ich kann mich nicht mehr erinnern.

Die Wahrheit hakt sich wie eine Distel in meine Kehle. Ich bringe sie nicht heraus, obwohl sie immer heftiger schmerzt und der Druck schier unerträglich wird. Schweigend trotte ich zwischen Indigo und Palili her, während Timotheus, Jinni, Nobbe und Ischme hinter uns laufen. Immer wieder greife ich nach dem Beutelchen an meinem Gürtel, spüre die Blume darin und fühle mich mit jedem verstreichenden Augenblick elender. Wie oft habe ich mich darüber geärgert, dass Indigo mir seine Gedanken verschweigt. Jetzt begehe ich selbst jene Tat, für die ihn verurteilt habe.

Vielleicht sollte ich warten, bis wir das Portal erreichen. Falls es verschlossen bleibt, kann ich ihm immer noch die Wahrheit sagen. Jedes Mal, wenn ich kurz davor bin, meinen Fund zu offenbaren, kreiert meine Fantasie ein furchtbares Schreckensbild: Was ist, wenn Indigo die Orchidee nimmt, ihren Blütenstaub einatmet und uns alle verlässt? Wie groß ist seine Sehnsucht nach Atlantis wirklich? Wie viel Schmerz trägt er in seinem Herzen, von dem wir nichts wissen? Ich kann seinen Blick, mit dem er die Blüte betrachtet, förmlich vor mir sehen. Nur noch reduziert auf eine Sehnsucht, die jahrhundertelang gewachsen ist und mit aller Macht hervorbricht, sobald sich ihm ein Weg nach Hause eröffnet.

»Was?«, reißt mich Palilis fiepende Stimme aus meinen Gedanken. »Ist das ein Pfad?«

»Es ist einer.« Indigo bleibt stehen und dreht sich zu uns um. »Wir werden ihm folgen.«

Sieben Augenpaare starren ihn entgeistert an. Einem Pfad folgen? Ist das sein Ernst? Noch dazu einem, der breit genug für eine Kutsche ist?

»Wir wollten abseits der Wege bleiben«, knurrt Timotheus. »Wir sind immer abseits der Wege geblieben! Und das dort scheint mir sehr wohl ein Weg zu sein. Führt er nicht zum Gasthof des Himmelsbaums?«

»Das tut er«, antwortet Indigo mit einer Gelassenheit, die ich lange nicht mehr an ihm beobachtet habe. Das, was wir in der vergangenen Nacht getan haben, scheint zumindest einen Teil der Dunkelheit aus seiner Seele getilgt zu haben. »Heute Nacht werden wir nach einem langen, ausgiebigen Abendessen in weichen Betten schlafen.«

Timotheus glotzt, als wäre er mit Entenküken beworfen worden. »Ein Gasthof? Wir kehren in einen Gasthof ein? Aber dort sind Menschen, Trollscheiße noch mal! Dutzende Reisende, von denen jeder einzelne ein Spion oder zumindest ein höriger Diener der Königin sein kann.«

»Heute Nacht ist Vollmond«, erwidert Indigo. »Ihr braucht euch keine Sorgen um meine Kräfte zu machen.«

Der Zwerg glotzt mit aufgeklapptem Mund, Palili äugt misstrauisch von einem zum anderen. »Du willst uns ernsthaft in einen Gasthof schaffen?«, piepst der Sosuke. »Du willst uns auf einem Silbertablett servieren? Was ist, wenn …«

»Ich brauche kein Bett«, keift Timotheus dazwischen. »Ich brauche keinen Schweinebraten, kein Grillbrot und keine Birnen in Honig. Ich will meinen verfluchten Kopf und meine Eingeweide behalten, klar soweit?«

»Niemand wird uns erkennen.« Indigo legt eine Hand auf meinen Scheitel und überzieht meinen Körper mit einem Netz aus knisterndem, heißem Zauber. Schimpfend nimmt Zilp vor dem Licht Reißaus, Ischme folgt dem Vogel mit geschmeidigen Sprüngen und verschwindet im Gebüsch. Beide haben verständlicherweise kein Interesse daran, auf Menschen zu treffen.

Der Schmerz des Zaubers kommt schnell und vergeht schnell. Sein brennendes Ziehen erinnert mich an den Sonnenbrand, den ich mir einmal als Kind eingefangen habe, weil ich ausgerechnet in der brütenden Mittagshitze nach Muscheln suchen musste.

Timotheus und Palili stoßen einen verblüfften Laut aus, Jinnis Augen werden groß und Nobbe fängt an zu kichern.

»Was hast du gemacht?« Ich blicke an mir herab und traue meinen Augen kaum. Das da ist nicht mehr meine lieb gewonnene Kleidung aus Eislöwenleder, sondern die Kluft eines Bauern: eine grob gewebte Tunika, einfache Schuhe und mit Flicken übersäte Hosen. Nur mein Gürtel mitsamt seinen Utensilien ist unverändert geblieben. Ungläubig bestaune ich meine muskulösen Arme. Die Füße dort unten sind riesig und mein Gesicht ... oh, bei allen Göttern, ich fühle mich an wie ein kantiger Holzklotz.

»Ist das ein Bart?« Drahtige Stoppeln piksen in meine Fingerspitzen. »Und hast du ... heiliger Krötendreck!« Zwischen meinen Beinen wölbt sich eine stattliche Beule. Ich taste darüber und schnappe nach Luft, als mein Körper augenblicklich darauf reagiert. »Oh nein! Nein, nein, nein!«

»Glaube mir, Jade.« Indigo zwinkert mir verschwörerisch zu. »Als Junge hast du es in einem Gasthaus weitaus leichter.«

»Aber ...«

»Du wirst dich daran gewöhnen.«

»Wie lange muss ich in diesem Körper bleiben?« Ich wage es trotz aller Neugier nicht, das überempfindliche Ding zwischen meinen Beinen ein weiteres Mal zu berühren. Nicht auszudenken, wenn ich den Rest des Tages mit ausgedellten Hosen herumlaufen muss. »Ich bin ein Kerl! Heiliger Brechspinnenausschlag, ich bin wirklich ein Kerl!«

»Nicht lange«, beruhigt mich Indigo. »Wer weiß, vielleicht wirst du mich am Ende des Tages darum anflehen, dir diesen Körper zu lassen.«

»Ganz sicher nicht.«

»Möchtest du nicht wissen, wie ...«

»Nein!«, fahre ich ihm über den Mund. »Will ich nicht.«

»Ich könnte mich in den Körper einer Frau zaubern.«

»Indigo!« Meine Faust landet zwischen seinen Rippen. Obwohl es nur ein sanfter Knuff gewesen ist, krümmt er sich mit schmerzverzerrtem Gesicht zusammen.

»Vielleicht solltest du als Erstes lernen, deine Kräfte besser einzuschätzen.« Keuchend reibt er sich die Seite und grinst mich an. »Du hast deutlich mehr Muskeln als vorher. Merke dir das, wenn du das nächste Mal jemanden schlägst.«

»Dann höre auf, mich zu ärgern. So einfach ist das.«

Indigos Lächeln fließt wie warmes Sonnenlicht in mein Herz. Ich sauge das Funkeln seiner Augen auf, verschlinge das flüchtige Strahlen seines Gesichtes und spüre, wie die Distel in meiner Kehle noch größer und stacheliger wird.

Als Nächstes ist Palili an der Reihe. Der Körper des Hünen wird in ein sanftes Schimmern getaucht, dann beginnt er, sich zu verändern. Aus dem gewaltigen Mann wird ein schlanker, feingliedriger Junge mit

krausem Blondschopf und riesigen blauen Augen. Der Sosuke trägt nicht länger seine Furcht einflößende lederne Kriegerkluft, sondern ein kanariengelbes Seidenhemd unter einem purpurfarbenen Wams, weiße Pluderhosen und polierte schwarze Stiefel.

Timotheus schlägt sich vor Lachen auf die Schenkel. »Herrlich!«, gackert er drauflos. »Wirklich herrlich! Palili, du hast nie besser ausgesehen. Und was bitte schön hast du für mich vorgesehen? Einen Berserker? Einen Wildmann oder Gladiator? Irgendetwas mit mächtigen Beulen, will ich hoffen.«

»Keine Sorge, du wirst Eindruck schinden.« Indigo berührt den Zwerg an der Schulter und webt seinen Zauber. Die krumme Gestalt wächst in die Höhe, wird aufrecht und schlank, hüllt sich in ein tief ausgeschnittenes dunkelrotes Dirnenkleid und bekommt eine kupferfarbene Mähne verpasst, die bis zur Hüfte reicht und mit einem weißen Blütenkranz geschmückt ist. Palili klappt die Kinnlade nach unten, als Indigo zum krönenden Abschluss der Verwandlung den Ausschnitt des Kleides mit absurd großen Brüsten füllt.

»Und?« Beifall heischend schweift Timotheus' Blick von einem zum anderen. »Was hat er aus mir gemacht?«

Jinni und Nobbe brechen in grölendes Gelächter aus. Palili starrt wie vom Donner gerührt auf die neue Gestalt seines Freundes.

»Nein!« Jetzt erkennt auch der Zwerg das Ausmaß seiner Tragödie. »Nein! Auf gar keinen Fall. Du wirst das rückgängig machen. Und zwar zackig!«

»Ich denke ja gar nicht daran.« Indigos Blick wird eisig. »Glaubst du allen Ernstes, ich merke nicht, wie du mit deinem neuen Geschenk herumstolzierst? Wenn es darum geht, Palili eins auszuwischen, lässt du keine Gelegenheit aus. Die Gefühle deines Freundes scheinen dir völlig egal zu sein.«

»Aber …« Timotheus' Augen werden untertassengroß. »Das sind doch nur Scherze. Nur liebevolle Sticheleien. Das machen wir schon immer so. Stimmt's, Palili? Jetzt sag doch auch mal was!«

Der Sosuke verschränkt die Arme vor der Brust, schiebt den Unterkiefer vor und schüttelt seinen blond gelockten Kopf.

»Deine liebevollen Sticheleien gingen in letzter Zeit zu weit.« Indigo drückt dem Zwerg seinen Zeigefinger in die Brust. »Es zeugt nicht

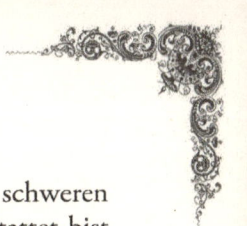

gerade von gutem Charakter, Palili ausgerechnet in solch schweren Zeiten zu piesacken, nur weil du neuerdings besser ausgestattet bist als er. Als Strafe für deine Protzereien wirst du den Rest des Tages in diesem Körper bleiben.«

»Aber ...«

»Nichts aber. Es sei denn, du nimmst die Alternative.«

»Welche Alternative?«, knurrt der Zwerg.

»Du bekommst einen anderen Körper. Einen großen, starken Kriegerkörper. Aber ...«

»Ja!«, schreit der Zwerg mit bebendem Busen. »Ja, ich will die Alternative!«

»Aber ...«, wiederholt Indigo gedehnt, »in diesem Fall werde ich dein Geschenk rückgängig machen.«

»Was?« Timotheus schluckt und faltet die Hände schützend vor seine Körpermitte. »Nein! Definitiv nein. Dann bleibe ich lieber eine Dirne und spiele mit meinen Brüsten herum.«

»So sei es.« Indigo geht zu den beiden Araschnun und wirkt einen weiteren Zauber. Nobbe erhält einen Wust grauer Haare und ein schmales Raubvogelgesicht, Jinni wird zu einer wehrhaft aussehenden Walküre, deren tonnenförmiger Körper in einem bauschigen moosgrünen Kleid steckt.

Als Letztes widmet sich Indigo seinem eigenen Äußeren. Ich rechne mit allem, aber nicht mit dem alten, gebeugten Mann, der plötzlich vor mir steht.

Irritiert betrachte ich das seltsame Gespann, zu dem wir geworden sind: ein dürrer, hakennasiger Greis, eine kugelrunde Matrone, ein aufgebrezelter Geck, eine vollbusige Dirne und ein langhaariger alter Mann in einem grauen Mantel, der aussieht, als könnte ihn jeder Windstoß umwerfen. Als Indigos neue Form nach mir greift, besteht mein erster Impuls darin, zurückzuzucken. Trocken und knochig fühlt sich seine Hand an. Wie die jenes Schattens, der mich aus Scyllas Palast geschafft hat.

Ob der Mond heute Nacht derjenige sein wird, der ihn verbrennt? Ich will nicht daran denken, ebenso wenig wie an Scyllas Spione, ihre Monster und das verlorene Tal. Doch mein Kopf ist voll davon.

Mit schwingenden Hüften und erhobenem Haupt stolziert Timotheus an uns vorbei und scheint entschlossen, seine Würde aufrechtzuerhalten.

Die Haare, deren Spitzen bei jedem Schritt über seine prallen Hinterbacken streifen, betonen seine sinnlichen Kurven so effektvoll, dass Palili sich den Schweiß von der Stirn wischt.

»Kannst du ihn nicht in eine Ziege verwandeln?«, brummt der Sosuke. »Oder in einen struppigen, flohverseuchten Kläffer?«

»Mach dir nichts draus.« Indigo klopft dem Hünen auf die Schulter und grinst. »Heute Abend wird es keinen Mann geben, dem es besser ergeht als dir. Der Zwerg braucht einen Dämpfer, und den soll er bekommen.«

Palili stößt einen klagenden Laut aus. »Muss das denn sein? Ich kann nicht … es ist, als ob … bei tausend heulenden Dämonen, ich stelle mir vor, mit Timotheus das Bett zu teilen. Mit Timotheus!«

Indigo seufzt, scheint mit einer Entscheidung zu ringen und legt noch einmal seine Hand auf Palilis Schulter. Der Hüne schaudert, als sich das magische Netz ein zweites Mal um ihn spinnt. Aus dem mageren Hanswurst wird wieder ein Ehrfurcht gebietender Krieger, der zwar Palilis alte Statur besitzt, sonst jedoch in keiner Weise an den Sosuke erinnert. Sein Haar ist ebenso lang und zottig wie sein Vollbart, der Blick von einer raubtierhaften Kälte beseelt und das Gesicht narbenzerfurcht.

»Die schöne Lady steht fortan unter deinem Schutz.« Indigo weicht zurück, nimmt meinen Arm und hakt ihn bei sich unter. »Halte ihm die lüsternen Kerle vom Leib. Ich habe dafür gesorgt, dass sich so schnell niemand an dich herantraut.«

Palili tastet über seinen neuen Körper, zupft an seinem Bart und bleckt gefährlich aussehende, spitz zugefeilte Zähne. »Du hast einen Wildmann aus mir gemacht. Bei dem Grab meiner Mutter, ich könnte mit dem Donnergott höchstpersönlich kämpfen.«

»Und deshalb wirst du dafür sorgen, dass wir unbehelligt bleiben. Keiner ist so lebensmüde, einen Wildmann anzugreifen. Es sei denn, er will dabei zusehen, wie du seine Leber frisst.« Indigo zieht mich vorwärts, hinaus auf den breiten Pfad. Ich fühle mich verletzlich, allen Augen und Ohren ausgeliefert, doch wir sind nicht mehr Indigo und Jade, nicht mehr der Magier und das Straßenmädchen, die von der gesamten schwarzen Hexenwelt gejagt werden. Sondern nur ein alter Greis und ein Bauernjunge.

»Was genau sind Wildmänner?«, frage ich Indigo. »Woher kommen sie? Ich habe schon von ihnen gehört, aber alle Geschichten drehen sich nur darum, wie grausam sie sind.«

»Wildmänner leben auf der Aschkan-Halbinsel. Scyllas Jäger kommen zu einem großen Teil aus diesem Volk, denn im Töten sind sie unübertroffen.«

»Sind sie so furchtbar, wie die Geschichten sagen? Ich habe gelesen, dass sie ihre Feinde fressen. Während sie noch leben. Und sie fangen mit den Füßen an.«

»Wie ich schon sagte …« Indigo wirft mir ein Zwinkern zu. »Palili wird dafür sorgen, dass man uns in Ruhe lässt.«

»Ist so ein Tarnzauber anstrengend?«

»Er war mal anstrengend. Jetzt nicht mehr.«

»Dann kannst du ihn bis morgen halten?«

»Ja. Aber danach müssen wir fort.«

»Du willst nicht nur zum Gasthof, um uns abzulenken«, mutmaße ich. »Da ist noch etwas anderes, habe ich recht?«

Indigo nickt. Er schlüpft so gewissenhaft in die Rolle eines alten Mannes, dass ich mir immer wieder in Erinnerung rufen muss, wer neben mir herschlurft. »Deine Instinkte sind scharf wie die eines Adlers, Menschenmädchen. Ja, du hast recht. Ich will hören, was unter den Reisenden gemunkelt wird. Ich will sehen, ob ich hilfreiche Dinge aufschnappen kann. Kein Ort eignet sich dafür besser als ein Gasthof.«

»Suchst du etwas Bestimmtes?«

»Ja, nach Scyllas Schwäche.«

»Hat sie denn eine?«, hake ich nach. »Bitte sage mir, dass sie eine hat!«

»Als ihre Kreaturen das Dorf angegriffen haben, fiel mir etwas auf. Die Ungeheuer sind auf gewisse Weise mit der Königin verknüpft, ein Stück weit kann ich Scylla durch sie spüren. Oder besser gesagt: Ich spüre die Kreatur.«

»Und?«

»Hinter dem Angriff lag Verzweiflung. Ich weiß nicht, wie ich es anders beschreiben soll. Es war, als würde Scylla noch einmal alles aufbieten. Wie ein Tier, das seinen Tod spürt und noch einmal alle Kräfte entfesselt.«

Ich lege verwirrt die Stirn in Falten. »Wie kann das sein? Der Jasmah-Isdar wird mit jedem Tag stärker. Er erobert die letzten Winkel unserer Welt. Sein Gift ist wie eine Pest.«

»Das stimmt. Aber was ist, wenn dieses Wachstum nur eine Verzweiflungstat ist? Wenn es nichts weiter als das wütende Aufbäumen eines sich selbst auffressenden Ungeheuers ist? Der Jasmah-Isdar ist nicht allmächtig. Er braucht einen menschlichen Körper, und er braucht Nahrung. Damals hat meine Magie ihn ernährt, aber was frisst er, seit ich verschwunden bin? Die starken Quellen sind versiegt. Es gibt keine magischen Drachen, keine Nymphen und keine Phönixvögel mehr. Alles, was er noch hat, sind Hass und Missgunst. Ich vermute, dass schlechte Gefühle allein ihn nicht dauerhaft über Wasser halten.«

»Du denkst, er stirbt mit jedem Tag ein bisschen mehr, weil du ihn nicht mehr fütterst?«

»Ich vermute es. Deswegen will ich hören, was die Reisenden erzählen.«

Wieder taste ich über das Beutelchen. Ich weiß, dass mein Schweigen falsch ist, und doch gehe ich stumm neben Indigo her. Ist der Weg, der sich vor uns auftut, wirklich eine Chance? Oder nur eine neue Falle, die darauf wartet, dass wir hineintappen?

Ein einzelner Baum steht inmitten einer weitläufigen Lichtung. Aber was für ein Baum! Er lässt selbst die Riesen, die uns auf unserer Reise durch Eruschs Wälder begegnet sind, wie Zwerge wirken. Weshalb der Himmelsbaum seinen Namen trägt, ist unübersehbar: Sein Wipfel ist von der Erde aus nicht zu erkennen, denn er sticht wie ein mächtiger Speer in die Bäuche dunkler, regenschwerer Wolken. Der Gasthof zu seinen Füßen – ein stattliches Gebäude aus rotem Moorholz, flankiert von Ställen und Schuppen – sieht vor dem Hintergrund des gigantischen Stammes wie das Spielzeug eines Kindes aus. Doch nicht nur der Baum ist von riesenhaften Ausmaßen. Jedes einzelne Blatt der Schlingpflanzen, die sich von den Wurzeln bis zu den Wolken um den Stamm schlingen, ist so groß wie das Dach des Pferdestalls. Tische und Bänke sind unter einem besonders tief hängenden Blatt aufgestellt, das als vorzüglicher Regenschutz dient.

»Beeindruckend, nicht wahr?« Indigos Tarngestalt stützt sich auf meine Schulter, als fände er kaum mehr die Kraft, einen weiteren Schritt zu vollführen. »Das dort ist der höchste Baum im ganzen Menschenreich.«

»Ich wusste gar nicht, dass es solche Bäume gibt. Wie alt mag er sein?«

»Sehr alt.« Indigo schenkt mir ein faltiges Lächeln, das mir die Nackenhaare aufstellt. Er hat nicht einfach nur die Gestalt irgendeines Greises angenommen. Er hat sich selbst altern lassen. Seine schwarz verfärbten Augen sind noch immer dieselben, seine Gesichtszüge haben sich unter den Falten kaum verändert. Das Antlitz, in das ich blicke, gehört zu einem Geschöpf, das niemals existieren wird. Die Jugend dieses Mannes wird niemals welken, und doch erschreckt mich sein Aussehen bis ins Mark. Unaufhörlich streiche ich über das Beutelchen. Warum hat Indigo nichts von der Orchidee gespürt, als er meine Gestalt verändert hat? Ist es Zufall, dass er alles an mir verändert hat – nur meinen Gürtel nicht?

Sorgenvoll mustere ich die Menschen, die zu Dutzenden unter dem Schlingpflanzenblatt sitzen und Essen in sich hineinschaufeln. Eine Gruppe Musikanten spielt auf Flöten und Geigen, Kinder spielen zwischen den gewaltigen Wurzeln des Himmelsbaumes. Das dort unten sind keine Araschnun, sondern gewöhnliche Menschen. Wie viele von ihnen mögen vom Jasmah-Isdar beschmutzt sein? Wie viele neigen ihren Kopf vor Scylla und würden uns ohne zu zögern verraten?

»Denkt daran«, bläut Indigo uns ein. »Ihr seid nur Wanderer auf dem Weg nach Süden. Wenn euch jemand nach dem Wohin oder Warum fragt, antwortet ihm nicht. Es ist euer gutes Recht, keine Auskunft zu geben.«

Wir nicken, tauschen nervöse Blicke aus und folgen dem Pfad zum Gasthof. Timotheus drückt sich eng an den Sosuke, der ein solch finsteres Gesicht aufsetzt, dass selbst ein Rudel Kalam-Duk winselnd das Weite suchen würde. Indigos Zauber schindet wie beabsichtigt Eindruck. Die Blicke der Männer kleben förmlich auf der wogenden Oberweite des Zwerges, doch sobald sie von Palili taxiert werden, wenden sie sich wieder hastig ihrem Essen oder ihrem Bierkrug zu. Angst liegt in der Luft, es wird gespenstisch still. Offenbar ist jedem

Anwesenden geläufig, was Wildmänner mit ihren Feinden zu tun pflegen. Wirkungsvoll untermalt der Sosuke sein Furcht einflößendes Äußeres, indem er grimmig die zugespitzten Zähne fletscht. Niemand wagt es, uns genauer in Augenschein zu nehmen, und als wir auf einen der langen Tische zusteuern, ergreifen die drei Männer, die zuvor dort gesessen und ihre Suppe gelöffelt haben, die Flucht.

»Siehst du.« Zufrieden tätschelt Palili dem Zwerg die Schulter. »Heute wird dich keiner in sein Bett zerren. Obwohl jeder einzelne Kerl gerade davon träumt, deine strammen Hinterbacken zu vermöbeln.«

»Halt den Mund, du stinkender Auswurf eines krätzigen Dorfköters.« Timotheus versucht sich an einem drohenden Blick, doch das Finsterste, das sein Tarnkörper zustande bringt, ist ein aufreizendes Schmollen. »Ich werde dir einen Korb voller Brechspinnen in die Hose schütten, während du schläfst.«

»Reißt euch zusammen«, zischt Indigo. »Wir sind erschöpfte Wanderer, die nur ihre Mägen füllen wollen.«

»So ist es.« Jinni schnappt sich die Speisekarte, klappt das opulente Ding aus Pergament und schwarzem Leder auf und lässt ihren Zeigefinger über die Seiten gleiten. »Mal schauen. Was haben wir denn da? Flohsamengrütze? Kräutersuppe? Gnieselpriem-Pastete? Ach du meine Güte, das wird schwer.«

Ich beuge mich vor, werfe einen Blick über Jinnis Schulter und entscheide mich für das erste Gericht, das mir ins Auge fällt. Brathähnchen mit Rosmarinkartoffeln. Etwas Besseres kann es gar nicht geben.

Indigo schließt sich meiner Wahl an, als ein junges Mädchen herbeieilt, um unsere Bestellungen aufzunehmen. Der Sosuke und der Zwerg bevorzugen den Schweinebraten und die beiden Araschnun treffen nach vielem Hin und Her eine Wahl, die uns alle überrascht: Süßsaure Lungensuppe mit Kaulquappenstich.

»Was?«, kommentiert Jinni unsere Blicke, als das Mädchen wieder verschwunden ist. »Man muss ab und zu mal etwas Neues ausprobieren.«

»Was ist Kaulquappenstich?«, frage ich in die Runde.

»So etwas wie Eierstich«, antwortet Indigo. »Nur eben aus Kaulquappen.«

»Ernsthaft?«

»Und euer Nachtisch?« Timotheus zieht eine reizende Grimasse, die vermutlich den Herzschlag vieler Männer beschleunigt. »In Essig eingelegte Glotzfischaugen?«

»Gibt's das hier?« Nobbe zieht Jinni die Karte aus der Hand und überfliegt die Desserts. »Nein, keine Glotzfischaugen. Aber hier. Eine Tarte aus Milchfrüchten.«

Mir entfährt ein Prusten.

»Was?«, brummt der Araschnun. »Habt ihr daran auch etwas auszusetzen?«

»Ihr habt keine Ahnung, woher Milchfrüchte stammen, oder?«

Jinni und Nobbe schütteln die Köpfe.

»Es sind keine Früchte.« Ich werfe Indigo einen amüsierten Blick zu, er grinst schelmisch zurück. »Es sind die leuchtenden Auswüchse männlicher Glimmerkröten.«

»Ja und?« Nobbe zuckt mit den Schultern. »Wenn's schmeckt?«

»Scheußlich«, grollt Timotheus. »Eine Tarte aus Krötenbeulen-Eiter. Was stopft ihr sonst noch so in euch rein?«

»Wir sind in dem Glauben aufgewachsen«, erwidert Jinni gelassen, »dass nichts verschwendet werden darf. Außerdem sind die Geschmäcker verschieden. Im Süden isst man Madenkäse, habe ich gehört. Im Osten rohe Schafsaugen, im Westen gekochte Kamelhöcker und im Norden … ähm, was gibt es im Norden?«

»Geklumptes Blut mit Sauerkraut«, antworte ich. »Und eingelegte Schweineschnauzen.«

»Würdet ihr bitte still sein?« Indigo hat die Augen geschlossen und lauscht mit schief gelegtem Kopf. »Ich muss mich konzentrieren.«

»Wieso?«, murrt Timotheus. »Worauf denn?«

»Wenn ich schon die Gelegenheit habe, die neuesten Gerüchte aufzuschnappen, will ich das auch ausnutzen.«

Der Zwerg schnaubt, aber er hält den Mund. Palili verschränkt seine muskelbepackten Arme und gähnt Furcht einflößend, Jinni und Nobbe lassen ihre Blicke über die Menge schweifen.

Als schließlich eine üppig beleibte Wirtin mitsamt einem ebenso kugelrunden Küchenjungen unser Essen bringt, sechs Krüge mit Honigbier auf den Tisch stellt und mir ein lüsternes Zwinkern zuwirft, ist es wieder so laut, wie man es von einem gut gefüllten Gasthof erwartet. Anscheinend gewöhnen sich Menschen an alles. Selbst an menschenfressende Wildmänner.

»Hast du gesehen, wie sie mich angestarrt hat?« Irritiert blicke ich der Wirtin hinterher, die noch einmal innehält, über ihre Schulter blickt und mir eine Kusshand zuwirft. »Als würde sie mich fressen wollen.«

»Denkst du, ich mache einen hässlichen Burschen aus dir?« Indigo lächelt, ohne seine Augen zu öffnen. »Ich habe deine weibliche Schönheit nur in die eines Jungen verwandelt.«

»Aha.« Neugierig betaste ich die Muskeln meiner Arme. Ja, sie sind recht stattlich. Nicht zu wenig, nicht zu viel. Und das Leinenhemd, das Indigo mir verpasst hat, sitzt gerade stramm genug, um die Wölbungen zu betonen. »Du hättest mir lieber ein paar schiefe Zähne und eine krumme Nase verpassen sollen. Das wäre unauffälliger.«

»Genieße die Aufmerksamkeit.« Seine Stirn legt sich in Falten. Er neigt den Kopf noch ein wenig mehr zur Seite und scheint sich auf etwas zu konzentrieren, das sein Interesse geweckt hat. »Tanz mit einem Mädchen, wenn du willst.«

»Oh nein.«

»Warum nicht?«

»Weil ich mit Mädchen nichts anfangen kann.«

»Willst du mit mir verschwinden?« Er öffnet ein Auge und zwinkert mir zu. »Wenn du möchtest, verbringen wir die Nacht zusammen. Ich verwandele mich zurück, du nicht.«

Hitze schießt mir ins Gesicht. Ich schnappe nach Luft, greife nach meiner Gabel und steche sie in das duftende, knusprige Fleisch.

»Du bist ja verrückt.«

»Warum?«

Nervös kaue ich auf einem Stück Hähnchen herum. Es ist köstlich. Geradezu göttlich. Vor allem, als ich den nächsten Fleischstreifen in die dicke, salzige Soße tunke, die die Wirtin dazugestellt hat.

»Du meinst das ernst?«, nuschele ich mit vollem Mund. »Du meinst das wirklich ernst?«

»Würde es dich reizen?«, fragt er geradeheraus. »Falls ja, habe ich nichts dagegen.«

Ich verschlucke mich am Hähnchen, würge und huste und erdolche Indigo mit Blicken.

»Deine Reaktion ist Antwort genug.« Er schließt wieder die Augen und lächelt wissend. »Der Gedanke gefällt dir, aber du wagst es nicht, ihn umzusetzen.«

»Sei still!«, fauche ich ihn an.

»Du musst dich nicht schämen, Jade. Was du fühlst, ist ganz normal. Du bist neugierig. Du liebst es, unbekannte Dinge zu erforschen. Und dieser Körper ist ein unbekanntes Ding. Abgesehen davon liebe ich dich in jeder Gestalt. Ob du nun eine Frau oder ein Mann bist.«

»Wo ist der Donnerbalken?« Ich schmettere meine Gabel auf den Tisch und stehe auf. »Es gibt da etwas, das ich erledigen muss.«

»Unbekannte Dinge erforschen?«, schmunzelt Indigo.

»Nein! Mich erleichtern!«

»Ich glaube, das kommt gerade auf dasselbe hinaus.«

»Verdammt, wo ist der Donnerbalken?«

»Du gehst in den Gasthof hinein und nimmst den ersten Gang, der nach links führt. Die Tür an seinem Ende führt zum Abort. Du kannst sie nicht verfehlen. Sie ist mit dem Bild eines Trolls behangen.«

»Danke!«

Sein Lachen verfolgt mich, als ich mich an Tischen und Bänken vorbeiquetsche. Das Herz pocht mir bis zum Hals, und dieses verdammte Anhängsel zwischen meinen Beinen hat nichts Besseres zu tun, als mir seine Meinung zu dem Ganzen sehr unmissverständlich zu zeigen.

Es ist laut.

Es ist heiß.

Mein Kopf dröhnt, als hätte ich zwei Fässer Wein ausgetrunken.

Hals über Kopf flüchte ich in das kühle Innere des Gasthofes, nehme den ersten Gang links und folge ihm bis zu einer Tür, an deren Holz das von Indigo erwähnte Bild genagelt ist: ein warziger, dämlich dreinblickender Troll, der gerade dabei ist, einen gewaltigen Haufen abzuseilen.

Ich klopfe, höre keinen Protest, schlüpfe hinein und rümpfe die Nase. Der Abort sieht aus, als wäre er Schauplatz eines Kampfes zwischen zwei Horden pinkelnder und von Durchfall geplagter Wildmänner geworden. Hastig öffne ich die Schnüre meiner Hose und erschrecke, als das Anhängsel wie ein Kastenteufel hervorspringt.

»Verflucht noch mal.« Ich halte die Luft an, schnappe mir das Ding, tue das Nötige und verfluche Indigos Humor. Letztlich ist die

165

Prozedur nicht viel anders als sonst, nur dass ich diesmal etwas festhalten und zielen muss. Die größte Herausforderung besteht darin, das widerspenstige Teil wieder dorthin zurückzustopfen, wo es hingehört, und dafür zu sorgen, dass es auch dort bleibt.

Überraschenderweise gibt es in diesem scheußlichen Abort eine Schüssel und einen Krug mit Wasser. Sogar ein Stück Seife liegt daneben, den Göttern sei Dank. Ich wasche meine Hände, kippe das Wasser in den dafür vorgesehenen Ausguss und trete wieder nach draußen.

Fast wäre ich in Jinni hineingelaufen, die gerade im Begriff war, nach der Klinke zu greifen. Ich weiß nicht, was es ist, das mir plötzlich die Wahrheit entlockt. Das sanfte Lächeln der alten Frau? Die wunderbare Zeit, die wir miteinander verbracht haben? Die zu lange aufgestaute Angst, die wie ein Eisklumpen in meinem Magen liegt?

»Ich habe sie gefunden«, platzt es aus mir heraus. »Jinni, ich … ich … habe sie!«

Die Araschnun versteht sofort. Etwas tritt in ihre Augen, das ich nicht einordnen kann, und als sie mich schweigend umarmt, schießen mir die Tränen in die Augen.

»Wann hast du sie gefunden?«, fragt Jinni leise.

»Heute Morgen. Ihr habt alle noch geschlafen, als Zilp angeflogen kam und mich zu ihr führte.«

»Gab es nur diese eine?«

»Ja. Eine einzige weiße Blüte.«

»Und du hast es ihm noch nicht gesagt?«

Mein Hals zieht sich krampfhaft zusammen. Jetzt stecke ich schon in dem muskelbepackten Körper eines strammen Bauernjungen und schniefe immer noch wie ein kleines Mädchen.

»Du musst es ihm sagen«, drängt Jinni. »Jetzt sofort.«

»Aber es ist die Blume, die ihn töten wird. Das ist, als gäbe ich jemandem ein Messer in dem Wissen, dass er es sich ins Herz stoßen wird.«

Die Araschnun lässt mich los, streicht sanft über meine Wange und lächelt zu mir auf. »Du darfst ihm die Orchidee nicht verschweigen. Sage ihm die Wahrheit. Jetzt!«

Irgendwie bringe ich ein Nicken zustande. Jinnis Blick dringt noch einmal in mich, dann schiebt sie sich an mir vorbei und verschwin-

det in dem Kämmerlein. Wie betäubt bleibe ich stehen, lausche dem Schlag meines Herzens und sterbe innerlich, als ich den ersten Schritt vollführe. Jinni hat recht. Ich muss ihm die Blume geben. Ich muss Indigo die Freiheit lassen, über sein Schicksal zu entscheiden. Eine Gruppe betrunkener Kerle torkelt mir entgegen, als ich den Schankraum durchquere, rempelt mich unsanft über den Haufen und tut mein wütendes Knurren mit einem lautstarken Grölen ab. Zum ersten Mal bin ich froh über meine neue Gestalt.

Ich will gerade zur Tür hinausgehen, als mein Körper etwas Sonderbares tut. Er schwenkt nach rechts, obwohl ich geradeaus gehen will, und schreitet zu einem kleinen Ausgang, der offenbar zu einem Lager führt. Ungläubig starre ich auf meine Füße, die losgelöst von meinem Verstand einen Schritt nach dem anderen vollführen.

Ich will schreien, aber aus meiner Kehle kommt kein Laut. Was geschieht hier? Was für eine Teufelei zwingt mich vorwärts?

Etwa der Jasmah-Isdar?

Panik überwältigt mich. Doch ich laufe weiter. Durchquere das Lager, öffne eine weitere Tür und trete ins Freie. Vor mir wuchert der Wald, neben mir ragt der monströse Stamm des Himmelsbaumes in die Wolken hinauf. Ein Mann mittleren Alters steht etwa zehn Schritt vor mir und lehnt an einer jungen Eiche. Das schwarze Haar hängt ihm wirr ins Gesicht, sein schmutzig brauner Reisemantel ist abgetragen und durchsiebt von Löchern.

Er ist es, der meine Schritte lenkt. Ich sehe es in seinem Blick, der meinen Körper förmlich durchbohrt. Und an seinen Händen, die von einem blauen Licht umtanzt werden, das jeder Schönheit entbehrt. Bei allen Göttern, er ist ein Hexer!

Einer von Scyllas treuesten Handlangern!

»Hallo, Junge.« Seine Hand schießt vor wie der Kopf einer Schlange. Er packt meinen Hals, drängt mich gegen den Baumstamm und schiebt mich daran empor. Scharfe Nägel schlitzen mein Fleisch auf, Blut rinnt kitzelnd über meine Kehle. Vergeblich versuche ich, nach der Magie des Kristalls zu greifen. Aus meiner Kehle dringt nur ein heiseres Krächzen, das nicht einmal entfernt an den Ton erinnert, den ich brauche.

»Machen wir es kurz und knapp. Wer ist der Alte, mit dem du hierhergekommen bist?«

»Niemand«, krächze ich. »Ich traf ihn unterwegs.«

»Lügner«, spuckt mir der Hexer ins Gesicht und schiebt mich noch ein wenig höher. So dürr und ausgemergelt er auch wirkt, in seinen Armen liegt eine unnatürliche Kraft. »Du solltest wissen, Bürschchen, dass man jemanden wie mich nicht hintergeht. Also raus mit der Sprache. Wer ist der Alte, mit dem du reist? Was versteckt er unter seinem Zauber?«

»Keine Ahnung.«

Ich schreie auf, als die messerscharfen Nägel tief in meine Haut schneiden. Seine Finger zerquetschen meine Gurgel, ich ringe nach Luft und atme nichts als Schmerz. Noch ein kleines Stück tiefer, und er wird meine Schlagader aufschlitzen.

»Ich ziehe dir die Haut ab, kleine Made.« Der eiserne Griff lockert sich, Atem strömt in meine ausgedörrten Lungen. »Sage mir die Wahrheit, oder ich schicke dich ins Jenseits und frage die dralle Dirne, die mit euch reist. Oder das Klappergestell mit der unförmigen Nase.«

Verzweifelt kratze ich einen kläglichen Rest Mut zusammen. »Er ist niemand. Ich schwöre es. Ich … wollte nur … einem alten Mann helfen. Weiter nichts.«

Der Hexer bleckt die Zähne. So, wie Indigos Magie rein und strahlend ist, besteht sein Zauber aus stinkender Fäulnis. Spinnenfäden gleich kriecht er in meine Wunden, lässt mein Blut kochen und meine Haut Blasen werfen.

Schreie ich? Weine ich?

Alles ist nur noch Blut, Feuer und Qual.

Gerade wirft der Hexer lachend seinen Kopf zurück, als er unvermittelt nach hinten gerissen wird. Seine Nägel werden so abrupt aus meinem Hals gezogen, dass sich die Löcher riesengroß anfühlen. Ich stürze, lande auf meinen Knien und huste den Schmerz aus mir heraus.

»Was fällt dir ein, lächerlicher Wurm, Hand an meinen Begleiter zu legen?«

Es ist Indigo! Oh, bei allen Göttern, er hat mich gefunden. Noch immer steckt er im Körper des alten Mannes, doch von Gebrechlichkeit ist nichts mehr zu sehen. Als er meine Wunden sieht, tritt eiskalter Hass in seine Augen. Er verpasst dem im Gras liegenden Hexer einen Fußtritt, geht an ihm vorbei und kniet sich neben mich.

»Das ist nicht dein wahrer Körper«, höre ich Scyllas Handlanger zischen. »Was hast du zu verbergen? Woher kommst du? Warum bist du nicht längst im Palast?«

Indigo antwortet nicht. Er legt eine Hand auf meinen brennenden Hals und heilt die Wunden mit einem Strom sanfter Magie. Es ist ein solch wunderbares, erlösendes Gefühl, dass mir ein lautes Seufzen entkommt. Himmel, fühlt sich das gut an.

»Was ist das?« Die Augen des Hexers weiten sich. »Das ist nicht der Jasmah-Isdar! Woher beziehst du deine Kräfte?«

Indigo blickt mir fest in die Augen, streicht über mein Haar und haucht einen Kuss auf meine Stirn. »Geht es dir gut?«

»Ja.« Behutsam werde ich von ihm auf die Füße gezogen. »Alles in Ordnung.«

Er nickt beruhigt, nimmt einen tiefen Atemzug und wendet sich wieder dem Hexer zu. Der rappelt sich gerade auf, fletscht die Zähne und erzeugt einen dunkelblauen Feuerball. Mit triumphierendem Geheul schleudert er ihn Indigo entgegen, der ihn unbeeindruckt auffängt, zwischen seinen Fingern zerdrückt und als Staub zu Boden rieseln lässt.

Zorn und Hochmut werden zu Angst. Der Hexer ist noch damit beschäftigt, ungläubig zu gaffen, als Indigos Finger sich um seinen Hals schließen.

»Wenn du eine Frage an mich hast«, zischt er ihm ins Ohr, »dann stelle sie mir und nicht dem Jungen. Oder reicht dein Mut dafür nicht aus?«

Der Hexer winselt.

»Hat Scylla euch zu sich gerufen?«, stellt Indigo die nächste Frage. »Sammelt sie euch ein, wie ein Kind Glühwürmchen sammelt?«

Der Hexer geifert und zappelt wie ein tollwütiger Hund. Ihm scheint etwas Boshaftes auf der Zunge zu liegen, doch Indigo würgt seine Gegenwehr ab, indem er ihm die Nägel ins Fleisch drückt. Mit sichtlichem Genuss fügt er ihm dieselben Wunden zu, die der Mistkerl mir verpasst hat.

»Ja«, heult der Hexer, außer sich vor Schmerz. »Ja, verflucht! Sie hat alle zu sich gerufen. Ich bin der Letzte. Alle anderen sind bereits im Palast. Deswegen war ich … aaahhhh! … überrascht, als ich Euch sah. Menschen lassen sich täuschen, Hexer nicht.«

»Stinkender Abschaum.« Indigo drückt noch ein wenig fester zu. Schwarzes Blut quillt unter seinen Fingern hervor, der Hexer zuckt vor Qual. »Glaubst du immer noch, du wärst unbesiegbar?«

»Ich bin der Letzte, den Scylla zu sich ruft.« Der Mistkerl kann nur noch abgehackt hecheln, denkt aber nicht daran, den Mund zu halten. »Ich war ihr talentiertester Helfer. Ihr bester Jäger. Ihr bester ... bei allen Geistern des Abgrunds!«

Plötzlich scheint er alle Schmerzen zu vergessen. Fassungslos stiert er in Indigos Gesicht, während seine Haut so bleich wie die einer Leiche wird. »Du bist es! Du bist der, dem ich so lange nachgejagt bin!«

»Überraschung«, stöhnt Indigo gelangweilt. »Aber das Geheimnis wird bei dir sicher sein.«

»Nein!«, keucht der Hexer. »Nein! Nein! Was tust du?«

»Dafür sorgen, dass du nichts ausplapperst.«

Die Gestalt des Kerls zerfließt zu einem Klumpen aus funkelndem Licht, schrumpft in sich zusammen, stürzt zu Boden und formt sich zu dem warzigen Körper einer Kröte. Indigo greift nach dem Tier, holt aus und schleudert es in Richtung Wald. Mit schlackernden Beinen und einem verängstigten *Quak* verschwindet das Tier im Gebüsch.

Erst jetzt bemerke ich, dass Jinni, Nobbe und Timotheus vor dem Stamm des Himmelsbaumes stehen. Offenbar sind sie Indigo gefolgt, doch sonst ist niemand zu sehen. Vermutlich ist diese Tatsache Palili zu verdanken, der bedrohlich und finster wie ein Bluthund in der Tür steht und achtgibt, dass niemand ihm zu nahe kommt.

Jinni kommt auf mich zu, fängt meinen Blick ein und nickt. Mehr braucht es nicht, um mir begreiflich zu machen, dass es Zeit für die Wahrheit wird. Ich greife nach dem Beutelchen an meinem Gürtel, aber es ist nicht mehr da.

Meine Finger tasten ins Leere.

»Jinni«, flüstere ich.

Die Araschnun sieht mich aus großen Augen an. »Was willst du mir sagen, Kind? Doch nicht etwa das, was ich befürchte?«

»Sie ist fort.« Alles in mir wird kalt und still. Umso mehr, als ich erkenne, dass das Lederband sauber durchgeschnitten ist. »Die Orchidee. Sie ist fort.«

4

Der vergiftete Pfeil

Jade

Indigos Gesicht zeigt nicht das, was ich erwarte. Zahllose Gefühle brodeln unter seiner ruhigen Maske, doch Überraschung ist nicht dabei.

Er hat es gewusst!, wird mir schlagartig klar. *Er wusste von der Orchidee! Wie lange schon? Etwa die ganze Zeit?*

Langsam kommt er auf mich zu, legt seine Hände auf meine Schultern und sieht mir tief in die Augen. Was wird jetzt kommen? Macht er mir Vorwürfe? Wird er wütend sein? Enttäuscht?

»Es tut mir leid, dass er dich verletzt hat.« Zu meiner Überraschung höre ich in seiner Stimme nichts als Sorge. »Ich hätte schneller sein müssen. Genauso wie damals.«

Damals. Als Mattis über mich hergefallen ist. Ich wische den immer noch ekelerregenden Gedanken mit einen Kopfschütteln weg und atme tief durch. »Ich wollte dich rufen, aber es ging nicht.«

»Weil er dich verhext hat«, knurrt Indigo. »Verflucht, die ganze Zeit habe ich aufgepasst, aber dann war da dieses Gespräch … die Männer saßen weit entfernt und sprachen leise. Ich musste mich konzentrieren, um sie zu verstehen. Als ich deine Angst gespürt habe, hatte er dich schon geschnappt.« Zorn verdunkelt seine Greisenaugen. Es ist, als würde ein Fremder auf mich hinunterblicken. »Wer hat dich berührt, Jade? Hat dich jemand angestoßen? Ist dir irgendwer zu nahe gekommen? Ich meine, abgesehen vom Hexer?«

»Die betrunkenen Männer im Schankraum!«, fällt es mir wieder ein. »Einer von ihnen muss es gewesen sein. Als wir am Tisch saßen, hatte ich den Beutel noch.«

»Wie sahen sie aus? Würdest du sie wiedererkennen?«

»Nein, tut mir leid. Es ging so schnell.«

»Jade!« Seine Hände verschwinden von meinen Schultern und umfangen stattdessen mein Gesicht. Kühl und trocken schmiegt sich die Pergamenthaut an meine Wangen. »Wer immer sie dir gestohlen hat, weiß vielleicht um ihr Geheimnis. Kannst du dich wirklich nicht erinnern?«

»Nein.« Mein Kopf streikt. Der Nebel in meinen Gedanken wird immer hartnäckiger, je angestrengter ich nach Details suche. »Ich weiß nur noch, dass sie stanken.«

»Nach Schnaps?«

»Hm, hm.«

»Und sonst nichts? Keine Haarfarbe, keine Kleidung, kein Akzent? Gar nichts Besonderes?«

»Nein.« Ich seufze unglücklich. »Sie haben mich angerempelt und sind weitergegangen. Ihre Gesichter habe ich mir gar nicht angesehen. Kannst du die Blume nicht spüren?«

»Nur, wenn ich in ihrer unmittelbaren Nähe bin.«

»Und dann kann es schon zu spät sein, falls der Dieb es auf dich abgesehen hat.« *Oh, verdammt. Du bist so eine Idiotin, Jade!* »Was ist mit dem Hexer? Er hätte am ehesten einen Grund, die Orchidee zu klauen. Und er könnte sie vor dir geheim halten, oder nicht? Er könnte sie verschleiern.«

»Nein.« Indigo schüttelt den Kopf. »Er hatte sie nicht bei sich, als ich ihn verwandelt habe. Bis gerade eben war ihm nicht einmal klar, wer ich bin.«

Mit einem müden Seufzen schließt er die Augen und weicht vor mir zurück.

»Du hast es gewusst«, flüstere ich. »Du wusstest, was in meinem Beutel war.«

»Ja«, antwortet er, nimmt meine Hand und zieht mich in den Wald hinein. »Aber verschwinden wir lieber erst mal.«

Unsere Gefährten folgen dichtauf, ohne ein Wort zu verlieren, aber ich sehe ihren Blicken an, was sie von meiner Tat halten. Vor allem Jinni sieht aus, als würde sie mir am liebsten das Fell über die Ohren ziehen.

Endlich umfängt uns wieder das vertraute Dämmerlicht des Waldes und lässt uns Atem schöpfen, als hätte die Nähe all der Menschen

172

wie ein Gewicht auf unserer Brust gelegen. Trotzdem kann ich keine Erleichterung empfinden. Was ist, wenn meine Feigheit etwas Furchtbares heraufbeschwört? Was ist, wenn der Dieb die Orchidee einsetzt, um Indigo zu töten? Ich bete dafür, dass es nur ein gewöhnlicher Langfinger gewesen ist, der jetzt irgendwo sitzt und flucht, weil er statt der erhofften Münzen nur eine Blume ergattert hat. Aber mein Instinkt sagt etwas anderes.

Er kann sich schützen, beruhige ich mich. *Falls sich jemand anschleicht, wird er es merken. Und selbst wenn wir überrascht werden … er ist schließlich ein Magier.*

»Du hast die Blume also gespürt«, sage ich nach einer Weile, als die Last des Schweigens schwerer wird als die meiner Angst. »Und du hast mir nichts gesagt?«

Indigos umherhuschender Blick verrät seine Unruhe. Oh, bei allen heulenden Dämonen, warum habe ich ihm nicht von Anfang an die Wahrheit gesagt? Was ist, wenn die gestohlene Blume die letzte ihrer Art war? Was ist, wenn … verflucht! Kann nicht einfach mal ein Mondlauf vergehen, ohne dass ich den Karren in den Dreck fahre?

»Gespürt habe ich die Orchidee erst später«, antwortet Indigo. »Genau genommen hat Ischme deinen Fund verraten.«

Natürlich. Ich hätte wissen müssen, dass er mit der Füchsin spricht. »Warum hast du nichts gesagt?«

»Weil ich wissen wollte, wie lange du brauchst, um dich zu überwinden.« Er wirft mir ein flüchtiges Lächeln zu, das wie ein Lichtstrahl in mein Herz sticht. »Dein Zögern hat mich gerührt. Ich wusste, warum du mir deinen Fund verschwiegen hast. Und komischerweise hat es mir gefallen.«

»Aber du hast eine halbe Ewigkeit nach dieser Blume gesucht.«

»Ja«, murmelt er gedankenverloren. »Ich wollte sie um jeden Preis finden.«

»Und jetzt ist sie dir egal?«

»Nicht egal, aber …« Er scheint nach den richtigen Worten zu suchen. »Nun, wie soll ich sagen? Ich will nicht mehr sterben. Ich will kämpfen.«

Zuerst verspüre ich Erleichterung. Eine wilde Entschlossenheit. Zornige Leidenschaft. Doch plötzlich schließt sich eine Faust um mein

Herz. Viel zu oft ist Kampf gleichbedeutend mit Tod, und in meiner Welt hat das Gegenteil von Leben viele Gesichter.

»Das ist gut«, sage ich mit einem traurigen Lächeln. »Und ich werde an deiner Seite stehen.«

»Das wirst du«, erwidert Indigo. »Jeder von uns wird seine Aufgabe in dieser Geschichte erfüllen.«

»Was hast du jetzt vor? Wirst du den Dieb jagen?«

»Nein, wir gehen weiter.« Seine Gestalt fängt an zu flimmern, fügt sich wieder in ihre ursprüngliche Form und wird zu dem Mann, den ich liebe. Ein Detail nach dem anderen kehrt zurück: der Bogen, der Köcher und die Pfeile, das Messer in seinem Gürtel und die Drachenschuppe im Ausschnitt seines Hemdes. Ein Blick zurück zeigt mir, dass auch unsere Gefährten zu ihrer wahren Natur zurückgekehrt sind. Timotheus stöhnt erleichtert auf und streicht sich über die flache Zwergenbrust. Palili, Jinni und Nobbe sehen weniger glücklich aus.

»Zu schade«, höre ich den Sosuke brummen. »Ich mochte meine Zähne.«

»Tut mir leid«, ruft Indigo ihm über die Schulter zu. »Der Zauber kostet zu viel Kraft. In Anbetracht der Umstände halte ich es für besser, die Magie aufzusparen.«

»Schon gut, schon gut. Ist besser, wenn du nichts verschwendest. Wer weiß, was unser Auftritt für Folgen nach sich zieht.«

Verwirrt taste ich über meine Arme. Wie dünn und weich sie auf einmal sind. Als wären sie aus Pudding geformt. Und die Stelle in meiner Hose, die gerade noch prall gefüllt war, fühlt sich plötzlich leer an.

»Warum hast du den Hexer nicht gespürt?«, frage ich als Nächstes. »Hättest du ihn nicht bemerken müssen?«

»Normalerweise ja«, antwortet Indigo. »Aber sein Zauber war so schwach, dass ich ihn nicht wahrgenommen habe. Der Dummkopf hielt sich für einen begnadeten Täuscher, in Wirklichkeit war seine Macht so jämmerlich, dass ich sie schlichtweg übersehen habe.«

»Er war geschwächt?«, ruft Palili von hinten. »Warum? Wie kann das sein?«

»Ich weiß es nicht«, erwidert Indigo. »Vielleicht hat sich Scylla das zurückgeholt, was ihr gehört. Zumindest einen Teil davon. Die Magie

174

des Kerls reichte gerade mal für ein bisschen Gedankenkontrolle und einen kalten Feuerball.«

»Dazu würde passen«, grübelt der Sosuke, »dass sämtliche Hexer zum Palast gerufen wurden. Vielleicht hast du recht. Vielleicht stirbt der Jasmah-Isdar langsam vor sich hin und kratzt seine letzten Reserven zusammen.«

Indigo seufzt, greift nach der Drachenschuppe und lässt seinen Daumen über der glatten Oberfläche kreisen. »Ja, vielleicht. Es könnte aber auch bedeuten, dass Scylla eine Armee um sich schart. Wir hätten niemals zu diesem Gasthof gehen dürfen.«

»Sage ich doch!«, blafft der Zwerg. »Aber auf mich hört ja keiner. Jetzt habt ihr den Salat.«

»Die Sache mit der Orchidee gefällt mir nicht«, wirft Jinni ein. »Wir sollten vorsichtig sein. Ich meine, noch vorsichtiger, als wir es ohnehin schon sind.«

»Ich habe den Schutzwall verstärkt«, sagt Indigo. »Sollte sich jemand nähern, werde ich es spüren. Und dafür sorgen, dass er auf Abstand bleibt.«

Jinni sieht nicht im Mindesten beruhigt aus. »Wer immer Jade das Beutelchen abgeschnitten hat, weiß mit Sicherheit um das Geheimnis.«

»Wieso?«, kontert Palili. »Es könnte auch ein dahergelaufener Dieb gewesen sein. Vielleicht dachte er oder sie, in dem Beutel würden ein paar Münzen klimpern.«

»Nein.« Jinni schüttelt den Kopf. »Das glaube ich nicht.«

»Und warum?«

Sie klopft sich mit der flachen Hand auf den Bauch. »Na, warum wohl? Der hier flüstert es mir ein.«

»Selbst wenn unser Langfinger das Geheimnis kennt«, mischt sich Nobbe ein, »wie soll er nahe genug an Indigo herankommen, um ihm den Staub ins Gesicht zu pusten? Hör auf, dir Sorgen zu machen. Solange wir vorsichtig bleiben, kann uns nichts passieren. Und vorsichtig sind wir immer.«

»Ich hoffe es«, brummt Jinni. »Ich hoffe es wirklich.«

Wieder senkt sich dieses schwermütige, unheilvolle Schweigen auf uns herab. Wir durchqueren eine Lichtung mit mannshohem Farn, pflücken ein paar saftige Sprösslinge für unser Abendessen und werden

auf der anderen Seite von Ischme und Zilp begrüßt. Während der Vogel fröhlich zwitschernd auf meine Schulter flattert, reibt sich Ischme schnurrend an den Beinen ihres Herrn.

»Hast du was Spannendes aufschnappen können?«, frage ich Indigo, als wir vollzählig in Richtung Süden weiterlaufen. »Sag mir, dass sich unser missglückter Ausflug wenigstens ein Stück weit gelohnt hat.«

»Ich habe etwas aufgeschnappt. Es könnte meine Vermutung bestätigen, aber ich bin mir nicht sicher.«

»Worum geht es?«

»Zwei Zigeuner berichteten von mehreren verendeten Kalam-Duks am Rande des Sgulgi-Waldes. Ihre Körper trugen keinerlei Wunden. Es war, als hätten sie einfach aufgehört zu atmen. Vielleicht hat der Jasmah-Isdar damit angefangen, seine selbst erschaffenen Kreaturen auszusaugen, um bei Kräften zu bleiben. Er holt sich zurück, was er in seinen guten Jahren großzügig verteilt hat.«

»Er zehrt sich selbst auf?«

»Ich hoffe es.«

»Dann müssen wir einfach nur warten?«

Indigo rollt mit den Schultern. Er sieht müde und ausgelaugt aus, als wäre er bis in die Knochen erschöpft, doch seine Magie brennt dermaßen stark, dass sie die Luft um ihn herum zum Flimmern und meinen Kristall zum Vibrieren bringt. »So einfach ist es nicht, Jade. Es gibt immer noch unzählige verseuchte Kreaturen. Genug, um den Jasmah-Isdar über lange Zeit hinweg am Leben zu halten. Und wenn er irgendwann verlöscht, ist er vermutlich nicht tot.«

»Wie meinst du das?«

»Ich glaube, dass er sich irgendwo einnistet und ruht, bis die Welt eine andere geworden ist.«

»Bis neue Energiequellen auftauchen?«

»Ja«, erwidert Indigo. »Genau das hat die Kreatur wahrscheinlich schon einmal getan. Sie schlief als böser, heimlicher Gedanke. Pochte unauffällig in den Herzen der Menschen. Kroch still und heimlich in ihren Seelen herum und wartete auf eine günstige Gelegenheit.«

»Und diese Gelegenheit kam, als du gebannt wurdest?«

Indigo nickt. Seine Schritte sind nicht mehr geschmeidig und kraftvoll, sondern schleppend. Auf seltsame Weise scheint sich der

gebrechliche Alte noch immer an ihn zu klammern und mit seinem Gewicht zu ermüden.

»Ich beging den Fehler, allein zurückzubleiben.« Selbst seine Stimme ist vom kratzigen Staub des Alters eingefärbt. »Meine Gefährten waren längst fort, aber ich wollte mich in Ruhe von Alsara verabschieden. Damals lebte der Jasmah-Isdar noch in Jamashrees Amme. Jedenfalls vermute ich das, denn die Alte besaß etwas Unheilvolles und Dunkles, das ich mir zu jener Zeit noch nicht erklären konnte. Mehrere Male wollte ich sie davonjagen, aber Jamashree liebte dieses Weib, und ich war zu gutmütig, um ihr absichtlich wehzutun.« Indigos Gesicht wird hart vor Abscheu. Abscheu gegen sich selbst. Gegen sein früheres, vor langer Zeit gestorbenes Ich. »Mein weiches Herz war an allem schuld. Ich hätte es kommen sehen müssen. Stattdessen bin ich blind in die Falle getappt.«

»Was ist geschehen? Wie konnten sie dich fesseln?«

»Das alte Weib hat seinen Tod vorgetäuscht. Ich war schon fast auf der anderen Seite, als Jamashrees Amme ihr Schauspiel zum Besten gab. Die Königin flehte mich an, ihr zu helfen, und ich war dämlich genug, ihren Wunsch zu erfüllen.«

»Nein«, antworte ich. »Nicht dämlich, sondern gutmütig.«

Indigo schnaubt abfällig. »Das kommt in dieser Welt auf dasselbe heraus. Mein Bedürfnis, anderen zu helfen, hat einmal zu oft über meinen Verstand gesiegt.«

»Die Kreatur wusste eben, dass sie nur an dein Mitleid appellieren musste. Sie hat deine reine Seele ausgenutzt.«

»Trotzdem war es dumm von mir«, beharrt Indigo. »Ich wollte nicht begreifen, wie verdorben mein Schützling wirklich ist. Bis zuletzt hatte ich die Hoffnung, dass ... ach, was nützt es, über die Vergangenheit zu reden? Lassen wir das einfach.«

»Hättest du keine Hilfe rufen können? Warum kam dein Volk nicht zurück, um dich zu retten?«

»Vermutlich hat der Jasmah-Isdar das Portal versiegelt. Zumindest so lange, bis ...« Er verstummt, weicht meinem Blick aus und schüttelt den Kopf. »Alsara war die letzte Portalhüterin«, fährt er mit leiser Stimme fort. »Mit ihr starb jede Möglichkeit, meine und deine Welt zu verbinden. Ich war gefangen, und der Jasmah-Isdar besaß endlich die Nahrung, die er brauchte.«

»Das ist furchtbar«, flüstere ich.

»Es ist geschehen. Ich war blind. Ich war naiv. Und ihr musstet den Preis dafür bezahlen.«

»Dein Preis war genauso hoch wie unserer«, fahre ich ihn an. »Nein, er war weitaus höher. Denn du musstest ihn viele Menschenleben lang bezahlen und tust es noch immer.«

Indigo lächelt gequält. Schweigend gehen wir weiter, während über den Bäumen der Abend heraufdämmert. Die tausend Grüntöne des Waldes werden tiefer, nicht mehr genährt vom Sonnenlicht, sondern vom Glimmen unzähliger Glühwürmchen und Leuchtfalter. Kein Bild, das ich mir jemals über Karten und Bücher kauernd ausgemalt habe, reicht an die Wahrheit heran. Ich ertrinke förmlich in Schönheit und sehe ihr zugleich beim Sterben zu.

»Weißt du, warum man mich damals ausgewählt hat, in eure Welt zu gehen?« Indigo greift nach meiner Hand und verhakt seine Finger mit meinen. Endlich ist seine Haut wieder warm, glatt und vertraut. »Warum man mich für besonders geeignet hielt, die Menschen auf den rechten Weg zu bringen?«

Ich grinse schief. »Erinnerst du dich nicht mehr? Wir haben letztens darüber geredet, und du bist mir eine Antwort schuldig geblieben.«

»Ja, tut mir leid. Weißt du noch, was ich dir von unserem Tod erzählt habe? Dass wir sterben, ausruhen und in einen neuen Körper schlüpfen?«

»Ja. Aber was hat das damit zu tun?«

»Die Seelen der Atlanter sind alt. Manche sogar älter als jede Vorstellungskraft. Sie vergehen und kehren wieder, in einem endlosen Kreislauf. Niemand von uns weiß, wo dieses Sterben und Geborenwerden seinen Anfang gefunden hat. Unsere Forschungen reichen weit zurück, aber nicht weit genug, um diese Frage zu klären. Das Wissen der alten Seelen wächst mit jedem Zyklus, und was sie einmal gelernt haben, verlieren sie niemals wieder. Nicht im Tod und nicht bei ihrer Geburt.«

»Babys mit dem Erfahrungsschatz uralter Unsterblicher?« Der Gedanke lässt mich frösteln. »Willst du das damit sagen?«

»Ja. Das ist auch der Grund, warum die frühe Kindheit bei uns so unbeliebt ist. Stell dir vor, du bist bei vollem Bewusstsein im Körper

eines hilflosen Babys gefangen und hast keine Möglichkeit, dich zu entfalten. Deine Verdauung macht, was sie will, du kannst wochenlang weder laufen noch reden, du musst gewickelt und gewaschen werden.«

»Klingt übel. Aber warte mal … du hast mir damals erzählt, dass ihr nur sterben könnt, wenn ihr euch dazu entschließt.«

»Genau so ist es.«

»Warum sollte sich einer von euch für den Tod entscheiden, wenn er wiedergeboren wird und alle Erinnerungen behält? Ist das nicht sinnlos?«

»Nein«, antwortet Indigo. »Für uns ist der Tod ein langes, heilsames Ausruhen. Manchmal braucht die Seele eine gewisse Zeit, um zu sich selbst zurückzukehren. Vor allem, wenn sie das Gewicht vieler Leben trägt. Eine lange Phase der Ruhe kann vieles verändern. Ihr Menschen tut etwas Ähnliches, wenn ihr ein paar Jahre auf Wanderschaft geht und verändert zurückkehrt.«

»Und wie lange ruht ihr euch aus, wenn ihr tot seid?«

»Das ist unterschiedlich. Je älter eine Seele wird, umso länger sind die Phasen, in denen sie verschwindet. Ich kenne Atlanter, die schon nach ein paar Jahren ins Leben zurückgekehrt sind. Andere brauchen Jahrhunderte, manche sogar Jahrtausende. Der längste Tod, von dem ich gehört habe, dauerte nach eurer Zeitrechnung mehr als elftausend Jahre.«

»Elftausend Jahre?«, keuche ich verblüfft.

»Es war ein sehr alter Atlanter. Niemand wusste genau, wie viele Leben er bereits gelebt hat, aber es müssen unzählige gewesen sein.«

»Wo hört das auf, Indigo?«, frage ich. »Irgendwo und irgendwann muss es doch zu Ende sein, oder nicht?«

»Das weiß niemand von uns«, erwidert er. »Vermutlich kann sich eine Seele dazu entscheiden, niemals zurückzukehren. Was dann mit ihr geschieht? Wohin sie geht? Diese Fragen kann ich dir nicht beantworten.«

Ich nicke und denke eine Zeit lang über seine Worte nach. »Aber wenn du dich einfach entschließen könntest, zu sterben«, frage ich als Nächstes, »warum brauchst du dann die Orchidee?«

Indigo lächelt. »Kannst du dich nicht mehr erinnern?«

»Woran?«

»Als ich dir erklärt habe, wie wir sterben. Es ist ein langer, schwieriger Prozess, der sich manchmal über Jahre hinzieht.«

»Oh, verstehe. Du wärst schutzlos. Scylla müsste dich nur vom Boden pflücken, stimmt's?«

»So ist es. Und bei mir dürfte es besonders lange dauern, bis ich meine Seele aus dem Körper gelöst habe.«

»Warum?«

»Ich habe dir gesagt, dass ich unter meinesgleichen nur einer unter vielen und nichts Besonderes bin. Das stimmt so nicht ganz. Hin und wieder werden neue Seelen in unseren Kreislauf eingefügt. Niemand weiß, woher sie kommen. Unsere Wissenschaftler haben viele Wunder des Lebens erforscht, doch dieses ist so rätselhaft wie eh und je und ein ähnlich sagenumwobenes Geheimnis wie der Ursprung unseres Volkes. In eurer Zeitrechnung vergehen zwischen neunhundert bis zweitausend Jahre, ehe eine neue Seele auftaucht. Wir sind unsterblich. Das erfordert ein langsames Wachstum.«

»Warte … du hast erzählt, dass ihr nur neue Körper erschafft, wenn sie gebraucht werden. Als neue Hülle für einen alten Geist, der zurückkehrt und sich bemerkbar macht.«

»Ja.«

»Woher wisst ihr dann, dass eine neue Seele angekommen ist?«

»Ganz einfach. Die neue Seele macht sich genauso bemerkbar. Wir können die Essenz des Lebens sehen. Dank der Magie nimmst du sie auch wahr. Immer dann, wenn du zauberst.«

»Oh ja, der Strahlenkranz. Moment, warst du etwa eine neue Seele?«

»Ja.«

»Ernsthaft?«

Indigo grinst schief. »Warum erstaunt dich das so?«

»Ich hatte vermutet, dass du … nun ja, unglaublich alt bist.«

»Für eure Maßstäbe bin ich das.«

»Ich hätte trotzdem nicht gedacht, dass … hm, keine Ahnung. Was bedeutete das für dich?«

»Nichts Gutes. Alle um mich herum kamen mit einem gewaltigen Wissensschatz zur Welt. Sie durchliefen niemals eine Phase der Orientierung, der Verwirrung und Ratlosigkeit. Ich musste alles lernen. Von Grund auf. Dinge, die meinen Freunden und meiner Familie nur

ein Gähnen entlockten, weil sie sie schon seit hundert oder tausend Leben kannten, waren mir völlig fremd. Es verging kein Tag, an dem ich mich nicht hilflos fühlte, unnütz oder schwach. Ich fiel inmitten von Wesen auf die Nase, die immer aufrecht gingen. Ich beging Fehler inmitten von Fehlerlosen. Ich war ein von Sehenden umringter Blinder. Stell dir vor, du bist weit und breit der Einzige, der sich ungeschickt anstellt und von nichts eine Ahnung hat.«

Rührung presst mein Herz zusammen. Kein noch so überwältigendes Wunder und kein noch so mächtiger Zauber hätten ergreifender sein können als dieses Eingeständnis seiner Schwäche.

»Das ist wunderbar«, kommt es über meine Lippen, ehe ich begreife, was ich da rede. »Ich meine ... tut mir leid, aber ... ich dachte, du wärst schon immer mächtig gewesen. Schon immer so viel mehr als meinesgleichen. Verstehst du?«

»Ja, ich verstehe.«

»Und was hatte das mit deiner Aufgabe zu tun?«

»Unsere Ältesten glaubten, dass meine Unschuld genau das Richtige wäre, um zwischen Atlantern und Menschen ein Band herzustellen. Anfangs hat es sogar funktioniert. Während meine vier übermächtigen Gefährten üblicherweise Misstrauen und Furcht ernteten, gelang es mir ziemlich schnell, euer Vertrauen zu gewinnen. Die Menschen sahen in mir ihre eigene Fehlbarkeit. Sie sahen ein Wesen, das versuchte, seinen Platz zu finden. Genauso wie sie selbst.«

»Und dann?«

»Dann?« Indigo zuckt mit den Schultern. »Dann lebten alte Kriege neu auf. Der Staub wurde von begrabenen Feindschaften abgeschüttelt, Hass und Neid lebten wieder auf. Egal, was wir taten, die Menschheit kam immer wieder vom Weg ab.«

»Weil der Jasmah-Isdar sie dazu verführte.«

»Ja. Aber er nutzt damals wie heute nur das, was ohnehin in euren Seelen lebt. Ihr habt immer noch euren freien Willen. Ihr könnt euch entscheiden. Ihr könnt den einen oder den anderen Weg gehen. Der Jasmah-Isdar flüstert euch Lügen ein, aber die Entscheidung, auf sie zu hören, liegt in euren Händen.«

»Wir fallen«, murmele ich. »Und wir stehen wieder auf.«

Indigo lächelt. »Ihr lernt. Das ist am Anfang immer bitter.«

»Wie bist du Jamashree entkommen?«, platzt es aus mir heraus. »Was war stark genug, um den Bann zu brechen?«

»Eine weiße Orchidee«, antwortet Indigo. »Sie hätte mich töten sollen, stattdessen hat sie mich befreit. Ein paar Pollen mehr, und meine Seele wäre längst in einem neuen Körper.«

»Eine Orchidee? Ernsthaft? Was ist geschehen?«

Er sieht mich an, als würde er prüfen, ob ich bereit für die Wahrheit bin. Und dann beginnt Indigo, zu erzählen. Von der Malerin namens Eomara. Von dem ersten Funken Lebendigkeit nach jahrhundertelanger Dunkelheit. Von dem Gemälde, das Tag für Tag lebendiger geworden war. Von Eomaras Tod, seiner Flucht und den seltsamen Visionen.

Gebannt lausche ich seinen Worten, verwandele sie in Bilder und fühle mich elend, als er von dem Beginn seiner langen Suche erzählt. Indigo und Ischme, umringt von zerfallenen Erinnerungen. Verfaulendes Holz. Eine Lichtung im Wald. Das Echo eines verlorenen Lebens. Der Duft nach Brombeeren und Eintopf.

»Du hast niemals herausgefunden, woher Eomara das Geheimnis der weißen Orchidee kannte?«, frage ich, als er schließlich verstummt. »Und sie erscheint dir wirklich im Traum, um dir Ratschläge zu geben?«

»Ich habe es niemals herausgefunden. Und sie hat es mir niemals verraten. In keinem der Träume, in denen sie zu mir kommt.«

»Woher weißt du, dass Eomara echt ist? Wir alle sehen verlorene Menschen, wenn wir die Augen schließen.«

»Wie ich schon sagte: Ich spüre den Unterschied zwischen Wahrheit und Illusion.« Indigo bleibt stehen, lässt meine Hand los und dreht sich um. Sein Blick wird wachsam, während er durch die Baumkronen schweift. Auch Palili, Timotheus, Jinni und Nobbe verharren still und legen ihre Hände auf Messer, Dolche oder Wurfklingen.

»Vermutlich findet Eomaras Geist keine Ruhe«, fährt er leise fort. »Oder sie kann nicht gehen, weil ihre Aufgabe noch nicht vorbei ist.«

Gemeinsam mustern wir den Wald, lauschen auf sein friedvolles Lied und versuchen, Bewegungen zu erhaschen.

»Ist da jemand?«, wispert Jinni.

Indigo nickt. »In den Bäumen.«

»In den Bäumen?«, flüstert Palili.

»Wieso in den Bäumen?« Nervös kratzt sich der Zwerg an der Nase. »Was macht er denn da oben?«

»Es ist eine Frau.«

»Eine Frau!« Timotheus reißt die Augen auf. »Das wird ja immer schöner. Hat sie etwa die Blume geklaut?«

Indigo antwortet nicht. Seine Lippen formen lautlose Worte, ein blaues Flimmern wirbelt in trägen Strudeln durch die Luft und verblasst nach wenigen Momenten wieder. Offenbar hat er unseren Schutzwall ein weiteres Mal verstärkt.

»Was willst du von mir?«, ruft er in den Wald hinein. »Warum verfolgst du uns?«

Zwei Glühwürmchenschwärme trudeln vorbei und verschwinden im Dickicht. Mit ihrem Verlöschen wird es dunkel, beinahe finster. Nur noch ein paar vereinzelte Falter taumeln wie lebendige Sterne durch das Geäst und spenden einen vagen Hauch von Licht.

Ischmes Knurren klingt derart bedrohlich, dass selbst mir ein Schauer über den Nacken rinnt. Die Füchsin sträubt ihre Rückenhaare, peitscht mit dem Schweif hin und her und drückt sich eng an Indigos Bein.

»Ich will Rache!«, erklingt eine helle Stimme aus den Bäumen. »Nichts anderes.«

»Rache wofür?«, ruft Indigo zurück.

»Für meine Heimat«, antwortet die unsichtbare Frau. »Und für mein Volk. Wir lebten in Frieden. Wir achteten alles Lebendige. Bis du gekommen bist.«

»Von welcher Heimat redest du?«

»Die Östlichen Inseln des Windes.«

Indigo runzelt die Stirn. Ein Schatten aus altem Schmerz huscht durch seinen Blick und wird von Verwirrung abgelöst. »Es war nicht mein Wille, sondern Jamashrees Befehl. Ihr schwarzer Zauber zwang mich dazu.«

»Lügenzunge!«, faucht es aus den Wipfeln. »Deine Worte stinken genauso nach Gift wie die der Königin.«

Indigo seufzt. Er senkt den Kopf, scheint einen Moment lang in sich zu gehen und blickt wieder auf. »Die Inseln wurden vor mehr als zweihundert Jahren vernichtet. Deine Stimme klingt jung.«

»Unser Hass auf dich reicht für viele Generationen.« Etwas blitzt in der Dunkelheit auf. Eine Klinge? Eine Pfeilspitze? »Ich werde das tun, wonach sich meine Ahnen vergeblich gesehnt haben. Vier von uns entkamen deinem Feuer. Vier von einem ganzen Volk! Wir lebten als Vertriebene. Als Diebe und Tagelöhner. Wir haben unsere Zukunft verloren, aber nicht unsere Vergangenheit. Die Geschichten leben ewig weiter. All die Legenden über deine Grausamkeit, über deinen teuflischen Zauber und all das Leid, das du gesät hast. Es war ein Wink der Götter, dass ich zur richtigen Zeit an den richtigen Ort gekommen bin. Ich bin die, deren Hand alles beenden wird.«

»Er ist nicht mehr der Magier, der deine Heimat verbrannt hat!«, schreie ich in die Bäume hinauf. »Ein Fluch hat ihn an Jamashree gebunden. Er hatte keine Wahl.«

Irgendwo im Geäst schnaubt es geringschätzig. »Wenn du das glaubst, bist auch du seinen Lügen verfallen.«

»Es sind keine Lügen!«

»Woher willst du das wissen? Dämonen sitzen auf der Spitze seiner Zunge, Teufel hausen in seinen Gedanken. Seinesgleichen verführt und täuscht.«

»Er hat uns allen das Leben gerettet.« Langsam werde ich wütend. Was weiß dieses Mädchen schon über ihn? Nichts. Gar nichts! »Und das nicht nur einmal. Jahrhundertelang musste er Jamashree gehorchen, ehe er sie töten konnte. Was glaubst du, warum er ihr Leben ausgelöscht hat?«

»Weil er nun einer anderen Herrin dient«, kreischt die Unsichtbare und klingt dabei, als hätte der Hass längst ihren Verstand zerfressen. »Weil Kreaturen wie er niemals etwas anderes bringen als Lügen und Schmerz. Ich kenne dich, Hexer! Ich kenne dich besser, als du denkst. Sie hat mir alles über dich verraten. Sie hat mir dein wahres Gesicht gezeigt, als du dachtest, dich unter verschrumpelter Haut und grauem Haar verstecken zu können. Dachtest du wirklich, dass ...«

»Wen meinst du mit *sie?*«, unterbricht Indigo ihren Redeschwall. »Wer hat dir alles über mich verraten?«

»Von mir erfährst du ihren Namen nicht, Hexer. Ihr Licht wird niemals von deiner Dunkelheit besudelt werden.« Die Stimme verändert sich. Sie wird kalt und entschlossen, streift alle Gefühle ab und lässt

nur noch blanken, über viele Jahre scharf geschliffenen Hass zurück. »Dein Weg wird hier enden. Und wir finden endlich Frieden.«

Ich ziehe an Indigos Hand, doch er bewegt sich nicht. »Bitte«, zische ich ihm zu. »Lass uns verschwinden. Das hier gefällt mir nicht.«

»Wen meinst du mit *sie*?«, wiederholt er gereizt. »Sag es mir!«

»Indigo«, haucht Jinni. »Jade hat recht. Wir sollten gehen.«

»Wenn meinst du mit *sie*?« Diesmal klingt seine Stimme so machtvoll und Furcht einflößend wie das Grollen eines Gewitters. Sie klingt nach schwarzem Zauber. »Sage es mir, oder ich werde die Wahrheit aus dir herauswürgen. Glaubst du, dort oben in den Baumkronen bist du vor mir sicher? Komm runter, Mädchen, oder ich vertausche ein paar deiner Körperteile.«

»Indigo!« Jinni zupft an seinem Mantel, Ischme schnappt nach seiner Hand und zerrt daran. »Lass uns verschwinden. Bitte! Es ist dir vielleicht nicht klar, aber du sprichst gerade mit fremder Zunge.«

Ja, der Fluch. Ich erkenne ihn im kalten Funkeln seiner Augen, im Knurren seiner Stimme und in den Händen, die sich zu zornigen Fäusten ballen. Lichtfunken tanzen um seine weiß hervorstechenden Knöchel. Es ist keine sanfte Magie, sondern ein Zauber aus scharfen, hungrigen Klauen.

Indigo schließt die Augen. Ein Zittern durchläuft seinen Körper, dann ist es, als würde er aus einem Traum erwachen. Unstet huscht sein Blick umher, ehe er sich auf mich heftet. Die Kälte des Fluches schmilzt, sein Zorn verdampft. Da ist nur noch eine sanfte, verwirrte Müdigkeit seinen Augen.

»Ja«, murmelt er gedankenverloren. »Ihr habt recht. Wir sollten gehen.«

Es ist merkwürdig still. Kein Nachtvogel ruft, keine Grillen zirpen. Nur ein feines Rascheln aus den Baumkronen ist zu hören, als wir unseren Weg wiederaufnehmen. Diesmal gehen wir in einer Reihe, Jinni und Nobbe zuerst, danach Palili, Timotheus, ich und zuletzt Indigo mit seiner Füchsin.

»Verfolgt sie uns?« Kein huschender Körper ist zu sehen, doch der Wald ist so dunkel, wie ich es in all den Tagen und Nächten, die wir ihn bereits durchwandern, noch nie gesehen habe. »Weißt du, wer das war?«

»Ja, sie verfolgt uns«, antwortet Indigo. »Und nein, ich kenne sie nicht. Aber ich verstehe ihren Hass.«

»Du hast damals die Östlichen Inseln des Windes zerstört?«

Sein Schweigen ist Antwort genug. Ich spüre darin die Last einer tiefen, unerträglichen Schuld, deren Ausmaß ich nicht einmal entfernt begreife. Wie weit mag die Geduld unserer unsichtbaren Feindin reichen? Wann wird sie aufgeben? In ein paar Stunden, in ein paar Tagen? Unablässig mustere ich die Bäume, die mir plötzlich wie die Stäbe eines gigantischen Käfigs erscheinen. Wenn ich Indigo doch nur helfen könnte! Wenn ich die schrecklichen Erinnerungen doch nur aus ihm heraussaugen und ihn davon befreien könnte. Wird meine Magie eines Tages groß genug sein, um ihn zu erlösen?

Etwas zerschneidet mit einem hauchfeinen Singen die Nacht.

Es klingt wie Wind, der durch Federn streicht.

Ischme knurrt, Zilp flattert kreischend von meiner Schulter auf. Gerade will ich mich umdrehen, als der Schutzwall hell aufflackert, einen weißen Blitz in meine Augen sticht und zu Millionen funkelnder Splitter zerfällt. Ich blinzele, sehe einen Moment lang nur das Flirren rieselnder Scherben und huschende Schatten. Jinni und Nobbe stöhnen auf, der Zwerg flucht, Palili gibt einen erstaunten Laut von sich.

»Was war das, bei tausend heulenden Dämonen?« Um uns herum ist kein Wall mehr. Seine Überreste sprenkeln den Waldboden, flackern noch einmal kurz auf und verlöschen wie erstickte Flämmchen. »Er ist zerstört! Wie kann das sein?«

Vor mir steht Indigo, blickt ins Leere und sieht aus, als wäre er im Lauf der Zeit festgefroren.

»Was ist geschehen?«

Noch immer antwortet er mir nicht. Sein Blinzeln ist langsam und träge, als könnte er kaum mehr die Augen aufhalten. Selbst als die Füchsin winselnd seine Hand leckt, rührt er sich nicht.

»Seid ihr in Ordnung?«, frage ich in die Runde und sehe, dass meine Gefährten nicken. Nur Indigo bewegt sich nicht. Er steht einfach nur da, das Gesicht zu einer Maske ungläubiger Überraschung erstarrt.

»Was ist mit dir?« Ich greife mit beiden Händen nach seinen Schultern. In dem Moment, in dem ich ihn berühre, fließt die Spannung aus seinem Körper. Er sackt einfach weg, fällt in meine Arme und zieht

mich mit seinem Gewicht zu Boden. Erst da begreife ich, was geschehen ist. Ein Pfeil drückt sich gegen meinen Arm, als wir zusammen in das Moos sinken. Ein Pfeil, der tief in seinem Rücken steckt. Gestreiftes Holz, schwarze Federn. Noch während ich zusehe, weicht das Leben aus seinem Blick. Das Licht darin stirbt, das funkelnde Grün wird stumpf und grau.

»Oh nein!« Jinni fällt neben uns auf die Knie und umfasst Indigos Gesicht mit beiden Händen. »Nein! Was ist geschehen? Wie konnte das passieren?«

Ischme winselt. Hektisch leckt sie die Hand ihres Herrn, schnüffelt und jault. Zilp dagegen ist ganz still. Die Art, wie er stocksteif auf meiner Schulter sitzt und den Körper in meinen Armen anstarrt, gefällt mir ganz und gar nicht.

»Das ist unmöglich«, flüstert die Araschnun. »Der Pfeil hätte niemals den Wall durchdringen können. Niemals! Er wurde geschaffen, um Angriffe abzuwehren.«

»Du Drecksau!«, brüllt der Zwerg in die Bäume. »Wie kannst du es wagen? Ich werde dir die Gurgel rausreißen! Ich werde dich …«

Der Rest des Satzes geht in Ischmes herzzerreißendem Jaulen unter. Die Panik der Füchsin verwirrt mich. Sie müsste doch wissen, dass Indigo zurückkehren wird. Er ist ein Magier. Und Magier sind unsterblich.

»Heute Nacht ist Vollmond«, versuche ich sie zu beruhigen. »Wir müssen nur eine Lichtung finden, dann wacht er wieder auf.«

Palili und Timotheus haben ihre Messer gezückt und stieren kampflustig in die Wipfel hinauf. Nobbe steht einfach nur da, lässt die Arme hängen und blinzelt, als wäre die Wirklichkeit ein böser Traum.

»Du stinkendes Dreckstück von einer Kotkröte«, schreit der Zwerg schäumend vor Wut. »Scher dich hier runter, damit ich dir den Hintern über die Ohren ziehen kann! Was bist du? Ein jämmerlicher Feigling, der nach Hause rennt, um sich die vollgepissten Hosen auszuwaschen?«

»Wie kam das Ding bloß durch den Schutzwall?« Palili schüttelt verständnislos den Kopf. »Es hätte ihn niemals durchdringen, geschweige denn zerstören dürfen. Sogar Felsbrocken und Drachen prallen daran ab.«

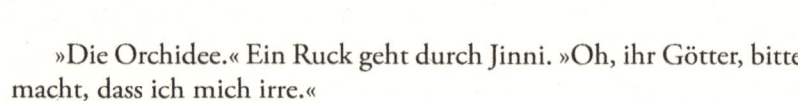

»Die Orchidee.« Ein Ruck geht durch Jinni. »Oh, ihr Götter, bitte macht, dass ich mich irre.«

Mit einer Hand greift sie nach dem Schaft des Pfeiles, mit der anderen fischt sie einen flachen rotbraunen Stein aus ihrem Hemd. Das Kleinod, das Indigo ihr vor langer Zeit geschenkt hat, ehe die Araschnun ebenso wie ich zu seiner Schülerin geworden war.

Während Jinni mit sanftem Singsang die Magie aus ihrem Stein lockt, zieht sie vorsichtig das Geschoss aus Indigos Rücken. Stück für Stück. Ganz behutsam. Heißes Blut fließt über meinen Arm, durchnässt mein Hemd und kratzt an meiner kläglichen Beherrschung. Es ist so viel. So heiß. So endgültig.

Dann, als sie den Pfeil entfernt hat und ihn in das Licht ihres nur noch matt glühenden Steines hält, erstarren wir in ungläubigem Schrecken. Etwas Seltsames schlingt sich um seine scharfe, aus schwarzem Stein gemeißelte Spitze. Es ist eine Blüte. Eine weiße, blutverschmierte Orchideenblüte. Noch immer kleben ein paar schimmernde Reste meines Schutzzaubers daran, zerfasert wie die Stränge eines kaputten Spinnennetzes.

Bei allen Geistern!

Nein!

»Was bedeutet das?« Die Augen des Zwerges weiten sich. »Was zum stinkenden Krötenfurz bedeutet das?«

»Du weißt, was das bedeutet.« Jinni schleudert den Pfeil von sich, als hätte er ihr die Hand verbrannt. »Die Magie der Orchidee ist älter als alles, was wir kennen. Sie bricht sogar atlantischen Zauber.«

»Es ist nur eine Blume.« Timotheus schüttelt den Kopf. So heftig, dass seine Haare hin und her fliegen. »Nur eine vermaledeite, mickrige Blume.«

»Es ist uralte Magie. Wir alle wissen, warum er die Orchidee unbedingt finden wollte.« Jinnis Hände tasten über Indigos Körper, streicheln sein Gesicht, fahren durch seine Haare und packen ihn schließlich bei den Schultern. Als der Blick der Araschnun wieder auf mich fällt, werde ich von eiskaltem Hass durchbohrt.

»Du bist schuld!«, schleudert sie mir entgegen. »Deinetwegen haben wir ihn verloren. Deinetwegen! Nur deinetwegen! Warum musstest du ihm die Blume verschweigen? Warum bist du mit ihr herumspaziert? Unter all diesen Menschen?«

Mit einem wilden Schrei springt sie auf, schlägt Nobbes zugreifende Hände weg und rennt davon. Erst als die Dunkelheit sie verschluckt, entlädt sich Jinnis Schmerz in einem heiseren Schrei.

Du bist schuld, hallt es meinem Kopf wider. *Deinetwegen haben wir ihn verloren. Deinetwegen. Nur deinetwegen.*

»Jetzt hört aber mal auf!« Palili stapft auf mich zu, drängelt mich beiseite, hebt Indigo auf seine Arme und marschiert davon. Winselnd springt Ischme hinterher. »Wir bringen ihn ins Mondlicht. Er wird schon wieder aufwachen. Genauso wie letztes Mal. Seit wann unterschätzt ihr seine Magie, hä?«

Nobbe wirft mir einen entschuldigenden Blick zu, ehe er seiner Frau in die Dunkelheit folgt. Ihm scheint nicht klar zu sein, dass Jinni recht hat. Mit allem.

Das hier passiert meinetwegen.

Nur meinetwegen.

Weil ich meinen Fund verschwiegen habe.

Timotheus zerrt mich auf die Füße, brummt einen unverständlichen Fluch und schleift mich hinter sich her. Ich weiß nicht, wie lange wir gehen. Alles strömt an mir vorbei, ohne dass ich irgendetwas festhalten kann.

Meinetwegen, kreist es in einem endlosen Echo durch meine Gedanken. *Alles meinetwegen. Wenn er nicht zurückkehrt, ist es meine Schuld. Meine verdammte Schuld. Das ist es, was Lügen anrichten.*

Erst als das sanfte Licht des Vollmondes auf mich fällt, erwacht mein Geist aus seiner Starre. Vor uns erstreckt sich eine kleine Lichtung, in den Wald gerissen von einem umgestürzten Baumriesen, der seine toten Wurzeln in den Nachthimmel reckt. Vorsichtig legt Palili Indigo ins Gras, nimmt ihm Bogen und Köcher ab, zieht Reisemantel, Wams und Hemd aus und flüstert seltsame Dinge. Als ich mich neben ihn setze, höre ich, dass es Gebete sind. Jene von der alten, fast vergessenen Sorte, die ich nur aus verstaubten Büchern kenne. Ihr eigentümlicher Klang spendet einen Hauch von Hoffnung, ebenso wie das Mondlicht, das silbernen Fäden gleich in Indigos Haut fließt und ein feines Netz aus Licht darunter webt.

»Es wirkt«, hauche ich. »Es heilt ihn. Oh, den Göttern sei Dank!«

Palili, Timotheus und die Füchsin rühren sich nicht. Immer wieder tauschen sie ängstliche Blicke aus, starren zum Mond hinauf und sehen

mit jedem verstreichenden Augenblick sorgenvoller aus. Selbst Zilp ist wie festgefroren. Er zwitschert nicht, er drückt sich nicht an mich, er tut einfach gar nichts.

»Was ist los?«, flüstere ich.

»Etwas stimmt nicht«, seufzt Palili.

»Wie meinst du das?«

»Die Magie verhält sich anders. Als er das letzte Mal vom Mondlicht aufgeweckt wurde, war das Licht heller. Es brannte uns förmlich die Augen aus dem Kopf. Du hast es doch selbst gesehen.«

Wieder laufen meine Gedanken ins Leere. Ich begreife, was er mir sagen will, aber ich will es nicht an mich heranlassen. Ja, damals hat das Licht der Heilung die gesamte Prärie geflutet. Es war wie eine Explosion aus Glanz über die Hügel geflossen, machtvoll und überwältigend schön. Dagegen ist das, was wir diesmal sehen, nur ein mickriger Schimmer.

»Nein!«, hauche ich. »Palili! Das kann nicht sein! Er kann doch nicht wirklich …«

Tot sein?

Oh, ihr Mütter aller Götter, ich kann es nicht aussprechen. Wenn ich die Worte forme, werden sie Wirklichkeit. Wenn ich dem Unmöglichen eine Stimme gebe, wird es nicht länger unmöglich sein. Es wird in mein Leben eindringen. Es wird unwiderruflich alles zerstören.

»Das Mondlicht weckt ihn nicht auf.« Timotheus ringt panisch nach Luft und reißt seine Augen auf. Seine Atemzüge werden schneller und schneller, bis sein Gesicht rot anschwillt und seine Hände zittern. »Palili! Er wacht nicht auf!«

»Ich seh's.«

»Und jetzt?«

»Schätze, wir müssen dem Schicksal ein bisschen auf die Sprünge helfen.« Der Hüne greift in seine Tasche, wühlt darin herum und zieht einen Stein hervor. Er schillert bunt und kommt mir vertraut vor, doch meine betäubte Erinnerung vermag keinen einzigen Faden zu knüpfen.

»Ein Ratznik?«, keucht Timotheus. »Wo hast du den denn her?«

»Ich habe zwei aus Scyllas Palast geklaut, als ich abgehauen bin. Einen habe ich verbraucht, als ich im Jandri-Maul gelandet bin. Der andere wird hoffentlich schaffen, was der Mond nicht hinbekommt.«

»Du hattest zwei Ratzniks und mir nichts davon gesagt?«

»Ich hätte dich einweihen sollen? Wozu? Damit du irgendwelchen Blödsinn damit anstellst? Ich kenne dich, Zwerg. Wahrscheinlich hättest du dir einen direkt zwischen die Beine gesetzt und den anderen verbraten, weil du wissen willst, wie sich das Sterben anfühlt.«

»Hm«, brummt Timotheus. »Worauf wartest du? Jetzt mach schon. Sonst ist Indigos Seele über alle Berge.«

»Erst muss ich unseren kleinen Freund aufwecken. Wahrscheinlich liegt er schon seit Jahren im Tiefschlaf.« Palili schüttelt den hühnereigroßen Stein ein paar Mal, woraufhin dieser ein leises Vibrieren von sich gibt. Es klingt, als wäre in seinem Inneren ein großes, flatterndes Insekt eingesperrt.

Und plötzlich fällt es mir wieder ein.

Der sogenannte Ratznik ist einer der Opale, die ich damals auf meinem Diebeszug gefunden und in meine Tasche gesteckt habe, in der Hoffnung, sie für gutes Geld verkaufen zu können.

Vorsichtig reibt der Hüne über das glatte Ding, drückt es gegen Indigos Unterarm und scheint mit zusammengepressten Lippen auf etwas zu warten. Ischmes Winseln ist herzzerreißend. Zu sehen, wie sie wieder und wieder die Hand ihres Herrn leckt, lässt meinen Verstand zersplittern.

»Was ist ein Ratznik?« Jeder Augenblick dehnt sich zu einer Ewigkeit. Jeder Augenblick der Stille treibt die Klinge tiefer in meine Brust. Ich will beten, aber mein Kopf ist wie leer gefegt. »Es ist kein Stein, oder?«

»Nein«, brummt der Sosuke. »Eher eine große Schabe. Scylla hält sie als Haustiere, weil sie die Kraft besitzen, den Tod zu besiegen. Aber nur ein einziges Mal.«

Ein leises Knistern ertönt. Der Ratznik klappt auf wie eine geknackte Nuss, spuckt ein paar borstige Fühler und Beinchen aus und gibt ein tiefes Summen von sich. Zuletzt erscheint ein Rüssel, der sich augenblicklich in Indigos Haut bohrt, ein paar Mal hin und her zuckt und mit der Mühelosigkeit einer frisch geschärften Klinge einen Schnitt öffnet, der breit genug für den Panzer ist. Ekel kriecht meine Kehle hinauf, als sich das Tier mit ruckelnden Bewegungen seines Hinterns in die Wunde schiebt.

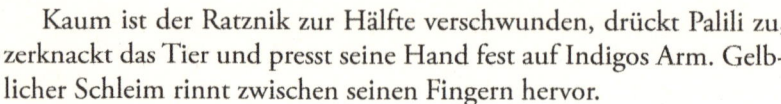

Kaum ist der Ratznik zur Hälfte verschwunden, drückt Palili zu, zerknackt das Tier und presst seine Hand fest auf Indigos Arm. Gelblicher Schleim rinnt zwischen seinen Fingern hervor.

Schweigend warten wir.

Warten.

Und warten.

Die beiden Araschnun tauchen aus dem Wald auf, setzen sich neben uns und klammern sich wie Kinder aneinander fest. Jinni blickt mich nicht an. Stattdessen vergräbt sie ihr Gesicht an Nobbes Schulter und wimmert vor sich hin.

Der Ratznik muss Indigo aufwecken! Es gibt keine andere Möglichkeit, weil ich nichts anderes zulassen werde. Doch der Mann, den ich liebe, bewegt sich nicht. An Palilis Miene erkenne ich, dass die Wirkung längst hätte einsetzen müssen. Jeder von uns erstarrt. Selbst Jinnis Schluchzen verstummt. Es ist so still wie am Ende aller Tage.

Mein Herz pocht. Und pocht.

Es darf nicht enden. Niemals. Zu keiner Zeit. Schon gar nicht jetzt. Doch dann spricht Palili die unmöglichen Worte: »Ich fürchte, wir können nichts mehr tun.«

Ein Schrei drückt sich meine Kehle hinauf. Ich würge ihn hinunter, ziehe den Kristall aus meinem Hemd und lege meine freie Hand auf Indigos Brust. Heiß und prickelnd fließt die Magie durch meine Finger, findet ihren Weg und sickert in das kalte, tote Fleisch. Ich schließe meine Augen, höre das Schlagen seines Herzens, sehe sein Lächeln, spüre die Wärme seiner Haut und schmecke seine sanften Küsse.

Lebe, formen meine Gedanken, während ich leise meine Melodie summe. *Du musst leben! Wir sind nichts ohne dich.*

Der Zauber fließt und verbrennt. Als der letzte Tropfen Magie erlischt, flehe ich die Götter um Gnade an und öffne meine Augen.

Nichts ist geschehen.

Unter meinen Fingern spüre ich nur Kälte und Stille. Kein Herzschlag. Keine Wärme. Gar nichts. Vor mir liegt eine leere Hülle. Mein Kristall ist leer, Jinnis Stein ist leer. Jeder Tropfen seiner Magie ist ausgelöscht.

»Indigos Seele ist fort«, flüstert die Araschnun. »Kannst du es nicht sehen?«

Und plötzlich begreife ich.

Jedes Mal, wenn der Zauber durch mich hindurchgeflossen ist, habe ich ihn bestaunt: den Kranz aus tiefblauen Strahlen, der Indigos Körper wie einen Mantel umhüllt. Das Licht seiner Seele. Selbst wenn die Magie aufgezehrt war, habe ich noch einen Hauch davon erkennen können. Jedenfalls eine Zeit lang. Doch jetzt ist da nichts.

Nicht einmal der kleinste Schimmer.

»Nein!« Ich stehe auf. Taumele zwei Schritte und gehe wieder in die Knie. »Nein! Das kann nicht sein. Das kann nicht sein!«

Meine Gefährten starren mich an. Vor mir im Gras liegt der Mann, der mir alles bedeutet. Der zu einer Hälfte meines Herzens und zu einer Hälfte meiner Seele geworden ist.

»Nein!«

Ich wiederhole das Wort wieder und wieder. Bis eine unerträgliche Schwere mich niederzwingt. Die Welt verschwindet, weil ich sie nicht länger ertrage. Dunkelheit löscht alles aus.

Es gibt nur noch das Nichts.

Und diese zarte Stimme.

Sie klingt wie eine Harfe aus Silber und singt ein vertrautes Lied. Aber ich kann mich nicht erinnern, wo ich es schon einmal gehört habe.

»Hör mir zu, Jade«, wispert es an meiner Stirn. »Du kannst ihn retten, wenn du tust, was ich sage.«

»Retten?« Ich bin mir nicht bewusst, gesprochen zu haben, und doch schwebt das Wort von meinen Lippen und in die Schwärze hinaus. Wo bin ich? Was ist das hier? Ein Traum? Der Tod? Warum kann ich nichts sehen?

»Es gibt noch eine weiße Orchidee«, antwortet die Unsichtbare, während ihre Finger tröstend mein Haar streicheln. »Nur noch eine einzige. Verlierst du sie, kann ihn nichts mehr zurückbringen. Denn keine Magie ist so alt wie die der ersten Naturgeister. Nicht einmal die Macht der Atlanter.«

Wieder tropft das leise, vertraute Lied durch die Dunkelheit und hüllt mich in eine warme Decke aus Geborgenheit. Plötzlich erkenne ich es wieder. Vor langer Zeit habe ich es fast jeden Abend gehört. Es ist eines der Schlaflieder, die meine Mutter für Aaron und mich gesungen hat. Warum erinnere ich mich erst jetzt daran?

Sehnsucht krampft mein Herz zusammen. Ich will zurück in die Vergangenheit, ich will mich hineinwühlen in Webdecken und Kissen und in jene Zeit, in der mir alles so einfach und klar erschienen war.

Unser Haus am Meer. Bratäpfel. Schnee. Kaminfeuer.

Der selbst gezimmerte Tisch, an dem wir alle beieinandersitzen. Familie.

Viel zu schnell endet der Gesang. Die ihm folgende Stille reißt mir das Herz aus der Brust. Warum verliere ich alles? Warum kann ich nichts und niemand festhalten?

»Ischme wird dich zu der Blume bringen«, säuselt die Unbekannte und lässt ein leises Rascheln erklingen, als sie sich in meinem Rücken bewegt. Da ist ein sonderbarer Duft in der Dunkelheit. Er erinnert mich an das Aroma, das manchmal das Arbeitszimmer meines Vaters erfüllt hat. Firnis? Leim? Der Lack, mit dem er … nein, jetzt erkenne ich es. Es ist Leinsamenöl.

»Vertraue der Füchsin«, flüstert die Fremde. »Sie wird auf dich achtgeben. Du musst die Orchidee finden und Indigo zurückholen. Es ist dein Schicksal. Mach schnell, Jade. Sonst ist es zu spät.«

»Aber sie tötet«, hauche ich matt. »Die Blume rettet nicht, sie tötet.«

»Nein, Jade. Die Magie der Orchidee ist eine ganz andere. Sie erfüllt den einzig wahren Willen jenes Wesens, das sie benutzt. Sie erkennt den sehnlichsten, verzehrendsten Wunsch und lässt ihn Wirklichkeit werden. Damals wollte ich Indigo um jeden Preis befreien. Also ist es geschehen. Das Mädchen dort oben in den Bäumen wollte ihre Rache. Also ist es geschehen. Und die beiden Atlanter, die als Erste den Staub einatmeten, wollten um jeden Preis ausruhen. Sie sehnten sich nach dem Tod, aber man hatte sie aufgrund ihres Alters und ihrer Weisheit als Botschafter auserwählt und den Zeitpunkt ihrer Erlösung um ein paar Jahrhunderte verschoben.«

»Sie erfüllt Wünsche?«

»Nicht irgendwelche Wünsche. Den einen Wunsch, Jade. Deinen wahren Willen. Ein uralter Zauber der Schöpfung hat die weiße Orchidee erschaffen. Als das Gefühl der Liebe noch nicht existierte, gab es nur die schwarzen Blüten. Leere herrschte in den Herzen und in den Seelen der Kreaturen, bis das Licht seinen Weg durch die Dunkelheit fand. Fortan brannte Leidenschaft überall dort, wo es vorher nur

Kälte gegeben hat. Doch manchmal ging ein Wesen an der Heftigkeit der Liebe zugrunde. Wenn das geschah, suchte es Erlösung in einem der Orchideenhaine, gab sich dem süßen Gift der Blumen hin und erweckte mit seinem Schmerz die Magie der weißen Blume zum Leben. Aber wahre Liebe ist ein kostbarer und seltener Schatz. Heute mehr denn je. Seit undenklicher Zeit hat kein liebendes Geschöpf mehr den Staub der Orchideen eingeatmet. Nur eine einzige Blume ist übrig geblieben. Dort, wo sie wächst, fand einst vor vielen tausend Jahren ein unglücklich verliebter Fischer sein Ende. Finde sie, Jade. Erfülle deine Aufgabe. Und tue es schnell, sonst ist alles zu spät.«

»Woher kennst du unsere Namen?«, hauche ich. »Woher weißt du das alles?«

»Weil ich bei euch bin«, raunt es in der Schwärze. »In meinen Händen liegen die Fäden des Schicksals, aber ich bin nicht diejenige, die sie webt.«

»Ich verstehe nicht.«

»Du wirst es verstehen.«

Damit verstummt die Stimme der Unsichtbaren. Im gleichen Moment packt mich ein harter Griff bei den Schultern und reißt mich in die Höhe. Es gibt keinen Übergang zwischen Ohnmacht und Wachsein. Im einen Augenblick schwebe ich noch in der Schwärze, im nächsten sitze ich im Gras, ringe nach Luft und starre aus weit aufgerissenen Augen in den Wald hinaus. Das Herz hüpft mir bis in den Hals, meine Hände und Füße kribbeln. Ich muss schnell sein. Sehr schnell. Sonst ist alles vorbei.

Neben mir hockt Palili, hat den Rücken gegen den umgestürzten Baum gelehnt und weint sich die Augen aus dem Kopf. Als er bemerkt, dass ich ihn beobachte, schlägt er mit einem herzzerreißenden Schluchzen die Hände vor sein Gesicht und fängt an, am ganzen Leib zu zittern. Timotheus und die beiden Araschnun kauern reglos wie Felsen nebeneinander, und ebenso wie Steine scheinen sie alle Gefühle verloren zu haben.

Zwei Atemzüge lang schöpfe ich Kraft. Dann wage ich es, auf Indigo hinunterzublicken. Zilp sitzt auf seiner Brust, direkt über dem Herzen, hat die zarten Flügelchen ausgebreitet und scheint ihn auf seine rührende, hilflose Vogelart beschützen zu wollen. Ich ertrage

den Anblick nur einen Augenblick lang. Hastig wende ich mich ab, suche die Lichtung nach Ischme ab und erkenne mit Schrecken, dass sie nirgendwo zu sehen ist.

»Wo ist die Füchsin?«

»Im Wald«, krächzt Timotheus. »Versucht, sie zu finden.«

Sie. Die Mörderin. Ischme will Rache, ausgerechnet jetzt, wo ich sie mehr denn je brauche. Ich will ihren Namen schreien, doch dann wird mir bewusst, wie schutzlos wir sind. Indigos Zauber existiert nicht mehr, für jedes Ungeheuer sind wir leichte Beute. Was soll ich tun? Was, bei den Müttern aller Götter?

Verzweifelt umklammere ich den Kristall, obwohl ich weiß, dass er leer gebrannt ist. Riesig und Furcht einflößend kesseln uns die Bäume ein, der Wald hat jede Schönheit verloren. Jetzt ist er nur noch unser Feind, vollgestopft mit Scyllas Kreaturen, Jägern und Spionen.

Ich brauche dich!, schreie ich lautlos in die Nacht hinaus. *Komm zurück! Bitte, Ischme! Wir können ihm helfen. Es ist noch nicht zu spät.*

Eine Ewigkeit lang bleibt es still. Kann die Füchsin mich hören? Besteht auch nur die geringste Chance, dass sie meine Gedanken versteht? Wie lange wird sie fortbleiben?

Bitte komm! Bitte! Sonst ist es zu spät.

Plötzlich huscht ein Rascheln durch das Gebüsch. Timotheus zückt sein Messer, Palili fährt zusammen und tastet mit tränennassen Händen über seinen Waffengürtel. Als eine Gestalt aus der Finsternis tritt, rechnen wir alle mit dem Schlimmsten, doch es ist nur die Füchsin, die lautlos wie ein Geist aus der Dunkelheit herauspresht. Weit hängt ihr die Zunge aus dem Maul, ihr Schweif und ihre Rückenhaare sind gesträubt. Hechelnd galoppiert sie auf mich zu, drückt sich vor mir auf den Boden und tippt mit der Schnauze auf ihren Rücken.

Steig auf, du begriffsstutziges Menschending!

Bei allen Göttern, habe ich sie gerade in meinem Kopf gehört?

»Ischme!«, hauche ich. »Sprichst du jetzt auch zu mir?«

Die Füchsin stiert mich entgeistert an. Timotheus, Palili und die beiden Araschnun heben ihre Köpfe. Einen Moment lang scheinen sie ihre Verzweiflung zu vergessen und mustern mich, als wäre ich mit einer Sternschnuppe vom Himmel gefallen.

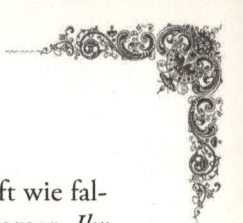

Die Magie, höre ich Ischmes Stimme säuseln. Sie ist sanft wie fallendes Herbstlaub und weich wie ein Windhauch im Sommer. *Ihr Zauber verändert dich mit jedem Tag ein bisschen mehr. Umso besser. Das macht alles einfacher. Schnell, Mädchen. Wir müssen uns beeilen. Und nimm ein Seil mit!*

»Du weißt von der Orchidee?«

Ja. Die Frau hat zu mir gesprochen. Und bevor ich es vergesse: Tut mir leid. Ich meine, die Sache mit dem begriffsstutzigen Menschending. Wenn ich gewusst hätte, dass du …

»Die Frau?«, unterbreche ich Ischme. »Ist sie dir etwa auch erschienen?«

Ja. Heute zum ersten Mal. Es ist Eomara. Die Malerin, die Indigo befreit hat. Sie spricht schon seit einiger Zeit mit ihm.

»Moment.« Jinni rappelt sich auf und starrt uns aus großen, vom Salz ausgetrockneter Tränen geröteten Augen an. »Euch ist eine Frau erschienen? Im Traum?«

»Ja«, antworte ich. »Eomara hat mir verraten, wie ich Indigo retten kann. Es gibt noch eine weiße Orchidee, und mit ihr erwecken wir ihn wieder zum Leben.«

»Eine Orchidee?« Jinni schnaubt verbittert. »Dieses Unkraut hat ihn umgebracht, und jetzt sagst du, dass eine andere ihn retten wird?«

»Die Blume erfüllt den wahren Willen. Den einen, übermächtigen Wunsch, den jeder von uns in sich trägt. Eomara hat Indigo mit dieser Magie befreit, und der sehnlichste Wunsch der Frau in den Bäumen war es, den Vernichter ihres Volkes tot zu sehen. Wenn ich die Blume finde, kann ich Indigo zurückholen. Ich liebe ihn, Jinni. Mehr als alles andere will ich, dass er wieder bei mir ist.«

»Eomara?«, flüstert die Araschnun. »Ihr Geist ist es also, der zu uns spricht.«

»Du hast sie auch gehört?«

»Ja. Einmal. Sie sagte, dass …« Jinni schluckt. »Es gibt etwas, das ich tun muss, wenn die Zeit dafür gekommen ist. Ich habe es schon immer gewusst, aber seit sie mir erschienen ist, weiß ich es ganz sicher. Und ich weiß auch, dass ich keine Angst haben muss. Nicht vor meinem Schicksal.«

»Was musst du tun?«

»Für Erklärungen ist jetzt keine Zeit. Lauf, Ischme.« Die Araschnun tritt zurück und wischt sich eine Träne von der Wange. »Laufe schneller als der Wind! Und bitte, Jade. Vergib mir. Ich hatte kein Recht, dir die Schuld an allem zu geben. Es war nur … ich wusste nicht wohin mit meinem Schmerz.«

»Schon vergessen.« Ich umarme die alte Frau, küsse ihre faltige Stirn, springe auf den Rücken der Füchsin und grabe meine Finger in den weichen Pelz. »Ich komme mit der Blume zurück, und ich werde Indigo retten. Das schwöre ich euch.«

Ein Seil, zischt es durch meinen Kopf. *Nimm eins mit.*

»Verflucht, das hätte ich fast vergessen. Habt ihr ein Seil, das ihr entbehren könnt?«

Palili greift nach seiner Tasche, fischt ein säuberlich zusammenge- rolltes Exemplar hervor, kommt zu uns und drückt es mir in die Hand. Träne um Träne rinnt über seine Wangen. Weder seine riesenhafte Gestalt noch seine starken Muskeln halten ihn noch aufrecht. Ich kann die Scherben sehen, die ihn von innen her zerschneiden. Falls ich scheitere, wird nicht nur Indigo verloren sein. Sondern wir alle.

»Passt auf euch auf«, haucht der Sosuke mit gebrochener Stimme. »Und bitte kommt schnell zurück. Es wird nicht lange dauern, bis irgendwer oder irgendwas uns findet.«

»Hast du gehört?«, flüstere ich in Ischmes zuckendes Ohr. »Laufe schneller als der Wind. Wir müssen es schaffen. Wir müssen!«

Die Füchsin richtet sich auf, nimmt einen tiefen Atemzug und prescht in die Nacht hinaus. Ihr Lauf ist so wild wie der Flug des Drachens, so leicht wie eine Feder und so verzweifelt wie die Angst, die in meinem Herzen pocht.

Wir finden sie, ruft Ischme mir zu. *Halte dich fest, kleiner Mensch. Halte dich ganz fest.*

Der Wald wird zu einem Schatten. Laub und Äste, Farne und Stämme verschwimmen ineinander, ein wilder Rhythmus dröhnt in jeder Faser meines Körpers. Es ist das Fuchsherz unter mir, das schneller und schneller jagt, in mich hineinfließt und das furchtsame Klopfen in meiner Brust in die Kraft einer Naturgewalt verwandelt.

»Lauf, Ischme!« Mit einer Hand drücke ich das Seil an meine Brust, mit der anderen kralle ich mich in ihrem Nacken fest. »Laufe schneller.«

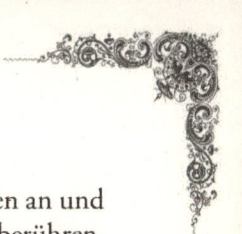

Sie gehorcht, macht sich lang wie ein Speer, legt die Ohren an und rennt so schnell, dass ihre Pfoten kaum mehr den Waldboden berühren. Und während die Welt an uns vorbeirast, schreie ich dem fauchenden Sturmwind meine Wut entgegen. Ich werde Indigo retten. Ganz gleich, was geschieht. Ganz gleich, gegen was oder wen ich mich stellen muss. Ich werde ihn und uns alle retten.

Scylla

Das entstellte Mädchen stand vor dem Gemälde, den Putzlappen in der einen und den Eimer in der anderen Hand. Ihr war nicht klar, dass sie beobachtet wurde, anderenfalls hätte sie es wohl kaum gewagt, ihre Utensilien auf dem Boden abzustellen, an das Bild heranzutreten und mit dem Zeigefinger über den goldenen Rahmen zu fahren. Regungslos saß Scylla in ihrem Sessel, unsichtbar für alle Augen und so erschöpft, dass sie sich wie Stein fühlte, den jemand in einen See geworfen hatte. Mit jedem Atemzug sank sie tiefer. Tiefer und tiefer. Hinein in eine lichtlose Schwärze ohne jede Hoffnung.

Das Mädchen sah erbärmlich aus. Hässlich wie ein Troll, mit schlaksigen Gliedern, einer dicken Knollennase, wulstigen Lippen und buschigen Augenbrauen, die aussahen, als bestünden sie aus zwei toten Tieren. Merkwürdigerweise war es gerade diese Hässlichkeit, die Scylla reizte. Aus irgendeinem Grund fand sie Gefallen an dem Mädchen. So sehr, dass sie es aus der Küche geholt und in den Stand einer Zofe erhoben hatte. Ganz gleich, wie lange sie darüber nachgrübelte, ihr wollte einfach nicht in den Sinn kommen, warum das so war. Bewunderte sie insgeheim dieses abscheuliche Ding? Versuchte sie vielleicht sogar, etwas aus der Tapferkeit dieser Kreatur zu lernen? Das Mädchen ertrug sein Schicksal still und ergeben. Es wagte sich furchtlos in dieses Gemach, summte manchmal sogar unerschrocken vor sich hin und schien weder Schmerzen noch Tod zu fürchten. Ob dieses vom Leben gestrafte Ding womöglich darauf wartete, von seinem Dasein erlöst zu werden?

Als der Finger der Zofe den Bilderrahmen verließ und stattdessen über Indigos Gesicht wanderte, bemerkte Scylla mit einem kurzen Gefühl des

Erstaunens, dass sie nicht einmal Zorn verspürte. In einem Meer aus Grausamkeit und Schmutz wurden die wenigen Seelen, die sich noch an der Oberfläche halten konnten, von Reinheit unwiderstehlich angezogen. Kein Wunder, dass das Mädchen wie gebannt dastand, ergriffen von dem magischen Licht, das Eomara vor langer Zeit in ihren Farben eingefangen hatte. Wie hatte es Indigo nur geschafft, all die Schwärze von sich fernzuhalten? Wie hatte er jahrhundertelang unter Jamashrees Befehl dahinvegetieren können, ohne selbst von der Finsternis berührt zu werden? Seine Augen auf dem Bild blickten so gütig und sanft.

Trotz allem.

Äußerlich mochte er ein Monster gewesen sein, ein Spiegelbild ihrer Mutter, aber der abscheuliche Zauber war niemals in seine Seele eingedrungen.

Scylla wünschte sich, Wut empfinden zu können. Aber dazu fehlte ihr die Kraft. Wie lange hatte sie der Finsternis widerstanden? Vier Jahre? Fünf Jahre? Ihre erste Erinnerung bestand aus Blut. Heißes, in dampfenden Fontänen spritzendes Blut, das über ihre Kinderhände strömte und ihr Gesicht besudelte.

Fühle kein Mitleid. Jamashrees Stimme war kalt wie das Zischen einer Viper. *Dieser unwürdige Wurm hat seinen Tod verdient. Er ist nur Staub. Sie alle sind Staub. Nichts als Kriechtiere unter deinen Stiefeln. Mitleid ist Schwäche, und Schwäche akzeptiere ich nicht. Sie geziemt sich nicht für eine Königin.*

Scylla strich mit der flachen Hand über ihren Arm. Weich schmiegte sich der schwarze Samt an ihre Finger. Gab es eine Stelle an ihrem Körper, die nicht von wulstigen Narben bedeckt war? Früher hatte sie die Versehrungen mit Zaubern verdeckt und die Illusion eines makellosen Körpers aufrechterhalten. Aber jetzt waren ihr die Blicke der Menschen egal.

Alles war ihr egal.

Sogar der Schmerz, den sie sich in letzter Zeit gerne selbst zufügte, indem sie sich mit dem scharf gefeilten Nagel ihres Daumens tiefe Schnitte beibrachte. Überall dort, wo es niemand sah. An den Oberarmen, an den Schenkeln, am Bauch und an den Brüsten.

Dem Jasmah-Isdar war es gleich. Er schien nicht daran interessiert zu sein, sich eine neue Hülle zu beschaffen. Egal, was sie tat oder nicht tat. Wie ein Widerhaken hatte er sich in ihrem Fleisch festgekrallt, und keine Macht der Welt konnte ihn aus ihr herausreißen.

Aus halb geschlossenen Augen beobachtete Scylla das sehnsüchtige Mädchen und verschlang neidvoll den Glanz in ihrem Blick. Kein Mann hatte diese Ausgeburt von Hässlichkeit jemals berührt, geschweige denn geküsst. Und trotzdem lächelte die Zofe. Ja, sie lächelte. Weil ihre Träume, Hoffnungen und Kindereien noch nicht zerstört waren.

Ohne Vorwarnung warf sich der Jasmah-Isdar von innen gegen ihre Rippen. Scylla schrie auf, sprang aus dem Sessel und griff sich an die Brust. Der Unsichtbarkeits-Zauber fiel von ihr ab, das Mädchen fuhr erschrocken herum. Scylla ging in die Knie, japste vor Pein und presste eine Hand auf ihren Mund. Als der Schmerz wie eine feurige Welle durch ihren Körper zuckte, grub sie die Zähne in ihr eigenes Fleisch, immer fester, je wilder die Qual durch ihren Leib brandete. Mit scharfen Klauen wühlte sich der Jasmah-Isdar durch Knochen und Fleisch und brach schließlich wie ein sengender Blitz hervor. Scylla brüllte ihr Leid hinaus, während die Zofe aus weit aufgerissenen Augen gaffte.

Und plötzlich, innerhalb eines Wimpernschlags, war es vorbei. Der Jasmah-Isdar war fort. Leere gähnte in ihrer Brust. Wunderbare, erlösende, herrliche Leere. Ja, der Zauber war fort. Er hatte sie verlassen. Scylla schlug die Hände vor ihr Gesicht und weinte.

»Meine Königin.« Weiche, warme Finger griffen nach ihren Schultern. Ganz zart. Wie der Flügel eines Vogels. »Geht es Euch nicht gut?«

Scylla starrte zu der Zofe auf. Ihre Müdigkeit war so groß, so allumfassend und bleiern, dass sie es nicht einmal fertigbrachte, das Mädchen wegzustoßen. Was war nur mit ihr los? Woher kamen all diese Tränen? Warum konnte sie nicht mehr damit aufhören, wie ein Kind zu wimmern und zu zittern? Und warum fühlte sie plötzlich das überwältigende Bedürfnis, sich in die Arme dieser Kreatur zu werfen und in das schmutzige Kleid zu schluchzen?

»Scher dich weg!«, brachte sie mit größter Mühe hervor. »Ich will dich hier nicht mehr sehen.«

Das Mädchen dachte nicht daran, ängstlich oder zornig dreinzublicken. »Kann ich Euch irgendetwas bringen? Braucht Ihr etwas?«

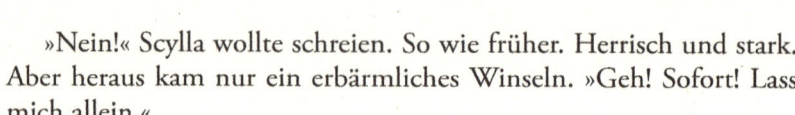

»Nein!« Scylla wollte schreien. So wie früher. Herrisch und stark. Aber heraus kam nur ein erbärmliches Winseln. »Geh! Sofort! Lass mich allein.«

»Sehr wohl.« Das Mädchen knickste, schnappte sich Eimer und Lappen und huschte aus dem Zimmer. Kaum fiel die Tür ins Schloss, fühlte sich Scylla verlorener als jemals zuvor. Die Stille kreischte in ihren Ohren. Das Gewicht der Leere wurde unerträglich. Es war genug.

Endgültig genug.

Schwankend stand sie auf, vollführte die wenigen Schritte bis zum Fenster, öffnete es und kletterte hinaus. Ihr Körper bewegte sich willenlos. Tat einfach, was getan werden musste. Und ließ sich nach vorne kippen.

Nicht einmal der Sturz machte ihr Angst. Nein, er war wunderbar. Er war das Schönste, das sie jemals gespürt hatte. Endlich war es vorbei. Sie sehnte sich so sehr nach Frieden. Nach Dunkelheit und Erlösung.

Scylla schloss die Augen. Sie fiel schneller, immer schneller, bis ihr der Sturmwind fast die Haare vom Kopf riss. Knatternd wie ein Segel flatterte das Kleid um ihren Körper.

Schneller. Tiefer.

Gleich würde es aus sein.

Aber als die Erde sie auffing, starb sie nicht. Gemessen an dem langen Fall kam sie viel zu sanft auf dem Boden auf, nicht viel härter, als wäre sie von einem Stuhl gesprungen. Es roch eigenartig. Nach Fäulnis, Angst und altem Tod.

Scylla öffnete die Augen. Eine blutrote Dämmerung flackerte am Himmel, floss über bizarre schwarze Felsen und malte schroffe Schatten in eine Ebene, deren abscheulicher Anblick so weit entfernt von allem Irdischen war, dass Scylla sich vor Angst nicht rühren konnte. Das hier war nicht mehr die Menschenwelt. Es war eine Landschaft von solcher Fremdartigkeit, dass ihr der bloße Anblick den Verstand zu rauben drohte.

Dünne Felsnadeln ragten wie die Stacheln eines gigantischen Insektenpanzers aus der pechschwarzen Erde und bohrten sich in ein brodelndes Wolkenmeer. Das ganze Land schien aus Fäulnis gemacht zu sein, stinkende Dämpfe drangen aus Spalten und Löchern, tränkten die Luft mit ihrem Pesthauch, bissen in Scyllas Augen und verätzten ihr die Kehle.

Und dann sah sie die Kreaturen. Tausende waren es, aufgereiht in langen Schlangen, die einem unbekannten Ziel zustrebten. Mit angsterfüllten Augen schlurften sie dahin, vorwärts gezwungen von einer fremden Macht. Keines der Wesen kam Scylla bekannt vor. Es gab große und kleine, schöne und hässliche, dicke und dünne, tierhafte und menschenähnliche Gestalten. Manche besaßen mehrere Köpfe, andere Warzen, Schwänze und Hörner. Es gab sogar gallertartige Klumpen, die sich grunzend und wabbelnd vorwärtsbewegten, leuchtend bunte Rieseninsekten und gewaltige Mischwesen aus Wal und Tausendfüßler. Es war, als hätte irgendein hypnotischer Ruf sämtliche jemals im Universum erschaffenen Kreaturen hierher befehligt und zwang sie nun dazu, durch diese stinkende Einöde zu kriechen, wahnsinnig vor Furcht, schwitzend vor Panik und schreiend vor Schmerz.

Jede diese Kreaturen litt Qualen.

Jeder Schritt schien sie der Hölle näherzubringen.

Und als Scylla sich auf die Füße stemmte und in die Richtung blickte, in die all diese Wesen schlurften, erkannte sie das Ziel der grauenvollen Karawanen: eine Felsnase, die weit über einen Abgrund ragte.

Was geschah hier? Was war das für ein Ort? Und wie war sie hierhergekommen?

Die Hölle!, zuckte es grell wie ein Peitschenhieb durch ihre Gedanken. *Ich bin in der Hölle.*

Ungläubig starrte Scylla auf ihre Füße. Sie bewegte sich! Sie lief vorwärts, auf eine der Karawanen zu, und dann reihte sie sich in die willenlosen Geschöpfe ein, die zerfressen von Angst ihrem Untergang entgegentaumelten. Bei vollem Bewusstsein und doch nicht mehr Herr über ihren Körper. Panik krampfte ihr Herz zusammen. Sie wusste, dass dort im Abgrund etwas Grauenvolles lauerte. Etwas Stinkendes, Fauliges und Hungriges, das all diese Seelen kontrollierte.

Unaufhaltsam folgte sie dem Ruf. Schritt für Schritt für Schritt. Und während sie durch die schwarze Ebene stolperte, wurde ihr klar, dass sie für jede einzelne ihrer Grausamkeiten einen Preis bezahlen würde. Tausendfach. Millionenfach. Vielleicht würde sie bis in alle Ewigkeiten leiden, so, wie die Geschöpfe gelitten hatten, denen sie unvorstellbare Dinge angetan hatte. Zuerst unter dem Befehl ihrer Mutter, dann aus eigenem Vergnügen heraus.

Scylla sah, dass sie nackt war. Ebenso wie all die anderen Kreaturen, die ihr Schicksal teilten. Selbst jene menschenähnlichen Gestalten, die aussahen, als wären sie einst stolze Krieger gewesen, trugen nichts am Leib außer nass geschwitzter Haut und stinkender Angst.

Je näher sie der Felsnase kam, umso ätzender wurde der Gestank. Ein ekelerregendes Grollen erhob sich, schmatzend, gurgelnd und rülpsend, als würde sich etwas Gigantisches in der Tiefe winden, mit unzähligen Mäulern schnappen und nach Fleisch schreien.

Sobald eine Kreatur die Spitze der Felsnase erreichte, stürzte sie sich willenlos in den Abgrund. Eine nach der anderen. In einer Schlange, die niemals endete. Näher und näher kam Scylla ihrem Ende. Das Herz explodierte in ihrer Brust, sie starb mit jedem Atemzug und blieb trotzdem am Leben, vorwärts gezwungen von einer Macht, der sie nichts entgegensetzen konnte. Ein Wesen nach dem anderen fiel.

Bis sie selbst an der Reihe war.

Scylla stürzte.

Und einen Wimpernschlag lang sah sie das, was schleimig und zuckend im Abgrund hauste. Der Anblick war mehr, als sie ertragen konnte. Mehr, als irgendein Geschöpf ertragen konnte, ohne dem Wahnsinn zu verfallen.

Das Schmatzen des titanischen Wesens bestand aus Schreien. Millionen von Schreien, die aus seinen Eingeweiden drangen. Ungezählte gequälte Seelen wurden dort unten verdaut. Jahrhundertelang. Jahrtausendelang. Bis in alle Ewigkeit. Seit undenklicher Zeit wuchs es dort unten. Fraß ohne Unterlass. Würgte und schlang mit tausend Mäulern, während es nach der Fäulnis unzähliger Äonen stank.

Scylla kreischte. Sie schrie so laut, dass es ihr die Kehle zerriss. Und als sie wieder zu sich kam, lag sie auf dem Boden ihres Gemachs. Zurück in der Welt, die sie kannte. Ohne Fäulnisgestank. Ohne Gurgeln und Schmatzen, ohne die gemarterten Schreie millionenfach sterbender Seelen, die im Inneren eines gefräßigen Titanen verreckten.

Versuche das noch einmal, raunte der Jasmah-Isdar, *und ich hole dich nicht mehr zurück.*

»Was war das?«, keuchte Scylla. »Was hast du mir gezeigt?«

Das Wesen schwieg. Es labte sich an ihrer Angst und rekelte sich genüsslich im süßen Rausch der Panik.

Das ist der Ort, der für Kreaturen wie dich bestimmt ist, flüsterte es schließlich. *Ich war einst ein Gott. Ich wuchs und fraß. Ich ernährte mich vom Abscheulichen und Bösen. Und ich war nicht alleine.*

»Du …« Scylla glaubte, innerlich in Stücke gerissen zu werden. »Du warst das Wesen im Abgrund?«

Ich war einst ein Gott, wiederholte der Jasmah-Isdar. *Sie alle kamen, um mir zu dienen. Sie ließen mich wachsen, sie nährten meine Macht und sangen mich mit ihren Schreien in den Schlaf. Warte hier auf mich, meine Königin. Ich muss fressen, und das Meer hat gutes Futter angespült.*

Scylla lag da und starrte an die Decke. Unfähig, auch nur einen Finger zu rühren. Die Kreatur verließ sie erneut, verschwand aus ihrer Wahrnehmung und ließ eine Leere zurück, die sich nicht mehr nach Erlösung anfühlte. Nein, sie war wie jener Abgrund, in den sie gerade noch gestürzt war. Es gab Schrecken, die zu groß waren, um sie mit klarem Verstand zu ertragen. Es gab Albträume, deren Wahnsinn jeden Gedanken zerfraß.

Sie war zurückgekehrt.

Aber ihre Seele fiel immer noch.

Jade

Die Sonne geht auf, doch Ischme rennt noch immer. Wann sind wir endlich am Ziel? Wie weit ist es noch? Jede Meile, die wir zurücklegen, müssen wir auch wieder auf dem Rückweg bewältigen, und schon jetzt sind viel zu viele Stunden verstrichen.

»Ischme!«, rufe ich in den brausenden Wind. »Wann sind wir endlich da?«

Bald, raunt die Füchsin. *Ich kann schon das Meer riechen.*

»Wo genau wächst die Orchidee?«

Unterhalb einer Klippe auf einem schmalen Vorsprung. Es wird nicht einfach werden, aber Indigo hat mir erzählt, dass du eine vorzügliche Diebin bist. Und Diebe klettern gut. So erzählt man es sich jedenfalls.

»Jaja. Lauf schneller, Ischme. Bitte!«

Ich bin ein Fuchs und kein Drache. Wenn du wütend bist, dann sei auf die verdammte Eisechse wütend, die einfach Fersengeld gegeben hat, anstatt bei uns zu bleiben. Oder sei wütend auf den Arryx, der lieber seine Heimat wiedersehen wollte, als uns zu helfen.

»Ich weiß. Aber ohne den Eisdrachen und die Arryx wäre alles verloren gewesen.«

Mag sein. Aber Indigo hat so sehr darauf gehofft, dass sie uns helfen. Wären die beiden bei uns geblieben, hätten wir das Portal längst erreicht. Aber die sturen Viecher haben darauf bestanden, nach Hause zurückzukehren.

»Warum haben sie darauf bestanden?«

Der Arryx hatte Heimweh. Er war so lange Zeit von seinem Zuhause getrennt, dass ich seine Sehnsucht verstehen kann. Obwohl es auf zwei, drei Tage nun auch nicht angekommen wäre. Aber die verdammte Echse? Ich habe keine Ahnung.

Panik kribbelt in meinem Kopf. Mit jedem verstreichenden Augenblick wird es schlimmer. »Trotzdem dürfen wir nicht wütend auf sie sein«, ermahne ich die Füchsin. »Die Arryx meinten es gut mit uns, und der Eisdrache hat Indigo und dir das Leben gerettet. Wir wissen nicht, warum er unbedingt zurückwollte. Vielleicht gab es einen wichtigen Grund.«

Vielleicht, brummt Ischme. *Ja, vielleicht. Schau mal da vorne! Wir sind gleich da.*

Das Herz puckert so wild in meiner Brust, dass es mir fast zum Hals heraushüpft. Endlich! Der Wald lichtet sich und öffnet sich zu einer weiten Hügellandschaft, die von einem Streifen aus tiefem, glitzerndem Blau begrenzt wird.

Der Ozean.

Dieses wilde, grenzenlose Wasser, an dessen Ufer ich meine Kindheit und Jugend verbracht habe. Ich erwarte, Schmerz zu fühlen, aber alles, woran ich denken kann, ist die Orchidee. Ich muss Indigo zurückholen. Nichts sonst ist wichtig. Da sind noch so viele Fragen, die ich ihm nicht gestellt habe. Fragen über seine Heimat, über seine Eltern, seine Kindheit und Jugend. Hundert Fragen. Ach was, Tausende! Ich brauche seine Stimme, die zu mir spricht. Ich brauche seine Hände, die mich berühren. Seine Arme, die mich schützend umfangen. Seinen Atem, der warm über meinen Nacken streicht oder kurz vor einem Kuss meine Lippen liebkost. Vor allem brauche ich Indigos Stärke,

die mich aufrecht hält. Ich brauche ihn so sehr, wie ich das Schlagen meines Herzens und das Fließen meines Blutes brauche.

»Lauf, Ischme! Sie warten auf uns!«

Hechelnd jagt die Füchsin durch das wogende Gras, zitternd vor Erschöpfung und mit weit heraushängender Zunge. Die Klippen rücken näher, scheinen sich mit jeder zurückgelegten Meile höher in den Himmel zu schwingen und schimmern im Licht des Morgens so sattgrün wie die Salzwiesen meiner Heimat.

Kaum eine Handbreit vom Abgrund entfernt kommt Ischme zum Stillstand. Ich gleite von ihrem Rücken, werfe einen Blick über den Abgrund und fühle das Kribbeln der Tiefe in meinen Knien. Wie hoch mögen diese Klippen sein? Dreihundert Meter? Vielleicht sogar vierhundert? Es gibt keinen Strand, der das Meer vom Land trennt. Dunkelblaues, fast schwarzes Wasser wirft sich gegen die Felsen und hat nichts mit der wunderschönen See gemein, an der ich aufgewachsen bin. Dieser Ozean ist ein Mahlstrom. Ein Wühlen und Schäumen aus Schwarz und Dunkelblau, unter dem sich eine lichtlose Tiefe erstreckt. Ich kann den bodenlosen Abgrund förmlich spüren. Das Fremdartige darin. Das Wartende und Lauernde. Während das Land hinter mir lieblich und sanft ist, scheint das Meer vor mir nur aus Finsternis und Zorn zu bestehen.

Möwen kreisen über meinem Kopf, weit draußen auf dem Wasser sehe ich einen Schwarm Albatrosse. Wie grau-weiße Pfeile stürzen die Vögel aus dem Himmel herab, legen kurz vor dem Aufprall die Flügel eng an ihren Körper und stechen kopfüber in die dunklen Wellen.

»Wo ist der Vorsprung?« Ich lasse meinen Blick an den Klippen entlang schweifen und sehe unzählige Löcher, die wie tausend Augen in der grauen Felswand klaffen. Aber nirgendwo entdecke ich eine Orchidee.

Genau unter dir. Ischme reckt den Kopf über den Abgrund. *Die Blumen wachsen ganz nah am Felsen, du siehst sie kaum.*

»Oh ja.« Jetzt erkenne ich einen schwarzen Fleck etwa fünfzig Pferdelängen unter mir. Hin und wieder blitzt es darin weiß auf, je nachdem, wie der Wind zwischen die Blumen fährt. »Jetzt sehe ich sie. Das wird nicht einfach werden.«

Ich habe vollstes Vertrauen in deine Fähigkeiten. Aber passe auf die Barsche auf, hast du verstanden?

»Die Barsche?«

Da unten. Gleich kommt einer rauf. Da ist er! Scheußliches Viehzeug, was? Man muss ihr Fleisch fünf Tage lang kochen, ehe es genießbar wird.

Ich starre in das brodelnde Wasser und sehe, wie eine Flosse zum Vorschein kommt. Sie ist riesig, verläuft von Braun zu Orange und ist übersät mit schwarzen Punkten. Wunderbar. Nicht nur, dass mir die schwindelerregende Tiefe ins Gebein fährt, ich werde auch noch über einem brodelnden Kessel aus hungrigen Kreaturen baumeln.

»Das sind keine Barsche, Ischme. Das sind Monster!«

Und ob es Barsche sind. Man nennt sie auch Todesspucker.

»Todesspucker?«

Gleich wirst du sehen, woher sie ihren Namen haben. Achte auf das Loch rechts von dir. Das, was noch ganz frisch ist.

Ich folge Ischmes Blick. Zwischen zahllosen schwarzen Höhlen befindet sich tatsächlich eine, die aussieht, als wäre sie gerade erst in den Fels gekratzt worden. Während die anderen Löcher perfekt rund sind, wirkt diese Öffnung wie ausgefranst, als hätte jemand grob auf den Stein eingehackt. Kaum frage ich mich, welches Geschöpf stark genug ist, um Löcher in solch harte Felsen zu graben, kommt ein echsenartiger Kopf zum Vorschein. Dem Kopf folgt ein geschmeidiger, olivgrüner Körper und ein dünner, mit einer fedrigen Quaste besetzter Schwanz, der gut fünf Armspannen in der Länge misst. Das Tier kommt mir vage bekannt vor, aber erst, als es die zusammengefalteten, karmesinroten Häute an seinen Seiten zu stattlichen Flügeln ausbreitet, fällt mir sein Name wieder ein.

»Ein Flugschwalm.« Ich nehme das Seil, entrolle es und knote mir ein Ende um die Taille. »Mattis hatte ein paar davon. Aber womit gräbt er die Löcher in die Felsen?«

Seine Krallen sind härter als Diamant, antwortet Ischme. *Die Buschleute aus den Wäldern nutzen sie als Zahnersatz.*

»Was?«

Ja, ich weiß. Menschen sind verrückte Kreaturen. Los jetzt, runter mit dir. Umso schneller sind wir wieder zurück.

»Bei den Göttern, ich hoffe nur, das Seil ist lang genug.«

Keine Sorge, es wird reichen. Pass auf, dass du keinen Stein lostrittst. Und sei am besten ganz still. Da unten wimmelt es nicht nur vor Barschen.

»Danke für die Aufmunterung.«

Du schaffst das, Menschenmädchen. Nur zu.

Menschenmädchen. Es ist nur ein Wort, doch sein Klang lässt mich zusammenzucken. Er sticht so heftig in mein Herz, dass ich verzweifelt nach Luft ringe und glaube, die Ungewissheit keinen Moment länger ertragen zu können. Werde ich jemals wieder hören, wie Indigo dieses Wort ausspricht? Sanft und liebkosend, mit einem Lächeln auf den Lippen?

Tut mir leid. Ischme senkt reumütig den Kopf. *Ich habe nicht nach-gedacht. Manchmal rede ich schneller, als ich denke.*

Ich nicke, würge meinen Tränen hinunter und halte der Füchsin das andere Ende des Seils entgegen. »Kannst du mich festhalten? Hier gibt es sonst nichts. Nur Gras, Flechten und ein paar struppige Büsche.«

Natürlich kann ich dich festhalten. Ischme schnappt nach dem Seil-ende und sieht mich herausfordernd an. *Was für eine Frage! Du bist nicht viel schwerer als eine Eichkatze.*

Ich seufze, nehme am Klippenrand Aufstellung und werfe einen letzten Blick in die Tiefe. Wieder taucht eine Flosse aus den Wellen auf, gefärbt wie die erste, allerdings ein gutes Stück größer. Und dann sehe ich den passenden Körper dazu. Bei den Göttern, diese Fische sind so groß und dick wie Waldelefanten. Zu zweit wühlen sie das Wasser auf und verfolgen den Flugschwalm aus riesigen Glotzaugen. Misstrauisch äugt die Echse zurück, breitet ihre Flügel aus, lässt sie im Wind flappen und faltet sie wieder zusammen. Offenbar will sie fliegen, wagt jedoch keinen Start, solange die Monster jede ihrer Bewegungen verfolgen.

Plötzlich springt der große Barsch aus dem Wasser, dreht sich in der Luft wie ein Delfin, wedelt spielerisch mit den Brustflossen und klatscht mit gewaltigem Getöse auf das Wasser. Einen Augenblick lang leuchtet sein gesprenkelter Fischleib in prächtigem Orange, Blau und Grün, ehe er vom dunklen Wasser verschluckt wird.

Der Schwalm kreischt markerschütternd. Ob aus Wut oder Angst, vermag ich nicht zu sagen. Wieder entfaltet er seine Flughäute, peitscht mit dem Schwanz hin und her und stößt sich von der Felswand ab. Grellrot leuchten die Membranen seiner Schwingen im Sonnenlicht, während er in einem eleganten Bogen hinaus auf das Meer segelt.

Darauf haben die Riesenbarsche nur gewartet.

Der große Fisch stülpt sein Maul aus, bis es halb so lang ist wie sein Körper, reckt den Kopf aus dem Wasser und bespuckt die Echse mit einem gewaltigen Wasserschwall. Getroffen trudelt das Tier in die Tiefe, landet im aufgerissenen Maul des Barsches und wird mit einem lauten Schmatzen verschlungen.

»Ischme?«

Ja?, antwortet die Füchsin.

»Ich bin ungefähr so groß wie ein Flugschwalm.«

Ja, aber das Seil wird dich schützen. Hast du es gut festgeknotet?

»Ja. Habe ich.«

Gut. Dann beeile dich. Rucke einmal kurz, wenn ich dich wieder hochziehen kann. Bereit?

Ich nicke, hole tief Luft und stemme meine Füße gegen die Kante. Langsam lasse ich mich nach hinten sinken. Ischme scheint mein Gewicht nichts auszumachen. Ungerührt steht sie da und nickt mir aufmunternd zu.

»Warte!«, schießt es mir plötzlich durch den Kopf. »Mein Kristall ist leer. Ich kann keinen Schutzzauber aussprechen.«

Du wirst auch keinen brauchen.

»Wie soll ich die Blume unversehrt zu Indigo bringen?«

Gar nicht. Du wirst ihren Blütenstaub selbst einatmen.

»Aber ... Moment ... ich dachte ...«

Indigo kann nicht mehr atmen. Demzufolge nützt ihm auch der Orchideenstaub nichts. Du wirst die Magie in dir aufnehmen und deinen sehnlichsten Wunsch Wahrheit werden lassen. So herum funktioniert es genauso gut. Jedenfalls hat Eomara mir das geschworen.

»Ist die Magie nicht zu stark für mich?«

Du bist Indigos fehlender Seelenteil. Du bist die Ergänzung seiner Macht. Natürlich wirst du sie ertragen.

»Und was ist, wenn mein sehnlichster Wunsch nicht stark genug ist? Was ist, wenn ich aus Versehen an das Falsche denke? Wenn ich ihn nicht tief genug liebe oder ...«

Jade!, knurrt die Füchsin. *Hör auf damit. Du musst anfangen, an dich zu glauben. Natürlich ist deine Liebe stark genug. Ich bin ein magisches Wesen der Alten Zeit, solche Dinge stechen mir sofort ins Auge. Also runter mit dir. Wir haben keine Zeit für Zweifel.*

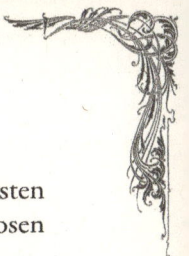

Ich nicke, presse die Lippen zusammen und vollführe den ersten Schritt in die Tiefe. Der Fels ist hart und fest, ich sehe keine losen Steine, die ich lostreten könnte.

Da unten wimmelt es nicht nur vor Barschen, fürchte ich.

Was hat Ischme damit gemeint? Was wartet noch darauf, mich von der Felswand zu pflücken und zu verschlingen?

Nein, ich darf nicht zögern. Und ich darf nicht zweifeln.

Während ich mich Zoll für Zoll abwärts gleiten lasse, konzentriere ich meine Gedanken auf Indigo. Auf das, was wir tun werden, wenn er zu uns zurückgekehrt ist. Entschlossenheit tritt an die Stelle von Angst. Oh ja, ich werde das Portal öffnen und Atlantis mit eigenen Augen sehen. Ich werde uns alle befreien. Koste es, was es wolle. Unter mir brodelt und schäumt der Ozean, streckt seine salzigen Klauen nach mir aus und züngelt mit wütenden Strudeln nach Beute. Die Barsche sind verschwunden, vermutlich versuchen sie an anderer Stelle ihr Glück. Oder sie beratschlagen gerade darüber, in welche Kategorie sie mich einteilen sollen:

Erstens: zu dürr, als Futter ungeeignet.

Zweitens: komischer Flugschwalm, aber wahrscheinlich essbar.

Drittens: auf jeden Fall essbar.

In meinem Kopf kribbelt es. Tausend Gedanken wirbeln darin herum, mein Herz rast, meine Hände schwitzen. Immer wieder muss ich sie abwechselnd an meinem Hemd trocken reiben.

Rechts festhalten, links abwischen.

Links festhalten, rechts abwischen.

Während ich zwischen dem Himmel und einem schäumenden Ozean voller Monster hänge, fühle ich mich winzig klein. Ich denke an Indigos Küsse, an unsere gemeinsame Nacht am Teich, an seinen Geschmack und sein feuchtes Haar, das durch meine Finger gleitet. Ich denke an sein Gewicht, das mich in das Moos drückt, an das Gefühl unserer Körper, die sich wieder und wieder vereinen. An das Seufzen und Reiben und Stoßen, und schließlich an die herrliche Erschöpfung, die uns übermannt hat.

All das werde ich zurückbekommen! Vor uns liegen noch viele Nächte und Tage, die wir gemeinsam verbringen werden. Jahre. Jahrhunderte. Vielleicht sogar die Ewigkeit.

Stück für Stück rutsche ich tiefer. Ischmes Gestalt verschwindet hinter der Kante. Ich bin allein, ganz und gar allein, während ein Seil und ein Fuchsmaul die einzigen Dinge sind, die mich am Leben erhalten.

Der Vorsprung ist nur noch zwanzig Pferdelängen entfernt. Salziger Wind zerrt an den Orchideen, deren Blüten vermutlich aus diesem Grund nicht geöffnet, sondern fest verschlossen sind. Wie lange mögen sie hier schon wachsen, wenn ein jahrtausendealter Tod die weiße Blume erschaffen hat?

Ich sinke tiefer. Und noch tiefer. Bis meine Füße den Vorsprung berühren. Weißer Vogelkot überkrustet den Stein, doch er ist alt und trocken. Mühelos finde ich Halt, ziehe ein Messer aus meinem Gürtel und angele nach der weißen Orchidee, die sich schutzsuchend zwischen ihre schwarzen Gefährten duckt.

Seit Jahrtausenden spürt sie die Sonne und den Wind. Seit jenem längst vergangenen Tag, an dem ein Fischer in seinen Tod gestürzt ist. Jetzt ist es meine Klinge, die das Leben dieser uralten Blume beendet. Hastig durchtrenne ich den zarten Stängel, stecke das Messer zurück und schiebe die Orchidee mit äußerster Vorsicht in den Ausschnitt meines Hemdes.

Wie vereinbart, rucke ich einmal kurz an dem Seil. Fast augenblicklich heben meine Füße vom Boden ab. Die Bewegung geschieht zu abrupt, ich schaffe es nicht mehr rechtzeitig, mich gegen die Felswand zu stemmen. Unsanft pralle ich seitlich gegen den Stein und rudere mit den Beinen in der Luft herum, um nicht mit der Brust voran gegen die Wand geschleudert werden. Nicht auszudenken, wenn ich die Orchidee zerquetsche. Erst nach dem zweiten Ruck, der mich ein gutes Stück in die Höhe befördert, finde ich wieder Halt im rissigen Fels.

Tut mir leid, raunt Ischmes sanfte Stimme. *Alles in Ordnung? Sprich in Gedanken, ich werde dich hören, wenn du laut genug bist.*

Ähm, ist das laut genug? Ich habe keine Ahnung, wie man laut denkt.

Bestens, antwortet Ischme. *Also, wie sieht es aus? Hast du die Blume?*

Ja! Bei den Göttern, ich unterhalte mich gedanklich mit einem Fuchs. Wie verrückt kann mein Leben noch werden? *Ich habe sie.*

Sehr gut. Gleich hast du's geschafft. Ist unter dir alles ruhig?

Ich werfe einen Blick auf das Wasser. Es strudelt, schäumt und spuckt mächtige Wellen an die Klippen, doch ich sehe nichts, das ... Moment! War das gerade eine Bewegung? Sah dieser Schatten nicht aus wie ein gigantisches Auge in der Tiefe?

Ischme?

Was ist, Jade?

Mach schneller!

Die Füchsin vollführt einen solchen Ruck, dass ich erneut den Halt verliere. Panisch strampele ich mit den Beinen, drehe mich seitwärts und schramme am Felsen entlang. Bei den Göttern, das war knapp!

Hast du noch alle Beine?, kommt es von oben. *Geht es der Blume gut?*

Ja, rufe ich zurück. *Ich bin ...*

Ein gewaltiger Wasserschwall klatscht unmittelbar neben mir gegen die Wand. Ich zucke zur Seite, gerate ins Trudeln und starre einen panischen Moment lang auf meinen zappelnden Füße, die in schwindelerregender Höhe über dem Meer baumeln. Immer wieder rutscht das Seil durch meine nassen Finger, mehrmals bewahrt mich nur der Knoten um meine Taille davor, in die Tiefe zu stürzen. Hastig wische ich meine Hände trocken, wickele das Seil um mein Handgelenk und suche neuen Halt.

Verdammte Mistviecher!

Wütend schäumen die Barsche das Wasser auf. Der Größere scheint begriffen zu haben, dass ich keine leichte Beute bin. Er verschwindet mit einem enttäuschten Wedeln seiner Schwanzflosse in der Tiefe. Der Kleinere entscheidet sich für einen zweiten Versuch. Er saugt das Wasser ein, hebt seinen Kopf über die Oberfläche und will mich gerade bespucken, als etwas aus der Tiefe nach ihm greift und sich um seinen Leib wickelt.

Ein Tentakel!

Ein riesiger, glitschiger Fangarm!

Ischme! Panisch wische ich das brennende Salzwasser aus meinem Gesicht. *Zieh schneller!*

Ich versuch's ja.

Die Füchsin zerrt aus Leibeskräften, jeder Ruck befördert mich ein gutes Stück nach oben. Doch als ich sehe, was sich tief unter mir aus dem Wasser windet, überwältigt mich die Angst, dass ich es nicht schaffen werde.

213

Ein ganzer Wust aus Fangarmen bewegt sich unter der Oberfläche, jeder davon ist so dick wie ein Eichenstamm und besetzt von zähnestarrenden Saugnäpfen. Es ist ein Krake. Oder besser gesagt etwas, das einem Kraken ähnelt. Inmitten von schleimig-braunen Wülsten glotzen drei teichgroße Augen zu mir auf, die etwas grauenhaft Menschliches an sich haben. Zwei besonders fette Tentakel kriechen an der Felswand empor, glitschen tastend vorwärts und kommen bedenklich schnell näher. Die Zähne der Saugnäpfe sind so scharf, dass sie mühelos Furchen in den Stein graben.

Schneller, Ischme. Mach schon!

Selbst von hier unten aus höre ich das Keuchen und Japsen der Füchsin. Meine Arme verkrampfen, es gelingt mir kaum noch, meine Brust und damit die verletzliche Orchidee von der Felswand fernzuhalten. Hätte ich doch nur ein wenig Magie aufgespart. Wenigstens genug, um einen Hauch von Schutz zu erschaffen.

Ich muss das hier überleben!

Ich muss, ich muss, ich muss!

Gierig züngeln die Tentakel auf meine Beine zu, zerschneiden den Fels, glibbern und schleimen immer schneller empor, während der Krake sein Maul aufreißt und eine Wolke bestialischen Gestanks ausspuckt. Sein Schlund sieht genauso aus wie der eines Jandris. Unzählige Zähne winden sich Reihe um Reihe in die Tiefe und verschwinden irgendwo in triefender Schwärze.

Ischme! Bitte! Er hat mich gleich!

Die Kante kommt näher. Immer näher. Nur noch zwei Pferdelängen. Nur noch eine. Etwas schlägt hart gegen meinen Unterschenkel, schlitzt mir die Hose auf und schrammt über meine Haut. Meine Hand greift nach der Kante, ein letzter Ruck … dann werde ich über die Klippe gezogen. Im letzten Augenblick drehe ich mich auf den Rücken, sodass die Blume unversehrt bleibt.

Geschafft!

Aber mir bleibt keine Zeit, Erleichterung zu verspüren.

Rauf mit dir! Ischme zerrt an meinem Hemd. *Mach schnell!*

Die Beine geben unter mir nach, als ich versuche, mich auf ihren Rücken zu ziehen. Da ist Blut. Überall. Ich kralle mich in das Nackenfell der Füchsin, ziehe mit aller Kraft und spüre, wie Ischme

ihren Kopf unter meine Hüfte schiebt. Ein kräftiger Schubs, und ich sitze oben.

Hügel fliegen an uns vorbei. Schaum flockt aus Ischmes Maul, unter meinen Beinen und Händen spüre ich, wie heftig sie zittert. Als wir den ersten vom Wind verkrümmten Baum erreichen, strauchelt die Füchsin und faucht schmerzerfüllt, als hätte ihr irgendetwas einen Schlag gegen die Hinterbeine verpasst.

Der Krake ist noch immer hinter uns her!

Im Augenwinkel sehe ich das schleimige Braun eines absurd langen Fangarms, der nach uns schlägt. Wie ein lebendiger Berg walzt sich das Ungeheuer über die Klippe, platscht auf das Gras und reißt sein Maul zu einem gurgelnden Schrei auf, als Ischme dem Tentakel um Haaresbreite entwischt. Erst als wir ein lichtes Wäldchen erreichen, lässt das Ungeheuer von uns ab. Offenbar wagt es sich nicht weiter auf das Land hinaus. Aus der Ferne sehe ich, wie das Sonnenlicht seine Haut austrocknet, den Schleim in dicke Krusten verwandelt und tiefe Risse in den Krakenkopf brennt.

Kreischend vor Schmerz schiebt sich das Monster zurück zum Klippenrand, zieht seine Fangarme ein und lässt sich in die Tiefe fallen. Das gewaltige Platschen, mit dem sein Körper im Wasser aufschlägt, lässt mir das Blut gefrieren.

Ischme rennt weiter, obwohl sie am Ende ihrer Kräfte ist. Erst als wir den Waldrand passiert haben, geht sie keuchend zu Boden, lässt mich absteigen und streckt sich der Länge nach aus. Schleim und Blut kleben an ihrer zerkratzten Flanke, doch der dicke Pelz hat das Schlimmste abgehalten.

Mir geht's gut. Sorgenvoll zuckt sie mit den Ohren und starrt auf mein Bein. *Dir anscheinend weniger. Er hat dich schlimm erwischt.*

»Was? Ach das. Tut kaum weh.«

Noch nicht. Aber wenn du zur Ruhe kommst, geht der Spaß los.

»Immerhin kann ich noch stehen und laufen.« Probeweise belaste ich das Bein und spüre rein gar nichts. »Ist nichts gebrochen. Das wird ... oh, verdammter Krötenfurz!«

Als ich den zerfetzten Stoff meiner Hose beiseiteziehe und das ganze Ausmaß der Verletzung sehe, verschlägt es mir den Atem. Zwei tiefe Schnitte klaffen in meinem Bein und ziehen sich von meinem Knöchel

215

bis zum Knie. In meinem Leben habe ich mir schon einige Schnittwunden zugezogen, aber keine hat jemals so widerlich ausgesehen wie diese. Nicht nur, dass ich an der tiefsten Stelle das helle Schimmern des Knochens sehen kann, es klebt auch noch Krakenschleim darin. Schwindel übermannt mich. Ich beuge mich vor, stütze meine Hände auf den Knien ab und atme ein paar Mal tief durch.

Alles wird gut. Ich muss nur daran glauben.

Oh ja, alles wird gut.

Zitternd greife ich in meine Hosentasche, ziehe die Scherbe hervor und blicke hinein. Nichts. Natürlich. Dieses verdammte Ding scheint seinen eigenen Willen zu besitzen, und der ist mir offenbar nicht wohlgesonnen. Fluchend stecke ich den nutzlosen Splitter wieder zurück. Nur, um ihn einen Augenblick später wieder hervorzuziehen und ein zweites Mal hineinzustarren.

Immer noch nichts.

Aaswurmdreck!

Diesmal schnüre ich eines der Beutelchen auf, die an meinem Gürtel hängen, stecke die Scherbe hinein und zurre das Bändchen mit aller Kraft fest. Sicher ist sicher. Palili würde mich vermutlich an den Haaren im nächsten Baum aufhängen, wenn ich sein Kleinod verliere.

Das sieht schlimmer aus, als es ist. Ischme betrachtet mich mitfühlend. *Wie geht es der Orchidee? Hat sie alles gut überstanden? Bitte sage mir, dass es nicht umsonst war.*

Die Orchidee! Verdammt, was ist mit meinem Kopf los? Die Blume ist das Wichtigste. Ohne sie ist alles verloren. Panisch fingere ich nach der Pflanze, ziehe sie aus meinem Ausschnitt und stöhne erleichtert auf, als ich die fest verschlossene, unversehrte Blüte sehe. Den Göttern sei Dank!

Tu es jetzt. Erschöpft japst die Füchsin nach Luft. *Denke nicht lange nach. Umso schwieriger wird es sein.*

»Und was, wenn …«

Nein! Tu es einfach. So ist das mit Dingen, die unabänderlich sind.

Ich seufze, ziehe vorsichtig die Blütenblätter auseinander und sehe einen zusammengeklebten Batzen aus leuchtend roten, dick mit Pollen behangenen Fäden, die aus dem schneeweißen Herzen der Blume ragen. Das ist also ihr Schatz, den sie all die Zeit vor dem Wind und

der Gischt geschützt hat. Uralter Orchideenstaub. Die Essenz aus Liebe und Tod.

Ich wische alle wirbelnden Gedanken fort, klammere mich an meine Sehnsucht und fühle das klaffende Loch, das Indigos Verlust in mein Herz gerissen hat.

Komm zurück zu mir. Bitte komm zurück.

Ich brauche dich!

Ein tiefer Atemzug. Brennend heiß. Schmerzhaft. Ein letzter Schrei der Hoffnung. Wie Feuer schießt der Pollen in meinen Kopf, löscht mit einem Schlag meine Sinne aus und wirft mich zu Boden.

Als ich die Augen wieder aufreiße, umgibt mich Dunkelheit. Ich niese. Blinzele. Niese noch einmal. Rasender Schmerz zuckt durch meinen Kopf und brennt in meinem Hals. Die Zunge klebt mir am Gaumen, meine Kehle fühlt sich an wie rohes, mit Salz bestreutes Fleisch.

Du lebst! Mäusebraten, du lebst! Ich wusste doch, dass du es schaffst!

Eine feuchte Zunge leckt über mein Gesicht. Ich stöhne, reibe mir über die Augen, niese ein drittes Mal und fühle mich, als hätte ich zerhackte Messerklingen eingeatmet. Direkt neben mir gurgelt ein Bach.

Moment, ein Bach?

Ich fahre hoch und bin von Wald umringt. Dichtem, moosweichem Wald. Es scheint Abend zu sein. Glühwürmchen torkeln durch das Laub, Hunderte Leuchtfalter umschwirren eine Gruppe schleimiger Trichterblumen.

»Ischme, wo sind wir?«

Nicht mehr weit von Indigo entfernt. Wie geht es dir?

»Wie lange war ich weg? Was ist passiert? Aaswurmdreck, ist das Blut?« Ungläubig betaste ich mein besudeltes Hemd und meine rot befleckten Hände. Überall ist Blut. Überall! Hastig ziehe ich den zerfetzten Stoff meiner Hose auseinander und sehe nichts als glatte Haut. Keine Wunde. Nicht einmal Narben. Die tiefen, hässlichen Schnitte sind verschwunden.

Du hast einen ganzen Tag lang gekämpft, Jade. Fürsorglich leckt Ischme über meine Wange. *Ich dachte ein paar Mal, dass die Magie dich zerreißt. Du hast vor Schmerzen geschrien. Ich musste mich auf dich werfen, damit du dir nicht selbst die Augen auskratzt.*

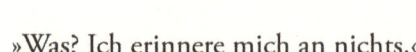

»Was? Ich erinnere mich an nichts.«

Es war furchtbar, das kannst du mir glauben. Du hast aus Nase, Mund, Ohren und Augen geblutet. Deine Haut hat Blasen geworfen. Deine Finger waren schwarz verkohlt. Und dann … ich weiß nicht, dann waren du und die Magie auf einmal vereint. Sie hat dich angenommen, und du hast sie angenommen. Deine Wunden heilten, dann bist du eingeschlafen. So tief, dass ich dich nicht wecken konnte. Da habe ich dich am Nacken gepackt und weggetragen. Wie einen Welpen. Los, trink etwas. Dann können wir weiter.

Trinken! Bei den Göttern, ich fühle mich, als hätte ich einen Gewaltmarsch durch die Knochenwüste hinter mir. Als ich den ersten Schluck kalten Wassers auf meiner Zunge spüre, verliere ich jede Beherrschung. Ich trinke, bis mir übel wird, spucke und keuche, tauche meine Hände erneut in den Bach und trinke noch mehr.

»Wir müssen weiter.« Ich zittere so heftig, dass meine Zähne aufeinander schlagen. Jeder Zoll meiner Haut brennt und spannt, meine Augen sind verklebt und meine Haare mit Blut verkrustet. So muss es sich anfühlen, wenn man auseinandergerissen und neu zusammengefügt wurde. »Jetzt. Sofort.«

Ischme macht sich klein und hilft mir beim Aufsteigen. *Kannst du dich überhaupt festhalten?*

»Ja, kann ich. Laufe einfach. Laufe so schnell du kannst.«

Die Füchsin nickt, legt die Ohren an und prescht los. Um ein Haar falle ich von ihrem Rücken, so schwach ist der Griff meiner Hände. Mit aller Kraft kämpfe ich darum, oben zu bleiben, beiße die Zähne zusammen und bete, dass wir es schaffen. Was bedeutet diese felsenschwere Schwäche? Warum zittere ich am ganzen Körper? Müsste ich mich nicht stark fühlen? Verändert? Mächtig?

Aber da ist keinerlei Magie.

Da ist gar nichts.

Nur Schmerzen in jedem Teil meines Körpers und eine widerwärtige Taubheit in den Fingern, die es mir fast unmöglich macht, mich festzuhalten.

Verzweifelt beiße ich mir auf die Lippe. So fest, dass ich Blut schmecke. Ob die Orchidee Indigo schon zum Leben erweckt hat? Wartet er auf mich? Oder muss ich zuerst etwas tun, um ihn zurückzuholen?

218

Was ist, wenn sich nichts verändert hat? Wenn alles umsonst gewesen ist? Kalt und nutzlos klebt der Kristall auf meiner Brust. Wo ist die sagenumwobene Kraft der weißen Orchidee? War ich nicht stark genug? Oder hat die Blume längst alles zum Guten gewendet?

»Laufe schneller, Ischme. Bitte.«

Du fällst ja jetzt schon fast herunter.

»Egal. Lauf.«

Ich drücke mein Gesicht in ihren Nacken. Bete, weine und fluche und klammere mich an eine Hoffnung, die ihre grünen Triebe immer wieder durch den verbrannten Boden meiner Angst streckt.

Wir schaffen es. Alls wird gut, Jade.

»Ja«, antworte ich der Füchsin. »Wir schaffen es.«

Etwas huscht neben uns durch das Gebüsch. Für den Bruchteil eines Augenblicks erkenne ich einen großen, schuppigen Körper, der wie ein Schatten aus Fleisch und Blut durch die Dämmerung jagt. Kurz darauf entdecke einen zweiten Schatten hinter uns. Dann einen dritten, der links von uns rennt.

Ischmes Körper spannt sich wie eine Bogensehne. Sie beschleunigt ihren Lauf, hechelt mit heraushängender Zunge und wird so schnell, dass ich glaube, mich keinen Moment länger festhalten zu können.

Halte durch, Jade. Es ist nicht mehr weit.

»Ich kann nicht mehr.«

Du musst! Wir sind gleich da. Halte dich fest.

Meine Kräfte versagen. Ich rutsche, greife nach dem Fell und spüre, wie es durch meinen nutzlosen Finger gleitet.

»Ischme, hilf mir!«

Die Zähne der Füchsin schnappen nach mir, aber da ist es schon zu spät. Ich falle, schlage auf dem Boden auf und rolle in wilden Drehungen durch ein Farngebüsch. Die Welt wirbelt um mich herum, knackt und prasselt, ächzt und stöhnt. Als sie endlich aufhört, sich zu drehen, glaube ich, niemals wieder aufstehen zu können. Und doch ist mein Wille immer noch stur genug, um meinen Körper hochzustemmen. Benommen sitze ich da. Starre auf schwankende Farnwedel. Blicke ein paar Glühwürmchen nach. Auf einmal ist da nur noch Leere in meinem Kopf.

Keine Erinnerung. Keine Angst, kein Zorn.

Nichts.

Verwirrt betrachte ich das Untier, das auf mich zurast. Es ist ein pferdegroßer Hund mit gefletschten Fangzähnen, schuppengepanzertem Körper und einem Wald aus spitzen Hörnern auf dem bulligen Schädel. Er setzt zum Sprung an, streckt seine Pranken nach mir aus und wird, als ich schon seinen stinkenden Atem spüren kann, von einem zweiten Tier zur Seite gerissen. Schillerndes Fell trifft auf dunkelbraune Schuppen. Zähne beißen, Klauen hacken, Schweife peitschen das Farngestrüpp.

Ischme!

Sie wird förmlich unter dem Hund begraben, schnappt nach seiner Kehle, kratzt über seinen Panzer und windet sich mit verzweifelter Kraft. Vergeblich. Das Monster ist fast doppelt so groß wie die Füchsin, weder ihre Zähne noch ihre Krallen können seine dicke Haut verletzen. Eine zweite Bestie trabt herbei, wirft den Kopf in den Nacken und stößt ein triumphierendes Heulen aus. Noch während sie ihren Hunger hinausjault, kommt ein dritter und vierter Hund herbei. Ischme heult schmerzerfüllt, als sich die Zähne des Ungeheuers in ihren Vorderlauf graben. Blut spritzt. Knochen brechen.

Wir sind verloren.

Unser Weg ist zu Ende.

In einem letzten klaren Moment greife ich nach dem Kristall, umfasse ihn mit meinen Fingern und blicke dem Hund, der mir am nächsten ist, fest in die Augen.

Die Welt wird untergehen. Wir alle werden untergehen.

Es gibt keine Hoffnung mehr.

Ich rufe mir die Nacht in Erinnerung, in der Indigo und ich uns zum letzten Mal geliebt haben. Nichts anderes soll mich in den Tod begleiten. »Wir sehen uns wieder«, flüstere ich. »Irgendwo. Irgendwann.«

Pranken reißen den Waldboden auf, Fetzen von Erde und Moos fliegen durch die Luft. Drei Schuppenhunde rennen auf mich zu, während Ischmes Läufe im Todeskampf strampeln. Noch einmal versucht sie, sich hochzustemmen, doch die Klauen des Monsters nageln sie unerbittlich fest.

Ich will meine Augen schließen, mich ganz in der Erinnerung verlieren, als etwas Helles meinen Blick einfängt. Mehrere Pferde galoppieren durch das Farngestrüpp auf uns zu, die Köpfe gesenkt, die Mähnen

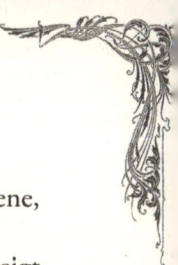

im Wind flatternd. Graue Pferde, weiße Pferde. Schwarze, falbfarbene, gescheckte und braune.

Pferde? Nein. Hörner wachsen aus ihren Köpfen, manche verzweigt wie bei Hirschen, andere gedreht wie ein Schneckenhaus oder gerade wie ein Speer.

Offenbar versammeln sich alle Monster in diesem Wald, um Ischme und mich zu zerfleischen. Mit der Gleichgültigkeit einer Todgeweihten frage ich mich, welche Wesen das gnädigere Ende bringen. Ich hoffe auf die Einhörner. So sterbe ich wenigstens durch etwas, das irgendwann einmal gut und schön gewesen ist.

Irritiert halten die Schuppenhunde inne, heben ihre hässlichen Schädel und glotzen den Einhörnern entgegen, als könnten sie nicht fassen, dass man ihnen die Beute streitig machen will. Zwei Bestien stoßen ein warnendes Bellen aus, doch die Einhörner scheren sich nicht darum. Dampf quillt aus ihren Nüstern, als sie durch den Farn preschen.

Gleich haben sie uns erreicht.

Ich will die Augen schließen, mich zusammenrollen und in eine andere Wirklichkeit flüchten. Aber es funktioniert nicht. Stattdessen sehe ich in einem zähen, seltsam in die Länge gezerrten Augenblick, wie Ischme das Maul aufreißt und nach Atem ringt. Ihr Peiniger ist abgelenkt, aber sie ist zu schwach, um sich zu befreien. Mit letzter Kraft dreht die Füchsin den Kopf und sieht mich an.

Es tut mir leid.

Ich weiß nicht warum. Aber ich lächele.

Alles wird gut, Ischme. Nicht in dieser Welt, aber in einer anderen.

Eine dunkelgraue Stute mit schwarzen Streifen an den Beinen und krumm gewachsenem Horn erreicht die Füchsin als Erstes. Doch sie durchbohrt nicht etwa ihren Leib, sondern den des Schuppenhundes.

Das Monster jault, wird hochgeschleudert und mit solcher Wucht gegen den nächsten Baumstamm gerammt, dass sein Panzer wie eine Nuss zersplittert. Ein anderes Einhorn, falbfarben mit Löwenmähne, tötet den zweiten Schuppenhund, indem es sein speerlanges Horn direkt in das aufgerissene Maul stößt.

Zwölf Einhörner gegen vier Monster.

Der Kampf ist vorbei, ehe er begonnen hat. Blut tränkt den Boden, spritzt auf den Farn und tränkt die umstehenden Baumstämme.

Hasserfüllt durchbohren die Pferde die Leichname der Ungeheuer, immer wieder und wieder, schlagen mit ihren gespaltenen Hufen auf sie ein, zerfetzen sie mit Zähnen und Hörnern, bis nur noch blutige Klumpen übrig sind. Erst als keiner der Schuppenhunde mehr als solcher zu erkennen ist, lassen die Tiere von ihnen ab, stoßen ein schrilles Wiehern aus und werfen die Köpfe in den Nacken wie siegreiche Krieger.

Ischme wirft mir einen verwirrten Blick zu. Keines der Einhörner scheint uns töten zu wollen. Vielmehr wirken sie neugierig, beschnuppern uns von oben bis unten und stupsen uns mit ihren samtweichen Mäulern an.

Ich glaube, haucht es matt in meinem Kopf, *sie haben uns gerettet. Vielleicht hat Indigo recht. Vielleicht stirbt der schwarze Zauber und gibt seine Gefangenen frei.*

Ungläubig starre ich auf die prächtigen Tiere, die sich schnaubend und grunzend um uns scharen. Ein Schimmel mit besonders langem, weiß glitzerndem Horn leckt Ischmes Wunden, während das graue Einhorn mit den schwarz gestreiften Beinen unaufhörlich an mir herumschnuppert. Kein Tier in dieser Herde gleicht dem anderen. Manche tragen zottige Puschel an den stämmigen Beinen, so wie Palilis Stute Amra. Andere sind schlank und feingliedrig und verfügen über Löwenmähnen, die sich um ihre eleganten Hälse locken. Es gibt ein schwarzes Einhorn mit weißen Flecken, das zwei ineinander verdrehte Hörner besitzt, die wie bei einem Hammel rechts und links aus seinem Kopf wachsen. Weiter hinten sehe ich ein fuchsfarbenes Tier von der Größe eines Ponys, das gleich drei Hörner sein Eigen nennt. Zwei davon sprießen aus seiner Stirn, eines aus der Nase. Ein braun-weiß geschecktes Einhorn besitzt nichts weiter als einen kümmerlichen Wulst auf der Stirn, während ein pechschwarzes Tier mit fast bodenlanger Mähne, das mich unangenehm an das Exemplar im Sgulgi-Wald erinnert, das vielfach verzweigte Geweih eines Hirsches trägt.

Ich zucke zusammen, als die graue Stute mit der Spitze ihres Horns gegen meine Schulter tippt. Wird sie mich wie ein Stück Braten aufspießen? Täuschen uns die Tiere ihre Freundlichkeit nur vor, um sich einen Spaß mit uns zu erlauben? Fassungslos spüre ich, wie die Berührung des Einhorns den Schmerz aus meinem Körper zieht. Die Schwere weicht aus meinen Gliedern, meine Finger fühlen wieder das Moos, auf dem

ich sitze. Als die Stute zurückweicht und auffordernd schnaubt, stemme ich mich vorsichtig auf die Beine. Es bereitet mir nicht die geringste Mühe. Eine wunderbare Kraft fließt durch meine Muskeln, der Kristall auf meiner Brust wird warm und gibt ein sanftes Vibrieren von sich.

»Danke.« Ehrfürchtig strecke ich meine Hand aus und lege sie auf den Hals der Stute. Ihr Fell ist warm und seidenweich. »Danke! Tausend Dank!«

Das Tier schnaubt, knickt mit den Vorderbeinen ein und gibt mir unmissverständlich zu verstehen, dass ich aufsitzen soll. Ischme liegt noch immer auf der Seite, hat die Augen halb geschlossen und seufzt vor sich hin, während der Schimmel hingebungsvoll ihre Wunden leckt. Die Füchsin heilt, aber längst nicht so schnell wie ich.

Reite voraus, Jade, flüstert es in meinem Kopf. *Du kannst ihnen vertrauen. Sie sind gekommen, um uns zu helfen.*

»Bist du dir sicher, Ischme? Ganz sicher?«

Natürlich. Ich bin ein magisches Wesen der Alten Zeit. Jetzt gehe schon. Rette ihn. Ich komme so schnell wie möglich nach.

Ich verabschiede mich mit einem Lächeln, ziehe mich auf den Rücken des Einhorns und wickele einen Strang seiner Mähne um meine Hand. Als hätte das Tier schon immer gewusst, dass dieser Moment kommen würde, stürmt es mit der schwerelosen Leichtigkeit eines Geistes in den Wald hinaus. Zehn seiner Gefährten schließen zu uns auf, jagen mit gestreckten Hälsen und weit geöffneten Nüstern neben uns her und trommeln mit ihren Hufen einen wilden, kampflüsternen Rhythmus auf den Waldboden. Eine Warnung an alle, die glauben, sich uns in den Weg stellen zu müssen. Nur der Schimmel bleibt zurück, um meiner Füchsin beizustehen.

Ich komme, Indigo. Ich komme!

Und ich bringe elf Einhörner mit.

Jinni

Niemals in ihrem langen Leben hatte sich Jinni derart schutzlos gefühlt. In jedem vorbeiflatternden Falter, in jedem Vogel, sogar in jedem einzelnen Glühwürmchen konnte sich der Feind verstecken. Wie viel Zeit blieb ihnen noch? Augenblicke? Stunden? Tage? Was würde geschehen, wenn Scyllas Spione sie aufstöberten? War Indigos Seele weit genug geflohen, um für den Jasmah-Isdar unerreichbar zu sein? Oder würde der Hexenzauber sie einfangen und zurück in ihren Körper zwingen?

Den Göttern sei Dank hatte Timotheus eine von Schlingpflanzen verdeckte Höhle unter den Wurzeln eines riesigen Baumes gefunden, doch Scyllas Handlanger waren oftmals winzig und unscheinbar. Es konnte der Tausendfüßler sein, den sich Palili gerade von der Schulter wischte. Oder die Maus, die irgendwo zwischen den Wurzeln fiepte. Sicherheit gab es nirgends. Das einzige Wesen, das sie ihnen hätte geben können, lag kalt und tot in ihren Armen. Jinni wich nicht einen Augenblick lang von Indigos Seite. Selbst als ihr ganzer Körper von dem stundenlangen Sitzen schmerzte, blieb sie aufrecht, barg seinen Kopf in ihrem Schoß und betete unaufhörlich zur Großen Mutter. Auch der Perlenvogel rührte sich nicht vom Fleck. Zu einer Kugel aufgeplustert hockte er auf Indigos Brust und schien entschlossen, seinen Platz nicht eher zu verlassen, bis das Herz unter ihm wieder zu schlagen begann.

Wo mochten Jade und Ischme gerade sein? Ging es ihnen gut? Würden sie die Blume finden? Gab es überhaupt eine reale Chance, Indigo ins Leben zurückzuholen? Die Sache mit Eomara bereitete ihr Kopfzerbrechen. Offenbar webte das Schicksal komplizierte Fäden, die auf seltsame Weise ineinander griffen. Eines war Jinni klar: Es konnte kein Zufall sein, dass ihnen im Gasthof ausgerechnet der letzte übrig gebliebene Hexer über den Weg gelaufen war. Geschweige denn die Sache mit der Frau. Eine Nachfahrin des fast ausgerotteten Volkes der Östlichen Inseln des Windes kam genau zum richtigen Zeitpunkt an den richtigen Ort, um auf Indigo zu treffen. Hier waren Mächte im Spiel, die über das menschliche Begreifen hinausgingen. Es machte Jinni rasend, dass sie die Regeln, nach denen die Figuren dieses Spiels hin und her geschoben wurden, nicht verstand.

Konnte es sein, dass es sich bei der mysteriösen *Sie,* von der die Mörderin gesprochen hatte, ebenfalls um Eomaras Geist handelte? War es möglich, dass dieses Geschöpf in viele verschiedene Schicksale eingriff? Falls ja, warum tat sie es? Warum mischte sich ein Geist in so viele Träume ein, um Seelen an bestimmte Orte zu treiben?

War das gut? War es schlecht? Oder lag die Wahrheit an einer ganz anderen Stelle verborgen?

»Ihr müsst mir etwas versprechen.« Jinni blickte auf Nobbe, der seit Stunden neben ihr saß und apathisch vor sich hin starrte. »Es ist wichtig, versteht ihr?«

»Hm?«, brummte Palili verwirrt.

»Falls ich nicht mehr da bin, wenn Indigo aufwacht, warnt ihn vor der Stimme des Geistes. Ich glaube, dass Eomara nicht nur auf unserer Seite ihre Fäden spinnt.«

»Was meinst du?«, grummelte der Zwerg. »Wieso solltest du nicht mehr da sein?«

»Das ist vollkommen egal. Ich will nur, dass ihr ihn warnt, falls ich es nicht mehr kann. Eomara spricht schon seit Längerem zu Indigo. Aber sie erscheint auch Ischme, Jade und mir im Traum. Die Mörderin sprach von einer geheimnisvollen *Sie*, die ihr alles über Indigo verraten hat. Deshalb war sie zur richtigen Zeit am richtigen Ort. Etwas Ähnliches vermute ich beim Hexer. Es gibt unzählige Gasthöfe. Warum hat es ihn ausgerechnet an diesem Tag zu genau dieser Absteige getrieben? Findet ihr das nicht merkwürdig?«

»Schon.« Palili runzelte die Stirn. »Denkst du, Eomaras Geist hat uns verraten?«

»Ich weiß es nicht«, seufzte Jinni. »Einerseits scheint sie uns helfen zu wollen, andererseits … ach verdammt, ich habe keine Ahnung. Ich möchte nur, dass ihr Indigo von meiner Vermutung erzählt. Falls sie erneut zu ihm spricht, will ich, dass er ihren Worten mit Vorsicht begegnet.«

»Denkst du, sie hat Jade und Ischme in eine Falle gelockt?« Timotheus schnappte erschrocken nach Luft. »Wollte sie die beiden etwa von uns trennen?«

»Ich hoffe nicht.« Jinni ließ ihre Finger durch Indigos Haar gleiten. Der Wunsch, ihr Schicksal hier und jetzt erfüllen zu dürfen, wurde übermächtig. Wenn sie mit ihrem Leben bezahlen musste, um ihn zu retten, würde sie es mit einem Lächeln tun. »Eomara erschien mir weder böse noch heimtückisch. Ich würde sogar sagen, dass ihre Seele genauso rein ist wie die von Jade. Trotzdem stimmt hier irgendetwas nicht.«

»Gut«, antwortete Palili. »Wir werden es ihm sagen. Aber warum in aller Welt denkst du, dass du nicht mehr hier sein wirst, wenn …«

»Hört ihr das?«, fuhr ihm Timotheus über den Mund. »Sind das Schritte? Und Hunde?«

Jinni lauschte erschrocken. Ja, da war etwas. Das Geräusch nahm zu, kam näher und näher. Zilp riss seine Knopfaugen auf. Nach einem bangen Augenblick der Stille breitete er plötzlich seine Flügel aus, flatterte aus der Höhle und verschwand.

»Trollscheiße!« Timotheus zog zwei Messer aus seinem Gürtel und hielt beide Klingen kampfbereit vor sich. »Das ist gar nicht gut. Die Schlingpflanzen verstecken uns vielleicht vor Menschenaugen, aber nicht vor Hundenasen.«

Panik klumpte sich in Jinnis Magen zusammen. Das waren nicht nur die Schritte weniger Männer. Es waren Dutzende! Dazu kam das Schnüffeln und Jaulen mehrerer Hunde. Selbst ein Sosuke, der für sein Geschick im Kampf berühmt war, würde einer solchen Übermacht nicht lange standhalten.

»Sie muss uns verraten haben.« Zum ersten Mal seit Stunden kamen wieder Worte aus Nobbes Mund. Stocksteif saß er da, glotzte auf den Schlingpflanzenvorhang und mahlte mit seinem Kiefer. »Wahrscheinlich sind sie gekommen, um das Werk der Mörderin zu vollenden.«

»Ischme hätte das verfluchte Aas finden müssen«, knurrte Timotheus. »Wie konnte dieses Miststück einfach so verschwinden?«

Ja, ein weiterer seltsamer Umstand. Ischme, die geborene Jägerin und unübertreffliche Fährtenfinderin, hatte die Frau aus den Bäumen nicht aufstöbern können. Wie war das möglich? Es hätte der Opalfüchsin nicht die geringsten Schwierigkeiten bereiten dürfen, eine verschwitzte, nach Hass stinkende Menschenfrau aufzustöbern, die unmöglich weit gekommen sein konnte. Stattdessen war sie ohne Beute zurückgekommen.

»Bleibt alle ganz still«, flüsterte Palili. »Vielleicht laufen sie einfach vorbei.«

»Hast du nicht zugehört?«, zischte Jinni. »Sie haben Hunde! Und wir keinen Schutzwall mehr. Natürlich laufen sie nicht vorbei.«

»Sollen sie nur kommen«, geiferte der Zwerg. »Ich werde sie bei lebendigem Leib filetieren. Einen nach dem anderen.«

»Sechzehn Männer, fünf Hunde.« Palili rieb mit den Daumen über die beiden Wurfklingen in seinen Händen. »Das wird schwierig

werden. Sehr schwierig. Aber nicht unmöglich. Wie ist deine Verfassung, Zwerg?«

»Meine Verfassung?«, blökte Timotheus. »Mach du dir mal keine Sorge um meine Verfassung! Wenn ich wollte, könnte ich doppelt so viele mit meinem Gemächt erschlagen.«

Palili rollte mit den Augen. »Vielleicht solltest du rausgehen, dich entblättern und sie mit deinem Anblick in die Flucht schlagen.«

»Oh ja, das werde ich!« Kampflüstern reckte Timotheus seine kleine, schrumpelige Faust. »Auf dass sie sich für den Rest ihres mickrigen Lebens die Augen aus dem Kopf weinen. Nein, warte! Das können sie ja gar nicht. Schließlich werde ich sie allesamt erschlagen.«

»Na dann, raus mit dir. Aber passe auf die Hunde auf. Sie könnten deine Leibesmitte für eine Knüppelwurst halten.«

»Hört auf damit!« Jinni zog Indigos kalten Leib noch fester in ihre Arme. »Wie könnt ihr in so einer Lage auch noch scherzen?«

»Wir scherzen«, erwiderte Palili, »um unsere Angst zu überspielen. Das ist so üblich unter Kriegern. Verlieren wir unseren Galgenhumor, geht es zu Ende mit uns.«

»Macht, was ihr wollt. Aber sie dürfen ihn nicht in ihre Finger kriegen. Entweder kommen diese Kerle im Auftrag von Scylla oder sie werden ein Feuer legen, um sicherzugehen, dass sich die Vergangenheit nicht wiederholt.«

Timotheus' Augen weiteten sich. »Ohne seine Magie wird er verbrennen wie ein normaler Mensch, nicht wahr?«

»Ja«, murmelte Jinni. »Es wird keinen Körper mehr geben, in den seine Seele zurückkehren könnte.«

»Verdammt.«

Der Zwerg umfasste die Griffe seiner Messer so fest, dass seine Fingerknöchel spitz durch die Haut stachen. Quälend träge verstrichen die Momente, in jedem einzelnen davon fraß sich das Monster der Angst tiefer in Jinni hinein. Sie spürte, wie ihr Herz kämpfte. Es war alt und schwach, lange würde es mehr standhaft bleiben. Oh, wie sehr wünschte sie sich doch, wieder jung zu sein. Stark und kampflüstern, kein schlotternder Knochensack, der hilflos dem Lauf der Dinge entgegenblicken musste.

»Trollrotz!«, knurrte der Zwerg. »Sie sind gleich da.«

»Na, dann wollen wir mal.« Palili stand auf, warf seine klimpernden Zöpfe zurück und huschte durch den Schlingpflanzenvorhang,
Timotheus folgte ihm dichtauf.

Nur Augenblicke später sausten Klingen durch die Luft, Hunde
kläfften, mehrere Männer schrien. Die Schritte wurden abrupt schneller. Jinni hörte Zweige knacken und Messer Fleisch durchstechen. Ein
wildes Kampfgetümmel entbrannte, Timotheus brüllte wie ein Berserker, mehrere Hunde hauchten jaulend ihr Leben aus. Dann zerbrach
etwas mit lautem Knacken.

War es ein Ast?

Oder ein Knochen?

»Große Mutter, stehe ihnen bei.« Jinni drückte ihre Lippen gegen
Indigos Stirn. »Ich flehe dich an. Warum hast du uns all das bewältigen
lassen, wenn du uns jetzt im Stich lässt?«

Wieder verreckte jemand unter lautem Röcheln und Gurgeln.
Timotheus brüllte nach wie vor aus Leibeskräften, auch das Sirren
und Pfeifen von Palilis Messern war unverkennbar. Vielleicht würden
sie es schaffen. Ja, ein Sosuke und ein wutschäumender Zwerg gaben
zwei furchterregende Gegner ab, aber all das Kampfgetümmel würde
unausweichlich sämtliche finsteren Kreaturen dieses Waldes anlocken,
die sich hier herumtrieben. Wenn die Menschen sie nicht erledigten,
würden es die Tiere schaffen.

»Verlasse uns nicht, Große Mutter.« Jinnis Tränen tropften auf
Indigos Stirn. Seine Seele nicht zu spüren, war mehr, als sie ertragen
konnte. Ihr Herz gehörte Nobbe, doch der Mann, der so kalt und tot
in ihren Armen lag, hatte auf viele Weisen ihr Leben gerettet. Indigo
war das Licht ihrer Seele, Nobbe ihr treuer Gefährte, ohne den sie nicht
sein wollte. Musste sie hier und heute etwa beide verlieren?

Der Vorhang aus Schlingpflanzen wurde von Zähnen und Krallen
zerfetzt. Ein Hund stürzte herein, packte Jinni am Bein und grub seine
Zähne in ihr Fleisch. Es war mehr Druck als Schmerz, Blut besudelte
die Schnauze des Tieres, stachelte seinen Zorn an und ließ es noch heftiger an ihr zerren. Kreischend schlug Nobbe auf das Tier ein, doch es
waren nur die matten Schläge eines Greises, die dem tollwütigen Köter
nicht einmal ein Zucken entlockten. Stück für Stück wurde sie nach
vorne gezerrt, weg von Indigo und ihrem Mann. Jinni schrie, schlug um

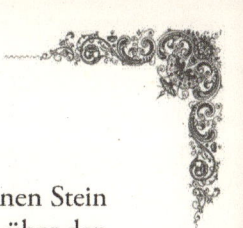

sich, trat und zappelte um ihr Leben. Als ihre Finger über einen Stein glitten, packte sie kurzerhand zu und drosch ihm den Hund über den Schädel. Dem Tier war es gleichgültig. Ungerührt zerrte es sie unter den Wurzeln hervor, schleifte sie wie einen Sack durch das Gras und spuckte sie schließlich aus, als wäre ihm ihr Geschmack zuwider geworden.

Sieben Männer und vier Hunde lagen tot am Boden. Timotheus kauerte benommen im Gras, Blut rann ihm aus der Schläfe. Palili wehrte sich noch immer wie der leibhaftige Teufel, hing aber im Griff mehrerer Männer, die mit Knüppeln auf ihn einprügelten. Weiter hinten sah Jinni zwei Kerle mit Fackeln, die einen Krug zwischen sich stehen hatten. Selbst aus der Entfernung roch sie das Öl, das sich darin befand. Sein Aroma war seltsam süßlich, es musste sich um Skrimmöl handeln. Jenes Teufelszeug, das die Schmiede für ihre Feuer benutzten, weil es tagelang mit unvorstellbarer Hitze brannte.

Jinni war starr vor Angst. Diese Männer waren gekommen, um alles zu beenden. Nicht, um sie zu verraten. Verzweifelt versuchte sie aufzustehen, aber mit dem Blut war der letzte Rest Kraft aus ihrem Körper geflossen. Das Herz in ihrer Brust flatterte wie ein abgeschossener Vogel, ihr Blick trübte sich.

Nein! Nicht jetzt! Nicht hier!

Sie hatte noch eine Aufgabe zu erfüllen. Eine wichtige Aufgabe. Eine, die alles verändern würde. Oder erlag sie nur einer irrsinnigen Hoffnung?

Zuerst sackte der Zwerg bewusstlos ins Gras, dann ging Palili ohnmächtig zu Boden. Die Männer scherten sich nicht darum, droschen wie irrsinnig auf ihn ein, traten ihm gegen den Kopf und ließen ihre Knüppel auf ihn niederfahren. So lange, bis etwas anderes ihre Aufmerksamkeit weckte.

»Bringt das Öl und die Fackeln!«, rief jemand hinter ihr. »Na los doch, sonst ist es zu spät.«

Jinni fuhr herum.

Ein Kerl zerrte Nobbe unter den Wurzeln hervor, zwei weitere Männer kamen mit Indigos Körper hinterher.

Nein! Bitte nicht, Große Mutter! Lass das nicht zu!

Wie Abfall wurde ihr Mann beiseitegeworfen, während man Indigo fast ehrfürchtig in das Gras legte. Ungläubig tuschelnd scharten sich die Kerle um ihn, bestaunten ihre Beute und schienen einen Moment lang mit ihrer Entscheidung zu hadern. Doch dann begannen sie, Zweige und Äste zu sammeln, um Indigo herum aufzuhäufen und sie mit Skrimmöl zu tränken.

»Nein!«, krächzte Jinni. »Das dürft ihr nicht tun!«

»Wir müssen«, erwiderte einer der Kerle. »Und das weißt du genau, altes Weib.«

Die beiden Fackeln senkten sich, berührten das Holz und steckten es in Brand. So schnell. So gleichgültig. Gierig zuckten die Flammen empor. Fraßen Haut und Fleisch.

Jinni konnte nichts tun. Nur stumm und reglos zusehen, wie ihre letzte Hoffnung starb.

Jade

Ich spüre Hitze.

Feuer, das über meine Haut leckt und mich verschlingt. Da sind keine Schmerzen, aber Angst. Eine abgrundtiefe, verzweifelte Angst, die das ganze Universum ausfüllt und nach mir schreit. Etwas Furchtbares geschieht. Überall ist Feuer. Ich muss es löschen. Irgendwie. Ich muss!

Magiefäden winden sich aus mir heraus, steigen zitternd empor und kriechen über die Wipfel. Ihr blaues Leuchten erhellt den dämmerigen Nachtwald, fließt über Stämme und Laub und schimmert auf den Körpern der Einhörner. Was geschieht hier? Ich weiß es nicht. Aber ich weiß, dass ich nichts dagegen tun kann. Das, was aus mir herausströmt, besitzt einen eigenen Willen. Und es ist unaufhaltsam.

Die Stute schnaubt, streckt den Hals und rennt noch schneller. Sie fliegt förmlich durch den Wald, setzt mit langen Sprüngen über gestürzte Bäume, über Bäche und Senken. Verzweifelt kralle ich mich an ihrem Hals fest, spreche tausend Gebete und schaffe es wie durch ein Wunder, nicht von ihrem Rücken zu fallen. Jedes Mal, wenn ich gefährlich zur Seite rutsche, wird die Stute langsamer, gibt mir Gelegenheit, mein Gleichgewicht zu finden, und stürmt mit angelegten Ohren weiter, sobald ich wieder einen aufrechten Sitz eingenommen habe. Meine Muskeln brennen vor Schmerz. Immer mehr Fäden brechen durch meine Haut und fächern sich auf, während sie in die Höhe

wachsen. Wie glühende Spinnennetze weben sie die Bäume ein, durchdringen Zweige und Blätter, graben sich in Borke und Holz.

Da fährt ein gewaltiges Krachen durch den Wald. Es knackt und prasselt, ächzt und stöhnt. Selbst der Himmel scheint sich zu spalten, spuckt ein ohrenbetäubendes Rauschen aus und schlägt mit voller Wucht auf die Baumkronen ein.

Äste brechen, Wipfel werden von titanischen Fäusten zerfetzt. Dicke Regentropfen prasseln gegen mein Gesicht.

Bin ich das?

Ist das die Magie der Orchidee?

Wasser erstickt Feuer, und vom Himmel ergießt sich ein solcher Schwall, dass es ist, als würden wir durch die Strömung eines Flusses schwimmen. Das Atmen fällt mir schwer, der Wald stöhnt unter der Gewalt der Fluten. Krachend stürzt eine Eiche nieder und reißt Dutzende ihrer Gefährten mit sich. Haken schlagend weichen die Einhörner den fallenden Bäumen aus, auch meine Stute bringt sich mit einem solch gewaltigen Sprung in Sicherheit, dass ich wie ein Sack zur Seite geworfen werde. Ich rutsche von ihrem Rücken, spüre einen panischen Moment des Fallens und werde von Zähnen abgefangen, die sich in mein Hemd graben.

Sekundenlang hänge ich in der Luft, festgehalten vom Maul eines Einhorns. Dann legt mich die Stute sanft auf dem Boden ab, knickt mit den Vorderbeinen ein, lässt mich aufsteigen und galoppiert weiter. Wir preschen durch einen Fluss, jagen über einen Hügel, schlittern einen steilen Hang hinab. Plötzlich wird das Tier noch einmal schneller, stößt ein kreischendes Wiehern aus und senkt seinen Schädel wie ein angreifender Büffel. Als würde ein Teil von mir ahnen, was geschehen wird, kauere ich mich dicht über den Hals der Stute, presse meine Schenkel zusammen und klammere mich mit aller Kraft an ihr fest.

Mühelos wie ein geschliffener Speer bohrt sich das Horn in den Körper eines Mannes. Noch im Galopp schwenkt das Tier seinen Kopf zur Seite und schmettert seine Beute mit solcher Wucht gegen einen Baumstamm, dass ich Knochen brechen höre.

Das Einhorn kommt zum Stehen. Ich gleite von seinem Rücken, halte die Hände über meine Augen und versuche, mich im strömenden Funkeln und Gleißen des Wolkenbruchs zu orientieren. Da sind

231

Männer, brüllend und durcheinander purzelnd. Elf Einhörner fallen wie fleischgewordene Albträume über sie her, zertrampeln sie mit ihren Hufen und spießen sie mit ihren Hörnern auf. Qualm steigt etwa fünf Schritte von mir entfernt auf.

Ein erloschenes Feuer!

Und mitten in den rauchenden Holzscheiten liegt Indigos Körper! Ich renne darauf zu, trete die Scheite beiseite, falle neben ihm auf die Knie und packe seine Schultern. Bei allen Göttern, mein Regen ist zu spät gekommen. Das Feuer hat kaum ein Stück unversehrte Haut übrig gelassen. Ich ziehe ihn an mich, halte ihn ganz fest und weine meine Hilflosigkeit hinaus. Was muss ich tun? Was, um alles in der Welt?

Bitte!, flehe ich die Magie in mir an. *Rette ihn!*

Ein Glühen durchdringt den prasselnden Regen. Die Wasserfäden werden zu flüssigem Licht, zu einem Meer aus Glanz und Helligkeit, das auf mich niederstürzt und sich in meine Haut gräbt. Zuerst tut es nicht weh. Nicht mehr als ein harter Wasserstrahl. Doch dann kommt der Schmerz. Er lässt seine Kiefer um meinen Körper zusammenschnappen, gräbt tausend Zähne in mich hinein und reißt mich auseinander.

Ich schreie.

So laut, dass es mir die Kehle zerreißt.

Es wird schlimmer, immer schlimmer.

Irgendwer greift nach mir. Eine Stimme ruft mir etwas zu. Aber ich kann nichts tun. Ich kann nicht einmal mehr denken.

Endlose Augenblicke lang zerfalle ich zu Asche. Es fühlt sich an, als würde ich hundertmal verglühen und hundertmal neu zusammengefügt werden. Jedes Mal, wenn die Schwärze mich erlöst, reißt mich eine unsichtbare Macht in die Wirklichkeit zurück, hält mich bei Bewusstsein und wirft mich wieder und wieder in das Feuer.

Dann hört es plötzlich auf.

Es ist einfach vorbei. Das Licht, das Feuer, der Schmerz. Alles hört auf, als hätte jemand einen Faden zerschnitten.

Ich sitze noch immer aufrecht, halte Indigo in meinen Armen und spüre, wie der Regen auf mich prasselt. Meine Haut ist so unversehrt wie seine. Da sind keine Verbrennungen mehr, kein rohes, verkohltes Fleisch, kein Blut. Wir sind nackt und makellos, als hätte uns die Schöpfung neu geboren. Vollmondlicht sickert durch den Regen, zau-

bert filigrane Runen auf seine Haut und überzieht seinen ganzen Leib mit einem machtvollen, funkelnden Strahlen.

»Indigo?«, flüstere ich, wische die Tropfen von seiner Stirn und küsse sein regennasses Haar. »Hörst du mich?«

Nichts.

Ich starre auf seine geschlossenen Augen. Warte. Und warte. Wenn nichts geschieht, werde ich einfach ewig hier sitzen bleiben und ihn festhalten. Ewig, solange ich lebe.

Doch dann … oh ihr Götter, ist das ein Zucken? Ist das Wärme? Spüre ich Leben unter meinen Fingern, oder ist es nur meine Einbildung, die mich verhöhnt?

»Indigo?«

Seine Hand bewegt sich. Bei allen Geistern und Göttern, ich kann sehen, dass seine Finger zucken! Er seufzt, rekelt sich und bewegt den Kopf zur Seite, wie ein Schläfer, der gegen seinen Willen aufgeweckt wird. Die Runen werden heller. Sie bewegen sich unter seiner Haut, verzweigen sich und wachsen.

Und dann – endlich – schlägt er die Augen auf. Klares, goldgesprenkeltes Grün blickt mich an. Müde und verwirrt, einen Moment lang ängstlich, doch dann kommt die Erinnerung zurück.

»Jade?«

Tränen und Regen rinnen über meine Wangen. Ich öffne den Mund, versuche zu sprechen und bringe nur ein heiseres Schluchzen zustande. Wenn das hier nur ein Traum ist, wird mich das Aufwachen umbringen.

»Jade, was ist passiert?«

Seine Stimme! Endlich höre ich sie wieder. Ich umfange sein Gesicht mit beiden Händen, küsse ihn verzweifelt, schmecke den Regen auf seinen Lippen und spüre das Leben. Dieses wunderbare Leben, von dem ich dachte, dass es für immer verloren ist.

»Jade«, flüstert er noch einmal, als ich mein Ohr an seine Brust drücke und dem schönsten Geräusch der Welt lausche. »Was ist geschehen?«

»Ich habe dich zurückgeholt. Das ist geschehen.« Die Worte sind nur Bruchstücke zwischen Lachen und Weinen, aber er versteht mich. Oh, wie sehr ich es liebe, wenn er die Stirn runzelt und zu mir aufsieht. Wie sehr ich das Blinzeln seiner Augen liebe, die Wärme unter meinen Fingern, den Regen in seinem Haar.

Und dann erzähle ich ihm alles. Ich flüstere und kichere es in sein Ohr, muss immer wieder aufhören, weil mich die Erleichterung durchschüttelt, und ende schließlich mit dem Feuer, das mich verbrannt und wieder ausgespuckt hat.

»Die Orchideen-Magie?«, haucht Indigo verwirrt. »Du hast sie in dich aufgenommen?«

»Ja.«

»Und du lebst noch?«

»Wir beide leben noch. Eomara hatte recht. Die Blume erfüllt den einen, übermächtigen Wunsch.«

Indigo rappelt sich auf, stützt sich mit beiden Händen auf meinen Schultern ab und drückt meine Stirn gegen seine. Der Regen hüllt uns in einen Kokon aus Wasser, verbirgt die Welt hinter flirrendem Silber und schenkt uns einen Moment außerhalb der Wirklichkeit.

Etwas schnaubt neben meinem Ohr. Das graue Einhorn taucht auf, macht den Hals lang und leckt mit einer absurd großen Zunge über Indigos Wange. Es ist, als würde sein halbes Gesicht von einem Lappen verschluckt werden.

»Was um alles in der Welt ... he, verschwinde!« Behutsam, aber nachdrücklich schiebt er die Pferdeschnauze zur Seite. Vergeblich. Das Einhorn schüttelt seine Mähne, trottet einen Schritt zur Seite und fährt mit der Zunge über seinen Rücken.

»Es mag deine Magie.« Indigos Miene bringt mich zum Lachen. Wieder muss ich ihn mit Küssen bedecken, ihn mit aller Kraft umklammern und in mich aufsaugen, um mir zu beweisen, dass er lebt. »Ich glaube, du hast recht. Der schwarze Zauber stirbt tatsächlich.«

»Sie haben die Schuppenhunde getötet? Sie haben euch einfach so geholfen?«

»Ja.« Das Lecken des Einhorns wird energischer. Entweder mag es das Salz seiner Haut oder den Geschmack der Magie, die immer heller aus den Runen strahlt. »Sie haben uns das Leben gerettet. Aber sie haben auch die Männer getötet, die das hier angerichtet haben.« Ich blicke auf die verkohlten Scheite hinunter. »Sie haben sie genauso zerfetzt wie die Schuppenhunde.«

»Einhörner waren niemals harmlos. Sie verabscheuen alle niederen Gefühle und zögern nicht, sie auszurotten. Deswegen gehörten sie zu

den ersten Geschöpfen, die vom Jasmah-Isdar verseucht wurden. Er wollte seine erbittertsten Feinde aus dem Weg schaffen.«

»Aber für uns sind sie ungefährlich?«

Indigo nickt. »Zumindest diese Herde. Ich stehe tief in ihrer Schuld. Du lebst und Ischme lebt. Sie hätten mir kein größeres Geschenk machen können.«

»Kannst du Ischme spüren? Ist sie auf dem Weg hierher?«

»Ja.« Benommen blinzelt er mich an. »Ja, das ist sie. Du hast uns alle gerettet. Ohne dich wären wir verloren gewesen.«

Ich antworte mit einem langen, zarten Kuss. Zweimal schiebt Indigo das vorwitzige Einhorn beiseite, zweimal widersetzt es sich seinem Willen und streckt seine Zunge erneut nach ihm aus.

»Jade«, flüstert er schließlich. Und dann noch einmal. Und noch einmal. Ich werde nicht müde, meinen Namen zu hören, und er wird nicht müde, ihn auszusprechen.

Plötzlich endet das Rauschen des Regens. Die Wolken öffnen sich, Millionen Tropfen fallen mit sanftem Plätschern von den Bäumen und brechen das Mondlicht. Ein paar Glühwürmchen tauchen aus dem Gebüsch auf und trudeln orientierungslos umher, offenbar verwirrt von der ungewohnten Dusche.

»Indigo!«, höre ich eine heisere Stimme krächzen. »Du lebst!«

Gemeinsam drehen wir uns um und sehen Nobbe, der über einem furchtbar verunstalteten Körper kniet. Die Haut des Leichnams ist gänzlich verbrannt. Fetzen verkohlten Stoffes kleben am Fleisch.

»Bitte mach, dass ich ihr folgen kann.« Der Araschnun küsst die Stirn der Toten. Und da begreife ich, dass es Jinni ist, die grausam zugerichtet im Gras liegt. »Vereine uns wieder. Bitte!«

Indigo windet sich aus meinen Armen, stemmt sich auf die Füße und vollführt ein paar unsichere Schritte. Als er die beiden erreicht hat, geht er in die Knie, beugt sich über Jinni und legt seine Hand auf ihre Wange. »Was ist geschehen, Nobbe?«

»Es war die Magie«, antwortet der Alte. »Sie drohte, Jade zu töten. Da hat Jinni ihre Hand genommen und einen Großteil des Feuers in sich aufgenommen. Es ging so schnell. Als ich begriff, was sie tat, war es schon geschehen.«

»Sie hat Jade gerettet?«, haucht Indigo. »Sie hat sich für sie geopfert?«

Nobbe schluchzt, wirft einen ängstlichen Blick auf die Einhörner und nickt. Dann streckt er sich neben Jinni aus, zieht sie in seine Arme und bettet sein Gesicht an ihren Hals. »Tu es, Indigo. Ich will nicht ohne sie sein. Niemals. Wir gehören im Leben und im Tod zusammen.«

»Nobbe …«

»Ich flehe dich an! Mein Platz ist an der Seite meiner Frau. Nirgendwo sonst.« Der Araschnun greift nach Indigos Hand, legt sie auf seine Stirn und nickt. »Erfülle meinen letzten Wunsch.«

Sanftes Licht umhüllt die Gestalt des Alten, lässt ein Zittern durch seinen Leib gehen und schließt ihm zärtlich die Augenlider. Als das Leben aus seiner Hülle weicht, glaube ich, einen erleichterten Seufzer zu hören. Nobbe stirbt mit einem Lächeln, eng an seine Frau geschmiegt, die ihn seit zweihundert Jahren Tag und Nacht begleitet hat. Ich wage nicht zu atmen. Selbst die Einhörner erstarren, stehen wie Statuen im Licht des weißen Zaubers, die großen Augen sanft und traurig, die Mähnen tropfend vor Nässe.

Indigos Licht sickert in die Erde und lässt Triebe sprießen. Innerhalb weniger Augenblicke überwuchern sie die Körper der Araschnun, entfalten zierliche Blätter und treiben Knospen, die sich zu himmelblauen Blüten öffnen. Es werden mehr. Immer mehr. Bis sich über Jinnis und Nobbes Leichnamen ein wahrer Teppich aus winzigen, sternförmigen Blumen ausbreitet, so strahlend hellblau wie der Himmel an einem Sommertag.

Zitternd stehe ich auf, gehe auf wackeligen Beinen zu Indigo, setze mich neben ihn und nehme seine Hand. Zerstampfte Körper liegen im Gras. Tote Männer, tote Hunde. Ein Stück entfernt erkenne ich die reglosen Körper von Timotheus und Palili, aber selbst von hier aus kann ich sehen, dass sich ihre Brustkörbe unter kräftigen Atemzügen heben und senken. Wenigstens die beiden hat der Tod verschont.

»Die hier mochte ich immer am liebsten«, sagt Indigo zu mir. »Sie wachsen nur im Schatten, fallen niemandem auf und werden erst wunderschön, wenn man sich Zeit für sie nimmt.«

Ganz sanft berühre ich eine der Blüten. Tatsächlich habe ich sie nie zuvor bemerkt, vielleicht, weil die Pflänzchen für jeden flüchtigen Blick so klein und unscheinbar wirken. Oder weil meine Augen von all der wuchernden Pracht dieses Waldes so übersättigt waren, dass sie

das Kleine und Verborgene nicht mehr wahrgenommen haben. Nach und nach erkenne ich die wahre Schönheit der Blumen. Ihre versteckte, wunderbare Perfektion. Da sind winzige Muster auf winzigen Blütenblättern, und in der Mitte des himmelblauen Sterns leuchtet ein gelbes Herz so groß wie ein Mückenstich.

»Gute Reise, ihr beiden.« Indigo schließt einen Moment lang die Augen. Dann steht er auf, dreht mir den Rücken zu und geht zu Palili und Timotheus hinüber. Ich beobachte, wie er die beiden mit seiner Magie heilt, ihnen auf die Füße hilft und leise erklärt, was geschehen ist. Zuerst sehe ich unendliche Erleichterung auf den Gesichtern der Männer, als sie erkennen, dass Indigo lebt. Dann verdunkelt beim Anblick der elf Einhörner Angst ihre Mienen. Zuletzt kommt die Trauer. Anfangs langsam und schleichend, doch dann, als Palili und Timotheus die Bedeutung von Indigos Worten gänzlich begriffen haben, überwältigend. Als wir schließlich zu viert um den Blumenhügel stehen, kommt es mir so vor, als hätte ich schon tausend Tode mit angesehen.

»Sie ist meinetwegen gestorben«, flüstere ich. »Weil ich nicht stark genug war.«

»Sie ist gestorben, weil es ihre Bestimmung war.« Indigo zieht mich an seine Brust und streichelt über mein Haar. »Viele Male hat Jinni davon geredet, dass sie irgendwann etwas für mich tun wird. Etwas, das ein zweites Mal alles verändern wird. Sie wusste, dass das hier geschehen wird. Sie wusste es immer. Seit sie mich damals im Schnee gefunden hat.«

»*Es gibt etwas, das ich tun muss, wenn die Zeit dafür gekommen ist.*« Ich lausche Indigos Herzschlag und lasse ihn all meine Existenz ausfüllen. Wenigstens für diesen einen Moment. »Das hat sie zu mir gesagt, ehe Ischme mich fortgebracht hat.«

»Jinni wollte seit damals ihr Leben für meines geben. Aber letztendlich hat sie gleich zwei Seelen gerettet. Deine und meine.«

»Warum müssen wir immerzu loslassen?«, knurre ich gegen seine Brust. »Ich will, dass es aufhört. Ich will niemanden mehr verlieren.«

»Sie sind nicht verloren. Ihre Seelen werden sich wiederfinden, sie werden ausruhen, zurückkehren und ein neues Dasein beginnen. Wer weiß, vielleicht kreuzen sich unsere Wege eines Tages ein zweites Mal. Vielleicht begegnen uns irgendwann zwei Kinder, die unzertrennlich sind.«

»Wir müssen unserer Bestimmung folgen, nicht wahr?« Ich weiche von Indigo zurück, hebe seine Hand an meine Lippen und küsse sie. »Wir haben gar keine andere Wahl.«

»Ja«, antwortet er. »Wir gehen weiter. So lange, bis wir dort sind, wo das Schicksal uns haben will.«

»Lass mich nie wieder los, Indigo. Nie wieder.«

»Das werde ich nicht.«

Er schenkt mir ein Lächeln. Und plötzlich fühle ich, wie ein Licht durch meine Traurigkeit dringt. Ein Licht aus Hoffnung und Zuversicht, das mich ebenso aufrecht hält wie sein Herzschlag. Es ist, als würde eine unhörbare Stimme in meinen Gedanken flüstern, dass dieser Augenblick mit allem, was ihn ausmacht, seit jeher zu meinem Leben gehört hat.

Wir folgen dem Pfad, dem wir folgen müssen. Auch wenn er an vielen Verlusten vorbeiführt und uns so oft in die Dunkelheit schickt, ist er dennoch der richtige.

»Gehen wir weiter?«, frage ich Indigo.

»Ja«, antwortet er. »Wir gehen weiter. Aber zuerst sollten wir uns etwas anziehen.«

»Oh.« Erst jetzt wird mir wieder bewusst, dass ich nackt bin. Verschämt presse ich mich gegen seinen Körper und starre auf die zarten Blüten, die den Tod in neues Leben verwandeln. »Ja, das sollten wir.«

Wortlos huschen Palili und Timotheus in die Höhle und zerren unser Gepäck hervor. Indigo kniet sich derweil in die verbrannten Überreste, legt seine Hände darauf und schließt die Augen. Licht strömt aus seinen Fingern, verwandelt verkohlte Fetzen in Stoff und Leder und macht sie wieder zu dem, was sie vor dem Feuer gewesen sind.

»Hier.« Mit einem zaghaften Lächeln hält er mir meine Kleidung entgegen. Sie sieht so unversehrt aus, als wäre sie gerade erst genäht worden.

»Danke.« Der Klumpen in meinem Hals schnürt mir den Atem ab, als ich das weiche Eislöwenleder anziehe, die Holzknöpfe meines Hemdes schließe und in die Mokassins schlüpfe. »Wie machst du das bloß?«

»Solange noch ein Fragment übrig ist, kann ich es zurückholen. Wäre der Regen später gekommen, hätte das Feuer das meiste zerstört.« Als Nächstes zaubert Indigo seine alte Kleidung herbei und zieht sie sich über. Weiches schwarzes Leder. Schimmernder Stoff, so finster wie eine mondlose Nacht. Schnallen aus Meeressilber an den kostbaren Stiefeln. Zuletzt der vertraute, weich fließende Reisemantel, der zu ihm gehört wie der Schnee zum Winter.

»Leider funktioniert das nur bei seelenlosen Gegenständen«, fügt er leise hinzu.

Ich nicke, wische mit dem Handrücken über meine nasse Wange und blicke auf die himmelblauen Blumen. Jinni und Nobbe haben uns verlassen. Der Gedanke fühlt sich so fremd an. So fern wie ein Traum. Mit dem Tod der beiden ist das Volk der Araschnun gänzlich von dieser Welt verschwunden. Sie alle sind gegangen. An irgendeinen Ort, in irgendeine Zeit.

Dass ich meinen Kristall und Indigo seine Drachenschuppe verloren hat, wird mir erst bewusst, als er beides aus der Asche fischt und den schwarzen Ruß abreibt. Das Feuer hat zwar die Lederbänder verbrannt, aber weder meinen Anhänger noch die Schuppe zerstört. Ein kleiner Zauber heilt die Versehrungen, die unsere Kleinode abbekommen haben, und lässt neue Bänder erscheinen. In den kurzen Momenten ihres Wachstums winden sich die Stränge wie dünne Würmchen auf Indigos Hand, verflechten sich miteinander und wickeln sich fest um den Kristall und die Schuppe. Zuletzt füllt Indigo meinen Anhänger mit weiß leuchtender Magie. Dankbar nehme ich ihn entgegen, lege ihn um meinen Hals und seufze, als der vertraute Zauber mich durchdringt. Er brennt nicht, er tut nicht weh. Nein, seine Macht ist wie ein warmes, tröstendes Streicheln.

»Das war wohl mal mein Gürtel.« Ein hoffnungslos verbranntes Lederstück fällt mir ins Auge. Ich ziehe es zwischen den Scheiten hervor und erkenne das mit anderen Überresten zusammengeklumpte Beutelchen, in dem noch immer Palilis Scherbe steckt. Vorsichtig ziehe ich den Spiegelsplitter heraus und sehe, dass er nach wie vor makellos ist. Ein Stück unzerstörbare Magie. »Kannst du den auch retten?«

Wortlos nimmt Indigo das schwarze Etwas und lässt den Gürtel neu entstehen. Ergriffen sehe ich zu, wie sich mein liebstes Kleidungsstück

239

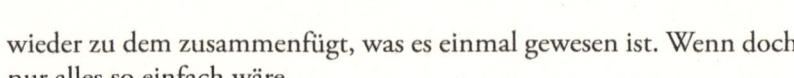

wieder zu dem zusammenfügt, was es einmal gewesen ist. Wenn doch nur alles so einfach wäre.

»Danke.« Ich nehme ihn wieder entgegen, lege ihn um meine Hüften und sammele die Messer ein, deren Metall das Feuer schadlos überstanden hat. Eins nach dem anderen stecke ich zurück in die Schlaufen, taste über die Beutelchen und bemerke, dass Indigo sogar daran gedacht hat, ihren Inhalt zurückzuzaubern: Schnüre und Angelhaken, Phiolen, Münzen, Aaswurmschleim-Tiegelchen und allerlei winzige Hilfsmittel, die mir Zugang zu mancher Tür verschafft haben.

»Wie weit ist es noch zum Portal?«, frage ich ihn. »Müssen wir bis zum nächsten Vollmond warten?«

»Nein.« Indigo lässt die silberne Schließe seines Mantels zusammenschnappen, nimmt seinen Bogen und den Köcher von Timotheus entgegen und schultert beides. »Wir haben schließlich die Einhörner.«

»Die Einhörner.« Leidend betrachtet der Zwerg das große schwarze Tier, das dem Ungeheuer aus dem Sgulgi-Wald zum Verwechseln ähnlich sieht. »Seid ihr sicher, dass sie uns nicht auffressen wollen?«

»Keine Sorge.« Indigo streift sich den Riemen seiner Tasche über den Kopf, hebt meine vom Boden auf und reicht sie mir. Gemeinsam gehen wir zu dem grauen Einhorn, das erwartungsvoll die Ohren spitzt. »Sie mögen alles andere als ungefährlich sein, aber fressen werden sie euch ganz bestimmt nicht.«

»Alles andere als ungefährlich?«, klagt der Zwerg. »Indigo, muss das wirklich sein?«

»He, genieße es einfach. Wer kann schon von sich behaupten, auf einem Einhorn geritten zu sein? Außerdem sind wir dank ihrer Hilfe schon morgen Nachmittag beim Portal.«

Der Zwerg stöhnt. »Nennt man die Viecher überhaupt noch Einhorn, wenn sie zwei Hörner haben? Oder drei? Sind es dann nicht Zwei- beziehungsweise Dreihörner?«

»Du denkst zu viel nach, Zwerg.«

Ein Schauer durchläuft meinen Leib, als Indigos Hände meine Hüften umfassen, mich auf den Pferderücken heben und erst von mir ablassen, als ich sicher oben sitze. Sanft streicht er über mein Knie, blickt tief in meine Augen und schwingt sich hinter mir auf das Einhorn.

»Gib dir nicht die Schuld, Jade.« Ein Kuss kitzelt auf meinem Hinterkopf, dann werde ich in eine sanfte Umarmung eingeschlossen. »Hast du verstanden?«

Da ist so viel Traurigkeit in mir, und zugleich so viel Glück. Die Gefühle reißen an mir, drücken sich von innen gegen meinen Körper und bahnen sich schließlich ihren Weg, indem sie als heiße Tränen über meine Wangen laufen.

»Es kommt, wie es kommen soll.« Ich lege meine Hand auf seinen Arm und spüre, wie die Magie unter meinen Fingern wächst, genährt vom Mondlicht, das hell durch den tropfenden, wispernden Wald strömt. »Was kann man schon gegen das Schicksal ausrichten?«

»Nichts«, raunt Indigo. »Gar nichts.«

»Dann werde ich mir nicht die Schuld geben.«

Timotheus klettert auf das kleinste Einhorn, den Fuchs mit den drei Hörnern. Palili erklimmt ein stämmiges braunes Tier, das ihn vermutlich an Amra erinnert.

Gemeinsam stoßen die elf Tiere ein solch schrilles Wiehern aus, dass der Sosuke und der Zwerg vor Angst erstarren. Doch in mir weckt die kämpferische Kriegserklärung an jedes finstere Leben in diesem Wald nur eines: Entschlossenheit.

Morgen werde ich das Portal öffnen.

Morgen werden wir endlich frei sein.

5

Die Rosenkönigin

Indigo

Nachdem Jade in einem Rutsch ihren gesamten Proviant aufgezehrt und eine Flasche mit Kräutertee leer getrunken hat, schläft sie wie ein Stein in meinen Armen. Ich genieße es, ihren Körper an meinem zu spüren, lausche mit halb geschlossenen Augen ihrem leisen Schnarchen und fühle so viel Rührung, dass es mich schier auseinanderreißt. Sie klingt wie Zilp, wenn er in Ischmes Fell träumt. Und sie hat mehr für mich getan, als jemals ein Mensch zuvor.

Moment. Zilp? Wo ist das Tierchen eigentlich? Seit Stunden habe ich es nicht gesehen. Genau genommen weiß ich nicht einmal, ob der Vogel die letzte Nacht überlebt hat.

Dem geht's gut. Ischme interpretiert meinen hin und her huschenden Blick wieder einmal richtig. Im Laufschritt zockelt sie neben unserem Einhorn her. *Erledigt wahrscheinlich hochwichtige Vogeldinge.*

»Wann hast du ihn das letzte Mal gesehen?«

Jade hat gesagt, dass er abgehauen ist, als die Männer kamen. Feiges Flatterding. Ich werde ihn fressen, sobald er zurückkommt.

»Seitdem ist er nicht wieder aufgetaucht?«

Nein, aber er kommt schon wieder. Wenn es ihm schlecht ginge, wüsste ich davon.

»Bist du dir sicher?«

Oh ja. Ich habe eine gewisse ... nun ja, Verbindung zu diesem dummen kleinen Scheißer. Genau wie bei dir spüre ich, wenn es ihm nicht gut geht. Im Moment scheint er in Ordnung zu sein. Hatte ich eigentlich schon erwähnt, dass Jade neuerdings auch mit mir spricht?

»Nein, hast du nicht.« Warum überrascht mich das nicht? Jeden Tag erstaunt mich dieses Mädchen aufs Neue. »Sie ist einfach unglaublich.

Zaubert, als hätte sie nie etwas anderes getan, spricht mit magischen Wesen, trotzt einer ganzen Schar Monster und zähmt nebenbei noch eine Herde Einhörner.«

Da sagst du was. Sie riecht sogar gut. Und sie ist klug. Dass ich das noch erleben darf. Jetzt kann ich mit ihr auch noch über dich herziehen, ohne dass du es merkst. Ischme zieht die Lefzen zu einem heimtückischen Fuchsgrinsen hoch. *Und uns über Frauendinge austauschen.*

»Du bist ein Fuchs, keine Frau.«

Trotzdem decken sich manche unserer Interessen.

»Die da wären?«

Ischme schnaubt und reckt ihren Schweif in die Höhe. *Das geht dich gar nichts an.*

»Heimtückisches Aas.«

Danke! Wie war das eigentlich so? Ich meine, das Totsein?

»Ich weiß nichts mehr davon. Gar nichts. Alles war einfach nur, hm, schwarz.«

Das ist alles?

»Ja. Das ist alles.«

Keine Vision, kein Licht, keine Geheimnisse?

»Nein. Absolut nichts. Vermutlich ist das so, wenn die Seele ausruht.«

Fühlst du dich denn ausgeruht?

»Nein. Dafür hätte ich wohl länger tot sein müssen. Wie geht es deinem Bein?«

Bestens. Zum Beweis vollführt die Füchsin einen steilen Satz in die Luft, wie im Winter, wenn sie eine Maus unter dem Schnee erschnüffelt hat und Anlauf nimmt, um sie mit einem Kopfsprung zu erbeuten. *Es geht nichts über Einhorn-Magie. Abgesehen von deiner Magie natürlich. Ist das nicht erstaunlich? Sie haben den Jasmah-Isdar einfach abgeschüttelt. Als wäre er eine vollgesogene Zecke.*

»Ja«, murmele ich, blinzele in das dunkelgrüne Dämmerlicht des Waldes und schmiege meine Lippen an Jades Wange. Sie riecht nach Schlaf und Erschöpfung, und immer noch ein wenig nach Angst. Der Gedanke, dass wir schon morgen Abend den Sand meiner Heimat betreten könnten, erscheint mir unwirklich. Als wäre er niemals dazu bestimmt, Wahrheit zu werden.

Ohne Jade wärst du verbrannt. Ischme knurrt und sträubt ihre Rückenhaare. *Der Riese und der Zwerg wären genauso gestorben wie die beiden Araschnun. Wir wären verloren gewesen, und unser Weg ein für alle Mal zu Ende. Deswegen glaube ich, dass sie es schaffen wird. Wenn jemand das Portal öffnen kann, dann Jade! Ich bin schrecklich gespannt, wie eure Mäuse schmecken. Habt ihr in Atlantis Eichkatzen? Und fette Flughamster?*

»Nein, aber einige Tiere, die dem nahekommen.«

Zum Beispiel?

»Ischme, ich habe keine Lust, über dein Futter zu sprechen.«

Ich wollte dich nur ablenken, schmollt die Füchsin. *Immerhin ist das der Weg, den wir damals jeden Monat gegangen sind, wenn wir Alsara besucht haben. Und dann noch die Sache mit Jinni und Nobbe ... es ist gerade keine gute Zeit.*

»Ich weiß.«

Dann tu nicht so gelassen. Das ist nämlich eine Lüge.

»Bitte sei einfach still, in Ordnung? Lass uns ein anderes Mal darüber reden.«

Verstehe. Ischme legt einen Zahn zu, trabt voraus und gesellt sich zu dem weißen Einhorn, das ihre Wunden geheilt hat. *Schon gut. Wenn du mich brauchst, lass es mich wissen. Solange lasse ich dich in Ruhe.*

Schweigend reiten wir weiter. Nach und nach gehen die Eichen, Ahornbäume und Federerlen in bläulich schimmernde Sumpfzedern über, immer häufiger versinken die Einhornhufe in schmatzendem Morast. Bald werden wir das Nebelmoor passieren. Ob die Rosenkönigin wohl noch existiert? Ich hoffe es, denn ihr Anblick wird Jade und jedem Einzelnen von uns guttun.

Wieder denke ich an Jinni, die so viele herrliche Geschöpfe niemals erblickt hat. Ihr letzter Wunsch hat sich erfüllt, und Nobbe ist mit einem Lächeln gestorben. Ich hoffe, dass die beiden glücklich sind. Irgendwo. Zu irgendeiner Zeit. Für die Araschnun wird es einen Neuanfang geben, aber ich werde nie wieder den Winter in ihrem Dorf verbringen. Nie wieder an ihren Feuern tanzen, nachts durch den Baumlilienwald wandern oder Jade in einem Zelt aus Walknochen und Leder lieben.

Frustriert grabe ich meine Nase in ihr Haar und ziehe sie fest an meinen Körper. Keine Macht der Welt wird sie mir noch einmal entreißen. Niemals! Ich werde sie auf ewig festhalten. Komme, was da wolle.

»Halt an!« Timotheus zerrt in einem Anfall lebensmüder Todesverachtung an der Mähne seines Einhorns. »Los, halt an! Jetzt mach schon, du sturer Bock!«

Das Tier schnaubt widerwillig, bleibt stehen und wirft dem Zwerg einen teuflischen Blick zu. Zweifellos ist es versucht, ihn um einen Fuß oder eine Hand zu erleichtern, aber es verharrt still.

»Was ist?«, frage ich Timotheus. »Ein Einhorn an der Mähne zu ziehen, ist ungefähr so dumm, wie einem Kalam-Duk in den Hintern zu treten.«

»Mag sein. Aber du würdest niemals zulassen, dass es mir den Kopf abbeißt.« Der Zwerg gleitet vom Rücken des Tieres, springt in das Dickicht und grapscht nach etwas, das kreischend in alle Richtungen auseinanderstiebt. Ich sehe nur ein wildes Huschen und Flitzen, Zweige knacken, Blätter rascheln. Da ertönt ein schrilles, wohlvertrautes Zetern. Jade zuckt zusammen, reißt die Augen auf und starrt in die wackelnden Büsche.

»Was ist das?«

»Nur ein verfressener Zwerg auf Pilzkerljagd.«

»Pilzkerle?«

Schon taucht Timotheus wieder auf, grinst triumphierend und präsentiert uns in jeder Hand zwei zappelnde Männchen. Mit aller Kraft graben sie ihre Zähne in die Zwergenhand, doch deren Haut ist so ledrig und derbe, dass sie keinerlei Schaden anrichten können.

»Na, wer möchte?« Geschickt dreht er die Hüte ab und wirft die amputierten Pilzkerle beiseite. »Das sind doch wahre Prachtexemplare, was? Dick und fleischig wie Kürbisse.«

Jade verzieht angewidert das Gesicht. »Du willst sie roh essen?«

»Natürlich.« Ein wütender Pilz verbeißt sich in Timotheus' Hose. Ungerührt zupft er ihn ab und schleudert das infernalisch kreischende Ding in hohem Bogen von sich. »Roh sind sie sogar noch besser als gebraten. Willst du wirklich nicht?«

»Nein danke.« Jades Blick füllt sich mit Mitleid, als eines der Kerlchen in Tränen ausbricht und gotterbärmlich zu winseln beginnt. Vermutlich gehört ihm der Hut, den Timotheus gerade mit genüsslichem

Schmatzen verspeist. Seine beiden Kumpane nehmen den Pilzkerl an den dürren Ärmchen und zerren ihn zurück ins Gebüsch, nicht ohne dem Zwerg einen mordlüsternen Blick zuzuwerfen.

»Sieht so aus, als würdest du jetzt auf der Pilz-Abschussliste stehen.« Palili steigt vom Einhorn, nimmt zwei Hüte entgegen, vertilgt den ersten mit einem einzigen Bissen und reicht mir den zweiten.

»Nein.« Allein der Gedanke verursacht mir Magenschmerzen. »Er gehört dir.«

»Umso besser. Ich könnte nämlich einen ganzen Neschnim verputzen.« Der Sosuke stopft sich den Hut in den Mund, tätschelt seinen Bauch und klettert wieder auf das Einhorn. Ich spüre, dass er unter seiner lockeren Art etwas ganz anderes versteckt, aber Palilis Maske ist mir weitaus lieber als das, was er darunter trägt. »Denkst du, du könntest beizeiten mal wieder ein Wildhuhn erlegen? Oder eine schöne, fette Wachtel? Ich würde es ja selbst tun, aber die Viecher haben einfach zu gute Ohren und ich keine magisch leisen Schritte.«

»Sobald wir beim Portal sind«, antworte ich. »Bis der Mond aufgeht, werden wir ohnehin ein paar Stunden rasten.«

»Mit einem Feuer?«

»Ja, mit einem Feuer. Und allem, was dazugehört.«

»Den Göttern sei Dank«, stöhnt Palili. »Die heilende Wirkung eines schönen Feuerchens wird allzu oft unterschätzt.«

Timotheus streckt sich, gähnt ausgiebig und steigt wieder auf sein Reittier. Noch lange verfolgt uns ein heimliches Rascheln, Tuscheln und Schimpfen, ehe es sich im lauter werdenden Zirpen der Sumpfzikaden verliert. Nebelschwaden streichen um die Zedern, fließen um die Beine der Einhörner und verbergen heimtückische Moorlöcher. Fäulnis schwängert die Luft, der Morast gluckst und schmatzt unter jedem Huftritt.

Palilis Blick huscht wachsam umher. Als er bemerkt, dass ich ihn beobachte, nickt er mir mit einem traurigen Lächeln zu. So viele Kämpfe haben wir gemeinsam durchgestanden. So viele Gefahren bezwungen. Und doch hat uns Jade, dieses kleine, starrsinnige Mädchen, allesamt in den Schatten gestellt.

Ich male mir ihre zarte Gestalt über dem Abgrund eines schäumenden, monsterverseuchten Meeres aus. So viel Mut, solch wilde

Entschlossenheit! Schuppenhunde, die sich auf sie stürzen. Riesenhafte Kraken. Und all die Zeit habe ich tot unter einem Baum gelegen, anstatt ihr beizustehen.

»Es gibt etwas, das ich dir schon viel früher hätte sagen müssen.« Sanft streiche ich das Haar hinter ihr Ohr zurück, küsse die zarte Stelle unterhalb des Ohrläppchens und spüre, wie ein Zittern durch ihren Körper läuft. »Ich liebe dich, Menschenmädchen. Ich liebe dich mehr, als du dir vorstellen kannst.«

Jade nimmt einen tiefen Atemzug und dreht sich zu mir um, die Augen voller Tränen. Dann antwortet sie mit einem langen, zärtlichen Kuss.

»Ich dich auch«, haucht sie an meinen Lippen, legt eine Hand auf meine Wange und blinzelt zu mir auf. »Viel zu sehr. Viel, viel zu sehr.«

»Kannst du damit aufhören?«

Sie lächelt benommen. »Niemals.«

»Ich auch nicht. Dann sind wir wohl verloren, was? Mit Haut und Haar.«

Einen Augenblick lang klammern wir die Wirklichkeit aus, halten uns einfach nur umfangen und lachen, als würde es weder Angst noch Dunkelheit geben. Die Einhörner treten auf eine Lichtung hinaus, Vollmondlicht glitzert auf einem Labyrinth aus kleinen Tümpeln und fällt ungehindert auf meine Haut. Sofort beginnen die Runen zu brennen. Jade zuckt zurück, starrt mich erschrocken an und schiebt ihre Hand in den Ausschnitt meines Hemdes.

»Tausend heulende Dämonen, du glühst ja wie ein Schmelzofen!«

»Ich fühle mich auch wie ein Schmelzofen.«

»Denkst du, es wird dich …«

»Keine Angst.« Krampfhaft versuche ich, meine ruhige Miene beizubehalten. Niemals hätte ich für möglich gehalten, dass ich den Mond jemals verfluchen würde. Doch diesmal tue ich es. »Mir passiert schon nichts.«

»Denkst du, du musst noch einmal verbrennen?« Jade dreht sich noch ein Stück weiter zu mir um, steckt ihre Hand tiefer in mein Hemd und reißt die Augen auf, als ihre Finger über eine der Runen tasten. »Du bist doch schon wiederauferstanden, oder nicht?«

»Vorsicht.« Sanft ziehe ich ihren Arm wieder hervor. »Das könnte gleich unangenehm werden. Und wegen deiner Frage: Ich weiß es nicht. Keine Ahnung, ob diese Art der Wiederauferstehung ausreicht, oder ob ich gänzlich … nun ja … zu Asche zerfallen muss. Ich hoffe, Eomara wird mir eine Antwort geben.«

»Traust du ihr denn noch?«, fragt Jade. »Was ist, wenn Jinni recht hatte?«

»Ich zweifele nicht an Eomaras Liebe. Ihre Seele ist immer noch rein. Aber es geschehen Dinge, die ich nicht verstehe. Es ist, als würde eine höhere Macht unsere Schritte lenken und die Räder des Schicksals beeinflussen.«

»Wer kennt noch die Wahrheit außer uns und Eomara? Wer könnte der Mörderin alles über dich verraten haben?«

»Es gibt noch eine Frau, die weiß, wer ich bin. Ihr Name ist Nemuri. Sie besitzt ein Gasthaus in Scharzad, aber als Verräterin kommt sie nicht infrage.«

»Woher weißt du das?«

»Sie und ihr Kind verdanken mir ihr Leben. Vor elf Jahren habe ich sie in Scharzads Straßen gefunden. Sie war hochschwanger und stand kurz vor der Geburt, was ihren Mann nicht davon abgehalten hat, sie gemeinsam mit drei Kumpanen zu verprügeln. Kurz gesagt, habe ich die Kerle in die Knochenwüste gezaubert, Nemuri mitgenommen und ihr ein neues Leben geschenkt. Ich hätte ihr niemals mein wahres Gesicht gezeigt, wenn ich ihr nicht vollkommen vertraut hätte. Außerdem weiß sie zu wenig. Ich habe ihr meine Herkunft verraten, aber mehr auch nicht.«

»Hm.« Ich sehe Neugier in Jades Augen aufflackern, aber sie scheint nicht in Stimmung zu sein, mich hier und jetzt auszufragen. »Wenn die geheimnisvolle Macht groß genug ist, um in Träumen herumzugeistern und das Schicksal zu lenken, warum sind wir dann immer noch wohlauf? Heißt das, dass sie uns zwar Mörder und Hexer auf den Hals hetzt, aber nicht unseren Tod will?«

»Ich denke, sie will uns lenken. Wenn ich nicht gestorben wäre, hättest du niemals die Orchidee gesucht und niemals ihren Staub eingeatmet. Die Blume hat dich verändert. Mehr, als du glaubst. Ist dir klar, dass du die Gewalten der Natur befehligt hast, um mich zu retten?«

Sie starrt mich aus großen, furchtsamen Augen an. »Was bedeutet das, Indigo?«

»Ich weiß es nicht.«

»Warum hat die Macht dann nicht auch Jinni und Nobbe gerettet? Warum hat sie zugelassen, dass die Araschnun sterben?«

»Ich weiß es nicht«, wiederhole ich. »Momentan habe ich das Gefühl, dass … ach verdammt, keine Ahnung.«

Jade seufzt. »Wie geht es dir, Indigo? Bitte sei ehrlich.«

»Ich fühle mich, als hätte ich zwei Ochsen samt Vor- und Nachspeise in mich hineingestopft.«

»Warum?«

»Anscheinend kann man sich an Magie überfressen. Mir ergeht es gerade wie den Scharzadianern nach ihren Orgien. Nur bin ich nicht mit Kamelbraten und Granatapfeltorte abgefüllt, sondern mit Mondlicht.«

Jade dreht sich wieder um, seufzt noch einmal und sinkt in sich zusammen. Sie hat Angst um mich, und nichts in der Welt kann sie davon befreien. Wie auch? Mir ergeht es nicht im Geringsten besser. Die Fäden des Schicksals wirbeln in einem einzigen Chaos um uns herum, und so verzweifelt ich auch versuche, einen Sinn darin zu erkennen, scheitere ich unaufhörlich.

Tiefer und tiefer ätzen sich die Runen in meine Haut, von Kopf bis Fuß kribbelt und juckt mein Körper, als würden Millionen von Ameisen darin herumkriechen. Und dann drückt sich etwas Merkwürdiges meine Kehle hinauf. Ich versuche, es hinunterzuwürgen, aber das Ding wandert unbarmherzig höher, bahnt sich seinen Weg und schlüpft mit einem entwürdigenden Laut aus meinem Mund.

»Hä?«, höre ich Timotheus hinter uns rufen. »Hast du gerade gerülpst?«

»Unsinn.« Ich spiele mit dem Gedanken, mich unsichtbar zu machen. Oder mich an das andere Ende der Menschenwelt zu zaubern. Erst recht, als Jade sich erneut umdreht und mich aus großen Augen mustert.

Da passiert es wieder. Ich kann nichts dagegen tun. Absolut nichts. Zu allem Überfluss folgt dem erniedrigenden Geräusch auch noch eine Wolke aus blau-silbern funkelndem Licht.

»Ha!«, kreischt der Zwerg. »Hast du's gesehen, Palili? Er hat allen Ernstes eine magische Wolke aufgestoßen.«

»Halt den Mund, Timotheus, oder ich verwandele deinen Kopf in einen Kürbis.«

»Wieso sollte es dir anders ergehen als uns?«, schnaubt der Zwerg. »Endlich zeigst du mal menschliche Schwäche. Was sagst du dazu, Jade?«

Das Mädchen lächelt. Sie sieht weder angewidert noch abgestoßen aus, sondern … ja, was? Gerührt? Entzückt?

»Ich finde es süß«, sagt sie allen Ernstes.

»Was?«, hake ich ungläubig nach.

»Finde dich damit ab.« Jade zuckt mit den Schultern. »Du hast dich an Magie überfressen. Mit allen natürlichen Konsequenzen. Der Zwerg hat recht. Warum sollten nur wir unter körperlichen Unzulänglichkeiten leiden? Wenigstens ist es bei dir nicht eklig, sondern … nun ja, magisch. Es gibt Schlimmeres als hübsche, leuchtende Wölkchen.«

Ich starre sie wortlos an. Und dann passiert es ein drittes Mal. Ich schlage mir eine Hand vor den Mund, doch das Licht wabert einfach zwischen meinen Fingern hindurch.

Jade fängt an zu kichern. »Ist das zu fassen?«

»Es ist entwürdigend«, knurre ich. »Ich klinge wie Timotheus nach einem Käsebohnen-Essen.«

»Ja«, grölt der Zwerg. »Fehlt nur noch, dass es auch woanders rauskommt. Magische Blähungen, haha! Stell dir bloß mal vor, Palili, wenn …«

»Halte deine dämliche Zwergfresse«, fährt ihm der Sosuke ungewohnt ruppig über den Mund. »Du bist doch der Schlimmste von allen! Wenn du furzt, fallen die Eichkatzen tot von den Bäumen.«

»Ja, verdammt, ich tu's ständig. Nach jedem Essen. In jeder Nacht. Ich werde sogar selbst davon wach, weil es manchmal klingt, als würde jemand eine Kanone neben meinem Ohr abfeuern. Glaubst du, mich entwürdigt das nicht?«

»Seid still!«, fahre ich die beiden an. »Euer Gezeter ist unerträglich.«

Wieder fällt ein heller Strahl Mondlicht durch eine Lücke in den Bäumen. Wieder glühen die Runen wie geschmolzener Stahl. Ich beiße die Zähne zusammen und gebe mir alle Mühe, stillzuhalten.

»He, bald ist es vorbei.« Zärtlich streichelt Jade meine zusammengeballte Hand. »In nicht mal einer Stunde geht der Mond unter.«

Ich seufze, schließe die Augen und versuche, ein paar klägliche Reste Selbstbeherrschung zusammenzukratzen. Mehr und mehr Energie sammelt sich in meinem Körper, bläht sich auf und drückt von innen gegen meinen Brustkorb. Bald dringt die Magie sogar durch meine Kleidung und hüllt uns in einen Kranz aus blau-silbrigem Licht. Ich versuche, so viel wie möglich in den Schutzwall und in unsere Verschleierung zu stecken, doch auch dieser Zauber ist viel zu schnell übersättigt und nimmt bald nicht einmal mehr den kleinsten Tropfen auf.

Fürsorglich meidet die Stute jede Lücke in den Baumkronen und weicht dem kleinsten Mondlichtstrahl aus, der durch die Blätter fällt, doch der Druck wird nicht im Geringsten erträglicher. Niemals hat mich das erwischt, was die Menschen *Speihen* nennen, doch jetzt fange ich an, mich danach zu sehnen.

Ich brauche ein Ventil.

Ich muss Magie loswerden. Jetzt. Sofort.

Den Göttern sei Dank kommt die Lösung schnell, und zwar in Form zweier Moorjungfrauen, die das Pech haben, zur falschen Zeit am falschen Ort nach Beute zu suchen. Die Zedern mit ihren weichen Bärten aus Flechten öffnen sich zu einem See mit brackig schwarzem Wasser, in dem ein vor langer Zeit abgestorbenes Birkenwäldchen vermodert. Zwischen schleimigem Geäst und fedrigem Hornkraut winden sich zwei Frauen mit schwarz-grünen Fischschwänzen, langem Rabenhaar und milchweißer Haut.

Ischme knurrt bedrohlich, Jade stößt einen verblüfften Laut aus. »Sind das etwa Nymphen?«

»Nein. Das sind Moorjungfrauen. Die bösen und magisch unbegabten Schwestern der Nymphen. Entschuldigt mich einen Moment, ich muss mich um die Damen kümmern. Kommt uns auf keinen Fall zu nahe, habt ihr verstanden? Sonst brenne ich euch noch die Haare vom Kopf.«

»Was hast du vor?«, knurrt Timotheus. »Und warum leuchtest du wie ein riesiger Glühwurm?«

Ich enthalte mich einer Antwort, gleite vom Einhorn und schiebe mich durch das dichte Uferschilf. Die Moorjungfrauen zischen hungrig. Wie Schlangen winden sie durch das Geäst, schlagen mit ihren Schwänzen und setzen ein Lächeln auf, das schon viele Männer in den

Tod getrieben hat. Wasserpflanzen fächeln über ihre sinnlichen Körper, ihre Augen sind so dunkelblau wie der Himmel zwischen Dämmerung und Dunkelheit.

Vor langer Zeit hat ihre Gattung verirrten Wanderern Geleit gegeben. Jetzt nagen sie eben jenen unglücklichen Seelen das Fleisch von den Knochen. Noch immer sind die Moorjungfrauen wunderschön, aber es ist eine verfaulende Schönheit. Sie ist schwärend und abscheulich, heimtückisch und boshaft. Kaum berühren meine Füße das Wasser, werden die Wesen von ihrer Gier überwältigt. Sie schießen vorwärts, strecken ihre Krallen nach mir aus und graben sie in den Stoff meines Mantels. Wie Gift tropft das Säuseln von ihren Lippen, während sie ihre glitschig-kalten Finger an meinen Beinen emporklettern lassen. Als die Moorjungfrauen begreifen, dass ihre Verführungskraft ins Leere läuft, wird ihr Singen drängender. Zorn glimmt in ihren Augen auf, sie ziehen und zerren an mir, blecken spitze Zähne und peitschen mit ihren Schwänzen das Wasser.

Magie tropft aus meinen Fingerspitzen und berührt die Haut der Kreaturen, noch ehe es meine Hände tun. Ein gellendes Kreischen hallt durch das Moor. Ich packe zu, presse meine Finger um ihre Kehlen zusammen und zwinge das aus ihren Leibern, was sie Jahr um Jahr so hungrig gesammelt haben. Leuchtende Seelen, Hunderte an der Zahl, die ihren aufgerissenen Mäulern wie panische Vögel entsteigen und in den Himmel flüchten.

Schmerz weitet die Augen der Moorjungfrauen. Ich will aufhören, kann es aber nicht. Die Magie ist stärker als mein Wille, strömt in einer gleißenden Flutwelle aus meinen Fingern und durchstößt die Kreaturen mit tausend Speeren aus weißem Glanz.

Ich töte sie!

Bei den Göttern, ich verbrenne sie zu Asche!

Verzweifelt winden sich die Wesen in meinem Griff, kreischen und winseln, reißen die Augen auf und graben ihre Klauen in meinen Arm. Vergeblich. Ich kann es nicht aufhalten, ich koche die Moorjungfrauen förmlich mit meinem Licht, zerstöre ihre Dunkelheit und ihr Leben.

Doch dann …

Nein, unmöglich!

Meine Finger öffnen sich, die Wesen gleiten zurück ins Wasser. Unversehrt. Lebendig. Immer noch atmend. In ihren Augen schmilzt das Eis der Bosheit, schwarze Fäden kriechen wie Würmer aus ihrer Haut und steigen empor. Es ist die klebrige, finstere Essenz des Jasmah-Isdar, die durch die Luft wirbelt, zu Asche zerfällt und ins Wasser rieselt.

Plötzlich sind die Moorjungfrauen keine Monster mehr, sondern gleichen Kindern, die zum ersten Mal einen Blick auf die Wahrheit werfen. Ungläubig heben sie ihre Arme aus dem Wasser, berühren sich gegenseitig, starren auf die schwarze Fläche des Sees und stoßen das Winseln verängstigter Tiere aus.

»Könnt ihr euch erinnern?«, frage ich vorsichtig. »Wisst ihr, was mit euch geschehen ist?«

Die Wesen nicken und weinen bittere Tränen. Der Zauber mag aus ihren Körpern gewichen sein, aber was er zurückgelassen hat, sind zwei zerstörte Hüllen.

»Es tut mir leid«, flüstere ich den Moorjungfrauen zu, ehe sie mit einem gequälten Schluchzen in der Tiefe des Sees verschwinden. Vermutlich ist sein Grund mit Knochen übersät. Mit all den Überresten jener, die sie in den Tod gelockt haben.

»Habe ich das richtig gesehen?« Palili glotzt mich fassungslos an, als ich wieder meinen Platz hinter Jade einnehme. »Hast du die beiden gerade geheilt?«

»Ja«, antworte ich nur.

»Aber Indigo, das ist ein wahrer Lichtblick!«

»Ist es das?« Ich ertrage den Anblick des Sees nicht. Irgendwo dort unten im schwarzen Wasser schreien die Moorjungfrauen ihr Leid hinaus. »Sie wissen jetzt, was sie getan haben. Sie erkennen ihre Schuld.«

»Ja«, seufzt Palili. »Aber du kannst den Jasmah-Isdar heilen! Du kannst ihn vertreiben. Das bedeutet, dass du bald stark genug bist, um die Wurzel des Bösen endlich aus dieser Welt zu reißen.«

Die Zuversicht des Sosuke macht mir plötzlich klar, dass ich nicht gehen darf. Nicht, ohne den Schatten des Bösen gänzlich vertrieben zu haben. Jade gibt einen überraschten Laut von sich, als ich noch einmal vom Einhorn gleite, zum See laufe und meine Hände in das Wasser tauche.

»Habt keine Angst«, flüstere ich den Moorjungfrauen zu. »Ich kann euch helfen.«

Das Klagen und Weinen in der Tiefe wird leiser. Ich spüre ihre schattenhaften Bewegungen, ihr Huschen und Flüstern in der Schwärze.

Wie, Zauberer?, wispert es in meinem Kopf.

»Ich gebe euch Flügel, um den Sumpf zu verlassen. Und ich gebe euch Vergessen.«

Vergessen? Die Wesen kommen auf mich zu. Ihre schimmernden Leiber tauchen aus der Finsternis auf, durchbrechen das Wasser und schlängeln ans Ufer. *Wie willst du uns vergessen lassen?*

Ich blicke in die nachtblauen Augen der Moorjungfrauen, die aussehen wie zerbrochenes Glas.

Wir haben gesehen, was kein Verstand ertragen kann, flüstern sie mit einer Stimme. *Berge aus Knochen. Berge aus Tod. Unsere Zähne und Klauen haben das getan.*

»Ich werde euch verwandeln. Ihr könnt fliegen, wohin ihr wollt. Die Seele des Vogels wird zu eurer werden. Ihr werdet frei sein.«

Werden wir vergessen?

»Nicht ganz. Aber es wird nicht mehr wehtun. Der Vogel wird euch das geben, wonach ihr euch sehnt. Ein neues Leben.«

Dann tue es. Die Moorjungfrauen kriechen ans Ufer und drücken ihre Köpfe gegen meine Hände. *Tue es schnell, Zauberer.*

Ich hülle sie in ein Netz aus Licht und forme ihre Körper neu. Grün-schwarze Schuppen und milchweiße Haut werden zu Federn, Arme zu Schwingen, Lippen zu Schnäbeln. Zwei Herzschläge später stehen zwei herrliche, schwarze Onyxreiher vor mir, breiten ihre Flügel aus und blinzeln auf das, was ich ihnen geschenkt habe.

»Seid vorsichtig«, gebe ich ihnen mit auf den Weg. »Meidet die Menschen und fliegt nur in der Nacht. Sie macht euch unsichtbar.«

Hab Dank, Zauberer, flüstern die Wesen. *Aber wir erinnern uns noch immer. Du hast uns Vergessen versprochen.*

»Es wird kommen. Lasst den Sumpf hinter euch. Fliegt so hoch ihr könnt. Die Seele des Vogels braucht ihre Zeit, aber sie wird euch bald erlösen.«

Hoffnungsvoll schlagen die Onyxreiher mit ihren Schwingen, strecken ihre Hälse und stoßen sich vom Boden ab. Ungeschickt flattern sie empor, streifen die Wipfel der Zedern mit ihren langen Stelzfüßen und kämpfen sich weiter empor, bis der Wind unter ihre Flügel greift. Nur einen Herzschlag später sind ihre schwarzen Körper mit der Nacht verschmolzen.

»Egal, wie oft ich dich zaubern sehe«, brummt Palili, »ich gewöhne mich einfach nicht daran.«

»Du hast diesen Biestern wirklich die Freiheit geschenkt?«, mischt sich Timotheus gewohnt miesepetrig ein und denkt vermutlich dasselbe wie die finster dreinblickende Füchsin. »Sie haben Tausenden von Männern das Fleisch von den Knochen genagt, und du verschwendest kostbare Magie, um ihnen zu helfen?«

»Ich habe hundertmal so viel getötet, Zwerg.«

»Ja, aber …«

»Nichts aber. Sie sind nicht mehr die, die sie einmal waren. Wenn du sagst, dass sie den Tod verdienen, dann verdiene ich ihn umso mehr. Abgesehen davon habe ich momentan so viel Magie, dass sie mir zu den Ohren herauskommt. Das ist übrigens auch der Grund dafür, warum ich leuchte wie ein Glühwurm.«

Timotheus nickt reumütig, Ischme legt ihr gesträubtes Nackenfell wieder an und wirft mir einen Blick zu, der irgendwo zwischen Verständnislosigkeit und Respekt liegt. Ich steige wieder auf das Einhorn, lege meine Arme um Jades Schultern und beschränke meine Sinne nur noch auf sie.

»Das war wunderbar«, flüstert sie mit einem Lächeln in der Stimme. »Dein Licht ist stärker als die Dunkelheit. Wir werden es schaffen.«

»Ja«, murmele ich in ihr Haar. »Wir schaffen es.«

Werden wir das wirklich? Das Menschenmädchen ist mein einziger Halt. Ich brauche Jade so sehr, dass mir die Angst vor ihrem Verlust das Herz zu einem Stein zusammenpresst. Bin ich stark genug, um sie zu beschützen? Wird ihr niemals ein Leid widerfahren? Werde ich stets bei ihr sein, wenn sie meine Hilfe braucht?

Im nebelverhangenen Irrgarten des Moores kommen wir nur langsam voran. Die Verlockung, uns einfach an das Ziel unserer Reise zu zaubern, kämpft mit meinem Bedürfnis, den Weg in die Länge zu ziehen. Energie genug habe ich übrig. Was spielt es für eine Rolle, ob sie nun nutzlos aus meinen Poren quillt oder für einen starken Zauber verwendet wird? Aber der Ritt auf dem Einhorn besänftigt meine wirren Gedanken, Jades Körper in meinen Armen schenkt mir Frieden und ein Teil von mir scheut sich vor der Antwort auf die Frage, ob das Mädchen die Welten vereinen kann oder nicht.

Jade wird enttäuscht sein, wenn das Portal verschlossen bleibt. Ich werde den Schmerz in ihren Augen sehen und nichts dagegen tun können. Ganz gleich, wie oft sie mir schwört, es zu akzeptieren, spüre ich doch die Wahrheit. Sie ist wild entschlossen. Aber manchmal ist dem Schicksal ein eiserner Wille gleichgültig.

Ich schließe die Augen und versuche, wenigstens einen Moment lang an nichts zu denken. Die Runen auf meiner Haut glühen und knistern, Fäden weben ihr komplexes Netz, wachsen und wuchern und verwandeln mein Blut in flüssiges Licht.

»Wie traurig«, seufzt Palili irgendwann. »Sie ist verwelkt.«

Ich öffne die Lider und sehe die Rosenkönigin vor mir. Besser gesagt das, was von ihr übrig ist. Ihre dornengespickten Ranken bilden eine gewaltige Mauer, an der kein Weg vorbeiführt, wenn man den Sumpf verlassen will. Doch sie ist fast vollständig kahl. Nur hier und da hängen noch ein paar verdorrte Blätter herab, fangen den Nebeltau ein und erinnern an verlorene Pracht.

»Was ist das?«, flüstert Jade.

»Eine Rosenkönigin«, erwidere ich. »Ihre Blüte ist das Schönste, das die Schöpfung jemals hervorgebracht hat.«

»Was ist mit ihr geschehen?«

»Früher lebten die Himaro in den Sümpfen. Kleinwüchsige Menschen mit schwarzer Haut und goldenen Augen. Sie nährten die Rosenkönigin mit ihrem Blut, im Gegenzug schenkte sie ihnen eine Art Rausch. Einmal im Jahr feierten die Himaro zu Füßen der Rosenkönigin ein gewaltiges Fest. Sie opferten ihr Blut, berauschten sich an den Dornen der Pflanze und frönten der hemmungslosen Paarung.«

»Oh.« Jade räuspert sich. »Und was ist dann geschehen?«

»Der Jasmah-Isdar verseuchte die Geschöpfe des Moores. Die Himaro wurden schlichtweg verspeist. Sie sind schon seit Langem ausgestorben, seitdem nährt niemand mehr die Rosenkönigin. Es gibt einige Abenteurer, die nach ihr gesucht haben, aber sie sind alle im See der Moorjungfrauen gelandet.«

»Keiner hat sie gefüttert«, wirft Timotheus ein. »Abgesehen von dir, wenn ich mich nicht irre.«

»Ein paar Mal habe ich ihr geholfen, ja. Aber die Rosenkönigin ist ein Wesen, das Reinheit braucht. Der Jasmah-Isdar hat sie vor ihrer Zeit aufgezehrt.«

Jades Blick huscht zwischen mir und der verdorrten Mauer hin und her. »Dann ist sie also tot?«

»Vermutlich. Falls noch Leben in ihr ist, werden wir es gleich wissen.«

Ich steige ab, gehe auf die gewaltige Pflanze zu und setze mich vor ihr ins Moos. Inmitten des trockenen Gestrüpps hängen noch immer die Überreste einer Blüte: eine schwarze, verschrumpelte Masse, dreimal so lang wie Palili und weniger als ein Schatten dessen, was dieses Geschöpf einmal gewesen ist.

Innerhalb weniger Augenblicke füllt der sinkende Vollmond meine verlorene Energie wieder auf. Es ist mehr als genug übrig, um hundert Rosenköniginnen zu retten. Langsam schiebe ich meine Hand in das Gestrüpp und suche nach einem Lebensfunken.

»Wach auf, meine Schöne. Es gibt da jemanden, der ein bisschen Aufmunterung braucht.«

Nichts. Kein Leben. Keine Seele.

Doch vielleicht ist sie nur verborgen. Tief im Herzen der Pflanze. Ich lasse meine Magie in ihre vertrocknete Dunkelheit strömen. Moos raschelt unter verstohlenen Schritten. Palili, Timotheus und Jade kommen heran, legen ihre Taschen ab und setzen sich neben mich. Währenddessen zupfen die Einhörner seelenruhig die Flechten von den Zedern, und Ischme steckt ihre Nase in ein Sumpfrattenloch.

Magiefäden wickeln sich um tote Dornen, tasten sich knisternd voran und suchen nach dem Funken, der das Leben neu entfachen kann.

Nichts.

Palili seufzt bekümmert, Jade streichelt aufmunternd meine Schultern, der Zwerg kaut mit finsterer Miene auf seinen Fingernägeln und Ischme buddelt grunzend und schnaufend im Rattenloch herum.

»Ich war zu lange nicht mehr hier.« Enttäuscht ziehe ich meine Hand wieder heraus und hebe eine der toten Ranken auf, die vermodernd auf dem Boden liegen. »Es tut mir leid.«

»Irgendwann und irgendwo wächst eine neue Rosenkönigin«, erwidert Jade sanft. »Trotzdem danke.«

»Wofür?«

»Dass du sie mir zeigen wolltest.«

»Hm.« Gedankenverloren drücke ich die Spitze eines Dorns in meinen Daumen. Ein Tropfen Blut benetzt das abgestorbene Holz. Ich kenne nur diese eine Rosenkönigin. Eine andere hat es niemals gegeben. Die Liste der verlorenen Wunder wird mit jedem Tag länger.

»Habt ihr das gehört?« Palilis zusammengesunkene Gestalt strafft sich plötzlich. »Raschelt da drin nicht irgendetwas? Ischme! Hör auf zu schnaufen!«

Die Füchsin ignoriert ihn. Natürlich. Inzwischen steckt ihr halber Kopf im Rattenloch.

»Da drin wimmelt es nur so vor Tierchen«, grummelt Timotheus. »Wahrscheinlich ist es das Vieh, das unsere Freundin da drüben aufgescheucht hat.«

»Der Zwerg hat recht.« Ich ziehe die letzte Flasche Kräutertee aus unserer Tasche und nehme einen Schluck. Zischend verdampft die Flüssigkeit in meinem Hals.

»Bei Palilis ausufernden Arschhaaren, du bist heißer als ein Vulkandrache.« Timotheus rückt ein Stück von mir weg. »Pass bloß auf, dass du uns nicht abfackelst.«

Ich öffne gerade den Mund für eine Erwiderung, als sich das Rascheln im Gestrüpp verändert. Das sind keine huschenden Mäuse oder Ratten! Das ist trockenes, aneinanderreibendes Holz. Eine Ranke bewegt sich ganz sacht, treibt mehrere frische Dornen und wächst einen Fingerbreit in die Länge.

»Sie lebt«, haucht Palili. »Seht nur, sie wacht wieder auf.«

Die gerade noch leblose Mauer gerät in Bewegung. Überall beginnt es zu knistern und zu knacken, Ranken winden sich umeinander und übereinander, blutrot gefärbte Dornen schieben sich aus schwarzem Holz. Als sich eine der frisch gewachsenen Ranken aus dem Gestrüpp schiebt und wie ein neugieriges Tier auf mich zukriecht, nehme ich sie vorsichtig in die Hand. Kaum berührt der erste Dorn meine Haut, werden ihre Bewegungen kraftvoller. Wie eine Schlange windet sie sich um meine Finger, kriecht am Gelenk empor und verschwindet im Ärmel meines Hemdes.

»Du weißt, was du da tust?« Jade zuckt zusammen, als sich die Ranke wie eine Schlinge zusammenzieht und ihre Dornen in meine Haut gräbt.

»Keine Sorge«, beruhige ich sie. »Das ist nicht so unangenehm, wie es aussieht.«

Der kurz aufflackernde Schmerz wird von einer wohligen, samtigen Schwere abgelöst. All die überschüssige Magie strömt aus mir heraus, fließt in die Rosenkönigin und lässt mich zum ersten Mal seit Stunden wieder aufatmen. Es ist keine Sturzflut wie bei den Moorjungfrauen, die mit aller Gewalt nach außen bricht, sondern ein sanftes, überaus angenehmes Fließen. Ich spüre, wie sie sich die Benommenheit des Rosengiftes zärtlich um mich legt, meine Gedanken zur Ruhe kommen lässt und alles, selbst meine tiefsten Ängste, in nicht mehr greifbare Ferne rückt. Jeden Augenblick der Wirkung koste ich aus, denn sie ist vergänglich.

»Oh, ihr Götter!«, höre ich Jade hauchen.

Palili wimmert, als würde er gegen Tränen ankämpfen. Selbst dem Zwerg und der Füchsin, die abrupt mit dem Buddeln aufhört, entringen sich Laute des Staunens.

Nach und nach lockert sich der Griff der Ranke, schließlich fällt sie zu Boden und zieht sich in die wuchernde Rosenmauer zurück. Meine Augen zu öffnen, ist ein wahrer Gewaltakt. Zu verlockend ist die Müdigkeit, zu schön die Dunkelheit. Tausende von Knospen sprießen, schwellen an, platzen auf und entfalten saftige Blätter. Die vertrocknete Blüte füllt sich mit neuem Leben, verströmt ein Leuchten aus tiefstem Purpur und öffnet Zoll für Zoll ihren Kelch. Sie ist gewaltig. Größer als jede Blüte, die ich jemals zuvor erblickt habe. Magie strömt durch ihre zarten Gefäße, verwandelt ihr Schimmern in ein herrliches Strahlen, lässt sie wachsen und wachsen, bis der Blumenkelch gänzlich aufspringt und ein Universum aus Farben gebiert.

Meinen vier Gefährten verschlägt es die Sprache. Selbst Palili, Timotheus und Ischme, die die Rosenkönigin bereits einmal gesehen haben, stehen mit offenen Mündern und feuchten Augen da.

Das Innere der Blüte ähnelt den fernen Nebeln der Sterne. Es ist ein Strudel aus dunklem Purpur, Violett und Blau, gesprenkelt von unzähligen winzigen Lichtpunkten, die durch feine Äderchen fließen. Kein Duft entströmt der Rose, doch dergleichen hat sie nicht nötig.

»Indigo!« Jade nimmt meine Hand und weint vor Freude. »Das ist das Schönste, das ich jemals gesehen habe.«

»Ach, Menschenmädchen. Ich liebe es, dich so zu sehen.« In meinem Kopf herrscht noch immer wattige Leere, aber ich spüre, dass die Wirkung bereits nachlässt. Hätten Palili, Timotheus oder das Mädchen die Rose gefüttert, wäre ihr Rausch frühestens nach zwei Tagen abgeklungen. Bis dahin hätten sie alles vergessen. Allen Kummer, alle Ängste, alle Hemmungen. Ähnlich wie in Esnunna, nur ungefährlicher. Denn das Paradies der Rosenkönigin besitzt immer einen Ausgang.

»Ach ja?«, erwidert sie neckend. »Wie sehe ich denn aus?«

Ich streiche über Jades Haar und erfreue mich am Funkeln ihrer Augen. »Glücklich.«

Verlegen lächelt sie zu mir auf, krempelt den Ärmel meines Mantels hoch und sucht nach den Wunden, aber die Stiche der Dornen sind längst verheilt. »Geht es dir gut? Du siehst erschöpft aus.«

»Ja, alles in Ordnung. Der kleine Aderlass hat wirklich gutgetan.«

Etwas schnaubt lautstark gegen meinen Rücken. Der Kopf des grauen Einhorns schiebt sich an mir vorbei, fährt seine Zunge aus und leckt einmal quer über meinen Unterarm, den Jade noch immer umfangen hält.

»Du schon wieder.« Mit der freien Hand kraule ich das Stirnhaar des Tieres, während es hingebungsvoll über meine Haut schleckt. »Bekommst du irgendwann mal genug davon? Wonach schmeckt meine Magie eigentlich, hm?«

»Sie schmeckt salzig.« Jade kichert, als die Zunge über ihre Finger gleitet. »Ein wenig nach Moschus und Sandelholz. Und frisch. So wie Meerwasser. Oder wie Wind.«

»Wind?«

»Sagen wir einfach, dass das Einhorn und ich eine Gemeinsamkeit gefunden haben. Wir bekommen nicht genug von dir. Und wir sind verrückt nach deinem Geschmack.«

Das Lachen klingt fremd in meiner Kehle. Aber es tut gut. Und es erinnert mich wieder daran, dass unser Ziel mit jedem Herzschlag näher rückt. Ob es nun in Atlantis oder in der Menschenwelt liegt.

»Jade, bitte versprich mir etwas.«

Mit glänzenden Augen blickt sie zu mir auf. »Alles, was du willst. Wobei ... Moment, vielleicht doch nicht alles.«

»Es kann gut sein, dass sich das Portal nicht öffnet. Akzeptiere es, falls es so kommt. Sei nicht traurig, wenn du die Welten nicht vereinen kannst. Bleibt der eine Weg verschlossen, nehmen wir einen anderen. So oder so werden wir kämpfen. Bis wir dort sind, wo wir sein müssen.«

Jade nickt, doch sie weicht meinem Blick aus. »Ich werde es akzeptieren.«

»Versprich es mir.«

»Ja«, grummelt sie. »Ich verspreche es. Wenn du mir im Gegenzug ebenfalls etwas versprichst.«

»Und was?«

»Ich weiß, dass du in jedem Fall gegen Scylla und den schwarzen Zauber kämpfen wirst. Ob ich das Tor nun öffne oder nicht. Falls wir nach Atlantis gehen, dann lass mich dort nicht allein zurück. Ziehe nicht ohne mich in den Krieg, hast du verstanden?«

Ertappt starre ich sie an. »Aber dort bist du sicher. Dort seid ihr alle sicher. Ich müsste mir endlich keine Sorgen mehr machen.«

»Gehe nicht ohne mich!« Energisch drückt Jade mir ihren Zeigefinger in die Brust. »Wir müssen zusammenbleiben. Du und ich. Es muss sein.«

»Hat Eomara dir das gesagt?«

»Nein. Mein Instinkt sagt es mir. Und ich schwöre dir, dass du dein blaues Wunder erleben wirst, wenn du trotzdem verschwindest. Ich komme mit dir. So oder so. Es gibt nur einen Ort, an dem ich sicher bin, und das ist der Platz an deiner Seite. Deswegen haben wir uns gefunden. Deswegen ist das alles passiert.«

»Gut.« Ich senke den Kopf und gebe mich geschlagen. »Machen wir uns besser auf den Weg.«

Ich helfe Jade auf das Einhorn, setze mich hinter sie und warte, bis Palili und Timotheus aufgestiegen sind. Dann gebe ich der weißen Leitstute ein Zeichen. Sie nickt mir zu, indem sie einmal kurz ihr speerlanges Horn senkt, nimmt die Spitze der Herde ein und schreitet lautlos in den Nebel.

Jade

Der Stein in meiner Hand wird einen Moment lang durchsichtig. Zumindest kommt es mir so vor, als könnte ich für den Bruchteil eines Wimpernschlags meine Finger sehen, die durch das trübe Braun schimmern. Doch ehe ich mir sicher sein kann, dass mein Zauber funktioniert hat, verschwindet die Illusion auch schon wieder.

»Verdammt!«

»Nur nicht aufgeben«, muntert Indigo mich auf. »Für den Anfang war das eine erstaunliche Leistung. So ein Unsichtbarkeits-Zauber gehört zu den Königsdisziplinen.«

Mit vor der Brust verschränkten Armen und geschlossenen Augen sitzt er neben mir, gegen den Bauch des grauen Einhorns gelehnt, das offenbar entschlossen hat, nie wieder von seiner Seite zu weichen. Die beiden hätten allein schon ein faszinierendes Bild abgegeben, aber zusammen mit Ischme, die ihren Kopf auch noch in einer unerträglich rührenden Pose auf Indigos ausgestreckten Beinen abgelegt hat und ihre Fuchsohren hängen lässt, bieten sie einen Anblick, bei dem mir schier das Herz überquillt. Fehlt nur noch Zilp. Doch der hat offenbar noch immer, wie Ischme es ausgedrückt hat, *wichtige Vogeldinge* zu erledigen.

Anstatt mich also im Zaubern zu üben, sitze ich da, reibe über meinen prall gefüllten Bauch und beobachte die drei. Ischmes Läufe zucken im Schlaf, das Fell des Einhorns schimmert im Sonnenlicht wie silbrig-grauer Samt und die Müdigkeit macht Indigos Gesicht so weich und verletzlich, dass ich es unaufhörlich küssen möchte.

Kurz vor unserem Ziel hat Timotheus nicht nur einen Baum voller saftiger Felsenbirnen gefunden, Indigo war es auch noch gelungen, eine fette Blaugans vom Himmel zu schießen, die uns einen sagenhaft köstlichen Braten beschert hat. Mit vollem Magen lässt es sich schlecht zaubern, aber ich darf nicht aus der Übung kommen. Schon jetzt bereitet es mir Mühe, die richtige Melodie zu finden und zu halten, geschweige denn genügend Konzentration für einen anspruchsvollen Zauber zusammenzubringen.

Die restlichen elf Einhörner liegen verstreut auf der Lichtung, haben ihre Köpfe ins Gras gebettet oder kratzen sich gegenseitig an den Kruppen. Timotheus und Palili schnarchen nach unserem ausufernden

Nachmittagsmahl aus Leibeskräften, und vor mir, nur ein paar Schritte entfernt, stehen die beiden zusammengewachsenen Bäume, zwischen denen in wenigen Stunden das Portal erscheinen wird.

Ich betrachte sie eine Weile, versuche, den auf mir lastenden Druck zu ignorieren, und lasse meinen Blick wieder zu Indigo hinüberschweifen. Inzwischen ist ihm der Kopf auf die Brust gesackt. Gerührt betrachte ich das Zucken seiner ineinander verschränkten Finger und die Haarsträhnen, die ihm der Wind immer wieder in das Gesicht weht. Von mir wird es heute Nacht abhängen, ob unser Weg sein Ziel findet.

Oder ob die Suche von Neuem beginnt.

Falls ich das Portal öffne, werden wir noch in dieser Nacht Aaron und die Schwestern befreien. Indigo wird mit mir gemeinsam Jemeshar betreten und alles auf eine Karte setzen. Es muss schnell gehen. Das Tor zu Atlantis ist ein Fluchtweg, den Scylla und ihre Häscher nicht überschreiten können. Falls ich erfolgreich bin, werde ich meinen Bruder noch heute Nacht in die Arme schließen können. Ich werde Aja und Metena wiedersehen, ich werde ihnen endlich meine Gefährten vorstellen und mit ihnen gemeinsam, Hand in Hand, eine magische Welt betreten können.

Nein, ich kann mich nicht konzentrieren.

Nicht, solange diese nagende Ungewissheit auf mir lastet.

Frustriert werfe ich den Kieselstein ins Gras, stopfe meinen Kristall wieder unter das Hemd und lenke mich ab, indem ich Indigo beim Schlafen beobachte. Immer wieder reckt das Einhorn seinen Kopf und leckt ihm die Hände, so unleugbar liebevoll, dass zweifellos mehr dahinter steckt als eine schlichte Vorliebe für Magie. Sicherlich wird die Stute von Reinheit angezogen, und wenn etwas rein ist, dann das Licht, das seit letzter Nacht unaufhörlich aus Indigos Haut sickert.

Inzwischen ist seine Macht stärker als die des Jasmah-Isdar. Ich weiß es, und er weiß es. Spätestens, seit er die Moorjungfrauen von dem Fluch geheilt und die Rosenkönigin wiedererweckt hat.

Ja, wir werden es schaffen.

Unser Sieg ist nicht mehr fern.

Nach und nach wird das Sonnenlicht tiefer, verwandelt sich von Blassgelb zu Gold und schließlich zu Rot. Mächtige Makoai-Bäume umringen uns wie jahrtausendealte, schweigende Wächter, deren Erinnerungen bis in den Nebel der Zeit zurückreichen. Hier hat also alles angefangen. Durch diese beiden ineinander verschlungenen Stämme, die in der Mitte ein großes Oval bilden, sind einst die Atlanter in unsere Welt gekommen.

Ich denke über jene Ferne nach, die längst im Sumpf der Zeit untergegangen ist, von mir getrennt durch Millionen von Erinnerungen, Rätseln und verfälschten Legenden. Dann ziehe ich die Scherbe aus dem Beutelchen, blicke hinein und stecke sie nach einem Blinzeln wieder zurück, weil ich nichts weiter sehe als mein angespanntes, ungeduldiges Gesicht. Hoffentlich sind Aaron, Metena und Aja noch dort, wo ich sie zurückgelassen habe. Was sollen wir tun, wenn der Unterschlupf leer ist? Jetzt, da im Norden des Menschenreiches Winter herrscht, sind die Nächte lang. Spätestens um Mitternacht werden Aaron und die Schwestern wieder im Gewölbe sein. Jedenfalls hoffe ich das. Die Möglichkeit, dass sie ihr Versteck verlassen und sich eine neue Bleibe gesucht haben, will ich nicht einmal in Betracht ziehen.

Ich hole den Spiegelsplitter noch einmal hervor, reibe über das Glas und sehe … nichts. Nur dunkle Augen, die mir nervös entgegenblicken.

Verdammtes Ding!

»Gib mal her.« Indigo streckt mir seine Hand entgegen. Ich gebe ihm die Scherbe, er reibt zweimal mit dem Daumen über das Glas und reicht sie mir zurück.

»Jetzt müsste es gehen.« Schon hat er wieder die Augen geschlossen und rekelt sich schlaftrunken. Das graue Einhorn blinzelt müde ins Leere. »Denke an das schönste Erlebnis, das du mit deinem Bruder teilst. Dann solltest du ihn sehen.«

»Ich versuch's. Danke.«

Das schönste Erlebnis? Es gibt so viele schöne Dinge, die wir miteinander teilen, doch am hellsten leuchtet noch immer die Erinnerung an jenen Winter, der so kalt gewesen war, dass selbst das Meer zugefroren ist. Aaron und ich sind damals jeden Tag bis spät in die Nacht hinein Schlittschuh gelaufen, und über der gewaltigen, glitzernden Fläche aus Eis hat sich ein solch unbeschreiblich schöner Sternenhimmel gespannt, dass wir mehrmals fast erfroren wären, weil wir uns von dem Anblick nicht losreißen konnten.

Als die Sehnsucht so groß wird, dass sie sich in Tränen verwandelt, verschwimmt mein Spiegelbild.

Oh, ihr Götter!

Flammen tanzen auf den Mauern eines niedrigen Gewölbes, Dampf steigt aus einem verbeulten Kessel. Ich sehe bunte Windlichter, zerschlissene Decken und Kissen, herumliegende Taschen, Gefäße und Kisten.

»Aja!« Unwillkürlich entfährt mir ein Schluchzen. Dort sitzt sie, eingewickelt in ein kariertes Plaid, mit zerzausten Haaren und einem Buch in den Händen. Es scheint spannend zu sein. Sie klebt förmlich mit der Nase an den Seiten und lässt ihren Blick aufgeregt hin und her huschen.

»Sind sie dort, wo sie sein sollen?«, fragte Indigo schläfrig.

»Ja«, antworte ich außer mir vor Glück. »Aja ist zu Hause. Die anderen werden wahrscheinlich … nein, Moment. Sie sind auch da. Mein Bruder, er … oh, bei allen Göttern, wie lang seine Haare geworden sind! Wie viele Monate sind wir schon unterwegs?«

Indigo rutscht ein Stück tiefer, bettet seinen Kopf auf den Einhornbauch und krault mit einer Hand Ischmes Nacken. »Ein paar, glaube ich. Geht es ihnen gut?«

Ich nicke, wische eine Träne von meiner Wange und streichle ungläubig über das Bild der Scherbe. Aaron trägt eine Kiste herbei, knackt sie mit einem Stemmeisen und wühlt in einem Wust aus Holzwolle und Stoff herum. Er sieht gut aus, wohlgenährt und kräftig. Seine schwarze Kleidung und die fast kinnlangen Haare verleihen ihm eine schneidige Anmut, die mich mit Stolz erfüllt.

»Mir ist nie aufgefallen, was für einen hübschen Bruder ich habe. Er sieht aus wie mein Großvater Hendrick, und der war ein echter Frauenheld. Aja hat auch einiges auf die Hüften bekommen. Den Göttern sei Dank. Sie sah immer aus wie eine verhungerte Schwalbe.«

»Unsere Wege sind vorherbestimmt«, murmelt Indigo. »Egal, was passiert, denke immer daran. Wir können Entscheidungen treffen, aber das große Ziel verändert sich niemals.«

»Ja. Und ich weiß, wohin wir gehen müssen.« Sehnsüchtig beobachte ich, wie Metena sich an ihre Schwester kuschelt. Aja legt ihr Buch beiseite, öffnet das Plaid und lässt Metena darunterkriechen. Derweil holt Aaron eine bauchige Flasche aus der Kiste, entkorkt sie

und kostet ihren Inhalt. Sein darauffolgendes Grinsen ist mehr, als ich ertrage. Hastig stecke ich die Scherbe wieder in das Beutelchen, würge das wilde Schluchzen hinunter, das sich meinen Hals hinaufdrückt, und ordne meine Gedanken.

Ich muss das Portal öffnen.

Ich muss! Ich muss! Ich muss!

Quälend langsam senkt sich die Dunkelheit herab. Stern um Stern glimmt am Himmel auf, die Einhörner recken ihre Köpfe, schnuppern in die aufziehende Nacht, schütteln Erde und Gras aus ihrem Fell und trotten in das Dickicht, bis nur noch die graue Stute übrig ist.

Mit einer Schwerfälligkeit, die ich von ihm nicht kenne, steht schließlich auch Indigo auf, fährt sich mit beiden Händen durch das Haar und blinzelt in Richtung Osten, wo das erste fahle Schimmern durch die Baumwipfel tropft. »Jetzt geht dieses verdammte Ding schon wieder auf.«

»Wehe, du zerfällst zu Asche.« Ich greife nach seiner Hand und lasse mich von ihm auf die Beine ziehen. »Das ist das Letzte, was ich gebrauchen kann.«

Eine Moment lang sehen wir uns an, schweigend, erwartungsvoll und tief in unseren Herzen noch immer zweifelnd. Ich will stark sein. Standhaft und mutig. Aber ehe ich weiß, wie mir geschieht, werfe ich mich mit der Verzweiflung eines Mädchens, das heute Nacht über den Verlauf mehrerer Schicksale entscheiden muss, an seine Brust.

»Was auch immer geschieht, wir bleiben zusammen.« Indigo schließt seine Arme um mich, seufzt leise und legt sein Kinn auf meinen Scheitel. »Das ist das Wichtigste, Jade.«

»Hm, hm.« Ich grabe meine Nase in den weichen Stoff des Reisemantels und lasse meine Hände über seine Taille gleiten. Wo ist der Mut, den ich brauche? Wo habe ich meine Zuversicht verloren? Wenn beides zusammenwirken muss, um das Tor in eine andere Welt zu öffnen, dann bin ich verloren.

»Komm, Menschenmädchen«, raunt er zärtlich in mein Ohr. »Versuchen wir es.«

Versuchen wir es …

Als wäre das alles nur ein Spiel. Ein kleines Wagnis, dessen missglückte Ausführung man mit einem Schulterzucken abtut. Aber hier

geht es um unser aller Leben. Um unsere Bestimmung. Um Tod und Vernichtung. Hand in Hand gehen wir zu den zusammengewachsenen Bäumen, stellen uns vor das Oval und warten.

»Lass mich auf keinen Fall los. Der Energiefluss ist sehr stark. Wenn ich dir nicht einen Teil davon abnehme, wird er dich töten.« Indigo versucht sich an einem aufmunternden Lächeln, doch ich sehe die Angst hinter seinen Augen. Seine Zweifel sind sogar noch größer als meine, und in die düsteren Mienen von Palili und Timotheus zu blicken, ist noch weniger hilfreich. Offenbar haben wir alle den Glauben verloren. Es scheint, als stünden wir nicht vor unserer größten Hoffnung, sondern vor unserem Grab.

»Na wunderbar«, knurre ich in mich hinein. »Ihr blickt drein, als wäre jetzt schon alles verloren.«

»Keine Angst, Jade.« Indigo ist redlich bemüht, zuversichtlich auszusehen. Bevor die Magie mich durchdrungen und verändert hat, wäre ich vermutlich auf sein Lächeln hereingefallen. Doch jetzt, da meine Sinne nicht mehr die alten sind, enttarne ich jede Lüge mit einer frustrierenden Mühelosigkeit.

»Und was ist mit dir?«, frage ich ihn. »Du stehst jetzt schon kurz vor dem Explodieren. Da willst du auch noch die Energie des Portals in dich aufnehmen?«

»Keine Sorge. Ich komme schon klar.«

»Sicher?«

»Ganz sicher.« Er drückt zweimal kurz meine Hand. »Mach dich bereit. Es fängt an.«

Mir rutscht das Herz in die Hose. Ich will fliehen. Ich will einfach loslaufen und vergessen, was auf meinen Schultern lastet.

Aaron, Metena, Aja.

Sie alle können frei sein, wenn mir das Unmögliche gelingt.

Zwischen den Bäumen erscheint ein hauchfeines, bläuliches Flimmern. Es besitzt dieselbe Farbe wie die Magie, mit der Indigo seinen Schutzwall webt. Ein Hauch von Mut glimmt in meinem Herzen auf.

»Warte, bis eine glatte Fläche entsteht«, sagt er zu mir. »Erst dann berührst du das Tor.«

Ich nicke, trete wie ein nervöses Kind auf der Stelle und greife seine Hand noch ein wenig fester. Angst packt meinen Nacken, drückt unbarmherzig zu, gräbt sich in meinen Kopf und in meinen Bauch und lässt meine Knie schmelzen.

Ich muss es schaffen. Ich muss, ich muss!

Im Augenwinkel sehe ich Palili, Timotheus und das graue Einhorn. Alle drei starren mich an, als wäre ich der Mittelpunkt des Universums.

Ich muss es schaffen!

Das Flimmern wird heller. Wie Wasser wabert es zwischen den Stämmen hin und her, wirft sanfte Wellen und kriecht bis in den letzten Winkel des Ovals.

Und dann ist es da.

Das Portal.

Eine glatte, makellose Fläche atlantischer Magie.

Der Weg in Indigos Heimat.

»Keine Angst.« Sanft streicht sein Daumen über mein Handgelenk. »Ich bin bei dir. Ich werde immer bei dir sein.«

Mein Herz wird felsenschwer. Ich denke an Aaron, Metena und Aja. An unser Wiedersehen. An all die Geschichten, die ich zu erzählen habe. Was werden die Mädchen für Gesichter machen, wenn ich ihnen Indigo vorstelle? Den Magier, der in tausend Legenden lebt? Den Mann, an den ich meine Seele verloren habe?

Meine linke Hand bewegt sich auf das Tor zu, die rechte krallt sich Halt suchend um Indigos Finger. Das Blau des Portals wird plötzlich dunkler, wölbt sich mir entgegen und gibt ein hauchfeines Summen von sich.

»Das ist ein gutes Zeichen«, flüstert es neben mir. »Ein sehr gutes sogar. Es hat deine Magie erkannt, Jade.«

Ich halte den Atem an. Selbst der Schlag meines Herzens gefriert in diesem einen, alles entscheidenden Moment. Nur noch ein winziges Stück Luft trennt mich von der fremden Welt. Da ist Wärme. Nein, Kälte. Es ist beides, ineinander verschlungen wie ein sich drehender Wirbel. Und dann kann ich es sehen.

Atlantis.

Ein endlos weites Meer, gesäumt von Stränden, deren weißer Sand sich in der Ferne verliert. Zwei Sonnen stehen am wolkenlos blauen Himmel, alle Farben sind seltsam weich und blass. Fedriges Gras wogt auf den Kämmen der Dünen, und am Horizont leuchtet eine Stadt so hell wie Mondsilber. Da sind Zinnen und Dächer, Türme, Brücken

und Tempel. Möwen segeln über dem Ozean, alles wirkt sanft und grenzenlos weit. Es gibt keine grellen Farben, kein gleißendes Licht, nichts Störendes, Schroffes oder Fehlerhaftes.

Atlantis ist von vollkommener Reinheit.

Seine Schönheit schmilzt den kalten Dorn der Angst, ich tauche meine Fingerspitzen in den leuchtenden Spiegel und berühre etwas Hartes. Magie umschließt meine Finger. Eis und Feuer dringen in meine Haut. Die Kraft der Gegensätze vibriert in meinem Körper, füllt mich mit uraltem Zauber und zieht mich fort.

Hin zu der Welt hinter dem Spiegel.

Atlantis ist so nahe.

So nahe!

Fast kann ich den Wind spüren. Das Meer riechen. Die Möwenschreie hören.

Doch meine Finger können die Grenze nicht durchdringen. Ich drücke fester, immer fester, doch je mehr Druck ich ausübe, umso härter wird der Wall, der mich von der Freiheit trennt. Irgendwann balle ich meine Finger zur Faust und schlage auf das Portal ein.

Ich muss! Ich muss!

Ich muss!

Ich …

Eine Stimme schreit in mein Ohr. Ich schreie zurück, befreie meine rechte Hand und schlage mit zwei Fäusten auf das Tor ein.

Ich muss, ich muss, ich muss!

Im nächsten Moment liege ich im Gras. Stille summt in meinen Ohren, über mir funkeln gleichgültige Sterne. Es gibt kein Portal mehr. Nur noch zwei zusammengewachsene Stämme, die in ihrer Mitte ein Oval bilden.

Nein! Unmöglich. Ich kann nicht versagt haben.

Das darf nicht sein!

Indigo kauert über mir, greift nach meinen Schultern und hilft mir auf. Als er mich in eine sanfte Umarmung zieht, will ich weinen vor Zorn. Nein, ich will schreien. Ich will diesen ganzen ekelerregenden Klumpen aus Enttäuschung und Wut aus mir herausschneiden.

»Es ist gut, Jade«, flüstert er an meinen Lippen. »Du bist die Richtige. Wärst du es nicht, hättest du Atlantis niemals erblickt.«

»Es ist weg«, krächze ich. »Weg. Einfach weg.«

»Die Zeit war noch nicht reif.«

»Noch nicht reif?« Der Zorn zerreißt mich fast. Allein Indigos Lippen, die zarte Küsse auf meine Stirn hauchen und mit jeder Berührung ein wenig dieser Wut aus mir herausziehen, halten mich bei Verstand. »Wieso? Was soll das? Warum konnte ich die Welt sehen, aber nicht das Portal öffnen?«

»Ich glaube, dass deine Magie noch wachsen muss. Du konntest auf die andere Seite blicken, Jade. Dazu waren nur die Hüterinnen in der Lage. Niemand sonst.«

»Was bedeutet das?«

»Ich weiß es nicht.«

»Und was machen wir jetzt?«

»Wir warten auf den nächsten Vollmond. Dann wirst du stark genug sein. Nein, wir beide werden stark genug sein.«

»Ich will nicht warten. Bis dahin kann so viel passieren.«

Statt einer Antwort wird Indigos Umarmung noch fester. Er drückt sein Gesicht an meinen Hals, Schwindel erfasst mich, dann dringt Meeresrauschen durch die nächtliche Stille. Kühle, salzige Luft berührt mein Gesicht. Ich schmecke Tang und Fäulnis auf meiner Zunge.

Der Ozean.

Als Indigos Arme mich freigeben, blicke ich auf eine weiß schäumende Brandung. Mondlicht bricht sich in der spritzenden Gischt, gewaltige Felsen stechen aus dem Wasser und bilden die seltsamsten Formen. Der größte erinnert an einen Krummsäbel, ein anderer kauert wie ein schlafender Elefant in den tosenden Wellen. Salznebel kriecht über schneeweißen Sand, hinter uns erhebt sich eine Mauer aus seltsamen, finster anmutenden Bäumen. Sie ähneln Tannen, doch ihre Nadeln sind groß und scharf wie Dolche.

»Das ist ja Aschkan«, stößt Timotheus überrascht hervor. »Du hast uns mal eben ein paar Hundert Meilen nach Südosten gezaubert?«

Indigo lässt mich los, erhebt sich mühsam und dreht uns den Rücken zu. Seine Haut glüht im Mondlicht blendend hell, Licht strömt in silbrigen Fäden aus jedem Zoll seines Körpers. Ich spüre seinen Schmerz, das Brennen der Runen und den unerträglich werdenden Druck, der ihn von innen her zu sprengen droht.

Ohne ein Wort legt er Tasche, Bogen und Köcher ab und beginnt zu laufen. Hin zu den ersten Felsen, die schwarz wie Pech aus dem weißen Sand ragen und immer größer werden, je weiter sie in den Ozean reichen. Schließlich steigt er auf einen flachen Stein, springt auf den nächsten, erreicht die Wassergrenze und klettert weiter.

Der zuvor klare Himmel überzieht sich mit brodelnden Wolken. Es grollt und zischt, Blitze reißen klaffende Wunden in die Nacht, schießen wie Speere in das Wasser, zerfetzen die Wellen und vereinen sich mit dem Licht, das Indigos Körper förmlich aufzulösen scheint.

Dann verschwindet er im Meer.

Die aufgepeitschten Wellen ertrinken in seiner Helligkeit, leuchten in strahlendem Eisblau und zerstieben zu einem glühenden Schaum, der den Sand mit einer spiegelnden Schicht aus Licht überzieht.

Magiefäden durchdringen Meer, Land und Himmel. Wie lebendige Netze fächern sie sich auf den Wellen auf, steigen in die kochenden Wolken empor, züngeln über Felsen und Bäume. Palili und Timotheus keuchen, als einige der Fäden über ihre Haut kriechen. Sie schließen die Augen und seufzen ängstlich, gefangen in jener Euphorie, die mir längst in Fleisch und Blut übergegangen ist.

Müde sinke ich in den Sand, lausche dem Sturm und den Wellen und heiße das Vergessen willkommen. Flüchtige Augenblicke lang gibt es keine Angst, sondern nur das sanfte Glühen der Magie, die wunderbare Kraft der Schöpfung und das Fallen. Das herrliche, gedankenlose Fallen. Zeit wird zu Wasser, das in der Hitze des magischen Feuers verdampft.

Warten.

Wieder müssen wir warten.

Und was kommt danach?

6

In der gläsernen Stadt

Indigo

Die See kühlt meinen brennenden Körper kaum einen Herzschlag lang. Die Magie ist zu stark. Sogar zu stark für die ewige Kälte der Ozeantiefen. Das Wasser um mich herum brennt. Lichtfäden aus purer, ungezähmter Schöpfungskraft kriechen bis in die entferntesten Abgründe und verwandeln das Uferlose Meer in blaues Feuer. Glühende Wellen rollen über mich hinweg, selbst die Sterne verlöschen in einer Flutwelle aus Glanz. Scylla muss es spüren. Ein Zauber von solcher Kraft erstreckt sich über die gesamte Welt, und kein Schutzwall, so stark er auch sein mag, kann eine solche Gewalt aufhalten.

Ich darf nicht hierbleiben.

Keinen Augenblick länger.

Als ich mich auf einen Felsen ziehe, ist der erste Mond bereits untergegangen. Die beiden anderen stehen tief über dem Horizont und stechen ihr Licht in meine Haut. Innerhalb weniger Augenblicke verdampft die Hitze der Runen das Wasser in meiner Kleidung und auf meiner Haut.

Atlantis …

Es ist so viel schöner als in meiner Erinnerung.

Einen Herzschlag lang habe ich das Meer gerochen, die kristallklare Luft geatmet und den weißen Sand unter meinen Füßen gespürt. Meine Heimat war so nah gewesen. So nah! Nur durch eine hauchzarte Membran von mir getrennt.

Seitdem Jade die Weltenhaut durchsichtig gemacht hat, gibt es keine Zweifel mehr. Mit ihr hat die Schöpfung eine neue Hüterin hervorgebracht, die beide Welten miteinander verbinden wird. Sofern

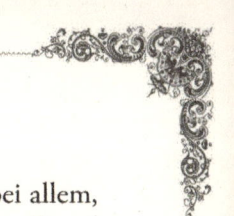

wir es schaffen, einen weiteren Monat zu überstehen. Und bei allem, was mir heilig ist, ich sorge dafür, dass wir wohlbehalten das Portal durchschreiten werden.

Nur noch ein Mondlauf.

Nur noch vier kurze Wochen, ehe ich meine Heimat wiedersehe.

Der Gedanke ist unwirklich, zum Greifen nahe und doch unerreichbar fern. So lange habe ich in dieser Welt ausgeharrt, zuerst freiwillig, dann als Gefangener. Und jetzt, nach all der Zeit, geschieht das Unmögliche.

Ungeduld macht meine Gedanken fahrig, aber ich darf mir keinen Fehler erlauben. In vier Wochen kann ich Jade und meine Gefährten endlich in Sicherheit bringen, bis dahin muss ich uns schützen. Um jeden Preis.

Gleißend hell sticht das Licht aus meiner Haut, wirbelt in den Himmel hinauf, tränkt den Wind mit seiner Magie und verrät jeder finsteren Kreatur, wo ich mich befinde. Was ich jetzt brauche, ist die kühle Dunkelheit eines Kellers aus Wüstenglassteinen. Ich brauche eine Zuflucht, die wenigstens einen Hauch von Schutz bietet, solange die Monde am Himmel stehen.

Mühsam stemme ich mich auf die Füße und schwanke von einem Felsen zum anderen. Neben mir steigen drei Kelphirsche aus den Wellen, schütteln grunzend das magisch glühende Wasser aus ihrem Fell und trotten so dicht an meinen Gefährten vorbei, dass Palilis ausgestreckter Arm beinahe einen von ihnen berührt. Es sind fünf prächtige Männchen mit dunkelgrünem Fell, ausladenden Geweihen und üppigen Halsmähnen voller Muscheln und Seetang. Ihre Schweife, die im Wasser zu flossenartigen Fächern ausgebreitet sind, hängen hier an Land schlaff und unnütz herunter.

Staunend mustert Jade die stämmigen Läufe der Tiere, die nicht etwa in Hufen enden, sondern in drei dicken, mit Schwimmhäuten verbundenen Zehen.

»Indigo«, flüstert sie ehrfürchtig, »was ist das denn?«

»Kelphirsche.« Ich nehme ihre Hand, helfe ihr auf und bedeute Palili und Timotheus mit einem Kopfnicken, dass wir weiterziehen werden. »Sie leben in den Wäldern des Meeres.«

»Im Meer gibt es Wälder?«

»Oh ja. Nicht weit vor der Küste wächst Tang, der so hoch ist wie der Himmelsbaum. Er bildet ein Dickicht, das bis in die lichtlosen Abgründe reicht.«

»Kann ich die Meerwälder irgendwann sehen?« Jades Blick ist dunkel vor Sorge, als sie mich betrachtet. »Wenn alles vorbei ist, könntest du uns beide in Delfine verwandeln.«

»Ja.« Ich schultere Taschen, Bogen und Köcher, schließe die Augen und nehme einen tiefen Atemzug. Kein Zauber war jemals so anstrengend wie das Ignorieren der Magie, die sich von innen gegen meine Rippen presst. »Wenn alles vorbei ist.«

»Bist du in Ordnung?«, fragt sie leise. »Ist es … passiert?«

»Nein. Und ja, ich bin in Ordnung.«

»Du siehst aber nicht danach aus.«

»Es wird schon gehen.« Noch ist die Nacht still, kein Ungeheuer schleicht sich im Dunkeln an uns heran. Aber das wird sich schnell ändern. In einiger Entfernung zum Strand verharren die Kelphirsche, senken ihre Häupter und beginnen, den angespülten Tang zu fressen. Sie werden uns warnen, falls sich etwas Boshaftes nähert. Bis in die Tiefen des Meeres ist Scyllas Zauber noch nicht gedrungen, das Wesen der Meerhirsche ist so rein wie eh und je.

»Bist du bereit?«, frage ich Jade. »Wir müssen verschwinden, und zwar schnellstens. Sonst locken wir sämtliche Monster des Menschenreiches hierher.«

Das Mädchen nickt, dreht sich zum Wald um und ruft zweimal Zilps Namen. »Übrigens, mein Vogel ist wieder da. Du kommst nie darauf, wen er mitgebracht hat.«

»Er hat jemanden mitgebracht?«

»Ja. Eine Freundin. Jetzt besitzen wir die doppelte Portion Glück.« Sie deutet auf zwei helle Pünktchen, die aus der Finsternis des Waldes heraus geflattert kommen. Zwitschernd segeln die Tierchen auf uns zu, landen auf Jades Arm und schütteln ihr Gefieder aus. Selbst gegenüber dem filigranen Zilp wirkt das Perlenvogelweibchen winzig. Sein Körper ist kaum größer als der eines Zwergkolibris, es besitzt weder lange Schwanzfedern noch ein Häubchen, dafür einen himmelblauen Schnabel und gleichfarbige Füße.

»Meinen Glückwunsch.« Anerkennend zwinkere ich Jades Freund zu. »Das ist zweifellos der beste Grund, um sich zu verspäten.«

Zilp antwortet mit einem zufriedenen Piepsen, dreht sich zu seiner Gefährtin um und krault ihr zärtlich den Nacken.

Wie praktisch, knurrt Ischme. *Jetzt, wo wir zwei von der Sorte haben, kann ich doch einen fressen. Oder etwa nicht?*

Ich werfe der Füchsin einen vielsagenden Blick zu, sie antwortet mit einem Zähnefletschen.

»Warum müssen wir weg?« Stur wie immer zieht Jade ihre Tasche von meiner Schulter und hängt sie sich selbst um. »Ist uns irgendwer auf der Spur?«

»Vermutlich. Ich kann meine …« Wieder kriecht ein Kloß meinen Hals empor, aber diesmal bleibt es nicht bei einer Wolke und einem einzelnen Geräusch. Es kommen gleich mehrere hintereinander. Irgendetwas in meiner Kehle verkrampft. Und je mehr ich versuche, gegen den Drang anzukämpfen, umso lauter werden die entwürdigenden Töne. »… Magie nicht mehr … kontrollieren. Sie ist zu … verdammt, zu stark, um sie vor Scyllas Jägern abzuschirmen. Was zum … Teufel ist das?«

»Ein Schluckauf, schätze ich.« Jade seufzt ängstlich. »Indigo, haben sie uns gefunden?«

»Nein, noch … verflucht … nicht.«

»Dann müssen wir fort. Jetzt.«

»Worum geht's?« Timotheus quetscht sich zwischen Ischme und Jade und zerrt ungeduldig an dem Riemen seiner Tasche. »Ist was im Busch? Ich dachte, wir könnten einfach mal ein oder zwei Tage durchschlafen.«

»Hast du nicht zugehört, Zwerg?«, faucht Palili. »Indigo kann seine Magie nicht mehr abschirmen. Wir sitzen auf dem Präsentierteller.«

»Hat er deswegen Schluckauf?«

»Vermutlich.«

Timotheus grinst. »Das wird ja immer besser.«

»Sag mal, hast du den Verstand verloren?« Palilis Stimme poltert los wie ein Felssturz. »Hält dein Schandmaul eigentlich niemals still? Abends sterben unsere Freunde, morgens reißt du schon wieder blöde Witze. Lass es einfach sein, in Ordnung? Halt die Klappe! Sei still! Du machst mich wahnsinnig!«

Timotheus reißt verblüfft die Augen auf. Er öffnet ein paar Mal den Mund, ohne einen einzigen Ton hervorzubringen, kratzt sich am Kopf und sinkt schließlich stumm in sich zusammen.

»Fang endlich an«, brummt der Sosuke, »über die Gefühle deiner Mitmenschen nachzudenken. Ich hätte dir schon längst den verlausten Kopf waschen sollen. Und zwar gründlich. Austeilen konntest du schon immer gut, aber im Einstecken bist du miserabel. Tagein, tagaus machst du dich über mich lustig und nutzt jede Gelegenheit, beleidigend zu werden. Wie konnte ich je so dumm sein, dein Freund zu werden?«

Der Zwerg wird noch kleiner, zieht den Kopf zwischen die Schultern und murmelt etwas Unverständliches.

»Was war das?«, knurrt Palili.

»'Tschuldigung«

»Etwas lauter, bitte.«

»'Tschuldigung«, faucht der Zwerg. »Du hast ja recht. Es tut mir leid. Blöde Witze sind meine Art, mit dem ganzen Mist klarzukommen. Weiter nichts. Ich habe nie etwas böse gemeint. Niemals! Das schwöre ich dir.«

Ich seufze, ziehe Jade in meine Arme und webe um jeden meiner Gefährten ein Netz aus weißem, knisterndem Zauber. Timotheus und Palili stöhnen überrascht auf, Ischme winselt kläglich und Jade heißt die geballte Energie mit einem Lächeln willkommen. Ich spüre weder einen Druck noch einen Sog. Der Ortswechsel geschieht so beiläufig wie ein Blinzeln, und plötzlich ist da der unverkennbare kristallene Geruch uralten Wüstenglases.

Wir sind in Nemuris Keller.

Ohrenbetäubendes Zetern bricht los. Wie von Hornissen gestochen flattern die Perlenvögel umher, kreischen panisch, prallen gegen die Mauer und schreien noch lauter. Kurzerhand fange ich die beiden aus der Luft heraus, schließe sie in meine gewölbten Hände ein und hauche ein wenig Magie in ihre aufgerissenen Schnäbel.

»Beruhigt euch, in Ordnung? Ihr seid vollkommen sicher.«

Die Tierchen schrumpfen in meiner Hand zu zitternden Kügelchen zusammen, aber sie scheinen zu begreifen. Vorsichtig reiche ich Zilp und seine Freundin an Jade weiter, die sie ebenso vorsichtig auf ihre Schulter setzt.

»Ihr hasst es, eingesperrt zu sein, hm? Ist ja schon gut, wir passen auf euch auf.« Blinzelnd sieht sie sich um, lässt ihren Blick über Dutzende

Kisten, Fässer, Einweckgläser, Tiegel, geräucherte Würste, Käselaibe und duftende Kräuterbündel gleiten. »Wo sind wir?«

»In Nemuris Gasthaus.«

»Die Frau, die du vor elf Jahren gerettet hast?«

»Wir sind mitten in Scharzad?« Timotheus fällt aus allen Wolken. Er sieht mich an, als hätte ich uns unmittelbar in den Schlund eines Jandris gezaubert. »In Scharzad? Bist du des Wahnsinns?«

»Scylla und ich haben eine Gemeinsamkeit. Wir begehen einen Fehler niemals zweimal. Solange ihr bei mir bleibt, seid ihr sicherer als sonst irgendwo. Jedenfalls im Moment.«

»Hat diese Sicherheit etwas mit den Steinen zu tun?« Palili streicht über die schillernden Glasmauern. Sie verströmen ein eigentümliches, hauchfeines Licht, das keine Farbe und zugleich alle Farben auf einmal zu besitzen scheint. Es ist weder dunkel noch hell, stattdessen erfüllt es die Dunkelheit mit einem samtigen, sich stetig verändernden Schimmer. »Hattest du nicht mal erwähnt, dass sie gewisse Kräfte besitzen?«

»Ja. Sie halten Mondlicht besser als jede Höhle fern.« Das Brennen der Runen verblasst, der unerträgliche Druck in meinem Inneren schwindet. Ich schließe die Augen und sauge die kühle Luft in mich hinein, als hätte ich seit einer Ewigkeit nicht mehr geatmet. »Und sie heilen Schluckauf, wie es aussieht.«

»Willst du etwa hierbleiben?«, flüstert Timotheus, als befürchte er, seine Stimme könnte das gesamte Haus aufwecken. »Unter Tausenden von Menschen?«

»Natürlich nicht. Sobald die Sonne aufgeht, verschwinden wir.«

»Und was ist«, bemerkt Palili, »wenn du in der nächsten Nacht wieder zur Leuchtqualle wirst?«

»Heute ist der letzte Vollmond. Ich hoffe, dass sich das Problem ab morgen von selbst erledigt.«

»Mal ehrlich, ist das nicht dumm gelaufen?« Der Sosuke hebt die Arme und lässt sie in einer Geste der Ratlosigkeit wieder fallen. »Das Mondlicht sollte dich doch stärker machen. Wie soll das gelingen, wenn du dich davor verstecken musst?«

»Ich weiß es nicht.« Die Erleichterung, dem brennenden Licht entkommen zu sein, macht mich unsagbar müde. Zu meiner Schande muss ich mich an Jades Schulter festhalten, um nicht zu Boden zu sinken und wie ein Stein einzuschlafen. »Lass mich morgen darüber nachdenken, in Ordnung?«

Der Hüne nickt, dreht eine Runde durch den Raum und bleibt vor einem der aufgehängten Kamelschinken stehen. Schnuppernd weiten sich seine Nasenlöcher.

»Wie sieht deine weitere Planung aus?«, grummelt Timotheus. »Jetzt, da unser Plan gescheitert ist?«

»Er ist nicht gescheitert.« Meine Beine werden zu schwer, um aufrecht zu stehen. Ich lege Köcher, Bogen und Tasche ab, setze mich auf den Boden und lehne mich mit dem Rücken gegen eines der Regale. »Wir werden die nächsten drei Vollmonde abwarten. Jade wird ihre Magie verfeinern und ihre Kräfte verstärken. Sie ist eine Hüterin, ohne jeden Zweifel. Wäre sie es nicht, hätten wir Atlantis niemals erblickt.«

»Du meinst …« In Timotheus stumpfen Augen flackert neues Leben auf. »Du meinst, wir können diese Welt verlassen?«

»Ja. Beim nächsten Vollmond.«

»Oh, bei allen Göttern und den Dämonenknoten in Palilis … ähm, ich meine, wir gehen wirklich nach Atlantis?«

»Ja, wir gehen nach Atlantis.«

»Wunderbar!« Begeistert klatscht der Zwerg in die Hände. »Als ich es gesehen habe, da wusste ich, dass das der Ort ist, an dem ich alt werden will. Nur noch einen Monat in dieser stinkenden Kloake. Nur noch einen Monat, Palili. Lass dir das auf deiner verschimmelten Zunge zergehen. Ich meine … Verzeihung … tut mir leid.«

»Schon gut«, seufzt der Hüne. »So bist du nun mal. Was soll man da machen?«

Der Zwerg setzt sich neben mich und kichert, Palili schmachtet den Schinken an und Ischme bettet ihren Kopf auf meine ausgestreckten Beine. Nur Jade und ihre Vögel scheinen nicht müde zu sein. Während das Mädchen neugierig die Regale mustert, würgt Zilp eine Portion Futter für seine Angebetete hoch und füttert sie damit.

»Nur noch vier Wochen«, nuschelt Timotheus mit seligem Grinsen. »Das sollte zu schaffen sein.«

Ich erlaube mir ein Lächeln, verschränke die Arme vor der Brust und schließe die Augen. Ja, wir werden es schaffen. Über mein Versprechen

an Jade werde ich nachdenken, sobald ich den Boden meiner Heimat betreten habe.

»Was ist mit Nemuri und ihren Angestellten?«, höre ich Palili fragen. »Wenn mich nicht alles täuscht, ist das hier eine Vorratskammer. Eine Vorratskammer in einem gut besuchten Gasthaus. Das bedeutet dann wohl, dass sehr bald jemand hereinkommen wird.«

»Niemand wird kommen.« Ich bin derart müde, dass ich einen Moment später nicht einmal mehr weiß, ob ich diese Worte wirklich ausgesprochen habe. »Nicht vor Sonnenaufgang. Und falls doch, werde ich es schon merken.«

Entfernt spüre ich, wie Jade sich an mich kuschelt, eine Decke über uns legt und irgendetwas in mein Haar murmelt. Dann gleite ich in die Schwärze.

Worte flüstern. Wasser tröpfelt. Der Duft nach Farbe und Leinöl berührt die Grenze meiner Wahrnehmung. Da ist Traurigkeit. Ein tiefer, bodenloser Abgrund aus Verzweiflung.

Es wird geschehen, weil es geschehen muss.
Vergiss nicht, dass wir keine Wahl haben.
Niemals.

Helles Licht sticht in meine Augen. Ich erkenne eine schwankende Messinglaterne, die einen zitternden Lichtkegel in die Dunkelheit wirft. Das Licht der Flamme schimmert auf dunkler, mit punktförmigen Narben verzierter Haut, fließt über ein safrangelbes Kleid, aufgetürmte rote Locken und opulente, mit Edelsteinen bestickte Sandalen.

»Nemuri?« Ich schirme meine Augen mit einer Hand ab und blinzele in die Helligkeit. Das hier ist immer noch der Vorratsraum. Um mich herum liegen Kissen, unter mir hat jemand mehrere weiche Decken drapiert. Jade, Timotheus, Palili, Ischme und die Vögel sind verschwunden.

»Keine Sorge«, beeilt sich Nemuri zu erklären. »Denen geht es bestens. Sie sind alle oben. Und euer Gepäck ebenfalls.«

»Oben?«

»Ja, im fensterlosen Zimmer. Mein Gasthof ist seit drei Tagen geschlossen. Er gehört allein euch. Du musst dir keinerlei Sorgen machen, das schwöre ich dir.«

Augenblicklich bin ich hellwach. »Seit drei Tagen? Wie lange bin ich schon hier unten?«

»Seit zwei Tagen.«

Zwei Tage? Ich habe Jade und meine Gefährten seit zwei Tagen schutzlos ihrem Schicksal überlassen?

»Woher wusstest du, dass …«

Nemuri wedelt mit ihrer üppig beringten Hand. »Das ist eine längere Geschichte. Möchtest du mit nach oben kommen? Die Sonne geht gerade unter.«

Ich starre sie an. Meine Gedanken sind ein einziger Nebel. Was in aller Welt ist geschehen? Wie konnte ich zwei Tage lang schlafen, ohne irgendetwas mitzubekommen? In dieser Zeit hätte alles Mögliche geschehen können!

»Mach dir keine Sorgen wegen dem Mond.« Nemuri reicht mir ihre Hand, ich greife danach und lasse mich auf die Füße ziehen. Ist das wirklich mein Körper? Er scheint nicht zu mir zu gehören, fühlt sich so kalt an wie ein Felsklotz und ebenso schwer. »Manchmal können Veränderungen nur geschehen, während der Geist ausgeschaltet ist. Du hast den Schlaf gebraucht.«

»Geht es Jade gut?«

»Oh ja. Alle sind wohlauf. Ich habe darauf geachtet, dass sie nicht vor die Tür gehen. Keine Seele weiß, dass ihr hier seid. Ihr seid absolut sicher.«

Ich lache verbittert. »Du hast keine Ahnung, Nemuri. Wir sind nirgendwo sicher. Niemals. Es war nicht meine Absicht, dass du uns findest. Wir wollten eine Nacht lang ausruhen und verschwinden.«

»Ich weiß. Aber ich schwöre euch, dass ihr sicher seid. Und ich werde dir auch zeigen, weshalb das so ist. Komm mit.«

»Besser nicht. Wenn ich mit Mondlicht in Berührung komme, verselbstständigt sich meine Magie. Ich kann nicht versprechen, dass … «

»Wie ich schon sagte«, unterbricht mich Nemuri und lächelt verschwörerisch, »du musst dir keine Sorgen machen. Erstens nehmen die Monde inzwischen wieder ab, und zweitens hast du dich verändert.«

»Verändert? Was geht hier vor sich? Was soll das alles?«

»Zwei Tage lang warst du nicht ansprechbar«, antwortet sie. »Dein Körper brauchte Zeit, um sich umzustellen. Ich habe keine Ahnung, was in dir vorgegangen ist, aber es hat geholfen.«

»Woher zum Teufel willst du das wissen?«

»Das wird dir mein Mann erklären. Na los. Du musst endlich raus aus diesem kalten Loch.«

»Bringe mich zuerst zu meinen Gefährten.«

»Natürlich. Sie werden wahrscheinlich schon schlafen. Seit sie ihr Zimmer bezogen haben, sind sie eigentlich nur noch am Schlafen. Sofern sie nicht gerade essen oder Katzen streicheln.«

»Nemuri, du musst mir das erklären. Und zwar schnellstens.«

»Das werde ich.« Sie grinst verschmitzt. »Sobald wir oben sind.«

Sie führt mich aus dem Keller, die Treppe hinauf, einen gewundenen Gang entlang und eine weitere Treppe nach oben. Ihr Gasthaus hat sich seit meinem letzten Besuch vor elf Jahren derart verändert, dass ich die wenigsten Details wiedererkenne. Offenbar hat Nemuri die Mittel, die ich ihr damals zur Verfügung gestellt habe, äußerst geschickt eingesetzt – und sich von dem Wenigen, das ich ihr von meiner Heimat erzählt habe, inspirieren lassen. Jede Ecke und Kante wurde abgerundet, alles ist mit weißem, seidig schimmerndem Kalk verkleidet. Die Fenster sind allesamt rund und mit einer Art silbernem Gitternetz versehen, vermutlich, um Moskitos und Stechmotten auszusperren. Es gibt weiße Teppiche, zarte Vorhänge und Kissen in wasserhellem Blau sowie zahllose Löcher in den kuppelförmigen Decken, durch die sanfte Lichtstrahlen in die Räume und Flure fallen. Selbst die ausschließlich weißen, aus Schilf geflochtenen Möbel bestehen aus sanften, runden Formen. Immer wieder begegnen uns Katzen und keckernde Wiesel, die neugierig innehalten, mich mustern und nach einem kurzen Moment der Überraschung unbeeindruckt weiterlaufen. Selbst die Tiere sind weiß. Nun ja, mehr oder weniger. Ein paar der Katzen besitzen rauchgraue Tupfen, und eines der Wiesel einen schwarzen Kopf.

»Elf Jahre ist es her.« Nemuri schlägt einen wasserblauen, mit Silberfäden durchwirkten Vorhang zurück und führt mich in einen großen, runden Raum, der aussieht wie jedes Zimmer in diesem Haus: weich, lichtdurchflutet und bestückt mit weißen Polstern und Teppichen. »Ganze elf Jahre! Ich habe immer gehofft, dass du zu uns zurückkehrst.«

»Du weißt, warum ich gegangen bin.«

»Ja. Es ist gefährlich. Besser gesagt, es war gefährlich. Darf ich dir Hanuman vorstellen? Meinen geliebten Ehegatten?«

Sie schreitet zu einem alten, in helles Grau gekleideten Mann mit langem Haar und Vollbart, der mit überschlagenen Beinen in einem Sessel sitzt und bei unserem Anblick das Buch sinken lässt, in dem er gerade gelesen hat. Die Reaktion, die ich üblicherweise auslöse, bleibt diesmal aus. Seine braunen Augen weiten sich zwar einen Moment lang, doch dann erhebt er sich, kommt auf mich zu und reicht mir seine Hand, als wäre ich ein gewöhnlicher Gast.

»Es freut mich sehr, dich endlich kennenzulernen.« Der Händedruck des Mannes ist fest, aber unaufdringlich. Nach einer kurzen Berührung weicht er vor mir zurück, mustert mich einmal von oben bis unten und wendet sich schließlich an seine Frau. »Es wird Zeit, dass du ihn endlich aufklärst. Jemanden so vor den Kopf zu schlagen, ist wirklich unhöflich.«

»Gewiss doch.« Nemuri deutet auf einen der weich gepolsterten Sessel. »Möchtest du Platz nehmen?«

»Nein.« Ungeduldig verschränke ich die Arme vor der Brust. »Ich habe lange genug untätig herumgelegen. Danke für eure Gastfreundschaft, aber würdet ihr mir bitte erklären, was hier los ist?«

»Mein Nachname ist Kimentaro«, erklärt Nemuris Ehegatte, setzt sich wieder in seinen Sessel und legt die Arme auf den Lehnen ab. »Vermutlich erklärt das schon so einiges.«

»Kimentaro?« Überrascht kneife ich die Augen zusammen. »Du bist ein Nachfahre der heiligen Priesterinnen?«

»Ja, das bin ich. Jamashree und später Scylla haben jeden weiblichen Säugling der Kimentaros aufgespürt und beseitigt, aber einige Söhne sind ihnen durch die Lappen gegangen. Unsere Magie ist kaum mehr als ein Funke, sie wird leicht übersehen. Während die Frauen unserer Familie jeden Zeitpunkt der Vergangenheit und der Zukunft sehen konnten, vermögen wir gerade einmal einen Tag lang in die Zukunft zu blicken. Weder sehen wir die Vergangenheit noch können wir in den Träumen der Menschen herumspuken. Unsere Fähigkeiten beschränken sich allein auf das, was im Verlaufe eines Tages geschieht. So habe ich diese wunderbare Frau kennengelernt.« Hanumans Blick schweift zu Nemuri hinüber und füllt sich mit ehrlicher, aufrichtiger Liebe. Die beiden erinnern mich so sehr an Jinni und Nobbe, dass meine Augen zu brennen anfangen. »Ich wusste, wo ich ihr begegnen würde, und ich wusste jedes Wort, das sie zu mir sagen würde.«

»Und du wusstest, dass wir kommen würden«, spinne ich den Gedanken weiter. »Ja, das erklärt so einiges. Wie viele von euch gibt es noch?«

»Ich kenne nur noch zwei Kimentaro-Söhne. Sie sind Brüder und leben irgendwo im Osten. Ob es neben uns dreien noch weitere Nachfahren der Priesterinnen-Familie gibt, weiß ich nicht. Wir leben aus nachvollziehbaren Gründen im Geheimen.«

Wieder einmal webt das Schicksal seine Fäden. Das Menschenreich ist groß, seine Bewohner zahlreich, und doch findet einer der wenigen übrig gebliebenen Nachfahren der heiligen Priesterinnen ausgerechnet zu jener Frau, die ich vor elf Jahren von der Straße aufgelesen habe.

Hanuman kratzt sich am Bart und grinst verschmitzt. »Du kannst dir nicht vorstellen, wie sich die beiden gefreut haben, als ich ihnen die frohe Nachricht verkündet habe. Ich meine, dass du zurückkommst.«

»Die beiden?« Erst jetzt fällt mir wieder ein, dass Nemuri eine Tochter oder einen Sohn von elf Jahren haben muss. Damals, als ich ihren gewalttätigen Ehemann samt seinen Kumpanen in die Wüste gezaubert habe, war ihre Niederkunft nicht mehr fern gewesen. »Ist dein Kind wohlauf?«

Ihr gerade noch strahlender Blick wird dunkel. Ich erkenne die furchtbare Wahrheit, noch ehe sie sie ausspricht. »Nein. Sie ist nicht wohlauf. Meine Tochter wird sterben. Sie ist dort im Nebenraum.« Nemuri deutet auf einen Vorhang zu meiner linken Seite. »Ach, Indigo, ihr Herz kann jeden Moment stehen bleiben. Sie wird mit jedem Tag weniger. Die Ärzte können nichts tun, und einen Ratznik können sich nur die Reichsten der Reichen leisten. Ich habe schon darüber nachgedacht, einen Dieb anzuheuern, aber die Gefahr ist zu groß. Wenn herauskommt, wer ihn beauftragt hat, wird jeder von uns einen grausamen Tod sterben. Diese Stadt ist krank, auch wenn man es ihr nicht ansieht. Jedenfalls nicht auf den ersten Blick. Ofelia ist nur eines von zahllosen Kindern, die langsam zugrunde gehen. Inzwischen vergraben sie die Toten in der Wüste, weil beide Friedhöfe aus allen Nähten platzen. Je genüsslicher sich die Reichen in ihrem Wohlstand aalen, umso erstickender wird der Gestank des Todes, der durch die Gassen des niederen Volkes kriecht.«

»Was sind das für Krankheiten?«, frage ich Nemuri. »Was richtet euch zugrunde?«

»Ich vermute, es liegt am Wasser. Die Reichen trinken nicht aus derselben Quelle, wie wir es tun.«

»Wo liegt eure Quelle?«

»Etwa fünf Meilen vor den Stadttoren in Richtung Süden, dort, wo die Klippen einen Bogen formen. Ein Rohr führt von der Quelle aus in die Stadt und speist beide Brunnen.«

»Ihr habt nur noch zwei Brunnen?«

Nemuri nickt verbittert. »Alle anderen wurden verschlossen oder sind versiegt. Die Reichen beziehen ihr Wasser aus einer Quelle, die tief unter der Knochenwüste liegt. Unsere wurde seit langer Zeit nicht mehr kontrolliert, niemand dort oben interessiert sich für das Schicksal des einfachen Volkes. Vielleicht liegt der Tod aber auch in der Luft. Ich weiß es nicht, Indigo. Früher starben vielleicht zwei von zehn Kindern, jetzt überlebt weniger als die Hälfte.«

»Darf ich zu deiner Tochter gehen?«

»Natürlich.« Nemuri greift nach meiner Hand, umfängt sie mit zitternden Fingern und sieht mich hoffnungsvoll an. »Glaubst du, dass …« Sie schluckt schwer. »Denkst du, du kannst ihr helfen?«

»Das kommt darauf an, wie gut sie meine Magie verträgt.«

»Und wenn sie sie verträgt?«

»Dann kann ich ihr helfen.«

»Hanuman!« Nemuri fährt zu ihrem Mann herum. »Kannst du nicht sehen, was geschehen wird?«

»Ich habe es dir schon so oft erklärt.« Er seufzt betrübt. »Ich kann alles sehen, das innerhalb eines Tages geschieht. Aber ich sehe nicht die Entscheidung zwischen Leben und Tod. Das ist ein Schicksalsfaden, der sich mir nicht offenbart.«

»Tzzz«, macht Nemuri, zieht mich vorwärts, schlägt den Vorhang zurück und führt mich in ein winziges, halbrundes Zimmer, das lediglich Platz für ein ebenfalls halbrundes Bett und einen kleinen Tisch bietet, auf dem ein Glas, eine Kanne und ein Teller mit klein geschnittenem Obst steht. Sechs blumenförmige Löcher von der Größe einer Faust befinden sich in der Wand und lassen das kupferfarbene Abendlicht hindurch.

»Ofelia«, flüstert Nemuri, als hätte sie Angst, ein lautes Wort könnte das Herz ihrer Tochter stillstehen zu lassen. »Ich möchte dir jemanden vorstellen.«

284

Das Kind ist weiß wie der Kalk, mit dem die Wände verkleidet sind. Es liegt inmitten hellblauer Kissen, lediglich von einem durchscheinenden Laken aus Windleinen bedeckt. Nemuri hat ihre störrischen roten Locken an das Mädchen vererbt, doch während ihr Haar im Licht strahlt, ist das des Kindes stumpf und dünn wie Spinnweben. Blau verfärbte Lippen heben sich zu einem Lächeln, während Ofelias schwarze Augen größer und größer werden. Der Tod ist nicht mehr fern. Seine kalten Finger greifen bereits in ihre Brust.

»Indigo?«, flüstert das Mädchen matt. »Der Zauberer, der dir geholfen hat?«

»Ja«, sagt Nemuri. »Er wird auch dir helfen, mein Schatz. Er macht dich wieder gesund.«

»Ich versuche es«, korrigiere ich sie. »Mehr liegt nicht in meiner Macht.«

»Du wirst es schaffen«, beharrt Nemuri. »Ich weiß es.«

Und was, wenn nicht?, will ich antworten. *Es kann gut sein, dass meine Magie sie einfach nur verbrennt. Vielleicht wird sie bei dem kleinsten Zauber vor Schmerzen schreien.*

Ausgerechnet jetzt kommt mir der Traum in den Sinn. Eomaras traurige Worte spuken in meinem Kopf herum, machen meine Gedanken schwer und mein Herz kalt wie Blei.

Vergiss nicht, dass wir keine Wahl haben.

Niemals.

Verfluchte Malerin! Kaum fühle ich Mut und Zuversicht, kommt sie daher und flüstert mir düstere Prophezeiungen in den Schlaf.

Ich setze mich auf die Bettkante, schiebe das Laken hinunter und lege meine Hand auf Ofelias knochige Brust. Das Mädchen nimmt einen rasselnden Atemzug. Totengeruch weht mir entgegen, die Haut um ihre Nase und ihren Mund ist bereits gelb verfärbt. Falls ihr Körper auch nur den geringsten Widerstand leistet, werde ich ihr nicht mehr helfen können.

»Es wird wehtun«, sage ich geradeheraus. »Ich kann dir einen Teil der Schmerzen nehmen, aber der Rest wird immer noch schlimm sein.«

Ofelia nickt und starrt mich aus großen Augen an. Ihr Blick füllt sich mit jener träumerischen Entrücktheit, die die Menschen im Angesicht eines magischen Lichtes immer befällt.

»Mutter«, flüstert sie kraftlos. »Er ist ja noch viel schöner, als du gesagt hast.«

Nemuri lächelt, setzt sich neben mich und legt ihre Hand auf die Stirn des Mädchens. Ein leises Rascheln und ein auf das Bett fallender Schatten verrät mir, dass Hanuman hinter uns steht. Sie alle warten darauf, dass ich den Tod besiege. Niemand scheint auch nur im Geringsten in Betracht zu ziehen, dass ich scheitern könnte. Und wieder einmal wird die Last auf meinen Schultern unerträglich.

»Was ist dein Lieblingstier?«, frage ich das Mädchen.

»Mondfalter«, erwidert Ofelia. »Ich liebe Mondfalter. Aber ich habe noch nie einen gesehen.«

Ich erschaffe einen kleinen Zauber und verleihe der Energie Gestalt. Schwerelos flattert ein Schmetterling über das Bett, tanzt ein paar Mal auf und ab und landet schließlich auf Ofelias ausgestreckter Hand. Ungläubig starrt sie auf die schillernd blauen Flügel, die zitternd das letzte Licht des Tages einfangen.

Ein Seufzen kommt über die Lippen des Mädchens, als ich die ersten Magiefäden in seine Brust gleiten lasse. Entweder ist es Schmerzen gewohnt oder sein Körper heißt meinen Zauber tatsächlich willkommen.

Vorsichtig taste ich nach der Krankheit, finde ihren schwarzen Kern und steche das Licht in seine Dunkelheit. Ofelia keucht auf. Ihre aufgerissenen Augen starren auf den Schmetterling, auf nichts anderes sonst, während sie ihre Lippen zu einem weißen Strich zusammenpresst. Ich verstärke den Zauber und atme auf, als die Haut des Mädchens keinerlei Anzeichen von Verbrennung zeigt. Faden um Faden dringt in ihren Leib, zehrt die Krankheit auf, lässt neues Leben wachsen und schließt die Wunden in ihrem Inneren, die der Tod gerissen hat.

Ofelias Heilung geht so leicht vonstatten, dass ich es kaum fassen kann. Mühelos kriecht die Magie durch ihren Körper, säubert ihn von jeglichem Leiden und fließt wieder in mich zurück.

Ein Akt, der einst Unmengen an Kraft gekostet hat, geht spurlos an mir vorüber. Weder fehlt mir Energie noch fühle ich mich erschöpft. Als ich meine Hand zurückziehe, ist es, als hätte ich niemals einen Zauber gewirkt.

Der Schmetterling verschwindet, Ofelia starrt mich an. Keiner der drei, weder Nemuri noch Hanuman und erst recht nicht das Mädchen, scheint zu begreifen, dass es vorbei ist.

»Ist sie …« Der Alte schluckt. »Ist sie gesund?«

»Ja«, antworte ich. »Es geht ihr gut.«

Nemuris Kinnlade klappt nach unten. »So einfach?«

»So einfach.« Ich blicke auf meine Hände hinab, die aussehen wie immer. Und doch muss die Veränderung, die während meines langen Schlafes geschehen ist, gravierend gewesen sein.

Einige Momente lang bleibt es still. Niemand regt sich, ungläubige Blicke werden ausgetauscht. Und dann, von einem Augenblick auf den anderen, überfällt mich die Hitze ihrer Körper. Nemuri und Hanuman fallen über mich her und schluchzen mir irgendetwas ins Ohr, Ofelia klammert sich weinend an meiner Taille fest.

Eine Weile lasse ich sie gewähren, ehe ich mich mehr schlecht als recht ihrer überschwänglichen Nähe entziehe. »Ich muss zu meinen Gefährten, Nemuri. Der Verhüllungszauber muss erneuert werden, sonst wimmelt es hier bald vor Scyllas Handlangern.«

»Natürlich.« Behutsam befreit sie mich von ihrer Tochter und ihrem Gatten, steht auf und schlägt den Vorhang zurück. »Komm. Ich bringe dich zu ihnen.«

Kaum bin ich aufgestanden, fällt sie mir erneut um den Hals. »Oh Indigo! Du hast mehr für uns getan, als du dir vorstellen kannst. Wie kann ich das jemals wiedergutmachen? Du hast unser Kind gerettet. Du hast sie wieder gesund gemacht. Bitte, wenn es irgendetwas gibt, das ich für dich tun kann, dann sage es. Ich werde dir nichts ausschlagen. Nichts!«

»Also gut. Es gibt da etwas, das du für uns tun könntest.«

»Was?« ruft Nemuri. »Was ist es?«

»Kannst du uns bis zum nächsten Vollmond bei dir aufnehmen? Dein Mann sieht die Gefahr, ehe sie geschieht. Ist es nicht so?«

Hanuman nickt und wischt sich die Tränen von den Wangen. »Ja, ich kann sie sehen. Ihr könnt bei uns bleiben, so lange ihr wollt. Nirgendwo seid ihr sicherer als hier. Es wäre uns eine Ehre, den Retter unserer Tochter und seine Gefährten in unserem Haus zu beherbergen.«

»Ist deine Gabe fehlerlos?«, hake ich nach. »Können wir uns auf sie verlassen? Du sagtest, dass du weder Tod noch Leben siehst.«

Hanuman nickt ein weiteres Mal. »Es ist lediglich die Entscheidung, die ich nicht sehe. Lass es mich so beschreiben: Ich sehe den Dolch, der das Fleisch trifft. Aber ich sehe nicht, ob derjenige überlebt oder stirbt. Das sind die Schicksalsfäden, die im Dunkeln bleiben. Doch sollte euch Gefahr drohen, von welcher Seite auch immer, werde ich sie erkennen.«

»Sehr gut.« Der Gedanke, endlich Ruhe zu finden, ist unendlich verlockend. »In diesem Fall wären wir gerne für die nächsten vier Wochen eure Gäste.«

»Und?« Nemuris Augen werden groß, als ich wieder vor ihr erscheine. »Hast du was gefunden?«

»Allerdings.« Trotz magischer Säuberung entströmt meinen Händen noch immer die Fäulnis schwarzer Hexerei. Angewidert rümpfe ich die Nase. »Ein Schimmelpilz hat sich in der Quelle breitgemacht und seit Jahren das Wasser vergiftet. Er stank schon von Weitem nach Jasmah-Isdar.«

»Und jetzt?«

»Jetzt ist er verschwunden. Das Wasser ist wieder sauber.« Nemuri schnauft ungläubig. »Ist das dein Ernst? Du heilst innerhalb eines Wimpernschlags meine todkranke Tochter und befreist unsere Stadt von ihrer Geißel, indem du mal eben kurz verschwindest?«

»Wie du schon sagtest: Ich habe mich verändert. Früher hätte so ein Zauber sehr viel mehr Zeit und Mühen gekostet.«

Nemuri schüttelt ein paar Mal den Kopf, umarmt mich und nuschelt irgendetwas vom *Retter der Welt*. Als sie schließlich wieder voranschreitet und mich durch die schlangenförmig gewundenen Gänge hinauf in das zweite Stockwerk führt, wirkt sie wie eine Kriegerin, die zu einem lang ersehnten Kampf aufbricht. »Der Tag wird kommen, an dem du Scylla und ihre Monster mit einem Fingerschnipp vom Angesicht der Welt tilgst. So wahr mir die Wüstengeister helfen!«

»Das wird sich zeigen«, brumme ich nur.

»Nein, es wird geschehen!«, intoniert Nemuri im Brustton der Überzeugung. »Das Licht wird gegen die Dunkelheit kämpfen, und es wird siegen. So wahr die Sonne im Osten auf- und im Westen untergeht. Ich glaube an dich, Indigo. Jetzt ist es an dir, auch an dich selbst zu glauben.«

»Du klingst wie Jinni«, murmele ich vor mich hin.

»Was hast du gesagt?«

»Ach, nichts von Bedeutung.«

Nach und nach glimmen Lichter in den Wänden auf. Scheinbar willkürlich erscheint eines nach dem anderen und verströmt einen zitternden, bläulichen Schimmer, der mich an Mondlicht unter Wasser erinnert.

»Sind das Kristalle aus dem Gebirge des Ewigen Schnees?«

»Ja«, erwidert Nemuri stolz. »Es war ein gigantischer Aufwand, die Dinger aufzutreiben.«

»Dein Gasthaus scheint gut zu laufen.«

»Sehr gut sogar. Wenn es die Steuereintreiber und Schutzgeld-Erpresser nicht gäbe, würde es sogar noch besser laufen.«

»Willst du, dass ich mich darum kümmere?«

»Nein.« Nemuri schüttelt energisch den Kopf. »Es ist besser, wenn wir so wenig Aufmerksamkeit wie möglich erregen. Jeder hier glaubt, ich hätte das Gasthaus wegen Ofelia geschlossen. Dabei soll es auch bleiben. Das Schutzgeld und die Steuern sind schmerzhaft, aber auszuhalten. Würden wir uns dagegen auflehnen, wären drei Galgen für meinen Mann, Ofelia und mich reserviert. Abgesehen davon wäre ein magischer Eingriff viel zu riskant. Ich will nicht, dass ihr vor eurer Zeit verschwinden müsst. Jade ist erschöpft. Und deine Freunde nicht weniger.« Nemuri grinst verschlagen. »Ein wirklich niedliches kleines Ding hast du dir geangelt. Erzählst du mir bei Gelegenheit, wie es dazu gekommen ist?«

Ich beschränke mich auf ein Nicken und ein Lächeln, trete durch die Tür, die Nemuri für mich öffnet, und finde meine Freunde in tiefem Schlummer vor. Jade liegt mit ausgebreiteten Armen und Beinen auf einem runden, mitten im Raum stehenden Bett, über dem sich ein blauer Himmel aus Windleinen spannt. Sie trägt ein schlichtes, ärmelloses Wickelkleid, dessen jadegrüne Seide ihren Körper wie ein Hauch von Nichts umschmeichelt. Ischme liegt zusammengerollt neben dem Mädchen, mit zwei schlafenden Perlenvögeln in ihrem Fell. Timotheus und Palili schnarchen auf jeweils einem weißen Sofa, wobei die Beine des Hünen weit über die Lehne hinausragen. Auch die beiden haben neue Kleidung bekommen: dünne Leinenhosen und eine Art ärmellosen, beidseitig geschlitzten Mantel mit Silberknöpfen, ganz so, wie es für die Männer Scharzads üblich ist. Timotheus in Weiß, Palili in Rauchgrau.

Es gibt kein Fenster in diesem Raum, nur Dutzende von ovalen und blumenförmigen Lichtlöchern, die mit Schutzgittern versehen sind. Zwei Katzen und ein Wiesel haben sich in den drei größten Löchern zusammengerollt und starren mich aus gelben Augen an. Auf einem niedrigen, von zerknautschten Sitzkissen umrundeten Tisch befindet noch immer das Abendessen.

»Fressen deine Tierchen gerne Vögel?«, frage ich Nemuri. »Jade wird es uns niemals verzeihen, wenn ihre Freunde verspeist werden.«

»Ach was, mach dir um die Perlenvögel keine Sorgen. Sie sind in meinem Haus willkommen, daher wird keiner meiner Wächter sie anrühren.«

Ich nicke und mustere die zerfledderten Reste einer riesigen Meerbarbe, abgenagte Traubenrispen, Apfelschalen, fleischlose Hühnerbeine, Salatschüsseln und Brotkrümel. »Du hast sie gehörig verwöhnt. Kein Wunder, dass sie herumliegen wie Mönchsrobben.«

Nemuri zuckt grinsend mit den Schultern und beobachtet mich, während ich zu jedem meiner Gefährten gehe und den Schutzzauber erneuere. Wie von selbst webt die Magie ein undurchdringliches Netz von solcher Leichtigkeit und Stärke, dass ich mein eigenes Werk wie ein Wunder betrachte. Niemals habe ich etwas so Vollkommenes erschaffen. Einst chaotische Energiefäden finden sich zu vollkommener Harmonie zusammen, gehorchen dem leisesten Gedanken und bilden einen Wall, der vermutlich stark genug ist, um selbst den gewaltigsten Zauber vor den Sinnen des Jasmah-Isdar abzuschirmen.

Glück überwältigt mich, als ich bei Jade verharre und einen Kuss auf ihre Stirn hauche. Das Haar des Mädchens schimmert wie das Laub eines Herbstwaldes, ihr Gesicht wirkt entspannt. Behutsam dringe ich in ihren Geist ein und schenke ihr einen Traum, der, wie ich hoffe, ganz nach ihrem Geschmack ist. Tatsächlich heben sich Jades Lippen zu einem zufriedenen Lächeln.

»Möchtest du dich umziehen?« Nemuri mustert meine schwarze, für das Klima einer Wüstenstadt denkbar ungeeignete Kleidung. »Und vielleicht ein Wasserfall-Bad nehmen?«

»Was verstehst du unter einem Wasserfall-Bad?«

»Komm, ich zeige es dir.«

Ein zweites Mal wandern wir durch die blau schimmernden Gänge. Nemuri verschwindet kurz in einem Raum, kehrt mit einem Stapel dunkelblauen Stoffs zurück und führt mich weiter, bis wir vor einer Tür aus weiß gestrichenem Holz stehen bleiben.

»Hier, halte das mal.« Nemuri drückt mir die Kleidung in die Arme, zieht einen Schlüssel aus ihrem Ausschnitt und schließt auf. Als Nächstes klappt sie einen goldenen Hebel nach oben, der sich rechts neben der Tür befindet. Irgendwo in der Ferne erklingt das Rauschen von Wasser.

»Willst du es heiß, warm oder kalt?«

»Warm«, antworte ich.

»Gut. Folge einfach dem Gang, dann kommst du zum Wasserfall. Die Lichter gehen von selbst an. Du findest dort auch Handtücher, Öle und Seifen. Das hier«, sie deutet auf die Kleidung in meiner Hand, »ist für dich, wie du dir schon denken kannst. Jade trägt Jadegrün, und du trägst … nun ja, Indigoblau.«

»Danke, Nemuri.«

»Unsinn. Ich habe zu danken. Die ganze Stadt hat dir zu danken. Der Tag wird kommen, an dem wir dich gebührend dafür belohnen können.« Sie umfängt mein Gesicht mit beiden Händen, drückt mir ein Dutzend Küsse auf beide Wangen und weicht kichernd vor mir zurück. »Lass dir Zeit. Es gab noch keinen, dem meine neueste Errungenschaft nicht gefallen hat.«

Verschwörerisch zwinkert sie mir zu, vollführt eine einladende Geste und schließt die Tür hinter mir, nachdem ich eingetreten bin. Augenblicklich flackern in der weißen Wand verteilte Kristalle auf und fluten den schneckenartig gewundenen Gang mit wässerigem Licht. Nemuris Gasthaus muss wahrhaft gut laufen, wenn sie sich all diese Kostbarkeiten und Spielereien erlauben kann. Offenbar hat sich an Scharzads Reichtum seit seiner Eroberung nichts geändert, mit dem Unterschied, dass alle Verlorenen und Unglücklichen nun weitaus tiefer fallen als damals.

Ich betrachte die Fingerspitzen meiner rechten Hand, in denen noch immer der Glanz vollkommener Magie funkelt. Die Herrschaft des Jasmah-Isdar neigt sich ihrem Ende zu. Und der Tag, an dem ich

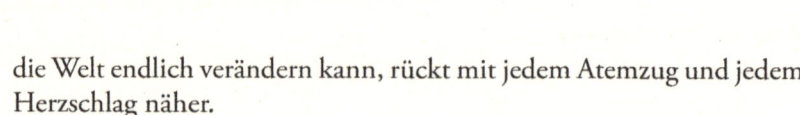

die Welt endlich verändern kann, rückt mit jedem Atemzug und jedem Herzschlag näher.

Neugierig folge ich dem Gang, der sich immer enger um sich selbst windet und von duftendem Wasserdampf erfüllt wird. Schließlich endet er in einer Art kleinen, runden Höhle. In der Decke klaffen unzählige Löcher, aus der sich ein stetiger, warmer Wasserschwall auf den Boden ergießt, wo sich ebenfalls Löcher befinden. So fließt das, was oben herauskommt, unten umgehend wieder ab.

Faszinierend.

Ich lege die frische Kleidung auf einen der Vorsprünge ab, die zu Dutzenden aus der Wand des Ganges ragen, entkleide mich und trete in den dampfenden Wasserfall.

Bei den Göttern, was für eine wunderbare Erfindung! Das stete Fließen und Tröpfeln wäscht nicht nur die Erschöpfung aus meinen Gliedern, sondern auch die Gedanken aus meinem Kopf. Ich lege meine Hände an die weiß gekalkte Wand, senke den Kopf und stehe einfach nur da, eingehüllt in das warm strömende Wasser, umwölkt von Hitze und schweren Düften. Verschwommen sehe ich einen weiteren Vorsprung in der Wand, auf dem sich Dutzende Fläschchen und Phiolen aneinanderreihen, aber ich lasse sie außer Acht. Stattdessen tue ich nichts. Rein gar nichts. Die Spannung weicht aus meinen Muskeln, alles verliert sich im monotonen Rauschen und Plätschern. Jedes Mal, wenn ich einzuschlafen drohe, lasse ich die Wand los, hebe den Kopf und lasse das Wasser auf mein Gesicht prasseln.

Kann ich Hanuman vertrauen?, zuckt es durch meine betäubten Gedanken. *Wird er uns rechtzeitig warnen?*

Alles, was ich in Nemuri und ihrem Mann sehen kann, ist ehrliche Aufrichtigkeit. Doch niemand ist fehlerlos. Nicht einmal ein Nachfahre der legendären Priesterinnen, die jahrhundertelang die Portalhüterinnen angelernt und beaufsichtigt haben. Ich darf meine Aufmerksamkeit nicht schleifen lassen. Keinen Augenblick lang. Den Fehler, der mir im Gasthof des Himmelsbaumes widerfahren ist, werde ich kein zweites Mal begehen.

Mühsam schärfe ich meine eingeschlafenen Sinne. Es gleicht einem wahren Gewaltakt, unter dem entspannenden Wasserstrom überhaupt klar zu denken, geschweige denn wachsam zu sein.

Warum vertraue ich meinem eigenen Schutzwall nicht? Warum fühle ich mich noch immer wie ein Tier in der Falle, obwohl meine Kräfte größer sind als jemals zuvor?

Nach einer Weile höre ich Schritte. Ohne sie zu sehen, weiß ich, dass es Jade ist, die vorsichtig den Gang entlangtappt. Vermutlich hat Nemuri ihr verraten, wo sie mich finden kann, und dabei zufrieden in sich hineingegrinst. Als ihre Gestalt im wabernden Dampf erscheint, zieht sich mein Unterleib verlangend zusammen. Verführerisch langsam öffnet Jade das Band, das ihr Wickelkleid an Ort und Stelle hält, lässt es zu Boden gleiten und kommt auf mich zu. Die ersten Tropfen berühren ihren nackten Körper. Ihr Haar wird schwer vor Nässe, klebt auf ihren Brüsten und fließt in dunklen Wellen bis zu ihren Hüften.

So viel Schönheit verschlägt mir den Atem. Und kaum berührt ihre ausgestreckte Hand meine Brust, brennen sich die Runen in unsere Haut.

Jade

Es ist, als wäre dies der erste Moment des Innehaltens nach einer endlos langen Flucht. Selbst im Tal der Araschnun hat sich die Zeit nie wirklich verlangsamt. Meine Furcht hat ihren Herzschlag schneller und schneller vorangetrieben, aber jetzt, in diesem einen unendlichen Moment, den ich nicht zu überbrücken wage, hält sie endlich still.

Lange schweben meine Fingerspitzen über seiner Haut, ehe ich ihn berühre. Zarte Muster fließen über meine Arme und strömen zu jener Stelle, an der sich meine Hand an seine Brust schmiegt. Indigos Runen flammen auf und bewegen sich auf meine zu, bis sich ihre Magie zitternd berührt, umeinander schlingt und schließlich verschmilzt.

Seine Haare sind länger geworden, genau wie meine. Wie schwarze Schlangen kleben sie in nassen Strähnen auf seinen Schultern, bis ich sie mit den Fingern zurückstreiche. Wasser strömt auf uns nieder, sein Herz pocht gegen meine Hand, als würde es dem Schlagen in meiner Brust entgegenstreben. Ich verfolge die Wassertropfen, die über sein Gesicht rinnen, sich in den Augenbrauen verfangen, über Schultern und Brust hinab zum Bauch perlen. Ein Rinnsal sammelt sich in der

Vertiefung über seinem Schlüsselbein. Ich lecke es mit der Zunge auf, schmecke das süße Wasser und das Salz seiner Haut. Als mein Blick auf die Drachenschuppe um seinen Hals fällt, sticht der Verlust in mein Herz. Ich denke an Jinni und Nobbe, an das wunderschöne Tal und an die Lebensfreude der Araschnun. Sie sind tot, wir leben. Sie sind weitergegangen, wir bleiben.

Zweimal habe ich bereits in dieser seltsamen Höhle gestanden, benommen von Hitze, Dampf und schweren Düften, während ich mir ausgemalt habe, das zu tun, was ich jetzt tue.

Wir leben.

Jetzt. Hier.

In diesem Augenblick.

Ich werde nicht daran denken, was geschehen wird, wenn ich beim nächsten Mond erneut versage. Wenn der Weg, den ich für mein Schicksal halte, gar nicht mein Weg ist.

Eine Unendlichkeit lang stehe ich nur da und sehe ihn an.

Sehe ihn einfach nur an.

Das Lächeln, das allein mir gilt. Die Sehnsucht seines Blickes, der jeden Zoll meines Körpers verschlingt. Nasse Haare auf seiner Haut. Das Schimmern der weißen Drachenschuppe. Tropfen, die über seine Brust rinnen und an meinen Fingern entlangfließen.

Die Runen auf meinem und seinem Leib brennen, als wäre unsere Nähe ein ganz eigener Zauber, mit dem wir uns gegenseitig stärken. Je näher wir uns kommen, umso heller wird ihr Leuchten. Ganz langsam beuge ich mich vor und hauche einen Kuss auf Indigos Schulter. Der Glanz der Magie bringt das Wasser zum Glühen, verwandelt es in flüssiges Feuer und Licht. Meine Fingerspitzen drücken sich in die Muskeln seiner Oberarme, genau dort, wo die Runen wellenartige Linien bilden. Geschmeidig tropfen sie aus seiner Haut und dringen in meine ein, während die Male meines Fleisches auf seines übergehen.

»Indigo«, flüstere ich. »Wir werden eins.«

»Nein«, erwidert er. »Wir sind längst eins.«

Er greift nach einer der Phiolen, die auf einem Vorsprung stehen, öffnet sie und lässt goldbraunes Öl über meine Brüste fließen. Ich schließe die Augen, spüre die zarte Berührung seiner Hände und ringe nach Atem, als sie sich kreisförmig zu bewegen beginnen. Zuerst ist

der Druck seiner Finger sanft, dann fester. Unser Atem wird schwerer, unser Herzschlag drängender. Ich halte still, obwohl ich es kaum ertrage, ihn nicht zu berühren. Mal gleiten seine öligen Hände über meine Schultern, mal streichen sie an meinen Armen entlang oder liebkosen meinen Bauch. Doch immer wieder kehren sie zu meinen Brüsten zurück, umfassen sie sanft, drücken und reiben, bis ich glaube, es keinen Herzschlag länger auszuhalten.

Als er noch einmal nach hinten greift, eine zweite Phiole nimmt und sie mir reicht, ist mein Schoß ein einziges ziehendes Verlangen. Meine Finger zittern so sehr, dass ich kaum den Korken herausbekomme. Bernsteinfarbenes, nach Zedernholz duftendes Öl fließt über meine Hand. Ich schwanke, ringe nach Luft und atme heißen, wabernden Dampf, der von Lust geschwängert ist. Behutsam lege ich meine Hände auf seine Brust, beobachte, wie Öl und Wasser von ihr abperlen, wie Tropfen aus Indigos Haaren rinnen und seine Muskeln unter meinen Fingern zucken.

Der Faden unserer Beherrschung ist dünn.

Hauchdünn.

Und dann sind unsere Hände überall. Finger verschlingen sich miteinander, gleiten wieder auseinander und tasten über ölige Haut. Bilde ich es mir ein oder wird das Wasser immer heißer? Inzwischen ist der Dampf so dicht, dass ich keine Wand mehr erkennen kann, sondern nur noch Indigo. Seinen vom Wasser umströmten Körper. Nasse Haut. Schwarze Haare. Er starrt mich an, leckt sich über die Unterlippe, zieht sie zwischen seine Zähne und seufzt.

Nein! Das ist zu viel! Meine Hände graben sich in sein Haar, meine Lippen pressen sich auf seine.

Nass, weich und heiß …

Ungeduldig hebt er mich hoch, presst mich gegen die Wand und erwidert meinen Kuss mit einem Hunger, dessen Wucht mich überwältigt. Unsere Körper sind so rutschig, dass wir kaum Halt finden. Mühelos dringt er in mich ein, nagelt mich fest und bewegt sich kreisend in mir, während er meine Lippen verschlingt. Unsere Runen glühen heller. Immer heller. Pulsierend in einem trägen, gleichmäßigen Takt. Obwohl der Hunger uns fast zerreißt, gehorchen wir dem Rhythmus, den die Magie uns vorgibt. Wir werden zu Lavaströmen, die brennend aufeinandertreffen und zu einem einzigen Fluss verschmelzen. Einem Fluss so mächtig und kraftvoll, dass ihn nichts aufhalten kann.

Verstreicht eine Ewigkeit? Oder doch nur eine gewöhnliche irdische Stunde? Als Indigo mich wieder auf dem Boden abstellt, schwebe ich irgendwo zwischen Traum und Wirklichkeit. Zitternd und seufzend klammern wir uns aneinander und trinken den Atem des anderen.

Meine Haut brennt. Jeder Zoll meines Körpers besteht aus fließendem Feuer. Nur langsam verschwinden die Runen, werden nach und nach blasser und sickern zurück in die Tiefe unseres Fleisches.

»Was war das?«, bringe ich flüsternd hervor.

Er lächelt überwältigt. »Ich weiß es nicht.«

»Aber jetzt glaubst du mir, nicht wahr?«

»Was?«

»Dass wir zusammenbleiben müssen. Um jeden Preis.«

Er hebt die Hand, streicht über mein nasses Haar und nickt. »Ja. Um jeden Preis.«

»Du lässt mich nicht alleine?«

»Niemals.« Er zieht mich aus dem Wasserfall und hinüber zu unserer Kleidung. Während meine achtlos auf dem Boden liegt, befindet sich seine säuberlich gestapelt auf einem Vorsprung. Unsere Körper sind so heiß, dass das Wasser innerhalb weniger Augenblicke verdampft. Geschickt legt Indigo das Wickelkleid um meinen Körper, faltet es auf komplizierte Weise, verflechtet die Bänder miteinander und verknotet sie schlussendlich an mehreren Stellen. Heraus kommt ein Kunstwerk, das nichts mehr mit meinem stümperhaft zusammengelegten Stoffknäuel zu tun hat.

»Hast du dir gemerkt, wie es geht?«

»Nein.« Kichernd stehle ich mir einen Kuss. »Bei Schritt elf habe ich ehrlich gesagt den Faden verloren.«

»Dann muss ich es dir wohl noch mal zeigen. In der nächsten Nacht. Und in der übernächsten. Und in jeder einzelnen bis zum nächsten Vollmond.«

»Unbedingt.«

Als Indigo in die dünne Leinenhose schlüpft und den langen, ebenso dünnen Mantel umlegt, entkommt mir ein sehnsüchtiges Schnurren. Das seltsame Kleidungsstück ist an beiden Seiten tief geschlitzt, ver-

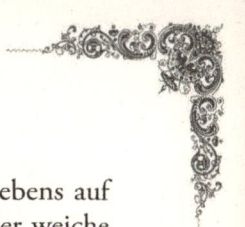

mutlich, weil jeder Mann in Scharzad die Hälfte seines Lebens auf einem Pferderücken verbringt. Noch dazu schmiegt sich der weiche Stoff so verführerisch um seinen schlanken Körper, dass ich mir jetzt schon ausmale, wie ich ihm das Ding wieder vom Leib reiße.

»Sieh mal.« Ich halte die blassgrüne Seide meines Kleides gegen das dunkle Blau seines Mantels. »Passen Indigo und Jade nicht wunderbar zusammen?«

Er zwinkert mir zu, lächelt wölfisch und greift nach mir. Ehe ich weiß, wie mir geschieht, hebt er mich auf seine Arme und trägt mich den gewundenen Gang entlang. Eine Tür klappt, Stimmen dringen an mein Ohr. Ich kümmere mich nicht darum, will nichts weiter, als mein Gesicht an seinen Hals zu schmiegen und den Duft seiner Haut zu atmen. Morgen ist unendlich weit entfernt, das Gestern ist vergangen.

Ich bin in Scharzad.

In der ältesten Stadt des Menschenreiches.

Melodische Rufe hallen durch die Nacht, verklingen mit einem sehnsuchtsvollen Seufzen und beginnen von Neuem.

»Was ist das?«, flüstere ich in Indigos Haar, das seidenweich durch meine Finger gleitet. Bei allen Göttern, ich bin eine Süchtige, und dieser Mann ist das Opium, nach dem mein Körper hungert.

»Der Priester ruft zum Gebet«, antwortet er. »Einmal in der Woche geht jeder Einwohner zum Tempel, selbst dann, wenn er sich tragen lassen muss.«

»Können wir uns die Stadt ansehen?«, bettele ich. »Bitte! Ich will sie unbedingt sehen. Nemuri hat die ganze Zeit mit Argusaugen darüber gewacht, dass wir unser Zimmer nicht verlassen.«

»Das war sehr vernünftig von ihr.«

»Ich weiß. Aber ich muss unbedingt mal raus.« Hm, warum riecht er nur so gut? Warum kann ich nicht aufhören, meine Finger in sein Haar zu graben, an seiner Haut zu lecken und mich an ihn zu pressen, mit einer solchen Verzweiflung, dass ich kaum weiß, wo mir der Kopf steht?

»Morgen«, flüstert Indigo. »Ich verspreche es dir.«

»Das wäre schön. Übrigens, weißt du, warum hier so viele Katzen und Wiesel herumlaufen? Sie fangen jedes Tier, das nicht hierhergehört. Und vor der kleinsten Öffnung sind Silbergitter gespannt.«

»Nemuris Gäste sind reich.« Indigo schwenkt nach rechts und trägt mich eine eng gewundene Treppe empor. »Sie bezahlen gut für ihre Privatsphäre.«

»Scylla hat nichts dagegen, dass ihre Spione ausgesperrt werden?«

»Solange die Steuern und das Schutzgeld stimmen, scheint das kein Problem zu sein.«

»Aber das Haus wird doch sicher kontrolliert, oder nicht?«

»Davon können wir ausgehen.«

»Denkst du, wir sind sicher?«

»Ich vertraue Hanuman und seiner Frau. Aber ich vertraue nicht der Fehlerlosigkeit seiner Gabe. Mein Schutzwall ist stark, stärker als jemals zuvor. Selbst wenn einer von Scyllas Spionen in das Haus eindringt, dürfte er uns nicht wahrnehmen.«

»Wir sind aber nicht unsichtbar, oder? Du verschleierst nur die magische Witterung?«

»Ja. Der Zauber bewirkt, dass der Jasmah-Isdar uns nicht wahrnehmen kann. Wir werden zu Schatten. Scyllas Häscher können unsere Spur nicht verfolgen, weil es keine gibt. Aber vor allem bewirkt der Schutzwall, dass ich es spüre, wenn sich ein schwarzer Zauber nähert.«

»Gegen die Magie der weißen Orchidee hat er rein gar nichts ausgerichtet.«

»Ja«, gibt Indigo zu. »Wahrscheinlich, weil sie aus reinem Naturzauber und nicht aus schwarzer Hexerei besteht.«

»War es das erste Mal, dass der Wall versagt hat?«, frage ich weiter. »Oder ist das schon einmal vorgekommen?«

»Nein, das war das erste Mal.«

»Warum machst du uns nicht einfach unsichtbar?«

»Ach, Jade. Du bist wie ein kleines Kind, das einem Löcher in den Bauch fragt.«

»Kann schon sein. Ja und? Warum machst du es nicht?«

»Das wirst du früh genug merken. Und zwar dann, wenn du gelernt hast, den Zauber zu wirken.«

»Wie meinst du das?«

Indigo lacht, schüttelt den Kopf und seufzt, ehe er antwortet: »Die meisten ertragen den unsichtbaren Zustand nicht. Timotheus ist vollkommen durchgedreht, als ich uns vor ein paar Jahren mal unsichtbar machen musste. Palili war wochenlang traumatisiert. Es ist ein Gefühl, als würdest du deine Existenz verlieren. Als bestündest du plötzlich aus Nichts. Dich selbst nicht zu sehen, ist weitaus furchtbarer, als du denkst. Wahrscheinlich wirst du den Zauber innerhalb von ein paar Stunden beherrschen, aber deine Unsichtbarkeit zu ertragen, ist die eigentliche Herausforderung. Timotheus und Palili sind hoffnungslos daran gescheitert. Ich konnte sie einfach nicht daran gewöhnen.«

»Warum kann ich mich nicht einfach verschleiern, so wie du es tust?«

»Weil das ein zu großer und zu starker Zauber wäre. Ein Unsichtbarkeitszauber betrifft nur dich selbst, aber die Verschleierung muss auf die Sinne jedes Lebewesens wirken, das uns wahrnimmt.«

»Ich verstehe.«

»Deswegen hat der Schutzwall oft meine gesamte Kraft aufgezehrt. Es ist gewissermaßen ein tausendfacher Zauber, den ich pausenlos aufrechterhalten muss.«

»Und jetzt ist er nicht mehr anstrengend?«

»Nein. Er geschieht wie von selbst. Genauso wie der Heilungszauber. Ofelia trug nicht die kleinste Brandblase davon.«

»Ja.« Ein warmes Kribbeln füllt meinen Bauch. »Nemuri hat mir davon erzählt. Und von dem vergifteten Brunnen. Du hast unzählige Leben gerettet, weißt du das? Genau das sollte deine Magie tun.«

Er antwortet mit einem Lächeln. Höher und höher trägt er mich hinauf, bis ein blauer Vorhang unseren Weg beendet. Indigo schlägt ihn beiseite, wir treten hindurch und finden uns auf einer weiten, sagenhaft schönen Terrasse wieder. Silber-blaues Mondlicht flutet das schillernde Wüstenglas, aus dem der Boden und die verspielte, mit Schnitzereien verzierte Balustrade bestehen.

»Nemuri hat recht.« Ich blicke auf Indigos Hand, die meinen Oberschenkel umfasst. Sie leuchtet ein wenig heller, aber das Brennen, das das Mondlicht sonst ausgelöst hat, bleibt aus. »Sieh nur. Es passiert fast nichts.«

Indigo zögert einen Moment, als traue er dem Frieden nicht. Nur langsam tritt er in den Mondschein und bewegt sich auf einen Pavillon zu, der mitten auf der Terrasse steht. Über schlichten, weißen Pfosten spannt sich ein Dach aus durchsichtigem Windleinen, darunter stapeln sich unzählige Kissen und Decken. Dorthin trägt er mich, bettet mich in die Polster und legt sich hinter mich. Zufrieden lasse ich mich in seine Umarmung fallen, schmiege meinen Rücken an seine Brust und spüre die kühle Seide eines Kissens unter meiner Wange.

Was für ein wunderschöner Ort!

Silberne Palmwedel wiegen sich vor einem funkelnden Sternenhimmel, duftender Jasmin rankt sich an der Balustrade empor und ergießt sein weiß geschmücktes Laub auf den Boden. Die gläsernen Türme, Zinnen und Kuppeln der Stadt beginnen erst hinter einem Wald aus Palmen und seltsam farblosen Büschen, die aussehen, als hätte ihnen ein Zauber jegliche Farbe gestohlen.

Untermalt von den Gebetsrufen, die immer noch klagend und seufzend durch die Nacht hallen, malt Scharzad ein Bild von märchenhafter Schönheit. Genau so hat sich Aaron diese Stadt immer vorgestellt.

Ach, Aaron. Mein großer, wunderbarer Bruder, der in so weiter Ferne auf mich wartet und vielleicht schon jede Hoffnung aufgegeben hat.

Bald, schwöre ich ihm. *Bald komme ich zurück und bringe euch alle fort.*

»Jade«, schnurrt Indigo an meinem Ohr und zieht mich noch ein wenig fester an seinen Körper. »Wie machst du das bloß?«

»Was denn?« Ich rekele mich unter seinen Küssen, die zart über meinen Nacken streicheln. »Wie mache ich was?«

»Ich bin ... ich kann nur noch ... ach, verdammt. Genau das meine ich.«

Mit einem Knurren packt er meine Schulter, rollt mich herum und mustert mich verwirrt.

»Ich verändere dich«, sage ich leise. »Und du kannst nichts dagegen tun. Ist es das, was du meinst?«

»Ja«, presst er hervor. »Das meine ich.«

Ist es meine Magie? Tue ich unbeabsichtigt das Gleiche, was Jamashree getan hat? Unwillkürlich schrecke ich zurück, setze mich auf und reibe über meinen brennenden Arm. Auch wenn ich die Runen nicht mehr sehe, kann ich sie umso deutlicher spüren.

»Was ist, Jade?«

»Ich ...«

»Rede mit mir!«

»Was ist, wenn … wenn ich dich aus Versehen … Nun ja, ich könnte einen Fluch über dich legen, oder nicht? Was ist, wenn du mich eigentlich gar nicht willst, aber meine Magie dich dazu zwingt?«

Indigos Blick wirkt zuerst erstaunt, dann weich vor Rührung. Er greift nach meiner Schulter, schenkt mir ein entwaffnend schönes Lächeln und zieht mich wieder zu sich hinunter.

»Natürlich legst du einen Zauber über mich, Menschenmädchen.« Ich schmiege mein Gesicht an seine Brust, er umfasst mit einer Hand meinen Hinterkopf. »Und ja, ich bin nicht mehr Herr meiner selbst. Anstatt mich zu beherrschen, denke ich nur noch daran, dich zu spüren. Nackt. Am ganzen Körper. Ich will dich schmecken, dich riechen, dich berühren. Ich will in dir sein. So tief wie möglich. Du hast mich zu einem Mann gemacht, der Tag und Nacht nur noch an das Eine denkt. Wenn das ein Fluch ist, bist du eine sagenhaft mächtige Zauberin.«

Sein Herz pocht gegen mein Ohr. Für die Dauer eines tiefen, erregenden Atemzuges ist es still um uns herum. Dann überfällt es uns erneut. Ungeduldig zerre ich an dem indigoblauen Stoff und reiße ihn von seinem Körper, während er das kostbare Seidenkleid zerfetzt. Grollend wie ein Tier rollt sich Indigo auf mich und dringt in mich ein. Unersättlich kosten wir die Reibung unserer Körper aus, werfen uns in den Kissen hin und her, lecken den Schweiß von unserer Haut und vermischen die Fäden unserer Magie miteinander. Schließlich, als wir ein weiteres Mal durchnässt und erschöpft beieinander liegen, eine hauchdünne Decke aus Windleinen über uns ausgebreitet, zischen kurz hintereinander zwei Sternschnuppen über den Wüstenhimmel.

»Wünsch dir was«, flüstert Indigo. »So ist es hier Sitte.«

Ich stütze mich auf einen Ellbogen, streiche mit der Spitze meines Zeigefingers über seine schweißnasse Brust und kann ein weiteres Mal nicht glauben, dass dies hier die Wirklichkeit ist. Das Hier und Jetzt mit all seiner Magie, seiner Wahrheit und Kraft.

»Dann wünsche ich mir«, sage ich zu dem Himmel, »dass bald der Tag kommt, an dem jedes Geschöpf dieser Welt frei ist. Frei und glücklich. So, wie es der Wille der Schöpfung ist.«

»Ein guter Wunsch«, befindet Indigo. »Nein, sogar der beste aller Wünsche.«

Ich lächele, beuge mich hinunter und küsse die dunkle, harte Spitze seiner Brust. Salziger Moschus brennt auf meiner Zunge, ein Zittern durchläuft seinen Körper. Er wölbt sich mir entgegen, packt meine Hüften und zieht mich erneut auf seinen Schoß.

Schlaf finden wir erst, als der Morgen dämmert.

Fest ineinander verschlungen, zu Tode erschöpft, liegen wir zwischen zerknüllten Kissen. Neun Sternschnuppen habe ich in dieser Nacht gezählt. Neun Mal habe ich denselben Wunsch ausgesprochen.

»Guten Morgen, Murmeltier.« Ein nach Honig schmeckender Kuss weckt mich aus tiefem Schlaf. »Wenn du heute noch an den Strand reiten willst, wird es langsam Zeit.«

»Strand?« Ich blinzele in goldenes Sonnenlicht. »Reiten?«

»Wer wollte denn gestern unbedingt einen Ausflug machen?« Indigo richtet sich wieder auf, beißt von einer dick mit Butter und Honig bestrichenen Brotscheibe ab und kaut zufrieden darauf herum. »Gleich nach dem Nachmittagsmahl, falls du Lust hast.«

»Wir reiten aus?«

»Ja. Ich habe uns zwei Pfauenpferde besorgt. Sie stehen unten im Hof und langweilen sich fürchterlich.«

»Pfauenpferde?« Ich stütze mich auf den Ellbogen ab und blinzele den Schlaf aus den Augen. Nur schleppend kommen meine Sinne in Gang. Ich liege zwischen völlig zerknautschten Decken und Kissen, Vögel zwitschern in weißen Palmen und der über die Balustrade rankende Jasmin riecht derart intensiv, dass mir schwindelig davon wird. Ich bin in Scharzad. Ich bin wirklich in Scharzad.

Ungläubig starre ich zu Indigo auf. Gerade nimmt er einen zweiten Bissen von seinem Honigbrot, wischt sich ein paar Krümel vom Mantel und sieht so gut aus, dass mir die Röte in die Wangen schießt. Seine Kleidung besitzt haargenau dasselbe tiefdunkle, geheimnisvolle Blau, das die Wüstensonne in sein Haar malt. Offenbar ist er bereits seit Längerem wach, hat vermutlich eine Ewigkeit lang unter dem Wasserfall gestanden, ausgiebig gefrühstückt und eine Runde entspannt, ehe er hierhergekommen ist, um mich aus dem Schlaf zu reißen. Unter der Decke bin ich noch immer nackt. Splitterfasernackt, verschwitzt, zerzaust und wund von der letzten Nacht.

»Werde erst mal richtig wach, hm?« Indigo deutet auf einen Stapel frischer jadegrüner Kleidung. »Zieh das an und komm runter. Du musst nur den ovalen Löchern in den Wänden folgen. Den ovalen, nicht den runden.«

»Oval«, nuschele ich schlaftrunken. »Nicht rund.«

»Genau.« Er zwinkert mir zu, isst den letzten Happen Brot und wendet sich zum Gehen. Als er hinter dem Vorhang verschwunden ist, winde ich mich aus dem Kissen- und Deckengewirr, greife nach der Kleidung und entfalte sie. Sie ist von derselben Art, wie sie Indigo trägt: eine Leinenhose und ein langer, geschlitzter Mantel. Natürlich. Er will mit mir zum Strand reiten. Aufregung kribbelt in meinen Knien. Bruchstückhaft erinnere ich mich an Hendricks Karte und sehe scharfe Klippen vor mir, die den Ozean nahe Scharzad begrenzen. Habe ich sie während unseres Fluges auf dem Dornennacken nicht auch aus der Ferne erblickt? Jene schwarzen, tödlichen Nadeln, die wie die Fangzähne eines Raubtiers in den Himmel stechen?

Mehrere Male sehe ich mich um, um sicherzugehen, dass ich allein bin. Erst dann stehe ich auf, ziehe Hose und Mantel an und steige in die geschnürten Stiefel aus samtweichem Leder, die mit ihrem flachen Absatz perfekt zum Reiten geeignet sind. Noch nie zuvor habe ich in einem Sattel gesessen. Ich bin auf nachtleuchtenden Pferden, Drachen, Nebelwalen, Eislöwen und Einhörnern geritten, aber niemals ganz gewöhnlich und normalsterblich in einem Sattel samt Steigbügeln.

Notdürftig kämme ich mit den Fingern durch mein Haar, flechte es zu einem langen Zopf und ziehe kurzerhand eines der zahlreichen Seidenbänder heraus, mit denen das Windleinen an den vier Pfosten des Baldachins festgebunden ist. So fest wie möglich knote ich es um das Ende meines Zopfes, recke und strecke mich ein paar Mal, blinzele in den Sonnenschein und atme die nach Sand und Jasmin duftende Luft.

Knurrend verkündet mein Magen seine Bedürfnisse. Ich muss dringend etwas trinken, und dieses Honigbrot hat wirklich verlockend ausgesehen. Noch einmal lasse ich meinen Blick schweifen – hell leuchten die Palmwedel vor dem Grund eines azurblauen Himmels -, verlasse die Terrasse und folge, wie Indigo es mir geraten hat, den ovalen Lichtlöchern in den Wänden. Obwohl ich bereits seit drei Tagen hier bin, kenne ich kaum eine Ecke des Hauses. Streng wie eine Sphinx hat Nemuri während Indigos Abwesenheit darauf geachtet, dass wir uns nicht verselbstständigen. Aus verständlichen Gründen, und doch ist uns nach einem Tag die Decke auf den Kopf gefallen. Dass das Gasthaus derart riesig und luxuriös ist, überrascht mich. Der schneckenartig gewundene Gang scheint kein Ende zu nehmen, wird hin und wieder durch weiße Holztüren, blaue Vorhänge und abzweigende Gänge unterbrochen und endet schließlich in jenen Räumen, die ich bereits kenne: unser Gastzimmer, das so groß ist wie das Haus am Meer, der lichtdurchflutete Bogengang, dahinter ein rauschender Garten voller Blumen und Tamarisken. Und schließlich jener Saal, in dem üblicherweise die Gäste des Hauses frühstücken. Vier der fünfzehn Tische sind zusammengerückt, der Rest wurde in die hinterste Ecke verfrachtet. Filigran geschnitzte Fensterläden lassen neugierigen Blicken keine Chance, doch dank der zahllosen Lichtlöcher strömt dennoch so viel Helligkeit in den Saal, dass es ist, als würde ich mitten in den Wüstensonnenschein treten.

Nemuri, Hanuman, Palili und Timotheus sitzen an der improvisierten Tafel. Ofelia hat es sich auf Indigos Schoß bequem gemacht, Ischme schläft auf einem Lager aus weichen Decken und dient wieder einmal zwei schnäbelnden Perlenvögeln als Nest.

»Ist das deine Freundin?« Ofelia grinst mir frech entgegen. Aus dem todkranken, bleichen Mädchen ist eine vor Energie sprühende Elfjährige geworden, die aussieht, als könnte sie barfuß den Himmelsbaum erklimmen. »Verbringt sie immer den ganzen Tag mit Schlafen?«

»Sei höflich.« Indigo zwinkert mir vielsagend zu. »Und erwähne besser nichts von deinen Plänen.«

»Welche Pläne?« Ich setze mich auf den freien Stuhl zwischen Palili und Indigo, verschlinge das üppige Nachmittagsmahl mit Blicken und spüre, wie meine ausgedörrten Eingeweide zusammenschrumpeln.

»Na, dass ich ihn heiraten werde!«, verkündet Ofelia mit einer ausholenden Geste. »Mama hat mir versprochen, dass ich mir meinen Ehemann selbst aussuchen darf. Das habe ich heute getan.«

»Ach, Kind.« Nemuri seufzt resigniert. »Damit meinte ich einen gewöhnlichen Mann. Einen Pferdehirten oder Falkenjäger. Einen Tuchhändler vielleicht, oder auch einen Glasschmelzer.«

»Ich will aber keinen gewöhnlichen Mann«, schmollt Ofelia. »Ich will einen Magier.«

»Wer will das nicht?« Ich grinse Indigo zu, der leidend zurückgrinst. »Dummerweise ist ausgerechnet dieser hier schon vergeben. Und zwar an mich.«

Ofelia stiert mich böse an. »Das ist mir egal. Wo wollt ihr überhaupt hin? Sind die Pferde da draußen für euch? Darf ich mit?«

»Nein, Ofelia«, ergreift Hanuman das Wort. »Du darfst nicht mit. Wie sollen wir den Menschen da draußen deine plötzliche Heilung erklären? Sie werden Verdacht schöpfen, und du weißt, dass das nicht sein darf.«

Das Mädchen schiebt seine Unterlippe vor, schnieft theatralisch und vergräbt sein Gesicht in Indigos Haar.

»Timotheus und Palili kommen mit an den Strand«, raunt er mir zu. »Ich möchte nicht, dass wir getrennt sind. Die beiden haben ein viel zu großes Talent für Schwierigkeiten aller Art.«

»Warum nicht? Sie werden genauso froh sein, endlich mal rauszukommen.« Ich werfe einen Blick auf Ischme, die tief und fest zu schlafen scheint. Auch Zilp und seine Freundin wurden offenbar von der Wärme und Gemütlichkeit des Fuchsfells übermannt.

»Die drei werden keine Pfote und keine Feder nach draußen bewegen«, sagt Indigo. »Sie verabscheuen Städte.«

»Können wir sie einfach so zurücklassen?«

»Sicher. Ischme ist ein magisches Wesen und weiß sich zu helfen. Im Gegensatz zu Timotheus und Palili spürt sie die Gefahr und geht ihr aus dem Weg. Außerdem sind sie perfekt getarnt. Mein Schutzzauber ist nicht mehr der, der er einmal war. Alles ist …«, nachdenklich betrachtet er seine Handflächen, »besser geworden. Wirksamer. Als wäre ich vorher nur ein Schüler gewesen, der über Nacht zum Meister geworden ist.« Indigo runzelt die Stirn und schüttelt den Kopf. »Verzeihung. Ich wollte nicht eingebildet klingen.«

»Eingebildet?«, schnaube ich. »Auf niemanden trifft das weniger zu als auf dich. Vertraut Ischme Hanuman?«

»Oh ja, mit Haut und Haar. Sie sagt, er riecht nach Ehrlichkeit.«

»Nun, wenn eine Opalfüchsin das sagt, muss es wohl stimmen.« Gierig greife nach einem Brötchen, schmiere fingerdick Butter und Honig darauf und fülle mein Glas mit Kaktusfeigensaft. Unter den amüsierten Blicken von Nemuri und Hanuman schlinge ich drei Brötchen, eine dicke Bratenscheibe, mehrere in Öl eingelegte Butternüsse und ein

Teller voll Räucherfisch hinunter, leere dazu drei Gläser Saft und kröne das Ganze mit einer Schale voll sahnigem Hirsebrei.

Von den Gesprächen meiner Gefährten nehme ich nur Fragmente wahr. Timotheus und Palili palavern darüber, wer wann wen unter den Tisch getrunken hat, Ofelia verlangt Indigos uneingeschränkte Aufmerksamkeit und Nemuri und ihr Mann tun nichts weiter, als glücklich vor sich hin zu starren und einander an den Händen zu halten.

»Wie ich deinem Freund schon sagte«, richtet Hanuman irgendwann das Wort an mich, »euer Ausritt wird keine Gefahren nach sich ziehen. Zumindest innerhalb des nächsten Tages geschieht nichts, um das du dir Sorgen machen müsstest.«

»Kann sich die Zukunft auch ändern?«, frage ich. »Was passiert zum Beispiel, wenn wir spontane Entscheidungen treffen?«

»Es gibt keine spontanen Entscheidungen.« Hanuman schmunzelt. »Die Zukunft ist ein Weg, dem wir folgen müssen. Dinge wie Zufälle oder ungeplante Entwicklungen gibt es nicht. Entscheidet ihr euch aus einer Laune heraus, anstatt nach rechts nach links zu reiten, ist es dennoch ein seit Langem feststehender Plan.«

»Hm.« Ich trinke den letzten Schluck Saft und denke darüber nach. »Ganz gleich, was wir heute tun, es droht uns keine Gefahr?«

»Euch droht keine Gefahr, weil ihr nichts tun werdet, das euch in Gefahr bringt.«

Mir schwirrt der Kopf. Ich tätschele meinen prallen Bauch und will gerade die Augen schließen, als Indigo das entspannte Nachmittagsmahl beendet.

»Besser, wir reiten los.« Mit einiger Mühe schiebt er Ofelia von seinem Schoß, die gerade damit beschäftigt war, kleine Zöpfe in sein Haar zu flechten. »Plant uns für das Mitternachtsessen ein.«

»Wohl eher nicht«, erwidert Hanuman. »Ihr werdet deutlich später zurück sein. Die Tore sind jetzt durchgängig offen. Dafür hat sich der Ein- und Austritt verzehnfacht.«

»Verzehnfacht?« Indigo schnaubt verächtlich. »Sieht so aus, als müsste ich noch ein paar Goldmünzen herbeizaubern.«

»Ja«, knurrt Nemuri. »Die Zeiten ändern sich. Inzwischen können nur noch die Reichen und Mächtigen die Stadt verlassen. Alle anderen müssen zusehen, wo sie bleiben.«

»Was ist mit den Äckern?«

»Sind vom Wind verweht«, grollt Hanuman.

»Und die Glasfelder?«

»Sind verlassen. Man hat Vorrichtungen ausgetüftelt, die den Sand direkt unter der Stadt aus großer Tiefe hervorholen. Er ist reiner als der aus der Wüste, und die Methode macht lange Transporte überflüssig. Aber wenn du mich fragst, ist es ein Frevel, so tiefe Wunden in die Erde zu reißen.«

»Ihr werdet den Strand ganz für euch haben«, sagt Nemuri. »Die Reichen und Mächtigen interessieren sich nicht für Ausritte am Meer, und die, die sich noch an den einfachen Dingen des Lebens erfreuen, können es sich nicht mehr leisten, die Stadt zu verlassen.«

Zorn flackert durch Indigos Blick. »Das wird sich ändern. Sehr bald. Ich verspreche es euch.«

»Und am Ende werdet ihr König und Königin«, erklärt Ofelia mit feierlich ernstem Gesicht. »Ihr werdet die Kronen des Reiches tragen und glücklich bis an euer Ende leben. Aber wenn man einen Magier heiratet, kommt das Ende niemals. Denn er macht jene, die er aus ganzem Herzen liebt, unsterblich.«

Indigos Augen weiten sich. »Wie alt bist du noch mal, Ofelia?«

»Alt genug, um zu erkennen, dass du mich nicht heiraten wirst.« Das Mädchen schnieft, zuckt mit den Schultern und nimmt auf Indigos frei gewordenem Stuhl Platz. »Viel Spaß am Strand. Ich hoffe, ich darf ihn irgendwann mal sehen.«

»Das wirst du«, verspricht Nemuri. »Du hast ja gehört, was er gesagt hat. Bald wird alles anders sein.«

Mein Pferd hat Federn.

Weiße, zarte Pfauenfedern, aus denen sein langer Schweif und seine Mähne bestehen. Dicht hinter seinen Ohren sitzt ein flaumiger Busch, den es aufstellt wie ein Fisch die Rückenflosse, als ich über seine rauchgraue Schnauze streichle.

»Die sind ja sagenhaft.« Fasziniert lasse ich meine Hand über den gebogenen Schwanenhals meines Tieres gleiten. Sein Fell ist kurz, schneeweiß und so weich wie das einer Seidenkatze. »Woher hast du die?«

»Ausgeliehen.« Indigo wuchtet eine gesteppte Decke samt Sattel von jenem Querbalken, an dem die vier Pferde angebunden sind. »Sie werden dafür sorgen, dass wir ungeschoren durch das Tor kommen. Pfauenpferde sind dem Adel vorbehalten, und der besitzt das Privileg, sich frei und ungehindert in Scharzads Straßen bewegen zu können.«

Ich lehne mich gegen die Mauer und beobachte, wie er dem Pferd Decke und Sattel auflegt, irgendwelche Riemen festzurrt, Schnallen schließt und Steigbügel einstellt, indem er meine Beine mustert, ein Auge zusammenkneift, kurz nachdenkt und den Gurt um zwei weitere Löcher kürzt.

Als Nächstes nimmt Indigo einen Wust aus schwarzen, silbern bestickten Lederbändern von einem Haken an der Wand. »Wie sieht's aus? Möchtest du es selbst versuchen?«

»Was versuchen?«

»Das Ding hier«, er klimpert mit dem Leder- und Schnallengewirr in seiner Hand, »gehört um den Kopf des Pferdes. Du könntest lernen, es selbst zu zäumen.«

»Warum? Wann reiten wir schon mal auf normale Weise?«

»Ich dachte nur, dass du es vielleicht gerne versuchen möchtest.«

Ich schüttele den Kopf. »Nein. Heute nicht.«

Indigo zuckt mit den Schultern, entfaltet das Zaumzeug und streift es über den Kopf des Pferdes. Gefühlte hundert Riemchen verbindet er miteinander, zieht das eine durch das andere, zupft hier herum und dort herum, greift unter den Sattel, holt einen Gurt hervor, zieht ihn zwischen den Vorderbeinen des Tieres hindurch, legt ihn mit einem anderen Riemen über Kreuz und … ich verliere den Überblick.

»Fertig«, verkündet er schließlich. »Hast du dir gemerkt, wie es geht?«

»Natürlich.« Ich schüttele den Kopf und betrachte das Kunstwerk in Form eines Pferdes. Das herrlich bestickte Leder von Sattel und Zaumzeug hebt sich tiefschwarz vom schneeweißen Fell ab. Selbst die kleinste Schnalle trägt opulente Verzierungen, und vom Stirnriemen des Zaumzeugs baumeln gar Troddeln aus schwarzen Perlen. »Nichts leichter als das. Als Nächstes sehe ich einem Baumeister dabei zu, wie er eine Kathedrale errichtet, und setze anschließend selbst eine auf den nächstbesten Marktplatz.«

»So kompliziert war das nun auch wieder nicht.« Indigo prüft den Sattelgurt, nickt zufrieden und tätschelt den Hals meines Pferdes. »Wenn du es zwei- oder dreimal selbst getan hast, kennst du jeden einzelnen Riemen.«

»Zweifellos.«

»Also dann, rauf mit dir.« Er deutet auf den Steigbügel. »Schaffst du es selbst oder soll ich dir helfen?«

Ich werfe ihm einen vielsagenden Blick zu, trete vor das Pferd und registriere erst jetzt, dass es deutlich größer als ein Einhorn ist. Vermutlich ist dies einer jener Momente, die zwingend in peinlichem Scheitern enden müssen. Ich atme tief durch, greife nach dem Sattel und strecke mein Bein nach oben.

Höher. Noch ein wenig höher.

Mein Fuß angelt nach dem Bügel, ich schiebe die Stiefelspitze hinein und ... komme nicht weiter. All meine Ausdauer ist für die Katz, denn sie hat mich zwar stärker, aber nicht gelenkiger gemacht.

»Zieh dich hoch.« Ich höre das Grinsen in Indigos Stimme und beiße mir auf die Zunge. »Dafür ist der Knauf am Sattel da.«

Du bist eine Diebin, ermahne ich mich. *Eine geschickte Kletterin. Ein Schatten in der Nacht. Du dringst in Scyllas Palast ein, erklimmst hohe Mauern und kriechst durch Abwasserschächte, aber du kommst nicht aufs Pferd?*

Verflucht noch mal. Auf die Drachen wurde ich hinaufgezaubert, die Einhörner und Eislöwen haben sich freundlicherweise vor mir verneigt. Jetzt stehe ich vor diesem Tier und fühle mich wie ein Kind, das laufen lernt.

Oh nein, nicht mit mir!

Entschlossen packe ich den Knauf, wuchte mich in die Höhe, hänge eine gefühlte Ewigkeit lang wie ein nasser Mehlsack an der Seite des Tieres und plumpse schließlich, nachdem Indigo mit beiden Händen meinen Hintern gepackt und mir einen Schubser verpasst hat, wie ein Stein in den Sattel.

Aaswurmdreck!

Palili und Timotheus thronen stolz auf ihren Pferden und kichern. Vor ihnen steht allen Ernstes eine Leiter.

»Was ist das da?«, frage ich anklagend.

»Ein Hilfsmittel für Lästermäuler«, antwortet Indigo, »die andere für etwas auslachen, das sie selbst nicht zuwege bringen.«

»Hm«, macht der Zwerg. »Falls das eine spitze Bemerkung auf meine Kosten war, dann lass dir gesagt sein, dass sie völlig an mir vorbeigegangen ist.«

»Ist das so?«

»Außerdem sind das große Pferde. Sehr große Pferde. Und ich bin nur ein kleiner Zwerg.«

»Du bist nicht wesentlich kleiner als Jade.« Indigo reicht mir die Zügel, streichelt wie beiläufig über meine Finger und wirft mir ein Lächeln zu, das meinen Herzschlag beschleunigt. »Sind die Steigbügel zu kurz oder zu lang?«

»Nein. Alles perfekt.«

»Sehr gut.« Er zwinkert mir zu, geht zu seinem Pferd und schwingt sich – wie sollte es anders sein – mit einer fließenden, mühelosen Bewegung auf dessen Rücken. »Bitte denkt immer daran, wer ihr seid. Ich gebe euch die Gestalt hochrangiger Adliger, und als solche müsst ihr euch auch verhalten, wenn ihr nicht auffallen wollt. Blickt hochmütig. Oder zumindest gleichgültig. Wenn euch etwas angeboten wird, nehmt es nicht an. Die Menschen tun es aus purer Angst, nicht aus Gutmütigkeit. Sie erwarten kein Geld von euch, und solltet ihr ihnen doch etwas geben, enttarnt ihr damit eure Lüge. Auch wenn mein Schutzwall stark ist, möchte ich mitten unter Menschen ungern einen größeren Zauber riskieren.«

»Wird man uns hassen?«, frage ich.

»Ja, aber niemand wird es offen zeigen.«

»Muss es denn die Gestalt eines Adeligen sein?«

»Wenn wir uns frei und ungehindert bewegen wollen, dann ja.« Indigo formt seine Hände zu einer Schale, schließt die Augen und spricht einen Zauber. Das vertraute, blau-silbrige Licht tropft aus seinen Fingern, züngelt in trägen Windungen durch die Luft und kriecht auf jeden von uns zu.

»Das ist ein starker Zauber«, wirft Timotheus sorgenvoll ein. »Und wir sind in einer großen Stadt. Wahrscheinlich wimmelt es hier nur vor so Scyllas Spionen.«

»Keine Sorge«, erwidert Indigo. »Ich weiß, was ich tue.«

»Wirklich?«

»Ich habe meine Fehler. Leichtsinnigkeit gehört nicht dazu. Ja, es ist ein starker Zauber, aber nicht stärker als unser Schutzwall. Er hält inzwischen ein bisschen mehr aus als sonst.«

»Wie du meinst«, brummt der Zwerg. »Von der ganzen Zauberei verstehe ich sowieso nichts. Du bist der Experte.«

Als mich die Magiefäden endlich berührt, ist es, als würde eine verzehrende Sehnsucht gestillt werden. Flüchtige Augenblicke lang brennt die Magie auf meiner Haut, dann verblasst sie zu einem wohligen, prickelnden Glühen und bringt den Kristall auf meiner Brust zum Summen. Es wird Zeit, dass ich wieder die nötige Ruhe und Konzentration zum Zaubern finde. Während Indigos Schlaf war ich unfähig gewesen, auch nur einen klaren Gedanken zu fassen, aber morgen wird es endlich so weit sein. Einen ganzen Nachmittag lang werden wir beieinandersitzen, Schulter an Schulter, und in das Geheimnis unserer Magie eindringen. Der Gedanke daran macht mich hungrig. Ich sehne mich so sehr nach dem Gefühl der Macht, nach der Hitze und dem Fieber. Ich sehne mich danach, meine Energie mit Indigos Kraft zu verschmelzen und eins mit ihm zu werden.

Unter leidendem Geächze verwandeln sich Timotheus und Palili in hochgewachsene, bärtige Männer, deren Reichtum unübersehbar ist. Ihre silbernen Mäntel strotzen vor opulenten Stickereien und funkelnden Juwelen, ihre Stiefel leuchten so weiß wie das Fell der Pfauenpferde. Hingerissen betrachtet Timotheus das Funkeln seiner Ringe, kratzt sich am gelockten Bart und scheint rundum zufrieden zu sein.

»Was für lackierte Affen.« Diesmal ist es Palili, der eine sauertöpfische Miene zieht. »Ich könnte jeden verstehen, der uns mit faulen Eiern bewirft.«

Neugierig blicke ich an mir herunter. Mein Mantel besteht aus dunkelrotem Samt, meine Stiefel aus gleichfarbigem Leder. Im Gegensatz zu Palili und Timotheus trage ich keinen Vollbart, sondern ertaste ein glatt rasiertes, weiches Kinn. Dieser Körper gehört keinem strammen Bauernburschen, der seine Kraft dem Schleppen zahlloser Getreidesäcke und Korngarben verdankt, sondern einem fast zarten, schwammigen Geck, der vermutlich noch nie in seinem Leben etwas Schwereres als ein Tintenfass gestemmt hat.

311

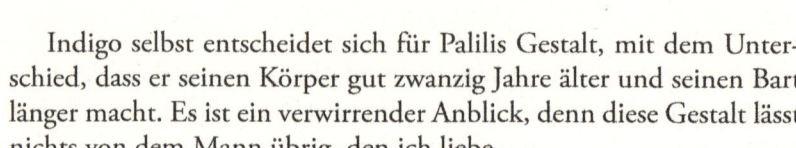

Indigo selbst entscheidet sich für Palilis Gestalt, mit dem Unterschied, dass er seinen Körper gut zwanzig Jahre älter und seinen Bart länger macht. Es ist ein verwirrender Anblick, denn diese Gestalt lässt nichts von dem Mann übrig, den ich liebe.

»Warum bekommen wir eine andere Form«, frage ich, »wenn wir gleichzeitig von einem Verhüllungszauber geschützt sind?«

»Wie schon gesagt«, antwortet Indigo, »wir sind nicht unsichtbar, sondern nur verschleiert. Die Menschen empfinden uns dank des Zaubers als uninteressant. Als etwas, dem man keinen zweiten Blick gönnt, weil es nichts Besonderes ist. Dummerweise gibt es immer wieder Ausnahmen, die sich von Zauberei nicht täuschen lassen. Sie sind selten, aber hin und wieder kommt doch einer daher, der sich nicht ablenken lässt. Sieh es als doppelte Sicherheit.«

»Und du kannst es dir leisten«, knurrt Timotheus, »so viel Magie zu verschwenden? Für einen lustigen Ausritt? Ich erinnere nur an den Gasthof.«

»Vertraut mir.« Indigo schnalzt mit der Zunge, sein Pferd setzt sich in Bewegung. »Mehr habe ich dazu nicht zu sagen.«

Ich reite als zweites, Timotheus als drittes. Palili bildet das Ende unserer kleinen Karawane. Ein weißes Holztor gehorcht Indigos Magie und öffnet sich knarzend zu einem Palmenwald. Goldenes Sonnenlicht strömt uns entgegen, schimmert auf weißen Wedeln und silbernen Stämmen. Die Luft riecht nach Rauch und überreifen Früchten, der Himmel über uns schwitzt milchiges Blau.

Für eine große Stadt ist es ungewöhnlich still.

Selbst als wir den Wald hinter uns lassen und die Hufe unserer Pferde dumpf auf staubige Straßen schlagen, bleibt der Lärm aus. Hitze flimmert über gläsernen Mauern, Hühner scharren im Sand, Hunde dösen in schattigen Ecken. Die meisten Menschen scheinen sich ins Innere der Häuser geflüchtet zu haben, um auf den kühlen Abend zu warten. Hier und da entdecke ich alte, in Schwarz gekleidete Frauen, die mit überschlagenen Beinen auf dem Boden hocken und über piepsende Küken in Holzkisten wachen.

»Die Hühner sind ihr einziger Luxus.« Indigo lenkt sein Pferd neben meines und mimt den Adligen so perfekt, dass niemand an seinem Hochmut zweifeln wird. »Keiner hier kann es sich leisten, Eier oder

Fleisch auf dem Markt zu kaufen. Deswegen wird jedes einzelne Küken Tag und Nacht bewacht.«

Die Frauen tun so, als gäbe es uns nicht. Nicht eine einzige blickt zu uns auf, alle starren mit gesenkten Köpfen vor sich hin und rühren keinen Finger. Seltsamerweise gibt es nirgendwo Unrat. Die Gassen und Wege sind sauber gefegt, selbst die verwinkelten Hinterhöfe, in denen sich in jeder anderen Stadt alles nur Erdenkliche türmen würde, sind gespenstisch ordentlich. Kisten sind säuberlich gestapelt, Blumenkübel gepflegt, Zäune und Fensterläden gestrichen.

»Das hier ist wirklich ein armer Stadtteil?«, flüstere ich Indigo zu.

»Ja«, raunt er zurück. »Die Welt der Reichen und Mächtigen befindet sich in der Mitte der Stadt. Siehst du den Kanal da vorne?« Er deutet auf einen Wasserstrom, der etwa zwanzig Pferdelängen von uns entfernt in der Sonne glitzert. »Dahinter beginnt das reiche Viertel.«

»Dann ist das hier der mit Abstand schönste arme Stadtteil, den ich jemals gesehen habe.«

Nicht nur die Straßen sind bemerkenswert sauber, auch das Wasser des besagten Kanals ist so rein und klar, dass sich Fische in allen Größen und Formen in ihm tummeln, Libellen umherschwirren und Eisvögel wie fliegende Juwelen vorbeihuschen.

Scharzads allgegenwärtige Schönheit ist berauschend, doch die Pracht, die uns am anderen Ufer des Kanals erwartet, stellt alles bisher Gesehene in den Schatten. Die Häuser in diesem Teil der Stadt sind noch weitaus größer und verwinkelter als Nemuris stattliches Gasthaus, und ihre gläsernen Wände übersät von herrlichen Schnitzereien, in denen sich das Sonnenlicht in tausend Farben bricht. Jasmin und Blaustern überwuchern zierliche Balustraden, prächtige Säulen und verspielte Zäune. So unauffällig wie möglich bestaune ich gewaltige Tempel, juwelenbesetzte Fensterrahmen, silberne Brücken und Glastüren, die so meisterhaft verziert sind, dass sie einem Werk aus feiner Spitze gleichen.

In einem großen Gatter zupfen gut zwei Dutzend Pferde an duftenden Heuhaufen. Es sind herrliche Tiere, gut genährt und mit glänzend weißem Fell, doch Pfauenpferde, wie wir sie reiten, erkenne ich nicht darunter.

Schließlich biegen wir auf eine breite Straße ab und bewegen uns auf die in der Ferne leuchtete Stadtmauer zu. Zu meiner Linken erkenne

ich unter einem von Säulen gestützten Dach eine Art Käfig, der ganz und gar aus geschnitztem Elfenbein zu bestehen scheint. In seiner Mitte hockt das hässlichste Tier, das ich jemals erblickt habe.

»Ich wollte dir doch einen Wulstschnaufer zeigen.« Indigo zügelt sein Pferd und nickt zu der Kreatur hinüber. »Das dort ist einer.«

Angewidert betrachte ich die schleimige, von Fliegen übersäte Haut des etwa ochsengroßen Tieres, die sich in speckigen Wülsten auf die Erde ergießt. Das Geschöpf erinnert an einen Klumpen aus Rotz, ausgeniest von einem besonders ekelerregenden Troll. Zu allem Überfluss stinkt es auch noch. Und zwar gewaltig.

»Warum hält man sich so etwas als Haustier?« Ich schaudere, als der Wulstschnaufer sein triefendes Froschmaul aufklappt, ein dröhnendes Stöhnen entlässt und in sich zusammensinkt. »Um Räuber abzuschrecken?«

»Nein«, antwortet Indigo. »Um aus seinem Mist den kostbarsten Dünger der Menschenwelt herzustellen.«

»Was?«

»Der Besitzer des Tierchens verkauft das Zeug und verdient sich eine goldene Nase«, gackert Timotheus. »Schon ein Brocken Schnauferscheiße genügt, um einen ganzen Garten zu düngen. Nicht umsonst ist das Obst und Gemüse dieser Stadt weithin berühmt.«

»Schnauferscheiße.« Palili kichert. »Ist diese Welt nicht verrückt? Für eine Handvoll Mist geht gut und gerne ein Beutel voller Gold über den Ladentisch.«

Wieder bläht sich die Kreatur auf, stöhnt erbärmlich und sackt in sich zusammen, wobei sie eine Wolke bestialischen Gestanks verströmt.

»Er sieht unglücklich aus.« Trotz meiner Abscheu empfinde ich Mitleid mit dem hässlichen Klumpen. »Kannst du ihn nicht befreien?«

»Ich gebe dir zwar recht, dass Tiere frei sein sollten«, antwortet Indigo, »aber im Falle des Wulstschnaufers stehen die Dinge ein wenig anders.«

»Warum?«

»Er verbringt sein ganzes Leben an Ort und Stelle und tut nichts weiter als dazuhocken, zu schnaufen und zu fressen. Bequemlichkeit ist sein höchstes und einziges Interesse, und bequemer als in diesem Käfig könnte es der Schnaufer nicht haben. Sein Besitzer füttert ihn gut.«

»Können wir bitte, bitte weiterreiten?«, jammert Timotheus. »Ich halte den Gestank nicht länger aus.«

Wir treiben unsere Pferde an, lassen den Käfig hinter uns und überqueren ein zweites Mal den Kanal, der offenbar kreisförmig durch die Stadt führt. Ab hier werden die Gebäude wieder schlichter, weisen nur noch vereinzelte Verzierungen auf und sind auf das Praktische und Notwendige beschränkt. Scharzad erscheint mir wie eine Geisterstadt. Eine Glocke aus Hitze und Stille wölbt sich über ihre gläsernen Mauern, nur das Rascheln und Reiben der trockenen Palmwedel dringt durch das schwermütige Schweigen.

Erst als wir das Stadttor erreichen, füllt sich die Straße mit Leben. Gut zwei Dutzend Stände reihen sich nahe der Mauer dicht an dicht und verkaufen alles, was die Wüstenstadt feilzubieten hat. Saftiges Obst, prächtiges Gemüse, Fladenbrot, Trockenfleisch, Stoffe und Schmuck, Käfige mit bunten Vögeln, Tontöpfe, Kuchen, leuchtend buntes Gebäck, duftende Pasteten und Schalen aus bunt schillerndem Glas. Wieder senken die Menschen ihre Häupter, als stünde eine hohe Strafe darauf, Mitglieder der hohen Schicht auch nur flüchtig anzublicken. So herrlich diese Stadt auch wirken mag, in den Augen ihrer Bewohner regiert die Angst. Ich sehe von Sorgen zerfressene Seelen, furchtsam zitternde Hände und magere Körper, die hinter üppig gefüllten Ständen stehen und anscheinend nichts von dem abbekommen, was sie feilbieten. Hier und da stolzieren Menschen in ähnlich kostbarer Kleidung herum, wie wir sie tragen, nehmen Waren in Augenschein, feilschen, fluchen und schimpfen und machen keinen Hehl aus ihrer Abneigung gegen das gemeine Volk. So mancher Händler erhält gar einen Fußtritt oder eine Ladung Staub ins Gesicht.

Indigos Gesicht bleibt unbewegt, doch unter seiner Maske spüre ich mühsam im Zaum gehaltene Wut. Jener Adlige, der seine Hand gegen einen Obsthändler erhoben hat, beginnt plötzlich erbärmlich zu husten und greift sich panisch an den Hals. Ein zweiter, der seine Peitsche gegen eine Marktfrau schwingt, kippt mitten im Schlag ohnmächtig hintenüber. Und der bärtige Hanswurst, der bereits zum zweiten Mal eine Handvoll Staub gegen einen dürren Alten schleudert, erhält dank eines plötzlichen Windstoßes seine eigene Ladung zurück.

315

Indigo wirft mir ein unauffälliges Zwinkern zu. Ein Goldbeutel wechselt den Besitzer, dann öffnet sich knarrend das Tor und entlässt uns in die Wüste. Niemand stellt Fragen. Niemand wagt es, uns zu kontrollieren. Ungeschoren reiten wir in die Wüste hinaus, während sich die Flügel aus weißem Holz wieder hinter uns schließen.

»Voll in die Augen«, gackert Timotheus. »Herrlich, wie dieser nach Parfüm stinkende Aaswurm gejault hat.«

»Wenn du mich fragst«, faucht Palili, »haben diese Kreaturen mehr als nur brennende Augen verdient.«

»Sie erhalten schon noch ihre Strafe.« Indigos Stimme ist ebenso kalt wie seine Maske. »Keiner von ihnen kommt ungeschoren davon, das verspreche ich euch.«

»Nur noch ein oder zwei Vollmonde«, prophezeit Palili, »dann wirst du den schwarzen Zauber wie eine Mücke zwischen Daumen und Zeigefinger zerquetschen.«

»Jawohl!« Timotheus bleckt die Zähne und reckt eine Faust in den Himmel. »Bevor wir ein für alle Mal nach Atlantis verschwinden, will ich auf Scyllas Leiche pinkeln. Bitte sag, dass du das möglich machen wirst, Indigo. Bitte!«

»Ich versuche mein Bestes.«

»Du wirst uns nicht in Atlantis einsperren und den ganzen Spaß alleine genießen, verstanden? Ich will sehen, wie jeder das bekommt, was er verdient.«

»Keine Sorge, Zwerg«, brummt Indigo. »Du kommst schon noch auf deine Kosten.«

Timotheus reckt ihm seinen dürren Zeigefinger entgegen. »Das will ich dir auch geraten haben.«

Hitzeflirrende Weite tut sich vor uns auf. Eine von der Sonne geröstete, farblose Ebene aus Sand und Steinen, die in der Ferne von schwarzen Klippen begrenzt wird. Indigo wirft mir einen schwer zu deutenden Blick zu. Sein Gesicht mit den kalten, harten Augen und dem grauen Vollbart ist mir so fremd, dass es ist, als hätte mich sein wahres Wesen verlassen.

Wortlos treibt er sein Pferd an, meines folgt ihm dichtauf. Weich und federnd tanzt das Tier über den Staub der Wüste, dennoch werde ich im Sattel herumgeworfen wie ein Sack voller Steine.

316

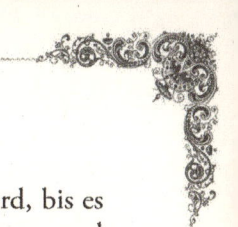

»Pass dich seinem Rhythmus an.« Indigo zügelt sein Pferd, bis es wieder neben meinem trabt. Locker lässt er einen Arm hängen und scheint mit den Bewegungen seines Tieres zu verschmelzen. »Nutze die Steigbügel. Fang den Tritt ab, indem du dich abfederst und dich ganz leicht aus dem Sattel hebst.«

Ich versuche, seine Haltung nachzuahmen. Lange ändern meine jämmerlichen Versuche nichts an der Tatsache, dass ich unsanft durchgeschüttelt werde. Doch irgendwann, als die Klippen bereits schwarz und bedrohlich in den Himmel stechen, findet mein Körper endlich einen Gleichklang zum Schritt meines Pferdes.

»Sehr gut.« Indigo wirft mir ein anerkennendes Lächeln zu. »Jetzt eine kleine Strecke im Galopp?«

Ich grinse verkniffen. Meine Muskeln schmerzen von der ungewohnten Belastung, eine Schnalle am Steigbügelgurt drückt sich unangenehm in meinen Oberschenkel. Da erklingt ein wilder, heulender Schrei, gefolgt von zwei Staubwolken, die an uns vorbeijagen. Wie wild gewordene Steppenzigeuner stürmen Palili und Timotheus vorwärts, rammen ihren Tieren die Fersen in die Flanken und johlen euphorisch.

»Also gut.« Ich straffe meine Schultern. »Was muss ich machen?«

»Du bist doch schon einmal mit einer Herde Einhörner geritten. Ich würde sagen, du machst genau dasselbe wie in jener Nacht.«

»Das war eher … nun ja … ehrlich gesagt habe ich keine Ahnung, wie und warum ich oben geblieben bin.«

Indigo lenkt sein Pferd noch ein wenig näher an mich heran. Unsere Knie berühren sich, die Schöße seines Mantels flattern im heißen Wind. »Stütze dich am Sattelknauf ab. Stemme dich in die Steigbügel und beuge dich ein wenig vor. Ja, genau so. Solltest du herunterfallen, fange ich dich auf. Du musst keine Angst haben.«

»Angst?«, spotte ich. »Was ist das?«

Er grinst schief unter seinem Vollbart, zwinkert mir zu und schnalzt mit der Zunge. Im nächsten Augenblick jagt sein Pferd wie ein abgeschossener Pfeil in die Ebene hinaus. Ich komme nicht einmal dazu, einen Laut der Überraschung auszustoßen, als mein Tier mit gestrecktem Hals hinterherprescht. Weiße Federn peitschen mir entgegen, der Leib unter mir spannt sich wie eine zitternde Bogensehne und scheint sich danach zu sehnen, in den Himmel emporzuspringen.

Die Wüste rast an mir vorbei. Ich hole auf, bin wieder gleichauf mit Indigos Tier und stürme Seite an Seite mit ihm auf die Wand aus Klippen zu. Schneller, immer schneller. Unsere Pferde spornen sich gegenseitig an, recken ihre Köpfe in den Wind, werden zu Geistern und Sturm.

»Lass sie laufen«, höre ich Indigo rufen. »Sie findet ihren Weg alleine.«

Ich nicke, kneife die Augen zusammen und beuge mich über die flatternde Mähne. Wild trommeln die Hufe auf den Wüstenboden, wirbeln Steine und Sand auf, verschwimmen zu Schatten. Meine Angst verschwindet, meine Muskeln vergessen ihren Schmerz. In gestrecktem Galopp jagen wir auf das Meer zu, umrunden gewaltige Klippen, die wie Fangzähne aus schwarzem Obsidian in den blauen Wüstenhimmel stechen, und fliegen schließlich über gleißend hellen Korallensand.

Palili und Timotheus zügeln ihre Pferde, kommen zum Stehen und warten, dass wir uns zu ihnen gesellen. Enttäuscht über die erzwungene Ruhepause, tänzeln die Tiere auf der Stelle, schütteln ihre Federmähnen und verlangen danach, wieder mit dem Sturm zu fliegen. Die Wangen des Zwerges glühen vor Begeisterung, der Sosuke streicht sich mit wildem Lachen die klimpernden Zöpfe zurück.

»Was für Renner!«, japst Timotheus. »Bei Palilis verfaulten Zähnen, da fliegen einem glatt die Haare vom Kopf.«

»Alles in Ordnung?«, fragt Indigo an mich gewandt.

»Oh ja.« Mein Blut kocht, mein Gesicht brennt vor Hitze. Ich spüre nichts als Schmerz in meinen Beinen, aber das ist es mir allemal wert. Gierig sauge ich die salzige, von Gischt getränkte Luft in mich hinein. »Es ist wundervoll. Aber ... Moment, was zum Teufel ist das?«

Über dem schäumenden Meer, fern am Horizont, ragen gespenstische Felsen auf. Sie gleichen den schwarzen Klippen, die den Strand säumen, stechen wie gebogene Fangzähne in den Himmel und scheinen gewaltig zu sein.

»Erinnerst du dich noch an die Legende über die Titanen?«, fragt Indigo. »Die toten Götter, auf deren Körper die Welten wuchsen?«

»Ja«, antworte ich. »Willst du etwa sagen, dass das da seine Zähne sind?«

»Am Par'Isha ragen die Finger des Titanen aus der Steppe, hier sind es seine Kiefer. Kannst du es sehen? Sein aufgerissenes, im Todeskampf erstarrtes Maul?«

Ich krampfe meine Finger um die Zügel zusammen. Zwei Kiefer mit gigantischen Zähnen, so schwarz und scharf wie Klingen aus Obsidian, erstarrt in einem endlosen, die Zeiten überdauernden Schrei.

Nein! Ich will mir nicht vorstellen, dass auch nur ein Körnchen Wahrheit in dieser Legende liegt. Der Boden, auf dem wir stehen … die Wälder und Wüsten, die Dschungel und Gebirge … all das wächst und gedeiht auf dem riesigen Leichnam eines Gottes?

Ich starre auf die schroffe, von den Gezeiten zerfressene Schwärze. Auf scharfe Spitzen, die in tief hängende Wolken stechen. Es ist, als befänden wir uns in einem uralten Schlund, eingekesselt von Jahrmillionen alten Fängen, die tot und verwittert an den Kampf titanischer Götter gemahnen.

Wellen schäumen über den Sand, ihr salziger Nebel tränkt die Luft und lässt sich weder vom Wind noch von der Sonne vertreiben. So, wie Eruschs Wälder längst vergangene Geschichten erzählen, scheint dieser Ort in noch fernere Zeiten zu blicken. Mein Herz wird klamm, zerrissen zwischen Angst und Überwältigung. Erst als die Pferde wieder ihre Hälse strecken und den Wind mit ihren Nüstern trinken, wird das Dunkle aus meinen Gedanken gewaschen. Aufspritzende Gischt durchnässt meinen Mantel, klatscht mir ins Gesicht, tränkt meine Haare und explodiert salzig auf meiner Zunge. Ausgelassen jagen wir durch die Brandung, Seite an Seite, immer schneller und schneller, bis Wellen, Sand und Klippen zu einem Trugbild verschwimmen.

Es ist, als würde sich die Welt auflösen.

Timotheus kreischt vor Freude, Palili lacht aus vollem Hals. Im Licht der untergehenden Sonne nimmt Indigo die fremden Masken von unserer Gestalt, ehe wir von den Pferden steigen und unsere Taschen mit angespülten Muscheln und Seeschnecken füllen. Fast ist es, als wäre ich wieder zu Hause. In der aufziehenden Nacht wandern wir umher, sammeln Meeresschätze und lassen uns, als es zu dunkel wird, auf Treibholzstämmen nieder. Schweigend lauschen wir den Wellen, klammern uns am Glück des Augenblicks fest und betrachten das Funkeln der Sterne, die hier am Rande des Ozeans schöner als irgendwo sonst leuchten.

Bald, schwöre ich mir. *Bald werden wir alle frei sein.*

7

Der süße Kuss des Todes

Jade

Die drückende Hitze des Nachmittags streicht meine Augenlider nieder. Alle Gedanken verschwimmen, süße Schwärze verdunkelt mein Bewusstsein. Einen Moment lang gebe ich der Verlockung nach, gleite in ihre Tiefe und werde abrupt zurückgerissen, als der Stein in meiner Hand mit einem lauten Klonk auf den Mosaikboden fällt.

Schlaftrunken hebe ich ihn auf und blinzele in die Sonne, viel zu benommen von Wärme, Stille und Müdigkeit, um einen klaren Gedanken zu fassen. Winzige Stäubchen tanzen im Licht, das sich träge im Laub der Tamarisken verfängt, über die Wüstenglasmauern des Gartens fließt und sich in flirrenden Farben darin bricht. All meine Anstrengungen laufen ins Leere. Die Polster des Sofas sind einfach zu weich, der Nachmittag zu verschlafen und die Luft so heiß wie in einem Backofen.

Ich blicke zu Indigo hinüber, der sich am anderen Ende des Sofas zusammengerollt hat und so tief im Land der Träume weilt, dass er nicht einmal mitbekommt, dass Ofelia sein Haar zu zwei Zöpfen flechtet. Sollte ich ihn vor der Schmach bewahren? Vermutlich, aber das Mädchen ist so eifrig und selbstzufrieden in seine Aufgabe versunken, dass ich es nicht über mich bringe, es zu unterbrechen.

Zwei weiße Katzen huschen an meinen Füßen vorbei, gefolgt von einem Wiesel, das ein Würstchen mit sich herumschleppt. Auf der Gartenmauer hocken drei perlgraue Tauben, starren aufgeplustert ins Leere und sehen so schlaftrunken aus, wie ich mich fühle. Unvorstellbar, dass hinter dieser friedvollen Oase so viel Elend existiert. Wie kann das möglich sein, wenn der Tag unter einer solch wunderbaren Stille vor sich hin träumt? Wenn alles unter einem Schleier aus goldenem

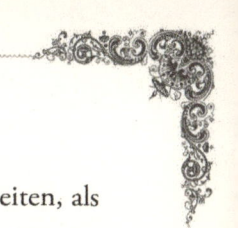

Licht dahindämmert, so paradiesisch wie am Beginn aller Zeiten, als es weder Angst noch Grausamkeit gegeben hat?

Nein! Schluss mit den abschweifenden Gedanken! Der nächste Vollmond wird schneller kommen, als mir lieb ist, und wenn es so weit ist, darf ich nicht noch einmal scheitern.

Gedanken ordnen, Jade!

Augen geradeaus und weitermachen.

Ich straffe die Schultern, strecke den Rücken durch und lasse ein weiteres Mal die Melodie über meine Lippen fließen. Gehorsam sickert der Zauber aus dem Kristall, webt sein Netz um den Stein und beginnt, seine Struktur zu verändern. Verflucht, ich bin so müde, dass ich im Stehen einschlafen könnte. Und erst recht zu müde, um mir vorzustellen, wie dieser verdammte Kiesel unsichtbar wird. Bleischwer liegt das Mittagessen in meinem Magen, meine Gedanken sind zäh wie Trollrotz und der Himmel ist von einem so eigentümlich tiefen Blau, dass ich mich nicht daran sattsehen kann. Noch nie habe ich einen solch blauen Himmel gesehen. Hin und weder wird er von dem strahlenden Weiß vorbeifliegender Reiher betupft, die den Tieren im Geäst des heiligen Emekar-Baumes zum Verwechseln ähnlich sehen. Sie nehmen keinerlei Notiz von uns. Die Magie des Schutzwalls ist stark. Beängstigend stark. Obwohl ich das Netz ihres Zaubers nicht sehen kann, spüre ich ihre Anwesenheit, wie man das Aufziehen einer Naturgewalt spürt.

Vor meinem inneren Auge sehe ich die Äste des Emekar-Baumes hinter dem Glas eines runden Fensters … silberne, mit Saphiren besetzte Sessel … ein schwarz-blau gestreiftes Hirschfell … der Geruch nach Bosheit und uralter Macht.

So lange ist es her. Eine Ewigkeit. Nein, eigentlich nur eine Handvoll Monate. Oder doch nicht? Bei den Göttern, warum … das Klappern des Pferdewagens … ja, ich kann es wieder hören … Wasseramphoren, Kisten und Werkzeug, das aneinanderstößt, während Amra den Wagen über holprige Geheimwege zieht. Indigo, der neben uns herläuft, verhüllt von seinem Schal. Das fedrige Gras der Prärie, kupfern und golden im Licht der untergehenden Sonne …

Erneut fallen meine Lider zu.

Verdammt!

Ich zucke zusammen, gähne, lüpfe mein nass geschwitztes Kleid, blinzele auf den Stein hinab und … sehe nichts!

»Heilige Mütter aller Götter!« Ungläubig starre ich auf meine leere Handfläche. Der Kiesel ist immer noch da. Ich spüre seine Schwere und die runde Glätte der Steinoberfläche. Nur sehen kann ich ihn nicht.

»Indigo!« Ofelia fährt erschrocken zusammen, als ich mit dem Fuß gegen seine Hüfte tippe. Gerade war sie dabei gewesen, ein violettes Seidenband um den zweiten Zopf zu wickeln. »He, wach auf! Sieh dir das an!«

»Hm?«, erklingt es dumpf aus dem Kissen.

»Ach, nun komm schon!« Unter den empörten Blicken des Mädchens rüttele ich ihn etwas grober. »Na los doch! Ich habe es geschafft! Der Stein ist unsichtbar. Sieh doch nur!«

Ich vernehme einen genuschelten Fluch. Als Indigo sich schließlich aufrichtet und Notiz von Ofelias Werk nimmt, verdreht er mit schicksalsergebener Miene die Augen.

»Hör zu«, versucht er sich an einem ernsten Ton. »Ich bin keine deiner Puppen, verstanden? Und das ist … sagen wir mal … keine geeignete Frisur für mich.«

Das Mädchen runzelt verständnislos die Stirn. »Aber es ist hübsch.«

»Nicht, wenn es an mir dranhängt.« Kopfschüttelnd löst er die Zöpfe wieder auf, fährt sich ein paar Mal durchs Haar und straft mich mit einem vorwurfsvollen Blick.

»Was?«, brumme ich ihn an. »Hätte ich sie aufhalten müssen?«

»Ja, das hättest du.«

»Lass ihr doch die Freude. Sie ist nun mal ein Mädchen, und Mädchen lieben es, mit Haaren herumzuspielen.«

»Ach? Und womit wache ich als Nächstes auf? Mit rosafarbenen Schleifen und purpurnen Strümpfen?«

Ich zwinkere Ofelia zu. Sie zwinkert inspiriert zurück.

»Hört auf, euch gegen mich zu verschwören.« Indigos warnende Geste bringt uns nur umso mehr zum Lachen. »Ihr wisst genau, dass ich euch jederzeit …«

»Jaja«, unterbreche ich seine Drohung. »Wir haben verstanden. Schau dir lieber meinen Stein an.«

»Welchen Stein?«

»Da hast du es! Er ist unsichtbar. Ganz und gar unsichtbar. Schau es dir an.« Ich halte ihm meine scheinbar leere Handfläche unter die Nase. »Nicht das kleinste Fleckchen ist zu sehen.«

Indigo blinzelt ein paar Mal, hebt eine Augenbraue und stößt schließlich ein anerkennendes Brummen aus. »Beachtlich. Wirklich beachtlich. Wie lange hast du geübt?«

»Das weißt du ganz genau. Seit dem Mittagessen.«

»Also ungefähr zwei Stunden.« Indigo seufzt, als Ofelia sich wie ein liebestrunkenes Kätzchen in seine Arme kuschelt. »Du hast innerhalb von zwei Stunden einen perfekten Unsichtbarkeitszauber erschaffen? Ernsthaft?«

»Was ist?« Ich sehe einen Schatten, der plötzlich über seine Miene huscht. »Warum schaust du so düster?«

»Warum? Weil ich auch nur ein Mann bin, Magie hin oder her. Und du hast mich gerade übertroffen.«

»Übertroffen? Etwa im Zaubern?«

»So ist es. Was die Unsichtbarkeit betrifft, war ich längst nicht so schnell wie du.«

Ich bemühe mich um eine würdevolle Miene, obwohl ich den Drang verspüre, triumphierend einen Arm in die Luft zu recken. »Ich habe dich übertroffen?« Genüsslich lasse ich diese Worte auf meiner Zunge zergehen. »Ernsthaft? Ich, ein Menschenmädchen, habe den mächtigsten Magier des Menschenreiches und vielleicht auch den von ganz Atlantis übertroffen?«

»Jade …«, warnt er mich.

»Schon gut.« Ich verpasse ihm einen Knuff gegen die Schulter. »Wir halten es geheim, in Ordnung? Jetzt und für immer.«

»Kein Wort zu Timotheus, verstanden? Er würde sich für den Rest seines Lebens darüber lustig machen.«

»Kein Wort!« Feierlich lege ich eine Hand auf mein Herz. »Ich schwöre es hiermit bei allem, was mir heilig ist.«

Indigo nickt zufrieden. Ich lasse die Hand wieder sinken und wiege mit der anderen das Gewicht des unsichtbaren Kiesels. Wie eigenartig. Ich fühle ihn, ich rieche ihn und kann sogar den salzigen Staub auf seiner Oberfläche schmecken, als ich ihn mit der Zungenspitze antippe. Aber für meine Augen ist und bleibt er verschwunden.

»Darf ich als Nächstes an mir selbst üben? Mit einem Finger? Oder mit einem Zeh?«

»Nein«, erwidert Indigo. »Zuerst machst du dein Übungsobjekt wieder sichtbar.«

Ich nicke, straffe erneut meine Schultern und summe die Melodie. Mühelos vereint sie sich mit der Magie meines Kristalls und webt mit schwereloser Leichtigkeit das zauberische Netz. Die Luft über meiner Handfläche schillert und heizt sich auf. Mit aller Kraft male ich mir aus, wie der Kiesel sichtbar wird, doch nichts geschieht. Der Stein ist und bleibt verschwunden.

»Oh«, mache ich.

»Ja, das trifft es wohl auf den Punkt.« Indigo lässt sich zurück in die Polster sinken, Ofelia schnurrt genüsslich in seinen Armen. »Erst laufen lernen, dann rennen. So lautet die Reihenfolge. Sobald du gelernt hast, Unsichtbares wieder sichtbar zu machen, kannst du die nächste Schwierigkeitsstufe in Angriff nehmen.«

Also gut. Das sollte zu schaffen sein. Ich fokussiere meine Gedanken auf den Kiesel und summe, bis meine Kehle ausdörrt. Nichts passiert. Das verdammte Ding bleibt unsichtbar. Auch nach zwei Gläsern Granatapfeltee und einer Schale voll klebrigem Honiggebäck hat sich daran nichts geändert.

»Nur weiter«, ermuntert mich Indigo. »Das Sichtbarmachen ist um einiges schwieriger als das Verschwindenlassen.«

»Warum?«, knurre ich.

»Keine Ahnung. Es ist einfach so. Und du, elendes Klammeräffchen, rückst mir endlich von der Pelle.«

Ofelia kreischt vor Vergnügen, als er sie mit Schwung zur Seite wirft und an den Rippen kitzelt. Wie besagtes Äffchen zappelt sie in seinem Griff, befreit sich mit einem wilden Aufbäumen, springt ein paar Mal durch die Kissen und stürzt sich wieder auf ihn. Ausgelassenes Lachen erfüllt die hitzeflirrende Stille des Nachmittags. Ich lasse den unsichtbaren Stein einen unsichtbaren Stein sein und genieße die Freude der beiden. Ob wir jemals Eltern sein werden? Werde ich irgendwann einmal das Lachen eines Kindes hören, das aus unserer Liebe entsprungen ist? Oder liegen die Welten zwischen Indigo und mir zu weit auseinander, um sie zu vereinen?

Sehnsucht überwältigt mich. Still sitze ich da und beobachte, wie er jene Vögel aus farbenfrohem Zauber webt, die er vor einer gefühlten Ewigkeit im Schein eines magischen Lagerfeuers für mich erschaffen hat. Ich sehe Ofelias leuchtende Augen und die Wehmut in Indigos Blick. Überwältigt ihn in diesem Augenblick dieselbe Frage, die sich in meinem Herzen festkrallt?

Wie wäre es, ein Kind zu haben?

Wie wäre es, Mutter zu sein? Vater zu sein?

Das Quietschen des Gartentores reißt uns aus unseren Träumen. Hanuman erscheint, neigt grüßend den Kopf und betrachtet die lachende, nach magischen Vögeln jagende Ofelia, die wie ein Zicklein durch den Garten springt.

»Vor Kurzem lag sie noch auf dem Sterbebett«, murmelt der Alte. »Mehr tot als lebendig. Jetzt scheint ihre Energie unerschöpflich zu sein. Es ist ein Wunder. Nichts anderes als ein herrliches Wunder.« Hanuman seufzt, windet sich hin und her und presst schließlich hastig ein paar Worte hervor: »Dürfte ich dich einen Moment lang sprechen?«

»Du kannst es mir hier und jetzt sagen«, antwortet Indigo. »Ich habe keine Geheimnisse vor Jade.«

Hanuman zögert einen Augenblick lang, als wäre ihm der Gedanke unangenehm. Schließlich nickt er, setzt sich zwischen uns und nimmt einen tiefen, bedächtigen Atemzug.

»Du hast unsere Tochter geheilt«, beginnt der Alte langsam. »Deine Magie hat sie vor dem unausweichlichen Tod bewahrt. Würdest du …«, er schluckt mühsam, »würdest du es noch einmal tun? Für die Kinder unserer Nachbarn?«

Indigos Miene wird abweisend, sein Blick dunkel. Ofelia hält abrupt in ihrem fröhlichen Springen inne, starrt zu uns hinüber und ballt die Hände zu Fäusten. Mit ihrer Ausgelassenheit endet auch der Zauber, die Vögel zerstäuben in einer Wolke aus funkelndem Licht und verschwimmen mit dem Sonnenschein.

»Du weißt, wie gerne ich das tun würde«, sagt Indigo nach einem langen Moment des Schweigens. »Und du weißt auch, wie gefährlich es ist.«

»Sie werden uns nicht verraten.« Hanuman faltet seine Hände, als würde er ein Gebet sprechen. »Ich hätte diese Bitte niemals an dich

herangetragen, wenn ich Violet und Finn nicht vollkommen vertrauen würde.«

»Ihre Namen sind Violet und Finn?« Ich sehe den Zwiespalt in Indigos Augen, das Licht und den Schatten, die einander jagen, sich gegenseitig beiseitedrängen und um den Sieg kämpfen.

»Ja«, antwortet Hanuman. »Das heißt … nein. Violet und Finn sind unsere Nachbarn. Zwei sehr gute Freunde, für die ich jederzeit die Hand ins Feuer legen würde. Ihr Sohn Ferris ist acht Jahre alt, Maisie so alt wie Ofelia. Das vergiftete Wasser hat die beiden krank gemacht, genauso wie unsere Tochter, aber auf andere Weise. Ihre Körper sind von einer schmerzenden Kruste überzogen. An besonders schlimmen Tagen müssen Violet und Finn ihre Kinder fesseln, damit sie sich nicht das Fleisch von den Knochen kratzen. Indigo, ich ertrage dieses Leid nicht länger. Jedes Mal, wenn ich Ofelia sehe, ihr Lachen und ihre Freude … dann … dann wünsche ich mir dasselbe für Ferris und Maisie. Bitte! Seit sie in diese verseuchte Welt hineingeboren wurden, kennen sie nur Leid und Schmerz. Befreie sie davon. Ich flehe dich an!«

»Hanuman.« Indigo senkt den Kopf. »In dieser Stadt wimmelt es nur so vor Scyllas Spionen. Ein unbedachtes Wort, eine winzige Spur, und sie werden euch finden. Du weißt, was dann passiert. Sobald Scylla klar wird, dass ich Ofelia, Ferris und Maisie geheilt habe und ihr mich beschützt habt, anstatt eure Pflicht zu tun, wird sie euch allesamt töten. Dann werden dir nicht einmal die Visionen weiterhelfen. Du wirst überall und jederzeit nur noch euren Tod sehen, egal, wohin ihr flieht.«

»Du hast doch diesen Schutzwall.« Hanumans Stimme zittert vor Verzweiflung. »Kannst du ihn nicht um uns alle legen?«

»Dieser Wall hilft nicht gegen Worte«, erwidert Indigo. »Er verschleiert nur unsere magische Spur und macht uns unauffällig, hilft aber nicht gegen Verrat, sei er nun absichtlich oder versehentlich. Ich kann keinen von euch immer und überall beschützen. Schon gar nicht kann ich dafür sorgen, dass euch niemals eine verräterische Bemerkung herausschlüpft oder dass niemand Verdacht schöpft, wenn zwei schwer kranke Kinder plötzlich wieder gesund und munter sind. Scylla ist seit Jahrhunderten auf der Jagd. Sie ist ein Falke, der selbst hoch am Himmel noch das Rascheln einer Maus hört. Ihr könnt nicht immer

auf jedes Wort achten. Die Kinder am allerwenigsten. Jeder Zauber ist ein Risiko. Allein die Tatsache, dass ich hier bin, ist schon gefährlich genug.«

»Ich bin ein Nachfahre der Kimentaro-Priesterinnen«, wirft sich Hanuman in die Brust. »Bei uns seid ihr vollkommen sicher.«

»Nein.« Indigo schüttelt müde den Kopf. »Eines habe ich in meinem langen Leben gelernt: Vollkommen sicher sind wir nirgendwo. Zu keiner Zeit. Niemals.«

»Aber du kannst ihnen vertrauen«, jammert Hanuman. »Sie werden dich niemals verraten. Niemals! Weder aus Absicht noch aus Versehen. Violet und Finn sind zwei kluge, bedachte Menschen, und beide Eigenschaften haben sie an ihre Kinder weitergegeben. Bitte hilf ihnen, Indigo. Ich flehe dich an. Beende ihr Leid, so wie du unseres beendet hast. Es wird schon gut gehen. Und falls nicht, werde ich euch alle rechtzeitig warnen.«

»Wirst du auch mit deiner Schuld leben können, wenn unser Geheimnis aufgedeckt wird?« Indigos Stimme ist kalt wie der Winter im Norden. »Jeder Mitwisser ist eine Gefahr. Für uns alle. Keine magische Gabe ist fehlerlos. Auch deine nicht.«

»Ich werde damit leben können.« Hanuman erhebt sich, formt seine Hände zu einem Spitzdach und berührt mit den Fingerspitzen sein Kinn. Offenbar ist das eine in Scharzad übliche Geste des Respekts und der Dankbarkeit. »Ich nehme alle Verantwortung auf meine Schultern.«

»Dann bringe mich zu ihnen.« Indigos Stimme klingt nach Erschöpfung und tiefer, grenzenloser Müdigkeit. Ich spüre, wie verzweifelt er sich danach sehnt, seine Fesseln abzustreifen. Wie sehr er sich wünscht, das tun zu können, wofür ihn die Schöpfung bestimmt hat.

»Nein«, erwidert Hanuman. »Es ist besser und vor allem unauffälliger, wenn sie zu uns kommen. Die vier lieben den Garten und die Tiere. Abgesehen davon bekommen sie niemals Besuch. Ich werde ihnen eine Botentaube schicken.« Der Alte vollführt eine tiefe Verbeugung. »Hab tausend Dank.«

Damit verschwindet er und lässt uns mit einer summenden, unheilschwangeren Stille zurück. Ofelia scheint jede Lust an der Vogeljagd verloren zu haben, klettert wieder auf das Sofa und rollt sich zwischen zwei Kissen ein.

»Wirst du dein Aussehen verändern?«, frage ich leise. »Damit sie dich nicht erkennen?«

»Nein«, erwidert Indigo. »Sobald sie die weiße Magie sehen, wissen sie ohnehin, wer ich bin.«

»Denkst du, dass es gut gehen wird?«

Er zieht mich in seine Arme, sinkt mit mir zurück in die Polster und küsst meine Stirn. »Ich weiß es nicht, Jade. Ich weiß es wirklich nicht.«

Der Abend dämmert bereits, als Hanuman den Garten betritt. Ihm folgen ein blonder Mann und eine braunhaarige Frau, die jeweils ein in Windleinen gewickeltes Kind in ihren Armen tragen. Nur die Hände der Kleinen liegen frei, doch dieses kleine Stückchen schrundiger, borkiger Haut genügt, um mir das Blut in den Adern gefrieren zu lassen. Ofelia keucht erschrocken auf, springt vom Sofa und verschwindet durch das offen stehende Gartentor, ohne dem Besuch auch nur einen Blick zu gönnen.

»Darf ich vorstellen?« Zärtlich legt Hanuman eine Hand auf die Schulter der spindeldürren, erschreckend blassen Frau. »Das sind Violet und ihr Ehemann Finn. Violet und Finn? Das ist der Zauberer, der eure Kinder retten wird. Vergesst alles, was ihr über ihn gehört habt, denn nichts davon ist wahr.«

Überrascht sehe ich zu, wie Indigo vom Sofa aufsteht und vollkommen unbefangen auf die beiden zugeht, als wäre dies ein gewöhnlicher Besuch zu einem gewöhnlichen Anlass. Violets Augen weiten sich, als er sie mit leisen, höflich klingenden Worten in der melodischen Sprache Scharzads begrüßt, die mir vermutlich auf ewig ein Rätsel bleiben wird. Zu eigentümlich ist ihre Aussprache, zu komplex die Zwischenlaute, die mir selbst in ihrer einfachsten Form einen Knoten in der Zunge bescheren.

»Ist es wahr?«, fragt Finn in akzentfreier Nordsprache. »Kannst du ihnen helfen? Kannst du sie heilen?«

»Ich will es versuchen.« Indigo deutet auf das Sofa. »Legt sie auf die Polster und nehmt ihnen die Laken ab.«

Violet erwacht wie aus einem Traum, als ihr Mann sie mit dem Ellbogen anstößt. Ein scheues Lächeln erscheint auf ihren farblosen Lippen, dann bettet sie ihr Kind sanft zwischen die Kissen und wickelt

mit äußerster Behutsamkeit das blutbefleckte Windleinen von seinem
Leib. Auch Finn vollführt jede Bewegung mit ängstlicher Vorsicht, doch
selbst die zarteste Berührung genügt, um die Kruste auf Maisies und
Ferris' Haut aufplatzen zu lassen. Längst zu erschöpft, um zu weinen
oder sich gegen den Schmerz zu wehren, wimmern die Kinder leise
vor sich hin.

Indigo wirft mir einen düsteren Blick zu. Ich fühle seine Gedanken,
als wären es meine eigenen. Vermutlich sitzen Scylla und ihre Speichel-
lecker gerade selbstzufrieden an einer üppig gefüllten Tafel oder liegen
zwischen seidenen Kissen, übersättigt von Weintrauben und Goldwein,
Taubenbraten und Sklavenblut. Unaufhörlich aalen sie sich im Licht
ihrer Allmacht, feiern die Grausamkeit und wissen nichts von Gnade.

Der Anblick der entstellten Körper trifft mich bis ins Mark. Ich ahne
den Schmerz, den Maisie und Ferris tagein und tagaus spüren müssen.
Ich male mir das unerträgliche Jucken der verkrusteten, blutigen Haut
aus und scheitere an meiner Vorstellungskraft. Die Finger der Kinder
zucken, als wollten sie sich das Fleisch von den Knochen schaben und
fänden nicht mehr die Kraft dazu.

»Vertraut ihm.« Hanuman tritt zwischen Violet und Finn und legt
ihnen eine Hand auf die knochigen Schultern. »Ofelia blickte bereits
dem Tod in die Augen. Sie hätte keine Woche mehr gelebt, wenn Indigo
nicht gekommen wäre.«

Die Frau schluchzt, wischt sich mit dem Handrücken über die
Augen und flüstert etwas auf Scharzadianisch. Finn steht einfach nur
da. Eingefroren in seiner letzten, verzweifelten Hoffnung. Wie ausgezehrt und dünn die beiden sind. Ihre Knochen stechen förmlich
durch den grauen Stoff ihrer Kleidung, ihre Haut ist trocken und
faltig wie zerdrücktes Papier. Ausgedörrt von jahrelangem Leid und
nie endender Sorge.

Als Indigo vor Maisie in die Knie geht und beide Hände auf ihre
nackten Waden legt, scheint die Zeit stillzustehen. Sowohl das Mädchen als auch der Junge tragen nichts weiter als taubengraue, knielange
Tuniken aus Seide, vermutlich, weil alles andere eine unerträgliche
Qual für ihre wunden Körper darstellt. Angstvoll starrt das Mädchen
auf das Licht, das aus Indigos Fingern strömt, über alten Schorf und
frische Krusten fließt, über schwärende Wunden und schuppige Borke,

die irgendwann einmal weiche Haut gewesen war. Maisies Stöhnen wird zu einem Seufzen, und schließlich, als die glühenden Fäden an ihr emporkriechen, züngelnd und tastend wie Lebewesen mit einem eigenen Willen, weicht der Schmerz aus ihrem Gesicht.

Maisies verkrampfte Züge werden weich, ihre steifen Glieder lockern sich. Ich kann förmlich sehen, wie die Wärme unendlicher Erleichterung durch ihren Körper strömt und ihm nach jahrelangem Kampf endlich Frieden schenkt.

»Bei den allmächtigen Wüstengeistern!« Finn schlägt beide Hände vor seinen Mund. »Sieh nur! Sieh doch nur!«

Violet haucht etwas, das ich nicht verstehe. Still und leise taucht Nemuri im Garten auf, stellt ein silbernes Tablett mit sieben Gläsern und einer großen Teekanne auf dem Gartentisch ab, nickt mir lächelnd zu und verschwindet wieder.

Der Tod weicht, krankes Fleisch wird zu weicher Haut, Wunden schließen sich, fließendes Blut versiegt. Maisies Tränen bestehen nicht mehr aus Qual, sondern aus Erlösung. Schließlich lösen die magischen Fäden die letzte übrig gebliebene Kruste an ihrer Wange auf, ziehen sich zurück und sickern wieder in Indigos Finger.

Auf dem Sofa liegt ein gesundes Kind, das ungläubig seinen Arm betrachtet. Einen makellosen Arm.

Finn stößt einen Schrei aus, taumelt zum Sofa und will nach seiner Tochter greifen. Doch kurz bevor er sie berührt, verharren seine Hände über Maisies Schultern. Erst als das Mädchen ein Wort krächzt, das in der Sprache der Wüstenstadt vermutlich *Vater* bedeutet, löst sich Finns Lähmung. Schluchzend schlingt er seine Arme um Maisies Hals.

»Beim heiligen Dschinn des Sandes!«, höre ich ihn keuchen. »Oh, bei allen Wüstengeistern! Sieh dir das an, Maisie! Du bist gesund. Du bist ganz und gar gesund!«

Während Indigo sich dem Jungen widmet, bewegt Violet keinen Finger. Eingeschlossen in ihrer eigenen, fremden Welt, getrennt von allem Schmerz, aber auch von Freude und Erleichterung, steht sie da und blinzelt benommen.

Als der Zauber Ferris Leib umhüllt, glaube ich, ein versunkenes Lächeln auf Indigos Lippen zu sehen. Ja, da ist ein Licht, das seine

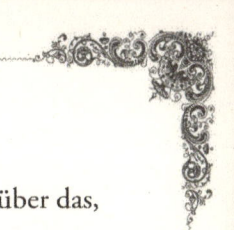

gerade noch düstere Miene erhellt. Eine stille Zufriedenheit über das, was seine Magie bewirkt.

Der Zauber geschieht schnell und fließt wie ein Strom klaren Wassers, der mühelos seinem Weg folgt. Ein weiteres Mal verwandelt sich der Tod in Leben, der Schmerz in Erlösung. Diesmal ist es Violet, die sich aus ihrem Panzer befreit und zu ihrem Sohn stürzt, weinend sein Haar zerwühlt, ihn umarmt und küsst und streichelt, bis sie es ist, die von ihrem Kind gehalten werden muss.

Indigo steht auf, geht zum Tisch hinüber und füllt sich ein Glas mit Granatapfeltee, als hätte er soeben nicht zwei todgeweihte Leben gerettet, sondern etwas ganz und gar Belangloses getan. Hanuman und ich gesellen uns zu ihm, schenken uns Tee ein und blicken in einen tiefblauen Abendhimmel hinauf. Drei abnehmende Monde schimmern über den weißen Palmen, blass wie alte Narben auf der Haut der Nacht.

In diesen Momenten besitzen wir drei ein Lächeln und eine große, überwältigende Hoffnung. Wieder einmal hat das Licht die Dunkelheit besiegt. Violet, Finn, Maisie und Ferris sind keine verzweifelten, vom Schicksal geplagten Kämpfer mehr, die jeden Schritt als Krieg empfinden. Nein, sie sind von Glück überwältige Seelen, die einander wieder lieben können.

Nach einer Weile, in der wir schweigend der Freude unserer Gäste zugehört haben, ergreift Hanuman das Wort: »Du magst immer noch daran zweifeln, Zauberer, aber ich spüre bereits die Veränderung, die auf uns zukommt. Dein Licht ist hell genug, um selbst die tiefste Finsternis auszulöschen.«

Ein Lächeln umspielt Indigos Lippen. Er antwortet nichts, aber ich sehe das Gefühl tiefer Zufriedenheit in seinem Blick, das mächtiger ist als jeder drohende Schatten. Hungrig saugt er das Glück in sich auf, die Erlösung in den Gesichtern der Kinder und das Funkeln in jenen Augen, die bis zum heutigen Tag nur Leid und Sorgen gekannt haben.

»Die beiden sind nur zwei von vielen«, sagt er schließlich, umklammert sein Teeglas mit beiden Händen und betrachtet die wandernden Monde. »Überall herrschen Krankheit und Tod. Aber das wird aufhören. Sehr bald schon.«

»So wird es geschehen«, antwortet Hanuman. »Der Tag, an dem dein Zauber uns alle heilen wird, ist nicht mehr fern. Jeden, der Schmerz leidet, wird er erlösen. Jedem, der sich in der Dunkelheit verirrt hat, das Licht zurückgeben. Jeden Verzweifelten trösten und jeden Sterbenden ins Leben zurückholen.«

Ich lehne meinen Kopf gegen Indigos Schulter, nehme einen Schluck Granatapfeltee und forsche seinem süßen Geschmack nach, als gäbe es nichts Bedeutsameres, als jede noch so kleine Facette in meiner Erinnerung zu bewahren. Mit der Dunkelheit kehrt das silbrige Zirpen der Mondzikaden zurück, Fledermäuse huschen über unseren Köpfen dahin und die Blüten des Blausterns öffnen sich zu voller Pracht, hungrig nach dem kühlen Wind der Nacht. Es ist, als würde der Schatten eines fernen Friedens auf die Menschenwelt fallen und all jene Atem schöpfen lassen, die die Hoffnung nicht verloren haben.

Wie ein sanfter, unaufhaltsamer Fluss strömen die Wochen an uns vorbei. Tag für Tag sitzen Indigo und ich im Garten, verfeinern meinen Zauber und verstärken meine Kräfte, umringt von einer schlafenden Füchsin, zwei verliebten Perlenvögeln und einer Horde Katzen und Wieseln, die sich in einer zunehmend größer werdenden Menge um uns herum versammeln.

Nach und nach verstärkt Indigo die Magie, die er in meinen Kristall fließen lässt. Aus zwei Tropfen werden drei, aus drei werden vier, aus vier werden fünf. Je mehr er mit mir teilt, umso enger scheinen sich die Fäden unserer Kräfte miteinander zu vermischen. Es ist, als würden unsere Körper und unsere Seelen Stück für Stück miteinander verschmelzen und ein unzerstörbares Flechtwerk bilden. Schon jetzt, da er mich nur einen Bruchteil seiner Magie kosten lässt, fühle ich mich eins mit ihm, als hätte die Macht der Schöpfung unsere Herzen genommen und sie zu einem einzigen Organ zusammengefügt. Wie wird es erst sein, wenn meine Lehrzeit zu Ende ist? Was wird uns dann noch voneinander trennen? Besitzen wir dann einen Atem? Einen Herzschlag? Einen Gedanken?

Schon jetzt schleicht sich ein Hauch von Blau in das weiße und gelbe Licht, das meinen Körper während des Zauberns umhüllt. Wird mein Seelenkranz irgendwann so blau sein wie Indigos? Kommen wir uns Tag für Tag und Nacht für Nacht immer näher? Immer näher

und näher, bis es keinen Ausweg mehr gibt? Werde ich so viel Liebe überhaupt ertragen können, oder wird sie mich zerreißen?

Palili wird zunehmend bequemer und dicker, Ofelia blüht auf wie eine Blume am ersten warmen Frühlingstag und selbst Timotheus gleicht nicht länger einem ausgemergelten Klapperkäfer, sondern entwickelt ein stattliches Wohlstandsbäuchlein, das ihm über die zerlumpte Flickenhose quillt.

Jeden Tag sitzen wir gemeinsam unter dem raschelnden Laub der Tamarisken, ein paar Kannen Tee und mehrere Schalen mit Gebäck neben uns, hin und wieder besucht von Hanuman und Nemuri, die uns mit einem üppigen Frühstück, einem noch üppigeren Nachmittagsmahl und einem geradezu unverschämt reichlichen Abendessen verwöhnen. Auch Violet, Finn, Maisie und Ferris lassen sich regelmäßig blicken, überhäufen Indigo mit Geschenken und verlassen das Gasthaus nicht eher, bis er sie um einige abenteuerliche Geschichten bereichert hat. Jeden Abend, den wir im Schein bunter Messinglaternen verbringen, eingelullt vom Zirpen der Mondzikaden und Indigos Stimme, die von farbenfrohen Abenteuern erzählt, sauge ich wie eine Kostbarkeit in mich auf. Gemeinsam begehen wir unsere Reise ein weiteres Mal, jagen durch den Sgulgi-Wald, verlieren uns in Esnunnas Dämmerung, reiten auf Drachen und Einhörnern, erkunden uralte Ruinen in der Knochenwüste und stehen inmitten eines Mondzirpenschwarms. Die Augen der Kinder leuchten vor Begeisterung, Nemuri und Violet seufzen sehnsüchtig, Hanuman weitet staunend die Augen und Finn sieht aus, als wäre eine solche Reise der pure Albtraum.

»Und du hast wirklich in einem Jandri-Schlund gesteckt?«, haucht Ferris ehrfürchtig. »Wie war das? Hat es wehgetan?«

»Oh ja!« Palili tätschelt seine prall gefüllte Wampe. »Und wie!«

»Hast du Narben? Kannst du sie mir zeigen?«

»Ähm, nein. Tut mir leid. Indigo hat sie weggezaubert.«

»Och …« Ferris zieht eine Schnute. »Schade.«

»Kann ich auch auf einem Drachen reiten?«, meldet sich Ofelia zu Wort. »Denkst du, er würde mich tragen?«

»Das kann ich nicht sagen«, erwidert Indigo. »Drachen sind unheimlich launische und stolze Tiere. Du musst sie schon sehr höflich darum bitten.«

»Das werde ich«, ruft Ofelia. »Ich werde sehr höflich sein!«

»Mir gefallen die Einhörner besser«, wirft Maisie dazwischen, schnappt sich eines der Wiesel und setzt es auf ihren Schoß. »Ich würde das Schwarze nehmen.«

»Ich das Weiße«, quietscht Ferris. »Es ist nämlich das Mächtigste von allen. Oder … nein, wartet! Ich nehme einen Nebelwal. Jawohl. Einen riesigen, gewaltigen, Furcht einflößenden Nebelwal.«

»Nein.« Ofelia schüttelt den Kopf. »Die wären mir zu groß. Die vergessen ja sofort, dass du auf ihnen sitzt.«

»Und die Einhörner beißen einem die Füße ab«, überlegt Maisie, während sie ihr Wiesel am Bauch krault. »Vielleicht nehme ich doch eines der nachtleuchtenden Pferde von Esnunna. Die haben wenigstens keinen Hunger auf Menschenfleisch. Oder … nein! Halt! Jetzt habe ich es. Ich nehme Ischme. Sie gefällt mir sowieso am allerbesten.«

Die Füchsin hebt den Kopf und grinst geschmeichelt. Maisie, die nur gefletschte Zähne sieht, zuckt erschrocken zurück.

»Keine Angst.« Ofelia kriecht zu Ischme hinüber und tätschelt ihr den Kopf. »Das war nur ein Fuchslächeln.«

»Ein Lächeln?«, haucht Maisie. »Wirklich?«

»Oh ja. So lächeln Füchse nun mal. Schließlich haben sie keine Lippen, so wie wir. Das sähe auch zu komisch aus.«

»Ich will endlich wissen, wie es weitergeht«, drängelt Ferris. »Jade hat dich also durch die Magie der weißen Orchidee ins Leben zurückgeholt. Und dann?«

Indigo seufzt, nimmt einen Schluck Tee und setzt seine Erzählung fort. Die Mondzikaden singen, die Sterne funkeln. Ja, so könnte es ewig weitergehen.

Jeder von uns rechnet täglich mit Hanumans Warnung, dass irgendjemand oder irgendetwas auf unserer Spur hechelt, doch nichts geschieht. Jeder Abend endet friedvoll im Licht bunter Laternen und geht in eine sternenübersäte Wüstennacht über. Jeder Morgen dämmert unter dem Gurren der Tauben und dem Rauschen der Palmen heran.

Mein Schutzzauber, den ich inzwischen problemlos um mich selbst legen kann, hält geworfene Steine, Messerklingen und Katzenkrallen ab. Ich kann Feuer aus dem Nichts erzeugen, Gegenstände unsichtbar machen und Farben verändern, doch Tag für Tag scheitere ich daran, mich selbst verschwinden zu lassen. Kaum kriecht der Zauber über einen Finger hinaus und beginnt, meine Hand aufzufressen, überfällt mich die Panik. Das Unsichtbarwerden ist ein grauenhaftes Gefühl. Fast wie Ersticken. Ein Gefühl der völligen Auflösung, des saugenden Nichts. So muss es sich anfühlen, von einem Jandri-Schlund in die Tiefe gezogen zu werden.

»Lass es gut sein«, tröstet mich Indigo eines Nachmittags, als wir wieder einmal im Garten sitzen, gekühlten Granatapfeltee trinken und das Zaubern üben. »Ich lasse dich sowieso nicht alleine nach Jemeshar gehen. Ganz gleich, was passiert.«

»Und was, wenn Scylla dich spürt?« Der Gedanke gefällt mir nicht. Ganz gleich, wie wirkungsvoll das Mond- und Sternenlicht der klaren Nächte seine Kräfte verstärken mögen, ich werde das Gefühl nicht los, dass Indigo niemals diese abscheuliche Stadt betreten darf. Niemals. Unter gar keinen Umständen. »Du hast selbst gesagt, dass sie voller Tricks und Überraschungen steckt. Als du uns damals retten wolltest, wärst du um ein Haar nicht mehr herausgekommen.«

»Damals ist nicht heute.« Indigo rekelt sich auf einem riesigen, lapislazuliblauen Kissen, verschränkt die Hände unter dem Kopf und blinzelt in den Himmel hinauf. »Ich bin stärker geworden, Scylla schwächer. Abgesehen davon lasse ich dich nicht im Stich. Nie wieder. Falls ich das jemals behauptet habe, tut es mir leid.«

Ich seufze, stopfe den Kristall wieder unter mein Kleid und starre vor mich hin. Timotheus und Palili lungern auf dem Sofa und lutschen schlaftrunken Würfel aus gefrorenem Kaktusfeigensaft, Ischme hat sich unter dem Blausternbusch zusammengerollt und die Perlenvögel …

Moment! Gerade eben saßen sie noch auf dem Ast dort drüben. Ich drehe mich hin und her, lausche und vernehme ein leises Flattern aus dem Gebüsch zu meiner Linken. Tatsächlich. Dort hocken sie und geben hemmungslos ihren Gelüsten nach.

»Was gibt es zu lachen?«, murmelt Indigo mit geschlossenen Augen. »Über wen machst du dich lustig?«

»Ach, Zilp sorgt nur für Nachwuchs. Und zwar nicht gerade zartfühlend. Gerade rupft er seiner Freundin die Nackenfedern aus und trampelt auf ihr herum.«

»So machen das Vögel nun mal.«

»Und wenn sie zu brüten anfangen?«

»Dann müssen wir sie wohl hierlassen.«

»Kannst du sie nicht davon abhalten?«

Indigo gluckst. »Natürlich. Ich werde Zilps Freundin gleich nachher den Hintern zuzaubern.«

»Ich meine es ernst. Wir können jedes bisschen Glück gebrauchen.«

»Zilp liebt dich, Jade. Deswegen ist es egal, wo du bist oder wo er ist. Sein Zauber liegt immer über dir.«

»Ist es ein starker Zauber?«

»Leider nicht. Glück ist niemals ein treuer und schon gar nicht ein verlässlicher Gefährte. Nicht einmal, wenn es magischen Ursprungs ist.«

Ich zucke mit den Schultern, klaube die letzte Butternuss aus der Gebäckschale und will sie mir gerade in den Mund stecken, als eines der Wiesel herbeigehuscht kommt, sie mir aus den Fingern reißt und Fersengeld gibt.

Weit kommt es nicht.

Indigos Zauber lässt es mitten im Sprung erstarren und hebt es ein Stück empor. Langsam, die schwarzen Äuglein wütend funkelnd, schwebt es auf mich zu.

»Rück die Nuss raus«, raunt Indigo gefährlich leise.

Das Wiesel faucht, peitscht mit dem Schweif und denkt nicht im Traum daran, seine Beute herauszurücken.

»Ich sage es nicht noch einmal. Gib die Nuss her, oder du wirst Ischme einen Tag lang als Kauknochen dienen.«

»Ach was, von mir aus kann es …«

»Nein!«, unterbricht mich Indigo. »Kann es nicht.«

Verdutzt runzele ich die Stirn. »Warum? Es ist nur eine Nuss.«

»Hast du jemals gesehen, dass ein Wiesel dergleichen frisst?«, erwidert er. »Nein! Es geht ihm nur um das Stehlen. Er wird deine Nuss irgendwo vergraben und sich darüber freuen, dich geärgert zu haben.«

Zeternd sinkt das Tierchen gen Boden. Kaum berühren seine Pfoten die Erde, lässt es die Nuss fallen und rast mit gesträubtem Schwanz davon.

»Diebische kleine Ratte«, knurrt Indigo ihm hinterher.

Eine ungewohnte Reizbarkeit geht von ihm aus. Ich rutsche neben ihn, lasse meine Hand in den Ausschnitt seines Mantels gleiten und

spüre das Zittern angespannter Muskeln. »Was ist los mit dir? Alles in Ordnung?«

»Nein«, brummt er. »Oder doch? Ich weiß es nicht.«

»Nein? Oder doch? Was meinst du damit?«

»Es ist ein Gefühl.« Nicht einmal mein Kuss oder meine streichelnde Hand kann ihm die Anspannung nehmen. Unstet huscht sein Blick zwischen mir und dem Abendhimmel hin und her. »Ich weiß nicht, woher es kommt oder was es bedeutet. Aber irgendetwas stimmt nicht.«

»Denkst du, jemand hat uns gefunden?«

»Nein. Ich spüre keinen schwarzen Zauber, der es auf uns abgesehen hat. Da ist nichts. Einfach gar nichts.«

»Und das macht dir Sorgen?«

Indigo seufzt. Er nimmt meine Hand von seiner Brust, führt sie an seine Lippen und küsst meine Fingerknöchel. »Morgen geht der erste Vollmond auf, Jade. So oder so müssen wir in ein paar Stunden verschwinden.«

»Ja.« Der Gedanke presst mein Herz zusammen. »Ich weiß. Ofelia wird so schnell nicht darüber hinwegkommen.«

»Sie wird«, sagt er leise. »In ihrem Alter heilen Wunden sehr viel schneller.«

Vielleicht. Oder auch nicht. Ich kenne die Art, wie sie Indigo ansieht … wie sie jedes seiner Worte verschlingt und ihm kaum je von der Seite weicht. Sein Verschwinden wird ihr das Herz brechen.

Ich schmiege mich an ihn und versuche, zu vergessen. Doch unerbittlich dunkelt der Abend in die Nacht. Sie ist trunken von der Wärme des Tages, unwirklich in ihrer Schönheit und dem endlos tiefen Sternenhimmel.

Unsere letzte Nacht in Scharzad.

Niemand wagt es, die träumerische Stille mit einem Wort zu zerstören. Jeder lauscht noch einmal dem trockenen Rascheln des Palmenwaldes und dem fedrigen Wispern der Tamarisken, das wie ein fernes Lied ist, dem man für immer und ewig zuhören will. Jeder atmet den unvergleichlichen Geruch ein und genießt die laue Brise, die nach dem Sand der Wüste und dem Salz des nahen Meeres schmeckt.

Als Indigo mich irgendwann von seiner Brust schiebt und sich aufrichtet, spüre ich, dass unser Abschied naht. Etwas Kaltes greift in meinen Nacken, schlingt sich um meine Kehle und drückt mir den Atem ab. Unheil naht. Ich weiß es, noch ehe Hanuman atemlos durch das Gartentor hastet.

»Wird es geschehen?« Indigos Stimme klingt nicht überrascht. Nur müde. »Wird uns jemand verraten?«

»Nein.« Überraschenderweise schüttelt Hanuman den Kopf und fixiert mich. Mich?

Warum mich?

»Dein Bruder wird sterben, Jade«, flüstert er mit gesenkten Lidern. »Bei Sonnenaufgang. Und mit ihm die beiden Mädchen.«

Ich starre ihn an. Wir allen starren ihn an.

»Was?«, hauche ich.

»Scylla hat ihn und die Schwestern im Kerkerbaum eingesperrt«, presst Hanuman mühsam hervor. Im Hintergrund erkenne ich Nemuris reglose Gestalt. »Sie werden im Morgengrauen hingerichtet.«

»Nein.« In einem sinnlosen Moment der Unwirklichkeit verweigere ich mich der Wahrheit. »Woher willst du das wissen?«

»Weil ich es sehe«, antwortet er traurig.

»Und warum siehst du es erst jetzt? Hättest du uns nicht warnen können, ehe sie im Kerker landen?«

»Dein Bruder und die Mädchen sind weit weg.« Hanuman senkt den Kopf und starrt auf seine Latschen. »Dass ich ihr Schicksal überhaupt gesehen habe, liegt an deiner engen Bindung zu Aaron. Normalerweise erkenne ich nur die Zukunft meiner Umgebung. Eure Zukunft. Die Zukunft meiner Frau und meiner Freunde. Aber du und dein Bruder … ihr seid euch so nahe, dass er auf gewisse Weise immer bei dir ist.«

Die Scherbe! Ich springe so schnell auf, dass mein Bewusstsein nur zögernd folgt. Ehe es meinem Körper gefolgt ist, bin ich schon in unser Zimmer gerannt, ziehe den Spiegelsplitter aus meinem Gürtel und blicke hinein.

Ihr Zauber beginnt augenblicklich.

Ich sehe dreckigen Steinboden, frostüberzogene Gitterstäbe, Unrat und fauliges Stroh. Blut verkrustet das Gesicht meines Bruders. Wirr hängt ihm das Haar ins Gesicht, sein rechter Arm ist gebrochen und baumelt in einem unmöglichen Winkel an seiner Schulter.

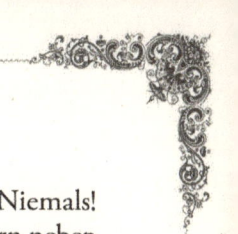

Nein! Das darf nicht sein. Ich darf ihn nicht verlieren. Niemals! Niemals! Und doch … doch ist es wahr! Metena und Aja kauern neben ihm, schrecklich zerschunden und blutig, die Kleidung zerrissen, die Augen stumpf vor Panik und Todesangst. Zitternd klammern sie sich aneinander fest, frieren erbärmlich und kämpfen um ihr Leben, das in wenigen Stunden enden wird. Auf irgendeine jener grausamen, abscheulichen Weisen, die Scylla in ihrer jahrhundertelangen Herrschaft ersonnen hat.

»Wir werden sie retten.« Indigo dreht mich herum und schließt mich in seine Arme ein. »Ich schwöre es dir, Jade. Keiner der drei wird sterben.«

Durch einen Schleier aus Tränen sehe ich Nemuri, die mit zwei Stapeln Kleidung erscheint, einen an mich weitergibt und den anderen Indigo in die Hände drückt. Hastig tauschen wir helles, luftiges Windleinen gegen schweres, nachtschwarzes Leder.

»Die Sachen hat eine junge Frau vor zwei Jahren bei uns liegen lassen, als sie Hals über Kopf flüchten musste.« Nemuri deutet auf meine kostbare Kleidung. »Wahrscheinlich war sie eine Diebin und musste untertauchen.«

Ein seltsamer Schmerz zieht durch meine Eingeweide. Das Leder der Hose ist dick und warm, zugleich aber geschmeidig genug, um die Bewegungen nicht einzuschränken. Die Stiefel mit dem Pelzfutter besitzen eine derbe Sohle, mit der es sich vorzüglich klettern lässt, und das warme, ebenfalls gefütterte Wams verbirgt unzählige kleine Taschen und Schlaufen. Zum Schluss reicht mir Nemuri eine Weste aus dunkelbraun gefärbtem Schaffell, die mich schmerzhaft an jene erinnert, die ich am Todestag meiner Eltern getragen habe. Schnell streife ich sie über, verknote die Bänder, lege meinen Gürtel um und verstaue die Scherbe in einem der Beutelchen.

»Ihr bleibt hier.« Indigo schultert Bogen und Köcher und nimmt meine Hand. Palili, Timotheus und Ischme starren uns überrumpelt an. »Zum Frühstück sind wir wieder hier.«

»Aber …«, Timotheus schluckt. »Aber ihr könnt doch nicht …«

»Wir müssen«, unterbricht ihn Indigo. »Die drei werden beim ersten Morgengrauen sterben. Uns bleibt nichts anderes übrig, als uns den gesamten Weg zurückzuzaubern.«

»Vier Leute und ein Fuchs über eine solch weite Strecke …« Palili wischt sich über die feuchten Augen. »Ich verstehe. Es wäre zu kräftezehrend.«

»Verflucht noch mal!« Unaufhörlich schüttelt Timotheus den Kopf. »Ist das euer Ernst? Ich muss mir hier den Hintern platt sitzen, während ihr in den Krieg zieht?«

»Dir bleibt wohl nichts anderes übrig.« Indigo nimmt meine Hand, dann verschwimmt die Welt auch schon in einem wirbelnden Strudel aus funkelnder, gleißend heller Magie. Der warme, sandige Geruch Scharzads wird dumpf und feucht, vermischt mit beißendem Modergestank. Kälte schlägt mir entgegen, als meine Füße wieder festen Boden spüren. Fest? Nein! Die Sohlen meiner Stiefel versinken in dickem, triefend schwarzem Moos.

Wo sind wir? Um Jemeshar herum gibt es keine Sümpfe, und das hier ist zweifellos ein Sumpf!

Ich höre noch Indigos Warnruf, als zwei Schlangen auf mich zuschießen, sich um meine Knöchel wickeln und mir die Beine unter dem Körper wegreißen. Ich kann noch nicht einmal schreien, so schnell wickelt sich ein dritter Strang um meinen Hals und schnürt mir die Luft ab. Indigos Hand wird aus meinen Fingern gerissen, eine vierte Schlange kriecht heran und schlingt sich unerbittlich um meine Oberschenkel.

Schlangen? Nein, es sind Luftwurzeln. Schwarze, schleimige Lianen, die von den baumdicken Stängeln gewaltiger Orchideen baumeln. Um uns herum glimmen riesige purpurfarbene Blüten in der Dunkelheit. Es ist ein Wald. Ein dichter, undurchdringlicher Dschungel aus monströsen Blumen, deren Schönheit nach schwarzem Zauber stinkt. Wie die Gliedmaßen eines wütenden Tieres zucken die Luftwurzeln hin und her, verströmen den Gestank verfaulten Fleisches und schlagen nach uns aus. Mehrere Lianen haben sich um Indigos Körper geschlungen, pressen ihm die Arme an den Körper und fesseln seine Beine. Je heller die Magie leuchtet, mit der er sich gegen die Pflanzen wehrt, umso fester wird der Griff der Wurzeln. Der Zauber verbrennt ihre Oberfläche und lässt sie Blasen werfen, doch sie denken nicht daran, schwächer zu werden oder gar einzugehen. Wie kann das sein?

Was geschieht hier?

Meine Gedanken verschwimmen, als sich der Strang um meinen Hals abrupt zusammenzieht. Ich ringe nach Luft, doch mit jedem verzweifelten Atemzug wickeln sich die Lianen noch enger um meinen Körper, bis meine Rippen knacken.

»Indigo …«, hauche ich mit letzter Kraft, doch er kann mir nicht helfen. Ganz gleich, wie wütend er sich im Griff der Wurzeln windet, ganz gleich, wie hell seine Magie brennt … er kann sich nicht befreien.

Schatten schleichen auf uns zu. Schuppenhunde, Wölfe und Kalam-Duk. Haben sie auf uns gewartet? Ist das hier eine Falle, die nur darauf gewartet hat, zuzuschnappen?

Ich erkämpfe einen letzten Atemzug, sauge Luft in meine brennenden Lungen und spüre augenblicklich, wie sich die Lianen noch fester um mich wickeln. Der Druck wird unerträglich. Etwas knackt in meinem Brustkorb, dann wird alles schwarz.

Ich falle, versinke in einem zähen Sumpf, höre ferne Schreie. Etwas knistert in der Finsternis. Bin ich tot? Aber fühlt man im Sterben Schmerz? Unter meinen Rippen lodert ein sengendes Feuer. Blutgeschmack liegt auf meiner Zunge. Ich reiße die Augen auf, sehe ein geiferndes Maul voller Zähne auf mich zurasen und werde ein zweites Mal fortgezogen. Zurück in die Schwärze. In einen kurzen, wirbelnden Moment des Nichts, der mich in eisige Kälte hinausspuckt und mich mit dem Gesicht in einen Schneehaufen drückt. Mein Körper reagiert losgelöst von meinem Willen, ringt nach Atem und verkrampft sofort, als pures Eis meine ausgedörrten Lungen füllt.

Jemand rollt mich herum, zieht mich in die Höhe und presst meine Stirn an weiches Leder. Messer bohren sich zwischen meine Rippen und machen jeden Atemzug zur Qual. Panisch reiße ich die Augen auf, doch es ist nur Indigo, der auf mich hinabblickt, umrahmt vom lautlosen Fallen weicher Schneeflocken. Ein hässlicher Riss zieht sich über seine Wange, Blut tropft von seinem Kinn. Er wendet sich ab, legt eine Hand über die Wunde und heilt sie mit einem kurzen Aufleuchten seiner Magie. Als er mich wieder ansieht, ist seine Haut makellos.

»Was ist … passiert?« Meine Kehle gibt nur ein jämmerliches Krächzen von sich, doch Indigo scheint verstanden zu haben.

»Die Rosenkönigin hat uns gerettet.«

»Was?« Ich stöhne auf, als warme Magie in meine gebrochenen Rippen sickert und den Schmerz auslöscht. »Die Rosenkönigin?«

»Ja. Sie schwächte die Orchideen so weit, dass ich sie vernichten konnte.«

»Die Rosenkönigin?« Ich blicke über Indigos Schulter und sehe herrliche, von Raureif überzogene Baumkronen, verschneite Wiesen und sanfte Hügel, über die das blaue Licht der drei Monde fließt und tausend Funken auf die makellose Schneedecke zaubert. Wie wunderschön der Winter im Norden ist! Doch hier und jetzt bedeutet er nur den Tod. »Ich verstehe nicht. Sie wächst in weiter Ferne. Wie kann sie uns da helfen?«

»Das ist eines der Dinge, die wir euch Menschen beibringen wollten.« Indigo streicht zärtlich über mein Haar. »Alles ist miteinander verbunden. Die Wurzeln einer Wiese oder eines Waldes reichen sehr viel weiter, als ihr glaubt, und die der Rosenkönigin durchziehen sogar das gesamte Menschenreich. Sie wächst seit Jahrtausenden.«

Ungläubig blinzele ich zu ihm auf. »Sie hat unsere Not über so viele Meilen hinweg gespürt und uns geholfen?«

»Ja. Die Orchideen sind noch jung, sie wachsen seit kaum einem Monat. Mit den Dingern hat der Jasmah-Isdar eine wahre Meisterleistung abgeliefert.«

»Aber ich dachte, er läge im Sterben.«

Indigo seufzt. »Ich habe mich getäuscht, Jade. Er ist nicht schwächer geworden. Der Zauber dieses Waldes, er … ich konnte nichts gegen ihn tun. Gar nichts. Hätte die Rosenkönigin nicht die Wurzeln der Orchideen vergiftet und sie geschwächt, wären wir verloren gewesen. Die Kalam-Duk hätten ihren Spaß mit uns gehabt, und dann wäre Scylla höchstpersönlich aufgetaucht, um uns in Empfang zu nehmen. Hübsch verschnürt wie zwei Geschenkpakete.«

Angst presst mein Herz zusammen. Das ist nicht gut. Überhaupt nicht gut. »Aber wie hat die Rosenkönigin das geschafft? Wie konnte sie die Blumen schwächen, wenn es nicht einmal deine Magie geschafft hat?«

»Der Orchideenwald wurde erschaffen, um uns abzufangen. Anscheinend hat er nur darauf gewartet, dass ich uns auf magische Weise von einem Ort zum anderen zaubere. Er ist darauf abgerichtet, meine Magie nicht nur zu ertragen, sondern sie auch noch abzuzapfen und in sich aufzunehmen. Aber er hat keine Ahnung von der natürlichen Kraft aller kleinen und großen Pflanzen. Sie führen Kriege wie die Menschen. Sie übermitteln einander Botschaften. Sie helfen ihresgleichen und vereinen sich gegen gemeinsame Feinde. Den Orchideen machte mein Zauber nichts aus, aber gegen das Gift der Rosenkönigin konnten sie sich nicht wehren.«

»Der Jasmah-Isdar ist stärker geworden?«, flüstere ich. »Wie kann das sein? Alles hat darauf hingedeutet, dass er sich selbst aufzehrt.«

»Das war auch so.« Indigo nimmt meine Hand und hilft mir auf. Das Knirschen frisch gefallenen Schnees unter meinen Stiefeln schmerzt wie ein Messerstich, denn es wirft mich in alte Zeiten zurück. »Aber irgendetwas hat ihm neue Kraft verliehen. Der Orchideenwald muss von einem gewaltigen Zauber erschaffen worden sein, sonst hätte er es niemals geschafft, mich zu schwächen.«

»Hat er ein magisches Wesen aufgestöbert?«

»Wenn wir Glück haben, ja.«

»Wenn wir Glück haben?«

»Falls er seine neue Kraft von einem magischen Wesen hat, wird sie schnell aufgezehrt sein. Selbst ein starker Drache hält nicht allzu lange vor.«

»Und wenn wir Pech haben?«

»Dann mischt sich eine höhere Macht ein.«

»Ich verstehe. So, wie das Universum dich stärkt, gibt es vielleicht einen Gegenpol, der dem schwarzen Zauber unter die Arme greift.«

»Ja. Wie auch immer, wir müssen vorsichtig sein. Noch vorsichtiger als jemals zuvor. Ich glaube, dass Aaron und die Mädchen nicht zufällig eingesperrt wurden. Sie sollten uns anlocken.«

Mir wird übel vor Angst, auch wenn mich der Gedanke nicht überrascht. Im Grunde meines Herzens ist mir die Falle in jenem Moment bewusst geworden, in dem ich meinen Bruder und die Schwestern im Kerker gesehen habe.

»Wie kommen wir in die Stadt?« Zarte Flocken berühren mein Gesicht. Sie fühlen sich wie damals an, als der Winter für meinen Bruder und mich die wunderbarste aller Jahreszeiten gewesen war. »Wird ein Verhüllungszauber reichen oder müssen wir uns unsichtbar machen?«

»Ich muss Magie sparen. Zumindest so lange, bis das Orchideengift nicht mehr wirkt. Also wird es Letzteres werden.«

Mein Magen verknotet sich abrupt. »Ein Unsichtbarkeitszauber ist einfacher als ein Verhüllungszauber, nicht wahr?«

»So ist es.«

»Aaswurmdreck.«

»Du wirst das schaffen, Menschenmädchen. Ich glaube an dich, also glaube auch an dich selbst.«

»Aber ich …«

»Nein! Du wirst es schaffen.« Indigo lächelt, nimmt mich an der Hand und geht mit mir auf den Wald zu. Irgendwo hinter meiner nagenden Angst genieße ich das Knirschen unter unseren Schritten, die diamantene Klarheit der Wintersterne und das Glitzern der tief verschneiten Welt, die alles Böse und Abscheuliche unter ihrer Reinheit verbirgt. Als der Schneefall einen Moment lang lichter wird, erkenne ich schwarze, gezackte Klippen am Horizont: jener unüberwindliche Wall, der Jemeshar in eine Festung verwandelt. Die dunkle Linie vor uns ist also nicht irgendein Wald. Es ist Scyllas monsterverseuchtes Labyrinth.

»Ich werde dich tragen«, beruhigt mich Indigo. »Dann kannst du die Augen schließen und siehst nicht, dass du nichts siehst.«

Der Gedanke verursacht mir Übelkeit, doch ich zwinge mich zu einem Nicken. Schon das Gefühl einer unsichtbaren Hand hat mich in Panik gestürzt. Wie wird es dann erst sein, wenn mich das Nichts gänzlich verschlingt? Andererseits ist Indigo bei mir. Und solange das der Fall ist, wird alles gut werden.

»Die Orchideen haben dir ganz schön zugesetzt«, spreche ich meine Befürchtung aus. »Mehr, als du mir sagen willst, nicht wahr?«

»Ja«, gibt er zu. »Sie besaßen ein seltsames Gift. Aber wir schaffen das schon. Vertraue mir.«

»Seltsames Gift? Was bedeutet das?«

»Erstens hat es mich geschwächt. Und zwar mehr, als ich je für möglich gehalten hätte. Zweitens hilft mir das Sternen- und Mondlicht nicht mehr in dem Maße, wie es mir sonst geholfen hat. Es ist, als …« Er presst die Lippen zusammen und schüttelt den Kopf. Schneeflocken funkeln in seinem Haar und auf der Wolle seines Reisemantels. Indigo ist wie der Winter des Nordens. Kristallen und rein. Eine Dunkelheit, die von wunderschönem Licht erfüllt ist. »Ich kann ihn wieder spüren«, fügt er leise hinzu. »Er ist stärker geworden. Sehr viel stärker.«

»Der Fluch?« Mein Herz überzieht sich mit Eis. »Ist es das?«

Als er nickt, zersplittert meine Zuversicht. Viel zu deutlich sehe ich seine Furcht, und darunter eine Verzweiflung, die meinen Mut mit jedem Schritt mehr zerfrisst. Je näher wir dem Wald kommen, umso schwächer fühle ich mich. Umso dunkler erscheint mir die Nacht, umso hoffnungsloser die scharfen Klippen am Horizont, die mir zuzuflüstern scheinen, dass wir es niemals schaffen werden.

Als wir den Wald fast erreicht haben, bleibt Indigo stehen, greift unter meine Fellweste und umfasst den Kristall.

»Nein«, protestiere ich noch, doch da hat er meinen Anhänger bereits mit mehreren Tropfen Magie gefüllt. Heiß und machtvoll durchströmt mich ihre Kraft, füllt das Loch in meinem Herzen und besänftigt meine aufsteigende Panik.

»Lege deinen eigenen Schutzzauber über dich,« verlangt Indigo. »Webe ihn so fest wie du kannst.«

Ich nicke, schließe die Augen und summe meine Melodie. Sanft schließt sich ein Kokon aus Wärme um mich.

»Sehr gut.« Er greift nach mir, hebt mich auf seine Arme und wirkt seinen eigenen Zauber. »Mach die Augen zu und öffne sie erst, wenn ich es dir sage.«

Ich gehorche, presse mein Gesicht in sein schneebestäubtes Haar und versuche, das widerwärtige Gefühl des fortschreitenden Zaubers zu ignorieren. Die sonst wunderbare Magie kriecht diesmal wie knisterndes Eis über meine Haut, frisst mich Stück für Stück auf und lässt ein Gefühl nagender, ziehender Leere zurück. Allein Indigos Stimme bewahrt mich davor, in Panik zu verfallen.

»Konzentriere dich auf mich«, raunt er in mein Ohr. »Nur auf mich. Auf nichts anderes sonst. Ich bin bei dir, Jade. Ich werde immer bei dir sein.«

»Lass mich nicht los.«

»Niemals.«

Panisch beiße ich die Zähne zusammen und kralle meine tauben, unsichtbaren Finger in seinen Rücken. Indigo ist mein Rettungsseil, meine einzige Verbindung in die Wirklichkeit. Würde er mich loslassen, dann … nein, ich will nicht darüber nachdenken.

In keinem Augenblick. Niemals.

Das Knirschen des Schnees schwindet. Indigo taucht in den Wald ein, dessen undurchdringliches Dickicht keine einzige Flocke hindurchlässt. Es ist still. Nur hin und wieder dringt ein Geräusch an meine Ohren: Laub, das unter schleichenden Schritten raschelt. Ein heiseres Grunzen, ein gurgelndes Schnaufen. Krallen, die über Rinde schaben. Ein Huschen und Wispern, Flattern und Kriechen, Knurren und Hecheln.

Wie lange ist es her, dass ich mehr tot als lebendig auf einem Baum gesessen habe? Jede Erinnerung an diese eine, alles verändernde Nacht ist verschwommen. Wie ein Bild, dessen Farben vom Regen ausgewaschen wurden. Werden Aaron, Metena und Aja die bittere Kälte der Nacht überstehen? Ihre Finger waren bereits blau gewesen, ihre Haut wächsern wie die einer Leiche. Vermutlich wird Scylla dafür sorgen, dass der Tod sie nicht um eine unterhaltsame Hinrichtung betrügt. Und falls sie in dieser Nacht gewinnt, wird Indigo es sein, der uns alle umbringt. Er wird jeder ihrer kranken Fantasien gehorchen.

Jeder einzelnen …

Meine Finger krallen sich verzweifelt in den Stoff des Reisemantels. Genau dieses Kleidungsstück hat Indigo auf dem Gemälde getragen. Dem Gemälde, das seit Hunderten von Jahren in Scyllas Schlafgemach hängt.

Nein! Ich ertrage diese Gedanken nicht länger. Sie fressen mich schneller auf als der Unsichtbarkeitszauber. Mit aller verbliebenen Kraft denke ich an Scharzad. An den Duft des Sandes und der Blumen, an das Gurren der Tauben und den schweren, goldenen Sonnenschein, der durch den Garten tropft.

Werden wir jemals wieder unter dem warmen Wasserfall stehen? Uns auf der Dachterrasse lieben? Ans Meer reiten? Die Nacht bei Geschichten und Granatapfeltee verbringen?

Als Indigo mich nach einer gefühlten Ewigkeit absetzt, bin ich leer und ausgehöhlt. Ohne seine Stütze könnte ich nicht einmal stehen. Um mich herum ist nichts. Kein Körper, keine Beine, keine Füße. Nur nichts.

Vor uns ragen die finsteren Mauern Jemeshars auf. Hoch wie ein Berg, pechschwarz und bevölkert von huschenden, zischenden Kreaturen, die jeden, der auch nur eine Hand auf die Steine legt, zerfleischen würden. In einiger Entfernung beleuchten mehrere Fackeln das Haupttor. Wächter patrouillieren auf der Brücke, die über den Stadtgraben führt. Riesige Tigerfische wühlen das mondglänzende Wasser auf, halb

wahnsinnig vor Hunger und bereit, alles und jeden in Windeseile zu verspeisen, der dem Graben zu nahe kommt.

»Vertraue mir, Jade«, flüstert Indigo. »Wir werden deinen Bruder und die Mädchen befreien. Schon morgen früh sitzen wir im Garten und trinken Tee.«

»Oder Kaffee«, murmele ich.

»Ja, oder Kaffee. Mit jeder Menge Zucker und Sahne.«

Oh, der Gedanke ist wundervoll. Er ist wie ein helles, wärmendes Licht inmitten eisiger Schwärze. Als ganz in unserer Nähe zwei menschliche Gestalten erscheinen, zucke ich erschrocken zusammen und presse mich an Indigos Brust, aber es sind nur zwei Jungen, die mit Körben durch den Schnee stapfen. Hin und wieder bleiben sie stehen, pflücken etwas, legen es in ihre Behälter und suchen weiter.

»Was treiben die denn da?«, flüstere ich. »So dumm kann doch kein Mensch sein, nachts am Waldrand herumzuwandern.«

»Das sind Färber-Lehrlinge«, antwortet Indigo. »Siehst du ihre silbernen Halsreifen? Sie sammeln Nachtsternblumen, um damit die Kleider der hohen Damen zu färben.«

»Und Nachtsternblumen wachsen nur im Mondschein.« Jetzt erkenne ich das silberne Schimmern an den Hälsen der Jungen. Ein Stich fährt durch meinen Magen, Übelkeit drückt sich meine Kehle hinauf. Viel zu deutlich kann ich mich an das Gefühl des kalten, schweren Metalls erinnern, das Mattis uns damals verpasst hat.

»Warum werden sie nicht gefressen?«

»Weil Scyllas Schutz über ihnen liegt«, flüstert er. »Das dunkle Blau des Nachtsternblumen-Öls ist ihre Lieblingsfarbe.«

Dunkles Blau. Indigoblau. Ich schlucke, schmiege meine Stirn an seine Wange und warte. Die Jungen nehmen uns nicht wahr, natürlich nicht. Ahnungslos stapfen sie an uns vorüber, tuscheln miteinander und sammeln kleine eisblaue Blumen, die sich kaum von dem mondbeschienenen Schnee abheben.

Als die Körbe der Lehrlinge gefüllt sind und sie den Rückweg antreten, tut Indigo genau das, was ich erwartet habe. Er hebt mich wieder auf seine Arme und folgt den Jungen.

Diese verfluchte Unsichtbarkeit wird niemals einfacher. Ganz gleich, wie oft ich mich darin versucht habe, jedes Mal hat die Panik über meinen Verstand gesiegt. Doch diesmal hängen drei Leben von meiner Stärke ab. Ich muss standhalten. Ich muss einfach! Es hilft, mich auf Indigos Geruch und seine Wärme zu konzentrieren, und doch überwältigt mich immer wieder das Gefühl, es keinen Augenblick länger ertragen zu können.

Etwas klirrt, zwei schwere Torflügel öffnen sich. Ich höre Stimmen, Stiefelgeklapper, Pferdeschnauben. Hufe schlagen auf Kopfsteinpflaster. Jemand flüstert, ein anderer lacht.

Halt stand, Jade.

Halt um Himmels willen stand! Sonst sind sie tot!

»Wir haben es geschafft«, flüstert es kaum hörbar an meinem Ohr. »Ich suche nur noch eine dunkle Ecke, dann verändere ich unsere Gestalt.«

Den Göttern sei Dank! Alles ist mir recht, solange ich nur wieder sichtbar werden darf. Das Nichts klebt an mir wie ein Parasit, es zieht und zerrt an mir und lässt das Wenige, dass ich noch von meinem Körper spüre, immer tauber werden.

Gleich werde ich mich auflösen. Gänzlich. Für immer.

»Gut gemacht, Jade.« Meine Füße berühren harte Steine. Kribbelnd fällt der Zauber von mir ab, spuckt meinen Leib wieder in die Wirklichkeit und lässt mich erleichtert aufstöhnen. Indigo belohnt mein Durchhaltevermögen mit einem flüchtigen, aber wunderbar zärtlichen Kuss. »Ich gebe dir ein anderes Gesicht und den Halsreif eines Färber-Lehrlings. Davon gibt es so viele in der Stadt, dass zwei fremde Gesichter nicht auffallen werden. Aber sobald wir in die Nähe des Kerkerbaumes kommen, muss ich uns wieder unsichtbar machen. Denkst du, dass du das schaffst?«

»Ja!« Ich atme tief durch und warte auf den Zauber. Aber nichts geschieht. »Indigo? Warum merke ich nichts?«

»Weil ich es langsam machen muss.« Sanft ruhen seine Hände auf meinen Schultern. »Tropfen für Tropfen. Sonst spüren es Scyllas Wächter. Mein Verhüllungszauber ist nur noch auf das Nötigste beschränkt.«

»Weil du Magie sparen musst?«

»So ist es.«

»Dann gib mir nur ein anderes Gesicht. Das reicht vollkommen.«

»Genau das habe ich auch vor.«

Beklommen sehe ich mich um, während Indigo seinen Zauber webt. All diese finsteren, schiefen Häuser mit ihren schneeüberzuckerten Dächern und den bedrückend kleinen Fenstern wecken viel zu viele Erinnerung.

»So, das sollte reichen.« Er zieht seine Hände zurück und verändert als Nächstes seine Gesichtszüge. Vorsichtig und sacht tasten sich die Magiefäden über seine Haut, so blass, dass sie kaum wahrzunehmen sind. Nach und nach machen sie seine Züge weiblicher, seine Lippen einen Hauch schmaler und seine Haut dunkler. Das Schwarz seiner Kleidung bleibt unverändert, doch das kostbare Wams und die auffälligen Stiefel werden zu den zerschlissenen Lumpen eines Lehrlings. Auch sein Reisemantel erhält einige Risse, während sein Bogen und der Köcher gänzlich verschwinden. Vor mir steht kein Magier mehr, sondern ein hübsches dunkelhäutiges Mädchen mit bezaubernden Rehaugen.

»Du schwitzt, obwohl es kalt ist.« Besorgt mustere ich die Schweißtropfen auf seiner Stirn. »Scyllas Zauber schwächt dich schon jetzt, habe ich recht?«

»Ich bin immer noch stärker als früher«, erwidert Indigo eine Spur zu fahrig. »Und im Unterschied zu damals habe ich jetzt Hoffnung.« Er legt eine Hand auf sein Herz. »Echte Hoffnung. Ja, ich werde es schaffen. Vielleicht nicht schadlos, aber ich werde es schaffen. Und jetzt los. Wir müssen uns beeilen.«

Ich blicke weder nach rechts noch nach links. Stattdessen versuche ich, nichts anderes zu sehen als das sanfte, stete Fallen der Schneeflocken, die Jemeshars Hässlichkeit mit einem Laken aus reinem, glitzerndem Weiß bedecken. Die Straßen und Gassen sind fast leer, nur ein paar gehetzte Gestalten eilen über das Pflaster, die Köpfe gesenkt, die Umhänge bis zur Nase hochgezogen. Wir passen uns ihnen an, beschleunigen unseren Schritt und zwingen uns dazu, den Blicken der Wächter nicht auszuweichen, die an jeder Straßenecke stehen. Indigo hat uns zwei unübersehbare Halsreifen verpasst, die dafür sorgen, dass wir unbehelligt unserer Wege gehen können. Ich verabscheue das Reiben des kalten Metalls, ich verabscheue sein Gewicht, seine Botschaft und alles, was es ausmacht. Jetzt, da ich den süßen Geschmack wahrer Freiheit gekostet habe, erscheint mir diese Stadt noch hässlicher und ekelerregender als damals. All der Dreck, den selbst der Schnee nicht gänzlich verbergen kann. Die Finsternis, die krummen Häuser, die schmutzigen Scheiben und der Gestank des Unrats. Das Blut in den Abwasserrinnen, zerlumpte Bettler und aufgetakelte Dirnen mit leeren Blicken, die sich den Tod herbeisehnen. All das widert mich an. Ich will nach Indigos Hand greifen, doch er weicht mir aus und schüttelt kaum merklich den Kopf.

»He, ihr da!«

Eine scharfe Stimme lässt uns innehalten. Zwei Wächter haben uns ins Auge gefasst, winken uns herbei und geben schnurrende Laute von sich, als das Licht ihrer Laternen auf unsere Gesichter fällt.

»Wohin des Weges zu so später Stunde, meine Täubchen?«

»Unser Herr hat uns ausgeschickt, ein kostbares Kleid abzuholen, Ehrwürdiger.« Der unterwürfige Ton in Indigos Stimme macht mich wütend, doch ich halte den Kopf gesenkt und beschränke mich darauf, die gewienerten Stiefel des Wächter anzustarren. »Wir sollen es noch heute Nacht flicken und im Morgengrauen zurückbringen.«

»Wo ist denn dieses Kleid?« Der größere der beiden Männer schnauft lüstern und greift unter Indigos Mantel. »Zeig doch mal her, Täubchen, was du da Schönes mit dir herumträgst.«

Er tastet und keucht, drückt und reibt. Mir wird übel, doch ich spüre Indigos Warnung, als hätte er sie laut ausgesprochen.

»Ah, da haben wir es ja.« Umständlich zieht der Kerl einen Haufen aus schillerndem himmelblauem Stoff hervor. »Die feine Dame, der das hier gehört, muss es wahrlich wild getrieben haben. Schau nur, wie zerrissen ihr Schmuckstück ist.«

Grölendes Gelächter hallt in der Gasse wider. Galle kriecht meinen Hals empor, ich würge sie mühsam hinunter und beiße mir auf die Lippe, bis ich Blut schmecke.

»Hier hast du es wieder, Mädchen.«

Das Kleid landet auf dem Boden, Indigo bückt sich danach, hebt es auf und stopft es unter seinen Mantel zurück. Kaum ist es verstaut, packt der Wächter erneut zu, schließt ihn in eine Umarmung ein und zwingt ihn zu einem schmatzenden, ekelerregenden Kuss.

Ich keuche erschrocken. Nein, das ist zu viel! Ich muss hier weg. Ich muss … oh verdammt!

Ganz ruhig! Reiß dich zusammen. Gleich werden sie uns gehen lassen. Jeden Moment.

Ich kneife die Augen zusammen, ringe nach Luft und konzentriere mich auf die zarten Berührungen der Schneeflocken.

Gleich! Gleich! Oh bitte, ihr Götter!

»Richte deinem Herrn aus«, grollt der Wächter nach einer gefühlten Ewigkeit, »dass er dich zu mir schicken soll. Heute Nacht um halb drei will ich dich in den südlichen Baracken sehen, hinter der zwölften Brücke. Melde dich bei Hicks, er wird dir zeigen, wo du mich finden kannst.«

Ich balle die Hände zu Fäusten, als Indigo seinen Blick senkt und schüchtern nickt. »Sehr wohl, Ehrwürdiger.«

»So lobe ich mir das, Täubchen. Und jetzt geht eurer Wege.«

Mein Blut schäumt, als Indigo mich weiterzieht. Ich bin so wütend, dass ich keine Worte dafür finde.

»Ganz ruhig, Jade«, flüstert er mir zu. »Die Kerle werden heute Nacht ihre gerechte Strafe bekommen.«

»Was hast du getan?«

»Ihnen ein paar Durchmarschlarven ins Gedärm gezaubert.«

»Wirklich? Das ist ja herrlich. Versprichst du mir, dass sie sich die Seele aus dem Leib scheißen werden?«

»Und wie«, raunt er zurück. »Sie werden sich dermaßen entleeren, dass sie sogar ihren Namen vergessen. Und in zwei Tagen flattern grasgrüne Motten aus ihren Hintern. Aber jetzt sei still. Es ist nicht mehr weit.«

Nicht mehr weit? Tatsächlich erscheint mir der Weg endlos. Wir passieren den Marktplatz, an dem ich früher so oft unser Abendessen eingekauft habe, und dann jene Gasse, die zum Abwasserschacht führt. Ich widme ihr keinen Blick. Unbeirrt laufe ich weiter, Schritt für Schritt, Herzschlag für Herzschlag. Weiter, immer weiter. Bis die Häuser enden und der Kerkerbaum vor uns auftaucht. Eine Brücke führt über jenen Fluss, der sich mitsamt zahllosen Nebenarmen und Bächen durch Jemeshar windet, dahinter reihen sich die Galgen auf. Es müssen gut drei Dutzend sein, an den meisten baumeln Leichen. Einige scheinen erst seit Sonnenuntergang dort zu hängen, andere seit Wochen. Krächzend hacken Schwärme von Raben das Fleisch von den toten Knochen.

Indigo hebt mich wieder auf seine Arme, legt den Unsichtbarkeitszauber über mich und haucht einen Kuss auf meine Stirn. Dann beginnt er zu laufen. Hin zu dem furchtbarsten Ort des Menschenreiches. Ich will nichts sehen, nichts von alldem, doch der Schrecken lässt sich nicht ausblenden. Fäulnis beißt in meiner Nase. Tod und Verwesung. Angst und unerträglicher Schmerz. Schreie erklingen. Gedämpft von der Rinde des gewaltigen Baumes. Stöhnen und Wimmern, Gurgeln und Keuchen. Ketten klirren, etwas Schweres trifft auf etwas Weiches. Wieder Schreie. Spritzendes Blut. Das Prasseln eines Feuers, fiebrige Wärme. Dann ein abscheuliches Reißen, als würde ein Körper in zwei Hälften zerteilt werden. Bei den Göttern, wir sind im Kerkerbaum. Tief in Scyllas abscheulichster Finsternis.

»Schschsch«, haucht er in mein Ohr. »Gleich ist es vorbei.«

Mein Verstand streikt. Ich höre Wächter lachen und scherzen. Sie verhöhnen das Sterben ihres gemarterten Opfers, das röchelnd um seine letzten Atemzüge kämpft. Niemals habe ich solch furchtbare Geräusche gehört. Was für Schmerzen muss ein Mensch ertragen, um solche Geräusche von sich zu geben? Ich will schreien. Ich will so laut schreien, dass die ganze Welt davon zersplittert. Indigos Lippen berühren meine Stirn, doch nicht einmal seine Küsse können mich vor dem bewahren, was uns umringt. Überall riecht es nach Blut, Schmerz, Verwesung und Tod.

Klingen zerteilen Fleisch, glühendes Eisen frisst sich in Haut. Dampf zischt, Metall rasselt, Eimer scheppern, Knochen brechen.

Indigos Schritte werden schneller, bis er beinahe rennt. Mehrmals kommt uns jemand so nahe, dass ich seinen Atem höre, einmal fühlt es sich so an, als würde meine Schulter einen warmen Körper streifen. Tiefer und tiefer dringen wir in die Eingeweide des toten Emekar-Baumes ein. Zweimal steigt Indigo eine Treppe hinab, einmal scheint er eine Art Brücke zu überqueren, die unter seinen Schritten gefährlich schwankt.

Nach einer Weile bleibt er stehen, öffnet eine Tür, tritt hindurch und schließt sie wieder hinter uns. Noch zehn Schritte, dann lässt er mich endlich zu Boden. Der Zauber gibt meine Gestalt frei, ich ringe nach Atem und öffne die Augen.

Indigo

Kaum habe ich Jade abgesetzt und ihre alte Gestalt zurückgebracht, taumelt sie vorwärts, durch die sich auflösenden Gitterstäbe hindurch, und fällt vor ihrem Bruder auf die Knie. Aaron ist zu schwach, um seine Schwester zu umarmen. Wunden und blaue Flecken übersäen seine zerschundene Gestalt, ein Arm ist mehrfach gebrochen und hängt wie ein lebloses Ding an seiner Schulter. Jades Umarmung ist sanft, doch selbst die vorsichtige Berührung lässt den Jungen vor Schmerz wimmern.

»Ich bin da«, schluchzt Jade. »Ich bin ja wieder da.«

Weinend rutscht sie als Nächstes zu den Mädchen hinüber, übersät ihre schmutzigen Gesichter mit Küssen, streichelt über verfilztes Haar und keucht erschrocken auf, als sie die erfrorenen Finger und tiefen Schnitte an den Armen sieht.

Die drei sehen furchtbar aus, und doch hätte es sie angesichts ihrer Lage weitaus schlimmer treffen können. Immerhin besitzen sie noch ihre Augen und ihre Haut.

Drei riesige Augenpaare starren mich an, als ich vor Aaron in die Knie gehe, meine Hände auf seine Schultern lege und die Wunden heile. Noch ist es still. Keine Schritte sind zu hören, niemand schlägt Alarm. Vielleicht habe ich mich getäuscht, was die Falle angeht.

Als Nächstes lasse ich die Versehrungen der Mädchen verschwinden und überrumpele sie ein weiteres Mal, indem ich zurücktrete und meine wahre Gestalt annehme.

Stolz blickt Jade zu mir auf, halb lachend, halb weinend vor Freude. »Darf ich euch Indigo vorstellen? Meinen Reisegefährten und meinen Geliebten?«

»Du ...« Ajas Blick huscht fassungslos von mir zu Jade und wieder zurück. »Du hast ernsthaft ... warte mal, er hat dich mitgenommen?«

»Und mir im Wald das Leben gerettet, ja.«

»Dann hat er dich also nicht entführt?«

»Nun ja ... nein, im Grunde nicht. Oder doch? Es ist kompliziert. Wir werden mindestens zwei Nächte brauchen, bis ich euch alles erzählt habe.«

»Allmächtige Geister!« Metena starrt mich an, als würde sie damit rechnen, sich beim nächsten Blinzeln im Körper eines Aaswurms wiederzufinden. »Er ist Jamashrees Ungeheuer.«

»Papperlapapp.« Jade zerrt zuerst ihren Bruder, dann die Mädchen auf die Beine. »Er ist ein weißer Magier. Das reinste und vollkommenste Wesen auf dem ganzen Weltenrund. Und er wird euch wegbringen. An einen wunderschönen Ort.«

Damit tritt sie an meine Seite und schmiegt sich an mich. »Indigo hat Jamashree getötet, und er wird auch Scylla vernichten.«

»Indigo«, haucht Aja. »Ich fasse es ja nicht. Erst hocken wir in diesem Kerker und malen uns aus, auf welche Weise man uns wohl zu Tode foltern wird, und dann stehst du plötzlich einfach da, zusammen mit einem atlantischen Magier.«

»Ja«, seufzt Aaron. »Das ist meine Schwester.«

»Das ist alles ganz egal«, melde ich mich zu Wort. »Wir müssen los. Jetzt sofort. Es wird ein wenig unangenehm, aber macht euch keine Sorgen. Ihr seid absolut sicher.«

Ich schließe die Augen und webe einen Zauber, doch die Energie gehorcht meinem Willen nicht. Etwas Kaltes rieselt stattdessen meinen Rücken hinab, Schnee treibt durch meine Adern. Die Fäden, die ein Netz um uns hätten weben sollen, lösen sich in Nichts auf, kaum dass sie meine Finger verlassen haben.

»Indigo?«, flüstert Jade. »Was ist mit dir?«

Ich lasse ihre Hand los und trete zurück. Nein! Das darf nicht sein! Es darf einfach nicht sein! Verzweifelt versuche ich, die Magie zu befreien, doch die Kälte wird zu einem Panzer aus Eis, der an meinen Beinen emporkriecht, in mein Blut sickert und meine Gedanken lähmt. Ich kann nichts tun. Gar nichts.

»Indigo!« Jades Stimme wird zu einem ängstlichen Wimmern. »Indigo! Bitte! Rede mit mir.«

Sie will nach mir greifen, doch ich halte sie mit einer abwehrenden Geste auf Abstand. Das Eis trifft auf den Fluch, zerrt ihn aus seinem Gefängnis und verleiht ihm eine Kraft, die mich in die Knie zwingt. Irgendjemand spricht einen schwarzen Zauber. Ganz in der Nähe. Und er besitzt die Kraft einer Naturgewalt. Warum habe ich nichts gespürt? Wie konnte er sich unbemerkt anschleichen?

Wütend stemme ich mich ihm entgegen. Nein, ich werde nicht aufgeben. Niemals! Weiße Magie trifft auf faulige Hexerei, der Jasmah-Isdar windet sich vor Schmerzen. Er heult und schnappt nach mir,

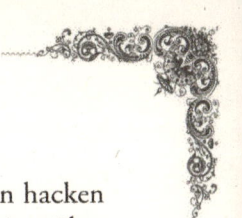

fletscht seine Zähne und schlägt ein weiteres Mal zu. Klauen hacken sich in meine Eingeweide, brechen wie ein einstürzendes Gebirge über mir zusammen und zwingen mich zu Boden.

»Lass mich dir helfen«, wispert eine Stimme über mir. Ich blicke auf und sehe Aaron. Sein Lächeln ist wie ein Spiegel jenes Gesichtes, das ich mehr liebe als mein Leben. »Lass mich dich befreien.«

Er kniet sich vor mich, öffnet seine Hand und bläst mir eine Wolke süßen, funkelnden Staubes ins Gesicht.

Faulige Süße explodiert auf meiner Zunge.

Schwarz. Finster. Verdorben.

Sein Lachen lässt meinen Verstand zersplittern, fast zärtlich legt er eine Hand auf meine Brust und drückt mich gänzlich zu Boden. Wo ist Jade? Was ist mit ihr geschehen? Ich kann sie nicht sehen, da ist nur noch wirbelnde Schwärze jenseits des Körpers, der sich über mich beugt und seine vertraute Gestalt abwirft.

Blondes Haar. Kalte Reptilienaugen von dunklem Braun. Züge so schön wie eine Skulptur aus Eis und Schmerz.

Scyllas Lächeln ist die Verkörperung wahnsinnigen Triumphs.

Sie legt eine Hand auf meine Wange, haucht mir ihren süßen Atem über die Lippen und richtet sich wieder auf, eine flimmernde Silhouette aus waberndem Zauber, zart und dennoch machtvoll wie die dunklen Tiefen des Universums.

Ihre Hände greifen nach etwas … Metena und Aja, die sich krümmen vor Qual. Uralte Worte strömen über Scyllas Lippen, halb triumphales Kichern, halb finsterer Zauber, und während sie Silbe für Silbe hervorhechelt, sickert das Leben aus den Mädchen wie Blut aus einer klaffenden Wunde. Ihre einst jugendliche Haut wird dunkel und faltig, das Fleisch auf ihren Knochen verfault, die Leiber zerfallen. Fessel für Fessel legt sich der Fluch um meine Seele, gewebt aus der Lebenskraft der Schwestern und dem fauligen Atem des Jasmah-Isdar. Gnadenlos zerrt mich der Sumpf in seine Dunkelheit, schließt sich saugend um meine Gliedmaßen und macht selbst die kleinste Bewegung unmöglich.

Und dann …

… ist es vorbei.

Einem Moment des ewigen Nichts folgt das Erwachen. Mein Körper erhebt sich, meine Hand schließt sich um Scyllas Finger. Sie

lächelt, meine Hülle erwidert es. Sie schmiegt sich an mich, ich heiße ihre Berührung willkommen und erkenne ihre Wünsche, ehe sie sie ausspricht. Einer davon ist unser aller Tod.

Die Lippen der Königin schmecken nach dunklem, süßem Honig, als sie mich küsst. Sie sind weich wie eine Feder, zart wie ein Blütenblatt und so kalt wie der Schnee, der hinter den Gittern des Fensters wirbelt.

»Willkommen zu Hause«, haucht ihre Stimme in mein Ohr. »Du ahnst nicht, wie sehr ich mich danach gesehnt habe, dass wir beide endlich den Thron unseres Schicksals besteigen.«

Scyllas Kopf zuckt herum. Jade steht regungslos da, die Arme in einer hilflosen Geste der Abwehr vorgestreckt, die Augen von bodenloser Angst erfüllt. Zu ihren Füßen liegt der zersplitterte, aller Magie beraubte Kristall.

Nie wieder …

Diese beiden Worte töten den Rest meiner Seele.

Nie wieder werde ich sie küssen. Nie wieder werde ich an ihrer Seite einschlafen, eingehüllt vom Duft ihres verschwitzten Körpers, in den Schlaf gewiegt von ihrer überwältigenden Liebe.

Wenn Scylla mir jetzt befiehlt, Jade zu töten, werde ich es tun.

Ohne Zögern.

Als hätte sie mir niemals etwas bedeutet.

»Deinem Bruder geht es gut«, stöhnt die Königin mit einer abfälligen Handbewegung. »Er war so nett, mir einen Teil seines Körpers zu überlassen, und der Wüstendrache tat seinen Anteil dazu, indem er mir seine Kraft schenkte.«

»Der Wüstendrache?« Jade hat ihre Hoffnung nicht aufgegeben. Sie kämpft noch immer, steht aufrecht da, reckt das Kinn vor und weigert sich, die Wahrheit zu erkennen. Nur zwei Schritte neben ihr liegen die Mumien der Schwestern, doch sie würdigt sie keines Blickes.

»Oh ja.« Scylla legt ihre Hand auf meine Brust und lässt sie verführerisch langsam nach unten gleiten. Ich will sie töten, sie zu Staub zermahlen, ihre Asche in alle Winde zerstreuen. Aber mein Wille ist nutzlos. Nur ein Staubkorn im tiefsten Kerker meiner selbst. »Dein Zauber hat ihn wieder zum Leben erweckt, nicht wahr? Wirklich erstaunlich. Ohne dich hätte er vermutlich bis in alle Ewigkeit unter der Wüste gelegen, und mir wäre ein Festmahl durch die Lappen gegan-

gen. Es ist schon seltsam, wie einem das Schicksal manchmal mitspielt. Zuerst glaubt man, die begehrten Geschöpfe würden einem niemals ausgehen. Man denkt nicht darüber nach, was geschieht, wenn sie irgendwann einmal vom Angesicht der Erde verschwinden. Und dann, aus heiterem Himmel, ist es plötzlich zu spät. Alle magischen Wesen sind tot. Weit und breit ist kein einziges mehr aufzutreiben. Ja, das ist wirklich dumm gelaufen. Aber dieser bedauerliche Fehler unterlief bekanntermaßen nicht nur mir. Es war keineswegs mein Hunger, der die Phönixvögel ausrottete. Oh nein, das waren allein eure Glücksritter und Geschäftemacher, eure Gier nach magischen Federn, die Wünsche erfüllen. Und falls du dich jetzt fragst, warum du den Hilferuf deines Drachens nicht gehört hast: leider war seine Suche nach dem Land hinter dem Uferlosen Meer erfolglos. Er musste einsehen, dass der Ozean grenzenlos ist, und als die Wellen ihn zurück an unsere Küste warfen, war er schon so erschöpft, dass er nicht mehr laut genug nach dir rufen konnte. Vermutlich warst du einfach zu beschäftigt, um sein Flüstern zu hören. Zu beschäftigt mit deiner kleinen Dirne, hm? Oh ja, er war wirklich köstlich. Ich trank jeden Tropfen Blut, fraß jede Fleischfaser und sogar die Knochen. Endlich war mir einmal das Glück hold. Ich füllte meine Kräfte auf, stöberte in den Gassen meiner Stadt Jades entzückenden Bruder auf und schaffte es schlussendlich sogar, jenen Zauber zu vollführen, an dem ich mir jahrhundertelang die Zähne ausgebissen habe.«

»Eine andere Gestalt anzunehmen«, knurrt Jade. »Und deinen Gestank zu verschleiern.«

»So ist es, kleine Dirne. Auf einmal ging alles so leicht. Als hätten sich die Kräfte des Universums dazu entschieden, endlich auf meiner Seite zu stehen. Ist das nicht seltsam?« Versonnen gleitet Scyllas Hand von meinem Bauch aus wieder nach oben, bis ihre Fingernägel über meine Kehle kratzen. Und dann, mit einem zuckrigen Lächeln auf den Lippen, streicht sie in einer grausam vertrauten Geste mein Haar zurück. Sie tut es auf dieselbe Weise, wie Jade es so oft getan hat. Gedankenverloren, zärtlich und liebevoll. Doch Scyllas Liebe trieft vor Grausamkeit und Verzweiflung. »Nach all der Zeit läufst du mir einfach so in die Arme, anstatt in meine neuen, meisterhaften Fallen zu tappen. Wie ein Kind, das sich verirrt hat. Warum war es so einfach? Warum endet auf diese

Weise? Das ist ja beinahe enttäuschend.« In ihren Eisaugen liegt ein seltsamer Ausdruck von Traurigkeit. »Ich habe die Jagd geliebt, weißt du? Niemals hätte ich gedacht, dass ihr Ende so aussehen wird.«

Scylla strafft sich, schüttelt den Kopf, als wolle sie einen verwirrenden Gedanken abstreifen, und bellt ein lautes »Kerkermeister!« durch die Gänge. Fast augenblicklich erscheint ein bulliger, vor Schmutz und Blut starrender Kerl, starrt geifernd auf mich und die Königin und verzieht seine verkrusteten Lippen zu einem sadistischen Grinsen. »Was darf ich tun, meine Königin?«

»Bring das Mädchen zu ihrem Bruder«, antwortet Scylla. »Und sperr auch Eomara dort ein. Die drei sollen ihre letzten Stunden gemeinsam verbringen und darüber nachsinnen, welchen Tod sie erleiden werden.«

Ich sehe nicht mehr, wie Jade abgeführt wird. Scylla zieht mich aus dem Gewölbe und hinaus aus dem Kerkerbaum. Doch wir folgen nicht dem gewöhnlichen Weg, sondern einem schnurgeraden Tunnel, der unterirdisch in den Palast führt.

Im Morgengrauen werde ich Jade töten. Ich werde ihr, ihrem Bruder und Eomara das Leben aus den Körpern brennen. Langsam. Stück für Stück, während sich Scylla an ihren Schreien ergötzt.

Schritt für Schritt entferne ich mich von ihr. Ich lasse sie allein. Allein mit ihrem Schmerz und ihrer Verzweiflung. Ist dies das Ziel all unserer Träume und Visionen? Ist das der Weg, den das Universum für uns bestimmt hat? Hat es uns all die Gefahren durchstehen lassen, um uns nun dem Jasmah-Isdar zum Fraß vorzuwerfen?

Eomara lebt noch. Die Malerin, die mich einst befreit hat, wartet seit jenem Tag vor zweihundert Jahren auf eine Erlösung, die Scylla ihr niemals gewährt hat. Morgen wird sie den Tod finden. Und mit ihr das Mädchen, das ich liebe.

Nein, das kann nicht der Plan sein!

So kann es nicht enden!

Ich schreie, aber niemand hört auch nur ein Flüstern. Ich renne gegen die Mauern an, kann sie aber noch nicht einmal berühren. Die Schwärze zehrt mich auf. Jeder Herzschlag lässt mehr von ihrem Gift durch meine Adern fließen.

Scyllas Hand liegt so zart in meinen Fingern. So zerbrechlich. Ein einziger Gedanke hätte genügt, um sie zu Asche zu verbrennen. Wo

ist die Stärke, die die Große Mutter mir geschenkt hat? Warum hat sie mich im Stich gelassen? Ich bin in keinem Kampf gefallen. Ich bin in keinen Krieg gezogen. Es ist einfach geschehen. So beiläufig, als würde man einen Käfer zertreten.

Endlos folgen wir dem gewundenen Gang, der hinauf in die Krone des Baumes führt. Stufe für Stufe, vorbei an schleimig-schwarzen Wurzeln und faulendem Holz. Scyllas indigoblaues Kleid mit dem hochgeschlossenen, silberdurchwirkten Kragen streift mit sanftem Rascheln über den schwarzen Marmor.

Schließlich öffnet sie die mit Drachenhaut bespannte Tür und führt mich in jenes Zimmer, das jahrhundertelang mein Kerker gewesen war. Kaum etwas hat sich an dem Gemach verändert. Das Hirschfell liegt noch immer auf dem Boden, Saphire funkeln im silbernen Samt der Sessel, auf dem großen Bett stapeln sich Seidenkissen und Decken in allen existenten Blautönen.

»Darf ich dir meine Zofe vorstellen?« Scylla nickt zu einem Mädchen hinüber, das vor einem Gemälde steht und einen Federwedel in seiner Hand hält. Zum ersten Mal erblicke ich das Portrait, das Eomara vor langer Zeit von mir angefertigt hat. Es ist, als würde ich in einen Spiegel blicken, und nicht etwa auf ein Werk aus Farbe und Leinöl.

»Oh!«, macht die Zofe, reißt ihre Augen auf und starrt mich an. Sie ist bemitleidenswert hässlich, doch so abstoßend ihr Äußeres auch sein mag, ist sie im Inneren strahlend schön.

Scylla lächelt, als sie zu mir aufblickt. Es ist dasselbe Lächeln, das Jamashrees Lippen so oft gehoben hat, immer dann, wenn eine besonders wilde Leidenschaft ihr Blut zum Kochen gebracht hat. Was wird die Königin von mir verlangen? Dass ich ihre Zofe in Flammen aufgehen lasse? Dass ich ihr die Haut vom Körper zaubere oder das arme Ding ins Bett zerre, um es vor Scyllas Augen zu nehmen?

Nein. Diesmal ist es etwas anderes.

»Gib ihr die Schönheit, nach der sie sich sehnt«, flüstert es dicht an meinem Ohr. »Erlöse sie von ihrem Schmerz.«

Mein Körper gehorcht willenlos. Er schreitet auf die Zofe zu, die mit aufgesperrtem Mund nach Luft ringt und keinen Finger rührt. Er legt eine Hand auf ihre Wange, befreit die Magie und verwandelt Hässlichkeit in begnadete Anmut.

»Sieh dich an, Mädchen.« Scylla deutet auf den Spiegel, der auf der gegenüberliegenden Seite an der Wand hängt. »Sieh, wie schön du jetzt bist.«

Ich trete zurück, die Zofe taumelt auf das Silberglas zu und tastet mit zitternden Fingern über ihr Gesicht. Tränen rinnen über milchweiße Wangen. Sie bebt und zittert, flüstert unverständliche Dinge und greift nach der Oberfläche des Spiegels, als traue sie dem Bild nicht, das er ihr schenkt.

»Bist du glücklich?«, säuselt Scyllas Stimme honigsüß.

»Ja, Herrin«, schluchzt das Mädchen. »Ja, das bin ich. Habt vielen Dank. Wie kann ich Euch dieses Geschenk jemals vergelten?«

Die Königin sieht mich an. Gierig und heimtückisch wie eine ausgehungerte Schlange. »Küsse sie, Indigo. Küsse sie so, wie du deine Dirne geküsst hast.«

Ein weiteres Mal folgt mein Körper ihrem Befehl. Die Zofe seufzt ungläubig, als ich ihr Gesicht zwischen meine Hände nehme, meine Lippen an ihre schmiege und jene Zärtlichkeit in den Kuss lege, die bis zu diesem Tag allein Jade gehört hat.

Der Menschenkörper schmilzt unter mir dahin. Er fließt mir wie willenloses Wasser entgegen, weich und seufzend, dünstet Leidenschaft und Furcht aus.

»Und jetzt töte sie«, flüstert es kaum hörbar.

Ein Knacken. Trocken und bedeutungslos. Leblos sinkt das Mädchen zu Boden, den starren Blick ins Leere gerichtet.

Zufrieden lächelt Scylla zu mir auf.

»Jeden Tag eine gute Tat«, flötet sie im Singsang eines Kindes. »Das jämmerliche Ding ist glücklich im schönsten Augenblick ihres Lebens gestorben. Und jetzt, da du ihren sehnlichsten Wunsch erfüllt hast, erfülle auch meinen.«

Ihr Blick ist der eines Raubtieres, das zum tödlichen Biss ansetzt. Kühle Finger umschlingen meine Hände. Ich blicke zum Fenster, durch das ich vor langer Zeit geflohen bin.

Noch ist es finster.

Doch der Morgen wird kommen.

Und mit ihm Jades letzter Atemzug.

8

Zwei Kronen aus Silber

Jade

Ich pralle so heftig gegen das Mauerwerk, dass die Haut über meiner Stirn aufplatzt. Blut läuft über mein Gesicht. Heiß und dampfend in der Kälte. Benommen vor Schmerz sacke ich an der Wand entlang zu Boden und falle in mich zusammen wie ein Körper, dem man sämtliche Knochen entfernt hat.

Passiert das hier wirklich?

Nein!, will ich schreien. *Nein! Du schläfst nur. Wach auf! Wach verdammt noch mal endlich auf!*

Der gnädige Moment der Benommenheit verfliegt schnell. Stück für Stück schlägt die Wirklichkeit auf mich ein. Zwei zusammengesunkene Gestalten teilen sich die winzige Kammer mit mir. Eine davon ist mein Bruder.

Die andere ... was hat Scylla für einen Namen gesagt? Eomara ... ja ... der Name stößt eine Erinnerung an, doch meine Gedanken sind ein einziger Wirbel aus Schmerz, Chaos und Fassungslosigkeit. Es ist mir egal. Ich muss hier raus! Ich muss etwas tun! Mein Kristall ... wo ist er? Ich taste über meine Brust, dann fällt mir wieder ein, dass Indigos Geschenk zerstört ist. Scylla hat ihn leer gesaugt und zertreten. Ich bin nur noch ein Mensch ohne die geringste magische Kraft. Nur noch ein zitterndes, jämmerliches Bündel in einem nach Tod stinkenden Kerker.

»Jade«, höre ich es heiser flüstern. »Jade! Bist du es wirklich?«

Ich rutsche von Aaron weg. Nein! Ich will ihn nicht sehen! Diese ganze verfaulte, abscheuliche Stadt steckt voller Trugbilder und Lügen. Zwei Fackeln werfen ihr zittriges Licht auf frostglitzernde, uralte Mauern. Hineingebaut in das tote Holz des Emekar-Baumes. Ein Fenster gibt es nicht. Ich kralle meine Finger in die Fellweste, die noch

immer nach Nemuris Gasthaus riecht. Granatäpfel. Honig. Ein wilder Garten. Katzen, Wiesel, raschelnde Palmen und ein warmer Wind, der nach Meer und Wüste duftet.

Nein! Es darf nicht zu Ende sein!

Mein Brustkorb zieht sich zusammen, bis ich glaube, mein Herz müsse unter dem Druck zerspringen. Aber ich kann nicht weinen. Ich kann es einfach nicht. Wozu auch?

Denke nach, Jade! Denke nach!

Was kannst du tun? Es muss doch irgendwas geben.

Irgendwas, zum Teufel!

»Schwester …«

Aaron kriecht auf mich zu, ich weiche zurück. Bis sich eine eisüberzogene Wand in meinen Rücken drückt.

»Jade, bitte …«

»Nein!« Zitternd wische ich mir das Blut aus dem Gesicht. »Bleib weg von mir!«

»Was hat sie dir angetan?« Zorn lässt seine Stimme beben. Er hält inne, doch sein Blick ist ein einziges schmerzvolles Flehen. »Warum bist du hier, Jade?«

Irgendwo tröpfelt Wasser. Ich blicke nach oben und sehe einen Vorhang aus Eiszapfen, der aus einer Ecke des Kerkers quillt und im Fackellicht glitzert. Woher kommt dieses Wasser? Etwa aus den Kesseln, in denen Gefangene lebendig gekocht werden? Oder ist es nur geschmolzener Schnee?

»Jade! Rede mit mir!«

Ich senke den Blick und starre in das blutverkrustete Gesicht meines Bruders. Er ist nur noch ein Schatten aus fernen Zeiten. Nein, ich kann ihm nicht vertrauen. Ich kann niemals wieder irgendwem vertrauen. Aber was spielt das für eine Rolle? In wenigen Stunden bin ich tot. Hingerichtet von dem Mann, den ich so sehr liebe, dass es mich zerreißt. Erfüllt er gerade Scyllas Wünsche? Foltert er für sie? Tötet er für sie?

Liebt er für sie?

Hätte mich Indigo doch nur an Ort und Stelle getötet. Wäre es doch nur schon vorbei! Im nächsten Moment hasse ich mich für diesen Gedanken, denn er ist gleichbedeutend damit, ihn im Stich zu lassen. Der Gedanke, dass Scylla ihm in diesem Augenblick nahe ist … ihn

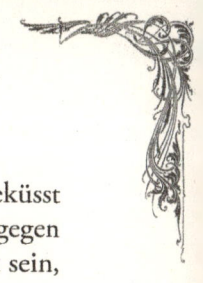

berührt, wie ich ihn berührt habe … ihn küsst, wie ich ihn geküsst habe … und seiner Magie im nächsten Augenblick befiehlt, entgegen ihrer reinen Natur Schmerz und Tod zu säen … abscheulich zu sein, faulig und widerwärtig …

Nein!

Ich ertrage das nicht!

Panisch zucke ich zusammen, als Aaron nach meiner Hand greift. Sie starrt vor Dreck und Blut, und die andere … bei allen Göttern! Sein linker Arm endet in einem Stumpf, aus dem unaufhörlich Blut tropft. Scylla hat ihm die Hand abgeschlagen. Sie hat meinen Bruder verstümmelt, um uns alle zu täuschen.

»Aaron!« Mein Herz bleibt stehen. Und als es seinen nächsten Schlag vollführt, hoffnungslos und trotz allem noch immer brennend vor Zorn, liege ich in seinen Armen. Ich zitterte, weine, schreie und fluche, verwünsche die gesamte Welt, verwünsche mich selbst und meine Hilflosigkeit und diese verdammte, ekelerregende Kreatur, die in der Königin haust und unser aller Schicksal in ihren Klauen zermalmt.

»Alles ist gut«, murmelt er in mein Geschrei hinein. »Ich bin ja da. Alles ist gut.«

»Nichts ist gut.« Matt schlage ich ihm auf die Brust. »Gar nichts, Aaron! Scylla hat Metena und Aja getötet. Und wir … wir werden beim ersten Morgenlicht sterben.«

»Ich weiß.« Seine Stimme ist so sanft, dass sie die Wunde in meinem Herzen noch weiter aufreißt, bis ich glaube, nur noch aus rohem, verbranntem Fleisch zu bestehen. »Aber wir sind zusammen, Jade. Wir sind nicht allein bei unserem letzten Atemzug. Das ist alles, was jetzt noch zählt.«

Ich presse mein Gesicht an seine Brust, weine sein Hemd nass und ersticke an meinem Schmerz. Ja, wir sind nicht alleine, wenn es so weit ist. Wir werden sterben, aber Indigos Leben wird weitergehen. Seine Existenz wird aus unzähligen Toden bestehen. Aus Tausenden, Hunderttausenden, Millionen von Toden. Ich gehe Hand in Hand mit meinem Bruder in die Dunkelheit, aber er wird allein sein. Hoffnungslos. Für alle Ewigkeit eingesperrt in sich selbst.

Wie ist das nur geschehen? Wie kann unsere Geschichte nach allem, was wir durchgestanden haben, so enden?

»Es ist noch nicht zu Ende.« Eine leise, vertraute Stimme flüstert in der Dunkelheit. Eine Stimme aus meinen Träumen. Eomara, die Malerin. Ja, jetzt erinnere ich mich wieder. Sie ist die Frau, die Indigo vor langer Zeit befreit hat, und Scylla hat sie auf irgendeine Weise am Leben erhalten. Der Gedanke, so verrückt er auch ist, lässt mich vollkommen kalt. Es spielt keine Rolle mehr. Gar nichts spielt mehr eine Rolle.

»Hast du wieder einen Rat für mich?«, schnaube ich die zerlumpte Gestalt an. »Nur zu. Ich bin gespannt.«

»Ihr seid auf dem richtigen Weg«, seufzt es unter dem zerschlissenen Stoff. »Auch wenn ihr mir nicht glaubt.«

Aaron schnaubt geringschätzig. »Haben sie dir den Verstand aus dem Schädel geprügelt, Weib? Was soll an dem hier richtig sein? Scylla hat ihr Ziel erreicht. Sie wird die Menschenwelt in einen einzigen, riesigen Folterkeller verwandeln. Richtiger Weg? Tu mir einen Gefallen und …«

»Hör auf!« Ich halte meinem Bruder den Mund zu. »Lass sie ausreden! Warum bist du in unseren Träumen herumgegeistert, Eomara? Was sollte das alles? Warum lebst du noch?«

Die Lumpengestalt richtet sich auf, schiebt eine blasse Hand aus ihrem Ärmel und streift die Kapuze zurück. Aaron keucht. Zum Vorschein kommt eine junge Frau, ausgezehrt von Leid und Finsternis, aber immer noch wunderschön. Kastanienbraune Haare umfließen ein schmales Gesicht, in dem zwei warme Augen in ungebrochenem Stolz funkeln.

»Das Leben ist meine Strafe«, antwortet sie. »Scylla wirkte einen schwarzen Zauber, der mich aus dem Totenreich zurückholte und wieder in meinen Körper zwang. Ich muss nicht trinken, nicht essen und nicht atmen. Nicht einmal mein Herz schlägt. Und doch bleibt mir der Tod verwehrt. Seit mehr als zweihundert Jahren sitze ich in diesem Kerker. Kannst du dir vorstellen, derart leer zu sein, dass du dich nach der Folter sehnst? Weil dies die einzigen Momente sind, in denen Scylla es dir erlaubt, etwas zu fühlen? Auch wenn es nur Schmerz ist?«

»Das tut mir leid.« Die Worte klingen hohl, fast lächerlich. Es gibt keine Antwort auf solch ein Schicksal. Auf so viel Schmerz und Verzweiflung. »Du musst den Tod herbeisehnen, nicht wahr?«

»Ja«, antwortet sie nur. »Das tue ich. Aber eure Zeit ist noch nicht vorbei. Ihr dürft nicht sterben.«

Ja, wir dürfen nicht sterben. Und doch wird es geschehen. Unabwendbar. Ohne Ausweg.

»Warum die Träume, Eomara?« Jedes Wort muss ich aus meiner trockenen Kehle pressen. »Wie konntest du in unsere Gedanken eindringen?«

»Damals kannte mich jeder unter dem Namen Eomara Mantua«, antwortet sie leise. »Mein wahrer Nachname blieb stets geheim. Ich kam mit einer seltenen Gabe auf die Welt, und damit meine ich nicht das Talent, meinen Bildern Lebendigkeit zu verleihen.«

»Was für eine Gabe?«, flüstere ich.

»Meine Magie strahlt nicht nach außen ab. Sie wuchs nach meiner Geburt still und heimlich in meinem Inneren, ohne dass die Königin sie wahrnahm. Nur deshalb blieb ich am Leben, während alle anderen Kinder meines Blutes aufgestöbert und getötet wurden.«

»Warte.« Plötzlich begreife ich. »Dein wahrer Nachname lautet Kimentaro. Habe ich recht?«

Eomara nickt müde. »Ja. Ich sehe die Vergangenheit und die Zukunft, ich spreche in Träumen zu den Menschen und zu den Kreaturen. Ich war es, die die Fäden eures Schicksals gelenkt hat, und ich war es, die euch hierher gebracht hat.«

»Was?« Aarons Muskeln spannen sich an. »Was sagst du da? Worum geht es hier eigentlich? Was für Träume? Und, bei allen Göttern, was redet ihr für Zeug?«

Eomara rückt noch ein Stück höher, blickt traurig von Aaron zu mir und senkt schließlich ihren Kopf. »Als ich damals zu Jamashree kam, um das Bild zu malen, waren meine Fähigkeiten noch nicht ausgefeilt. Sie kamen und gingen, führten mich in die Irre und brachten mich manches Mal zur Verzweiflung. Erst als ich auf Indigo traf, erkannte ich mein wahres Schicksal. Es offenbarte sich mir mit einer solch schrecklichen Deutlichkeit, dass ich glaubte, daran zu zerbrechen. Denn von diesem Augenblick an griffen die Rädchen meiner Bestimmung ineinander und brachten mich auf jenen Weg, den nur ich beschreiten konnte. Ich, und niemand sonst. Alles begann mit einer weißen Orchidee, die nur reine Seelen erblicken können.

Jamashree mag grausam gewesen sein, doch auch sie hat einst geliebt. So sehr, dass sie daran zugrunde ging. Beseelt vom Jasmah-Isdar, war ihr der Tod nicht vergönnt, doch ihr Schmerz erweckte unbemerkt eine Magie, die weder ihre verfaulte Seele noch der schwarze Zauber wahrnehmen konnte. Eine weiße Orchidee wuchs in ihrem Garten heran. Eine Blume, die Indigo seine Freiheit zurückgab. Ich tat, was ich tun musste, nahm meinen Tod und die jahrhundertelange Gefangenschaft in Kauf, akzeptierte mein Schicksal und folge ihm bis heute. Ich bin bei euch, seid ihr euren ersten Atemzug getan habt. Schon vor eurer Geburt kannte ich eure Gesichter, eure Namen und euren vorherbestimmten Weg, denn ihr seid ein wichtiger Teil des großen Ganzen. Ohne euch gibt es keine Zukunft. Für niemanden von uns. Aber ich habe nicht nur euch gelenkt, sondern auch jene, die euren Weg kreuzten.

Dass eure Eltern starben, lag nicht in meiner Schuld. Aber ich flüsterte Aaron in einem Traum ein, dass er dich an jenem Tag auf keinen Fall loslassen darf. Hätte er das getan, wärst du gestorben, Jade. Scyllas Steuereintreiber hätten dich in das Feuer geworfen und damit alles zerstört. Mattis war ein weiteres Rad im Uhrwerk des Schicksals. Ich redete ihm während eines Nickerchens ein, wie schön es wäre, zwei Nächte in einem warmen Bett zu schlafen und noch ein wenig auszuruhen, ehe die Reise weitergeht. Hätte er euch nicht mitgenommen, wärt ihr innerhalb eines Tages ums Leben gekommen. Ich bat auch den Perlenvogel, dich in den Palast zu führen, und ich verriet Scylla im Traum, dass ein diebisches Mädchen zu ihr kommen würde. Die Königin gibt viel auf Träume. Das machte es leicht, sie unauffällig zu beeinflussen. Auf diese Weise habe ich auch dafür gesorgt, dass sie dich nicht auf der Stelle tötet, sondern im Wald aussetzt. Ich steckte die Idee in ihren Kopf, dass die Angst eines unschuldigen Mädchens ein perfekter Köder wäre, um einen Magier anzulocken. Es musste geschehen, dass Scylla dich erwischt. Es musste geschehen, dass du um dein Leben kämpfst und Indigo kommt, um dich zu retten. Du und er, ihr gehört zusammen. Ihr seid das Licht, das die Welt retten wird. Das Licht, um das sich unser aller Schicksal dreht. Damals habe ich gesehen, was ich tun muss, um euch zusammenzubringen. Und ich habe gesehen, was ihr durchstehen, wohin ihr gehen und welche

Entscheidungen ihr treffen müsst. Alles, was geschehen ist, besaß seinen Sinn. Eines führte zum anderen. Immer dann, wenn ihr vom Weg abgewichen seid, habe ich euch wieder zurückgeführt. Manchmal auf offensichtliche Weise, aber meistens unsichtbar.«

»Du hast …« Mir verschlägt es die Sprache. »Das alles ist …«

»… meinetwegen passiert«, beendet Eomara meinen Satz. »So ist es, Jade. Aber vor allem passierte es, weil es notwendig war. Weil kein Weg daran vorbeiführte.«

»Der Hexer im Gasthaus? Das Mädchen, das Indigo getötet hat? Warst das auch du?«

»Ja und nein«, antwortet Eomara. »Der Hexer war aus purem Zufall gleichzeitig mit euch im Gasthof. Was das betrifft, waren meine Finger nicht im Spiel. Aber ich sagte dem Mädchen im Traum, wo es den Mörder ihres Volkes finden würde. Und dass Aaswurmschleim auch die feine Nase eines Opalfuchses täuschen kann. Ebenso verriet ich Scylla, wo sie deinen Bruder und die Mädchen finden kann. Denn auch das, so weh es mir tat, war ein notwendiger Schritt zum Ziel. Verstehst du jetzt, warum mich das Wissen über meinen Weg beinahe zerstört hätte? Ich sah all das Leid, all den Schmerz, und ich wusste, dass ich ihn verursachen würde.«

»Warum?«, krächze ich fassungslos. »Warum hast du uns das angetan? Metena und Aja sind tot. Sie sind tot, Eomara! Und trotzdem hast du … hast du …«

»All das musste geschehen, Jade«, antwortet sie mit gesenktem Kopf. »Auf genau diese Weise, zu genau dieser Zeit. Was dir grausam erscheint, sind unvermeidliche Schicksalsfäden, die zu dem einzig wahren Ziel führen. Hätte das Mädchen Indigo nicht getötet, wärst du niemals auf die Suche nach der letzten weißen Orchidee gegangen und hättest niemals ihren Staub eingeatmet. Deine Magie wäre gewöhnlich geblieben. Stark für einen Menschen, aber nicht außergewöhnlich. Und glaube mir, Mädchen, du wirst außergewöhnliche Magie brauchen. Denn Metenas und Ajas Tod wird nicht umsonst gewesen sein. Vertraue mir, Jade, und vertraue dir selbst. Der Schmerz wird ein Ende haben.«

»Du …« Aaron spannt sich an. Ich spüre seine Mordlust und teile sie mit ihm, doch ich kann nicht zulassen, dass er Eomara Leid zufügt. »Du bist schuld an ihrem Tod! Du! Du allein!«

»Ja«, gibt sie leise zu. »Ja, ich lenke die Fäden unserer Bestimmung. Auch wenn es mich jeden Tag aufs Neue zerstört.«

»Ich werde dich …«

»Nein!« Mit aller Kraft drücke ich Aaron gegen die Wand und halte seine zitternden Arme fest. »Nein, tu das nicht.«

»Sie ist eine Mörderin!«

»Ja, aber Scylla wird nicht zulassen, dass du sie um eine Hinrichtung bringst. Spürst du es nicht? Hier ist schwarzer Zauber am Werk. Wenn du versuchst, Eomara zu töten, wirst du nur dir selbst wehtun.«

Aaron sinkt in sich zusammen. Ich halte seine Hand, atme und zittere, spüre das Klopfen meiner Wunde und das Rasen meines Herzens. Aus purer Gewohnheit taste ich nach meinem Kristall und stöhne auf vor Wut, als ich ein weiteres Mal begreife, dass er zerstört ist.

Ihretwegen, raunt es unaufhörlich in meinen Gedanken. *Sie hat es gewusst. Alles. Von Anfang an. Nichts war Zufall. Sie hat es gewusst.*

»Hätte ich Nemuri und Hanuman nicht zusammengebracht«, fährt Eomara fort, »wärt ihr niemals im Gasthaus geblieben. Euer Schicksal wäre anders verlaufen, und zwar nicht zum Guten. Wenn auch nur ein kleines Rädchen fehlt, funktioniert das gesamte Uhrwerk nicht.«

»Auf den richtigen Weg?«, schnaubt Aaron. »Du nennst das hier einen richtigen Weg? Was soll das alles? Kann mich mal jemand aufklären? Ich verstehe nichts mehr. Gar nichts mehr!«

»Jade wird dir ihre Geschichte zu gegebener Zeit erzählen«, antwortet Eomara. »Sofern wir das Morgengrauen überleben.«

»Müsstest du nicht sehen, ob wir leben oder sterben?«, fauche ich sie an. »Wenn du alles siehst und alles weißt, warum das nicht?«

»Weil es von hier aus zwei Wege gibt. Beide sind gleich deutlich. Beide sind ebenso wahrscheinlich wie unwahrscheinlich. Weißt du, warum ich wollte, dass du das Portal berührst?«

»Nein«, knurre ich. »Woher denn?«

»Du hast es nicht berührt, um es zu öffnen.«

»Warum dann?«

Eomara lächelt. »Um das Kind in deinem Leib mit seiner Magie zu verbinden.«

»Was?« Ich blinzele. Nein, das kann unmöglich wahr sein. Unmöglich. Unmöglich! »Was hast du gerade gesagt?«

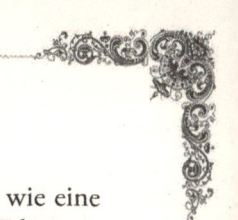

»Du trägst Indigos Kind in dir.« Eomaras Stimme sticht wie eine Klinge in meine Seele. »Sein Schicksal wird es sein, die Welten zu vereinen. Nicht du wirst du das Portal öffnen, sondern eure Tochter.«

»Nein.« Ich schlucke einmal. Schlucke zweimal. »Er hätte es gespürt! Wenn das wahr wäre, dann … wir haben unsere Magie vereint. Er hätte es gespürt!«

»Nicht, wenn sich die Magie des Kindes genauso anfühlt wie deine. Indigo hat es nicht gespürt, weil er euch beide nicht unterscheiden konnte. Selbst eure Herzen schlagen im gleichen Rhythmus. Aber wenn er es wüsste … wenn er seine Hand auf deinen Bauch legen und dem neuen Leben in dir bewusst nachspüren würde, dann könnte er es fühlen.«

»Aber …«

»Es ist wahr, Jade. Du hast es in jener Nacht empfangen, in der die Mondzirpen geflogen sind. Eure Tochter vereint das atlantische Reich mit dem unseren.«

Der Schmerz überwältigt mich mit einer solchen Wucht, dass ich nicht einmal weinen kann. Ich berühre meinen Bauch, spüre plötzlich die kaum merkliche Wölbung, das Leben darin, das unsagbare Wunder, das sich mir ausgerechnet hier eröffnet. In Scyllas Kerker. Nein, bitte nicht! Nicht jetzt, wo Indigo mir ferner ist als jemals zuvor. Nicht jetzt, wo ich in wenigen Stunden durch seine Hand sterben werde.

»Jade«, haucht Aaron ungläubig. »Was sagt sie da? Ein Kind? Bei allen Göttern, du bekommst ein Kind?«

Ich kann nicht antworten. Alles wird still und fern. In mir wächst unsere Tochter heran. Ein Mädchen, geboren aus unserer Liebe zueinander. Ein Geschöpf, das zwei Welten vereinen wird. Doch ich bin hier. In Scyllas Kerkerbaum. Und ich werde im Morgengrauen hingerichtet.

»Dein sehnlichster Wunsch hat sich noch nicht erfüllt«, dringt Eomaras Stimme gedämpft durch meine Betäubung. »Die Magie der Orchidee ist noch immer am Leben, und sie ist mächtig. Ebenso wie du selbst und wie das Kind in deinem Leib.«

»Wie …« Ich schlucke mühsam. »Wie meinst du das?«

»Du hast Indigo ins Leben zurückgeholt«, antwortet sie. »Aber dein sehnlichster Wunsch bezog sich darauf, ihn zu retten. Wirklich zu retten. Im endgültigen Sinne. Deshalb ist dein Wunsch noch nicht erfüllt und die Magie noch nicht versiegt. Du brauchst keinen Kristall mehr, Jade. Alles, was nötig ist, trägst du in dir selbst. Du hast den Orchideenzauber, du trägst ein halb atlantisches Kind unter deinem Herzen und besitzt deine eigene Magie, die dir längst in Fleisch und Blut übergegangen ist. Das Schicksal sieht zwei Wege für uns vor. Der eine Weg führt uns in den Tod. Der zweite in die Freiheit. Welchen davon wir gehen, hängt allein von dir ab.«

»Was muss ich tun?«

»Küsse ihn, Jade. Küsse ihn ein letztes Mal. Dann wird sich zeigen, ob all unsere Schmerzen und Tränen genügen, um das Schicksal gnädig zu stimmen.«

»Wie soll ich das tun? Er gehört …« Ich schüttele den Kopf, wische Blut und Tränen von meinen Wangen und atme tief durch. »Ich meine, Scylla wird das nicht zulassen.«

»Wir werden sehen.« Eomara lächelt mir zu, zieht die Kapuze über ihren Kopf und sinkt in sich zusammen. »Die Königin gibt viel auf Träume.«

Scylla

Einen Moment lang war Scylla versucht, die Drachenschuppe zu zerstören. Nur, um zu sehen, wie viel sie ihm bedeutete. Aber es gefiel ihr, wie sie sich glatt und schimmernd an seine Haut schmiegte und sich kaum merklich im Rhythmus seines Herzschlags bewegte. Und ihr gefielen die winzig kleinen Schriftzeichen darauf.

Früher hätte sie sich dafür interessiert, was die Symbole bedeuteten, woher sie stammten und warum er dieses Schmuckstück um seinen Hals trug. Jetzt war es ihr gleich. So, wie es dem Jasmah-Isdar gleich war, der sich vollgefressen und kraftstrotzend in ihrem Inneren rekelte.

»Probiere die hier.« Scylla schob Indigo eine Praline aus Karamell und dunkler Schokolade in den Mund, stützte sich auf den Ellbogen ab und wartete darauf, dass sich etwas in seinem Blick veränderte. Nichts geschah. Natürlich.

370

Warum lag ihr nur so viel daran? Warum feierte sie ausgerechnet auf diese Weise ihren Sieg? Vergraben unter Kissen und Decken, mit einer Schale voller Naschwerk neben sich?

Das ist doch lächerlich, grollte der Jasmah-Isdar. *Du bist ein Kind und keine Königin. Nichts anderes als ein schwaches, jämmerliches Kind, das sich mit seinen Süßigkeiten verkriecht.*

Scylla ignorierte die Kreatur.

»Tu wenigstens so, als würdest du das Zeug genießen«, knurrte sie. »Na los doch. Das ist die beste Schokolade der gesamten Menschenwelt, als würdige sie gefälligst.«

Wie wäre es, höhnte die Stimme in ihrem Inneren, *wenn du auch noch mit dem Fuß aufstampfst und die Unterlippe vorschiebst? Du könntest auch mit Kissen werfen. Oder dich schmollend in die Ecke stellen. Wie wäre das?*

Ein Lächeln hob Indigos Lippen, aber seine Augen blieben kalt. Zorn flackerte hinter ihrem lichthellen Grün und Gold, so viel Zorn, dass er die ganze Welt in Brand stecken könnte. Nach mehr als zweihundert Jahren hatte sie ihr Ziel erreicht. Alles war so, wie es sein sollte. Oder etwa nicht?

Plötzlich kam ihr eine alte Erinnerung in den Sinn. Langsam hob sie die Hand und strich mit den Fingerspitzen über Indigos Nacken. Doch da war kein Brandzeichen mehr. Alles, was sie fühlte, war glatte, fiebrig heiße Haut.

»Wo ist es?«, fauchte sie ihn an. »Wie hast du es verschwinden lassen?«

Einen Moment lang glaubte sie, Überraschung in seinen Augen zu erkennen. »Ich weiß es nicht«, antwortete er.

»Du weißt es nicht? Wie kannst du so etwas nicht wissen? Wann hast du es das letzte Mal gespürt?«

Seine Lippen wurden zu einem harten, weißen Strich, als würde er tief in seinem Inneren an den Stäben seines Kerkers rütteln. »Ich … weiß es nicht.«

»Du kannst dich nicht mehr daran erinnern, wann und wie du das Brandzeichen verloren hast? Du hast es überhaupt nicht mehr gespürt? Du hast es … vergessen?«

»Ja«, antwortete er nur.

»Warum?«

»Wegen Jade. Sie ließ mich vergessen.«

Zorn und Schmerz überwältigten Scylla, brannten rote Funken in ihre zusammengepressten Lider und rissen ihr die Brust auf. Doch sie schrie nicht, sie tobte nicht und nutzte ihre Magie nicht, um Indigo leiden zu lassen. Stattdessen blieb sie vollkommen still, stellte das Tablett auf den Boden und schmiegte sich an seinen aufgeheizten Körper.

»Halte mich fest«, flüsterte sie an seine Schulter. »Halte mich so, wie du sie gehalten hast.«

Er gehorchte. Aber es fühlte sich falsch an. Warum? Seine Umarmung war sanft, warm und zärtlich, er küsste gar ihre Stirn und atmete den Duft ihres Haares ein. Aber es war dennoch falsch.

Es war der Fluch. Nur der Fluch. Nichts weiter.

Demzufolge vergaß sie rein gar nichts.

Oh bitte!, stöhnte es in ihrer Brust. *Ist das dein Ernst? Stecke ich noch immer in einer Königin? Nein, offensichtlich nicht. Ich sollte dir einen eitrigen Ausschlag und dazu den Durchfall deines Lebens verpassen, du winselnde, erbärmliche Hündin.*

Scylla tat, als hörte sie die Worte nicht. Sollte er doch! Es war ihr gleich. Denn ihr wurde endgültig klar, dass so etwas wie Liebe nicht in ihr Leben gehörte. Das hatte es niemals und würde es niemals, weil irgendeine höhere Macht bestimmt hatte, dass sie der Finsternis gehörte. Sie war die Herrin über Tod und Schmerz. Sie regierte über Furcht und Verzweiflung.

Was für eine elende Existenz.

Scylla presste ihre Stirn gegen Indigos Schulter und versuchte, wenigstens den Hauch eines Sinns in ihrer Existenz zu erkennen. »Wir werden mein gesamtes Reich bereisen«, flüsterte sie. »Jede Stadt, jedes Dorf, jede noch so kleine Siedlung in jeder Himmelsrichtung, bis jeder Einzelne weiß, dass es keine Zweifel gibt. Ich bin die Königin, du der König dieses Reiches. Niemand wird unsere Macht anzweifeln, niemand mehr versuchen, uns zu täuschen. Sie alle werden uns ergeben sein. Mit Haut und Haar, mit Fleisch und Blut. Unsere Macht wird Welten umspannen. Grenzen existieren nicht mehr, wenn morgen Nacht der Vollmond aufgeht und die Kräfte des Universums ihren Höhepunkt erreichen. Ich kann es spüren. Etwas Gewaltiges wird geschehen. Etwas, das unsere Vorstellungskraft sprengt. Und es wird uns gehören. Allein uns.«

Scylla stemmte sich noch einmal hoch, blickte auf Indigo hinab und sah keine Regung in seinem Gesicht. Nur den kalten, flackernden Zorn hinter dem Spiegel seiner Augen, dessen Feuer gänzlich machtlos sein Leben aushauchte. Ihre Worte hatten nach Stolz und Triumph geklungen. Einen Moment lang hatte sie sogar selbst daran geglaubt.

Aber jetzt?

Jetzt verklumpte schon wieder diese abscheuliche Leere ihre Eingeweide. War sie etwa enttäuscht? Wünschte sie sich die Zeit der Jagd zurück? Das wilde Prickeln der Verfolgung und des Suchens, des Hassens und Verzweifelns. Scylla begriff, dass es diese Gefühle gewesen waren, die sie vor dem Sturz ins Nichts gewahrt hatten. Und jetzt, da sie den Sieg errungen hatte, war ihr letzter Halt zerstört.

So war es also, alles zu erreichen.

Und gleichzeitig alles zu verlieren.

Hör endlich auf!, grollte der schwarze Zauber. *Ich lasse nicht zu, dass du dich zerstörst. Du bist meine Hülle. Meine Schöpfung! Ich lasse dich nicht gehen. Niemals. Schon gar nicht jetzt.*

Scylla suchte Zuflucht in einem Kuss. Aber er war kalt und leblos. Wie war es, aus Liebe jemandem nahe zu sein? Wie fühlte es sich an, aus freien Stücken umarmt zu werden? Hatte man sie jemals auf diese Weise umarmt? Allzu deutlich stand ihr die Vision des Eiskäfers vor Augen. Indigo und Jade, wie sie sich trunken vor Liebe und Begehren verschlangen, wild und zärtlich, erfüllt vom Fieber des Lebens. Was hätte sie dafür gegeben, selbst solch ein Geschenk empfangen zu dürfen. Stattdessen war sie das Gefäß eines Dämons. Eines Dämons, der sie mit Visionen einer unaussprechlich grausamen Hölle quälte. Eines Dämons, der sie zu einem Stück Fleisch erniedrigte.

Schluss damit! Der Jasmah-Isdar fuhr seine Klauen aus und zog sie durch ihr Herz. *Willst du, dass ich dich verlasse? Willst du das wirklich? Bist du bereit für den Tod und für das, was hinter der Schwelle auf dich wartet?*

Ein Schrei brannte in Scyllas Kehle. Sie sprang auf, trat nackt an das Fenster und öffnete es. Schneeflocken trieben gegen ihren milchweißen Körper, schmolzen auf fiebriger Haut und kühlten ihre

Verzweiflung, ohne sie zu mildern. Der Wind fühlte sich anders an. Er schmeckte nach Sehnsucht, zog und zerrte an ihrer Seele, lockte ihren Blick in die Ferne und machte den Klumpen, der irgendwann einmal ein Herz gewesen war, noch schwerer. Es gab keinen Ausweg. Keine Zuflucht. Keinen Trost. Nirgendwo. Sie hasste das Leben und fürchtete den Tod. Entweder ertrug sie ihr Schicksal oder sie stürzte in den Abgrund, um für alle Ewigkeit in den Eingeweiden einer Höllenkreatur zersetzt zu werden.

»Nein!« Entschlossen fuhr sie herum, hob ihr Kleid vom Boden auf und zog es sich über. »Es ist fast Morgen. Zieh dich an, man erwartet uns auf dem Marktplatz.«

Herrisch deutete sie auf die Kleidung, die extra für diesen Anlass geschneidert worden war. Kostbare, schwere Muschelseide, die so strahlend weiß war wie ihr Kleid schwarz. Licht und Dunkelheit. Reinheit und Schmutz. Das Gute und das Böse, unfreiwillig vereint.

Hunger schabte an dem Stein in ihrer Brust, als sie beobachtete, wie Indigo sich ankleidete. Der Mantel mit den funkelnden Stickereien und dem breiten seidenen Gürtel wirkte so majestätisch, wie sie es sich erhofft hatte. Niemand würde an seiner Überlegenheit zweifeln. Niemand würde es wagen, seine Allmacht infrage zu stellen. Zuletzt nahm sie beiden prunkvollen silbernen Kronen vom Tisch, die einander bis aufs Haar glichen. Diamanten und weiße Kristalle fingen das Licht ein und warfen es tausendfach zurück, Sternenstaub glitzerte dazwischen und narrte das Auge mit überirdischem Glanz.

Nachdem sie Indigo und sich selbst die Krone aufgesetzt hatte, nahm sie sanft seine Hand, führte ihn aus dem Gemach und schlug den Weg zum Kerkerbaum ein.

»Ich möchte deiner kleinen Dirne ein letztes Geschenk machen«, erzählte sie im Plauderton. »Damit sie etwas hat, an dem sie sich festhalten kann, wenn sie den Weg gehen darf, der mir verwehrt bleibt.«

Er folgte ihr willenlos, doch Scylla spürte den hell auflodernden Zorn hinter dem Gefängnis seines Fluches. Oh ja, das war genau die Wut, die sie brauchte. Diese verzehrenden, gewaltigen Flammen, die so lange brannten, bis der letzte Rest Verstand zu Asche zerfiel. So viel Schmerz! So viel Verzweiflung! Gierig streckte der Jasmah-Isdar seine Zunge nach Indigos Feuer aus. Süchtig nach Leid und den Abgründen der Seele.

»Nicht zu viel«, knurrte Scylla. »Ich will meinem Volk keine leer gebrannte Hülle präsentieren.«

Der Jasmah-Isdar knurrte verächtlich. Eisige Klauen höhlten ihre Seele aus und fraßen an ihrem Fleisch.

Du hast mir nichts zu befehlen, winselnde Hündin. Gar nichts!

Scylla drückte Indigos Hand. Ihre Wut vermischte sich mit seiner, gemeinsam brannten sie lichterloh und zerfielen mit jedem Atemzug ein wenig mehr zu Asche. Erleichterung überkam sie, als der vertraute Gestank des Kerkerbaumes in ihre Nase stieg. Seltsam, wie Tod und Fäulnis zu einem Anker werden konnten, den sie ebenso sehr brauchte wie das Blut in ihren Adern.

Schlotternd kauerten Eomara, Jade und ihr Bruder in der Todeszelle, halb tot gefroren, aber immer noch lebendig genug, um ihr verächtliche Blicke zuzuwerfen. Neid durchzuckte Scylla. Sie kostete die Aromen dieses Gefühls und schmeckte Bitterkeit, aber auch Süße. Dieses Mädchen hatte tatsächlich noch Hoffnung. Reichlich beschenkt mit einem Schatz aus wärmenden Erinnerungen, der es wie ein schützender Mantel umhüllte, blickte dieses kämpferische, kleine Ding zu ihrem Liebsten auf.

Scylla ließ Indigos Hand los und trat einen Schritt zurück. »Geh zu deiner Dirne und sage ihr, dass du sie liebst«, flüsterte sie. »Nimm ihr Gesicht in deine Hände und küsse sie. Küsse sie ein letztes Mal.«

Wie ein Schatten aus Licht und Nebel trat er durch die Gitterstäbe, als wäre ihr kaltes Metall nichts weiter als eine Illusion. Fürsorglich reichte er dem Mädchen die Hand, half ihm auf und befolgte den Befehl. Ein Ziehen durchlief Scyllas Herz, als Indigo Jades Gesicht mit einer Zärtlichkeit zwischen seine Hände nahm, die ihr selbst für immer fremd bleiben würde. Nach wie vor saßen die Fesseln des Fluches unerbittlich fest, und doch war es, als wäre die Finsternis von ihm abgefallen. Der qualvolle, tränenverschleierte Blick des Mädchens verstärkte das Ziehen in ihrer Brust, bis es zu einem wilden Schmerz wurde.

Verwirrt legte Scylla eine Hand auf ihr Herz, während der Jasmah-Isdar höhnisch lachte.

Sieh nur, wisperte er. *Sie wissen, dass ihr letzter gemeinsamer Moment gekommen ist. Sie wissen, dass vor ihnen nur noch der Abgrund*

liegt. Und doch haben sie noch immer Hoffnung. Sogar jetzt noch, im dunkelsten und schmerzvollsten Moment ihrer Existenz. Das ist es, was Liebe macht.

Scylla wollte schreien. Nein, sie wollte sterben. Gäbe es doch nur das Nichts, in das ihre Seele flüchten konnte. Sanft legten sich Jades Arme um Indigos Schultern. So sanft. Das Mädchen neigte den Kopf, hob seine Lippen zu einem Lächeln und vergaß alles um sich herum.

Liebe, hauchte der Jasmah-Isdar. *Sie führt dich durch Dunkelheit und Feuer, durch Asche und Tod. Wie gut, dass deine Mutter dir jegliche Fähigkeit geraubt hat, sie zu empfinden.*

Indigos und Jades Lippen trafen sich, im gleichen Augenblick erhellte ein sonderbarer Schimmer die Finsternis des Kerkers. Zuerst war er sanft, kaum mehr als ein träges Pulsieren, das über Scyllas Körper kroch und die ziehende Qual unter ihrem Brustbein milderte. Doch plötzlich, als hätte ein greller Blitz den Himmel aufgerissen, stach ein solcher Glanz in ihre Augen, dass sie schreiend in die Knie sackte. Schmerz zerfetzte ihren Leib. Ihre Seele. Alles um sie herum.

Dreimal hämmerte das Herz gegen ihren Brustkorb. Drei Ewigkeiten lang verbrannte sie in Flammen aus Zorn und purer, ungezähmter Schöpfungskraft.

Dann war es vorbei.

Und der Jasmah-Isdar lachte.

Er lachte, wie er noch nie zuvor gelacht hatte.

Sein Triumph hallte durch ihre Seele, laut und dröhnend und zitternd vor Gier. Was war geschehen? Was brachte einen schwarzen Zauber derart aus der Fassung?

Scylla blinzelte. Die Dunkelheit hatte wieder Einkehr gehalten, Wasser tröpfelte, eine Stimme schluchzte wirre Dinge. Auf dem Boden des Kerkers lagen zwei Gestalten. Eine schwarze und eine weiße. Gerade kroch der Junge zu seiner Schwester, zog ihren Kopf in seinen Schoß und schrie ihren Namen. Eomara drückte sich in eine Ecke des Kerkers, erstarrt in ungläubigem Entsetzen. Scylla sah ihre weit aufgerissenen, panischen Augen, und dann sah sie den leblosen Körper des Atlanters.

Nein! Das konnte nicht sein! Und doch verrieten ihr die Sinne des Jasmah-Isdars, dass das Unmögliche geschehen war. Kein Atem bewegte

Indigos Brust. Es gab keinen Herzschlag und keine Seele mehr. Sie war fort. Unwiederbringlich fort.

»Nein!« Eine unsägliche Qual zerriss die letzten Überreste ihrer Seele. Diesmal war nicht der Jasmah-Isdar dafür verantwortlich. Es war kein Fluch und keine dämonische Klaue, sondern purer, menschlicher Schmerz über den Verlust jenes Wesens, das ihr jahrhundertelang wenigstens einen Hauch von Lebendigkeit eingeflößt hatte. Das sie gejagt, verfolgt, begehrt und auf irgendeine Weise auch geliebt hatte.

So endete es also.

Nach all der Zeit.

Scylla versuchte nicht einmal, aufzustehen. Sie hieß das Reißen willkommen, mit dem der Jasmah-Isdar sich durch ihre Brust wühlte, gab ihn ohne jede Gegenwehr frei und sah zu, wie er in den Leichnam des Atlanters schlüpfte. Indigos strahlende Helligkeit erlosch nicht, aber sie begann zu schwären. Dämonisches Gift verdarb ihre Reinheit, kroch in jeden Winkel des verlassenen Körpers, verrichtete ihr abscheuliches Werk und nistete sich häuslich ein.

Eomara weinte. Aaron küsste unablässig die Stirn seiner bewusstlosen Schwester. Und Scylla konnte nichts anderes tun, als auf ihren Tod zu warten.

Die Brust unter der schimmernden Muschelseide begann sich zu bewegen. Atem rasselte, Finger zuckten, Muskeln spannten sich an. Dann erhob er sich. Fließend wie Wasser, blendend hell und schön, aber nur noch eine tote Hülle. Ein Gefäß für den Dämon, der sein Glück kaum fassen konnte. Wie eigenartig sein Lachen klang. Noch immer war die Stimme rein und sanft wie der Wind in einer Sommernacht, doch darunter brodelte ekelerregende Gier. Scylla sträubten sich die Haare. Sie, die alles dafür getan hatte, Indigo dem Zauber zu unterwerfen, fühlte plötzlich unendlich tiefe Trauer.

Der letzte Funken Licht war erloschen. Die letzte weiße Magie verdorben. Und das einzige Geschöpf, das ihre Finsternis jemals erhellt hatte, war tot.

»Ich weiß nicht, was deine Schwester getan hat, Junge«, raunte er zufrieden, »aber ich danke ihr vielmals. Ein solches Geschenk übertrifft meine kühnsten Träume.«

Anmutig schritt der Dämon durch die Gitterstäbe, griff nach Scyllas Schultern und zog sie empor. Noch einmal blickte sie in grüne, goldgesprenkelte Augen, deren Farbe nicht mehr an einen Sommerwald erinnerte, sondern an das grelle Gift tödlicher Vipern. Noch einmal fragte sie sich, was für ein Leben sie gelebt hätte, wenn Jamashree nicht ihre Mutter gewesen wäre.

»Danke für alles«, hauchte er gegen ihre Lippen, kämmte mit einer Hand durch ihr Haar und küsste sie ein letztes Mal. Er tat es langsam und zärtlich, beinahe so, als hätte er seine Worte wahrhaft ernst gemeint. Dann zerfiel ihr Körper zu Asche. Einen Atemzug lang konnte Scylla es spüren. Zuerst den kurzen, vernichtenden Schmerz, dann die weiß glühende Hitze.

Zuletzt das Bersten ihres Fleisches.

So endete es also.

Jade

Als Erstes rieche ich den Gestank. Als Zweites spüre ich die Fesseln. An meinen Armen, meinen Hüften, meinen Oberschenkeln. Etwas Hartes drückt sich in meinen Rücken. Etwas wie ein Stamm, an dem ich festgebunden bin.

Schneeflocken schmelzen auf meinem Gesicht, Holz knirscht und knarrt unter meinen Füßen. Stimmen murmeln, keuchen, räuspern sich und raunen. Jemand schluchzt meinen Namen.

In einem sinnlosen Moment der Verweigerung kneife ich meine Augen noch fester zusammen, anstatt sie zu öffnen. Ich höre die Menschenmenge, die sich versammelt hat, um uns beim Sterben zuzusehen. Ich ahne die Ursache des Gestanks. Und begreife, aus welchem Grund ich an einen Stamm gefesselt bin.

Wieder wimmert Aarons Stimme meinen Namen.

Zweimal. Dreimal.

Mit jedem Mal wird sie leiser.

Verzweifelter.

Ich habe versagt. Endgültig. Es gibt keine Hoffnung mehr. Für keinen von uns. Ich habe versagt.

378

Blinzelnd liefere ich mich der Wirklichkeit aus. Hunderte, ach was, Tausende Gesichter blicken zu uns auf. Dies ist also der Anblick, mit dem ich mich aus meinem Leben verabschiede. Erfüllt von einer sonderbaren Ruhe betrachte ich die schiefen, schneebestäubten Dächer, die bleigraue Morgendämmerung und die fallenden Flocken, die sich in Indigos blauschwarzem Haar verfangen und ihn wie Juwelen schmücken.

Aber es ist nicht mehr Indigo. Sein Lächeln ist eine Grimasse triumphierender Bosheit, sein Blick ein Abgrund aus Kälte und Hohn.

Dunkel erinnere ich mich an Scyllas Todesschrei und an das Gelächter des Jasmah-Isdar, als er durch Indigos Augen beobachtet hatte, wie die Königin zu Staub zerfiel.

Mein Kuss hat uns nicht befreit.

Nein. Er hat den Mann, den ich liebe, umgebracht. Und dem schwarzen Zauber die perfekte Hülle verschafft. Ich kann nur ahnen, was der Welt von nun an bevorsteht. Ein grenzenlos mächtiger Jasmah-Isdar, hausend im Fleisch und im Blut eines Magiers. Unsterblich. Ernährt vom Licht der Sterne und der Monde. Ein Gefäß für die Energien des Universums.

Das Feuer wird Aaron, Eomara, mich und das Kind in meinem Leib verbrennen. Und danach die Welt verschlingen. Vielleicht auch die gesamte Schöpfung.

Ich habe versagt.

»Nein, Jade«, weht eine sanfte Stimmt durch meine Gedanken. Sie klingt, als würde ein Wind sie aus unendlich weiter Ferne herantragen. »Das hast du nicht.«

Jasmah-Isdar

Sie fürchteten und sie liebten ihn. Weil Menschen wie Motten waren, die willenlos dem Licht entgegenstrebten. Selbst wenn es ihre Flügel verbrannte und sie ins Nichts stürzen ließ.

Niemals hatte etwas süßer geschmeckt als die Macht, die feurig durch seine Adern strömte und sich so willig seinen Wünschen beugte. Ihre geheimnisvolle Kraft stammte nicht aus der Schwärze des Universums, sondern aus dem blendend hellen Licht der Sterne, dem

farbigen Leuchten der kosmischen Nebel und dem heilsamen Atem der Schöpfung.

Selbst in ihrer Angst konnten die Menschen seinem Anblick nicht widerstehen. Obwohl sogar die Dümmsten unter ihnen die Finsternis unter seinem Glanz spürten, wie Schafe die Witterung eines Wolfes wahrnehmen, rückten sie näher heran. Immer näher.

Erst als er gebieterisch die Arme hob, erstarrten die Massen und gafften aus großen Augen zu ihm auf.

Was für ein ekelerregender Anblick. All diese schnaufenden und stinkenden Männer, Frauen und Kinder, die den Marktplatz füllten und im Gewirr der Gassen herumwuselten, gierig danach, wenigstens einen Blick auf das Geschehen zu erhaschen. Sie drängelten sich gar auf den baufälligen Balkonen, Dachfirsten und Fensterbänken, um ja nichts zu verpassen. Dürr waren sie, wie Hasen am Ende des Winters, mit eingefallenen Wangen und schmutzigen Lumpen am Leib.

Noch immer schwebte der letzte blasse Mond über den Klippen, die Jemeshar umrahmten. Jetzt, da sein neuer Körper alle Fesseln abgeworfen und das Gift der Orchideen zersetzt hatte, floss die Macht der Gestirne wie eine Flutwelle durch ihn hindurch. Es war überwältigend. Es war berauschend. Wie der erste Atemzug nach einem endlos währenden Erstickungstod.

Magie tanzte um seine Fingerspitzen, bereit, seinem Willen zu gehorchen. Die Menschen, die ihm am nächsten standen und sich geifernd gegen die Absperrung des Hinrichtungsplatzes drückten, zerfielen in einem hellen Lichtblitz zu Asche. Keuchend zuckte die Menge zurück, und plötzlich konnte er nicht anders, als lauthals zu lachen. Es war so leicht. So mühelos. Ein Gedanke genügte, und diese wimmernden Würmer verbrannten zu Staub. Nie wieder musste er befürchten, leer zu brennen. Nacht für Nacht gingen Mond und Sterne auf, Nacht für Nacht konnte er seine verlorenen Kräfte wieder auffüllen.

Hinter seinem Gelächter wurde es still.

Totenstill.

»Das ist nur der Anfang«, rief er in das furchtsame Schweigen hinein. »Heute Nacht wird meine Macht jede Vorstellungskraft sprengen. Ich werde in euren Gedanken sein, ich werde jedes eurer Worte

hören. Gehorcht mir, und ihr werdet leben. Widersetzt euch, und ihr verbrennt allesamt zu Asche.«

Der Mond sank hinter die Klippen, doch hinter der Helligkeit des aufziehenden Morgens ballte sich in den Tiefen des Universums etwas zusammen, das nach Allmacht schmeckte. Er würde zur Schöpfung selbst werden. Zum Gott, der über Tod und Geburt, Werden und Vergehen entschied.

So begann es also. Umringt von Würmern, die sich für ihn in die Asche ihrer Artgenossen warfen. Die unter seinem Blick zitterten, ihre Lumpen nass schwitzten und schlotterten wie Schlachtvieh, das das Messer zu spüren bekommt.

Langsam wandte er sich um, blickte zu den drei Scheiterhaufen hinauf und lächelte. Die Jammergestalten dort oben kämpften noch immer. Anstatt Angst zu zeigen, schleuderten sie ihm ihre nutzlose Wut entgegen und stemmten sich gegen die Fesseln.

Höchst amüsant.

Links stand die Malerin, die vermutlich dem Tod entgegenhechelte wie eine vertrocknete, zu lange nicht mehr bestiegene Hure. In der Mitte zappelte Jade an ihrem rußgeschwärzten Stamm und rechts knurrte ihr Bruder unaufhörlich Verwünschungen.

Er konnte es kaum erwarten, ihre Schreie zu hören.

Nicht zu vergessen das Brodeln und Zischen ihres Fleisches.

»Legt das Feuer«, rief er in die Stille hinein.

Mit demütig gesenkten Köpfen schritten die Diener der toten Königin die Treppen hinauf, hielten ihre Fackeln an die mit Öl getränkten Scheite und traten wieder zurück.

Kein Jubel brandete durch die Menge. Nichts war wie sonst, wenn der geifernde Abschaum dieser Stadt herbeigeeilt kam, um den Tod seiner Artgenossen zu begaffen und still dafür zu beten, beim nächsten Mal nicht selbst im Feuer oder unter den Klingen zu sterben.

Alles, was im heraufdämmernden Morgen zu hören war, war das Knistern und Fauchen der Flammen. Leuchtend grün schimmerten sie. Eingefärbt von kostbarem Salamanderöl, das für ein besonders gieriges und heißes Feuer sorgen würde. An diesem Morgen leuchtete der Tod ebenso herrlich wie das Nordlicht, das die bitterkalten Nächte des nordischen Winters erhellte.

Jeden Augenblick würde der Spaß beginnen.

Zufrieden strich er über die schwere, fast samtige Muschelseide, die seinen Körper bedeckte. Was für ein Unterschied zu all den jämmerlichen Hüllen, die er bisher bezogen hatte! Genüsslich betastete er die Muskeln seiner Arme, erforschte seine Gesichtszüge, strich sich mit den Fingern durch das Haar und lauschte dem Vibrieren der Macht, die durch sein Blut rauschte und ihm die Leichtigkeit eines Gedankens verlieh.

Oh ja, Scylla würde recht behalten. Von nun an gab es keine Grenzen mehr. Alles lag ihm zu Füßen. Ausnahmslos alles.

So versunken war er darin, seine prächtige Fleischhülle zu genießen, dass ihm das Fehlen einer überaus wichtigen Zutat erst nach einer Weile dämmerte. Die Flammen schlugen hoch in den Himmel, die Menge gaffte mit offenen Mündern. Aber es waren keine Schreie zu hören. Kein verbranntes Fleisch zischte, keine Haut brodelte. Hinter dem Fauchen des Feuers war es still.

Bis auf … Augenblick!

War das ein Lachen?

Mit einer flüchtigen Handbewegung zwang er die Flammen nieder und suchte nach dem Grund dieses merkwürdigen Schweigens.

Einen Atemzug später war er es, der mit offenem Mund dastand und nicht begriff, wie ihm geschah. In der schier endlosen Dauer seiner Existenz war er nicht oft überrascht worden. Soweit seine Erinnerung zurückreichte, war es vielleicht drei- oder viermal vorgekommen, dass ihn etwas verblüfft zurückgelassen hatte.

Diesmal war er sogar sprachlos.

Eomara, Jade und ihr Bruder waren gänzlich unversehrt. Obwohl die Hitze der grünen Flammen so stark war, dass sich ihm selbst in fünfzehn Schritt Entfernung die Haare kräuselten, zeigte keiner der drei auch nur die kleinste Brandblase. Stattdessen schien das Feuer ihre Körper zärtlich zu umgarnen und zu streicheln.

Der Grund dafür sah er erst nach ausgiebigem, ratlosem Starren.

Ein Schimmer ging von dem Mädchen aus und spannte sich wie ein kaum wahrnehmbares, sanft schillerndes Netz um Eomara und den Jungen.

Es war tatsächlich Magie! Noch dazu nicht irgendeine Magie, sondern dieselbe, die seine Hülle durchströmte.

Atlantischer Zauber, ausgehend von einem Menschen?

Von einem Mädchen? Einer Straßendiebin? Einer Dirne?

Er war fassungslos. Das dort oben waren niedere Kreaturen. Nichts anderes als Vieh, das sich in seiner Dummheit und Trägheit widerstandslos zur Schlachtbank führen ließ.

»Dachtest du wirklich, dass er fort ist?«, rief das Mädchen zu ihm hinunter. »Dachtest du, du hättest gewonnen, du größenwahnsinniger Trottel?«

Zorn ballte sich in seiner Brust zusammen und schoss als weiß glühender Blitz auf die Dirne zu. Der Zauber war so gewaltig, dass er die Flammen in glitzernden Schnee und die Holzscheite in Asche verwandelte. Mit der Wucht einer Flutwelle traf er auf das Mädchen … und löste sich in Nichts auf.

Der magische Kokon, eben noch matt und kaum sichtbar, gleißte auf wie ein explodierender Stern. Sanft schwebten die drei Menschenwürmer in seinem Licht zu Boden, obwohl unter ihnen alles zusammenbrach, hielten einander an den Händen und landeten inmitten jener Asche, die eben noch aus drei lodernden Scheiterhaufen bestanden hatte.

Schäumend vor Wut stürmte er auf das Mädchen zu, packte sie am Kragen ihrer Weste und zog sie mit einem brutalen Ruck zu sich heran. »Woher kommt deine Macht? Sag es mir!«

»Zum ersten aus mir selbst«, antwortete die Dirne mit einem rotzfrechen Grinsen. »Zum zweiten von dem Kind, das ich unter meinem Herzen trage. Zum dritten von einer weißen Orchidee, deren Staub ich eingeatmet habe, um den Mann zu retten, den ich liebe. Und … oh ja, zum vierten von der Seele eben diesen Mannes, die nicht etwa in die Tiefen des Äthers verschwunden ist, sondern in mich übergegangen ist.«

»Unsinn«, grollte er. »Du redest dummes Zeug. Selbst wenn das möglich wäre, hätte dich die Seele des Atlanters zu Staub zerfallen lassen.«

»Spürst du es denn nicht, Dummkopf?«, höhnte das Mädchen. »Bist du derart taub und blind? Horche in mich hinein, dann findest du die Antwort.«

Ein Hauch von Angst sickerte durch seine Wut. Zweifel höhlten den gerade noch ungetrübten Triumph aus. Seine Hände rutschten höher

und umfassten die Kehle des Menschenwurms. Magie traf auf Magie. Eis auf Eis. Feuer auf Feuer. Und dann … fand er sie.

Die Seele.

Weiß glühend. Berstend vor ungezügelter Kraft.

Hastig wich er zurück, doch es war zu spät. Lichtspeere stachen durch die Haut des Mädchens, verwandelten sie einen Herzschlag lang in eine Skulptur aus Glanz und wirbelten in den Himmel hinauf.

Ihm blieb kaum Zeit, sich zu wappnen, als das Licht kehrtmachte und auf ihn hinabstürzte. Es war, als würde ein Ozean gegen ihn rammen und mit sich fortreißen. Haut und Fleisch verglühten in einem Feuerball, seine Seele zersprang vor Qual. Mit aller Kraft klammerte er sich an die Überreste seiner Hülle, formte seinen Zorn zu einer Waffe und schleuderte sie dem Eindringling entgegen.

»Er gehört mir!«, schrie er das Licht an. »Mir allein! Mir! Mir!«

Verzweifelt hakte er sich in dem Körper fest, machte sich größer und größer, suchte Zuflucht in der winzigsten Faser. Er war ein Geschöpf der ältesten Abgründe. Ein Gott. Ein Titan aus der Zeit vor der Zeit. Es konnte nicht sein, dass er vertrieben wurde. Das er … vernichtet wurde! Und doch spürte er das Nichts, das an seiner Existenz fraß.

Zum ersten Mal überkam ihn Todesangst.

War seine Existenz sterblich? Konnte er in die Unendlichkeit der Schwärze geschleudert werden? Gab es für ihn, der so alt war wie der erste Gedanke, überhaupt ein Ende?

Ungläubig spürte er, wie seine Kräfte starben. Ein letztes Mal bäumte er sich auf. Dann war es vorbei. Seine Existenz verschwamm, zerfiel zu Staub, wurde fortgeweht und bleichte aus. Ganze Äonen drifteten ins Nichts.

So endete es also.

Jade

Alles ist nur noch Licht.

Beißendes, unerträgliches Licht, das selbst durch meine zusammen-gekniffenen Augenlider sticht. Einen Moment lang fühlt es sich an, als würde uns das Feuer doch noch zerfressen. Meine Kehle brennt.

Vermutlich schreie ich, so wie alle, die sich an diesem Morgen hier versammelt haben und nun von einer Flutwelle aus Helligkeit hinweggespült werden.

Sengender Schmerz reißt mich mit sich fort, wirbelt mich herum, treibt mich über die Grenze des Erträglichen und spuckt mich wieder zurück in die Wirklichkeit. Schnee schmilzt unter meinen Händen, mein Körper ist unversehrt. Da sind keine Verbrennungen, keine Blasen, nicht einmal ein Tropfen Blut.

Um mich herum stinkt es nach Salamanderöl und Asche, Angst und verbranntem Fleisch. Als sich mein verschwommener Blick klärt, kriecht der erste Sonnenstrahl über die Klippen und bricht sich in einer Gestalt, die aus fließendem, leuchtendem Wasser zu bestehen scheint. Unaufhörlich verändert und verformt sie sich, zittert, sinkt in sich zusammen, stöhnt unter unmenschlicher Qual und richtet sich kämpferisch wieder auf, umrahmt von einem blendend hellen Strahlenkranz.

»Nein!« Aaron greift nach mir, als ich aufspringen will. »Nicht!«

»Aber ich muss ihm helfen!«

»Das kannst du nicht«, erwidert Eomara. »Was dort geschieht, ist viel zu groß für uns. Du würdest sterben, noch ehe du ihn berühren kannst. Indigo muss sich selbst befreien.«

»Und wenn er es nicht schafft?«

»Bete dafür, dass das nicht geschieht.«

Das Strahlen der zuckenden und sich krümmenden Gestalt verblasst. Ein seltsamer Nebel steigt aus ihr empor, wabert in den Himmel hinauf und wird vom Wind zerfasert.

Ist es Indigos Seele?

Oder die sterbende Energie des Jasmah-Isdar?

Bitte, ihr Götter, flüstere ich in das Fallen der Schneeflocken. *Bitte, Große Mutter! Lasst ihn nicht im Stich! Ich tue alles, was ihr wollt. Alles! Wenn ihr ihn nur rettet!*

Mit einem klagenden Schrei, der sich im Himmel verliert, stirbt das Leuchten der Gestalt. Nur noch ein erschöpfter, zitternder Mann kauert im Schnee, die Arme um den Brustkorb geschlungen, das Gesicht von wirrem Haar verborgen.

Jetzt, da der Feind Schwäche zeigt, verändern sich die Mienen der Umstehenden. Aus Angst wird Zorn, aus furchtsamer Demut Hass. Die

Ersten beginnen bereits, vorwärtszurücken. Zögernd wie Beutetiere, die der Erschöpfung ihres erbittertsten Feindes nicht trauen und doch von unbezwingbarer Wut getrieben werden, die sich endlich Bahn brechen will.

Gefahr schwelt in der Luft.

Ich winde mich aus Aarons Griff, stürme zu Indigo und schließe ihn in meine Arme. Niemand kann sagen, ob der Jasmah-Isdar verloren oder gewonnen hat. Niemand kennt das Ende, das das Schicksal für uns bestimmt hat.

Selbst Eomara, die bewegungslos neben meinem Bruder steht und einer gefühllosen Skulptur gleicht, scheint nichts anderes zu sehen als Verwirrung und Zweifel.

»Hörst du mich?«, flüstere ich in sein schneebedecktes Haar. »Indigo, bist du da?«

Unter meinen Armen fühle ich das schwere Auf und Ab seines Atems. Er rührt sich nicht, als ich seinen Scheitel küsse, meine Hände über seinen Rücken gleiten lasse, leise Worte in sein Ohr raune und ihn einfach nur festhalte.

Stück für Stück rücken die Menschen näher. Vorwärts gezwungen von einem Hass, der wie ein giftiges Geflecht ihr gesamtes Dasein durchzieht. Vergeblich suche ich nach der Magie in meinem Inneren. Da ist nur erschöpfte Leere und eine Angst, die mich zu lähmen droht.

»Indigo! Bitte!«

Unter meinen Händen spannen sich Muskeln an. Er richtet sich auf, nur ein wenig, aber die Haare verbergen weiterhin sein Gesicht. Immer schwerer geht sein Atem. Immer heftiger wird das Zittern, das seinen Körper durchläuft.

»Indigo …« Ich nehme allen Mut zusammen, streiche ihm das Haar aus dem Gesicht und versuche, einen Blick in seine Augen zu erhaschen. Seine Lider sind gesenkt, die Wimpern ein undurchdringlicher Vorhang. »Sieh mich an. Bitte.«

Doch er tut es nicht.

Stattdessen greifen seine Hände nach mir, klammern sich in meiner Weste fest, wandern höher und … bei allem Göttern, er umarmt mich! Verzweifelt drückt er sich an mich, schmiegt sein Gesicht in die Beuge

meines Halses und hält mich fest, ganz fest, während Schluchzer seinen Körper schütteln.

Die Menge verharrt. Vor ihren Augen geschieht etwas, das niemand erwartet hat.

»Bist du es?«, keuche ich in sein Haar. »Bist du wieder bei mir?«

Er ringt nach Luft, umfasst meine Wangen und drückt seine Stirn gegen meine. Dann … endlich … sieht er mich an.

»Ja.« Wie eine Liebkosung streicht dieses eine wunderbare Wort über meine Lippen. »Ja, ich bin wieder bei dir.«

»Ist er … tot?«

Indigo nickt.

»Endgültig?«

»Endgültig. Der Jasmah-Isdar existiert nicht mehr. Wir sind frei, Jade. Wir sind alle frei.«

Erst als ein Keuchen und Raunen durch die Menge geht, begreife ich, dass jeder Mann, jede Frau und jedes Kind, vermutlich sogar jede einzelne Kreatur weit und breit, diese Worte vernommen hat. Gemeinsam richten wir uns auf, erschöpft, aber niemals glücklicher als in diesem besonderen, heiligen Moment.

Indigos Finger verflechten sich mit meinen, während wir auf unzählige, fassungslos dreinblickende Menschen hinabsehen. Ohne einen Blick und ohne ein Wort weiß ich, was wir tun müssen.

»Hab keine Angst«, flüstert er mir zu. »Lass es einfach geschehen.«

Ich beobachte seine tiefen, konzentrierten Atemzüge. Es ist, als würde die Macht der Schöpfung bereits jetzt das Sonnenlicht erfüllen, noch ehe sie im Schein der Nacht ihren Höhepunkt finden wird. Mit jedem Auf und Ab seiner Brust fließt eine wunderbare, belebende Kraft durch unsere Körper. Gemeinsam füllen wir die Leere in unserer Seele wieder auf, trinken das Licht und atmen den Zauber.

Dann, als sich die Sonne ganz über die Klippen erhebt, fließt auch unser Licht über die Welt. Alles, was ich spüre, ist ein warmes Strömen, das uns durchläuft und unsere Körper vereint. Eine Quelle machtvoller Heilung, der Ursprung einer neuen Existenz, die weder Hass noch Angst kennen wird.

Es gibt kein Verstecken mehr. Zum ersten Mal geht das, was stets in Fesseln lag, ungehemmt und frei seinen Weg.

Als wir irgendwann die Augen öffnen, ist Jemeshar noch immer Jemeshar. Aber jegliche Dunkelheit und Fäulnis ist von ihm abgefallen. Vor uns liegt eine Stadt aus alten, glanzvollen Zeiten. Ich erinnere mich an die Worte meines Bruders, die mir erzählt hatten, dass es einst ein wunderschönes Jemeshar in den Wäldern von Erusch gegeben hat, ehe Jamashree die Macht des Jasmah-Isdar an sich gerissen und die alte Stadt in den Staub getreten hatte, um sie hoch im Norden neu aufzubauen.

Indigo hat dieses längst verfallene Jemeshar mit eigenen Augen erblickt. Und er hat es mithilfe seiner … nein, unserer Magie neu auferstehen lassen. Staunend betrachte ich die weißen und sandfarbenen Mauern, die anmutigen Brücken, Bögen und Türme, die zierlichen Balkone und schneebedeckten Dächer, über die sich die gigantischen, blühenden Kronen der Emekar-Bäume spannen.

Ja, sie blühen.

Selbst jener, der bereits vor Jahrtausenden gestorben und über so lange Zeit ein Ort des Todes gewesen ist, treibt vor unseren Augen unzählige Blütentrauben aus, die ebenso funkeln wie der fallende Schnee. Es müssen Tausende sein. Ein Regen aus zartem Weiß ergießt sich von den gewaltigen Kronen, raschelt wundersam im Wind und läutet mit seiner nie gesehenen Pracht ein neues Zeitalter ein.

»Die heiligen Emekar-Bäume blühen nur einmal alle eintausend Jahre, und zwar im tiefsten Winter.« Aaron gesellt sich zu uns und schenkt mir ein Lächeln. Sein ungläubiger Blick huscht zwischen der Herrlichkeit der neu erwachten Stadt und seiner auf wundersame Weise nachgewachsenen Hand hin und her. »Wer das große Glück hat, ein solches Ereignis mit eigenen Augen zu sehen, wird es sein Leben lang nicht mehr vergessen und bis zu seinem Tode davon zehren. Du solltest öfter Bücher lesen, Schwester.« Aaron seufzt fassungslos, ehe er anfängt zu lachen. »Oh, bei den langen Fingern der Diebesgöttin, hast du jemals eine schönere Hand gesehen? Schau sie dir nur an! Wie ist das nur möglich? Wie ist das alles nur möglich? Oh, davon wird man noch in tausend mal tausend Jahren Geschichten erzählen.«

»Und ob man das wird.« Wie damals knuffe ich ihn mit dem Ellbogen in die Rippen. Hoch über uns fliegen Harpyien, Arryx und Stymphalen durch den Winterhimmel, endlich befreit vom Fluch des

schwarzen Zaubers, und streben ihrer Freiheit entgegen. Nicht wenige Menschen rücken bei ihrem Anblick ängstlich zusammen oder verschwinden hinter der nächstbesten Deckung. Doch die Tiere beachten uns nicht. Sie alle kennen nur ein Ziel: die Ferne hinter Jemeshars Mauern.

»Übrigens«, füge ich hinzu. »Es gibt eine riesige Bibliothek im Palast, wusstest du das schon? Die Bücher reichen für dein ganzes Leben, selbst wenn du älter wirst als je ein Mensch zuvor.«

»Sehr gut.« Aaron schließt die Augen und atmet mit einem Lächeln den Duft des Schnees und der neuen Zeit ein. »Wirklich sehr gut.«

Jeder Mann, jede Frau und jedes Kind dieser Stadt ist gekommen, um uns zu sehen. Wir stehen auf der untersten Plattform des Palastes, die wie ein Halbkreis aus dem Stamm des Baumes ragt, und blicken auf einen blassroten, vom Nebel verwischten Sonnenuntergang.

Nemuri, Hanuman und Ofelia sind sichtlich stolz, dass wir die traditionelle Festkleidung der Scharzadianer tragen: Indigo einen strahlend weißen Mantel mit Silberknöpfen, dazu enge Hosen aus Antilopenleder und weiche Stiefel mit prächtig besticktem Schäften. Ich ein fließendes Kleid aus weißer Seide, das mit zahllosen Wüstenkristallen und winzigen Muschelperlen bestickt ist.

Während sich Indigo seine schlichte silberne Krone einfach auf das windzerzauste Haar gesteckt hat, bin ich von Nemuri in ein wahres Kunstwerk verwandelt worden. Kompliziert aufgesteckte Locken umrahmen mein Gesicht, verziert von einem kostbar funkelnden Diadem, dessen Kettchen und Perlen meine Stirn kitzeln.

Aaron steht neben mir, während Timotheus und Palili mit stolzgeschwellter Brust neben Indigo wachen. Vor uns thront Ischme mit erhobenem Haupt, würdevoll und Furcht einflößend wie eine Sphinx, und auf meiner Schulter hocken, wieder einmal unzertrennlich aneinandergeschmiegt, zwei Perlenvögel.

Ich kann nur ahnen, wie sonderbar den Menschen unser Anblick vorkommen muss. Nach einer Ewigkeit in Dunkelheit und Furcht, in Schmerz und Siechtum, finden sie sich plötzlich in einer wunderschönen Stadt wieder, die aus alten Zeiten in die Wirklichkeit geholt wurde, und wohnen der Krönung ihrer neuen Herrscher bei, die nicht nur von

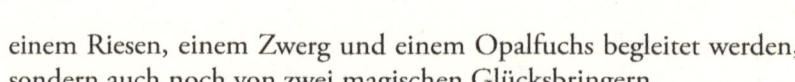

einem Riesen, einem Zwerg und einem Opalfuchs begleitet werden, sondern auch noch von zwei magischen Glücksbringern.

»Von heute an wird niemand mehr leiden müssen.« Indigo spricht sanft, beinahe leise, und doch verstehen selbst die, die ihren Platz weit entfernt entnehmen mussten, jedes einzelne Wort. »Sämtliche Vorratskammern sind für euch geöffnet. Nehmt, so viel ihr braucht. Ich verspreche euch, dass sie niemals leer sein werden. Kommt und geht, wie es euch gefällt. Wir werden niemanden zwingen, in der Stadt zu bleiben, denn von nun an seid ihr frei. Vermutlich ist euch auch schon aufgefallen, dass heute Morgen alle, die krank oder verwundet waren, von ihrem Leiden geheilt wurden. Das Siechtum soll euch niemals wieder plagen, und niemand wird dem Tod vor seiner Zeit entgegentreten müssen. Von nun an wirkt die Magie nicht mehr gegen, sondern für euch. Allen wird ein langes Leben geschenkt sein, ein Leben in Frieden und Wohlstand. Doch all jene, die glauben, uns oder anderen schaden zu wollen, seien an dieser Stelle gewarnt. Ehe ihr eine falsche Entscheidung trefft, überlegt euch reiflich, ob ihr ein Leben als Kotkröte oder Aaswurm willkommen heißen würdet. Denn genau das wird eure Strafe sein. Jeder gute und gerechte Mensch steht von nun an unter unserem Schutz. Der schwarze Zauber ist endgültig tot, und wir werden es niemandem, absolut niemandem erlauben, sein Erbe fortzuführen. Nehmt ihr, Menschen von Jemeshar, uns als eure Königin und euren König an? Nehmt ihr unseren Schutz an und schwört uns, das Schlechte und Böse für immer aus eurem Dasein auszuschließen?«

Das letzte Wort ist noch nicht einmal verklungen, als unbändiger Jubel losbricht und die Stadt erzittern lässt. Niemals habe ich etwas Größeres und Herrlicheres gehört als diesen Sturm aus purer, befreiter Lebensfreude. Wie hätten die Menschen auch anders empfinden können? Nach Indigos Worten fühlt sich mein Herz an, als müsse es vor Glück zerbersten. Und wie er vor seinem Volk steht, ein sanftes Lächeln auf den Lippen, so hell, strahlend und hoffnungsvoll, kann es kein Geschöpf auf dieser Welt geben, das ihm nicht seine Liebe entgegenbringt. Hat jemals ein König seine Krone mit größerer Würde getragen?

Ich halte Indigos Hand und lasse mich von dem Lärm der Freude mitreißen, umringt von jenen Geschöpfen, die mich durch so viele Abenteuer, durch so viel Glück und Leid begleitet haben.

Nur Jinni, Nobbe, Metena und Aja fehlen.

Ich stelle mir vor, dass sie uns auf irgendeine Weise wahrnehmen können. Dass sie, wenn schon nicht körperlich, wenigstens seelisch bei uns sein können.

Jetzt, am Ziel unseres langen Weges.

Am Ende aller Dunkelheit.

Der Jubel nimmt und nimmt kein Ende. Als irgendwann zumindest ansatzweise Ruhe einkehrt, sprenkeln bereits die ersten Sterne den Himmel. Indigo formt seine Hände zu einer Schale, erschafft ein helles, knisterndes Licht und wirft es in den Himmel hinauf. Unter dem staunenden Lachen und Johlen der Menge zerstiebt das Licht zu Millionen winziger Funken, die wie Glühwürmchen zu tanzen beginnen, über die Köpfe der Menschen wirbeln, zerplatzen und Dutzende neue Lichter ausspucken, bis die gesamte Stadt in ein einziges Funkenmeer getaucht wird.

»Die Vorratskammern warten auf euch«, ruft er der feiernden Menge zu. »Schlagt euch die Bäuche voll. Feiert, bis ihr nicht mehr könnt. Und entschuldigt Jade und mich für heute, auch wenn es eine Schande ist, wenn Königin und König bei der Krönungsfeier fehlen. Wir versprechen euch, das gemeinsame Feiern nachzuholen.«

Die Menschen brechen erneut in frenetisches Jauchzen aus, als etwas geschieht, das es in der Geschichte dieser Welt vermutlich noch niemals gegeben hat: Wir verneigen uns vor ihnen. Tief und demütig. Ein letzter Beweis für unseren Schwur, dass von nun an alles anders sein wird.

Begleitet von tausendfachen Rufen ziehen wir uns in den Palast zurück, der ebenso wie die Stadt alle Finsternis abgeworfen hat. Die einstmals schwarzen Böden bestehen jetzt aus einem kompliziert verschlungenen Flechtwerk, das ganz und gar aus dem Baum selbst zu bestehen scheint. Licht fällt durch zahllose Spalten und Löcher, die die Rinde in ein zartes Spitzenwerk verwandeln, Blütentrauben hängen wie lebendige Kronleuchter von der hochgewölbten Decke und Winterfalter trudeln in Scharen durch Räume und Gänge. Selbst die Treppen, die in den Wipfel hinaufführen, bestehen aus zierlich verflochtenem Holz.

»Der Baum hat entschieden, wie der Palast von nun an aussehen wird.« Indigo wirft jegliche Königswürde ab, greift nach mir und hebt mich schwungvoll auf seine Arme. »Immerhin besteht er gewissermaßen aus ihm.«

»Ich finde, er hat gute Arbeit geleistet.« Noch immer kann ich nicht fassen, dass wir wieder vereint sind. Und noch weniger begreife ich, dass der Jasmah-Isdar meine Welt endgültig verlassen hat. Heute Morgen ist ein unbegreiflich altes Wesen gestorben. Ein Wesen, das bereits existiert hat, als die Menschenwelt nichts weiter gewesen war als Staub im endlos weiten Universum.

»Wo ist Eomara?«, frage ich. »Warum war sie nicht bei der Krönung dabei?«

»Sie ist müde.« Ein Schatten huscht über Indigos Gesicht. »Ich glaube, dass ihre Zeit abgelaufen ist.«

»Kannst du ihr nicht helfen?«

»Nein. Sie sehnt sich nach dem Ende ihres Weges, und wer bin ich, ihr den letzten Wunsch zu verweigern? Sobald sie ihr Geschenk für uns beendet hat, will sie, dass ihr beim Abschiednehmen helfe.«

»Du ... aber ...« Ich schlucke mühsam. »Wirst du es tun?«

»Ja«, antwortet er ohne zu zögern. »Das werde ich. Es ist ihr Wunsch, Jade. Ihre letzte Bitte an mich. Eomara hat mir die Freiheit geschenkt, ich schenke sie ihr im Gegenzug zurück.«

Meine Gedanken schweifen zu Metena und Aja. Ich will Eomara nicht die Schuld an dem geben, was geschehen ist. Und doch schwärt dieser kalte, dunkle Gedanke in meinem Inneren. Sie hat gewusst, was geschehen würde. Und sie hat alles dafür getan, damit es so und nicht anders eintraf. Metenas und Ajas Leben waren der Preis für unsere Freiheit. Der Preis für eine Welt, die endlich in Frieden leben durfte.

»Niemand trug eine schwerere Last als Eomara«, sagt Indigo, während er mich die gewundene Treppe zum Wipfel emporträgt. »Stell dir vor, du wüsstest von Anfang an, welche Opfer du bringen musst. Welches Leid du verursachen musst, um der Welt endlich ihre Freiheit zurückzugeben. Eomara hätte diese Bürde nicht tragen müssen. Sie hätte ihre Angst gewinnen lassen können. Aber was wäre dann geschehen, Jade? Wie sähe die Welt jetzt aus, wenn Eomara ihr Schicksal nicht angenommen hätte?«

Ich kenne die Antwort. Und sie trägt ein abscheuliches Gesicht. »Was ist das für ein Geschenk, das sie uns geben will?«, frage ich ausweichend. »Malt sie etwas für uns?«

»Ja. Ein Portrait.«

»Ein Portrait? Etwa von mir?«

»So ist es. Und wie ich sie kenne, wird es umwerfend schön. Weil du umwerfend schön bist, Menschenmädchen. Hast du gesehen, wie sehr dein Volk dich liebt?«

»Moment mal«, kichere ich in sein Haar. »Wenn mich nicht alles täuscht, haben sie dich angesehen. Sie waren nicht von mir geblendet, sondern von dir.« Ich küsse das kalte Silber seiner Krone und glaube, vor Sehnsucht und Begehren zerspringen zu müssen. »Genauso wie ich.«

»Unsinn«, tadelt er mich. »Geblendet waren sie, das stimmt. Von ihrer märchenhaft schönen Königin.«

»Wenn du das sagst.«

Mit einem Fuß tritt er die Tür zu unserem Gemach auf. Sie ist nicht mehr von Drachenhaut bespannt, sondern mit welkem Herbstlaub bedeckt. Hinter ihr erwartet uns ein lichtdurchfluteter Raum, dessen Decke über und über mit weißen, duftenden Blütentrauben behangen ist.

»Nicht zu fassen«, platzt es aus mir heraus. »Da hat es der Baum aber wirklich gut mit uns gemeint.«

Indigo schnaubt amüsiert. »Findest du es nicht ein bisschen zu dick aufgetragen?«

»Ach was.« Ungeduldig zappele ich in seinen Armen. »Jetzt werfe mich endlich auf das Bett und tobe deine lasterhafte Art an mir aus.«

Seine rechte Augenbraue zuckt hoch. »Wie war das gerade?«

»Liebe mich«, korrigiere ich meinen undamenhaften Ausbruch. »Bitte! Sonst zerplatze ich wie dein hübscher Glühwürmchenball in eine Million Funken.«

Indigo stößt ein verführerisches Knurren aus, trägt mich zum Bett und lässt sich mit mir in die seidenen Kissen sinken. Nichts erinnert mehr an das Gemach der Königin. Die Sessel bestehen aus weißem Korbgeflecht, die Teppiche aus silbrig schimmerndem Moos. Schillernd bunte Ratzniks stecken in den Wänden, die aus besonders filigran verflochtenen, perlmuttfarbenen Zweigen bestehen, und das kostbare Hirschfell wurde auf wundersame Weise in einen weißen Blütenteppich verwandelt.

Nichts ist mehr so wie zu Scyllas Lebzeiten.

Bis auf das Bild mit dem goldenen Rahmen.

»Willst du es da hängen lassen?«, frage ich Indigo, während wir unseren Kopfputz abnehmen und beiseitelegen. »Erinnert es dich nicht an …«

»Nein«, unterbricht er mich. »Es soll an seinem Platz bleiben. Denn dort gehört es hin. Und deines wird bald daneben hängen.«

Er sieht mich an, ungläubig und staunend, als wäre ich die Verkörperung eines unfassbaren Wunders. Dann, beinahe ängstlich, beugt er sich über mich und küsst meinen leicht gewölbten Bauch. »Jade«, flüstert er heiser. »Es ist wirklich wahr. Unser Kind wächst in dir heran.«

»Woher …« Ich stutze, als mir das Offensichtliche klar wird. »Oh, natürlich. Du warst in mir. Wie könntest du es da übersehen.«

»Bis heute Morgen hätte ich geschworen, dass ein Kind zwischen Atlanter und Mensch unmöglich ist. Wir mögen dieselbe Gestalt haben, doch die Unterschiede zwischen uns sind groß. Zu groß für ein gemeinsames Kind. Und doch ist es geschehen. Unter deinem Herzen lebt unsere Tochter.« Tränen schimmern in seinen Augen, als er wieder zu mir aufblickt. Könnte ich ihn noch mehr lieben, als ich es ohnehin schon tue, wäre es in diesem Moment geschehen. »Unsere Tochter, Jade.«

Wieder küsst er meinen Bauch, wölbt seine Hände darum und schließt die Augen. »Ich kann sie hören. Ihr Herz schlägt im gleichen Takt wie deines. Ihre Magie fühlt sich an wie deine. Sie kann nur wunderschön werden.«

»Das Kind ist nicht das einzige Wunder«, flüstere ich wie berauscht vor Liebe. »Der Jasmah-Isdar hatte recht. Deine Seele hätte mich verbrennen müssen.«

»Ja, aber sie tat es nicht. Eomara hat dafür gesorgt.«

»Die Staub der weißen Orchidee. Meine Magie musste außergewöhnlich werden, und sie wurde es nur, weil ich diesen uralten Naturzauber in mich aufgenommen habe.«

»Ich denke, es waren drei Dinge auf einmal. Dein eigenes Talent, das dich zu meiner besten Schülerin machte. Unser gemeinsames Kind und die weiße Orchidee. Vermutlich mussten all diese kleinen Wunder zusammenkommen, um ein großes zu bewirken.«

»Zwei große.«

Indigo lacht. »Ja, genau. Zwei große Wunder. Vielleicht auch drei, wenn man bedenkt, dass du jetzt so bist wie ich.«

»Wie denn? Magisch?«

»Das auch. Aber vor allem bist du unsterblich.«

»Was?« Unwirklich schwebt das Wort zwischen uns. »Ich bin … aber wie kann das sein? Ich bin immer noch ein Mensch, oder nicht? Wir sind nicht dafür gemacht, unsterblich zu sein.«

»Aber du bist es, Jade. Meine Seele war in deinem Körper. Wir haben uns vermischt. Mehr, als es zwei Körper und zwei Seelen jemals getan haben. Während ich in dir war, hat sich alles verändert. Nein, Jade, du bist kein Mensch mehr. Von nun an trägst du atlantische Macht in dir. Dein Leben wird unendlich sein. Es wird so lange dauern, bis du aus freien Stücken entscheidest, dass es Zeit für einen langen Schlaf wird. Und wenn es irgendwann so weit ist, werde ich mit dir gehen. Wir ruhen gemeinsam aus, bis wir irgendwann zu irgendeiner Zeit zurückkehren.«

Lange kann ich nichts anderes tun, als ihn anzusehen. Dieser Gedanke ist so groß und überwältigend, dass ich ihn nicht zu fassen bekomme. Noch nicht. Ich werde Indigo niemals verlieren. Niemals. Von nun an werden wir für alle Ewigkeit Seite an Seite stehen.

König und Königin.

Zwei Seelen und zwei Körper, verschmolzen in der Magie.

»Zweimal musste ich dich gehen lassen«, kommt es über meine Lippen. »Zuerst mit Scylla, dann mit dem Tod. Ich war mir sicher, dass alles vorbei ist. Endgültig vorbei. Und dann … als ich deine Stimme hörte … hier drin, in meinem Kopf …« Meine Stimme bricht. Da sind zu viele Gefühle. Zu viel Schmerz, zu viel Freude. Zu viel von allem. Ich muss meine Gedanken ablenken. Ich muss an irgendetwas anderes denken. Jetzt! Sofort!

»Eines verstehe ich nicht, Indigo.«

»Ja?«

»Warum besaß deine Hülle noch immer so viel Magie? Hätte sie nicht zusammen mit deiner Seele verschwinden müssen?«

»Gewissermaßen ist sie auch mit mir zusammen verschwunden und in dich übergegangen. Das, was der Jasmah-Isdar fühlte, war nur ein Nachhall. Eine Art Echo. Es war stark genug, um ihm einen Sieg vorzutäuschen, aber noch ein oder zwei Zauber mehr, und der ... wie hast du ihn genannt? ... größenwahnsinnige Trottel hätte ohne Magie dagestanden.«

»Also hätte er so oder so verloren.«

»Vorerst zumindest. Kreaturen wie er finden früher oder später immer einen Ausweg. Eine neue Möglichkeit, ihre Finsternis auszusäen. Aber das wird nie wieder geschehen. Niemals wieder. Ich wünschte nur, ich hätte mich eher befreien können. Bevor er einen Haufen Unschuldiger in Aschehaufen verwandelt.«

Sanft streiche ich ihm über das Haar. Noch immer sieht man den Abdruck der Krone. »Warum konntest du das nicht?«

»Weil es dich sonst zerrissen hätte. Ich musste mich konzentrieren, und ich musste es langsam tun. Wunder hin oder her, dein Körper hätte es nicht ausgehalten, wenn ich einfach so aus dir herausgebrochen wäre. Ich musste zuerst dich und unser Kind schützen.«

»Ach, genug der Worte.« Ich packe ihn am Kragen und ziehe ihn zu mir herunter. Unser hungriger Kuss löscht all meine Gedanken aus. Ich vergesse alles um mich herum und stürze in einen Taumel aus schweißnasser Haut, schwerem Atem und ineinander verschlungenen Körpern, deren Magie uns in einen Kranz aus Licht hüllt.

Kann ein Übermaß an Liebe töten? Falls ja, bin ich verloren. Mein Herz tut weh, während ich ihn betrachte. Im Schlaf erscheint mir sein Gesicht noch schöner, noch wundersamer und heiliger. Während der erste Strahl Mondlicht durch das Fenster und die zahllosen Löcher im Geflecht der Wände fällt, küsse ich seine Stirn, seine Wangen und seine Lippen. Ich streichele sein Haar, zerfließe vor Glück und habe dennoch Angst.

Angst wovor?

Vor dem Mondlicht, dessen Kraft die Magie in meinem Inneren vibrieren lässt? Vor dem Ausmaß meiner Liebe, die mich beinahe zerreißt? Vor alten Schatten und neuen Fragen?

Durch das Fenster sehe ich silbrig-blaue, bauschige Nachtwolken, die aussehen, als wären sie in die Flammen eines eisigen Feuers getaucht. Frost glitzert auf den Blüten des Emekar-Baumes, und wo der Himmel die Sterne freigibt, funkeln sie so klar und hell wie polierte Diamanten.

Was für eine wunderschöne Winternacht. Ob Aaron gerade hellwach am Fenster seines Zimmers steht und sich erinnert, so wie ich mich erinnere? Ob auch seine Gedanken in die Vergangenheit driften, Staub von alten Bildern wischen und sich in ihren Anblick verlieren? Wie könnte ich schlafen in solch einer Nacht? Wie auch nur einen wachen Moment vergeuden?

Das Licht des Mondes wird heller. Machtvoll strömt es in das Gemach, kriecht über Indigos Haut und lässt die Runen darin wie weißes Feuer brennen. Auch meine Magie reagiert, wenn auch längst nicht so heftig wie seine.

Besorgt lege ich ein Ohr an seine Brust und lausche dem Rasen seines Herzens. Mit jedem verstreichenden Augenblick klopft es schneller, sein Atem geht keuchend, die Augen unter den geschlossenen Lidern zucken hin und her. Ein schmerzerfülltes Stöhnen kommt über seine Lippen, dann ist er plötzlich wach. Sein Blick, dunkel vor Panik, geht an mir vorbei ins Leere.

»Indigo!« Ich lege eine Hand auf seine Wange und schrecke zurück, als ich in weiße Glut fasse. Rasend schnell breiten sich die Runen aus, kriechen an seinem Hals empor, wuchern über seine Wangen und ziehen ihr fein verästeltes Netz sogar über seine Augäpfel.

»Was geschieht mit dir?«

Die Hitze seiner Haut wird unerträglich. Ich will zurückweichen, doch da schlägt er bereits die Decke beiseite und springt aus dem Bett. Allmächtige Götter, sein Körper steht in Flammen! Heiß und gnadenlos fressen sich die Runen durch jeden Zoll Haut, sprengen seinen Körper mit ihrem Licht und lassen ihn keuchen vor Schmerz. Etwas sticht durch seine Arme … Federn! Weiße, seidige Federn, die sich zu leuchtenden Schwingen ausbreiten. Sein gesamter Leib bedeckt sich mit einem Federkleid, während er in sich zusammensinkt, seine menschliche Form verliert und zu einem großen, schneeweißen Adler wird, der seinen Schmerz in die Nacht hinausschreit.

Eine Welle aus gleißendem Mondlicht lässt das Glas des Fensters zersplittern. Es ist, als würde mir ein Stab aus glühendem Metall die Augen aus dem Kopf brennen. Mein Schrei vermischt sich mit dem des Adlers. Schemenhaft sehe ich, wie er aus dem Fenster fliegt.

Seine Federn stehen lichterloh in Flammen.

Ich springe aus dem Bett und versuche noch, nach ihm zu greifen. Doch es ist zu spät. Der Himmel windet sich in einem blauen, lodernden Flammenmeer. Sterne stürzen auf die Erde nieder. Die Nacht pulsiert wie eine gewaltige, gequälte Kreatur.

Weit kommt der brennende Adler nicht. Die Flammen vernichten seinen Körper innerhalb weniger Flügelschläge und verwandeln ihn in eine Silhouette aus silberner Asche.

Ein funkelnder Schleier im Wind.

Ein letztes Aufschimmern weißer Magie.

Dann ist nichts mehr übrig.

Zwei Monate später

»Die Phönixvögel«, erinnert mich Timotheus. »Du weißt, warum sie verbrannt sind.«

»Natürlich weiß ich das.« Gemeinsam sitzen wir auf der Terrasse, die der Baum für uns in den höchsten Wipfel seiner Krone geflochten hat. Um uns herum tobt der Schneesturm, doch wir spüren seine Kälte nicht. Auf geheimnisvolle Weise beschützt uns der Baum vor dem Winter, dem fauchenden Sturm und den scharfen, glitzernden Eiskristallen, die über unseren Köpfen umherwirbeln und an den Blütentrauben reißen. »Sie sind wieder auferstanden. Unmittelbar, nachdem sie verbrannt sind. Aber Indigo ist fort. Er ist fort, Timotheus. Seit mehr als zwei Monaten!«

»Vielleicht …« Der Zwerg seufzt, wirft einen Blick auf Palili und seufzt ein zweites Mal. »Vielleicht braucht seine Veränderung Zeit. Womöglich ist er an einem Ort, an dem die Tage und Wochen anders vergehen.«

Ich bringe kein Wort mehr hervor. Ein Teil von mir will allein sein, den Tränen freien Lauf lassen und sich diese verdammte Wut aus dem Herzen reißen. Der andere sehnt sich nach meinen Freunden und findet darin den letzten Halt, der mir geblieben ist.

»Siehst du immer noch nichts?«, frage ich Eomara zum ungezählten Mal. »Gar nichts?«

»Nein.« Müde schüttelt sie den Kopf. »Und ich fürchte, daran wird sich auch nichts ändern. Meine Visionen gingen niemals über eure Krönung hinaus, denn mit ihr endete meine Bestimmung.«

Ich nicke mit hängendem Kopf. »Trotzdem danke«, bringe ich hervor. »Danke für alles.«

Eomara lächelt traurig. Vor drei Tagen hat sie ihr Portrait fertiggestellt, seitdem ist es, als würde die Lebenskraft aus ihr herauslaufen wie aus einem lecken Gefäß. Mein Bild hängt nun neben Indigos Gemälde in unserem Zimmer und wirkt, als hätte es seit jeher dort seinen Platz gehabt.

Warmes Gold neben kühlem Silber.

Jedes Mal, wenn ich es anblicke, stehe ich vor einer Fremden. Einem Mädchen mit blassem, zartem Gesicht, aufgesteckten Locken und einem funkelnden Diadem, umrahmt vom Silber eines prunkvollen Rahmens.

Wo bist du?, flüstere ich in mich hinein. *Wann kommst du zu mir zurück? Oder … bist du fort? Für immer?*

Gemeinsam blicken wir in das Wirbeln des Schnees hinaus, verlieren uns im Heulen und Fauchen des Sturmes und im Klirren der Eiskristalle. Es ist gerade erst Mittag, doch ebenso gut hätte es tiefe Nacht sein können.

Tief unter uns glimmen die Fackeln und Laternen von Jemeshar in der Dunkelheit. Geschützt und behütet sitzen die Menschen in ihren warmen Häusern, schließen uns in ihre Gebete ein und beweisen uns täglich ihre Hingabe. Jeden Morgen warten die Einwohner der Stadt und mit ihnen Menschen aus allen Ecken dieser Welt mit Geschenken vor dem Tor, oft sind Bilder ihrer Kinder dabei, gezeichnet mit wackeliger, unsicherer Hand. Meist zeigen sie Indigo und mich während der Krönung, manchmal auch nur einen von uns, umrahmt von der kindlichen Version eines Strahlenkranzes und oft mit krakeligen Liebesbeweisen versehen. Den Menschen des neuen Reiches geht es gut. Es mangelt ihnen nicht an Nahrung und Feuerholz, kein Dach bricht unter der Schneelast zusammen, niemand durchleidet eine Krankheit oder fürchtet um das Leben seiner Lieben. Der Winter ist wieder zu einer Phase des Friedens und Ruhe geworden. Aber wie lange wird diese Magie halten? Wie lange wird sie Bestand haben, wenn Indigo nicht zurückkehrt? Jetzt, da mir die Ewigkeit zu Füßen liegt, schnürt noch eine andere gewaltige Angst meine Kehle zu. Wenn das Schlimmste eintrifft, werde ich allein sein. Allein mit meiner Unsterblichkeit.

Timotheus und Palili, Nemuri, Hanuman und Ofelia, Ischme und die Perlenvögel ... sie alle werden mich verlassen.

Manche früher, andere später.

Und am Ende werde nur noch ich übrig bleiben.

»Sie vermissen ihren König«, seufzt Palili irgendwann. »Es vergeht kein Tag, an dem sie mich nicht nach ihm fragen. Sie lieben euch, Jade. Sie lieben euch mehr, als du ahnst. Ich gehe sogar so weit zu sagen, dass niemals zwei Herrscher mehr verehrt wurden als ihr beide.«

»Ihr wart so wunderschön«, flüstert Eomara. »Wie könnte man euch nicht vergöttern?«

»Ich will nicht vergöttert werden.« Wieder brennen Tränen in meinen Augen. Wieder fühlt es sich an, als würde mich Indigos Verlust auseinanderreißen. »Ich will nur, dass er wieder bei mir ist.«

»Das wollen wir alle«, sagt Palili. »Und er wird zurückkehren. Ich weiß es. Noch ehe dein Kind geboren wird, ist er wieder bei dir.«

Ich nicke, obwohl ich schreien will. Sanft streiche ich über meinen Bauch, der weitaus langsamer anschwillt, als es sein sollte. Mehrere Hebammen haben mir versichert, dass alles in bester Ordnung ist, mit dem sonderbaren Unterschied, dass das Kind langsamer wächst, als es bei einer normalen Schwangerschaft der Fall ist. Morgendliche Übelkeit ist mir fremd, weder schmerzt mein Rücken noch werde ich von irgendeinem der anderen Leiden geplagt, die Schwangere üblicherweise befallen. Ohne den Verlust, der meine Tage verdunkelt und die Nächte unerträglich macht, wäre alles vollkommen gewesen.

Nemuri, Hanuman und Timotheus haben innerhalb weniger Tage das Kommando im Palast an sich gerissen und balancieren zahllose Aufgaben mit einer Mühelosigkeit, die mich verblüfft. Palili hat wie selbstverständlich den Part des guten Geistes übernommen, der überall dort einspringt, wo er gebraucht wird, und manche Tage allein damit verbringt, durch Jemeshar zu wandern und mit den Menschen zu reden. Ofelia hat sich unsterblich in einen Küchenjungen verliebt, der sie erfolgreich von ihrer Trauer um Indigo ablenkt, Zilps Freundin brütet seit zwei Wochen über ihrem Ei und Ischme gibt mir ein klein wenig Halt, indem sie mit mir gemeinsam leidet.

Mir ist klar, dass eine Königin für ihr Volk da sein sollte. Mir ist klar, dass es falsch ist, mich in meinem Schmerz zu vergraben. Aber

meine Kraft ist am Ende. Nach dem glücklichsten Tag meines Lebens bin ich so tief gefallen, dass ich nicht mehr weiß, wie ich mich zurück in das Licht kämpfen soll.

Ich brauche Indigo.

Ich brauche ihn so sehr, dass jeder Atemzug ohne ihn mein Herz zerreißt.

Mit jedem Tag, der ohne seine Rückkehr verstreicht, verblasse ich ein wenig mehr. Bis ich nicht einmal mehr Kraft daraus schöpfen kann, gemeinsam mit meinen Freunden auf der Terrasse zu sitzen und auf das Land hinabzublicken, suchend nach einem weißem Adler, der endlich zu mir zurückkehrt.

Ein wunderschöner Frühling zieht gleichgültig über das Land. Ebenso gleichgültig weht ein langer, verträumter Sommer an mir vorbei. Ein Sommer voller Wärme, lauer Nächte, lebensfroher Feiern und überreicher Ernte, der schließlich in einen farbenprächtigen Herbst übergeht.

An einem sonnigen Oktobermorgen geht Eomara von uns. Friedlich schläft sie in ihrem Sessel ein, seufzt noch einmal und hört auf zu atmen. Wie es ihr Wunsch gewesen ist, begraben wir sie auf einer Lichtung im Wald. Ohne Stein, ohne jede Erinnerung an ihr Grab.

Inzwischen ist mein Bauch so groß, dass ich mich nur noch unter Mühen fortbewegen kann, doch ich lasse es mir nicht nehmen, bei Eomaras Abschied dabei zu sein.

Zahllose Menschen bevölkern den Wald, um einer Frau das letzte Geleit zu geben, ohne deren Prophezeiungen die Welt verloren gewesen wäre. Und mitten unter ihnen stehe ich. Eine verlorene, farblose Königin. Ohne jene Wachen, die die Herrscher zu allen Zeiten um sich geschart haben, um sich gegen das Volk zu schützen. Wovor hätten sie mich auch bewahren sollen? Die Liebe der Menschen trägt mich wie eine Welle und füllt die Leere in mir mit einem Hauch von Licht. Niemand hat seine Hoffnung aufgegeben, Indigo wiederzusehen. Sie alle sprechen mir Mut zu und glauben daran, dass ihr König zurückkehren wird. Ich verstecke meine Tränen nicht, als zahllose Hände mich trösten und sanfte Worte mich aufmuntern. Für all diese Menschen bin ich keine unerreichbare Herrscherin, sondern eine Tochter. Eine Mutter. Eine Schwester und eine Liebende.

Ich wünsche mir so sehr, stärker zu sein.

Doch ohne Indigo ist es, als würde mein Herz verdorren. Mit jedem Tag ein wenig mehr. Bis es wie ein toter, kalter Stein in meiner Brust gefriert.

Erst als erneut die Flocken vom Himmel fallen, entscheidet sich unsere Tochter, das Licht der Welt zu erblicken. Sie kommt so leicht und schnell wie ein fallendes Blatt, vielleicht ist mein Körper auch zu blass geworden, um Schmerz empfinden zu können. Nemuri und ich sind alleine, alle anderen warten draußen vor der Tür auf die Nachricht, dass es überstanden ist.

»Ich habe schon viele Geburten gesehen.« Behutsam wickelt Nemuri das Kind in weißes Windleinen. »Doch keine war je so sanft wie deine. Es muss die Magie sein. Sieh nur, wie wunderschön eure Tochter ist.«

Ehe ich weiß, wie mir geschieht, liegt das winzige Bündel in meinen Armen, ballt Fäustchen so groß wie schrumpelige Winterkirschen und begrüßt die Welt mit einem zitternden Schrei. Was soll ich fühlen? Müsste da nicht etwas sein? Mehr als diese Leere, die mich seit Wochen in eine stumme Hülle verwandelt?

Die Augen des Kindes sind grün. Lichtgrün wie ein Sommerwald.

Unsere Tochter.

Das Geschöpf, das Atlantis mit der Menschenwelt verbindet.

Ohne dass ich es entschieden hätte, fließt die Magie durch meinen Leib und heilt jede Wunde, nur das Loch in meinem Herzen nicht. Wie gebannt blicke ich in das leuchtende Universum dieser wunderschönen Augen.

Es sind Indigos Augen.

Als die Tür aufgeht, wünsche ich mir, unsichtbar zu sein. Timotheus, Palili, Hanuman und Ofelia … sie alle sehen glücklich aus. Sie alle umarmen mich, streicheln mein Haar und küssen meine Tochter. Doch jeder von ihnen ist ebenso unvollständig, wie ich es bin. Jeder klammert sich an einem letzten Faden Hoffnung fest, der kurz davor ist, zu reißen. Winselnd rollt sich Ischme neben mir zusammen und stößt ein klagendes Seufzen aus, die Perlenvögel sitzen schweigend auf der Lehne eines Sessels.

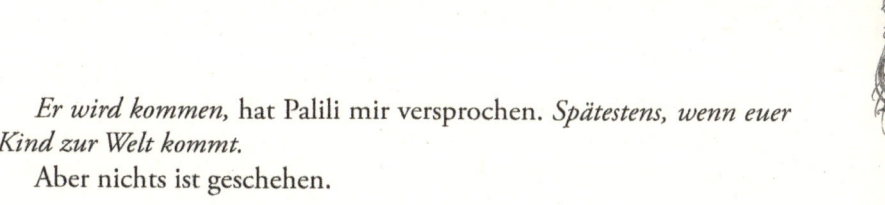

Er wird kommen, hat Palili mir versprochen. *Spätestens, wenn euer Kind zur Welt kommt.*

Aber nichts ist geschehen.

Amani schläft in meinen Armen. Jedes Mal, wenn irgendjemand ihren Namen ausspricht, bricht Palili in Tränen aus. Amani. Das Wort für Sonnenaufgang in der Sprache der Sosuke.

Ich stehe am geöffneten Fenster und blicke auf eine weiße, stille Welt hinab, die in dieser Nacht von einem kaum wahrnehmbaren, geheimnisvollen Flüstern erfüllt ist. Myriaden von Sternen sprenkeln den tiefschwarzen Februarhimmel, Raureif glitzert in den kahlen Zweigen des Emekar-Baumes. Erst in tausend Jahren werden seine Blüten wieder aufspringen und die Nacht mit ihrem Licht erfüllen.

Eintausend Jahre.

Werde ich dann noch immer hier stehen? Einsam und wartend?

Wartend bis in alle Ewigkeit?

Schnee schimmert auf den Bergen, die der Dunst der Ferne zu blassen Silhouetten verwischt. Wie schön wäre es, wieder auf Reisen zu gehen. Auf einem klappernden Pferdewagen durch die Prärien, Ebenen und Wälder zu ziehen. Eingezwängt zwischen Kisten, Seilrollen, Amphoren und Truhen. In meiner Erinnerung klettere ich durch das Wurzelgewirr von Eruschs Wäldern, springe in die klaren Teiche, beobachte den Flug der Mondzirpen und küsse Indigos schweißnasse Haut. Ich schwebe auf einem Nebelwal durch die Nacht, summe Melodien vor mich hin und vergehe vor Liebe, während Indigo neben mir liegt, die Hände unter dem Kopf verschränkt, ein träumerisches Lächeln auf den Lippen. Ich tanze an den Feuern der Araschnun, wälze mich in weichen Fellen, schleiche barfuß durch nachtleuchtendes Moos und reite auf Pfauenpferden an einem endlos weiten Strand entlang.

Friedlich schläft Amani in meinen Armen, während ich still und leise meine Tränen vergieße. Hier stehe ich, eine einsame Königin, die zu schwach ist, um noch aufrecht zu stehen. Zu schwach, um zu lieben. Und zu schwach, um weiter zu kämpfen.

Hinter mir hebt Ischme ihren Kopf, als würde sie meine Gedanken spüren. Doch sie sagt nichts. Ihr Schweigen ist ebenso endgültig wie meines. Wir beide sind müde. Unendlich müde.

Kraftlos lehne ich mich gegen den Fensterrahmen, wiege das Kind in meinen Armen und blicke in die Ferne hinaus. Wolkenfetzen treiben über die leuchtenden Mondsicheln, werden von ihrem Feuer entflammt und verblassen wieder, während der Wind sie unerbittlich weitertreibt. Wäre ich doch nur eine dieser Wolken.

Nichts weiter als ein Nebelstreif, der willenlos dahintreibt.

Um irgendwann zu verwehen, als hätte er niemals existiert.

Ein Winseln schreckt mich aus meinen düsteren Träumen auf. Ischme springt auf, trottet an meine Seite und starrt mit gespitzten Ohren in die Nacht hinaus.

Was hast du?, frage ich sie in Gedanken.

Sieh nur, flüstert sie zurück. *Sieh doch nur!*

Ich folge ihrem Blick und erkenne einen winzigen hellen Punkt, der über dem schwarzen Grund des Himmel segelt. Ein Funke huscht durch mein erstarrtes Herz, doch dann wird mir klar, dass es kein Adler ist. Für einen Adler ist es zu klein.

Ich will meinen Blick bereits wieder senken, als mir klar wird, dass der Vogel direkt auf uns zufliegt. Bald erkenne ich, dass es eine Eule ist. Eine große weiße Schleiereule, deren Schwingen das Mondlicht einfangen.

Lautlos landet sie auf dem Fenstersims, zwinkert mich mit ihren schwarzen Augen an und klappt die Flügel ein.

Träume ich, Ischme?

Nein. Die Füchsin drückt sich an meinen Oberschenkel. Durch mein Kleid hindurch spüre ich die fiebrige Hitze ihres Fells. *Nein, du träumst nicht.*

Ist er es wirklich?

Ja, Menschenmädchen. Ja, er ist es.

Ich strecke meine Hand aus, streiche über das perlmutthelle Federkleid des Tieres und spüre seine seidige Wärme unter meinen Fingerspitzen. Die Eule breitet ihre Flügel aus, segelt in das Zimmer und wirft ihre Gestalt ab, noch ehe ihre Klauen den Boden berühren. Eine hohe, schlanke Gestalt in einem abgetragenen Reisemantel steht vor mir, aber ich sehe nicht ihr Gesicht. Die Kapuze verbirgt es hinter undurchdringlicher Dunkelheit.

»Indigo?«, flüstere ich.

Ich sehe blasse Hände. Leuchtend hell. Magisch. Eine davon greift nach der Kapuze, schiebt sie zurück und offenbart das Wunder, auf das ich tausend Ewigkeiten lang gewartet habe.

Runen leuchten unter seiner Haut. Ein zartes, filigranes Geflecht, in dem das Feuer unvorstellbarer Macht brennt. War er zuvor schon nicht menschlich gewesen, so ist er jetzt überirdisch. Die Glut der Sterne hat ihn geboren, jetzt, in diesem Augenblick. Ihr Glanz haftet noch immer an ihm. Er strahlt auf seiner Haut, im wilden Feuer seiner Augen und in den tanzenden Mustern unter seiner Haut, die die gewaltige Macht der Schöpfung in eine Hülle aus Fleisch und Blut zwängen.

Ich kann mich nicht rühren.

Ebenso wie Amani und Ischme kann ich nur eines tun: ihn anzustarren, wie man ein Wunder anstarrt, das nicht in diese Welt gehört. Wie etwas, das beim nächsten Zwinkern verschwindet und niemals wiederkehrt.

»Jade«, flüstert er in die Stille.

Mein Name. Seine Stimme.

So vertraut.

»Jade …« Indigo kommt auf mich zu. Langsam greift er nach dem Band, das seinen Mantel zusammenhält, lässt ihn zu Boden sinken und berührt meine Schulter. Er trägt alte, schwarze Kleidung darunter. Zerschlissenes Leinen, grob genäht, als hätte er sie einem Bauern gestohlen. »Jade, es tut mir so leid.«

»Wo warst du?«, frage ich nur.

»Ich weiß es nicht.« Seine Hand verlässt meine Schulter, gleitet hinunter zu Amani und legt sich behutsam auf ihren Kopf. Staunen erhellt seinen Blick, in dem die farbigen Nebel des Universums zu gleißen scheinen. Dann beugt er sich zu seiner Tochter hinunter und küsst ihre Stirn.

»Alles war dunkel«, höre ich ihn hauchen. »Alles ist verbrannt. Ich weiß nicht, was geschehen ist. Ich weiß nur, dass ich am Ende der Welt erwachte, in der Gestalt dieses Vogels, und dass ich tagelang ununterbrochen geflogen bin, um euch wiederzufinden.«

Als Indigo wieder zu mir aufsieht, zerbricht sein Blick vor Traurigkeit. Er flüstert meinen Namen, wieder und wieder, und dann … endlich … beendet seine Umarmung meinen endlosen Fall.

»Es tut mir leid, Jade. Es tut mir so leid.«

»Du bist wieder hier«, sage ich nur.

»Ich habe dich allein gelassen. Du hast unsere Tochter geboren, und ich war nicht bei dir. Du hast gelitten und ich war nicht da, um dich zu trösten.«

»Aber jetzt …«, ich lege eine Hand auf seinen Hinterkopf und schmiege meine Lippen an seine Stirn, »bist du wieder hier. Schwöre mir, dass du uns niemals wieder verlässt.«

»Ich schwöre es.« Als sich unsere Lippen endlich treffen, fühle ich zum ersten Mal wieder Wärme. Unser Kuss schmilzt das Eis, das mein Herz ein Jahr lang gefangen gehalten hat, und erweckt es wieder zum Leben. »Ich schwöre es bei meinem Leben und bei allem, was mir heilig ist.«

Lange stehen wir da, eng umschlungen, weinend und flüsternd. Der Himmel zieht sich zu, neuer Schnee fällt lautlos vom Himmel. Ischme streicht um unsere Beine, Amani liegt in Indigos Armen und ich tue nichts anderes, als ihn festzuhalten.

Er ist wieder bei mir.

Das Volk hat seinen König wieder.

Amani ihren Vater.

Und ich den Mann, den ich über alles liebe.

Epilog

Zwölf Jahre später

Jade

Palili hat einen wahrhaft passenden Namen gefunden. Amani ist so strahlend und warm wie ein wolkenloser Sommertag, so wild wie die Glut der Sterne und so unbelehrbar wie der sturste aller Sosuken.

Ohne Sattel reitet sie auf ihrem Rappen, das Haar vom Wind durchkämmt, die Augen funkelnd vor Abenteuerlust. Zwei Jahre sind seit unserer letzten Wanderschaft vergangen. Unsäglich habe ich seither das Gefühl vermisst, von einem Tag zum anderen zu treiben, immer auf den Horizont zu.

Erinnerungen überwältigen mich, während ich eingezwängt zwischen Wasseramphoren, Kisten, Decken, Seilrollen und all jenem Zeug hocke, das man auf lange Reisen mitzunehmen pflegt. Neben mir sitzen Zilp und seine inzwischen auf fünf Schnäbel angewachsene Familie auf einem Mehlsack und piepsen sich geheime Vogelbotschaften zu. Ischme liegt eingerollt zwischen einem Deckenstapel und einer Truhe, schnauft vor sich hin und hat die Lefzen zu einem seligen Fuchsgrinsen zurückgezogen.

Es ist fast wie früher.

Fast.

Timotheus, Palili und mein Bruder sitzen in trauter Dreisamkeit auf dem Kutschbock, Amra trottet stoisch wie immer vor sich hin und Indigo wandert gedankenversunken neben dem Pferdewagen her. Der Abendwind zerzaust ihm das Haar, seine Lippen sind in einem melancholischen Lächeln erstarrt, das mein Herz vor Liebe brennen lässt. Nur eines stört das vollkommene Bild: Niemals werde ich die

407

Wunder dieser Welt mit Metena und Aja teilen können. Wie gerne hätte ich die Schwestern auf unsere Wanderungen mitgenommen. Wie gerne wäre ich mit ihnen auf einem Dornennacken geflogen, auf einem Nebelwal durch die Nacht geschwebt und mit einem Einhorn durch die Wälder von Erusch gejagt. Sie hätten es geliebt. Oh ja. Sie hätten es ebenso geliebt wie Aaron, der tagelang vor Vorfreude nicht schlafen konnte, nachdem wir ihm unsere Pläne für eine weitere Wanderung offenbart haben.

»Sie ist wahrlich deine Tochter.« Indigo wirft mir einen vielsagenden Blick zu, als Amani mit wilden Freudenschreien losgaloppiert. Im Licht des Sonnenuntergangs, der die dickbäuchigen Wolken in sattes Violett und Purpur taucht, leuchtet das Haar unserer Tochter wie frisch geschälte Kastanien. »Stur und ungezähmt wie ein Herbststurm.«

»Und sie ist wahrlich deine Tochter«, erwidere ich. »Furchtlos und unaufhaltsam wie eine Naturgewalt. Oh, und sie mag es nicht, wenn ihr Haar zu Zöpfen geflochten wird. Genauso wenig wie du.«

Indigo grinst wölfisch. Ich sehne mich nach seiner Nähe, also springe ich kurzerhand vom Wagen, geselle mich zu ihm und strecke meine Hände aus, um mit den Fingerspitzen über die zarten Ähren zu streichen. Das Vergangene ist plötzlich zum Greifen nahe. Ich trage sogar meine alte Diebeskleidung und den Gürtel, der vollgestopft ist mit Dingen, die ich niemals wieder brauchen werde.

Als Aaron bemerkt, dass ich nicht mehr auf dem Wagen sitze, springt er vom Kutschbock und trottet an meine Seite.

»Hier gibt es doch die schönsten Sonnenuntergänge.« Mit einer ausladenden Geste umschreibt er Koreshs grenzenlose Weite. »Sagt, was ihr wollt, aber sie sind nirgendwo schöner.«

»Die bei den Lagunen von Aschkan sind auch nicht zu verachten«, antworte ich. »Oder die über der Knochenwüste, wenn man gerade auf Nemuris Dachterrasse sitzt und einen Granatapfeltee trinkt.«

»Nicht zu vergessen die legendären Nächte in Eruschs Wäldern«, wirft Indigo ein. »Oder die in Esnunnas Dschungel.«

»Ich freue mich auf die Nebelwale«, frohlockt Aaron. »Und auf die Eislöwen, den Dornennacken und die Todesspucker.«

»Was?«, knurre ich. »Was hast du mit diesen Mistviechern zu schaffen?«

»Ich werde mir einen angeln. Sie schmecken ganz vorzüglich.«

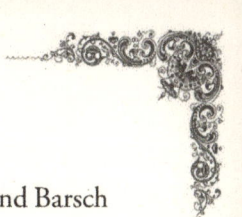

»Das stimmt. Aber von zehn Kämpfen zwischen Mensch und Barsch gewinnt in acht Fällen der Barsch.«

»Zuallererst müssen wir zum Portal«, gibt Indigo zu bedenken. »Danach werden wir weitersehen.«

»Denkst du, sie wird es schaffen?«, flüstere ich ihm zu. »Überzeugt genug scheint sie ja zu sein.«

»Natürlich wird sie es schaffen.« Vermutlich denkt er wie ich an dasselbe: Amani, die zu uns ins Zimmer gestürmt kommt, um im Brustton der Überzeugung kundzutun, dass es Zeit wird, zum Portal zu reisen. »Vermutlich wird sie einfach hindurch spazieren, so wie andere durch einen Nebel schreiten.«

»Vermutlich.«

»Ach, Jade.« Indigo hebt die Arme gen Himmel und streckt sich genüsslich. »Es wurde wirklich Zeit für eine Wanderung. Ich liebe unseren Palast, ich liebe die Feste und die durchtanzten Nächte, die Geschichtenabende und die dreistöckige Bibliothek, aber das hier ...« Er seufzt zufrieden und hält sein Gesicht in den Wind. »Das hier ist einfach das Beste.«

Oh ja, das ist es. Während wir durch die Ebenen wandern, kommen und gehen die Tage, als hätte die Zeit ihre Bedeutung verloren. Ein Mantel aus stiller Zufriedenheit senkt sich über uns, wenn wir am Abend erschöpft das Feuer entfachen und die Hampelhühner grillen, die Amanis Pfeile vom Himmel geschossen haben. Seite an Seite schlafen wir ein, erwachen beim ersten Morgengrauen und ziehen weiter. Ohne Hast und Eile, immer auf die Ferne zu, in deren Dunst irgendwann das Nebelgebirge auftaucht. Von hier ab reisen wir ohne die Pferde und den Wagen weiter, befreien die Stute und Amanis Rappen von ihrem Zaumzeug, packen das Nötigste zusammen und wandern zu Fuß, bis wir am Hang des ersten Berges von einem Eisdrachen aufgesammelt und über die schneebedeckten Gipfel getragen werden. Amani johlt vor Freude, umso lauter, je wilder der Flug des Drachen wird, und als wir nach einem zweitägigen Ritt durch die Lüfte endlich die samtigen Baumkronen der südlichen Wälder am Horizont entdecken, ist ihre Enttäuschung grenzenlos.

»Sagt mal«, brummt sie mürrisch, nachdem Indigo uns allesamt auf den Boden gezaubert und der Eisdrache sich mit einem schnaufenden Gruß verabschiedet hat. »Warum heißen Hampelhühner eigentlich Hampelhühner?«

409

»Das fragst du dich erst jetzt?«, erwidert er amüsiert. »Nachdem du sie sechs Tage lang vom Himmel geholt hast, um unsere Mägen zu füllen?«

»Ja.« Amani zuckt mit den Schultern. »Ich war vorher eben mit anderen Gedanken beschäftigt.«

»Sie heißen Hampelhühner«, übernehme ich das Antworten, »weil sie eine sehr merkwürdige Art haben, ihre Fressfeinde zu verblüffen.«

»Die da wäre?« hakt Amani nach.

»Sie werfen sich auf den Rücken und strampeln wie verrückt mit ihren befiederten Beinen.«

»Das sieht lustig aus«, wirft Indigo ein, »ist aber nicht zu verachten. Die Krallen der Hühner sind scharf, und ihre Kraft wird schwer unterschätzt.«

»Dann bin ich froh, dass ich so eine gute Schützin bin.« Amani lacht, gibt Fersengeld und verschwindet johlend im Gebüsch des Waldes.

»Sie wird es schaffen«, seufze ich. »So, wie sie bisher alles geschafft hat.«

»Einschließlich unserer Nerven«, brummt Indigo.

»Von wem sie das wohl hat?« Ich knuffe ihn mit dem Ellbogen in die Seite und setze leiser hinzu: »Bis zum Vollmond dauert es noch ein paar Tage. Wir sollten am Waldsee haltmachen und schauen, ob die Mondzirpen wieder fliegen.«

»Die Mondzirpen.« Indigo grinst verschlagen. »Darum geht es dir also, Menschenmädchen?«

»Ja.« Genüsslich verschlinge ich den Anblick seiner alten schwarzen Reisekluft. Wie damals schmiegt sich das weiche Leder um jede Wölbung seines Körpers und lässt meine Finger vor Verlangen kribbeln. »Natürlich. Es geht mir nur um die Mondzirpen. Was dachtest du denn?«

Die Lichtung hat sich nicht verändert. In diesem Teil des Waldes scheint sich niemals etwas zu verändern. Das blaue Licht des Vollmondes strömt durch die Stämme uralter Bäume, bündelt sich im Oval des Portals und formt eine makellose Fläche aus Licht und Glanz.

Amani zögert nicht.

An Indigos Seite geht sie darauf zu, taucht ihre Hand in das Licht und durchdringt die flimmernde Weltenhaut. Es geschieht so leicht und anmutig wie ein Windhauch. So selbstverständlich, als würde sie durch einen Wall aus Luft schreiten.

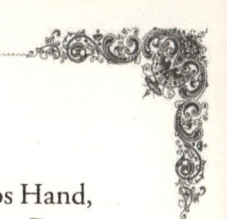

»Kommt!« Auffordernd nickt sie uns zu. Ich nehme Indigos Hand, zwei Perlenvögel auf der linken und drei auf der rechten Schulter. Dann umschließe ich wiederum Palilis Finger. Als Nächstes folgen Aaron, Timotheus und Ischme.

Ich rieche den Ozean, noch ehe ich ihn sehe. Ich spüre den Sand unter meinen Füßen, höre silbrige Möwenschreie und schmecke Salz auf meiner Zunge. Ein kurzes, warmes Gleiten, dann ist es geschehen. Das, was so lange Zeit unmöglich war, wird innerhalb eines Wimpernschlags Wirklichkeit.

Ungläubig stehen wir da.

Schweigend. Hand in Hand. Schulter an Schulter.

In der Menschenwelt herrscht tiefe Nacht, doch hier blühen die Farben der Morgendämmerung am Himmel auf. Sanfte Wellen rollen an einen endlos weiten Strand, in der Ferne schimmern die Türme einer Stadt wie ein Trugbild aus weiß schimmerndem Licht. Die letzten Sterne verlöschen, lauer Morgenwind streicht über die Dünen und wispert im Strandhafer.

Indigo zieht mich zum Saum des Wassers, die anderen bleiben zurück. Es gibt nur noch uns beide und die Vögel, die still auf meinen Schultern hocken.

»Ich bin wieder zu Hause, Jade«, flüstert er ungläubig. »Ich bin wieder zu Hause.«

»Ja«, antworte ich, den Blick auf das grenzenlose Wasser gerichtet. Nichts in Atlantis erscheint mir fremd. Es ist, als wäre dies ein uralter, vergessener Traum, der plötzlich Wirklichkeit geworden ist. »Du bist zu Hause.«

»Und doch sind wir Königin und König der Menschenwelt.« Indigos Augen sind ein Spiegel seiner Gefühle. Da ist einerseits die unbändige Freude darüber, ein seit langer Zeit verfolgtes Ziel endlich erreicht zu haben. Aber auch die Gewissheit, längst an einem anderen Ort Wurzeln geschlagen zu haben. »Wir haben eine Aufgabe zu erfüllen.«

»Dann kehren wir zurück?«

»Ja«, antwortet er nur.

Eine Zeitlang schweigen wir, halten uns an den Händen und betrachten das Meer. Salziger Wind kämmt durch Indigos Haar, streichelt seine Haut und heißt ihn willkommen. Wie muss es sein, nach solch einer langen Zeit die Heimat wiederzusehen? Nach endlosen, düsteren und qualvollen Jahrhunderten endlich wieder die Luft jener Welt zu atmen, in die man gehört?

Doch dann höre ich ihn leise sagen: »Atlantis ist nicht mehr meine Heimat. Schon längst nicht mehr.«

»Warum?«, frage ich leise.

Sein Seufzen klingt wie eine Entschuldigung. Er senkt den Kopf, betrachtet den Sand zu seinen Füßen und scheint nach Worten zu suchen.

»In der Menschenwelt begehen wir Fehler«, antwortet er schließlich. »Atlantis dagegen ... nun ja, es ist wie seine Farben. Rein und vollkommen. Ohne Ecken und Kanten. Und ohne Leidenschaft. Es ist auf seine Weise wunderschön, aber als ich damals in die Menschenwelt gekommen bin, überwältigte mich die Wildheit eures Lebens. All die Farben, das Chaos, das Lachen und das Weinen. Es war wie ein Feuerwerk. Wie ein Orkan, der mich mit sich gerissen hat. In gutem wie im schlechten Sinne. Ich könnte nicht mehr ohne diese Farben leben, verstehst du? Lass uns hierherkommen, um auszuruhen. Lass uns hierher kommen, um Frieden zu finden. Aber ich kann nicht für immer in Atlantis bleiben. Ich brauche die Leidenschaft deiner Welt. Und ich brauche ihre Unperfektheit, weil ich selbst nicht perfekt bin. Erinnerst du dich noch an Ofelias Worte? *Ihr werdet die Kronen des Reiches tragen und glücklich bis an euer Ende leben.*«

»*Aber wenn man einen Magier heiratet*«, beende ich die Prophezeiung, »*kommt das Ende niemals. Denn er macht jene, die er aus ganzem Herzen liebt, unsterblich.*«

»So ist es.« Indigo beugt sich zu mir und haucht einen Kuss auf meine Lippen. »Und so wird es immer sein, mein Menschenmädchen.«

Schweigend beobachten wir, wie der Tag heranbricht. Das Schimmern über dem Horizont wird zu einem Glühen, das Glühen zu einem Feuer. Silbrige Möwenschreie begrüßen das Licht, während zwei strahlende Sonnen über das Meer von Atlantis steigen.

~ Ende ~

Fortsetzung folgt

Britta Strauss
Der Smaragddrache – Gemmas Reise

ISBN 978-3-95991-052-1, 550 Seiten
Klappenbroschur, 14,8 x 21 cm, 16,90 €

Zwei verfeindete Völker. Eine verbotene Liebe.
Und ein Schicksal, so alt wie die Sterne.

Gemma ist die wohlbehütete Prinzessin des Reiches der Grauen Küste. Ihr Leben verbringt sie in einem goldenen Käfig, doch eines kalten Wintertages nimmt ihr Schicksal eine folgenschwere Wendung. Sie wird von ihrem eigenen Vater an Antares, den grausamen König des Südens, verkauft. Fern ihrer Heimat wird sie zu einer Schachfigur im Spiel der Mächtigen. Denn ein magischer Spiegel prophezeit, dass allein sie in der Lage ist, Antares' Todfeind in eine Falle zu locken: Tarek, der Prinz eines geheimnisumwitterten Dschungelvolkes, bietet der Armee des Königs unbeugsam die Stirn. Zahllose Legenden ranken sich um seine Macht. Selbst die tödlichsten Kreaturen des Waldes beugen sich seinem Willen. Es heißt, in seiner Brust schlägt ein Herz aus Smaragd. Es heißt, in seinen Adern fließt das Blut eines Drachen.

Britta Strauss
Hunters Moon

ISBN 978-3-931989-88-0, 396 Seiten
kartoniert, 14,8 x 21 cm, 14,90 €

Die Rocky Mountains im Winter des Jahres 1795: Eine Handvoll Siedler kämpfen in der tief verschneiten Wildnis um ihr Überleben. Furchterregende Kreaturen streifen durch die Finsternis der Wälder und holen sich einen nach dem anderen. Die einzige Rettung für die verzweifelten Männer: ein Bündnis mit dem sagenumwobenen Jäger Kainah, der nicht weniger gefährlicher ist als die Bestien, die er verfolgt. Durch einen Hinterhalt wird Kainah dazu gezwungen, die Siedler des Forts zu beschützen, doch sein schwelender Hass droht den Männern zum Verhängnis zu werden. Nur Kate, die einzige Frau des Forts, durchbricht die eiskalte Mauer des Jägers. Ist ihre Liebe stark genug, um Kainahs tödliches Erbe zu bezwingen?

Julia Adrian
Die Dreizehnte Fee – Sammelband
ISBN: 978-3-95991-471-0, Klappenbroschur, EUR 12,00

Ich bin nicht Schneewittchen.
Ich bin die böse Königin.

Für tausend Jahre schlief die Dreizehnte Fee den Dornröschenschlaf, jetzt ist sie wach und sinnt auf Rache. Eine tödliche Jagd beginnt, die nur einer überleben kann. Gemeinsam mit dem geheimnisvollen Hexenjäger erkundet sie eine Welt, die ihr fremd geworden ist. Und sie lernt, dass es mehr gibt als den Wunsch nach Vergeltung.
»Kennst du das Märchen von Hänsel und Gretel?«, frage ich flüsternd. Er braucht mir nicht zu antworten, er weiß, dass nicht alle Märchen wahr sind. Nicht ganz zumindest.
Es gibt keine Happy Ends, es gab sie nie. Für keine von uns.
———

Dieser Sammelband beinhaltet alle drei Bände der Feen-Reihe (Erwachen / Entzaubert / Entschlafen) plus Bonusgeschichten

Lena Klassen
Die Legenden der Unaschkin
Mondlicht in deinen Augen (1)
ISBN: 978-3-95991-471-0, kartoniert, EUR 12,00

Die schöne Kaufmannstochter Meriande langweilt sich in der dekadenten Hauptstadt des kriegerischen Großreichs Nordun zu Tode. Deshalb ist sie von dem attraktiven Soldaten Ruovan, der eines Abends auf ihren Balkon klettert, fasziniert – zumal er zum Dschungelregiment gehört und ihre Sehnsucht nach dem Abenteuer weckt. Schließlich fasst sie einen ungeheuren Plan: Statt ihre Pflicht zu tun und einen vornehmen Kaufmann zu heiraten, will Meriande ihm als Soldatin in den Dschungel folgen und Seite an Seite mit ihm kämpfen. Doch die Realität ist viel grausamer, als Meriande jemals erwartet hätte. Und nicht die Feinde oder die giftigen Tiere sind die größte Gefahr, sondern die Unaschkin, die legendären Bestienkrieger des Dschungels.

Kerstin Arbogast
Die Braut des Winters
ISBN: 978-3-95991-541-0, kartoniert, EUR 12,90

Haare, lodernd wie Feuer. Haut, so weiß wie Schnee.
Alte Kräfte, die im Verborgenen schlummern, zu früh geweckt.
Ein Erbe, das die Natur erschüttert und Liebende entzweit.
Prinz Aywen Nyivalor hat die kalten und langen Winternächte auf der hei-
matlichen Burg satt. Er reitet in die Wälder hinaus, um den Winter und
die Langeweile zu vertreiben. In den vereisten Nordklippenwäldern findet er eine junge Frau, bewusstlos und dem Tode nahe. Um sie zu retten,
nimmt er sie mit auf Burg Nyivalor. Während sein Vater, König Radrann,
der Fremden voller Misstrauen begegnet, öffnet der junge Prinz ihr sein Herz.
Doch die Unbekannte hütet nicht nur ein Geheimnis, das Aywen gefährlich
werden könnte, sie hegt auch den Wunsch nach Freiheit, der das Schicksal
des Prinzen bestimmen könnte.
Kann ihre aufkeimende Liebe dennoch Bestand haben?

Jo Schneider
Dem Feuer die Seele (Band I der Drei Kronen Saga)
ISBN: 978-3-95991-521-2, kartoniert, EUR 14,90

Sommerprinzessin Ciara leidet Nacht für Nacht unter den Qualen ihrer unheilvollen Albträume, die sich realer anfühlen, als sie eigentlich sollten. Laut den Weisen ihres Landes soll die Erklärung für ihr Leid an einem ganz besonderen Ort zu erlangen sein – doch der befindet sich inmitten des feindlichen Winterreichs. Ciara begibt sich auf eine Mission, die sie das Leben kosten könnte, und macht Bekanntschaft mit einem Wesen, das in den kalten Landen so gefürchtet wie verehrt ist: dem Winterkönig. Er bietet ihr einen Handel an, der sie zu den begehrten Antworten führen könnte. Doch sollte sie ihrem Erzfeind wirklich vertrauen?

Du brauchst Lesenachschub und möchtest dich überraschen lassen
oder wünschst Empfehlungen? Da können wir helfen!
Wir stellen für dich ganz individuell gepackte Buchpakete zusammen – unsere

DRACHENPOST

Du wählst, wie groß dein Paket sein soll, wir sorgen für den Rest.

Du sagst uns, welche Bücher du schon hast oder kennst und zu welchem Anlass es sein soll.
Bekommst du es zum Geburtstag #birthday
oder schenkst du es jemandem? #withlove
Belohnst du dich selber damit #mytime
oder hast du dir eine Aufmunterung verdient? #savemyday
Je mehr wir wissen, umso passender können wir dein Drachenmond-Care-Paket schnüren.
Du wirst nicht nur Bücher und Drachenmondstaubglitzer vorfinden, sondern auch Beigaben,
die deine Seele streicheln. Was genau das sein wird, bleibt unser Geheimnis …

Die Wahrscheinlichkeit ist groß,
dass sich das ein oder andere signierte Exemplar in deiner Box befinden wird. :)

Wir liefern die Box in einer Umverpackung, damit der schöne Karton heil bei dir ankommt und
als Geschenk nicht schon verrät, worum es sich handelt.

Lisan bringt das kleinste Drachenpaket zu dir, wobei *klein* bei Drachen ja relativ ist. € 49,90
Djiwar schleppt dir in ihren Klauen einen seitenstarken Gruß aus der Drachenhöhle bis vor die Tür. € 79
Xorjum hütet dein Paket wie seinen persönlichen Schatz und sorgt dafür, dass es heil bei dir ankommt
und wenn er sich den Weg freibrennt! € 99,90

Zu bestellen unter www.drachenmond.de